I0699880

ICH WERDE DICH HEILEN

DAS BRIEFFREUND-DUETT
BUCH 2

GIGI STYX

Übersetzt von
SOPHIE HARTMANN

Urheberrecht

Copyright © 2024 Gigi Styx

Alle Rechte vorbehalten.

Kein Teil dieses Buches darf in irgendeiner Form ohne ausdrückliche schriftliche Genehmigung des Herausgebers oder der Autorin, weder ganz noch teilweise oder mit irgendwelchen Mitteln, einschließlich der elektronischen oder fotografischen Wiedergabe, vervielfältigt oder übertragen werden, es sei denn, es handelt sich um kurze Zitate in einer Buchbesprechung.

ANMERKUNG DER AUTORIN

Dieser Dark-Romance-Thriller enthält grafische Darstellungen von Folter, psychischem Missbrauch, ungewöhnlichen sexuellen Handlungen, nicht einvernehmlichen sexuellen Handlungen und Folter. Sollten Sie sich bei diesen Themen unwohl fühlen, rate ich Ihnen, bitte nicht weiterzulesen.

TRIGGER-WARNUNGEN

Dies ist ein Dark-Romance-Liebesroman, der Dub-Con, grafische Darstellungen von Folter und Gewalt sowie explizite sexuelle Szenen enthält. Sollten Sie sich bei diesen Themen unwohl, getriggert oder belastend fühlen, rate ich Ihnen, nicht fortzufahren.

Mögliche triggernde Inhalte:
Analsex
Angstspiele
Attentat
Autounfall
Beschuldigung des Opfers (durch den Antagonisten)
Betäubung
Brandstiftung
Bukkake
Entführung
Erniedrigung
Erpressung
Exhibitionismus
Finanzieller Missbrauch
Folter
Freiheitsberaubung
Gaslighting

Gedächtnisverlust
Gefangenschaft
Grooming
Gruppenvergewaltigung (an Nebencharakter)
Halluzinationen
Hinrichtung
Kannibalismus
Kastration
Kinderattentäter
Kinderhandel
Kindermord
Kinderpornografie (Hintergrundgeschichte der Nebenfigur)
Medikamentenmanipulation
Medizinischer Missbrauch
Menschenhandel
Missbrauch älterer Menschen
Mobbing
Mord
Online-Belästigung
Organhandel
Pornografie
Psychische Erkrankung
PTBS
Schwangerschaftsabbruch (Vorgeschichte)
Schwestermord
Selbstjustiz
Selbstmord
Selbstverbrennung
Sexuelle Belästigung
Sexueller Missbrauch von Kindern
Snuff-Filme
Somnophilie
Stalking
Tod eines Säuglings
Trauma
Unsachgemäße Verwendung von medizinischen Geräten
Verfolgungsjagd
Vergewaltigung

Vergiftungen
Verhör
Verstümmelung
Versuchte sexuelle Nötigung
Würgen
Zerstückelung
Zwangsabtreibung (Hintergrundgeschichte)
Zwangsernährung

Wir raten dem Leser zur Vorsicht. Wenn Sie eines dieser Themen beunruhigend finden, wählen Sie bitte ein anderes Buch. Ihre geistige Gesundheit ist wichtig.

*Für alle, die jemals einen Schurken brauchten
damit er die Welt für einen niederbrennt.*

EINS

AMETHYST

Es ist, als würde mein Leben wie ein Kaleidoskop zerbrochener Erinnerungen vor meinen Augen vorbeiziehen. Die ersten zehn Jahre liegen in vollkommener Dunkelheit, die folgenden befinden sich wie in einem Nebel und ich erinnere mich nur verschwommen an sie. Erst in dem Moment, als ich auf Xero treffe, werden die Farben lebhaft. Dann, bei der Erinnerung an seinen Verrat, wird alles rot. Und schließlich geht alles in Flammen auf, als ich ihn in Brand stecke.

Jetzt stehe ich hier in Moms Küche und starre auf ihre Leiche.

Das Monster im Spiegel war schneller.

Außerdem hat sie Onkel Clive in die Brust geschossen.

Wie konnte dieses Ding aus seinem Glasgefängnis entkommen? Sie ist nicht echt. Sie kann nicht echt sein. Dennoch bilden sich Dampfwölkchen vor ihrem Gesicht, als sie atmet, ihre Augen schimmern lebendig, und von ihren Händen tropft Blut. Sie ist zu furchterregend, als dass es sich um einen Albtraum handeln könnte.

Ich weiche langsam rückwärts von ihr weg, wobei ich auf Onkel Clives frischem Blut ausrutsche. Mein Herz schlägt so heftig, dass das Pulsieren bis in meine Fingerspitzen nachhallt. Es scheint die Doppelgängerin anzuziehen, denn sie bewegt sich mit raschen Schritten auf mich zu, wobei sich ihr Brustkorb unter aufgeregten Atemzügen hebt und senkt.

Die Nachmittagssonne dringt durch das Küchenfenster und hebt die goldenen Flecken in ihren grünen Augen hervor. Sie sieht mir überhaupt nicht ähnlich, obwohl alles an uns identisch ist, von den Narben auf unserem Gesicht bis zu unserem Haar, das nur auf der linken Seite gebleicht ist. Sie hat sogar ihre rechte Augenbraue aufgehellt, sodass auch die wie meine eigene aussieht.

Das heißt, sie ist kein Spiegelbild.

Ein weiteres Zeichen dafür, dass sie nicht irgendwie aus dem Spiegel entkommen ist, ist ihre Kleidung. Während mein Kapuzenpulli, meine Leggings und mein Tank-Top mit Mausoleumsstaub bedeckt sind, trägt sie ein Korsett, das ihre Oberweite betont, und einen schwarzen Minirock, der identisch mit dem ist, den ich bei den Videoaufnahmen für den Fanclub getragen habe.

Aber das bedeutet nicht, dass alles, was ich sehe, real ist.

Das muss eine immersive Halluzination sein, die durch überwältigenden Stress ausgelöst wird. Ich habe gerade gesehen, dass Xero eine Gruppe von Männern eingeladen hat, mich zu vergewaltigen, während ich bewusstlos war. Dann habe ich ihn bei lebendigem Leib verbrannt und bin durch die Katakomben entkommen. Mein emotionales Stressniveau stieg nur noch weiter, als ich im Pfarrhaus Zuflucht suchte und mich stattdessen gegen Reverend Tom wehren musste.

Ich sollte mich also nicht wundern, dass mein Gehirn nicht mehr mitspielt.

Während meiner Fahrt durch die Stadt habe ich die ganze Zeit Rauch halluziniert. Vielleicht hat mir mein Verstand eine leere Straße vorgegaukelt und ich habe einen Unfall gebaut. Vielleicht befindet sich mein wahres Ich in dem Wrack und stellt sich vor, dass diese Kreatur, die genauso aussieht wie ich, den Spiegel verlassen hat, um meine Familie zu ermorden.

„Was ist los, Amy?", fragt sie, wobei ihre Stimme mich ins Hier und Jetzt zurückreißt. Ihre Stimme ist melodisch, spöttisch, bedrohlich, als wäre sie nur eine Parodie eines Menschen. „Freust du dich nicht, mich zu sehen?"

Ihre grünen Augen funkeln in ihrem blassen Gesicht. Es ist,

als würde ich einem Raubtier in die Augen sehen, das sich an meiner Seele gütlich tun will. Übelkeit steigt mir in die Kehle, und mein Magen verkrampft sich, wie immer, wenn ich zu lange in den Spiegel schaue.

Diese Kreatur ist nicht wie ich. Sie ist hasserfüllt. Mörderisch. Wahnsinnig. Sie ist alles, was Mom und Dr. Saint fürchteten, dass ich werden würde – ein erbarmungsloser Killer.

Das Blut rauscht in meinen Ohren und übertönt den rasenden Schlag meines Pulses. Die Küche scheint sich um mich herum zu drehen, und ich habe das Gefühl, mich in mitten eines Karussells von Wahnvorstellungen zu befinden.

Ich schlucke hart, unterdrücke einen Anflug von Panik, und mein Blick huscht zu der Waffe, die die Kreatur in der Hand hält. Ich werde vom Klingeln des Timers in der Küche abgelenkt. Das ist zu lebendig, um eine Halluzination zu sein. Zu viszeral. Es muss sich um eine schwere Wahnvorstellung handeln.

„Hast du deine Zunge verschluckt?", fragt sie.

„Was ..." Ich schlucke. „Wer bist du?"

Ihr Lachen klingt in meinen Ohren wie eine Alarmglocke und warnt mich, mich umzudrehen und zu rennen. Ich sollte einfach laufen, bevor ich ihr drittes Opfer werde.

„Was ist das für eine Frage?", fragt sie, wobei ihre Stimme einen härteren Klang annimmt. „Sag mir nicht, dass du die Schwester vergessen hast, deren Leben du gestohlen hast."

Das Blut scheint mir in den Adern zu gefrieren und lässt meinen Atem stocken. Ich blicke auf den Boden, wo Mom regungslos in ihrem eigenen Blut liegt. Sie hat nie irgendwelche Geschwister erwähnt. Ich wüsste es, wenn ich eine Schwester hätte, vor allem eine Zwillingsschwester. Und ich habe ganz sicher niemandes Leben gestohlen.

Das Wesen klimpert mit den Wimpern, legt den Kopf schief und starrt mich an, als würde sie neugierig auf meine Antwort warten. „Du erinnerst dich nicht?"

„Woran erinnern?"

„An mich", knurrt sie, hebt die Waffe und zielt auf meinen Kopf.

Mein Herz rast in meiner Brust. Ich kann noch immer nicht

glauben, dass dies real ist, aber sie kommt auf mich zu, wobei ihre Wut mit jedem Schritt, den sie macht, zu wachsen scheint.

Angst schnürt mir die Kehle zu, und ich schlucke immer wieder, um den Knoten der Lähmung zu lösen, der dafür sorgt, dass ich wie angewurzelt auf der Stelle stehe. Sie kommt immer näher, ihre unheimlichen Gesichtszüge verzerren sich vor Zorn.

Beweg dich, Amethyst.

BEWEG DICH!

„Ich werde dich an jede einzelne deiner Sünden erinnern, da du sie scheinbar vergessen hast", schreit sie.

Ihre schrille Stimme löst schlummernde Fluchtinstinkte aus, und jeder Nerv in meinem Körper schreit mich an, dass ich fliehen sollte. Die Ranken der Angst, die meine Füße an den Küchenboden fesseln, reißen, und ich wirble herum und renne los.

Ich stolpere über Onkel Clives Bein, bevor ich auf seinem Blut ins Rutschen gerate. Ich stolpere durch den engen Raum und fuchtle mit den Armen, als ich zur Tür hinaus renne.

Das irre Lachen der Doppelgängerin hallt mir nach, als ich den gepflegten Garten erreiche. Der Duft von Wacholder steigt mir in die Nase, dennoch schafft er es nicht, den Geruch des Todes zu vertreiben, der sich an meinem Körper festgesetzt zu haben scheint. Er haftet in meiner Nase, meiner Kehle und meiner Lunge ... bis hinunter in die Tiefen meiner Seele. Mom ... Onkel Clive ... ermordet von diesem Monster.

Ich stolpere über die Terrasse und lasse meinen Blick über den Garten schweifen. Hinter dem Heckenlabyrinth, den Blumenbeeten und dem Rasen befindet sich die Grenze aus immergrünen Bäumen, die das Grundstück von den Nachbarn trennt.

Die Szenarien flackern in meinem Kopf wie Stroboskoplicht. Ich könnte zwischen den Bäumen hindurch fliehen und Hilfe holen oder um das Haus herum zu der Stelle rennen, wo ich das Auto abgestellt habe. In beiden Fällen riskiere ich, in den Rücken geschossen zu werden, bevor ich auch nur in die Nähe meines Ziels komme.

Ich entscheide mich für mein Auto, also sprinte ich auf die Einfahrt zu, aber um die Ecke kommen zwei Männer, die mir bekannt vorkommen. Beide sind in marineblauen Uniformen mit goldenen Abzeichen gekleidet. Obwohl die Visiere ihrer flachen Hüte ihre Augen verdecken, kann ich erkennen, dass sie meinetwegen hier sind.

„Wo willst du hin?", ruft einer der Männer.

Er ist ein übergroßer Rohling mit einer gebrochenen Nase und einem von dunklen Stoppeln bedeckten Kiefer. Ohne noch ein Wort zu sagen, stürmt er auf mich zu, als wolle er mich rammen. Sein Partner, ein gut aussehender Kerl mit goldenen Haaren und strahlend blauen Augen, zückt einen Elektroschocker und grinst.

Die Alarmglocken schrillen ohrenbetäubend in meinem Kopf, sodass ich kaum noch klar denken kann.

Neuer Plan.

Ich wirble herum und laufe auf das Heckenlabyrinth zu, um so viel Abstand wie möglich zwischen mich und die Männer zu bringen. Wenn ich die Bäume am Ende des Grundstücks erreiche, schaffe ich es vielleicht, die Aufmerksamkeit eines Nachbarn auf mich zu ziehen oder über einen Umweg zu meinem Auto zu gelangen.

„Komm zurück, Amy", sagt eine sanftere Männerstimme, die wahrscheinlich dem Blonden gehört. Er klingt fast freundlich, aber seine kranke Freude, die er angesichts dessen, was er mit mir vorhat, verspürt, ist unüberhörbar.

Ich beschleunige mein Tempo und halte auch nicht inne, um einen genaueren Blick auf ihre Uniformen zu werfen. Es ist klar, dass sie nicht von der Polizei sind. Der Kies knirscht unter meinen Füßen und droht, meine Gedanken zu übertönen. Stehen sie in Verbindung mit den anderen Männern, die in mein Haus eingebrochen sind? Ist das überhaupt von Bedeutung? Ich muss mich darauf konzentrieren, zu entkommen, nicht zu spekulieren.

„Tut ihr keinen bleibenden Schaden an", erklingt die Stimme der Doppelgängerin.

Ihre Stimme lässt eine weitere Welle des Adrenalins durch meinen Körper schießen und zwingt mich, mich schneller zu bewegen, in der Hoffnung, diesem Albtraum irgendwie zu entkommen. Als ich das Labyrinth umrunde, kommen schwere

Schritte näher. Ehe ich mich versehe, werde ich an der Taille gepackt und hochgehoben.

Mein Magen verkrampft sich und ich schreie auf.

„Hab ich dich!" Der Rohling dreht sich um, sodass wir auf die Rückseite des Hauses blicken.

Die Doppelgängerin steht zusammen mit dem Blonden in der Tür, und beide blicken mich mit einem breiten Lächeln an.

„Hilfe ..."

Der Rohling drückt mir eine Hand auf den Mund.

„Bring sie in den Wagen", weist die Doppelgängerin an.

„Aber sicher, Dolly."

Dolly.

Ich versteife mich und wende meinen Blick wieder dem Monster zu, das so aussieht wie ich. Dolly ist der Name der Frau von *X-Cite Media*. Diejenige, die Männer zu meinem Haus geschickt hat. Diejenige, die dafür gesorgt hat, dass Lizzie Bath für einen Snuff-Film vergewaltigt und ermordet wird.

Dolly ist außerdem die Frau, die mit Xeros Vater verheiratet ist.

Als der Mann mich um die Rückseite des Hauses bringt, spüre ich, wie sich ihr Blick in mich bohrt. Ich winde mich im Griff des Mannes, obwohl jede vergebliche Bewegung meine Kräfte immer weiter schwinden lässt.

Ich weigere mich zu glauben, dass dies real ist. Mein echter Körper muss da draußen sein, in einem Autowrack gefangen oder auf eine Trage geschnallt, während ich diesen Horror halluziniere, um der Wahrheit zu entkommen, dass ich Xero getötet habe.

Aber wenn ich diese Illusion nicht durchbrechen kann, befinde ich mich in einem Albtraum, in dem ich mir wünschen werde, tot zu sein.

ZWEI

XERO

Ein Alarm klingelt in meinen Ohren und durchdringt den dichten Schleier der Bewusstlosigkeit. Ich wache mit einem Ruck auf, woraufhin meine Sinne von einer drückenden Hitze und dem beißenden Gestank von Rauch überrannt werden.

Durch den Rauch erkenne ich das Züngeln von Flammen, begleitet vom Zischen und Knacken von brennendem Holz.

Der Kriechkeller steht in Flammen, allerdings sind meine Haare und meine Kleidung völlig durchnässt. Wahrscheinlich hat Jynxson eine Sprinkleranlage im Schlafzimmer installiert, um einen Streich zu spielen.

Meine Hand gleitet über die Matratze, um nach Amethyst zu suchen und sie zu wecken, aber sie ist nicht da. Schock durchzuckt mich und ich rolle mich vom Bett, um die kühlere Luft einzuatmen. Der Rauch ist in der Nähe des Bodens nicht annähernd so dicht und gewährt mir einen Blick auf das Feuer, das jenseits der Tür wütet.

Ich ziehe die Decke vom Bett und drücke sie mir vor die Nase und den Mund, dann krabble ich um das Bett herum.

„Amethyst?", rufe ich, bevor ich in einem Hustenanfall ausbreche.

Als Antwort höre ich nur das Knistern der Flammen und das Knacken des brennenden Holzes.

Wo zum Teufel ist sie? Ist sie bereits geflohen?

Mit der Hand ertaste ich eine Glasscherbe, die mich an die Flasche erinnert, die Amethyst mir über dem Kopf zerschlagen hat. Es gab keine Erklärung – nur ein paar kryptische Worte über ein Video von uns, das auf dem Friedhof gedreht wurde.

Der Schwindel, die Kopfschmerzen, die Übelkeit und die Müdigkeit, unter denen ich leide, könnten Symptome einer Rauchvergiftung sein, aber der chemische Geruch deutet auf Chloroform oder Somnochlorat hin.

Das ergibt keinen Sinn. Ich bin der Einzige, was zwischen Amethyst und ihren Feinden steht. Sie würde ihren einzigen Beschützer nicht bei lebendigem Leib verbrennen wollen und dann fliehen … es sei denn, jemand oder etwas hat ihren Geisteszustand beeinflusst. Rasch schiebe ich diese Gedanken beiseite und eile um das Bett herum, um sicherzugehen, dass sie nicht irgendwo bewusstlos auf dem Boden liegt.

Hitze leckt über meine Haut, und mein Atem kommt in rasenden Stößen. Wenn ich hier nicht bald rauskomme, wird es kein Entkommen mehr vor den Flammen geben. Ich taste in der Dunkelheit herum, aber es gibt keine Spur von Amethyst. Ich eile durch den Raum zum Paneel neben der Badezimmertür und halte kurz inne, in der Hoffnung, dass die Hitze die Tür nicht verzogen hat.

Der Metallhebel brennt in meiner Handfläche, aber ich zwinge ihn gerade weit genug auf, um mich hindurchzuzwängen und in einen dunklen Flur zu stürzen.

Ich taumle vorwärts, würge, huste und taste mich durch den rauchgefüllten Raum. Vor mir befindet sich eine weitere Luke, die in den Raum unter Mrs. Bakers Haus führt.

Der Verrat brennt in meinem Innern und lässt bittere Galle in meine Kehle steigen. Die Frau, die ich so sehr beschützen wollte, hat mich im Stich gelassen.

Sie weiß zu viel: unsere Verstecke, unser Personal, unsere Pläne. Verdammt, wenn sie der Polizei erzählt, dass ich noch am Leben bin, oder auch nur einen Bruchteil dessen, was sie über meine Agenten beobachtet hat, dann wird jedes Arschloch mit einer Waffe und einem Groll gegen unsere Gruppe in die Katakomben eindringen.

Meine Finger ertasten den Teil der Wand, der zum *Parisii Drive* Nummer 15 führt, und ich drücke darauf. Die kleine Tür schwingt auf und mir schlägt ein Schwall kühler Luft entgegen. Ich quetsche mich hindurch, durchquere Mrs. Bakers Kriechkeller und dringe in den Tunnel ein, der zu den Katakomben führt.

In der Dunkelheit höre ich Schritte, die sich auf mich zu bewegen. Ich richte mich auf und mache mich für einen möglichen Angriff bereit.

„Xero?"

Die Oberlichter flackern und beleuchten eine kleine Gruppe schwarz gekleideter Menschen. Ich kann ihre Gestalten nicht erkennen, da meine Sicht noch verschwommen ist, aber ich erkenne die Stimme.

Das ist mein Hacker, Tyler.

Ich stolpere, aber er eilt zu mir und fängt mich auf, bevor meine Knie unter mir nachgeben.

„Das Computersystem ist ausgefallen", sagt er. „Ich habe die Kameras überprüft, aber da war nichts. Was ist passiert?"

Meine Lunge brennt und meine Kehle ist rau, dennoch keuche ich: „Der Kriechkeller brennt. Amethyst ist verschwunden."

„Wurdet ihr angegriffen?"

Ich weiß nicht, was mich davon abhält, zu sagen, dass die Frau, der ich verziehen habe, dass sie mich betrogen hat, mich bewusstlos zurückgelassen hat, damit ich in den Flammen sterbe. Vielleicht ist es Unglaube. Vielleicht ist es die Scham, zweimal getäuscht worden zu sein. Vielleicht ist es die vergebliche Hoffnung, dass das alles nur ein Missverständnis ist. Egal, was es ist, die Wahrheit schnürt mir die Kehle zu.

„Lass die Katakomben evakuieren", sage ich mit angehaltenem Atem. „Zumindest, bis wir die Lage besser einschätzen können."

Tyler und die anderen sagen daraufhin etwas, allerdings gehen ihre Worte unter dem Rauschen in meinen Ohren unter. Als mir schwarz vor Augen wird, ist das Letzte, woran ich denke, die rohe Wut, die Amethysts schöne Gesichtszüge verzerrte, als sie mir die Flasche über den Kopf schlug.

~

Die Zeit vergeht. Es könnten Stunden sein, wenn man bedenkt, dass jeder Muskel in meinem Körper schreit, als hätte ich einen Marathon hinter mir. Ich wache in einem unserer oberirdischen Krankenzimmer mit Blick auf einen Garten auf. Das schwindende Licht der untergehenden Sonne dringt durch die Fenster und sagt mir, dass ich den größten Teil des Tages bewusstlos war.

Mein Brustkorb fühlt sich eng an und trotz der Sauerstoffmaske spüre ich noch immer den Rauch in meiner Kehle. An meinem Arm ist eine Infusion angebracht, die eine klare Flüssigkeit abgibt, von der ich hoffe, dass es nur Kochsalzlösung ist, denn ich habe keine Zeit, um noch länger hier zu verweilen.

Amethyst ist weg, und ich habe das Bewusstsein verloren, bevor ich Tyler anweisen konnte, sie zu verfolgen.

Mit einer Grimasse nehme ich die Sauerstoffmaske ab und zwinge mich dazu, mich aufzusetzen. Als ich nach der Infusion greife, schließt sich eine kleine Hand um mein Handgelenk.

„Was glaubst du, was du da tust?", schnappt eine weibliche Stimme.

Ich drehe mich um und blicke in die Augen meiner Schwester. Ihr Haar, das sie normalerweise zu einem ordentlichen Dutt zusammengebunden hat, ist zerzaust, und in ihren braunen Augen kann ich Sorge schimmern sehen.

„Camila, ich ..."

„Isabel sagt, du kannst nicht gehen." Sie setzt mir die Maske wieder aufs Gesicht und ruft: „Er ist wach!"

Zähneknirschend mache ich mir eine gedankliche Notiz, dass ich Tyler für seine Wahl des Aufpassers in den Arsch treten werde. Wenn jemand anderes es gewagt hätte, mich hier zu halten, hätte ich ihn bereits fix und fertig gemacht.

Die Tür öffnet sich, und Isabel kommt mit strenger Miene herein. „Hör mir zu, bevor du den Raum auseinandernimmst."

Meine Nasenflügel blähen sich und ich beiße die Zähne zusammen.

Man sollte meinen, dass Isabel die freundlichere meiner Schwestern ist. Sie ist ein Jahr älter als Camila und hat zarte Gesichtszüge, die von Locken umrahmt werden. Sie ist eher mütterlich und hat es vorgezogen, Menschen zu heilen, anstatt zu töten. Aber die Ausbildung, die sie unter unserem leitenden medizinischen Offizier durchlaufen hat, hat ihre weichen Seiten zu Stein geschliffen.

„Wir haben eine Bronchoskopie durchgeführt, um kleine Partikel aus deiner Lunge zu entfernen. Du musst dich zumindest während der nächsten Tage ausruhen, bis wir die Ergebnisse deiner arteriellen Blutgasanalyse erhalten. Das wird uns mehr Informationen liefern, um einen Behandlungsplan zu erstellen.“

„Ich habe keine vierundzwanzig Stunden, geschweige denn zweiundsiebzig“, stoße ich durch zusammengebissene Zähne hervor.

Camila legt eine Hand auf meinen Arm. „Alles ist unter Kontrolle. Wir haben die Katakomben evakuiert. Alle Agenten sind in oberirdischen Unterkünften in der ganzen Stadt untergebracht. Tyler und Jynxson sind beide im Warteraumund haben Informationen über Amethyst.“

Mein Herzschlag beschleunigt sich, und ich richte mich im Bett auf. „Lass sie rein.“

„Warte.“ Isabel hebt eine Hand.

„Was?“

„Mobilisiere von mir aus das Team von deinem Bett aus, aber verlass nicht diesen Raum. Zwing mich nicht, dich zu sedieren.“ Sie wirft mir einen finsteren Blick zu.

Ich nicke ihr knapp zu.

„In Ordnung.“ Sie ergreift meine Hand und drückt sie sanft. „Und willkommen zurück.“

Schuldgefühle machen sich mir breit, und meine Brust zieht sich vor Bedauern zusammen. Ich war so sehr damit beschäftigt, Vater und die Jungen zu finden, die er in der unterirdischen Anlage eingesperrt hatte, dass ich nicht daran gedacht habe, meine Flucht aus dem Gefängnis mit meinen Schwestern zu feiern.

Dann war da noch meine Besessenheit von Amethyst. Sie war so verzehrend, dass ich keines der Warnsignale bemerkte. Vielleicht war der Fick mit ihr im *Screen Room* des *Ministry of Mayhem* zu viel für sie, sodass sie komplett ausrastete.

Die Ereignisse der letzten Nacht sind immer noch

verschwommen, nachdem ich eine Menge an Beruhigungsmitteln eingeatmet habe. Ich muss sie finden, bevor sie meine Operation ruiniert und …

Jynxson betritt den Raum und reißt mich damit aus meinen Gedanken. Isabel verlässt den Raum und lässt auch Tyler herein. Sie sehen beide niedergeschlagen aus, und Tylers Augen sind gerötet, was mich das Schlimmste befürchten lässt.

Ich atme scharf in die Sauerstoffmaske ein und mache mich auf das Schlimmste gefasst.

„Bericht", knurre ich.

„Zwei Agenten sind tot", sagt Tyler.

Mein Magen verkrampft sich. „Wer?"

„Port und Bowker", antwortet er.

„Hat Amethyst sie umgebracht?"

Er schüttelt den Kopf. „Das ist zweifelhaft. Die Polizei fand Melonie Crowley ermordet in ihrem Haus zusammen mit ihrem Schwager Clive Bishop. Als die Gerichtsmediziner das Gelände durchsuchten, fanden sie unsere Männer in einem Auto in der Nähe, nachdem jemand ihnen in den Kopf geschossen hat. Wer auch immer sie ausgeschaltet hat, hat ein Langstreckengewehr benutzt und wusste offensichtlich, was er tat."

Ich knirsche mit den Zähnen. „Was hat das Überwachungs-material gezeigt?"

„Etwa zwanzig Minuten nach Ausbruch des Feuers löste jemand eine örtlich begrenzte EMP-Explosion um das Haus der Crowleys aus, die alle Überwachungskameras und Kommunikati-onsnetze ausschaltete."

Mein Kiefer spannt sich an. Das Timing ist ein zu großer Zufall, als dass es etwas anderes als Absicht sein könnte. Wer auch immer Port und Bowker getötet hat, muss etwas mit Amethysts Verschwinden zu tun haben. Die Frage ist, ob sie mit den Mördern zusammengearbeitet hat.

„Was für eine Art von Gerät?", frage ich.

„Wir glauben, dass es mit einem Laster zusammenhängt, der auf den Autobahnen rund um Alderney Hill unterwegs war." Tyler wirft Jynxson einen kurzen Blick zu, bevor er hinzufügt: „Er näherte sich dem Hügel, kurz bevor die Kommunikation unterbrochen wurde."

Meine Hände ballen sich zu Fäusten und ich blicke zu Jynxson. „Wurde Amethyst gefunden?“

„Wir haben Aufnahmen gefunden, auf denen man sehen kann, wie sie in Richtung des neuen Pfarrhauses rennt“, antwortet er.

Mir stockt der Atem bei der Vorstellung, wie sie zu diesem Mistkerl rennt. „Sie ist also bei dem Priester?“

Er zieht eine Grimasse. „Sie betrat das Pfarrhaus mit Reverend Thomas. Kurz darauf fuhr sie mit seinem Auto in Richtung ihres Elternhauses.“

„Und wo ist er jetzt?“

„*Simon's Memorial* Krankenhaus“, antwortet Jynxson leise, „aber das ist nicht das Schlimmste.

„Was dann?“

„Wir haben im Pfarrhaus Aufnahmen von Reverend Thomas gefunden, wie er Amethyst angreift. Es scheint, als ob er mit *X-Cite Media* in Verbindung steht.“

DREI

AMETHYST

Es gibt kein Entkommen aus diesem Albtraum. Ich beiße mir nicht auf die Wange, ich schließe nicht die Augen und öffne sie wieder, ich werfe mich nicht einmal gegen die Wand dieses Fahrzeugs.

Die beiden Kerle, die meiner Doppelgängerin helfen, haben mich in eine Zwangsjacke gesteckt und auf die Ladefläche eines Lasters geworfen. Die Bastarde haben mir einen Knebel und eine Art Geschirr um den Mund gelegt, damit ich nicht schreien kann. Alles, was ich tun kann, ist, gegen die Tür zu treten wie ein Maultier.

Meine Arme sind fest in den dicken Stoff eingeschnürt, der durch Bänder an den Handgelenken, Ellbogen und Oberarmen gesichert ist. Es ist nicht so unbequem oder so eng wie bei Kabelbindern, aber ich glaube, das ist der Sinn der Sache. Zwangsjacken sollen eng anliegen und eine trügerische Sicherheit bieten, die einen von Fluchtversuchen abhält.

Woher zum Teufel weiß ich so etwas?

Ich rolle mit den Schultern und versuche, die Fesseln zu lockern, aber es nützt nichts. Die Gurte auf der Rückseite meiner Jacke sind an einem Haken befestigt, sodass ich kaum in die Nähe der Tür komme.

Xero hat mir beigebracht, wie man sich aus Seilen, Handschellen, Kabelbindern und einem geschlossenen Kofferraum befreien kann, aber nicht, wie man sich aus einer solchen Vorrichtung befreit.

Scheiße.

Warum denke ich zu diesem Zeitpunkt überhaupt an diesen Verräter? Er ist schlimmer als mein beschissener Musiklehrer, Mr. Lawson, der hat mich wenigstens nicht an andere Männer weitergereicht. Xero hat mir eine ganz andere Realität vorgegaukelt, in der er mich vor Snuff-Filmemachern beschützte, nur um dann zuzulassen, dass mein Körper von anderen Männern benutzt wird.

Schmerz durchfährt meine Brust und lässt mich keuchend zusammenzucken. Am Ende war Xero ein Verräter wie jeder andere, und deshalb musste er sterben. Aber obwohl ich das weiß – selbst nach all dem Verrat – zieht sich mein verräterisches Herz noch immer vor Trauer zusammen. Trauer um das, was hätte sein können. Ein Teil von mir fragt sich, ob ich ihn hätte ändern können. Oder sogar uns hätte retten können.

Ich werde aus meinen Gedanken gerissen, als der Laster anhält und der Motor verstummt. Wenn ich in einem luziden Traum feststecke, dann muss ich die Kontrolle übernehmen. Vielleicht kann ich sogar ein paar Superkräfte aufbringen, damit ich der Doppelgängerin und ihren Komplizen entkommen kann.

Ich bewege meine Finger und versuche, Flammen zu erzeugen, die sich durch den Stoff brennen, aber nichts passiert. Es erklingen Schritte, die sich um das Fahrzeug herumbewegen, begleitet von lautem Gelächter, das mir einen eisigen Schauer über den Rücken jagt. Mein Puls beschleunigt sich, als die Schlösser knarren.

Die Türen schwingen auf und das Tageslicht dringt in den Innenraum des Lastwagens, sodass ich die Augen zusammenkneifen muss. Die Silhouette des Rohlings erscheint vor mir und verdeckt den größten Teil der Sonne.

Er starrt auf mich herab und grinst. Ohne den Hut ist er nicht so furchteinflößend. Sein Gesicht hat die schroffen, maskulinen Züge eines Boxers oder eines Actionfilmstars.

„Wirst du ein braves Mädchen für mich sein?", knurrt er.

Ich presse mich gegen die Wand.

„Fen", schnauzt Dolly, und ihre Stimme lässt mich sämtliche Muskeln anspannen. „Hör auf mit dem Scheiß und hol sie raus."

Fens Lächeln verschwindet und er presst seine Lippen zu einer harten Linie zusammen. Er steigt in den Laster und löst die Gurte, die mich am Haken halten.

Ich weiche zurück, aber er stürzt sich auf mich, packt mich in der Mitte und trägt mich raus. Mit brennenden Augen blinzle ich immer wieder, bis sich meine Augen an das grelle Licht gewöhnt haben.

Wir befinden uns auf der Landebahn eines Flughafens, wo kleine Jets in ordentlichen Reihen geparkt sind. Dolly und der gut aussehende Kerl schreiten bereits auf eine Treppe zu, die in das Innere eines Jets führt.

Mein Magen zieht sich unangenehm zusammen.

Traum oder nicht, ich kann nicht zulassen, dass diese Leute mich an einen anderen Ort bringen. Jeder weiß, dass das nur dazu führt, dass den Opfern das Schlimmste widerfährt. Ich winde mich in Fens Griff und schreie gegen den Knebel, aber der Klang ist gedämpft.

Grunzend verändert Fen seinen Griff um meine Arme, damit ich mich nicht wehren kann. „Entspann dich", knurrt er mir ins Ohr. „Dann wird dir auch nichts passieren."

Ich reiße meinen Kopf nach vorn und dann nach hinten, um ihm einen Schlag ins Gesicht zu versetzen. Der Schmerz explodiert in meinem Kopf, aber wie erhofft lockert Fen seinen Griff mit einem Brüllen. Ich lande schmerzhaft auf dem Boden, doch das ist nichts im Vergleich zu den Qualen, denen ich entkommen muss. Ich springe eilig auf die Beine, reiße mich von der Bestie los und sprinte über die Landebahn in Richtung des Gebäudes.

„Du unfähiges Arschloch", schreit Dolly. „Schnapp sie dir!"

Ich beiße die Zähne zusammen und versuche, meine Beine zu einem noch schnelleren Tempo anzuspornen. Mit jeder Sekunde, die verstreicht, kommt das Gebäude näher. Es ist eine Stahl-Glas-Konstruktion mit Fenstern, in denen sich die Flugzeuge und das umliegende Rollfeld spiegeln.

Ich kann Fen sehen, der mir folgt, aber ich konzentriere mich auf die Doppeltüren vor mir, die sich öffnen, als ein rothaariger Wachmann heraustritt, der nicht älter als neunzehn sein kann. Er bleibt stehen und starrt mich mit offenstehendem Mund an, aber er macht keine Anstalten zu helfen.

„Halte sie auf!", schreit Dolly.

Als der Wachmann in seine Tasche greift, steigt meine Hoffnung, aber er holt sein Handy heraus und beginnt mich zu filmen.

Mir steigen die Tränen in die Augen, aber ich stürme weiter der Tür entgegen, da ich weder die Zeit noch die geistige Verfassung habe, um seine Gefühllosigkeit zu verfluchen.

Ein großes Gewicht prallt gegen meinen Rücken und lässt mich zu Boden gehen. Mein Kopf schlägt auf dem Asphalt auf, sodass ein betäubender Schmerz in meinem Schädel explodiert und meine Sicht verschwimmen lässt.

„Netter Versuch." Fen reißt mich vom Boden und wirft mich über seine Schulter. „Aber noch eine Chance dafür bekommst du nicht."

„Nein!" Ich winde mich in seinem Griff und schreie um Hilfe, aber durch den Knebel bekomme ich nichts weiter als gedämpfte Laute hervor.

Fen dreht sich um und marschiert zu dem Privatjet. Egal, wie verzweifelt ich versuche, mich aus seinem Griff zu befreien, er packt mich nur noch fester, bis ich kaum noch atmen kann.

„Lass mich sie ansehen", erklingt Dollys Stimme, als sie neben Fen tritt. Sie packt mich an den Haaren und reißt meinen Kopf nach hinten. Ich zucke zusammen, zum Teil wegen des Schmerzes, aber vor allem als ich dem Blick dieser bösartigen, grünen Augen begegne. „Verflucht. Du hast das Gesicht beschädigt."

„Sie hat versucht, zu entkommen", murmelt Fen.

„Es wird Tage dauern, bis sie kameratauglich ist", schimpft sie. „Jetzt muss ich für sie einspringen, bis ihr Gesicht wieder vorzeigbar ist."

„Tut mir leid."

Kameratauglich?

Oh, Scheiße. Bitte sag mir nicht, dass es um einen Snuff-Film geht.

„Schaffe sie jetzt endlich in das verdammte Flugzeug", faucht sie.

Fens kräftiger Körper erschlafft, und ich spüre, wie er nickt. Seine Niedergeschlagenheit ist nur ein Bruchteil des dumpfen Schmerzes der Verzweiflung, der mich selbst erfüllt. Die Aussicht, so zu enden wie Lizzie Bath, lähmt mich regelrecht vor nackter Panik. Ohne ein weiteres Wort trägt er mich zu der Treppe, die zum Jet hinaufführt.

Hinter uns lacht der gut aussehende Mann. „Du hättest sie betäuben sollen."

Dolly schnaubt. „Ich wollte, dass sie mitbekommt, wie ihr ganzes Leben den Bach runtergeht."

Der blonde Mann sagt etwas, das sie zum Lachen bringt.

„Also gut." Sie schnippt mit den Fingern. „Warte einen Moment. Locke will ihr eine Kleinigkeit geben."

Fen bleibt die paar Sekunden stehen, die der Blonde braucht, um die Stufen herunterzuschlendern und dem größeren Mann zu befehlen, mich in seine Arme zu nehmen. Ich winde mich in Fens Griff und versuche, mich wieder zu befreien, aber er hält mich so fest, dass ich kaum atmen kann.

Ich dachte immer, Xeros Augen seien kalt, aber es war nur die Farbe seiner Iriden, die sie so erscheinen ließen. Lockes Iris ist tintenblau und ihr fehlt jeder Anflug von Menschlichkeit. Sie befinden sich in perfekt proportionierten Zügen, die zu einer Ken-Puppe gehören könnten. Ich sehe, wie er sich mir mit einer Spitze nähert, die mit einer klaren Flüssigkeit gefüllt ist.

Bei dem Anblick sträuben sich mir sämtliche Härchen im Nacken. Ich schüttele wild den Kopf und mir steigen die Tränen in die Augen. Ich will nicht das Bewusstsein verlieren und zulassen, dass diese Bastarde meinem wehrlosen Körper noch mehr Grausamkeiten antun können. Ich kann das nicht noch einmal zulassen.

„Du brauchst dich nicht zu wehren, kleine Betrügerin", sagt er, und seine Lippen verziehen sich zu einem Lächeln. „Wir werden uns sehr gut um dich kümmern, während du schläfst."

Die Bestätigung meines Schicksals jagt Adrenalin durch meinen Körper, das mir hilft, die nötige Kraft zu finden, um mich noch heftiger zu winden. Ich strample wie wild und schreie in den Knebel, während mein Blick zu dem Gebäude schweift, in dem der Wachmann gerade verschwunden ist.

Was ist passiert? Warum hat er keinen Alarm ausgelöst?

Was ist das für ein Flughafen, an dem man zulässt, dass unschuldige Menschen in Privatjets entführt werden?

Ich spüre den Stich der Nadel an meinem Hals und wimmere, während mir weitere Tränen in die Augen schießen. Albträume enden normalerweise an diesem Punkt, wenn der Schrecken unerträglich wird. Ich sollte in einem Bett aufwachen, schweißgebadet und mit rasendem Herzen.

Aber ich wache nicht auf.

Die Dunkelheit greift nach mir und lässt die Welt verschwimmen. Als mein Körper in Fens Armen erschlafft, wendet sich Locke von mir ab und zieht Dolly an seine Seite. Durch meine getrübte Sicht kann ich sehen, wie die beiden in den Privatjet steigen. Mein Geist kämpft darum, bei Bewusstsein zu bleiben, aber meine Glieder erliegen der Droge.

Bevor ich überhaupt darüber nachdenken kann, was das zu bedeuten hat, wird die Welt endgültig schwarz.

Als ich wieder zu mir komme, sitze ich zusammengesunken auf dem Sitz eines Schulbusses, der durch einen Wald fährt. Hinter den Bäumen mache ich sanfte Hügel aus, auf denen Schafe weiden. Die untergehende Sonne färbt den Himmel in Orange- und Violetttönen und verleiht der Wolle der Schafe einen seltsamen Farbton.

Mein Kopf schmerzt und in meinem Mund nehme ich den schwachen Geschmack von Chemikalien wahr. Ich versuche, mich zu bewegen, aber der Schwindel und die Riemen meiner Fesseln halten mich an Ort und Stelle.

Vor mir sitzt Fen auf dem Fahrersitz, während Dolly und Locke vorn knutschen. Ich kann ihre Worte wegen des dröhnenden Motors nicht hören, aber ich bin sicher, dass ich mir bei dem, was sie vorhaben, wünschen werde, dass Reverend Tom mich umgebracht hätte.

Ich blicke mich um und entdecke Kameras an der Decke des Busses, deren blinkende rote Lichter anzeigen, dass sie aufzeichnen. Der Bus fährt über eine Bodenwelle, die eine Welle der

Übelkeit in meinem Magen aufwallen lässt. Ich krümme mich und stöhne.

„Sie ist aufgewacht", durchdringt Lockes Stimme den restlichen Dunst, der meinen Verstand vernebelt.

Das Paar kommt näher und mein Inneres zieht sich zu einem schmerzhaften Knoten zusammen.

„Erkennst du diesen Ort?", fragt Dolly.

Ich schüttele den Kopf.

„Was ist los, Betrügerin?", fragt sie.

„Vielleicht ist sie schüchtern", sagt Locke und lacht.

Dolly setzt sich neben mich und rückt so dicht an mich heran, dass ich die Wärme ihres Körpers durch die Zwangsjacke hindurch spüren kann. Locke lässt sich auf dem Vordersitz nieder, seine leblosen blauen Augen mustern uns abwechselnd.

„Ihr seid so identisch, dass es gruselig ist", sagt er, wobei Verwunderung in seiner Stimme mitschwingt.

„Sie hat diesen Bluterguss an der Schläfe", murmelt Dolly.

„Das kann mit Make-up kaschiert werden." Locke beugt sich vor, seine Finger greifen nach meinem Gesicht. Ich weiche zurück, aber Dolly gibt ihm einen Klaps auf die Hand.

„Niemand fasst sie ohne meine Erlaubnis an", schnauzt sie.

„Schön", murmelt Locke und zwinkert mir zu.

Ich drücke mich gegen das Fenster und versuche, so viel Abstand wie möglich zwischen Dolly und mir zu bringen, aber sie kommt immer näher, wie ein Raubtier, das seine Beute studiert, bevor es zuschlägt.

Diese Leute sind nicht nur mordende Vergewaltiger, sie haben eine ungebändigte Freude an dem, was sie tun. Sie erinnern mich an Schläger auf einem Schulausflug. Sie wollen so viel mehr, als meine Erniedrigung und meinen Tod zu filmen. Sie wollen, dass ich für Sünden leide, an die ich mich nicht einmal erinnern kann.

Ich nehme den Geruch von Aceton wahr, als ich Dollys Atem auf meinem Gesicht spüre, als sie sich mir nähert und mit ihren Fingern meine Kieferpartie spöttisch nachzeichnet.

„Und jetzt?", fragt sie.

Ich runzle die Stirn.

Sie packt hart meinen Kiefer und dreht meinen Kopf nach vorn. „Erkennst du es jetzt?"

Ich drehe mich um und schaue durch die Windschutzscheibe, meine Brust zieht sich vor Unbehagen zusammen. Wir befinden uns jetzt auf dem ungepflegten Gelände eines viktorianischen Gebäudes. Bröckelnde rote Ziegel verbergen sich unter einer dicken Schicht Efeu. Die Natur hat sich im Innenhof ausgebreitet, der jetzt von Unkraut überwuchert ist, das so hoch wie junge Bäume ist.

Ich werde von einem Déjà-vu erfasst, das meinen Verstand aus dem Gleichgewicht bringt. Obwohl ich nicht weiß, was zur Hölle hier vor sich geht, kann ich dieses beängstigende Gefühl der Vertrautheit nicht leugnen.

„Und?", fragt Dolly.

Ich schüttle den Kopf, weil ich ihr nicht die Genugtuung geben will.

„Die Bilder, die ich dir geschickt habe, waren dazu gedacht, dein Gedächtnis aufzufrischen."

Keuchend winde ich mich auf dem Sitz. Die ganze Zeit über dachte ich, die Polaroids seien das Werk eines älteren Mannes.

„Das ist die *Saint Christina* Irrenanstalt." Sie legt einen Arm um meine Schultern und zieht mich in eine Umarmung. „Willkommen zurück in deinem ehemaligen Zuhause."

VIER

XERO

Ich versuche, von meiner Liege aufzustehen, doch Jynxson packt mich an den Schultern.

Er drückt mich wieder runter. „Was soll das werden?"

„Ich werde diesen Priester verhören." Ich stemme mich gegen seinen Griff, aber in meinem geschwächten Zustand könnte er genauso gut ein Felsbrocken sein.

„Bleib unten", knurrt er. „Wir haben Leute, die das Krankenhauszimmer von Reverend Thomas beobachten. Jemand wird sich um ihn kümmern, sobald er entlassen wird."

Plötzlich geht die Tür auf und Isabel stürmt mit blitzenden Augen herein. „Ich habe dir gesagt, was passieren würde, solltest du versuchen, zu gehen."

Mein Blick fällt auf die Spritze, die sie wie eine Pistole schwingt. Mein Kiefer spannt sich an und ich zwinge mich, mich hinzulegen. Es ist nicht meine Art, so impulsiv zu reagieren, aber die Situation mit Amethyst macht mich fertig. Ich weiß nicht, warum sie mich bewusstlos geschlagen hat, ob sie einen psychotischen Anfall erlitten hat oder dem Feind in die Hände gefallen ist. Aber eines ist sicher: Wenn ich versuche, mich gegen Isabel zu wehren, wird meine Genesung noch mehr Zeit in Anspruch nehmen.

„Gut", knurre ich. „Gib mir einen Laptop. Ich werde mich mit den Leuten im *Simon's Memorial* in Verbindung setzen."

Jynxson wendet sich an Tyler, der einen Computer aus seiner Tasche zieht. Ich lehne mich zurück, blicke auf Isabel und zwinge mich, meine Gesichtszüge zu entspannen.

Tyler und Camila kann ich locker außer Gefecht setzen. Vielleicht schaffe ich es sogar, Jynxson in meinem beschissenen Zustand zu überwältigen, wenn ich schmutzig kämpfe, aber Isabel ist diejenige, die mir ohne Weiteres ein Beruhigungsmittel injizieren kann. Von allen Agenten in diesem Raum ist sie die gefährlichste und diejenige, die am besten mit meinem Vorgehen vertraut ist.

Tyler bringt mir den Laptop, und ich richte meine Aufmerksamkeit auf den Bildschirm. Isabel mustert mich noch einige Augenblicke lang misstrauisch, bevor sie schließlich geht. Meine Freunde und meine Familie sind bereits durch den Verlust von Port und Bowker erschüttert. Ich werde ihre Trauer nicht noch verschlimmern, indem ich rebelliere.

„Also gut", sage ich und blicke zu Tyler. „Ich brauche jemanden, der herausfindet, wo dieser Laster hin ist. Wohin ist er nach dem EMP-Angriff gefahren? Überprüfe das Haus des Anwerbers und seine Umgebung, um herauszufinden, ob Amethyst dorthin gefahren ist, und bring mich mit den Agenten in Verbindung, die auf Reverend Thomas angesetzt wurden."

Alle Anwesenden stoßen einen kollektiven Seufzer aus und setzen sich in Bewegung, um meinen Befehlen Folge zu leisten. Von den Agenten, die im Krankenhaus sind, erfahre ich, dass der Reverend mit einer Gehirnerschütterung und einer Verletzung am Augenlid über Nacht bleiben muss.

Tyler hat mein Zimmer auf der Krankenstation als Hauptquartier für die Ermittlungen über Amethyst eingerichtet. Es ist kein Zufall, dass sie an dem Tag verschwand, an dem ihre Familie und zwei unserer Agenten ermordet wurden. Es stellt sich heraus, dass der Laster auf einen Schrottplatz nördlich von Beaumont City zugelassen ist, eine übliche Taktik von Kriminellen, um illegale Aktivitäten zu verbergen.

Wir haben die Website von *X-Cite Media* nach einer Erwähnung von Amethyst durchsucht, aber dort dreht sich noch immer alles um die Ermordung von Lizzie Bath.

Auf den Aufnahmen von Amethyst im Pfarrhaus mit Reverend Thomas kann man sehen, dass sie verängstigt und verwirrt ist. Sie versucht, durch Worte ihn dazu zu bringen, sie gehen zu lassen, aber er greift sie zuerst an.

Als er ihr an die Kehle geht und sie an die Wand drückt, muss ich mich beherrschen, um nicht den Laptop zu zertrümmern und zu ihm zu stürmen, um ihm den Gar auszumachen. Als sie sein Auge verletzt und ihm eine seiner Kameras über den Kopf zieht, geht mir das Herz auf.

Camila ergreift meine Hand. „Du hast sie gut trainiert. Wo auch immer sie ist, sie wird überleben."

Meine Brust spannt sich an. „Aber was ist mit ihrem geistigen Zustand?"

„Ich kann eine Kamera in Dr. Saints Zelle einrichten. So kannst du die Psychiaterin per Videochat verhören."

„Gut. Tu es", rufe ich.

Sie küsst mich auf die Wange und verlässt den Raum.

„Xero", sagt Jynxson.

„Was?"

„Hat Amethyst das Feuer gelegt?"

Ich schaue meinem ältesten Freund in die Augen. Die meisten Männer fühlen sich von mir eingeschüchtert, aber nicht Jynxson. Wir kennen uns, seit wir beide zehn Jahre alt waren und gemeinsam in der unterirdischen Anlage gelebt haben, dann waren wir Zimmergenossen auf der Moirai-Akademie.

Jynxson war während des Abschlusslaufs in meinem Team gewesen und hatte sich den Moirai mit einem meiner Wertmarken angeschlossen, doch er war einer der Ersten, die überliefen, als ich meine kleine Widerstandsgruppe gründete. Trotz der langen Zeit unserer Freundschaft würde er nicht verstehen, was ich mit meinem kleinen Geist habe.

„Hat sie das Feuer gelegt oder nicht?", fragt er erneut, und seine Stimme wird härter.

„Nein", sage ich. „Nicht absichtlich."

Seine Augen verengen sich. „Dann aus Versehen?"

Der gesunde Menschenverstand und meine achtjährige

Ausbildung als Auftragskiller sagen mir, dass ich eine Frau, die versucht hat, mich bei lebendigen Leib zu verbrennen, nicht beschützen sollte, aber Amethyst ist mir unter die Haut gegangen. Ich kenne sie gut genug, um zu wissen, dass hinter ihren Taten mehr steckt als kleinliche Rache oder gar eine psychotische Episode.

„Xero?", fragt Jynxson.

„Das ist das, was ich herausfinden will."

Wir starren uns einige Sekunden lang stumm an, und seine Gesichtszüge verhärten sich vor Ungläubigkeit. Gerade Jynxson weiß, dass ich mich niemals von einem untrainierten Zivilisten überrumpeln lassen würde.

„Wenn du sie beschützen willst ..."

„Amethyst könnte der Schlüssel sein, um nicht nur meinen Vater, sondern auch alle Kinder zu finden, die er zu Attentätern ausbildet", sage ich. „Und sie ist irgendwo da draußen, verängstigt, allein, oder vielleicht in den Fängen von *X-Cite Media*. Das Letzte, was sie braucht, ist, von Attentätern gejagt zu werden."

Jynxson starrt auf sein Handy und runzelt die Stirn. „Alles deutet darauf hin, dass Amethyst Nocturne getötet hat, weil er mit *X-Cite Media* in Verbindung stand, und ihre Mutter, weil sie Dolly ist."

„Es sieht so aus", murmle ich.

„Warum sollte sie unsere einzige Spur ausschalten, die wir haben, um Delta zu finden?"

Ich rutsche auf der Liege hin und her, wobei ich meine Lippen hart zusammenpresse. „Du kennst Melonie Greaves noch nicht. Sie ist nervtötend. Vielleicht hat es Amethyst endgültig gereicht."

„Und die EMP-Explosion?" Er schüttelt den Kopf. „Das passt nicht zusammen."

Er hat recht, aber ich weigere mich zu glauben, dass Amethyst alle elektrischen Systeme ausgeschaltet hat, nur um ihre Mutter zu ermorden.

Jynxson wirft mir einen finsteren Blick zu und will gerade etwas anderes sagen, als Tyler ihn unterbricht. „Es ist weit hergeholt, aber derselbe Laster, allerdings mit einem anderen Kennzeichen, hat den Flughafen *Mannez* erreicht."

Ich reiße den Kopf hoch. „Ist er noch dort?"

„Er wurde vor drei Stunden abgeschleppt", murmelt er. „Es könnte ein Zufall sein oder eine andere kriminelle Gruppe, aber ich bin dabei die Sicherheitsdaten des Flughafens zu überprüfen."

Mit einem Nicken wende ich meine Aufmerksamkeit wieder dem Video zu, in dem Amethyst sich gegen Reverend Thomas wehrt.

„Warum, kleiner Geist?", flüstere ich.

„Wir haben sie gefunden!", ruft Tyler plötzlich aus.

„Zeig es mir."

Auf meinem Laptop erscheint eine Warnmeldung, und ich klicke auf ein Video mit Aufnahmen vom Flughafen. Ein weißer Lastwagen fährt vor und ein blonder Mann steigt aus. Jynxson und ich lehnen uns näher heran, als Amethyst ihm in einem schwarzen Lederkorsett und einem kurzen Rock folgt.

Ich knirsche mit den Zähnen. Seit wann hat sie männliche Freunde?

Mein Blut kocht, als sie sich bei dem Blonden unterhakt und zur Treppe des Jets schlendert, als hätte sie nicht gerade versucht, mich bei lebendigem Leib zu verbrennen, bevor sie eine Reihe von Morden begangen hat. Die Fahrertür öffnet sich und ein athletisch aussehender dunkelhaariger Mann steigt aus, der zum hinteren Teil des Lasters geht.

Meine ganze Aufmerksamkeit gilt dem Mann bei Amethyst, der einen Arm um ihre Taille legt und sie zu einem Kuss heranzieht, als sie sich den Stufen des Jets nähern.

Dann springt das Filmmaterial zum Abflug.

„Wurde daran rumgepfuscht?", knurre ich.

„Scheinbar, aber ziemlich mies", murmelt Jynxson.

„Ich will sehen, ob andere Kameras einen anderen Blickwinkel aufgenommen haben", sagt Tyler.

Ich leite das Video an Tylers Assistentin weiter, mit der Bitte, alle Flüge vom Flughafen *Mannez* zu suchen, und sie antwortet mit einer Nachricht:

Xero. Ich untersuchte die Brandursache und überprüfte den Browserverlauf auf deinem Bürocomputer. Ich habe die ersten paar Sekunden gesehen und weitergesucht, um herauszufinden, wer dich und Amethyst zusammen gefilmt hat, und ich fand etwas, das die Ursache des Feuers erklären könnte.

Eine Sekunde später schickt sie einen Link zu einem Video, in dem Amethyst über den Friedhof rennt. Ich erkenne es als das Video, das ihre Mutter an dem Tag abspielte, als sie fuchsteufelswild zum *Parisii Drive* 13 kam und spule vor.

Das, was ich sehe, nachdem die getarnte Gestalt Amethyst mit Somnochlorat betäubt hat, lässt mich den Laptop quer durch den Raum werfen.

FÜNF

AMETHYST

Der Bus fährt auf das verlassene Krankenhaus zu, über die unebene Einfahrt, vorbei an Unkraut, das seine Fenster überragt. Jeder Instinkt bäumt sich gegen den dumpfen Dunst der Drogen auf, um die gleiche Warnung zu schreien:

Betrete nicht dieses Gebäude.

Ich kann mich nicht erinnern, jemals hier gewesen zu sein, doch der Anblick der bröckelnden Backsteinfassade und der hohen, geschwärzten Fenster weckt Urängste, die mir den kalten Schweiß auf die Stirn treiben. Ich drücke mich tiefer auf meinen Sitz, in der Hoffnung, irgendwie aus diesem Traum zu entkommen.

Locke und Dolly lachen über meinen vergeblichen Fluchtversuch, aber ich habe eine zu große Angst, um dem irgendwelche Beachtung zu schenken. Ich weiß, dass mich etwas Schreckliches erwartet, wenn ich zulasse, dass diese Leute mich da hineinbringen.

Der Bus hält an und seine Türen öffnen sich mit einem vertrauten pneumatischen Zischen. Die Zwangsjacke, in die man mich gesteckt hat, wird zu schwer, zu eng, zu kratzig. Der Halsausschnitt legt sich wie eine Schlinge um meine Kehle und lässt mich würgen.

„Fen", schnappt Dolly. „Bring sie raus."

Ich schließe meine Augen, spanne meinen Kiefer an, wobei sich mein Atem beschleunigt, und konzentriere mich. Konzentriere mich darauf, aus diesem Albtraum oder dieser Koma-Halluzination auszubrechen. Konzentriere mich darauf, herauszufinden, wie zum Teufel ich entkommen kann.

Das Geräusch der Schritte von zwei Leuten reißt mich zurück in die Realität. Ich krümme mich auf dem Sitz, falle zu Boden und rolle mich weg, um irgendwie dem zu entgehen, was auf mich zukommt.

„Hey", sagt Fen mit fester Stimme. „Komm da raus."

Ich werde nirgendwo hingehen. Sie werden mich mit Gewalt hier rausholen müssen.

Der große Mann packt mich und versucht, mich aus dem Bus zu ziehen, aber ich habe mich zu einer festen Kugel zusammengerollt. Wenn er mich aus dem Bus haben will, muss er mich an meinem Hintern herausziehen.

Mit einem Grunzen kommt er auf mich zu und versucht, sich mir aus einem anderen Winkel zu nähern, aber ich bin bereits außer Reichweite.

„Komm schon, Amy. Wir können nicht die ganze Nacht hier bleiben", sagt er und greift mit seiner schwieligen Hand nach meinem Arm.

Ich drehe und wende mich und wälze mich in meiner Zwangsjacke auf dem Boden. Er geht zu den Sitzen hinter mir und versucht, mich an den Riemen auf der Rückseite zu packen, aber ich bin schon nach vorn gerutscht.

Übelkeit schnürt mir die Kehle zu, und mein Herz hämmert wie wild in meiner Brust. Ich atme schwer und meine Kehle ist so trocken, dass jeder Atemzug schmerzt. Wenn es sein muss, kann ich das die ganze Nacht durchziehen, bis sie es leid sind, mich aus dem Bus holen zu wollen.

Fen sinkt auf Hände und Knie und legt seinen Kopf auf den Boden des Busses. „Amy", sagt er mit sanfter Stimme. „Verärgere sie nicht."

„Verpiss dich", rufe ich, wobei die Worte durch den Knebel gedämpft werden.

„Warum dauert das denn so lange?", ruft Dolly von draußen.

Weitere Schritte nähern sich, gefolgt von einem leisen, männlichen Lachen. „Gibt es Probleme?"

„Warum hältst du nicht die Klappe und hilfst?", knurrt Fen.

Locke hockt sich hin und räuspert sich. „Ich werde dir zwei Möglichkeiten geben. Erstens: Du kannst wie ein braves Mädchen rauskommen und unseren Produzenten treffen."

Schluckend warte ich darauf, dass er fortfährt, aber er schweigt.

„Was ist die zweite Möglichkeit?", flüstere ich und die Worte kommen wie ein ersticktes Wimmern heraus.

„Oder ich kann dir genug Ketamin verabreichen, um einen Elefanten zu betäuben", sagt er und seine Stimme wird härter. „Dann wachst du Stunden später mit vier schmerzenden Löchern auf, die mit dem Sperma von einem halben Dutzend verschiedener Männer gefüllt sind."

Abscheu durchzuckt mich und ich muss würgen. Vor meinem inneren Auge blitzt die Erinnerung an das Video auf, in dem ich mich auf dem Friedhof gesehen habe, während eine Gruppe Männer mich vergewaltigte.

„Was ist das vierte Loch?", fragt Fen.

„Eine Stichwunde, die du dir gleich zuziehen wirst, wenn du weiter so nah stehst, du Trottel", antwortet Locke mit kalter Stimme.

Mir dreht sich der Magen um. Diese Leute sind Monster, und ich habe keinen Zweifel, dass sie ihre Drohungen wahr machen werden.

„Ich komme raus", antworte ich mit gedämpfter Stimme.

Lockes selbstgefälliges Lächeln reißt mich zutiefst, aber ich zwinge mich, meine Beine zu lockern und lasse mich von Fen am Knöchel hinausziehen.

Draußen ist die Luft so schwer von Pollen, dass meine Nase juckt. Ich halte den Atem an und drücke die Augen zu, um diesen Albtraum nicht durch Heuschnupfen zu verschlimmern. Ein vertrautes Gefühl des Unbehagens überwältigt meine Sinne, als Fen mich durch die offenen Türen der Anstalt trägt. Die Luft ist schwer vom Geruch von Feuchtigkeit, und ein muffiger Geruch erfüllt meine Nase, der meinen Körper zittern lässt.

Efeu windet sich über die gewölbten Decken des Flurs, und

Moos bedeckt eine Seite der bröckelnden Wände. Wir kommen an Türen vorbei, die in den Angeln hängen, und sehen Räume, die mit rostigen Geräten und umgestürzten Bettgestellen gefüllt sind und den Eindruck erwecken, dass es hier einen Aufstand gab.

Dolly und Locke schreiten voran und füllen die Stille mit ihrem aufgeregten Geplapper. Sie besprechen Produktionspläne, Beleuchtungsvorkehrungen und die Rekrutierung von Komparsen für ihren Dreh.

Mein Atem stockt, und alles, was ich über *X-Cite Media* weiß, kommt mit einem Mal zurück. Ich werde gleich für einen Snuff-Film gefoltert, vergewaltigt und ermordet werden.

Verzweiflung durchströmt mein Inneres wie Säure. Ich lehne meinen Kopf an Fens Schulter, unfähig, den Gedanken an meinen bevorstehenden Tod zu ertragen. Sein Griff um meine Mitte wird fester, fast so, als wolle er mir Mut machen.

Das ist Wunschdenken, da ich mich nach seinem nicht vorhandenen Mitgefühl sehne. Wenn Fen auch nur einen Funken Mitgefühl für meine Notlage empfunden hätte, hätte er zugelassen, dass ich entkomme.

Am Ende des Flurs kommen wir an einer weiteren Tür vorbei, die in einen Flügel führt, der in einem viel besseren Zustand ist. Dolly und Locke verschwinden durch eine Doppeltür mit der Aufschrift ‚Studio‘.

Fen folgt ihnen und trägt mich in eine große Halle mit leichten Gerüsten am Rand und an der Decke. An den Wänden des Raums ist die Beleuchtung angebracht, und über den Holzboden führen Kabel zu Kameras, die auf Stativen montiert sind.

Ich runzle die Stirn. Ich bin mir fast sicher, dass dies früher ein Speisesaal war.

Locke geht in die linke Ecke, wo ein schwarzhaariger Mann mit Pferdeschwanz unter der Leitung eines muskulösen Brünetten in einer Lederjacke die Beleuchtungskörper einstellt.

Dolly geht in die gegenüberliegende Ecke, wo ein älterer Mann hinter einem Schreibtisch mit einer Büroattrappe sitzt. Er beugt sich vor und seine Augen weiten sich, als er mich in Fens Armen sieht.

„Unheimlich", sagt er, seine kultivierte Stimme ist voller Ehrfurcht. „Bring sie her."

Ich erschaudere, mein Herz schlägt so heftig in meiner Brust, dass ich fürchte, es könnte in meiner Brust zerspringen. Das muss der Produzent sein.

Fen trägt mich zum Schreibtisch, wobei sein Griff um mich fester wird. Der Mann, der dahinter sitzt, ist umwerfend, mit einer kräftigen Statur, eisblauen Augen, hohen Wangenknochen und einer königlichen Nase. Mein Innerstes verkrampft sich, als ich sein Gesicht, trotz des gepflegten Bartes, der gebräunten Haut und des braunen Haares, erkenne. Seine Gesichtszüge sind eine perfekte Mischung aus Camilas und Xeros.

Das ist Delta.

Und Dolly ist seine Frau.

Delta erhebt sich wie ein Gentleman von seinem Platz und zeigt einen perfekt sitzenden dreiteiligen Tweed-Anzug. „Amy Bishop", sagt er mit atemloser Stimme. „Ich habe schon seit Jahren darauf gewartet, dich wiederzusehen."

Bishop? Wiedersehen? Ich schaue zu Dolly, wobei ich darauf achte, ihrem Blick auszuweichen, und stelle fest, dass sie mit einer beunruhigenden Mischung aus Hunger und Stolz grinst.

„Ich sagte doch, dass ich sie finden werde", sagt sie.

„Zieht sie aus. Ich will einen besseren Blick auf sie werfen", sagt Delta mit einem warmen Lächeln.

Meine Nackenhaare sträuben sich, und ich erinnere mich an alles, was Xero mir über seinen Vater erzählt hat. Er hat Xeros Adoptivmutter ermordet, die Haushälterin geschwängert und Xero jahrelang schikaniert, nur um ihn fast ein Jahrzehnt lang auf seine Ausbildung zum Attentäter vorzubereiten.

Fen lässt mich auf meine Füße sinken und legt mir seine schweren Hände auf die Schultern, damit ich nicht weglaufen kann. Dolly kommt auf mich zu, um die Schnallen des Geschirrs an meinem Kopf zu lösen, bevor sie es zu Boden fallen lässt.

Delta tritt vor und streckt seine Hand aus, um meine Wange zu streicheln. Seine Hand ist groß, warm und weich, als hätte er sein ganzes Erwachsenenleben damit verbracht, all seine Drecks-arbeit zu delegieren. Ich zucke unter seiner Berührung zusammen und weiche zurück.

Seine Augen verengen sich, und sein Lächeln verwandelt sich in etwas Unheimliches. „Wenn du weiter solche Grimassen schneidest, wirst du vor deiner Zeit altern."

Schluchzend senke ich meinen Blick.

„Schaltet die Kameras ein und bringt sie zur Kulisse", befiehlt er.

Fen führt mich in eine Ecke, wo ein Green Screen auf einem Ständer aufgebaut ist, der sowohl die Wand als auch einen großen Teil des Bodens bedeckt. Die drei jüngeren Männer gehen umher und arrangieren Kameras und Softboxen, als ob sie sich auf eine Filmszene vorbereiten.

Ein Schrei bleibt mir in der Kehle stecken, und mein Atem kommt in kurzen, panischen Stößen. Das ist der Moment. Der Moment, in dem ich von mehreren Männern vergewaltigt werde, bevor man mich ermordet. Ich winde mich in Fens Griff, aber er bringt mich einfach näher.

„Zieh ihr die Zwangsjacke aus", sagt Delta.

Fen fummelt an den Riemen des einschränkenden Kleidungsstücks herum, aber Dolly schreitet ein.

„Fass sie nicht an", faucht sie.

Fens Griff um meine Schultern löst sich, und ich stolpere nach vorn. Dolly ergreift meinen Arm, aber ihre Berührung jagt einen Stromstoß durch meinen Körper. Unter dem Gelächter der Männer wirble ich herum, und stürme Richtung Ausgang.

„Du bist so verdammt nutzlos", kreischt Dolly. „Schnapp sie dir!"

Noch bevor ich die Tür erreichen kann, werde ich an der Taille gepackt und von den Füßen gerissen. Ich trete um mich und schreie, meine Stimme hallt durch den riesigen Raum, während Fen mich zurück zum Green Screen bringt.

Die Panik schnürt sich wie eine Schlinge um meine Kehle, als mich die drei jüngeren Männer mit spöttischem Lächeln anstarren. Delta verschränkt die Arme vor der Brust, seine Gesichtszüge sind von Ungeduld gezeichnet. Ich bringe es nicht über mich, Dolly in die Augen zu sehen. Wenn ich dem Monster im Spiegel direkt ins Gesicht sehe, wird etwas in mir zerbrechen.

„Zieht euch aus", knurrt Delta. „Ihr beide. Locke, verabreiche ihr ein leichtes Beruhigungsmittel. Barrett, Seth, holt die Stahlseile und hängt sie an das Gerüst."

„Nein!", schreie ich.

Die drei Männer verschwinden in verschiedene Richtungen. Delta macht sich an den Bändern von Dollys Korsett zu schaffen. Fens Finger graben sich in meine Schultern, als wolle er mir sagen, dass ich ruhig bleiben soll, sonst könnte es noch schlimmer werden.

„Bitte", hauche ich, während meine Sicht vor Tränen verschwimmt. „Nicht."

Delta öffnet Dollys Korsett und enthüllt einen von Narben durchzogenen Rücken. Der Schock trifft mich mitten ins Herz.

Sie schlüpft aus ihrem Rock und beugt sich vor, um ihre Stiefel zu öffnen. An den Rückseiten ihrer Beine sind Schnitte zu sehen, die mich fragen lassen, ob sie es war, die den Autounfall hatte, und nicht ich.

Delta greift in seine Jacke und holt ein Messer heraus. „Dolly, hol einen Ringknebel. Ich will nicht, dass sie die Aufnahme ruiniert, während wir das identische Muster in ihre Haut ritzen."

SECHS

XERO

Der Laptop kracht gegen die Wand, wobei Teile gegen Tylers Schulter prallen. Gerade als Jynxson auf mich zukommt, reiße ich mir die Sauerstoffmaske vom Gesicht.

„Was soll das werden?" Er legt mir eine Hand auf die Schulter und versucht, mich zurück auf mein Bett zu schieben, aber ich stoße ihn gegen die Wand.

Ehe ich mich versehe, habe ich mir die Infusion aus dem Arm gerissen, und ich stürme zum Ausgang.

Der Mann in diesem Video war nicht ich. Ich würde niemals zulassen, dass irgendein Mann auch nur einen Finger an Amethyst legt, geschweige denn vier. Ich würde niemals Filmmaterial von der Frau, die ich liebe, im Internet veröffentlichen.

Jynxson prallt gegen meinen Rücken und reißt mich mit seinem Gewicht auf den Boden des Flurs. Ich rolle uns auf die Seite und stoße ihm einen Ellbogen in die Seite, bevor ich auf die Beine komme. Jynxson packt mich an den Knöcheln und reißt kräftig daran, um mich daran zu hindern, die Krankenstation zu verlassen. Ich trete in seine Richtung, wobei ich auf sein Gesicht ziele. Ich treffe und er stöhnt auf. Er lockert seinen Griff gerade so weit, dass ich mich losreißen und den Korridor hinunterrennen kann.

„Was zum Teufel ist passiert?" Tyler holt mich ein und ergreift meinen Arm.

„Isabel!", brüllt Jynxson.

Meine Schwester kommt aus einer Tür auf der linken Seite, ihre Augen weiten sich, als sie meinen Fluchtversuch bemerkt. Jynxson springt auf und schlingt beide Arme um mich.

Ich wirble herum und renne in die andere Richtung, da ich Isabel nicht verletzen will, wobei Tyler und Jynxson mir folgen.

„Dixon!", schreit sie.

Scheiße.

Auf der rechten Seite öffnet sich eine Tür. Dr. Dixon tritt mit einer Betäubungspistole heraus. Er ist einer der wenigen Männer in unserer Gruppe, der größer und massiger ist als ich, und der einzige von den Moirai ausgebildete Arzt, der übergelaufen ist. Und er scheut sich nicht davor, zu viele Medikamente zu verabreichen. Ich weiß nicht, wie lange ich außer Gefecht gesetzt und nicht in der Lage sein werde, die Dinge Amethyst gegenüber richtigzustellen, wenn er mich betäubt.

Ich hebe beide Hände zur Kapitulation. „In Ordnung."

Der Arzt nickt in die Richtung, aus der ich gekommen bin. „Zurück in dein Zimmer."

Mein Kiefer spannt sich an. Dr. Dixon ist unser leitender medizinischer Offizier. Er ist ranghöher als ich in all unseren Krankenhäusern, aber von ihm in meiner eigenen Organisation herumkommandiert zu werden, missfällt mir trotzdem.

Plötzlich spüre ich den Stich einer Nadel in meinem Arm. Ich drehe mich um und blicke in Isabels Gesicht, die mich finster anschaut.

„Ich habe dir gesagt, du sollst im Bett bleiben", sagt sie mit missbilligender Stimme.

„Was hast du ..."

Meine Knie geben unter mir nach, und der Flur dreht sich, als das Beruhigungsmittel seine Wirkung entfaltet. Ich will es erklären, aber meine Zunge ist plötzlich unglaublich schwer und bleibt mir im Hals stecken.

Jynxson fängt mich auf, bevor ich zu Boden gehe, und schleppt mich zurück in mein Zimmer. Als mich die Dunkelheit umfängt, versuche ich mir einen Reim darauf zu machen, wer zur Hölle eine solche Fälschung von Amethyst auf dem Friedhof anfertigen würden.

Als ich aufwache, bin ich genau wie an meinem letzten Tag im Gefängnis, mit dicken Riemen die sich über meine Schultern, Brust und Taille spannen, an die Liege geschnallt. Mondlicht dringt durch die Jalousien und erhellt das Krankenzimmer.

Statt eines verhassten Halbbruders im Bett neben mir ruht Jynxsons Kopf auf meiner Matratze. Ich wusste, er würde hier sein und über mich wachen. Er ist der Bruder, den ich mir immer gewünscht habe. Der einzige Mann, dem ich mein Leben anvertrauen würde ... Vielleicht sogar meine kleine Schwester.

„Hey", krächze ich.

Er hebt den Kopf und blickt mich aus trüben, grauen Augen an. „Was zum Teufel ist los, Xero? Und tisch mir diesmal nicht irgendeine lahme Ausrede auf."

Meine Kehle ist wie zugeschnürt und ich schlucke. „An dem Morgen hat Amethyst mich mit einer Flasche Somnochlorat angegriffen. Als ich aufwachte, war sie weg und der gesamte Kriechkeller stand in Flammen."

„Sie hat also versucht, dich zu töten", sagt er.

„Sie hatte ihre Gründe", antworte ich.

„Weißt du, wie du klingst?"

„Das ist mir scheißegal."

„Ein misshandelter Freund."

Ich stoße ein spöttisches Schnauben aus.

Er schüttelt den Kopf. „Und ich weiß, was deinen Amoklauf ausgelöst hat."

Meine Nasenflügel blähen sich. „Hast du es gesehen?"

„Ich würde nie so in deine Privatsphäre eindringen. Camila hat es mir gesagt. Sie glaubt, dass Amethyst mit *X-Cite Media* zusammenarbeitet."

Auch wenn ich immer noch an der Idee einer Fälschung festhalte, spüre ich, wie das Gefühl des Verrats seine Krallen in mich schlägt und meine Adern mit kaltem Gift erfüllt. Ich kann die Vorstellung nicht ertragen, dass Amethyst mit Leuten wie Vater und seinen tödlichen Pornographen zusammenarbeiten würde.

„Und was denkst du?", krächze ich.

Jynxson schweigt, wie er es immer tut, wenn die Antwort offensichtlich ist. Aus seiner Sicht sieht es so aus, als ob Amethysts Verbindung zu Vater tiefer reicht als der bloße Zufall, dass ihre Mutter seine Frau ist. Ohne diese Sprinkleranlage – von der weder ich noch Amethyst wussten, dass sie existiert – wäre ich jetzt tot.

„Ich kenne Amethyst", murmle ich. „Sie würde niemals bei so etwas mitmachen."

„Aber ihre alternative Persönlichkeit vielleicht", entgegnet Jynxson.

„Sie leidet an keiner dissoziativen Identitätsstörung. Wenn sie eine hätte, hätte ich ihre anderen Persönlichkeiten inzwischen kennengelernt."

„Dann ist sie eine Schläferin, die darauf programmiert ist, angesichts eines bestimmten Auslösers zu reagieren."

Mir kommt etwas in den Sinn, was ihr Onkel uns sagte. Kurz nach seiner Inhaftierung besuchte Amethysts Mutter ihn im Gefängnis, um Informationen über ihre vermisste Tochter zu erhalten. Sie dachte, Clive würde es wissen, weil er mit Vater zusammenarbeitete.

Das heißt, sie glaubte, Vater habe Amethyst. Könnte Vater Amethyst darauf programmiert haben, mich zu töten?

Nein. Ich weigere mich, das zu akzeptieren.

Ich stoße ein Lachen aus, um die Andeutung zu verdrängen, aber der Klang ist hohl. „Das ist keine Science-Fiction."

„Dein Vater hat an uns allen Experimente durchgeführt. Wer sagt denn, dass er bei den Lolitas nicht noch weiter gegangen ist? Es gibt einen Grund, warum irgendwann die Mädchen weg waren, und zwar nicht, weil wir ihr Weinen abstoßend fanden."

Mein Kiefer spannt sich bei seinen Worten an. Jynxson hat einige gute Argumente, aber die Narben in Amethysts Geschichte deuten darauf hin, dass sie bei ihrer Mutter aufge-wachsen ist – zumindest nach ihrem zehnten Lebensjahr. Ab ihrem elften Lebensjahr ging sie zusammen mit Myra Mancini auf die *Tourgis*-Akademie. Mit dreizehn stieß sie ihren Musiklehrer von der Dachterrasse, woraufhin sie das Gerichtssystem durchlief, wo sie aufgrund von Unzurechnungsfähigkeit für nicht schuldig befunden wurde.

Ich habe Aufzeichnungen über ihre Zeit an der *Greenbridge*-Akademie für Mädchen mit Verhaltensauffälligkeiten, gefolgt von ihrer Immatrikulation an der *Alderney State*-Universität. Tyler und sein Team fanden Artikel über das Verschwinden von Sparrow und Wilder Reed, die zuletzt auf einer Party gesehen wurden, wo sie mit Amethyst tanzten.

„Akzeptiere es, dass es so sein könnte", fordert Jynxson mich auf.

„Jemand könnte an sie rangekommen sein, als sie an der *Greenbridge*-Akademie war. Dann könnte etwas passiert sein. Aber wenn Vater meinen Tod gewollt hätte, hätte er einen Attentäter in die Todeszelle geschickt."

„Was, wenn er vorher, deine Geheimnisse aus dir herausbekommen wollte?", fragt Jynxson. „Du hast eine Firma, die es mit den Moirai aufnehmen kann. Verbindungen unter den bestehenden Mitarbeitern. Er hat jeden Grund, sich alles zurückzuholen, was ihm genommen wurde, als er deinetwegen in Ungnade fiel."

Er führt mehrere ausgezeichnete Punkte auf. Ausgezeichnet, aber falsch. Ich schüttle den Kopf, weil ich nicht glauben will, dass Amethyst mit Vater zusammenarbeiten würde, selbst wenn es gegen ihren Willen geschieht.

„Komm schon. So weit hergeholt ist das nicht", sagt er. „Wie viele der Hunderten Frauen, die dir Briefe geschickt haben, stammen von deinem Vater oder seinen Agenten? Sie könnten im Laufe der Zeit verschiedene Tests durchgeführt und ihre Methoden verfeinert haben, bis sie die perfekte Kandidatin gefunden hatten, die in der Lage war, deine Abwehr zu überwinden."

Hitze schießt durch meinen Körper und schürt die Flammen meiner Weigerung, das zu glauben. Ich drehe mich zu ihm um und sehe ihn mit einem finsteren Blick an. Wäre ich nicht wie

Hannibal Lecter festgeschnallt, würde ich ihm meine Faust ins Gesicht schlagen.

„Glaubst du, ich lasse mich so leicht manipulieren?"

„Nein, nicht so einfach. Aber wie viele Jahre an Daten hatte er über dich? Erfahrungsberichte, Beobachtungen, psychologische Gutachten, medizinische Unterlagen, Überwachungsmaterial. Amethysts Persönlichkeit wäre unwiderstehlich gewesen. Eine Zivilistin, die im Alter von dreizehn Jahren ihren ersten Mord begangen hat, eingesperrt von strengen Eltern, die sich nach einem Helden sehnt, der sie befreit."

„Hast du unsere Briefe gelesen?", schnauze ich.

„Es ist meine Aufgabe, auf dich aufzupassen."

„Ich bin nicht mehr in der Todeszelle", knurre ich. „Wenn dir mein Wohlergehen so am Herzen liegt, dann hilf mir, hier rauszukommen."

Er runzelt die Stirn. „Wozu?"

„Weil deine Theorie mehr Löcher hat als eine Übungsscheibe auf einem Schießplatz. Du hast den Teil vergessen, in dem ich gesehen habe, wie Amethyst einen Mann in Selbstverteidigung erstochen hat, und den Teil, in dem vier Arschlöcher in ihr Haus eingebrochen sind und versucht haben, sie über dem Küchentisch zu vergewaltigen."

Er zuckt zusammen, sein Gesicht wird blass, aber er scheint es rasch zu verdrängen. „Wie erklärst du dann das Video, in dem sie an Bord eines Privatjets geht?"

„Das kann ich nicht. Aber ich kenne einen Mann, der es könnte."

Er runzelt die Stirn. „Wen?"

„Reverend Thomas Dinsdale. Hilf mir hier raus und begleite mich zum *Simon's Memorial Hospital*. Wir werden nur zwei Stunden weg sein."

Jynxsons Augen huschen zur Tür und er reibt sich nachdenklich den Kiefer. Er fragt sich, ob er mir helfen kann, hier rauszukommen, ohne die Sanitäter zu alarmieren. Es ist derselbe Gesichtsausdruck, den er immer machte, wenn ich vorschlug, mich aus dem Bett zu schleichen, um die Speisekammer zu plündern. Er ist in Versuchung, will aber weder Isabel noch Camila verärgern.

„Amethyst will nicht dort sein", sage ich. „Egal, was du von ihr hältst, sie hat es nicht verdient, in den Fängen eines Mannes wie meines Vaters zu landen."

Seine Miene verfinstert sich, und er seufzt. „Gut, aber wenn du nicht freiwillig zurückkommst, schieße ich dir in die Kniescheiben und schleife dich zurück zu deinen Schwestern."

SIEBEN

AMETHYST

Abgesehen von den Narben, ist Dollys Körper identisch mit meinem. Die tiefen Narben, von denen Mom mir sagte, dass sie das Produkt eines Autounfalls seien, verlaufen auch entlang ihres Oberkörpers, aber sie sind durch mehrere kleinere Schürfwunden unterbrochen.

Es sind die Art von Kratzern, die ich bei einem abgehärteten Krieger erwarten würde, nicht bei einer vierundzwanzigjährigen Frau, und ich kann nicht sagen, ob sie sie sich selbst zugefügt hat oder von jemand anderes verletzt wurde.

Allerdings sind die Narben auf ihrem Körper das geringste meiner Probleme. Nachdem Locke mir den Inhalt einer weiteren Spritze in den Hals gejagt hat, schickte Dolly Fen weg, sodass ich auf dem Boden des *Green Screens* zusammensackte.

Locke hat mir nicht einmal ein Beruhigungsmittel verabreicht. Ein Beruhigungsmittel hätte mir das Bewusstsein geraubt oder zumindest den Schrecken und die Demütigung gedämpft, von meiner eigenen Doppelgängerin ausgezogen zu werden.

Bei jeder Berührung ihrer Finger, breitet sich eine Gänsehaut auf meinem Körper aus und mein Magen verkrampft sich so sehr, dass ich die ganze Zeit denke, ich müsste mich übergeben. Sie entblößt mich vor den Augen dieser Männer und setzt mich ihren anzüglichen Kommentaren aus. Am liebsten hätte ich mich in den tiefsten Tiefen meines Geistes zurückgezogen, um den Schrecken der Zurschaustellung zu entkommen, aber die lähmende Droge erlaubte mir nicht einmal die Würde, die Augen zu schließen.

Was zum Teufel werden diese Leute mir antun, bevor ich sterbe? Es ist offensichtlich, dass ich in einem ihrer Snuff-Filme mitspielen werde, aber wird es so schlimm sein wie Lizzies Tortur? Ich glaube, ich würde einen sofortigen Tod vorziehen.

„Zieht sie hoch. Ich will, dass sie steht", erklingt Deltas Stimme und reißt mich zurück ins Hier und Jetzt.

Dolly tritt zurück, und der schwarzhaarige Mann namens Seth tritt vor. Er ist der zweitgrößte der jüngeren Männer nach Fen und hat eine olivfarbene Haut, die eine Nuance dunkler ist als die von Camila. Seine Augen sind so dunkel und durchdringend, dass es unmöglich ist, die Pupille von der Iris zu unterscheiden.

Während er mich auf die Beine zerrt, versucht mir der vierte Mann Handschellen anzulegen. Er hat einen Schopf zerzauster brauner Haare und zimtfarbene Augen mit schärferen Zügen als ein Falke. Sein Name ist Barrett, wenn ich mich richtig erinnere.

Mit Lockes Hilfe legen sie mir die Handschellen an und befestigen sie an Stahlseilen, mit denen sie mich an dem parallel zur Decke verlaufenden Metallgerüst aufhängen. Währenddessen starren mich Delta und Dolly an, als wäre ich ein kostbares Lamm, das zu ihrer Unterhaltung gehäutet und geschlachtet werden soll.

Sobald sie meine Arme über meinem Kopf fixiert haben, injiziert mir Locke etwas anderes, sodass ich wieder meine Muskeln bewegen kann. Meine Kehle brennt vor Wut, Frustration und Angst. Sie haben mir nicht einmal die Würde gegönnt, mich zu wehren.

„Dolly, hebe deine Arme", sagt Delta.

Sie ahmt meine Pose und sogar meine hektischen Atemzüge nach. Ich starre geradeaus, mein Kiefer spannt sich an, und mein Herz schlägt so heftig, dass ich seinen Schlag in meinem ganzen Körper widerhallen spüre.

Delta kommt näher und schwebt vor mir wie ein Gespenst meines schmerzhaften Untergangs. Ich atme die gemischten

Düfte von Sandelholz, Pfefferminze und Salbei ein, die an einem Teil meiner Erinnerungen kratzen, der darum bettelt, nicht berührt zu werden.

Er greift in seine Jackentasche und holt etwas heraus, das einem Bastelmesser mit spitzer Klinge ähnelt. Mit der freien Hand packt er mein Kinn und zwingt mich, in seine kalten, blauen Augen zu sehen.

Meine Kehle wird trocken und mein Körper erstarrt. Ich kann mich nicht bewegen, kann nicht atmen, kann nichts tun, außer in seine bösartigen Augen zu starren.

„Sollen wir anfangen?", fragt er.

„Nein", versuche ich, hervor zu würgen, aber das Wort wird durch den Knebel gedämpft.

Er wirft Dolly einen Blick zu, die ihren Körper nach links dreht und dabei eine lange Narbe freilegt, die einige Zentimeter unterhalb der Achselhöhle bis zur Hüfte reicht.

„Halt still, Amy", sagt Delta und drückt seine Finger in meine Haut. „Ich möchte übermäßiges Blutvergießen vermeiden."

Ein Schauer läuft mir über den Rücken und dringt bis in die Knochen vor, aber das reicht nicht aus, um den Stich des Messers in meinem Fleisch zu betäuben. Ich zucke zusammen, alle Nervenenden schreien auf, als die Klinge durch die Haut schneidet, als würde sie durch Butter fahren.

Warmes Blut rinnt an meiner Seite herunter und ersetzt Deltas Duft durch etwas Metallisches. Ich möchte die Zähne zusammenbeißen, aber der Ringknebel zwingt mich dazu, den Mund offenzuhalten. Stattdessen atme ich schwer und schnell und versuche, den Schmerz zu verarbeiten.

„Braves Mädchen", sagt Delta, und seine tiefe Stimme windet sich wie eine Schlange um meine Sinne.

„Nimm die an der Unterseite ihrer Titte", sagt Barrett, wobei seine Worte von Erregung durchdrungen sind.

„Die hier?", fragt Dolly und gluckst.

Aus dem Augenwinkel sehe ich, wie sie ihre linke Brust hebt und Locke an ihre Seite tritt. Er legt einen Arm um ihre Taille und küsst ihren Hals, was ihr ein Stöhnen entlockt.

Delta blickt zu ihnen hinüber, wobei seine Finger, die auf meiner

Taille liegen, sich fester in meine Haut drücken. Wenn ich nicht so sehr damit beschäftigt wäre, den Schmerz zu verarbeiten, würde ich mich über die Dynamik von Deltas Beziehung zu Dolly wundern. Obwohl er der Anführer ist, erlaubt er anderen Männern, seine Frau zu berühren. Die winzigen Regungen auf seinem Gesicht, die er jedes Mal zu verbergen versucht, wenn sie und Locke Berührungen austauschen, verraten mir jedoch, dass es ihm nicht gefällt.

Er umschließt mit harter Hand meine Brust und entlockt mir ein Keuchen.

„Sieh mich an, Amy", knurrt Delta.

Ich schließe meine Augen.

Er lehnt sich nahe heran, sodass sein heißer Atem über meine Wange streicht. „Es wäre klug, dem Mann zu gehorchen, der die Tiefe deiner Schnitte kontrolliert."

Ich reiße die Augen auf und starre in seine Iris. Sie sind ganz anders als die von Xero. Xeros Augen waren blassblau mit weißen Streifen, aber Deltas Augen haben schwache orangefarbene Sprenkel, die mich an Flammen erinnern.

„Ich weiß, dass er die Hinrichtung überlebt hat", knurrt er leise. „Aber hat er dein Feuer überlebt?"

Ein schmerzhafter Stich durchzuckt mein Herz und fühlt sich schlimmer an, als das Messer in Deltas Hand, das sich in meine Haut drückt. Ich unterdrücke einen Schluchzer und verdränge die Trauer, um sie durch Angst zu ersetzen.

Xero hat die ganze Zeit über nach seinem Vater gesucht, wobei dieser ihm mehrere Schritte voraus war. Woher sollte er sonst von dem Feuer wissen oder dass ich den *Parisii Drive* verlassen würde, um Mom aufzusuchen?

„Mach das Kreuz auf ihrem Rücken", sagt Dolly und Delta zieht sich zurück.

Er dreht mich um, wobei seine Berührung wieder sanft ist. Barrett und Seth stehen an meiner Seite und scheinen mehr daran interessiert zu sein, mich bluten zu sehen, als den Austausch zwischen Locke und Dolly zu beobachten.

Deltas Hände landen auf meinem Rücken, seine Finger zeichnen die Linien eines unsichtbaren Kreuzes nach, bevor sie die Klinge auf meiner Haut positionieren.

Ich zittere, als er den ersten präzisen Schnitt macht, und mein Körper verkrampft sich angesichts des Schmerzes.

„Entspann dich, Amy", murmelt Delta und seine Lippen streifen mein Ohr. „Deine Schwester findet das äußerst erregend."

Die Angst legt sich wie eine eiserne Fessel um meine Brust und erschwert mir jeden Atemzug. In meiner Kehle brennt der Drang zu schreien, doch durch den Knebel kann ich kein Wort hervorbringen. Ich habe keine Schwester. Selbst wenn ich eine hätte, wäre sie nicht so bösartig und verdreht wie Dolly.

Barrett lacht. „Sie weint."

„Lass mich sehen", antwortet Seth.

Ich habe mich noch nie so machtlos gefühlt. Noch nie war ich so überwältigt von der Verwirrung. Beißende Tränen brennen in meinen Augen, die ich mit aller Kraft zu unterdrücken versuche. Meine Brust hebt und senkt sich unter heftigen Atemzügen, während ich versuche, meine Emotionen unter Kontrolle zu halten. Ich werde diesen kranken Bastarden nicht die Genugtuung geben, zu sehen, wie ich zusammenbreche.

Das Messer drückt sich erneut in die Haut auf meinem Rücken, und mein Verstand ist wie betäubt. Es ist, als wäre ein Schalter umgelegt worden, und jetzt beobachte ich alles aus der Ferne. Vielleicht ist es endlich zu mir durchgedrungen, dass ich mich in einem Traum befinde. Vielleicht ist etwas in mir zerbrochen. Aber was auch immer es ist, ich bin nicht mehr vollständig in meinem eigenen Körper.

Meine Gliedmaßen fühlen sich schwer und weit entfernt an, als gehörten sie zu jemand anderem. Der Schmerz sollte überwältigend sein, aber er dringt nur gedämpft zu mir vor. Meine Umgebung verschwimmt, Stimmen, Gerüche und unwillkommene Berührungen vermischen sich zu einem Wirrwarr gedämpfter Empfindungen.

Seltsamerweise ist dieser neue Zustand des Seins friedlich. Es ist, als würde ich über allem schweben und das Chaos unter mir mit einer gewissen, distanzierten Neugier beobachten. In diesem Moment fühlt sich die Welt weit weg an. Zum ersten Mal, seit ich meine Medikamente nicht mehr nehme, spüre ich einen Schimmer von Frieden.

Während Delta fortfährt, kann ich sogar seine Entschlossenheit nachvollziehen, jede Linie auf Dollys Haut genau nachzuahmen. Er arbeitet mit der Präzision eines Künstlers, sodass ich mich frage, ob er für die Narben auf Dollys Körper verantwortlich ist.

Es ist unwirklich, eine menschliche Leinwand zu werden. Noch surrealer ist es, keine von Xeros Methoden zur Flucht zu nutzen.

Dr. Saint würde diesen Vorgang Dissoziation nennen. Als ich wieder zu mir komme, liege ich allein auf dem Boden und alle Lichter sind aus. Ich warte darauf, dass sich der Schmerz meldet, aber mein Körper bleibt taub.

Ein großer Mann in weißer Hose und dem passenden Hemd eines Pflegers kniet neben mir und starrt mich an. Ich kann sein Gesicht nicht erkennen, da es von einer weißen Maske verdeckt ist.

Als er mich vom Boden hochhebt, atme ich scharf ein und erwarte die Schmerzen. Aber stattdessen spüre ich einen seltsamen Druck auf meiner Haut, als wäre ich in Kompressionsbandagen eingewickelt.

Der Mann trägt mich durch einen schummrigen, kalten Flur. Das Echo der Schritte erfüllt die Luft, sodass sie in meinem Kopf nachhallen, und macht mir klar, dass ich immer noch unter Drogen stehe.

Er bleibt vor einer Metalltür stehen und stößt sie auf, um einen weißen, von Scheinwerfern beleuchteten Raum zu betreten. Der Boden und die vier Wände sind gepolstert, bis auf die Stelle, an der ein Fernsehbildschirm dicht an der Decke hängt.

Als der Mann mich auf den gepolsterten Boden sinken lässt, flackert der Fernsehbildschirm auf.

Es ist das Ende des Videos, in dem Xero Männer einlädt, meinen Körper auf dem Friedhof zu schänden. Ich liege bewusstlos und nackt da, bedeckt mit Urin und Sperma, und bin von Männern umgeben.

„Cut", ruft eine Stimme aus dem Off.

Auf dem Bildschirm öffne ich meine Augen und hebe meine Hand in einer stummen Geste, um jemanden zu bitten, mir aufzuhelfen.

Die Kamera schwenkt nach oben, als einer der Männer mich auf die Beine zieht und mich stützt. Als wir uns trennen, starrt er in die Kamera und grinst.

Es ist Locke, was bedeuten muss, dass die Frau Dolly ist.

Für eine Sekunde stockt mir der Atem, als mir der reale Inhalt dieses Videos bewusst wird. Es war nicht ich, die vergewaltigt wurde. Es war meine Doppelgängerin.

Und sie hat für die Kamera gespielt.

Mein Herz beginnt zu rasen.

Was zum Teufel habe ich getan?

Ich habe Xero getötet, auch wenn er nichts getan hat.

Das Video wird immer wieder abgespielt, bis die Erkenntnis so greifbar wird wie mein wachsender Kummer. Ich weiß nicht, wie lange ich Dolly dabei zuschaue, wie sie so tut, als sei sie ich, aber die Schuldgefühle wachsen mit jeder Sekunde, die verstreicht.

„Sieh an, sieh an, sieh an", sagt eine vertraute Stimme aus der Ecke des Raumes. „Sieh an, wer bemerkt hat, dass er den falschen Mann verraten hat."

Ich drehe den Kopf in Richtung der Stimme. Es ist Xero, und er sieht wütend aus.

ACHT

XERO

Das Brennen in meiner Lunge verstärkt sich immer weiter, als ich mit meiner Beute durch den Versorgungsausgang des Krankenhauses eile. Jynxson sorgte dafür, dass die Nachtschwester abgelenkt waren, während ich Reverend Thomas aus seinem Bett holte.

Ich werfe seinen bewusstlosen Körper auf die Ladefläche eines Lieferwagens, wo er mit einem dumpfen Aufprall landet. Verbände umschließen seinen Hals und eine Seite seines Gesichts, wo Amethyst ihm ein Messer ins Auge gestochen hat.

Das Geheimnis, das hinter ihrem merkwürdigen Verhalten steckt, kommt langsam ans Licht, und mein Kiefer spannt sich bei dem Gedanken daran an. Sie dachte, dass ich es war. Dass ich derjenige war, der diesen Albtraum inszeniert hat. Kein Wunder, dass sie ausgerastet ist.

Wut brennt in meiner Brust, aber unter der Wut ist ein Instinkt, der heller brennt. Ich will Amethyst beschützen, selbst jetzt. Ich habe meinen Leuten nicht die ganze Wahrheit gesagt, denn tief in meinem Herzen glaube ich immer noch, dass sie meine Hilfe braucht.

Was ich allerdings noch immer nicht weiß, ist, wann das passiert ist.

Das Video zeigt, wie ich sie über den Friedhof jagte und sie auf meinem Grab fickte. Danach ließ ich sie nur allein, wenn es darum ging, *X-Cite Media* auf die Schliche zu kommen. Es war nie länger als ein paar Stunden, und ich hätte blaue Flecken an ihrem Körper bemerkt, wenn sich mehrere Männer an ihr vergangen hätten.

Und dann sind da noch die Umstände unserer Korrespondenz. Egal, was Jynxson sagt, ich glaube immer noch, dass sie eine einsame Frau war, die mir geschrieben hat, um Aufregung zu erfahren, nachdem mein Fahndungsfoto in den sozialen Medien viral ging. Nicht einmal Vater könnte eine so tiefe Verbindung herstellen wie die, die ich mit Amethyst teile.

Ein schmerzhaftes Stöhnen reißt mich aus meinen Gedanken, und ich wende mich dem Priester zu.

Ich drücke einen Fuß auf seine Brust, wobei ich so viel Gewicht auf ihn lege, dass ich ein paar Rippen knirschen höre. „Mach die Augen auf."

Er schreit auf. „Wer bist du?"

„Was hast du für eine Verbindung zu Amethyst Crowley?", frage ich, als ich mich an seine Seite hocke.

„Wer?", keucht er.

„Falsche Antwort." Ich drücke meinen Daumen in sein verbundenes Auge und entlocke ihm einen Schrei, der von den schalldichten Wänden des Lieferwagens absorbiert wird. „Sag mir, warum du Amethyst angegriffen hast."

Er stöhnt auf, sein Atem kommt in flachen Atemzügen, das unverletzte Auge ist tränenüberströmt. „Bitte ... Ich werde es dir sagen. Aber bitte, tu mir nicht weh."

Ich nehme den Druck von seinem Auge und ergreife stattdessen seine bandagierte Hand. Auf den Videos, die meine Leute von dem Vorfall im Pfarrhaus beschafft haben, kann man sehen, wie Amethyst ein Messer in seine Handfläche rammt, bevor sie flieht.

Die Fahrertür des Lieferwagens öffnet sich, und Jynxson steigt gerade noch rechtzeitig ein, um die Beichte des Priesters mitzuerleben. Er startet den Motor und fährt aus der Parklücke.

„Ich kenne sie nicht als Amethyst", sagt Reverend Thomas. „Ich weiß nur, dass ihr Künstlername Little Doll oder Dolly ist."

„Wovon sprichst du?", knurre ich.

„Sie ist ein Pornostar ... sozusagen." Er zieht eine Grimasse.

„Was willst du damit sagen?"

„Dolly begann bei *X-Cite Media* wie alle anderen auch. Ein paar heiße Sexszenen, gefolgt vom Finale."

Wut und Abscheu kämpfen in meinem Bauch um die Vorherrschaft. Er redet, als hätten die Opfer eingewilligt, für sein Vergnügen verstümmelt und ermordet zu werden. Ich beiße die Zähne zusammen und knurre: „Mit heißen Sexszenen meinst du Gruppenvergewaltigung, und das Finale bedeutet, vor der Kamera umgebracht zu werden?"

Reverend Thomas schluckt. „Ja, aber etwas ging schief. In der letzten Szene hat der Mann, der sie töten sollte, sie gewürgt, aber Dolly hat das Messer genommen und ihm die Kehle durchgeschnitten."

„Und du weißt das, weil ...?"

„Ich habe die Live-Übertragung gesehen. Alle waren ganz wild darauf, sie gewinnen zu sehen. Bedeckt mit seinem Blut sprang sie vom Bett und schlitze jeden auf, der ihr zu nahe kam."

Meine Kehle ist wie zugeschnürt. „Was ist dann passiert?", schaffe ich es zu fragen.

„Der Bildschirm wurde schwarz. Jeder, der dieses Video sah, wollte unbedingt mehr von ihr. So etwas hatte noch niemand gesehen."

„Wann?", krächze ich.

„Ich weiß nicht ... Vor zehn Jahren?"

„Ein Kind?", knurre ich.

„Hey, ich hatte nichts damit zu tun. Ich war nur ein Zuschauer."

Bei seinen Worten schwindet mein letzter Rest Selbstbeherrschung. Mit zusammengekniffenen Augen schlage ich ihm ins Gesicht und spüre das befriedigende Knirschen seiner Nase, als sie unter meiner Faust bricht. Seine Schreie hallen in meinen Ohren wider und verstärken meine Wut.

„Ganz ruhig", ruft Jynxson vom Fahrersitz aus. „Wir brauchen ihn bei Bewusstsein."

Ich ziehe meine Faust zurück und ich beiße die Zähne so fest zusammen, dass sie knirschen. Jynxson hat recht. Wir haben immer noch nicht genug Informationen gesammelt. Ich werfe einen Blick über die Schulter auf die Windschutzscheibe und sehe, dass er bereits den Highway hinunterrast.

Ich drehe mich um und frage: „Was ist dann passiert?"

Reverend Thomas hat sich zu einer Kugel zusammengerollt und zieht den Kopf noch weiter ein. Ich wiederhole meine Frage mit einem scharfen Tritt in seine Rippen.

„Wochen sind vergangen", antwortet er mit einem Stöhnen. „Jeder in den Foren fragte, was mit dem Mädchen passiert ist. Schließlich sagte Delta, dass sie noch am Leben sei, und stellte eine Umfrage darüber an, wie sie sterben sollte. Zu diesem Zeitpunkt nannten wir sie *Little Doll*."

Reverend Thomas beschreibt das nächste Video mit einer Gladiatorenkulisse, auf dem Dolly gegen drei Schauspieler kämpfte, die sie abwechselnd vor einer als Römer verkleideten Menge von Männern angriffen.

Abscheu erfüllt mich. Ich kann nicht glauben, dass diese Dolly meine Amethyst ist – ich kann es nicht glauben –, aber jeder Instinkt schreit mich an, diesen Mann in Stücke zu reißen, weil er zur Folter eines unschuldigen Mädchens beigetragen hat. Ich halte mich mit zu Fäusten geballten Händen zurück. Er ist zu nützlich. Ich muss ihn am Leben lassen. Zumindest, bis ich meinen kleinen Geist gefunden habe.

Ich denke rasch an alles, was ich über Amethysts Leben weiß. Sie kam vor zehn Jahren, kurz bevor sie vierzehn wurde, an die *Greenbridge*-Akademie für Mädchen mit Verhaltensauffälligkeiten.

Wenn man bedenkt, dass Melonie Crowley Amethyst auf Distanz hielt, kann ihr in dieser Zeit alles Mögliche zugestoßen sein. Es ist nicht ungewöhnlich, dass kriminelle Unternehmen wie die Moirai Internate aufsuchen, um Kinder zu rekrutieren, die ihren Eltern entfremdet sind.

„Sie hat einen der Gladiatoren getötet und die anderen verstümmelt", sagt der Reverend. „Und den nächsten hat sie in einem dystopischen Film erstochen. Danach muss Delta beschlossen haben, sie am Leben zu lassen, denn sie versuchten nicht mehr, sie zu töten."

„Was zum Teufel soll das bedeuten?", knurre ich.

„Sie wurde verletzt, aber das war's dann auch schon."

Eine lodernde Hitze breitet sich in meinem Innern aus. Er redet von Dolly, aber jeder Instinkt sagt mir, dass er meine Amethyst beschreibt. All das – die Narben, die Kämpfe, das Blut. Das haben sie ihr angetan. Einem Mädchen, das kaum mehr als ein Kind war. Meine Brust zieht sich zusammen, bis ich kaum noch atmen kann.

Oh, mein liebes Mädchen … was haben sie dir angetan?

Der Kummer trifft mich wie ein Messer ins Herz. Ich sehe sie regelrecht vor mir, jung, blutüberströmt, um ihr Leben kämpfend. Wie konnte sie überhaupt überleben? Wie konnte das überhaupt jemand? Und dann – genauso schnell – weicht der Kummer der Wut. Heiß, pulsierend und so blendend, dass ich die Welt in Schutt und Asche legen könnte, um ihren Schmerz zu lindern.

Sie haben ihr das angetan, und ich war nicht da, um es zu verhindern. Jede Faser meines Wesens schreit nach Rache. Für sie.

Ich ziehe die Stirn in Falten, während ich die Emotionen unterdrücke und versuche, klar zu denken. Amethyst schrieb, dass sie während der meisten Ferien in der Schule bleiben musste, aber sie erwähnte nie irgendwelche traumatischen Erlebnisse, abgesehen von denen mit dem Musiklehrer.

„Scheiße", stößt Jynxson aus.

„Wann hat sie aufgehört, in diesen Videos mitzumachen?", frage ich, wobei ich nur mit Mühe meine rasende Wut unterdrücken kann.

Er hustet. „Ich weiß nicht … Vor drei oder vier Jahren? Man sagt, sie wurde selbst Produzentin."

Ich schüttle den Kopf und glaube kein einziges Wort, obwohl es bei dem Priester keine Anzeichen dafür gibt, dass er mich täuschen will. Aber könnte Amethyst auch eine andere Seite haben – eine verborgene, wie Jynxson andeutete? Gibt es einen Teil von ihr, den ich noch nicht gesehen habe?

„Warum suchen wir ihre Videos nicht auf der Website?", frage ich.

„Alte Inhalte werden gelöscht, sodass neue Mitglieder nicht einen Monat lang beitreten, das gesamte Archiv streamen und dann gehen können", antwortet er. „Aber wenn du sie sehen willst, habe ich Bildschirmaufnahmen auf meinem Handy gemacht. Sie befinden sich in meinem Arbeitszimmer im Pfarrhaus."

„Jynxson?", frage ich.

Er biegt rechts ab. „Bin schon auf dem Weg."

„Warum hast du sie vor der Kamera angegriffen?", frage ich.

„So war es nicht. Ich hatte nicht vor, dass es so abläuft. Ich dachte, sie wäre im Ruhestand, also wollte ich ihr etwas Privatsphäre bieten."

„Beantworte die verdammte Frage", knurre ich.

„Es wurde zu Vorspielen für den nächsten Film aufgerufen. Als sie im Pfarrhaus auftauchte, dachte ich, sie käme, um zu sehen, ob ich das Zeug dazu habe."

Ich ramme ihm erneut die Faust ins Gesicht. Diesmal sagt Jynxson nichts. Auf der Fahrt durch die Stadt erklärt Reverend Thomas, dass *X-Cite Media* ein privater Mitgliederclub ist, der Tausende von Dollar jeden Monat über seine Abonnements einnimmt.

Mitglieder haben Zugang zu monatelangen Inhalten, die für fast hundert Dollar pro Stunde an die Öffentlichkeit gestreamt werden. Raubkopien sind ausdrücklich verboten, und Lizzie Baths Verwendung meines Hinrichtungsvideos – das sie aufgezeichnet hatte, um es als Hintergrund für ihr Video zu verwenden – führte dazu, dass man sie aufgriff. Ihr Schicksal war eine öffentliche Bestrafung dafür, dass sie es gewagt hatte, Inhalte von *X-Cite Media* zu rauben.

Ich schüttele den Kopf, meine Fäuste zittern vor Wut. Wut auf die Mitglieder, weil sie diese mutwillige Verderbtheit mitmachen. Wut auf Delta für einen Katalog von Grausamkeiten, dessen Aufzählung ein Leben lang dauern würde. Wut auf mich selbst, weil ich Zeit damit vergeudet habe, Amethyst zu bestrafen, obwohl ich sie eigentlich hätte beschützen müssen.

Aber unter dieser Wut ist etwas Schlimmeres – Kummer. Meine Brust zieht sich zusammen bei dem Gedanken an sie als gebrochenes Mädchen, an die Dinge, die sie ertragen musste.

Wenn es stimmt, was der Reverend sagt, dann muss Amethyst entkommen und zu ihrer Mutter zurückgekehrt sein, nur um die nächsten Jahre in einem drogenbedingten Dunst zu verbringen. Vielleicht hat Dr. Saint diese traumatischen Erinne-

rungen mit Medikamenten und noch mehr Elektroschocktherapie unterdrückt.

Aber das erklärt nicht das Fehlen von Narben. Die dicken
Narben auf ihrem Bauch passen zu einem Autounfall ... oder zu
einem einzigen Angriff.

Amethyst hat sich in den sozialen Medien mit meinem
Fanclub geoutet, ohne zu wissen, dass Delta sie zurückhaben
wollte. Vater muss diese ekelhafte Gruppenvergewaltigung inszeniert haben, um sie in eine mörderische Wut zu versetzen.

Das erklärt teilweise, warum sie ihre Mutter und ihren Onkel
ermordet hat. Dennoch erklärt das Ganze nicht die Szene auf
dem Flughafen. Hat Amethyst beschlossen, sich dem Teufel, der
sie benutzt und misshandelt hat, wieder anzuschließen?

Reverend Thomas keucht: „Bitte ... Ich habe dir alles gesagt,
was ich weiß. Bring mich einfach zurück ins Krankenhaus."

„Wir haben auf der Website keinen Link zur Mitgliedschaft
gefunden", sage ich.

„Das liegt daran, dass es nur auf Einladung funktioniert.
Jeder, der genug Videos bezahlt, wird überprüft, bevor er die
Chance bekommt, in den inneren Kreis aufgenommen zu
werden."

Meine Kehle ist mit einem Mal wie zugeschnürt. Gott sei
Dank habe ich den Anwerber am Leben gelassen. Ich mache mir
eine gedankliche Notiz dazu, dass ich Harlan Still erneut
verhören lassen werde.

„Du bist noch Mitglied, nicht wahr?", frage ich.

„Ja, das bin ich", antwortet er.

„Und du sagtest, dass es ein Vorspiel für den nächsten Film
gibt?"

Er nickt.

„Dann wirst du dich mit Delta in Kontakt setzen und ihm
sagen, dass du sein nächster Star werden willst."

NEUN

AMETHYST

Ich rolle mich auf den Rücken und meine Augen weiten sich beim Anblick von Xero. Er trägt den Smoking, den er letzte Nacht im *Ministry of Mayhem* getragen hat, oder war das die Nacht davor? Nachdem sie mich unter Drogen gesetzt haben, habe ich jegliches Zeitgefühl verloren. Sie könnten mich bis nach Australien geschmuggelt haben.

„Xero?", flüstere ich. „Was machst du hier?"

Er lehnt an der gepolsterten Wand, groß, stark und lebendig. „Warum sagst du es mir nicht, kleiner Geist?"

Ich beiße mir auf die Unterlippe, aber sie ist taub. Ich bin mir nicht einmal sicher, wie ich meinen Mund bewegen soll. „Du bist tot."

Er nickt. „Fahr fort."

„Und du verfolgst mich aus Rache?"

„Ist es das, was du denkst?"

Meine Kehle ist wie zugeschnürt. So etwas wie Geister gibt es nicht. „Du bist eine Halluzination. Genau wie Mr. Lawson und die anderen."

Er zieht fragend die Augenbrauen hoch. „Welche anderen?"

„Sparrow und Wilder?"

„Sonst noch jemand?"

„Ich bin mir nicht sicher, ob ich mir Jake eingebildet habe. Du hast mich immer mit seiner Leiche gequält."

Er grinst und seine Augen funkeln.

„Warum würdest du überhaupt so etwas tun?"

„Amethyst."

Ich zucke zurück. Er spricht mich fast nie mit meinem Namen an. Zumindest nicht, seit er der Todeszelle entkommen ist. „Ja?"

„Ist dir bewusst, dass du in den schlimmsten Schwierigkeiten deines Lebens steckst."

Ich nicke, wobei sich mein Atem beschleunigt.

„Verstehst du, was passiert?"

Ich versteife mich. „Ähm ... Ja? Nein? Ich weiß es nicht."

Xero durchquert den Raum und hockt sich vor mich. Seine blassen Augen bohren sich mit der gleichen Intensität in meine, wie damals, als er sich als Gespenst verkleidete. Ich schlucke schwer, mein Puls beschleunigt sich.

„Das ist kein Traum. Dolly ist weder ein Monster noch eine Doppelgängerin. Ihr seid eineiige Zwillinge."

„Ich habe keine ..."

„Hör mir zu", knurrt er. „Du hast eine Zwillingsschwester."

„Wie ist das möglich?"

Er tippt sich an die Seite des Kopfes. „Das musst du schon selbst herausfinden. Dolly kennt dich. Sie glaubt, du hättest sie bestohlen, und sie hat dich hergebracht, damit du stirbst. Genau wie Lizzie Bath."

„Und du bist hier, um mir bei der Flucht zu helfen?", flüstere ich.

Der Blick in seinen Augen wird weicher, und es liegt so viel Mitleid in ihnen, dass ich mich in meiner Zwangsjacke und den Fesseln winde.

„Ich bin tot, schon vergessen? Du hast mir eine Flasche Somnochlorat über den Kopf gezogen und den Kriechkeller in Brand gesetzt."

Ein Schluchzen entringt sich meiner Kehle und in meinen Augen brennen Tränen. „Xero, es tut mir so leid. Ich dachte ..."

„Heb dir deine Entschuldigungen für später auf. Du musst dich auf die Flucht konzentrieren."

Ich nicke ihm zittrig zu. „Weißt du, wo wir sind?"

„Irgendwo in den Vereinigten Staaten. Wenn man bedenkt, wie lange du im Flugzeug warst, könntest du sogar schon in Kanada sein."

„Okay."

„Die Umgebung ist vertraut. Das ist sicher der Ort, an dem sie die Bilder aufgenommen haben. Bekommst du stärkere Déjà-vu-Momente?", fragt er.

Mein Atem stockt. „Ich glaube schon."

„Hör zu, Amethyst. Die Zeit, sich hinter Ausreden zu verstecken, ist vorbei. Dir stehen unvorstellbare Qualen und Schmerzen bevor, aber du hast vielleicht eine Chance, mit dem Leben davonzukommen."

Ich rutsche nach vorn, mein Herz schlägt so heftig, dass ich die Vibration in meinem ganzen Körper spüren kann. „Was meinst du?"

Die Tür öffnet sich, und der große Mann in Weiß von vorhin betritt den Raum. Ich möchte vor seiner Berührung zurückweichen, aber mein Körper fühlt sich immer noch taub an. Er stellt einen doppelten Hundenapf auf den Boden, der auf der einen Seite Wasser und auf der anderen eine Art Brei enthält.

Obwohl sein Gesicht teilweise von einer weißen OP-Maske verdeckt ist, erkenne ich seine grauen Augen.

„Fen?", flüstere ich.

Er hält inne, sein Blick trifft den meinen. „Ich heiße Grunt", antwortet er mit gedämpfter Stimme. „Iss."

Grunt richtet sich auf, macht auf dem Absatz kehrt und verlässt den Raum. Ich starre auf seinen breiten Rücken und frage mich, ob Dolly Fen zu meinem Bewacher auserwählt hat. Xero und ich schweigen, während seine Schritte im Flur verhallen.

„Trau ihm nicht", sagt Xero.

Ich nicke. Jeder, der sich mit Leuten wie Dolly und Delta abgibt, gilt automatisch als böse.

„Xero, warum kann ich mich nicht richtig bewegen?"

Sein Gesicht strafft sich. „Du erinnerst dich nicht?"

„An was erinnern?"

„Wie du Delta in die Eier getreten hast", antwortet Xero

schmunzelnd. „Locke musste dir einen neuromuskulären Blocker verabreichen, um dich davon abzuhalten, das ganze Gerüst abzureißen."

„Du hast mich gesehen?", frage ich.

„Was sagt Dr. Saint über die Fähigkeit des Gehirns, Informationen aufzunehmen?"

„Solange unsere Sinne noch funktionieren, nehmen wir mehr Informationen auf, als unser Gehirn verarbeiten kann", antworte ich.

Xero nickt. „Du bist fähiger und intelligenter, als du dir selbst zutraust. Ich werde dir helfen, alles um dich herum zu verarbeiten, was du nicht bewältigen kannst."

„Danke", murmele ich und meine Brust zieht sich vor Dankbarkeit zusammen, aber auch vor Bedauern, weil ich weiß, dass ich die Freundlichkeit des Geistes des Mannes, den ich verraten habe, nicht verdiene. „Was glaubst du, was mit Grunt los ist?"

Sein Gesicht spannt sich an. „Es gibt nur fünf Männer in dieser verlassenen Anstalt: Delta, Locke, Barrett, Seth und Fen, der weggeschickt wurde, nachdem sie dich an das Gerüst gefesselt haben. Sie wollen, dass du glaubst, dass Fen entweder bei Dolly in Ungnade gefallen ist oder zum Sündenbock der Gruppe geworden ist."

„Es ist also ein Trick?", flüstere ich.

„Das ist dieselbe Gruppe von Leuten, die diese Fotos von dir als Kind mit Drohbriefen verschickt haben. Sie haben auch diese Friedhofsszene inszeniert, um dich zu verunsichern. Grunt ist eine Person, die dazu bestimmt ist, dein Aufpasser oder sogar ein Vertrauter zu sein."

„Warum glaubst du, dass ich das Kind auf den Bildern war und nicht Dolly? Sie hat die gleichen großen Narben wie ich."

„Wer von euch beiden erinnert sich nicht an die andere?" Xero hält inne, seine blassen Augen bohren sich in meine und fordern mich auf, intensiver nachzudenken. „Wer von euch hegt einen unangemessenen Groll gegen die andere, und wer von euch hat eine Mauer um seine Kindheitserinnerungen errichtet?"

Ich bewege mich unbehaglich auf dem gepolsterten Boden. „Es ist offensichtlich, wenn du es so ausdrückst."

Der an der Wand montierte Bildschirm läuft immer noch,

dieses Mal mit Body-Cam-Aufnahmen aus der Sicht von jemandem, der sich in der Einfahrt zu Moms Haus befindet. Das Geräusch von mehreren Schritten hallt durch die Lautsprecher, begleitet von aufgeregtem Atmen.

Anhand des schwachen Sonnenlichts kann ich erkennen, dass es morgen ist. Die Person geht um das Heckenlabyrinth herum, hebt einen der Steine am Fuße der Sträucher an und holt den Schlüssel darunter hervor. Die Hand ist meiner identisch, abgesehen von einer Narbe, die vom Handgelenk bis zu der Stelle zwischen Daumen und Zeigefinger verläuft.

Mein Herz zieht sich zusammen, als sie zur Hintertür geht, sie aufschließt und in die Küche schreitet, wo sie an der Theke innehält, um ein Messer aus dem Block zu nehmen.

„Ich kann nicht mit ansehen, wie Dolly Mom umbringt", flüstere ich und kneife die Augen zusammen.

„Habe ich dir eben nicht gesagt, dass du verdammt noch mal aufhören sollst, dich hinter Ausreden zu verstecken?", knurrt Xero. „Mach deine verdammten Augen auf, damit ich sehen kann, was vor sich geht."

Unbehagen macht sich in mir breit, und ich zwinge meinen Blick zurück auf den Bildschirm, wo Dolly sich durch die holzgetäfelten Flure des Hauses bewegt und schließlich die Treppe hinaufgeht.

„Mom hatte ihre Fehler, aber sie hat es nicht verdient, von ihrer eigenen Tochter ermordet zu werden", murmle ich.

Xero grunzt, rücksichtsvoll genug, um nicht zu erwähnen, dass ich nach Alderney Hill gefahren bin, um dasselbe zu tun, aber meine Heuchelei hängt wie eine Wolke über meinem Kopf.

Ich verstumme, als Dolly den oberen Treppenabsatz erreicht und direkt zu Moms Zimmer geht. Das Licht der Morgensonne durchflutet den Raum und beleuchtet das ungemachte Mahagoni-Himmelbett. Mit einem spöttischen Schnauben wendet sie sich dem Kamin zu, geht weiter in Richtung Bad und klopft an die Tür.

Das Geräusch von fließendem Wasser verklingt. „Clive?", erklingt Moms entspannte Stimme durch die geschlossene Tür. „Bist du das?"

„Mom?", ruft Dolly mit gebrochener Stimme.

Mom seufzt. „Amethyst Crowley. Was habe ich dir beim letzten Mal gesagt, als du bei mir zu Hause aufgetaucht bist?"

„Ich erinnere mich nicht."

„Doch, das tust du." Mom reißt die Tür auf. Sie trägt einen cremefarbenen Seidenbademantel, das Haar fällt ihr locker über die Schultern. Der Blick in ihren Augen ist hart, aber es ist keine Spur von Angst in ihnen zu sehen.

„Weil sie denkt, dass du es bist", erklingt Xeros Stimme, der meine Gedanken zu lesen scheint.

Bevor ich mich daran erinnern kann, dass er ein Hirngespinst von mir ist, hebt Dolly das Messer.

Moms Augen weiten sich. „Was soll das werden?"

„Ich habe darüber nachgedacht, wie unser Gespräch verlaufen würde, sollten wir uns jemals wiedersehen", sagt Dolly. „Wie kann jemand so naiv sein, dem Wort eines Kindes zu glauben, während er ein anderes zu einem schmerzhaften Tod verurteilt?"

„Wovon sprichst du, Amethyst?"

„Amethyst", sagt Dolly, und ihre Stimme wird härter. „Rate noch einmal."

Mom hält einen Moment inne, bevor sich ihre Augen weiten und jegliche Farbe aus ihrem Gesicht weicht. „Du bist es."

„Du bist es", äfft Dolly nach.

„Dahlia?" Moms Flüstern steigt eine Oktave höher.

„Ist das alles, was du nach vierzehn Jahren zu sagen hast?"

Während der nächsten paar Augenblicke wandert Mom Blick zu einem Punkt jenseits der Kamera, als ob sie darüber nachdenken würde, wie sie am besten aus dieser Situation herauskommt. Ich habe sie noch nie so beunruhigt gesehen. Sie war mir gegenüber immer distanziert, aber in ihrem Gesicht lag immer ein Ausdruck der Ungeduld und Irritation. Niemals nackte Angst.

Wenn Mom mich wie einen Hund behandelt hat, der ihr nichts als Probleme macht, sieht sie Dolly an, als wäre sie ein Wolf.

„Wie hast du mich gefunden?", fragt Mom.

„Als dein Goldkind in den sozialen Medien mit ihrem Xero-

Greaves-Fanclub viral ging, hinterließ sie mehrere Hinweise, darunter eine Adresse in New Alderney."

Moms Gesicht verzieht sich mit einer Mischung aus Wut und Abscheu. „Amethyst."

„Sag ihren richtigen Namen", stößt Dolly durch zusammengebissene Zähne hervor.

„Du musst verstehen, dass wir dich gesucht haben", sagt Mom mit rauer Stimme. „Als ich die Wahrheit erkannte, warst du bereits verschwunden. Es war, als ob du nie existiert hättest."

„Das alles wäre nicht passiert, wenn du mich nicht wie Abfall weggeworfen hättest", faucht Dolly.

„Dolly ...Dahlia ..." Moms Stimme bricht. „Es tut mir so leid."

„Was soll das?", fragt Dolly mit einem rauen Lachen. „Ist das die plötzliche Erkenntnis, dass du die falsche Mörderin weggeschickt hast?"

„Bitte ..."

„Ich werde bis zehn zählen. Wenn du mir entkommst, lege ich das Messer beiseite und höre mir deine Seite der Geschichte an, aber wenn ich dich erwische, schneide ich dir die Stimmbänder durch."

„Dahli..."

„Eins."

Moms Augen weiten sich, und sie stürmt aus dem Bild, wobei ihre schweren Schritte im Haus verklingen. Kichernd dreht sich Dolly um, und die Kamera schwenkt zur Schlafzimmertür.

„Zwei."

Mein Blick wandert zu Xero, der sich vom Bildschirm abwendet und mir einen genervten Blick zuwirft. Endlich begreife ich, dass er nicht sehen kann, was passiert, wenn ich zu sehr damit beschäftigt bin, auf den leeren Fleck zu schauen, wo er laut meines Gehirns steht.

„Tut mir leid", murmle ich und wende mich wieder dem Bildschirm zu.

Dolly läuft durch das Haus, ihr Atem beschleunigt sich, die Jagd scheint sie so sehr anzustacheln, dass sie vergessen hat, zu Ende zu zählen. Als sie die Küche erreicht, kommt Onkel Clive in weißem Hemd und Kummerbund ebenfalls herein.

„Amethyst?", sagt er.

„Nenn mich nicht so!"

Die Augen des Mannes weiten sich. „Amaryllis?"

„Falsche Antwort!" Sie schleudert das Messer quer durch den Raum und trifft ihn mitten im Bauch.

Mit weit aufgerissenen Augen stolpert er zurück und in den Garten hinaus. „Dahlia."

Dolly schreitet durch die Küche und schnappt sich ein weiteres Messer aus dem Block. Als sie nach draußen in den Garten tritt, taumelt Onkel Clive rückwärts und stolpert kopfüber in das Heckenlabyrinth.

Ein Schrei veranlasst Dolly, sich von meinem Onkel abzuwenden und auf die Seite des Hauses zuzugehen. Beim zweiten Schrei beginnt sie wieder zu laufen, wobei ihre Schritte auf dem Kiesweg knirschen.

Wäre ich nicht so betäubt von den Drogen, würden sich die feinen Härchen in meinem Nacken aufstellen. „Was zum Teufel ist in unserer Vergangenheit passiert, das Dolly so versessen darauf ist, Mom umzubringen?"

„Wahrscheinlich ist es aus demselben Grund, wegen dem du dort warst, um Melonie zu töten", murmelt Xero.

„Ich dachte, Mom wäre Dolly."

„Wie, denkst du, kam es dazu, dass ein Mädchen in deinem Alter einen Mann wie meinen Vater heiratete?", antwortet er.

Xero hat recht. So wie Dolly spricht, hört es sich an, als hätte Mom sie an Delta ausgeliefert. Und niemand bekommt so viele Narben, ohne etwas Abscheuliches erlitten zu haben.

Als ich wieder zum Bildschirm blicke, sehe ich wie Dolly um die Ecke geht und finde Mom zappelnd in den Fängen von Locke und Fen vor, die als Wächter verkleidet sind.

„Was sollen wir mit der ‚MILF' machen?", fragt Fen grinsend.

Dolly bewegt sich nicht mehr. „Willst du meine Mutter ficken?"

Fens Gesichtszüge verziehen sich. „Nein, das ist nur eine Redewendung."

„Langweile mich nicht mit Männergeschwätz", knurrt Dolly. „Du hast sie eindeutig eine *Mom I'd Like to Fuck* genannt."

„Ich habe nicht ..."

„Scheiße, Fen. Dolly ist eine Göttin, nicht irgendeine

Schlampe, die du nicht respektieren kannst", sagt Locke. „Entschuldige dich bei ihr und hör auf, wertvolle Zeit zu verschwenden. Eines unserer Mitglieder hat gerade seine Auseinandersetzung mit Amethyst Crowley live gestreamt."

„Wehe, er tut ihr etwas an", faucht Dolly.

„Sie hat ihn besiegt und ist entwischt."

„Gut. Wir sollten weitermachen."

Mir dreht sich der Magen um. Ich will nicht zuschauen, aber ich will auch keine wichtigen Hinweise verpassen. Dolly folgt den Männern, als sie Mom um das Haus herum und zurück in die Küche schleifen.

„Ich wünschte, ich hätte mehr Zeit, um dich in Stücke zu schneiden", sagt sie. „Aber Amy schafft es immer wieder, meine Zeitpläne durcheinander zu bringen. Männer verschwinden jedesmal, wenn ich sie zu ihr nach Hause schicke, und jetzt hat sie sich einen Beschützer gesucht."

Die beiden Männer lassen Mom gerade los, als Dolly den Arm ausstreckt und ihr mit dem Messer die Kehle aufschlitzt. Blut spritzt aus der Wunde, und Mom presst sich die Hände darauf, bevor sie zu Boden geht.

„Geht", sagt Dolly und geht in die Hocke, sodass Mom wieder im Bild erscheint.

Das Blut rauscht in meinen Ohren und dämpft das, was Dolly als Nächstes sagt. Meine Sicht verschwimmt, als ich versuche, mich auf den Bildschirm zu konzentrieren.

„Blinzle, kleiner Geist", sagt Xero mit sanfter Stimme.

Ich gehorche und zwei Tränen rinnen mir über die Wangen. Als ich sie öffne, schließen sich Dollys Finger um Moms Kinn.

„Danke mir, Mutter, denn ich habe dir Gnade erwiesen. Du warst nur eine dumme Schlampe, die den Worten einer wehleidigen Psychopathin geglaubt hat. Amy wird nicht so viel Glück haben. Ich habe vor, sie lange genug am Leben zu lassen, damit sie weiß, wie es ist, ich zu sein."

Mein Magen zieht sich zusammen und vor meinem inneren Auge blitzen die Erinnerungen an den Snuff-Film von Lizzie Bath auf.

Ich kann nicht zulassen, dass sie mich für etwas bestraft, an das ich mich nicht einmal erinnern kann.

ZEHN

XERO

Jynxson und ich stehen hinter Reverend Thomas und prägen uns jeden der Schritte ein, die er macht, um auf das Mitgliederforum von *X-Cite Media* zuzugreifen. Es befindet sich unter einer anderen URL als die Pay-per-View-Website und verfügt über mehrere Sicherheitsstufen.

Ich klammere mich an die Lehne seines Stuhls und widerstehe dem Drang, ihm das verbliebene Auge auszustechen. Wir sitzen in einem malerischen, kleinen Arbeitszimmer im neuen Pfarrhaus mit Blick auf den Innenhof, den es sich mit der *St. Anne's*-Kirche teilt.

Der Klerus hat diesem kranken Bastard einen kleinen Büroraum mit Massivholzboden, Spitzenvorhängen und einem gepolsterten Bürostuhl bezahlt, damit er sich einen runterholen kann, während er die Vergewaltigung und Ermordung unschuldiger Frauen und Kinder beobachtet.

Ich hätte diesem Arschloch bereits den Benutzernamen und die Passwörter abgenommen, aber das System speichert die IP-Adresse, das Gerät und den Browser, die das Mitglied bei der Registrierung verwendet hat. Der Zugang wird verweigert, wenn sich auch nur eine dieser Variablen ändert.

Seit Amethyst abgehauen ist, sind dreizehn Stunden vergangen. Sie ging, weil sie dachte, ich hätte sie auf die schlimmste Art und Weise betrogen. In dem Moment habe ich sie nicht verstanden, als sie mich fragte, ob ich sie jemals mit Chloroform betäubt hätte. Das war eine Fantasie, die wir am Telefon und per Brief besprochen und in unserem Sexvertrag vereinbart hatten.

Hätte ich gewusst, dass ein Video im Umlauf ist, in dem ein Mann, der sich als ich ausgibt, andere dazu auffordert, ihren bewusstlosen Körper zu schänden, hätte ich ihr geholfen, sie aufzuspüren und ihr das Messer gegeben, mit dem sie ihnen die Eier abschneiden würde.

„Da", sagt der Reverend und reißt mich aus meinen Gedanken. „Das ist das Hauptforum, wo wir mit anderen Mitgliedern chatten. Soll ich dir die Videos zeigen?"

„Ist Amethyst ..." Ich schüttle den Kopf, weil ich nicht glauben kann, dass sie ein und dieselbe Person sind. Nicht, bevor ich konkrete Beweise habe. „Ist Dolly in einem von ihnen zu sehen?"

„Nein."

„Dann zeig mir den Thread, in dem es um den nächsten Film geht."

Reverend Thomas navigiert durch ein Labyrinth von Themen, die nur für Mitglieder zugänglich sind, und jeder Titel ist verstörender als der letzte. Ich knirsche mit den Zähnen und schäme mich für den Anblick der Verderbtheit, die unter den Mitgliedern lauert. Ich will eine Liste mit ihren Namen, Adressen, Berufen – jede Information, die ich verwenden kann, um diese Monster vor der Welt bloßzustellen.

Es gibt einen Unterschied zwischen mir und diesen Männern. Das Leiden von Frauen verschafft mir keine sexuelle Befriedigung, es sei denn, es handelt sich um Amethyst und ich bringe sie zum Orgasmus.

„Projekt März-Lilie", sagt er und klickt auf den Thread. „Hier haben sie um ein Vorspiel gebeten."

„Was bedeutet Märzlilie?", fragt Jynxson.

„Normalerweise ist das ein Spitzname für die Opfer", erklärt der Pfarrer mit bebender Stimme. „Die letzte war Jersey Lily, die in Wirklichkeit Joanna Mazek hieß."

Es dauert eine Sekunde, bis mir klar wird, dass dies der richtige Name von Lizzie Bath ist.

Jynxson schnappt sich die Maus und scrollt auf dem Bildschirm nach unten zu einem Beitrag, in dem eines der Mitglieder nach dem Vorspiel fragt. Darunter antwortet Delta, dass er aus einem Pool von Kandidaten auswählen wird, die ihr Vorspiel auf die Videoseite hochgeladen haben.

„Was ist für dieses Vorspiel nötig?", knurre ich.

Reverend Thomas zittert. „Alles, wirklich alles", antwortet er mit belegter Stimme. Er räuspert sich, dann fügt er hinzu: „Solange es dem Geschmack der Mitglieder entspricht."

Ich packe ihn am Nacken, sodass er zusammenzuckt. „Erkläre das."

„Es kann gewalttätig sein ... Sie kann bewusstlos sein ... Minderjährig ..."

„Genug", stoße ich hervor und bereue bereits, dass ich gefragt habe. „Wie wäre es mit Mord?"

„Das wird dir eine Sprechrolle einbringen", antwortet er. „Und die Chance, die Schauspielerin zu ficken."

Ich verpasse ihm einen Schlag auf den Hinterkopf, sodass sein Gesicht gegen den Monitor prallt. „Opfer, keine Schauspielerinnen."

„Gibt es noch andere Möglichkeiten, bei den Dreharbeiten in der ersten Reihe zu sein?", fragt Jynxson mit zusammengebissenen Zähnen und klingt bereits ungeduldig, dass ich alle Regeln breche, um ein williges Subjekt zu terrorisieren.

Reverend Thomas lehnt sich in seinem Sitz zurück und stöhnt. „Einige Mitglieder haben zu viel zu verlieren und wollen nicht riskieren, bei illegalen Handlungen gefilmt zu werden. Andere haben nicht den Mut dazu. Jeder, der bereit ist, zweihundertfünfzigtausend zu zahlen, um die Produktion zu finanzieren, kann von der Seitenlinie aus zusehen."

Mein Herzschlag beschleunigt sich, und mein Atem stockt. Jynxson und ich tauschen Blicke aus. Das ist eine Chance, die wir ausnutzen könnten.

„Ist das alles, was man für sein Geld bekommt?", frage ich.

„Normalerweise gibt es vor den Dreharbeiten eine Art Empfang mit Getränken, gefolgt von einer Afterparty."

„Ist es erlaubt, eine Begleitung mitzubringen?", fragt Jynxson.

„Nein."

Mein Mundwinkel zuckt. Eine fehlende Einladung spielt keine Rolle. Es wäre nicht das erste Mal, dass wir in eine geheime Operation eindringen. Alles, was wir brauchen, ist das Datum, die Uhrzeit und den Ort.

„Sag Delta, dass du investieren willst", befehle ich.

Der Reverend wimmert. „Aber ich habe nicht so viel Geld."

„Wir sorgen dafür, dass es auf deinem Konto landet." Jynxson gibt ihm einen spielerischen Schubs. „Und jetzt schreib das in deinen eigenen Worten."

Er wischt sich mit einer zitternden Hand über die Stellen in seinem Gesicht, die nicht durch Verbände verdeckt sind, und beginnt zu tippen.

„Solltest du irgendwelche versteckten Nachrichten oder Codes verwenden, die auch nur andeuten, dass du gezwungen wirst, werde ich mehr als nur dein gutes Auge entfernen", knurre ich.

„Woran wirst du es erkennen?", flüstert er.

„Das willst du nicht herausfinden", entgegne ich.

Jynxson und ich stehen dicht hinter ihm, während er eine Nachricht an Delta tippt. Schweiß rinnt ihm über die Stirn und tropft auf die Tastatur. Ich umklammere seinen Nacken und übe Druck aus, bis ich mit dem Wortlaut zufrieden bin und er auf ‚Senden' klickt.

„Was nun?", fragt er mit immer noch zitternder Stimme.

Ich lockere meinen Griff und spüre, wie mein eigener Körper zu schwächeln beginnt. „Jetzt warten wir."

„Es ist Zeit, dass du in dein Krankenhausbett zurückkehrst", sagt Jynxson.

„Oh, Gott sei Dank." Der Pfarrer sackt seufzend in sich zusammen.

Jynxson gibt ihm einen Klaps auf den Kopf. „Nicht du."

Ich knirsche mit den Zähnen. Wir haben endlich eine konkrete Spur, und Jynxson will, dass ich mich in mein Krankenbett zurückbegebe. Ich weiß, dass ich mich vor einer Geisel nicht mit einem Verbündeten streiten sollte, aber sein Eifer, die Anweisungen meiner Schwester zu befolgen, geht mir auf die Nerven.

„Schaffen wir den hier erstmal in eine Zelle", sage ich mit zusammengebissenen Zähnen.

„Warte", sagt Thomas. „Ich habe alles getan, was ihr wolltet. Ihr habt keinen Grund, mich noch länger festzuhalten, und ich bin immer noch verletzt. Bitte, lasst mich ins Krankenhaus zurückkehren."

Ich ziehe ihn auf die Beine, und die Anstrengung lässt mich nach Luft schnappen. „Das war nicht Teil der Abmachung."

Der kleinere Mann blickt zu Jynxson und sucht nach einer Spur von Mitleid, aber er findet nur kalte Gleichgültigkeit.

„Aber ich habe meinen Zweck erfüllt", schreit er. „Hilfe ...!"

Mein harter Schlag gegen den Hinterkopf lässt ihn verstummen, und er sackt auf den Boden.

„Wie lautet der Plan?", fragt Jynxson. „Sich im Internet als er ausgeben, bis wir die Adresse des Drehortes haben?"

„Ich will ihn am Leben erhalten, bis wir sicher sind, dass er uns alles gegeben hat", knurre ich und verdränge den Schmerz in meinen Lungen. „Ein Mann wie Delta wird nicht so leicht zu finden sein."

Jynxson stößt einen zustimmenden Laut aus. „Er könnte ein gutes, trojanisches Pferd abgeben."

„Oder ein explosives."

Er schmunzelt.

Wir bleiben, wo wir sind, bis jemand aus Tylers Team kommt, um die Kontrolle über den Computer zu übernehmen, und ein anderer Mitarbeiter schleppt den Reverend in eine Zelle in die Katakomben.

Als wir fertig sind, schreien meine Lungen, jeder Atemzug ist ein schmerzhaftes Raspeln. Enge Bande der Niederlage schließen sich um meine Brust und lasse mich auf den Füßen schwanken.

Ich wehre mich nicht, als Jynxson mich auf den Beifahrersitz des Lieferwagens verfrachtet. Diese kleine Mission mag meine Genesung verzögert haben, aber Reverend Perversling hat mir ein besseres Verständnis – wie schrecklich auch immer – für mein Mädchen vermittelt und warum sie tat, was sie getan hat. Und jetzt habe ich endlich eine Spur, die mich zu meiner Amethyst führen wird.

ELF

AMETHYST

Ich starre auf den Bildschirm, auf dem jetzt in Zeitlupe die Szene von Moms Tod wiederholt wird. Mein Innerstes zieht sich schmerzhaft zusammen, und der Puls in meinen Ohren pocht im Takt meines gebrochenen Herzens.

Wenn Dolly nicht zuerst Mom erwischt hätte, hätte ich ihr die Kehle durchgeschnitten. Dolly hat es geschafft, mich glauben zu lassen, dass Mom hinter den Angriffen und den Drohbriefen steckt. Dolly ließ mich glauben, Xero habe eine Gruppenvergewaltigung arrangiert, damit ich mich gegen meinen Beschützer wende und die einzige Person ausschalte, die sich um mich sorgt, und damit in ihre Falle laufe.

„Was wirst du jetzt tun, kleiner Geist?", fragt Xero.

Ich schlucke schwer und neige den Kopf zu meiner Schulter, um die Tränen wegzuwischen. „Xero, es tut mir so leid. Wenn ich gewusst hätte ..."

„Entschuldige dich nicht bei einem Hirngespinst", schnauzt er.

„Richtig." Ich schlucke. „Tut mir leid." Ein Schaudern durchfährt mich, als ich die Worte erneut ausspreche.

Er schnippt mit den Fingern, sodass ich ihm wieder in die blassen Augen blicke. „Amethyst. Das ist nicht der richtige Zeitpunkt, um die Welt zu ignorieren. Du musst aufhören zu denken, dass dies nichts weiter als ein Albtraum ist. Du bist allein und von Feinden umgeben. Du musst wachsam bleiben."

„Richtig", sage ich, meine Stimme ist atemlos, mein Verstand schwirrt noch immer von all den Enthüllungen der letzten Minuten. „Also, das Foto von mir mit den Elektroden ... ist sie das?"

Der Blick in seinen Augen wird weicher und das Mitleid in seinem Blick schnürt mir die Kehle zu. Vielleicht liegt es daran, dass ich Fragen stelle, auf die die Antwort offensichtlich ist. Ich atme schwer und zwinge mich, ruhig zu bleiben, aber in meinen Augen brennen weitere Tränen.

„Es ist gut, dass du akzeptierst, dass sie real ist, aber du musst dich der Realität stellen und über das nachdenken, was ich vorhin sagte."

Ich nicke und erinnere mich an Xeros Einschätzung meiner Erinnerungslücken. Sie stimmen mit dem Leiden an medizinischem Missbrauch überein. Ein Feuer lodert in meinem Innern auf, als ich an die Intensität von Dollys Groll zurückdenke. Sie erinnert sich an alles, während ich nicht einmal wusste, dass ich eine Schwester habe. „Das war ich."

Er nickt.

„Ich muss also in einer Einrichtung wie dieser gewesen sein, als ich jung war, während Dolly in eine schlimmere Einrichtung geschickt wurde?"

„So wie es scheint", antwortet Xero.

„Warum sollte meine Mutter etwas so Grausames tun?"

„Dolly hat die Gründe angedeutet, als sie dich einen wehleidigen Psychopathen nannte."

„Mom hat mir mehr geglaubt als ihr", flüstere ich. „Aber sie hat mit keinem einzigen Wort erwähnt, was überhaupt passiert ist. Jetzt will sie mich langsam sterben lassen für etwas, an das ich mich nicht einmal erinnern kann."

„Ich werde dich beschützen", sagt Xero.

Ich neige den Kopf und zwinge mich, nicht das Offensichtliche zu sagen, um ihm keinen Anlass zu geben, einfach zu verschwinden. Fantasiegebilde können keine Schlösser knacken. Sie können auch keine Angreifer abwehren. Ich bin gefangen, ganz allein und weit weg von zu Hause. Die einzige Person, die stark genug ist, mich aus dieser Anstalt zu befreien, ist tot.

Weil ich ihn getötet habe.

„Ich weiß, was du gerade denkst, aber ich kann deine Gedanken schützen", sagt er.

„Wie?"

„Weil es egal ist, was sie dir antun oder sagen, egal, wie sie deinen Geist brechen, denn ich werde hier sein, um dich wieder zusammenzusetzen. Selbst wenn du nicht an dich selbst glaubst, wirst du an mich glauben."

Ich erschaudere, weil sich die Wahrheit tief in meiner Seele festsetzt. Trotz meiner Angst, trotz allem, was zwischen Xero und mir passiert ist, schafft es sein Geist, mich zu stärken. Selbst wenn er nur ein Trick meines geschädigten Verstandes ist.

„Okay", flüstere ich und atme schwer, um die Wellen von Schuldgefühlen, Trauer und überwältigendem Grauen zu unterdrücken.

Er lässt sich neben mir auf dem gepolsterten Boden nieder und legt einen Arm um meine Schultern, um mich an seine starke Brust zu ziehen.

„Du fühlst dich so echt an", murmle ich.

„Locke hat dir Ketamin und DMT injiziert", sagt er. „Jetzt leidest du tatsächlich an einer zusammengesetzten Halluzination."

All die Male, als ich dachte, meine Halluzinationen seien eine Mischung aus visuellen, auditiven, taktilen und olfaktorischen Eindrücken, war es Xero, der mich aus den Schatten heraus terrorisierte. Und ich war wütend auf ihn. Ich würde alles dafür geben, dass es diesmal auch so ist.

„Was ist DMT?", frage ich.

„Tut mir leid, kleiner Geist", antwortet er mit einem leisen Lachen. „Mein Wissen ist auf das beschränkt, was du weißt. Du hast ihn DMT sagen hören, aber du weißt nicht, was es bedeutet, also weiß ich es auch nicht."

„Hat er wenigstens erklärt, warum er es mir verabreicht hat?"

„Dolly hat ihn gebeten, dir etwas zu verabreichen, damit du einen schlechten Trip bekommst."

Das Geräusch von Schritten erklingt auf dem Flur und wird lauter, als sie die Tür erreichen. Fröstelnd umklammere ich Xeros Arm und er verstärkt seinen Griff um meine Taille.

„Was auch immer geschieht, denk daran, dass ich hier bin", sagt er.

„Was soll ich tun?"

„Halt die Augen offen, konzentriere dich aufs Überleben und lass sie nicht wissen, dass du mich hast."

Die Tür öffnet sich knarrend, und der große Pfleger von vorhin tritt ein. Mein Blick schweift in den dunklen Flur, und ich rechne mir aus, wie meine Chancen stehen, zu entkommen.

„Tu es nicht", sagt Xero mit leiser Stimme.

„Du hast noch nichts gegessen", sagt der Mann.

Ich werfe einen Blick auf den Hundenapf auf dem Boden, und mir dreht sich der Magen um bei der Aussicht, diesen grauen, nicht identifizierbaren Brei zu mir zu nehmen.

„Mir ist übel", sage ich und täusche einen Würgereiz vor. „Mein Magen kommt nicht zur Ruhe."

Er hockt sich neben mich, wobei seine grauen Augen allerdings meinen Blick ausweichen. „Dolly wird das nicht gefallen."

„Ich esse es später, wenn sich mein Inneres beruhigt hat."

Der Blick des Mannes trifft schließlich meinen, in seinen Augen flackert Verständnis auf. Unter der Maske, die die untere Hälfte seines Gesichts verdeckt, ist derselbe starke Kiefer zu sehen wie bei Fen.

Seine Bemerkung, dass Mom eine MILF sei, kommt mir wieder in den Sinn, ebenso wie Dollys angewiderte Reaktion. Wenigstens erklärt das, warum sie ihn den ganzen Tag wie einen Sündenbock behandelt hat. Wenn Fen Dollys Gunst verloren hat, dann kann ich das vielleicht ausnutzen.

„Tu es nicht", murmelt Xero.

„Ich will mich nicht auf dem Boden übergeben und wissen, dass du die Sauerei aufräumen musst", sage ich und versuche, zerknirscht zu klingen.

Fens Blick flackert zwischen mir und dem Napf hin und her, bevor er einen langen Seufzer ausstößt. Mit einem Nicken erhebt er sich und verlässt schwerfällig den Raum, wobei er die Tür hinter sich schließt.

„Dieser Plan gefällt mir nicht", sagt Xero.

Fens Schritte verklingen im Flur, aber ich warte, bis es wieder vollkommen ruhig ist, bevor ich murmle: „Hast du eine bessere Idee?"

„Erst, wenn wir mehr Informationen haben", antwortet er.

Ich nicke. „Dann ist dieser Typ unsere einzige Chance."

„Mach die Augen zu und ruh dich aus. Du wirst morgen früh deine Kräfte brauchen."

Der Bildschirm zeigt nicht mehr die Aufnahmen von Moms Tod, sondern nur noch eine Diashow der Bilder, wie ich sie auf Xeros Verbrechertafel gefunden habe. Als ich aufschaue und das Bild einer zehnjährigen Version von mir in einem Eisbad sehe, senke ich meinen Blick auf meinen Schoß und erschaudere.

Seine große Hand streicht durch meine Locken. „Schlaf. Ich werde auf dich aufpassen."

„Wie?"

„Mach dir keine Sorgen. Ich wecke dich, sobald sich jemand nähert."

Widerwillig lege ich mich auf die Seite, rolle mich zu einem Ball zusammen und schließe die Augen, und sei es nur, um mich in der Schwärze meiner Gedanken zu verlieren. Alles ist besser, als sich der Realität zu stellen.

Xeros Körper schmiegt sich an meinen und wärmt meinen Rücken durch die Zwangsjacke hindurch. Sein gleichmäßiger Atem kitzelt meinen Nacken, das Heben und Senken seiner Brust ist ein beruhigender Rhythmus an meinem Rücken.

Es erinnert mich fast an die friedliche Ruhe, die wir hatten, als er sich aus dem Kriechkeller an mich heranpirschte und zu mir ins Bett kam, während ich schlief.

Tagsüber schrieb ich, und nachts schlief ich in den Armen von etwas, das ich für einen Geist hielt. Es war gar nicht so schlimm, vor allem, weil er anfing, mich kommen zu lassen. Aber dann ging alles den Bach runter, als Dollys Männer in mein Haus einbrachen und die Illusion zerstörten.

Ich falle in einen leichten Schlaf, wobei mein Bewusstsein nahe der Oberfläche verweilt, bereit, jederzeit aufzuwachen. Seine Arme liegen fest um meine Taille und erinnern mich an seine Anwesenheit.

Stunden später, als mein Geist langsam in einen tieferen Schlummer abgleitet, sagt Xero: „Aufwachen."

Das Klackern von Absätzen hallt durch den Flur, begleitet von schwereren Schritten. Adrenalin schießt durch meinen Körper, und mein Herz beginnt, in meiner Brust zu rasen. Mit aufgerissenen Augen rapple ich mich auf.

Xero erhebt sich und presst einen Finger auf seine Lippen, in seinen blassen Augen lodert der Hass.

Ich nicke.

Die Tür öffnet sich mit einem Knarren und Dolly tritt, von Locke gefolgt ein. Sie trägt ein Spitzen-Camisole und Seidenshorts und hat eine Schlafmaske an ihren Haaransatz gedrückt. Ihre Locken hat sie auf ihrem Kopf aufgetürmt. Trotz der Verachtung, die ich in ihrem Gesicht sehen kann, wirkt sie ausgeruht und strahlend.

Der Teil von mir, der vor Spiegeln zurückschreckt, schrumpft in ihrer Gegenwart. Keine noch so große Menge an Drogen oder Elektroschocktherapie könnte die Urangst, die ich vor Dolly verspüre, auslöschen. Sie mag mich einen Psychopathen nennen, aber meine Psyche schreit, dass sie böse ist.

Sie wiederzusehen, ist noch erschütternder als die grausame Diashow, die auf dem Bildschirm läuft. Unterbewusst wusste ich immer, dass sie existiert. Ich stellte sie mir als die Kreatur vor, die hinter jeder spiegelnden Oberfläche lauerte und auf den richtigen Moment wartete, um zuzuschlagen.

Ich werfe einen Blick zu der Stelle, wo Xero war, und stelle fest, dass er weg ist.

„Verweigerst du immer noch das Essen?" Dolly richtet einen Elektroschocker auf den unangetasteten Hundenapf, ihre Lippen verziehen sich vor Abscheu.

„Was willst du von mir?", frage ich. „Warum bin ich überhaupt hier?"

„Du erinnerst dich noch immer an nichts?" Sie neigt leicht den Kopf zur Seite.

„Nein."

„Du hast drei Tage Zeit, dein Gedächtnis wiederzuerlangen, bevor die Statisten für die Gangbangs eintreffen. Danach wird es egal sein, woran du dich erinnerst."

Die Worte treffen mich wie ein Schlag in die Brust, mein Herz stottert. Ich spüre, wie das Blut aus meinem Gesicht weicht.

Ich hatte nur Delta und vier andere erwartet. Der Gedanke, dass noch mehr Fremde kommen, lässt die Welt schwanken.

„Willst du, dass ich ihr etwas gebe, damit ihre unterdrückten Erinnerungen wiederkommen?", fragt Locke.

Er trägt einen weißen Kittel über einem marineblauen, dreiteiligen Anzug und hat seine goldenen Locken zu dezenten Wellen gestylt. In seiner Hand hält er eine altmodische Arzttasche.

Dolly wendet sich der Tür zu. „Grunt. Bring sie zum Gynäkologenstuhl. Wir können das genauso gut für B-Roll-Filme verwenden."

Der Mann vom Vorabend schlendert durch die Tür, immer noch gekleidet wie ein Pfleger, dessen untere Gesichtshälfte von der OP-Maske verdeckt wird. Als er näherkommt, greift Locke in seine Tasche und holt eine Spritze heraus, die groß genug ist, um selbst einem Elefanten eine Überdosis zu verpassen.

Keuchend rutschte ich rückwärts an die Wand, wobei sich mein Magen zu einem schmerzhaften Knoten zusammenzieht. „Was habt ihr vor? Fasst mich nicht an."

„Du hast Grunt gesagt, dass dir übel ist, also muss ich sicherstellen, dass du deine Medizin bei dir behältst", sagt Dolly. „Locke wird dir ein Pessar in die Fotze schieben, damit du nichts auskotzt, was deinem Gedächtnis auf die Sprünge hilft."

Mein Herz rast. „Was zum Teufel ist ein Pessar?"

„Nur eine andere Art, ein Medikament zu verabreichen", antwortet sie mit einem Grinsen. „Wir könnten dir auch ein Zäpfchen in den Arsch stecken, aber wo bleibt da der Spaß?"

Ich fliehe auf die andere Seite des Raumes. „Tu das nicht."

„Schnapp sie dir."

Grunt kommt auf mich zu, aber ich ducke mich unter seinem Arm hindurch und hechte zur Tür. Die Schnitte, die Delta mir in die Haut geritzt hat, sind aufgeplatzt, und ich bin sicher, dass Blut durch die Verbände sickert. Aber in diesem Moment ist es mir vollkommen egal. Ich kann nicht zulassen, dass sie mir Drogen in die Vagina stecken.

Als ich nur noch wenige Schritte von der Tür entfernt bin, durchzuckt ein weißglühender Schmerz meinen Rücken und versetzt mir mehrere quälende Stöße. Der Atem verlässt meine

Lungen, als ich auf dem gepolsterten Boden zusammensacke und meine Muskeln sich verkrampfen. Ich versuche aufzustehen, aber meine Glieder weigern sich, zu gehorchen. Ich schaue mich um, verzweifelt auf der Suche nach Xero, aber er ist verschwunden.

Grunt baut sich über mir auf, seine großen Hände legen sich um meine Schultern. Verzweiflung erfasst mich, und ich ringe nach Luft, als er mich hochhebt.

Habe ich Xero für immer verloren?

Ich glaube nicht, dass ich das, was als Nächstes passiert, ohne ihn an meiner Seite überstehen werde.

ZWÖLF

XERO

Als ich in die Krankenstation zurückkehre, greife ich nach der Sauerstoffmaske. Das Adrenalin, das mich während des Verhörs von Reverend Thomas aufrechterhalten hat, ist aufgebraucht und lässt mich zitternd und schwach zurück.

Jeder Atemzug ist wie das Einatmen von Feuer. Ich lasse zu, dass Jynxson mich an die Liege schnallt, ohne mich zu beschweren, denn gegen ihn anzukämpfen, übersteigt meine Kräfte. Er stülpt mir die Maske über Mund und Nase, und ich sauge die frische Luft gierig ein.

Innerhalb von Sekunden falle ich in den Schlaf, der gefühlt nur wenige Sekunden andauert, bevor die Tür mit einem lauten Knall aufgestoßen wird. Das Sonnenlicht dringt durch meine geschlossenen Augenlider und zwingt mich zum Aufwachen. Isabels scharfe Stimme durchbricht den Dunst.

„Hat dir dein nächtlicher Ausflug Spaß gemacht?", fragt sie, und ihre Stimme übertönt das Piepsen der Maschinen.

„Es hat sich gelohnt", murmle ich, die Augen noch immer geschlossen.

Ich verspüre keine Überraschung, als meine Schwester meine Testergebnisse aufzählt. Verminderter Sauerstoffgehalt im Blut, erhöhte Kohlenmonoxidwerte, ganz zu schweigen von Entzündungen. Die EKG-Ergebnisse zeigen Anzeichen für eine erhöhte

Belastung des Herzens, die durch die nächtliche Eskapade verursacht wurde.

Sie fährt mit ihren Schimpftiraden fort, aber ich höre nicht zu. Endlich habe ich eine Spur. Amethysts blonder Begleiter war einer der Darsteller in dem Friedhofsvideo von *X-Cite Media*. Wenn wir Vater dazu bringen können, Reverend Thomas zum Videodreh einzuladen, dann werde ich sie mir einfach beide schnappen.

Ein Husten explodiert in meiner Brust. Ich kann mir immer noch kein Bild von Amethysts Verbindung zu Vater machen. Wurde sie gegen ihren Willen zu ihm zurückgebracht, oder ist sie aus einem kranken Stockholm-Syndrom heraus zu ihm zurückgekehrt?

„Hörst du mir überhaupt zu?", schnauzt Isabel.

Ich reiße ein Auge auf und zucke bei ihrem grimmigen Blick zusammen.

„Wenn du so weitermachst, riskierst du bleibende Lungenschäden. Wir müssen dich auf Komplikationen wie Lungenentzündung überwachen."

„Okay", murmle ich.

Sie setzt die Infusionsnadel wieder ein und überprüft den Schlauch. Mein Blick richtet sich auf eine Reihe von Infusionsbeuteln auf einem Ständer.

„Was ist das?", frage ich.

„Kochsalzlösung und Medikamente gegen die Entzündung und die Schmerzen."

Sie zählt eine lange Liste von Medikamenten und deren Verwendungszweck auf, was mein Misstrauen weckt. Isabel ist normalerweise nicht so gesprächig, es sei denn, sie hat einen Hintergedanken.

„Du willst Zeit schinden", sage ich und durchschaue ihre Absichten.

Ihre Gesichtszüge verhärten sich. „Ich habe dir gesagt, du sollst im Bett bleiben, aber du hast Jynxson überredet, dir zu helfen, durch die Stadt zu ziehen und dein Leben zu gefährden. Also wirst du dich jetzt ausruhen."

„Izzy." Ich zucke in den Fesseln, die mich im Bett halten, und in meiner Brust bricht ein neuer Hustenanfall aus. „Ich habe dafür keine Zeit."

Ihr Blick wird weicher. „Ich werde nicht zulassen, dass du dich verausgabst. Ruhe dich aus. Sobald du wieder aufwachst, haben wir alle Informationen gesammelt, die wir brauchen, um ihn aufzuspüren."

‚Und Amethyst', möchte ich sagen, aber meine Worte werden von einem weiteren Hustenanfall unterbrochen. Ich kämpfe gegen die Beruhigungsmittel, die sich langsam in meinem Körper ausbreiten, und versuche, meine Augen offenzuhalten, aber jeder Lidschlag fühlt sich schwerer an als der vorherige.

Der Raum verschwimmt um mich herum, und ich klammere mich an das Bewusstsein, verzweifelt bemüht, trotz der überwältigenden Anziehungskraft der Müdigkeit wach zu bleiben. Ich greife nach meinen zerstreuten Gedanken und klammere mich ans Bewusstsein, aber es ist, als würde ich versuchen, mich an Rauch festzuhalten.

Isabel verlässt langsam den Raum, ihre Schritte verklingen auf dem polierten Boden. Das Piepen der Monitore wird zu einem sanften Rhythmus, der mich in den Schlaf wiegt. Amethysts Gesicht ist das Letzte, was ich vor mir sehe, bevor Schwärze mich umhüllt.

DREIZEHN

AMETHYST

Mein Magen verkrampft sich, als Grunt mich an seine breite Brust zieht. Ich winde mich in seinem Griff und versuche, mich zu befreien, aber seine Arme schließen sich nur noch fester um mich.

Als er mich aus der Zelle und in den heruntergekommenen Flur trägt, schreie ich: „Das ist krank. Ihr könnt einem Menschen nicht einfach irgendwelche Medikamente verabreichen."

Locke tritt an mich heran und blickt mich mit einem amüsierten Schimmern in den Augen an. „Nicht Menschen, nur dir."

Dollys schallendes Lachen verfolgt mich durch den Flur des Krankenhauses und lässt jedes feine Haar an meinem Körper zu Berge stehen. Wird sie dabei sein, wenn Locke meinen Körper vergewaltigt?

Panik breitet sich in mir aus. Meine Schreie hallen von den Steinwänden wider, während ich mich hin und her bewege und mein Atem in verzweifelten Atemzügen kommt, aber Grunts Griff ist eisern.

Wir passieren offene Türen, die Räume mit Vorrichtungen zeigen, die ich bisher nur in meinen Albträumen gesehen habe. Gestrichene Metalltische mit Lederriemen, verrostete Käfige, Badewannen, die bis zum Rand mit grünem Wasser gefüllt sind.

Das Blut scheint in meinen Adern zu gefrieren, und meine Fantasie beschwört ein quälendes Szenario nach dem anderen herauf. Was, wenn ich mich schneide? Was, wenn ich mich infiziere? Ich verschlucke mich an einem Schluchzen, mein Verstand sucht verzweifelt nach Antworten.

„Ich nehme die Pillen", schreie ich. „Ich esse aus dem Hundenapf. Aber tut das nicht."

Grunt trägt mich durch eine Reihe von Doppeltüren zurück in die große Halle vom Vorabend, die jetzt in mehrere Abteilungen aufgeteilt ist, um einigen der Räume zu ähneln, die wir passiert haben. Vier Männer in Overalls, die gestern Abend noch nicht da waren, tragen Teile der alten Ausrüstung in die Abteile und verleihen ihnen einen Hauch von Authentizität.

Mein Magen schlingert. Ich weiß nicht, ob ich mich darüber empören soll, dass die Fremden sich einen Dreck darum scheren, dass eine Frau gegen ihren Willen hierhergebracht wird, oder ob ich erleichtert sein soll, dass ich mit neuen Requisiten gefoltert werde.

Grunt geht zu einem mit braunem Papier ausgelegten Set, das die bröckelnden Wände des Krankenhauses nachahmt. In seiner Mitte steht ein gynäkologischer Untersuchungsstuhl.

Adrenalin schießt durch meinen Körper, als er versucht, mich darauf zu setzen. Ich balle meine Hände zu Fäusten, wobei sich meine Nägel in meine Handflächen bohren.

„Bitte", flüstere ich, meine Stimme ist schon heiser vom Schreien.

Locke gluckst. „Sie mag dich."

Mit einem verärgerten Geräusch ergreift Grunt meine Hände und drückt zu, um mich zu zwingen, seine Schultern loszulassen, sodass ich mit einem harten Aufprall auf dem rissigen Lederstuhl lande.

Die beiden anderen Männer von gestern Abend drängen sich um mich herum und verdunkeln das Licht. Seth, mit dem schwarzen Haar und den durchdringenden Augen, packt mich an den Armen, während Barrett, mit dem kantigen Gesicht und dem zerzausten braunen Haar, meine Knöchel in die Steigbügel zwängt.

Ich winde mich so gut ich kann, um mich aus ihrem Griff zu

befreien. Während die Männer meine Gliedmaßen fesseln, schaue ich zu Locke, der sich umgedreht hat, um in Dollys Kamera zu sprechen. Es sieht so aus, als würde er die bevorstehende Prozedur erklären, aber ich kann ihn durch meine Schreie nicht hören.

„Cut", schreit Dolly. „Jemand sollte der Schlampe einen Knebel verpassen."

Grunt kommt mit einem Ringknebel auf mich zu. Mit der freien Hand packt er meinen Kopf und zwingt mich dazu, den Mund zu öffnen. Seine Berührung ist sanft, fast entschuldigend, aber das hält ihn nicht davon ab, den harten Silikonring in meinen Mund zu stecken und ihn um meinen Kopf zu schnallen.

Die Männer ziehen sich zurück und lassen mich an den Stuhl gefesselt zurück. Ich starre in das grelle Studiolicht, das von dem Gerüst über mir herabhängt. Mein Herz rast so heftig, dass ich Angst habe, es könnte in meiner Brust explodieren. Es schlägt so heftig, dass ich kaum höre, was Locke sagt.

Xero tritt hinter der falschen Wand hervor, ein wilder Ausdruck liegt in seinen Augen. Ein Schluchzen bleibt mir in der Kehle stecken. Wo war er gewesen?

„Ich bin hier, kleiner Geist", sagt er und verschränkt seine Finger mit meinen. „Sieh mich an. Kannst du das tun?"

Mit einem zittrigen Nicken konzentriere ich mich auf seine blassblauen Augen. Aus der Nähe sind sie weißer als sonst, mit Flecken in verschiedenen Silbernuancen.

„Action!", schreit Dolly.

Meine Sicht beginnt zu verschwimmen. „Konzentriere dich auf mich, Amethyst."

Ich wimmere.

Locke tritt in mein Blickfeld, inzwischen trägt er eine weiße Maske und eine OP-Kittel. „Grunt sagt mir, dass du ein sehr ungezogenes Mädchen warst und deine Medikamente nicht nehmen wolltest. Das macht man nicht, Dolly."

„Ich bin nicht Dolly", schreie ich, aber der Knebel verzerrt meine Worte.

Er wedelt mit einem behandschuhten Finger. „Genug der Ausreden. Du hast mir keine andere Wahl gelassen."

„Sieh mich an", sagt Xero.

Mein Blick richtet sich wieder auf seine blassen Augen.

Xero nickt mir aufmunternd zu. „So ist es gut. Spiel ihr Spiel nicht mit. Sie wollen dich kämpfen sehen.“

Harte Finger öffnen die Zwangsjacke in meinem Schritt und lassen mich zusammenzucken. Xeros unterstützende Worte verhallen im Nichts, als Lockes Finger über meine Schamlippen streichen und einen Kreis um meine Klitoris reiben.

„Grunt sagt mir auch, dass du ein sehr schmutziges Mädchen warst. Jetzt muss ich deine schmutzige Fotze mit einer sterilen Lösung reinigen, bevor ich das Pessar einführe.“

Der große Mann betritt die Szene und hält einen mit klarer Flüssigkeit gefüllten Darmspülungsbeutel in der Hand. An der Basis befindet sich ein Plastikschlauch, den er an Locke weiterreicht. Er schiebt das zylindrische Objekt in meine Öffnung und lässt mich erschaudern. Noch bevor ich mich an das Eindringen gewöhnen kann, dreht Locke ein Ventil und kalte Flüssigkeit dringt in mich ein.

Ich winde mich, versuche, mich wegzudrücken, aber die Riemen, die meine Glieder festhalten, liegen zu fest an. Die Muskeln meiner Vagina spannen sich an und stoßen die Flüssigkeit aus.

Locke klopft auf meine Klitoris. „Reiß dich lieber zusammen, Dolly. Je mehr du ausstößt, desto öfter müssen wir diese Reinigung wiederholen.“

„Bleib bei mir“, sagt Xero, seine Stimme ist ein Leuchtfeuer der Vernunft. Seine Finger legen sich mit einem Druck um meine, der hart genug ist, um Knochen zu zerquetschen. „Atme und entspanne dich.“

Mein Atem wird tiefer, und ich konzentriere mich auf Xero. Seine gewölbte Stirn. Seine königlich gerade Nase. Die Art und Weise, wie sich seine Wangenknochen wölben und eine Vertiefung bilden, die zu seinem starken Kiefer hinunterführt. Er ist die Verkörperung männlicher Perfektion und gehörte ganz mir, bis ich alles ruiniert habe, indem ich ihn umgebracht habe.

„Denk nicht daran“, knurrt er.

Ich konzentriere mich darauf, wie gut er in diesem Smoking aussieht und wie er das *Ministry of Mayhem* mit der Arroganz eines Königs betrat. Ich denke daran, wie er auf dem Lederthron saß und dem Mann aus dem Club befahl, uns Drinks zu holen. Alle wollten ihn, aber er hatte nur Augen für mich.

„Das stimmt, Babe", sagt er. „Nur dich."

Irgendwo am Rande meines Bewusstseins füllt sich meine Vagina mit kaltem Wasser, aber ich stelle mir vor, dass ich in einem steinernen Bad sitze, in das das Mondlicht durch Buntglasfenster fällt. Xero umarmt mich von hinten, seine starken Arme legen sich um meine Taille.

Eine behandschuhte Hand klopft auf meinen Oberschenkel, und eine Stimme befiehlt mir, die Flüssigkeit auszustoßen. Ich tue, was man mir sagt, den Kopf zur Seite gedreht, sodass ich weiterhin in Xeros Augen blicke.

Als etwas Gummiartiges und Dickes in meine Vagina eindringt, stelle ich mir vor, wie ich in Relaneys Gästezimmer mit Xero zwischen meinen gespreizten Beinen liege und er das Spielzeug einführt.

„Du weißt, dass ich dich an dieser Lampe aufgehängt habe, weil ich wusste, dass sie kaputtgehen würde", sagt er.

Zu diesem Zeitpunkt dachte ich, ich würde sterben. Vor allem, als ich das Zimmer verließ und Chappy hängen sah.

„Denk nicht an den Kerl", sagt Xero.

Ich denke an den roten Umschlag mit Chappys Zunge und dem Piercing. Seine Strafe dafür, dass er es gewagt hat, mir anzubieten, mir Freude zu bereiten.

„Cut!", ruft Dolly.

Xero verschwindet und lässt mich wieder allein zurück. Eine Kamera ist auf mein Gesicht gerichtet, eine weitere befindet sich hinter der Stelle, an der Locke zwischen meinen offenen Beinen sitzt, und eine weitere hinter meinem Kopf. Alle drei Männer ziehen sich zurück und geben Locke den Raum, sich zu erheben.

Er zieht seine Handschuhe aus und wirft sie mir verächtlich zwischen die Beine, was Dolly ein Kichern entlockt. Als er seine Maske abnimmt, wendet er sich zu Dolly.

„Wie war sie?", fragt sie.

„Eine billige Imitation", antwortet er mit einer Grimasse.

Gelächter und Applaus erfüllen das Studio, und die wenigen Zuschauer, die sich versammelt hatten, um die Szene zu beobachten, entfernen sich, um ihre Arbeit am Set zu beenden.

Abscheu breitet sich in mir aus. Sowohl vor meiner Unfähigkeit, Xeros Halluzination in Dollys Gegenwart aufrechtzuerhalten, als auch vor Lockes erbärmlichem Versuch, sich bei der Frau seines Chefs beliebt zu machen.

Während die beiden zu einem anderen Teil der Kulisse schlendern, entfernt Seth den Knebel, löst meine Fesseln und führt mich durch den Flur und durch eine andere Tür in einen unbeleuchteten Korridor.

Sein Griff um meinen Arm wird fester. „Ich werde dich nicht herumtragen, wie Grunt es tut. Wenn du wegläufst, werfe ich dich einfach auf den Boden und ficke dich in den Arsch."

Die Drohung hängt schwer in der Luft. Ich blicke in seine schwarzen Augen und nicke, wohl wissend, dass er um einen Vorwand bettelt, um seine Dominanz zu demonstrieren.

Er bleibt vor einer Tür stehen, durch deren Ränder Licht dringt, klopft zweimal dagegen und wartet. Ich trete von einem Fuß auf den anderen, mein Atem geht stoßweise, mein Inneres ist angespannt und in meinem Kopf dreht sich alles, weil ich seit fast sechsunddreißig Stunden nichts mehr gegessen habe.

Ein Luftzug dringt durch die Wände und kühlt meine Beine, die noch feucht sind von dem Wasser, das aus meiner Vagina tropft und sich um meine nackten Füße sammelt.

Ich neige den Kopf und versuche mit aller Kraft, das tief in meinem Körper steckende Objekt zu entfernen, aber es ist so sinnlos wie der Versuch, einen Tampon herauszudrücken.

„Und, bist du gekommen?", fragt Seth.

Ich zucke zusammen. „Was?"

„Dolly sagt, sie kommt bei jedem Dreh. Bist du auch so?"

Mein Kiefer spannt sich an. „Ist das deine Vorstellung von Smalltalk?"

Er beugt sich zu mir, sodass die Spitze seiner langen Nase meine Wange streift. „Nur Dolly kommt hier mit so einer Einstellung durch. Billige Imitationen wie du werden benutzt und ausrangiert."

Ich schlucke hart und unterdrücke einen Anflug von Angst. Er ist niemand Mächtiges – nur ein Lakai, der versucht, mich einzuschüchtern, jetzt, da Dolly nicht hier ist, um ihm zu sagen, dass er seine Finger von ihrem Spielzeug lassen soll.

„Danke für den Tipp", murmle ich, leise genug, um nicht von demjenigen gehört zu werden, der uns warten lässt. „Ich werde sicherstellen, ich selbst zu sein."

Seth weicht zurück und runzelt die Stirn. Bevor er reagieren kann, wird die Tür geöffnet und gibt den Blick auf einen Raum frei, der mit weißem Stoff gefüllt ist, der um eine Struktur aus Metallständern herum angeordnet ist und ein offenes Zelt bildet. Studiolampen umgeben es und bilden einen riesigen Leuchtkasten.

Im Inneren befindet sich eine Liege, die mit braunem Leder gepolstert ist, um gemütlich zu wirken, aber die Metallstrukturen dahinter erinnern mich an die Art von Möbeln, die im *Wonderland-Fetish*-Laden zum Verkauf stehen.

Seth versetzt mir einen Stoß und ich stolpere hinein. Hinter mir schließt sich die Tür mit einem Klicken. Ich drehe mich um und stelle fest, dass sie keinen Griff hat, und schnappe nach Luft.

Was zum Teufel ist das für ein Zimmer?

Von hinten ertönen Schritte, und ich drehe mich um, um eine große Gestalt zu sehen, die sich um die Rückseite des Zeltes bewegt. Delta tritt herein, gekleidet in eine Tweedweste und einem Hemd, das so geschnitten ist, dass es seine breiten Schultern und seinen muskulösen Körperbau betont. Er ist wie ein Gentleman der 1940er Jahre gestylt, was ihn noch unheimlicher erscheinen lässt.

Sein Lächeln ähnelt eher dem von Camila als dem von Xero, aber die Kälte seiner blauen Augen ist nicht zu übersehen. Er ist ein Meister der Manipulation. Die Art von Mann, der das Leben junger Menschen zerstört, während er sich zurücklehnt, um die Beute zu ernten.

Und irgendwie hat er Dolly davon überzeugt, seine Frau zu werden.

„Amethyst", sagt er, während sein Blick an meiner Zwangsjacke herunterwandert und sich zwischen meinen Beinen niederlässt. „Da wir Familie sind, sollten wir beide uns ein wenig besser kennenlernen."

Ich würde nein Danke sagen, aber ich habe das Gefühl, dass er Seth wieder hereinbitten könnte, um mir eine Lektion zu erteilen.

Der Blick in seinen Augen lässt mir das Blut in den Adern gefrieren, und ich versuche, nicht zu zittern. Als er seinen Arm ausstreckt, zwinge ich mich, nicht zusammenzuzucken. Ihn allein in diesem Raum zu sehen, gibt mir das Gefühl, jung und verletzlich zu sein, auf eine Weise, die mir vertraut ist, obwohl ich mich nicht erinnern kann, warum.

Mit einem sanften Lächeln fragt er: „Warum nimmst du nicht Platz?"

VIERZEHN

XERO

Die nächsten vierundzwanzig Stunden verbringe ich unter leichten Beruhigungsmitteln und bin kaum in der Lage, mich auf die aufgezeichneten Verhöre zu konzentrieren, die mein Team in meinem Namen durchführt. Meine Augen schließen sich, als Jynxson Dr. Saint über Amethysts Vergangenheit ausfragt, und mein Verstand driftet bei ihren Antworten ab. Als ich wieder klar bin, starre ich auf eine Aufnahme von Reverend Thomas' Computer.

Ein weiterer Tag ist vergangen, und ich bin meinem kleinen Geist keinen Schritt näher gekommen.

Tyler hat eine Person im Pfarrhaus postiert, die bereit ist, Vater das Geld zu überweisen, sobald er der Bitte des Priesters nachkommt, für einen Platz als Investor zu zahlen.

Ein kleines Team überwacht das Haus von *X-Cite Media* in der Innenstadt, wo ich den Content Manager und Anwerber, Harlan Stills, traf.

Jynxson führte eine weitere Befragung des Mannes durch, bei der sich bestätigte, was wir bereits erfahren hatten, dass die Mitgliederseite nur auf Einladung zugänglich ist. Stills sagte uns auch, wo wir eine Datenbank mit allen Mitgliedern des inneren Kreises von *X-Cite Media* und denjenigen, die die Filme ausgeliehen haben, finden würden.

Wir machen Fortschritte, aber nicht schnell genug. Niemand weiß, wo der nächste Dreh stattfinden wird. Laut Stills könnten Amethyst und Vater überall auf dem nord- oder südamerikanischen Kontinent sein.

Ich gehe die letzten vierundzwanzig Stunden mit Amethyst durch, immer noch unsicher, ob sie mich aus einem Gefühl des Verrats oder der Loyalität zu meinem Vater angegriffen hat.

Am nächsten Morgen antwortet Vater im Forum, wobei er das Angebot von Reverend Thomas zur Finanzierung der Dreharbeiten annimmt und die Zahlungsmodalitäten mitteilt. Mit dem Ausweis, den wir unserem neuesten Gefangenen abgenommen haben, überweist Tyler Vater zweihundertfünfzigtausend Dollar von dem zentralen Bankkonto, das alle Kirchen der Konfession in Beaumont City gemeinsam nutzen.

Er hat auch die Kleidung, den Reisepass und die Koffer des Priesters weggeschafft und die Spuren eines Mannes hinterlassen, der der Pornografie und dem Glücksspiel verfallen ist. Wenn der Bischof nach dem vermissten Priester sucht, wird er annehmen, dass Reverend Thomas sich mit den Kirchengeldern aus dem Staub gemacht hat.

Stunden später betritt Isabel mein Zimmer. „Deine Vitalwerte sind stabil, deine Atembeschwerden haben sich gebessert, und deine Lungenfunktion ist normal."

„Dann hör auf, mir irgendwelche Beruhigungsmittel einzuflößen", sage ich.

Sie nickt. „Ich lasse es langsam abklingen. In einer Stunde bist du wieder voll einsatzfähig."

„Und die Fesseln?", frage ich.

„Sie bleiben an Ort und Stelle, bis Dr. Dixon sein Okay gibt."

Das Einzige, was mich davon abhält, die Fesseln zu zerreißen, ist die Notwendigkeit, den Anschein zu wahren, dass ich kooperiere. Isabel kann und wird die Beruhigungsmittel erhöhen, wenn sie glaubt, dass ich zu fliehen gedenke.

Als sie geht, kommt Jynxson herein. „Worum willst du dich zuerst kümmern, um die neue Spur, die ich aus Dr. Saint herausgequetscht habe, oder um den Überfall auf das Hauptquartier von *X-Cite Media*?"

„Was hat sie gesagt?", frage ich.

„Nachdem ich ihr die Tatortfotos gezeigt hatte, gab sie schließlich zu, dass Amethyst von den Salentino-Zwillingen, die das Krematorium in Newton betreiben, an sie verwiesen wurde. Anscheinend ist sie ihre Nichte."

„Woher kenne ich diesen Namen?"

„Sie sind die Cousins zweiten Grades deines ehemaligen Mitgefangenen Roman Montesano. Das erklärt, warum ihr Haus in Alderney Hill von Enzo Montesanos Immobilienfirma gekauft wurde."

„Das ist alles sehr interessant, aber was hat sie noch gesagt?"

„Dr. Saint kann sich immer noch nicht an den Namen von Amethysts Einrichtung erinnern, aber sie sagte, dass Amethyst bereits süchtig nach einer Mischung aus Anti-Angst-Medikamenten und Antipsychotika war, was bei ihr zu Halluzinationen geführt hatte. Ihre Mutter wollte, dass sie gesund genug wird, um ein Internat zu besuchen."

Ich starre Jynxson einige Sekunden lang an, und meine Gedanken überschlagen sich. „Das war's?"

„Das ist alles, was sie mir über Amethysts Hintergrund sagen konnte, aber sie bestätigte, dass sie die Dosis erhöht hatte, nachdem Amethyst den Lehrer umgebracht hatte, und noch einmal, nachdem sie die Reed-Brüder in ihrem Studentenwohnheim getötet hatte."

„Weiß sie etwas über Amethysts Zeit an der *Greenbridge*-Akademie?"

Er nickt. „Es gab Besuche alle zwei Wochen und kein Gerücht, dass sie gezwungen wurde, in Videos aufzutreten. Ich habe jemanden in die Praxis von Dr. Saint geschickt, um ihre Unterlagen durchzusehen, aber ich glaube nicht, dass Reverend Thomas irgendwelche Lügen bezüglich Dolly erzählt hat."

Ich presse meine Augen zusammen und versuche, diese widersprüchlichen Geschichten zusammenzufügen. Es ist derselbe Grad an Frustration, den ich verspüre, wenn ich an die Unmöglichkeit des Friedhofsvideos denke. Niemand, egal wie gut ausgebildet oder von Wahnvorstellungen durchdrungen, würde nach einem solchen Übergriff keine körperlichen Verwundungen haben.

„Was ist, wenn es zwei von ihnen gibt?", frage ich und reiße die Augen auf.

Er zieht die Stirn in Falten. „Wie meinst du das?"

„Eine Frau kann nicht an zwei verschiedenen Orten gleichzeitig sein", knurre ich. „Sie können auch nicht zwei parallele Leben führen. Dolly ist der Zwilling, der meinen Vater geheiratet hat. Amethyst ist der Zwilling, dessen Gedächtnis verändert wurde – aus welchen Gründen auch immer – und der von einer neurotischen Mutter unter Drogen und teilzeitigem Hausarrest gehalten wird."

Jynxson reibt sich das Kinn. „Sagen wird, dass es tatsächlich Zwillinge gibt. Welcher von ihnen hat versucht, dich bei lebendigem Leib zu verbrennen?"

Mein Kiefer spannt sich so stark an, dass meine Zähne knirschen. Ich habe den Verdacht, dass es Amethyst war, die wütend wurde, nachdem sie ein Video sah, in dem ich andere Männer einlade, sie zu vergewaltigen, während sie bewusstlos ist, aber dieser Gedanke führt mich zu einer harten Wahrheit.

Amethyst vertraute mir nicht genug, um zu glauben, dass ich so etwas Abscheuliches niemals tun würde. All die Monate, die wir zusammen verbrachten, bedeuteten nichts, und meine Liebe zu ihr wurde nicht erwidert. Ich war nichts weiter als eine Bedrohung, die es zu neutralisieren galt.

„Das werden wir herausfinden, sobald ich sie bei den Dreharbeiten sehe", antworte ich.

„Und noch etwas", fügt er hinzu.

„Was?"

„Wenn Dolly diejenige war, die am Flughafen mit dem blonden Mann zusammen war, wo war dann Amethyst?"

Mein Telefon vibriert, als ich eine Nachricht von Tyler erhalte. Es ist ein Link zu einem Video auf der Social-Media-Plattform, auf der Amethyst Inhalte gepostet hat.

Titel: *XERO SYMPATHISANTIN VON POLIZEI AUF DER FLUCHT ERWISCHT*

Eine Frau mit Amethysts Haaren, die sich auf dem Rollfeld eines Flughafens befindet, läuft auf die Kamera zu, ihre Gesichtszüge sind unter einer Maske verborgen. Ihre Arme sind in einer

Zwangsjacke gefesselt, und sie flieht vor einem stämmigen Mann mit einer flachen Mütze und einer marineblauen Uniform.

Er wirft sie zu Boden und presst sie auf den Rücken, bevor er sie hochhebt und sie sich wie einen Sack Kartoffeln über die Schulter wirft. Dann stürmt er in die Kamera, und das Video endet mit einem dumpfen Schlag.

Amethyst war nicht die Frau, die freiwillig mit einem blonden Mann in ein Flugzeug stieg, aber ich möchte auch nicht, dass sie die gefesselte Frau war, die verzweifelt versuchte, zu entkommen.

Ich schiebe Jynxson mein Handy zu, weil ich weiß, dass selbst mein Advokat des Teufels diese Wahrheit zugeben muss. „Sag mir noch einmal, warum du meine Zwillingstheorie für Blödsinn hältst?"

Seine Augen weiten sich. „Scheiße."

„Zwillinge, die im Alter von zehn Jahren getrennt wurden. Einer geht zur Schule, während der andere mehrere Snuff-Filme überlebt. Glaubst du nicht, dass es da einen gewissen Unmut geben wird?"

Jynxson schluckt und scheint endlich meine Theorie zu akzeptieren. „Was soll ich tun?"

Ich schicke eine Nachricht an Tyler und verlange die Flugdaten aller Privatjets, die den Flughafen an jenem Tag und zu der Tageszeit verlassen haben.

„Hilf mir aus diesem Bett. Dann frag Isabel nach meinen Medikamenten, sobald ich nicht in Schussweite bin. Es ist Zeit, Amethyst zurückzuholen."

FÜNFZEHN

AMETHYST

Ich stehe auf zittrigen Beinen da und starre in die kalten blauen Augen von Xeros Vater. Die Lichter des Zelts trüben meine Sicht, aber ich blinzle, um angesichts des hellen Lichts etwas sehen zu können.

„Wie möchtest du genannt werden?", fragt er.

Meine Lippen bewegen sich, aber ich bringe keinen Ton heraus. Deltas Präsenz ist so einschüchternd, dass er meine Worte verschluckt und meine Zunge sich wie Blei anfühlt.

Er lacht, aber es ist ein hohles, herzloses Geräusch, das mir eine Gänsehaut über den Rücken jagt. Hat er auch so gelacht, als seine Söhne Xero halb totgeschlagen haben? Oder als er Xero in einen fensterlosen Raum abschob und ihn Abfälle essen ließ?

Was ist mit den Kindern, die er zu Attentätern ausbildete? Hat er so gelacht, als die kleinen Mädchen traumatisiert von ihren Einsätzen zurückkehrten?

„Amethyst, ja?", fragt er.

Ich bringe ein schwaches Nicken zustande. Sein Blick ist so durchdringend, dass es sich anfühlt, als würde ich eine Schlange anblicken, die ihre Beute hypnotisiert.

„Dann lass mich dich vor die Wahl stellen, Amethyst. Ich kann dir diese Erfahrung angenehm machen oder das Trauma verstärken, unter dem du wahrscheinlich leidest, weil du vor deiner Zwillingsschwester und einem halben Dutzend Männern bloßgestellt und gedemütigt wurdest."

Ich zucke bei dieser Erinnerung zusammen und kneife die Augen zusammen.

„Jetzt leg dich brav hin, dann reden wir", sagt er mit einer Stimme, die so sanft ist, dass ich jegliche Abwehr fallenlasse.

Ich schlucke schwer, gehe über den gefegten Boden zu dem seltsam aussehenden Zelt und lasse mich auf die Liege sinken, die wie eine Psychiatercouch gepolstert ist. Eine Stimme in meinem Kopf schreit mich an, es nicht zu tun, aber sie ist dumpf und weit weg.

Delta richtet eine Fernbedienung auf eine Kamera, die auf einem Stativ auf der anderen Seite des Raums montiert ist. Sie erwacht zum Leben und ein kleines rotes Licht zeigt an, dass sie aufnimmt.

Bei dem Gedanken, in einem weiteren Video zu erscheinen, läuft mir ein Schauer über den Rücken. Ich blicke zurück zu Delta, als er kleinere Kameras aktiviert, die in der Metallstruktur des Zeltes versteckt sind. Ihre winzigen Lichter erinnern mich an die Augen von Spinnen.

Er zieht einen Regiestuhl heran und stellt ihn an das Fußende der Liege. „Lehn dich zurück. Locke hat dir ein starkes Kräuterextrakt aus der Familie der Nachtschattengewächse verabreicht, damit du gehorsamer bist und um deine Hemmungen abzubauen."

Mein Magen verkrampft sich, als mir klar wird, warum ich so wenig Kontrolle über meinen Körper habe. Werde ich hier vergewaltigt und getötet, wie Lizzie Bath? Oder hat Delta etwas anderes im Sinn?

„Warum?", flüstere ich. „Ich dachte, du produzierst Snuff-Videos?"

Sein Lachen verursacht mir Gänsehaut. „Diese Sitzung ist für mich, nicht für den Film. Ich habe vor, dich tiefer in dein Unterbewusstsein zu führen, als du es je zuvor getan hast, also würde ich es vorziehen, wenn du dich zurücklehnen würdest, bevor dein Körper zusammenbricht."

Ein schneller Schlag hallt in meinen Ohren wider, und das Blut in meinen Adern wird heiß. Schweiß bricht mir auf der Stirn aus, und mein Kopf schwirrt. Ich will nicht wissen, was in meinem Kopf vorgeht, und ich will auch nicht diesem Monster ausgeliefert sein.

Die Worte von vorhin hallen in meinen Kopf nach, und ich frage: „Hat Locke mir Tollkirsche gegeben?"

„Stechapfel", sagt er mit einem väterlichen Lächeln. „Ich sehe an der Röte auf deiner Haut, dass es bereits wirkt."

Ich lasse mich zurück auf die Liege fallen, meine Atemzüge werden flach und unregelmäßig. Meine Glieder sind so schwer, dass es sich anfühlt, als würde ich in der Polsterung versinken. Die Lichter scheinen sich zu drehen und erzeugen einen monochromen Dunst. Jede Schattierung von Weiß, von Elfenbein bis Alabaster, verwandelt die Welt in einen Strudel aus farblosen Tönen.

„Gutes Mädchen. Jetzt möchte ich, dass du dich entspannst und ein paar Fragen beantwortest."

Als ich blinzle, flattern meine Wimpern wie Schmetterlingsflügel und knallen wie eine Peitsche durch den Raum. Sie durchdringen das Echo meines Pulses und das Rauschen des Blutes in meinen Ohren. Deltas Stimme dringt durch das Chaos, das meine Sinne erfasst.

„Erzähl mir von deiner Beziehung zu Xero Greaves."

Die Wahrheit kommt an die Oberfläche und durchbricht meine Abwehrkräfte. Ein einziges Wort kommt mir über die Lippen. „Xero."

„Ja?"

In meinem Kopf läuten die Alarmglocken. Er darf nichts von all den Menschen wissen, für deren Schutz Xero so hart gearbeitet hat.

„Erzähl mir von ihm."

Ich sage ihm Dinge, die über die sozialen Medien verbreitet wurden, harmlose Informationen, die öffentlich zugänglich sind. Ich erzähle ihm von den Morden, wie er von der Polizei erwischt wurde, als er das Herz seiner Stiefmutter in der Hand hielt. Wie sie ihn wegen seiner männlichen Schönheit den Engel des Todes nannten.

„Genug", unterbricht er mich scharf. „Was hat er dir in seinen Briefen geschrieben?"

„Dass er weder Favabohnen noch Chianti mag.“

Delta beugt sich vor, wobei seine Frustration deutlich von ihm abperlt. „Was seine Pläne angeht“, sagt er, seine Stimme ist ein tiefes Grollen, das mein Trommelfell wie ein Donnerschlag erschüttert. „Was hat er dir über seine Organisation erzählt?“

Ich sehe Camila, Jynxson und all die Leute vor meinem inneren Auge, die so hart gearbeitet haben, um mich vor *X-Cite Media* zu schützen, und wie ich sie verraten habe, indem ich ihren Boss umbrachte. Ich kann nicht zulassen, dass sie in Deltas Fänge geraten, also krame ich Informationen über den Fanclub hervor.

„Es gab zwei Organisationen“, murmle ich. „Eine offizielle. Die andere ist inoffiziell.“

„Erzähl mir mehr“, sagt er.

„Wir haben den Direktor dazu gebracht, den Freigang im Hof zu verlängern, und wir haben Geld gesammelt, um Dinge für ihren Buchclub zu kaufen ...“

Der Stuhl des Regisseurs kippt nach hinten und Schockwellen rasen durch den Raum. Delta baut sich über mir auf und seine Hand schließt sich um meine Kehle.

„Was hat Xero dir erzählt?“

„Worüber?“

„Menschen, Pläne, Orte. Ich will alles wissen!“

„Todestrakt?“

„Was stand in seinen Briefen?“, zischt er.

Meine Augenlider schließen sich, bevor ich sie zwingen kann, sich wieder zu öffnen. „Er hat mir von seinen Piercings erzählt. Der perversen Gefängniswärterin ... Er wollte, dass ich ihm Nacktfotos schicke.“

„Das war’s?“

„Er wollte einen ehelichen Besuch.“

Delta schmunzelt. „Ich kann es ihm kaum verdenken. Du bist wirklich eine Schönheit.“

Seine Finger wandern mein Schlüsselbein hinunter und über den Ansatz meiner Brust. „Es ist, als hätte man zwei Ehefrauen. Eine, die kampferfahren ist, und die andere ein unbeschriebenes Blatt.“

„Ich gehöre zu Xero“, flüstere ich.

„Wie hat er die Hinrichtung überlebt?", fragt Delta.

Die Frage wirft mich aus der Bahn. „Wir haben seinen Geist aus dem Jenseits zurückgeholt."

Seine Hand gleitet hinunter zu meiner Brust, seine Finger schließen sich um meine Brustwarze. Ein Gefühl der Abscheu durchfährt mich und lässt meinen Magen sich verkrampfen.

„Sagst du mir die Wahrheit, Mädchen?"

„Ich weiß es nicht", antworte ich. „Manchmal ist es schwer zu sagen, was real ist."

„Mit wem hast du in deiner Zelle gesprochen?"

„Xero."

Seine Finger, die meine Brustwarze zusammendrücken, lockern sich. „Halluzinierst du oft von ihm?"

„Ja."

Er seufzt. „Deine Mutter hat dir mehr geschadet, als ich erwartet habe. Sag mir, was mit den Männern passiert ist, die wir zu deinem Haus geschickt haben."

„Ich glaube, sie sind tot", murmle ich. „Es ist schwer zu sagen. Männer tauchen immer in den unpassendsten Momenten auf."

„Noch mehr Halluzinationen?"

Ich nicke.

„Und du hast sie getötet?"

„Das wollte ich nicht. Nicht wirklich. Es war Selbstverteidigung."

Er lacht, ein wahnsinniger Laut, der in meinen Knochen widerhallt. „Vielleicht bist du ja doch nicht so nutzlos. Dolly möchte, dass du dich an sie erinnerst, also erinnere dich an das letzte Mal, als du deine Schwester gesehen hast."

„Sie hat die Kamera gehalten", sage ich und mein Atem stockt. „Sie hat mich gefilmt, während Locke all diese schrecklichen Dinge getan hat."

Er schlägt mir so fest auf die Wange, dass ein weißglühender Schmerz durch meinen Schädel schießt und mein Kopf zur Seite gerissen wird. „Kann ein Mensch wirklich so dumm sein? Du bist wie ein Kind, das in Gefahren stolpert, die es nicht begreifen kann."

Die Worte würden schmerzen, wenn es mich interessieren würde, was er denkt, aber ich schweige.

Er holt eine Schere heraus und schneidet den Ausschnitt der Zwangsjacke durch, sodass mein Schlüsselbein und der Ansatz meiner Brüste zum Vorschein kommen. „Melonie hat gute Arbeit geleistet, als sie dich vor dem Rest der Welt verborgen hielt. Wir konnten keine von euch beiden finden, bis du mit deinem Xero-Fanclub an die Öffentlichkeit gegangen bist."

In meinem Gehirn bricht ein Aufruhr aus, aber meine Sinne sind zu gedämpft, um zu reagieren. Ich konzentriere mich auf seine Worte und versuche, ihnen einen Sinn zu geben.

Die Schere gleitet über meine Haut, das kalte Metall lässt mich erschaudern.

„Melonie hat dich so sehr behütet, dass du nun keinen Nutzen mehr für die Welt hast. Ich habe deine Vergangenheit ausgiebig erforscht, in der Hoffnung, etwas Wertvolles zu finden, aber es gab nichts außer einer Reihe von Misserfolgen."

Mein Atem beschleunigt sich, als seine Finger über meinen Bauch in Richtung meines Schrittes gleiten. Alarm pulsiert durch meinen Körper und lässt mich erstarren. Ich versuche, all meine Willenskraft darauf zu konzentrieren, mich zu bewegen, aber meine Glieder weigern sich, zu gehorchen.

„Sag mir etwas. Hat dich seit dem Lehrer ein Mann berührt?"

„Mr. Lawson", flüstere ich.

„Genau. Hast du seither irgendwelche Schwänze genommen?" Er spreizt meine Beine und seine Finger gleiten über mein Geschlecht. Aber alles dort unten ist vollkommen taub.

„Nein." Meine Stimme stockt. „Ich konnte es nicht. Nicht."

„Ist das nicht kostbar", sagt er. „So unschuldig. Kein Mann, der dich je berührt hat, ist noch am Leben."

Als er seine Hand wegzieht, löst sich die Enge in meiner Brust, und ich atme zitternd aus.

„Wollen wir es noch einmal versuchen? Solltest du mir beim nächsten Mal keine zufriedenstellende Antwort geben, werde ich mich nicht zurückhalten."

Ich möchte schreien, dass das krank ist, aber ich bekomme kein einziges Wort hervor. Die Welt löst sich in einem Sturm aus wirbelndem Weiß auf. Deltas schattenhafte Gestalt kommt näher, die Spitze der Schere zieht eine kalte, grausame Linie zwischen meinen Schamlippen hindurch.

Die Panik steigt. Ich versuche, mich wieder zu wehren, aber die Droge hat mich fest im Griff.

„Versetz dich in die Zeit zurück, als du zehn warst", sagt er und seine Stimme dringt in meine Gedanken ein. „Was war das Letzte, woran du dich vor der Anstalt erinnern kannst?"

„Ich weiß es nicht."

„Schließ deine Augen."

Ich tue, was er sagt, und meine Lider schließen sich.

„Gutes Mädchen. Jetzt stell dir vor, du wärst mit Lyle zusammen. Er wollte dich irgendwohin mitnehmen, ja?"

Ich will fragen, woher er Dads Namen kennt, aber die Worte bleiben mir im Hals stecken. Alles, was ich herauswürgen kann, ist: „Ja."

„Wo hat er dich hingebracht? Was ist an dem Tag passiert?"

Ich denke an die leere Wand, die sich vor meinen Erinnerungen aus jener Zeit befindet. Sie besteht aus grauen Ziegelsteinen und ist mit denselben Fotos bedeckt, die Mom überall in meinem Zimmer verteilt hat. Darunter befinden sich Klebezettel, die mich daran erinnern, dass ich meine Erinnerungen bei einem Autounfall verloren habe, weil ich mich nicht angeschnallt hatte.

Ich versuche, Delta zu erzählen, was ich sehe, aber er sagt mir, es sei eine Konstruktion aus Lügen. Ich schwebe um sie herum und finde einen winzigen Riss.

„Gutes Mädchen. Versuche es weiter. Quetsch dich durch. Was ist auf der anderen Seite?"

Bilder explodieren in glorreichen Farben in meinem Bewusstsein. Meine Nasenlöcher füllen sich mit den Gerüchen von verbranntem Metall, Benzin und Motoröl. Scheinbar ist der Autounfall tatsächlich real gewesen.

„Ich liege auf einer Trage, umgeben von Sanitätern", antworte ich.

„Schau dich um. Wo bist du?"

„Ich weiß es nicht. Da ist ein Krankenwagen. Seine Lichter sind noch an. Ein Lastwagen. Viele Schaulustige hinter dem Absperrband. Und die Polizei."

„Was noch? Kannst du jemanden sehen, der dir bekannt vorkommt?"

Ich drehe mich und sehe ein graues Auto, das bis zur

Unkenntlichkeit verformt ist. Feuerwehrleute haben gerade einen Mann aus dem Wrack geborgen, aber sein Körper ist schlaff. Ich sage Delta alles, was ich sehe, bis ich einen Blick auf das Gesicht des Mannes erhasche.

Mit rasendem Herzen stoße ich hervor: „Es ist Dad. Er ist tot."

„Braves Mädchen", sagt Delta. „Was noch?"

Das Mädchen, das ich damals war, und die Frau, die ich heute bin, werden von dem Schmerz und dem Schrecken dieses Tages überwältigt. Meine Kehle schnürt sich zu, und ich zwinge mich dazu, die Worte hervorzubringen: „Sie stecken ihn in einen Leichensack."

Meine Trage wird rückwärts gerollt und in das Innere eines Krankenwagens gehoben. Ich strecke meine Hand aus, um bei Dad zu bleiben, aber die Sanitäter schließen die Türen.

„Was passiert als Nächstes?", fragt er. „Konzentriere dich."

Die Dunkelheit überwältigt meine Sicht, und meine Ohren füllen sich mit dem Geräusch piepender Maschinen. Mein Verstand wird in die Tiefe gezogen, bis sogar Deltas Stimme im Echo meines Pulses untergeht.

Ich habe es geschafft. Ich habe endlich die Mauer der falschen Erinnerungen durchbrochen und einen Splitter der Wahrheit gefunden. Mein Vater ist vor all den Jahren gestorben, und doch habe ich unglaublich lebhafte Erinnerungen an ihn während der Schlüsselpunkte meiner späteren Kindheit und Jugend.

Während ich mich zu Hause von dem Unfall erholte, muss der Vater, der in mein Zimmer kam und mir Gesellschaft leistete, eine Halluzination gewesen sein. All die tröstenden Worte, die er mir sagte, wenn ich in der Schule Ärger hatte, waren nichts weiter als weitere Hirngespinste.

Irgendwo am Rande meines Bewusstseins nehme ich tastende Finger wahr, Scheren und Drehungen, und Deltas Stimme, die meine Vagina, mit der meiner Schwester vergleicht. Ich versuche, all meine Kräfte zu mobilisieren, um ihm in die Eier zu treten und dann ins Gesicht, um mich von der Couch zu stürzen, aber die Drogen halten meine Glieder gelähmt.

Ein Wimmern bleibt mir in der Kehle stecken. Meine Zunge ist so schwer, dass ich nicht schreien kann, er solle aufhören.

„Wenn du willst, dass das hier aufhört, wirst du mir ein paar Fragen über Xero und seine Organisation beantworten."

Als ich in die Bewusstlosigkeit gleite, gilt mein letzter Gedanke Xeros Leuten, die ich vor Delta schützen muss.

Er darf niemals erfahren, wo sie sind.

SECHZEHN

XERO

Weniger als eine Stunde, nachdem das Beruhigungsmittel abgeklungen ist, steige ich aus meinem Auto aus und betrete den sonnenbeschienenen Parkplatz des Krematoriums von Newton. Es ist ein einfaches Backsteingebäude, das auf die Blumengärten des Parisii-Friedhofs hinausgeht. Das Einzige, was es davon abhält, wie eine Kirche auszusehen, sind seine getönten Fenster und die hohen Schornsteine, die aus dem Dach ragen.

Ich habe Jynxson in der Krankenstation zurückgelassen, um Isabel abzulenken, die wahrscheinlich alles daran setzen würde, um mich davon abzuhalten, in ein möglicherweise feindliches Gebiet einzudringen. Die einzigen Menschen auf der Welt, die meine Zwillingstheorie bestätigen könnten, sind die Salentino-Zwillinge, da sie Amethyst schon kannten, bevor Dr. Saint anfing, sie zu behandeln.

Die Verkleidung, die ich trage, reicht aus, um mich von dem Fahndungsfoto zu unterscheiden, das im Internet veröffentlicht wurde, aber nicht so drastisch, dass ich Verdacht errege. Eine dunkelblonde Haartönung, eine leichte Schicht Bräunungslotion und Kontaktlinsen, die die Iris verdunkeln, um das blasse Blau in etwas weniger Auffälliges zu verwandeln.

Eilige Schritte erklingen hinter mir, als ich den Eingang erreiche. Ich drehe mich um und schaue einer wütend dreinblickenden Camila in die Augen.

„Sag mir nicht, dass Isabel dich hergeschickt hat, um mich zurück in die Krankenstation zu schleifen", sage ich.

„Sie will nur sichergehen, dass du deine Medikamente nimmst", schnauzt Camila.

Ich nicke und lasse mich von ihr durch den Eingang in einen weißen Empfangsbereich begleiten, wo zwei Liliensträuße in eleganten Vasen auf einem Mahagonischreibtisch stehen.

Rechts neben dem Schreibtisch öffnet sich eine Tür, und eine schwarz gekleidete Frau mit harter Miene kommt heraus. Ihr Blick gleitet über Camila, bevor er an mir hängen bleibt.

„Ich bin hier, um Aria und Elania Salentino zu treffen", sage ich und begegne ihrem Blick.

„Worum handelt es sich?"

„Es geht um ihre tote Schwägerin und ihre vermisste Nichte."

Ich hätte es besser formulieren können, aber ich habe bei meiner Suche nach Amethyst Tage verloren. Alle halten sie für eine Art Schläferagentin, die versucht hat, mich zu töten, bevor sie ihre Mutter tötete und in ein Flugzeug stieg, um zu meinem Vater zurückzukehren.

Sie ignorieren die Aufnahmen, die sie bei ihrem Fluchtversuch in einer Zwangsjacke zeigen, weil ihr Gesicht durch eine Maske verdeckt ist. Während wir darauf warten, dass Vater Reverend Thomas eine Adresse gibt, will ich beweisen, dass sie ein Opfer ist, das unsere Hilfe braucht.

Die Tür auf der linken Seite öffnet sich, und ein dunkelhaariger Mann tritt mit einer Pistole in der Hand heraus. Er trägt den düsteren Anzug eines Leichenbestatters, aber sein Gesicht, das von einer gebrochenen Nase und Narben gezeichnet ist, sieht aus wie das eines von Gangstern angeheuerten Schlägers. Er soll bedrohlich wirken, aber der Zustand seines Gesichts ist ein Zeichen für langsame Reflexe.

„Wer zum Teufel sind Sie?", knurrt er und richtet die Waffe auf meine Brust.

Ich hebe meine Handflächen. „Jetzt mal langsam. Ich bin hier, weil meine Freundin entführt wurde."

Er schnaubt. „Die Bosse haben keine Nichte, und ich kenne keine Freundin. Ich schlage vor, dass Sie gehen."

Mein Kiefer spannt sich an. An jedem anderen Tag würde ich meine Zeit damit verbringen, diesen niederen Idioten fertigzumachen, aber meine gesamte Strategie hängt davon ab, mit Amethysts Tanten zu sprechen.

„Führen Sie mich zu den Salentino-Schwestern, oder ich werde Ihnen das Geständnis abnehmen, eine vierzigjährige Jungfrau zu sein."

Er stolziert auf mich zu, wobei sich seine Lippen kräuseln. „Sie sollten lieber aufpassen, wie Sie mit mir sprechen, Schönling, oder ich werde ..."

Meine Faust trifft mit einem Krachen auf seine Nase und lässt ihn nach hinten taumeln, aber nicht bevor er versucht, mir einen Tritt in den Schritt zu verpassen. Ich weiche aus und verpasse ihm einen weiteren Schlag in den Bauch. Er geht zu Boden, und ich schnappe mir die Waffe.

Eine Bulldogge von einem Mann stürmt aus der gleichen Tür und schwingt eine Pistole. Camila kommt mir zuvor und trifft mit ihrem Fuß seine Kniescheibe. Als er nach vorne stolpert, entwaffnet sie ihn und richtet seine Waffe auf seinen Kopf.

„Muss ich jeden Raum in diesem Gebäude durchsuchen, um die Salentino-Schwestern zu finden, oder wird uns einer von Ihnen zu ihnen führen?", frage ich.

Die Lippen des zweiten Mannes kräuseln sich, seine wachen Augen huschen zu der vierzigjährigen Jungfrau, die sich noch immer den Bauch hält. „Sie sind nicht hier, aber Sie können eine Nachricht hinterlassen."

„Sagen Sie ihnen, dass Dolly wieder in der Stadt ist und dass sie gefährlich ist." Ich verschränke meine Arme vor der Brust.

Die Tür auf der rechten Seite öffnet sich und ich sehe Aria Salentino, eine Frau Mitte dreißig mit kurz geschnittenen schwarzen Haaren, die einen schwarzen Herrenanzug mit einem passenden, bis zum Hals zugeknöpften Hemd trägt, was es allerdings nicht schafft, ihren zarten Knochenbau zu verbergen.

Sie fordert die beiden Männer auf, sich zurückzuziehen. „Und wer zum Teufel ist Dolly?"

„Das vermisste Mädchen, deren Zwillingsschwester Sie vor vierzehn Jahren geholfen haben", antworte ich.

Aria starrt mich mehrere Sekunden lang an, ihr Blick löst sich keinen Moment von meinem. Mein Puls beschleunigt sich. Sie weiß es. Sie weiß, dass Amethyst kein Einzelkind ist. Sie weiß, dass die Möglichkeit besteht, dass die Schwester, die entweder entführt oder weggeschickt wurde, zurückgekehrt ist, um sich zu rächen.

„Legen Sie die Waffen weg und kommen Sie rein." Sie verschwindet wieder durch die Tür.

Camila und ich tauschen Blicke aus. Ich nicke leicht und signalisiere ihr, dass sie mir den Rücken freihalten soll. Ich glaube zwar nicht, dass die Schwestern gefährlich sind, aber sie sind mit der ältesten Verbrecherfamilie von New Alderney verbunden. Elania könnte drinnen sein und nach Verstärkung rufen.

Nachdem wir die Waffen auf den Schreibtisch gelegt haben, gehen wir an Aria vorbei in ein geschmackvolles Büro mit schwarzen Wänden und Hartholzböden, die mit einem anthrazitfarbenen Teppich ausgelegt sind. Ein schwarzer Schreibtisch steht im Mittelpunkt, zusammen mit zwei Lederstühlen. Die Einrichtung erinnert mich so sehr an Amethysts kleines Arbeitszimmer, dass sich mein Herz schmerzhaft zusammenzieht.

Hätte ich sie in der Nacht beschützt, als der erste Mann von *X-Cite Media* hinter ihr her war, anstatt sie aus dem Schatten heraus zu quälen, hätte sie gewusst, dass der Inhalt des Videos unmöglich sein würde. Jetzt werde ich alles tun, was ich kann, um die Dinge wieder in Ordnung zu bringen.

Die Frau, die hinter dem Schreibtisch steht, ist Elania Salentino. Sie sieht genauso aus wie ihre Schwester, aber ihre Gesichtszüge sind durch ihr gestuftes braunes Haar mit Strähnchen weicher. Sie ist leicht geschminkt und hat eine ähnliche Figur wie Amethyst in ihrem körperbetonten schwarzen Kleid, was mich von der Familienverbindung überzeugt.

„Was soll dieses Gerede von Zwillingen?", fragt Elania.

Aria steht neben der Tür und hält eine Hand in ihrer Jacke versteckt, bereit, ihre versteckte Waffe zu ziehen. Ich stelle mich an die Wand zwischen den Fenstern, wo ich beide Schwestern im

Auge behalten kann. Camila steht in einer Ecke, außerhalb der Reichweite von möglichen Scharfschützen.

„Ich weiß, dass Amethyst ihre Mutter nicht umgebracht hat, und ich habe Aufnahmen von zwei identisch aussehenden Frauen an einem Flughafen."

Die Salentino-Zwillinge blicken sich an.

„Wer sind Sie?" fragt Aria.

„Amethyst und ich führen seit Monaten eine Beziehung."

Elania schnaubt. „Meine Nichte ist praktisch eine Einsiedlerin. Außerdem ist sie zu sehr mit dem Gefangenen beschäftigt, um sich Zeit für Männer zu nehmen."

„Ich habe nie gesagt, dass wir uns verabreden", murmle ich.

„Was wollen Sie von uns?", fragt Aria.

„Alles, was uns zu Dolly führen kann."

„Die haben wir nicht mehr gesehen, seit sie ein Baby war", sagt Aria seufzend. „Melonie war mit unserem Bruder Giorgi verheiratet, der ein missbräuchliches Stück Scheiße war. Sie verließ ihn ein Jahr nach der Geburt der Zwillinge und verschwand für fast ein Jahrzehnt."

Mein Herz macht einen kleinen Sprung. „Hat er sie aufgespürt?"

„Giorgi hatte einen unglücklichen Unfall, bevor er die Chance dazu hatte", sagt Elania und lächelt.

„Melonie kam zehn Jahre später hilfesuchend zu uns", sagt Aria. „Sie erzählte uns, dass ihr neuer Mann tot sei, dass Dahlia verschleppt wurde und Amy so schwer missbraucht worden sei, dass sie eingewiesen werden musste. Wir schickten Privatdetektive auf die Suche nach Dahlia, aber sie war verschwunden."

„Welche Anstalt?", frage ich.

Sie schüttelt den Kopf. „Das ist schon so lange her. Die meisten der Männer, die mein Onkel zur Razzia in die Anstalt schickte, sind tot. Ich erinnere mich nicht einmal mehr an die Namen."

„Was ist mit dem Ehemann passiert?", frage ich.

Ihre Blicke treffen sich noch einmal, bevor Elania sagt: „Er starb bei einem Autounfall."

„War Amethyst bei ihm?"

„Woher wissen Sie das?", fragt Aria.

„Sie erwähnte, dass sie bei einem Autounfall ihr Gedächtnis verloren hat, aber sie sagte kein Wort darüber, dass sie eine Schwester hat."

Elania geht um ihren Schreibtisch herum und kommt auf mich zu, ihr Blick wird schärfer. „Erzählen Sie mir von den Aufnahmen am Flughafen."

„Darf ich Sie Ihnen zeigen?"

Sie nickt.

Ich ziehe mein Handy heraus und spiele beide Videos vom selben Tag ab. Auf dem einen ist eine Frau zu sehen, die genau wie Amethyst aussieht, und die Treppe zu einem Privatjet hinaufgeht. Das andere zeigt Amethyst, die in einer Zwangsjacke auf die Kamera zuläuft.

„Woher wollen Sie wissen, dass es nicht ein und dieselbe Frau ist?", fragt Elania.

„Ich kenne Amethyst", antworte ich. „Sie ist still, sie ist introvertiert und sie hat nur eine einzige, echte Freundin. Sie ist zu empfindlich, was ihre geistige Gesundheit angeht, um sich als Verrückte zu inszenieren, die von einem Wachmann verfolgt wird." Meine Stimme stockt. „Sie hat große Angst."

Stille senkt sich über den Raum, und die Zwillinge tauschen einen weiteren Blick aus.

Aria starrt mir direkt ins Gesicht und fragt: „Sind Sie wirklich ihr Freund?"

„Ja", sage ich mit heiserer Stimme.

„Wenn Sie kein Polizist sind, sagen Sie uns Ihren Namen", sagt Elania.

Ich schlucke hart, Entschlossenheit erfüllt mich. Ich kann es mir nicht leisten, meine Tarnung auffliegen zu lassen, aber wenn es Amethyst hilft, dass ich die Wahrheit sage, dann habe ich keine andere Wahl. Mein Herz rast und ich balle meine Hände zu Fäusten, um ruhig zu bleiben.

„Ich heiße Xero. Xero Greaves." Die Worte brennen, als sie mir über die Lippen kommen, jedes einzelne ein kalkuliertes Risiko.

Sie nickt, als hätte sie es schon geahnt. „Dann kennen Sie Roman."

„Montesano saß in der Zelle, die sich meiner gegenüber

befand", sage ich. „Unsere Trainingszeiten überschnitten sich, und wir sprachen ein wenig im Buchclub der Todeszellen. Er teilte etwas von den Speisen, die seine Haushälterin für ihn zubereitete."

Sie tauschen wieder Blicke aus, bevor Aria fragt: „Warum glauben Sie, dass Amy in Gefahr ist?"

Ich erzähle ihr von den Versuchen von *X-Cite Media*, Amethyst zu schnappen, und von Reverend Thomas' Bericht über Dolly, die gezwungen wurde, in Snuff-Filmen mitzuspielen und zu überleben. Ich spiele Ausschnitte aus dem Verhör von Harlan Stills ab, dem Mitarbeiter, den wir aus der Hochburg von *X-Cite Media* herausgelockt haben.

Mit jedem Wort steigt die Abscheu der Salentino-Zwillinge. Aria knurrt, ihre Wut ist deutlich zu spüren, während Elania verächtlich die Lippen zusammenzieht. Ich kann es ihnen kaum verdenken. Stills das erste Mal zu verhören war schon grausig genug.

„Warum hat Melonie uns nicht gesagt, dass Amy wieder in Schwierigkeiten ist?", fragt Aria. „Wir hätten helfen können."

„Ich glaube, Melonie war es leid, Amethysts Morde zu vertuschen", murmele ich.

Keine von ihnen sagt etwas, da sie offensichtlich nicht zugeben wollen, dass sie in der Vertuschung von Morden verwickelt waren, aber ich bin mir fast sicher, dass sie dabei geholfen haben, die Brüder zu beseitigen, die während Amethysts Studiums verschwunden sind.

„Gib es ihm", sagt Aria.

Ich richte mich auf, mein Blick wandert zu Elania, die zu ihrem Schreibtisch zurückkehrt und ein rotes, in Leder gebundenes Buch herauszieht.

„Was ist das?", frage ich.

„Als Melonie wieder auftauchte und uns um Hilfe bat, wollte meine Mutter sie einfach erschießen, weil sie eine Enkelin verloren und die andere traumatisiert hatte, aber Melonie übergab uns dieses Tagebuch, in dem sie erklärte, wie es passiert war."

Sie drückt mir das Buch in die Hand. „Die Informationen darin sind vierzehn Jahre alt und führen vielleicht zu nichts, aber als ich hörte, dass Melonie getötet wurde und Amy verschwunden war, habe ich es genommen, um nach Antworten zu suchen."

„Wir wollten an ihrem Leben teilhaben, aber ihre Mutter wollte nicht, dass sie etwas mit unserer Seite der Familie zu tun hat", sagt Aria.

Elanias Gesichtszüge verhärten sich vor Verärgerung. „Richter neigen dazu, härtere Strafen für Leute zu verhängen, die mit dem Familienstammbaum der Montesanos verbunden sind."

Ich nicke, denn ich weiß bereits, wie Roman Montesano der Mord an einer Frau angehängt wurde, die er nicht einmal kannte. „Danke."

Meine Kehle schnürt sich zu, als ich mich der Tür zuwende, entschlossen, es Amethyst zu zeigen, sobald ich sie aus den Fängen von Vater und ihrer Schwester befreit habe.

„Hey."

Ich drehe mich um und schaue Elania in die Augen. „Wenn Sie sie finden, lassen Sie es uns wissen. Unsere Cousins haben eine kleine Armee von Männern, die in die Hölle marschieren würden, um sie zu retten."

Ich nicke und behalte ihr Angebot als mögliche Verstärkung im Gedächtnis.

Als ich auf den Flur trete, vibriert mein Handy, als ich eine Nachricht von Tylers Assistenten erhalte. Es ist eine Liste mit vier Orten, zu denen die Privatjets geflogen sind, etwa zu der Zeit, als Dolly an Bord ging.

Die Flughäfen *Marthas Vineyard* in Massachusetts, *Helsing Island* in New York, *Jackson Hole* in Wyoming und *Hilton Head Island* in South Carolina. Vier weit entfernte Städte, von denen jede ein potenzielles Kaninchenloch ist, das in eine Sackgasse führt.

Ich gehe mit Camila auf den Parkplatz, wobei ich das kleine rote Tagebuch fest umklammert halte. Ihr Blick brennt in meinem Gesicht, und ich drehe mich um, um ihr in die Augen zu sehen. Das Gespräch mit den Salentino-Zwillingen hat soeben meinen Verdacht bestätigt, dass Amethyst keine Schläferagentin ist, die für unseren Vater arbeitet, sondern eine Frau in den Fängen von Psychopathen.

„Was kommt als Nächstes?", fragt sie.

„Wenn Vater Reverend Thomas nicht antwortet, um ihm mitzuteilen, wo die Dreharbeiten stattfinden sollen, müssen wir einen Drehort nach dem anderen aufsuchen."

„Das wird ewig dauern." Sie schließt ihr Auto auf und nimmt eine Papiertüte einer Apotheke heraus. „Wie geht es dir?"

Frustration lodert in mir. Die Zeit arbeitet gegen uns. Amethyst kann alles Mögliche zustoßen, und alles, was wir tun können, ist, Informationen zu sammeln. Ich nehme die Tüte und murmele, dass es mir gut geht. Keine noch so große Rauchvergiftung ist mit dem zu vergleichen, was sie erleidet. Oder auch mit dem, was mein Herz mit jedem Augenblick meiner verzweifelten Suche erträgt.

SIEBZEHN

Dr. Forster sagt, ich solle meine Gedanken in einem Tagebuch festhalten, um den Stress, wieder Mutter zu werden, zu verarbeiten. Der Psychiater ist der Meinung, dass mein sich verschlechternder Gesundheitszustand mit meinem erhöhten Angstzustand zusammenhängt, und er könnte recht haben. Ich habe bereits eine Schwangerschaft hinter mir, dennoch fühlt es sich wie eine vollkommen neue Erfahrung an.

Beim letzten Mal lebte ich in der Villa Salentino mit Giorgi, seiner Mutter, seinen Schwestern und einem kleinen Heer von Angestellten. Die Haushälterin, die Dienstmädchen und der Koch bemühten sich alle darum, dass meine Bedürfnisse gestillt wurden. Alles, was ich tun musste, war, hübsch auszusehen, meine Termine wahrzunehmen und seinen Fäusten auszuweichen.

Dort zu leben war, als würde man in einem goldenen Käfig sitzen, ohne zu wissen, dass er mit Stacheldraht ausgekleidet ist. Ich habe diese Seite der Medaille nicht einmal geahnt, bis es zu spät war. Während wir noch zusammen ausgingen, erzählte mir Giorgi, dass das Krematorium sein Familienunternehmen sei.

Wir hatten bereits geheiratet, als ich herausfand, dass es sich um eine Fassade für die Mafia handelte, und ich versuchte zu fliehen. Beim ersten Mal schlug mich Giorgi bewusstlos. Beim zweiten Mal riss er mir die Spirale heraus, die ich als Verhütungsmittel nutzte, sperrte mich monatelang in ein Zimmer und ließ mich erst wieder raus, als meine Schwangerschaft schon für alle sichtbar war.

Mein dritter Fluchtversuch geschah mit Lyles Hilfe. Ich werde nie vergessen, wie er alles riskiert hat, um mich und meine kleinen Mädchen zu retten. Er war stolz darauf, für das FBI zu arbeiten und war so kurz davor, sowohl die Salentino- als auch die Montesano-Familie zu Fall zu bringen. Er hatte so hart daran gearbeitet, seine Tarnung aufzubauen, und doch hat er all das aufs Spiel gesetzt, um uns zu helfen.

Als sie ihn wegen Verstoßes gegen das Protokoll entließen, flohen wir nach New York, änderten die Namen der Zwillinge von Dahlia und Amaryllis in Dolly und Amy und begannen ein neues Leben. Kurz darauf landete Giorgi in einem seiner eigenen Öfen im Krematorium.

Ich sollte froh sein, dass ich einer solch missbräuchlichen Ehe entkommen konnte. Und noch glücklicher, einen Mann zu haben, der meine Mädchen wie seine eigenen behandelt. Lyle erhebt nie seine Stimme, geschweige denn eine Hand. Ich sollte dankbar sein, ihn zu haben, aber ich fühle mich überwältigt.

Dolly hat Giorgis Grausamkeit geerbt und seine Fähigkeit, sie unter einer Fassade von Charme zu verbergen. Sie ist erst zehn, dennoch zeigt sie bereits die Züge eines Psychopathen.

Als ich entschied, dass wir keine Haustiere mehr halten würden, richtete sie ihre sadistische Aufmerksamkeit auf Amy. Ich musste Dolly mehrfach davon abhalten, sie anzugreifen, einige Male hat sie es sogar mit einer Waffe versucht. Es ist furchtbar, das zuzugeben, aber manchmal habe ich Angst vor meiner eigenen Tochter.

Aber auch Amy ist nicht so unschuldig, wie sie scheint. Anstatt mir mitzuteilen, was Dolly getan hat, schlägt sie zurück. Manchmal stachelt sie ihre Schwester mit ihren boshaften Streichen noch weiter an. Eimer mit Wasser in Dollys Bett, Reißzwecken in Dollys Schuhen. Sie hat sogar Dollys Lieblingsfigur zerstört und die Scherben auf dem Fußboden ihres Zimmers verstreut.

Die ständige Gewalt, die von meinen Kindern ausgeübt wird, erinnert mich so sehr an Giorgi, dass es sich anfühlt, als würde man mir ein Messer in den Bauch rammen. Lyle sagt, sie wären wie ein Spiegel meiner selbst, aber ich sehe nur ihren Vater.

Das Haus ist zu einem Schlachtfeld geworden. Lyle arbeitet bis spät in die Nacht in der Adoptionsagentur, um dem Chaos zu entkommen, und überlässt es mir, ihre Streitigkeiten zu schlichten. Als die Mädchen wegen eines Vorfalls mit einem Messer von der Schule verwiesen wurden, zeigte mir Lyle eine Broschüre für ein Programm, das Mädchen mit Verhaltensauffälligkeiten helfen soll.

Es ist das therapeutische Internat *Three Fates*. Ein merkwürdiger Name, aber auf dem Prospekt, war eine ländliche Umgebung zu sehen und ein malerisches Backsteinhaus, das in eine Schule umgewandelt worden war. Sie bieten Beratung an, um Verhaltensprobleme, emotionale Schwierigkeiten und sogar akademische Herausforderungen zu behandeln.

Auf den Bildern sind Mädchen in ihrem Alter zu sehen, die auf Wiesen spielen, in gemütlichen Bibliotheken lernen und sogar reiten. Das ist die Art von idyllischer Umgebung, die ich mir immer für meine Töchter gewünscht habe. Lyle versichert mir, dass die Betreuer dort bereits mit problematischen Zwillingen zu tun gehabt hatten, und sie trennen würden, damit sie ihre Individualität frei entfalten können.

Sie sind mittlerweile seit zwei Monaten weg, und ich muss zugeben, dass ich sie nicht vermisse.

Nicht ein bisschen.

So. Ich habe es zugegeben.

Aber sie kehren morgen zurück, und bei der Aussicht darauf, macht sich ein überwältigendes Gefühl des Grauens in mir breit.

Lyle und Dr. Forster sagen, dass Amy und Dolly ihre Feindseligkeit gegeneinander zum Wohle des Babys ruhen lassen werden. Dennoch mache ich mir Sorgen, dass es verletzt werden könnte.

Vielleicht hätte ich sie zurücklassen sollen, als ich vor Giorgi floh, aber zu dem Zeitpunkt hätte ich niemals ahnen können, dass sie die schlimmsten Eigenschaften ihres Vaters geerbt hatten. Manchmal habe ich das Gefühl, dass die Familie Salentino vielleicht ein besseres Umfeld für meine Mädchen gewesen wäre.

Jetzt ist es zu spät. Ich sitze mit den Zwillingen fest. Auch wenn Giorgi tot ist, wird mich seine Mutter wahrscheinlich in einen ihrer Verbrennungsöfen werfen, weil ich es gewagt habe zu fliehen. Und seine Schwestern wären inzwischen genauso verdorben, wie der Rest der Familie. Sie waren erst zehn, als ich ging. Ich kann mir vorstellen, dass Mrs. Salentino ihnen genug Lügen erzählt hat, um sie in ihre loyalen, rücksichtslosen Vollstrecker zu verwandeln.

Ich habe mir gerade meine eigenen Worte durchgelesen. Ich schäme mich dafür, dass ich zwei unschuldigen Kindern gegenüber einen so heftigen Groll hege. Ich werde mich bessern. Ich werde mir Hilfe holen. Lyle schlägt vor, ein Kindermädchen einzustellen, damit ich die Last nicht ganz allein tragen muss. Jemand, der jung genug ist, um mit den Mädchen umzugehen, denn diese Schwangerschaft macht mir zu schaffen.

Schon der Gedanke an die Zukunft lässt meinen Blutdruck in die Höhe schnellen.

Vielleicht hat Lyle recht damit, dass ich mir jemand holen sollte, der mir hilft. Mir gefällt der Gedanke an eine britische Supernanny, die kommt und unsere Familie mit fester Hand und einem warmen Herzen in Ordnung bringt. Eine Frau im Stil von Mary Poppins, die ein Händchen dafür hat, wilde Mädchen zu zähmen.

Ich werde ihn morgen früh bitten, nachzufragen, ob es eine solche Frau gibt.

ACHTZEHN

AMETHYST

Ich schlage die Augen auf und sehe, dass ich mich in der Gummizelle befinde. Ich schnappe nach Luft und winde mich angesichts der engen Fesselung der Zwangsjacke. Der Schmerz zwischen meinen Beinen ist unerträglich und unmöglich zu ignorieren. Ich bin vergewaltigt worden. Verseucht. War Delta der Vergewaltiger, oder der Mann, der mich in diese Zelle zurückgebracht hat, oder beide? Egal, wer es war, der Hass, der in meinem Innern brodelt, verwandelt sich in Verzweiflung.

Tränen brennen in meinen Augen. Ich möchte mich einfach zusammenrollen und sterben.

„Amethyst?", erklingt Xeros leise Stimme.

„Weißt du, was mit mir passiert ist?", frage ich.

Er zögert. „Ja."

„Wie viele von ihnen?"

„Delta, als er das Pessar entfernte."

Er führt das Ganze nicht weiter aus. Ich frage nicht, wie oft oder was er sonst noch mit mir gemacht haben könnte. Was soll das bringen, wenn mein Verstand bereits angegriffen ist? Mein Atem wird flacher, und mein Herzschlag beschleunigt sich. Ich habe mich noch nie so machtlos, so unrein gefühlt.

Ein Kloß bildet sich in meiner Kehle. Ich schlucke hart und kämpfe gegen die Tränen, die mir in den Augen brennen. „Es ist kein Wunder, dass du dir solche Mühe gibst, ihn aufzuspüren. Er ist der leibhaftige Teufel."

Er grunzt.

„Habe ich etwas Belastendes gesagt?", frage ich.

„Er weiß, dass du mich halluzinierst, aber das ist auch schon alles, was du ihm mitgeteilt hast." Seine warme Hand landet auf meiner Schulter. „Du wolltest uns beschützen."

Ich rolle mich auf den Rücken und blicke in seine blassblauen Augen. „Das ist das Mindeste, was ich tun kann, nach dem, was ich getan habe."

Xero zuckt zusammen. Ich bin überrascht, dass er so verständnisvoll ist. Ich bin schließlich selbst an diesem ganzen Schlamassel mit Dolly, Delta und den anderen Schuld. Wenn ich ihm an jenem Morgen mehr Fragen gestellt hätte – und nicht in eine mörderische Wut geraten wäre –, wäre ich immer noch sicher im Kriechkeller.

„So darfst du nicht denken", sagt er.

Ich kneife meine Augen zusammen, unfähig, meine Gedanken zu kontrollieren, genauso wenig wie ich meine Halluzinationen kontrollieren kann. Mein Verstand ist immer noch ein einziges Durcheinander. Selbst wenn ich meine Erinnerungen zurückgewinnen würde, könnte ich nicht verhindern, dass ich auf schreckliche Weise sterbe.

„Amethyst", reißt Xeros Stimme mich wieder in die Realität.

„Was soll ich denn sonst denken?" Ich öffne meine Augen, wobei nun die Tränen ungehindert über meine Wangen rinnen und ich setze mich auf. „Meine Situation ist aussichtslos. Ich werde sterben."

Als er zurückweicht, zieht sich mein Herz zusammen. Ich wollte Xero nicht verletzen. Er ist das eigentliche Opfer, auch wenn er nur ein Hirngespinst von mir ist. Es ist schlimm genug, dass ich ihn umsonst getötet habe. Jetzt muss er auch noch zusehen, wie ich leide.

Bevor ich in diesem Strudel der Verzweiflung versinken kann, werden meine Gedanken durch das dumpfe Geräusch sich nähernder Schritte unterbrochen.

Kalter Schweiß bricht mir auf der Stirn aus. Mein Atem beschleunigt sich. Mein Innerstes spannt sich an und lässt die

Ränder von Xeros Gestalt flackern. Ich flüchte mich in die hinterste Ecke meiner Zelle. Ich kann nicht zulassen, dass er mich in einen anderen Teil der Anlage schleppt, wo ich gefoltert oder vergewaltigt werden könnte.

„Bleib ruhig, kleiner Geist. Du hyperventilierst", sagt er.

Ich versuche tief durchzuatmen, aber ich bekomme kaum Luft, ich habe das Gefühl, zu ersticken. Irgendetwas stimmt nicht. Ich habe eine Panikattacke. Wenn ich so weitermache, bin ich tot, bevor sie überhaupt eine Kamera vor mir aufgebaut haben.

Die Schritte, die in meinen Ohren widerhallen, werden so laut, dass jeder Knochen in meinem Körper zu vibrieren scheint. Flecken tanzen vor meinen Augen, und die Ränder meiner Sicht werden dunkel. Der Druck in meiner Brust nimmt zu, bis Xeros Gestalt flackert.

Er bewegt seine Lippen, aber durch das Rauschen des Blutes in meinen Ohren kann ich nichts hören. Irgendetwas läuft schief. Ich reagiere schlecht auf eines der Medikamente.

Als die Tür aufschwingt, wird mir schwarz vor Augen, und ich lande mit einem dumpfen Schlag auf dem gepolsterten Boden.

Mehrere Augenblicke lang ist alles still, bis ich Wasser in meinem Gesicht spüre. Als ich hart in die Gegenwart zurückgerissen werde, rollen mich große Hände auf den Rücken. Ich reiße die Augen auf und ich schnappe nach Luft.

Grunt starrt mich mit großen Augen an, sein Gesicht wird von der chirurgischen Maske verdeckt. „Amy", sagt er mit panischer Stimme. „Geht es dir gut?"

Die Frage lockt etwas in mir hervor, von dem ich nicht wusste, dass es existiert, einen bizarren Kern schwarzen Humors. Ein Lachen kommt mir über die Lippen und lässt mich nach Luft ringen. Mein ganzes Leben ist ein einziges Chaos. Ich wurde verletzt, mit pseudomedizinischen Geräten vergewaltigt, unter Drogen gesetzt und missbraucht. Wie kann Grunt es wagen, mich zu fragen, ob es mir gut ginge?

„Ich kann nicht atmen", bringe ich hervor. „Die Zwangsjacke ist zu eng."

Er runzelt die Stirn. „Ich habe dein Essen mitgebracht."

„Kann nichts essen. Jacke ist zu eng."

Er rollt mich auf den Rücken und löst die Schnalle, die meine Ärmel zusammenhält. Meine Arme sind endlich frei und ich atme tief ein.

„Besser?", fragt er und hilft mir, mich aufzusetzen.

Ich blinzle die Flecken weg. Ich schüttle meinen Kopf, um den Nebel, der meine Sicht trübt, zu vertreiben. Xero ist wieder verschwunden, was alles Mögliche bedeuten kann. Da er nicht in der Nähe ist, um mich davon abzuhalten, Grunt zu vertrauen, nutze ich die Chance, um mit ihm zu reden.

„Iss", sagt er.

Mein Blick fällt auf den Hundenapf, in dem sich der gleiche Brei wie zuvor befindet, auf dem sich inzwischen eine braune Kruste gebildet hat.

„Wenn ich das esse, muss ich kotzen."

Grunt blickt zur Tür. „Dolly sagt, du musst essen."

„Dann sollte sie mir lieber etwas anderes geben, denn das kann man nicht einmal einem Hund vorsetzen."

Die Schultern des großen Mannes sinken. „Sie wird nicht erfreut sein zu hören, dass du wieder nicht gegessen hast."

„Ich werde sterben, richtig?", frage ich. Als er den Blick senkt, füge ich hinzu: „Das habe ich mir schon gedacht. Warum sollte ich mein Leiden noch vergrößern, indem ich diesen Brei esse?"

Mehrere Augenblicke lang herrscht Schweigen zwischen uns. Grunt hockt weiterhin vor mir, sein Blick wird weicher und ich kann so etwas wie Mitleid oder sogar Bedauern in seinen Augen sehen.

Ich möchte noch etwas sagen, damit er mich mehr als Mensch sieht, aber mir fällt nichts ein. Er arbeitet für eine Organisation, die Snuff-Filme produziert. Es würde mich nicht überraschen, wenn sich herausstellt, dass er einer der Männer in diesem Video vom Friedhof wäre. Niemand kommt aus Versehen dazu, einen solchen Beruf auszuüben. Wenn er Mitgefühl empfindet, ist das nur vorübergehend. Dolly ist wütend auf ihn, und die anderen behandeln ihn wie Dreck.

Er steht auf, geht zur Tür, greift in seine Tasche und holt einen Müsliriegel heraus. Ich richte mich auf, mein Blick wandert zu seinem maskierten Gesicht.

Bevor ich überhaupt fragen kann, was er dafür will, schiebt er mir den Riegel über den Boden zu. Er rutscht an dem Hundenapf vorbei und landet neben meinen nackten Füßen.

Die Tür schließt sich hinter ihm und seine Schritte verhallen im Flur, sodass ich mit dem Müsliriegel allein bin. Er ist mit einer durchsichtigen Folie umwickelt, die sich nur schwer entfernen lässt, da ich noch immer in der Zwangsjacke stecke, aber wenigstens hat er meine Arme befreit.

Ich greife mit meinen in dicken Stoff gehüllten Händen nach dem Riegel und untersuche die Verpackung auf Einstiche. Soweit ich das erkennen kann, ist sie unversehrt.

„Gute Idee", sagt Xero. „Für den Fall, dass sie ihn mit irgendetwas versetzt haben."

Die Enge in meiner Brust schwindet ein wenig, als ich sehe, dass er zurück ist, und ich atme erleichtert aus. Ich nehme den Riegel zwischen die Zähne, drehe und ziehe an der Verpackung, bis das Plastik nachgibt und mir der köstliche Duft von Honig, Nüssen und Hafer in die Nase steigt.

Ich beiße ein Stück ab und genieße die Süße, die sich auf meiner Zunge ausbreitet, und den chemischen Geschmack vertreibt. Ich kaue langsam, genieße jeden Bissen und lasse die Aromen meine Zunge erfüllen.

Mein Magen knurrt bei der Erinnerung daran, dass ich schon seit Tagen nichts mehr gegessen oder getrunken habe. Tränen steigen mir in die Augen, und ich bewege mich zum Hundenapf und untersuche die Flüssigkeit. Sie ist klar genug, um den Anschein zu erwecken, dass es sich um Wasser handelt, aber woher weiß ich, dass sie nicht mit Drogen versetzt ist?

Ich beuge mich vor, um daran zu schnuppern, aber ich rieche nur den Brei.

„Du solltest das nicht riskieren", warnt Xero.

Mit einem Stirnrunzeln wende ich mich von der Flüssigkeit ab.

Ein metallisches Klirren lässt mich in die Ecke meiner Zelle zurückweichen. Es öffnet sich eine viereckige Luke in der Tür und ein Paar dunkler Augen kommt zum Vorschein.

Es ist Seth. Der Mann, der mich in Deltas Zimmer gebracht und mir mit analer Vergewaltigung gedroht hat.

„Hey. Suchst du das hier?" Er tritt zurück und eine Plastik-wasserflasche erscheint in der Luke.

Mein Herzschlag beschleunigt sich, und ich warte darauf, dass er das Getränk zu Boden fallen lässt, aber er bewegt die Flasche nur hin und her.

„Na los, hol sie dir", sagt er schroff.

Ich blicke zu Xero, der den Kopf schüttelt.

Meine Kehle ist wie zugeschnürt und mein Durst wächst mit jeder Sekunde, die verstreicht. Stücke des Müsliriegels kleben an der Innenseite meines Mundes. Ich brauche etwas, um sie herun-terzuspülen.

Seth zieht die Flasche zurück. „Na gut. Wie du willst."

„Warte." Ich eile zur Luke und greife nach der Flasche, die er gerade zurückzieht, aber stattdessen ragt seine Erektion vor mir auf, an dessen Spitze bereits ein Lusttropfen schimmert.

„Lutsch ihn!"

Bittere Galle steigt mir in die Kehle, als ich vor der Luke zurückschrecke und mein Puls sich beschleunigt. Das Blut rauscht durch meinen Körper und das Adrenalin breitet sich in mir aus. Ich hätte es verdammt noch mal wissen müssen.

„Komm schon, Schätzchen." Seth streichelt sich selbst, seine Stimme ist atemlos vor Erregung. „Nur einmal lecken."

„Gib ihm nicht die Genugtuung, dass du ihm zuhörst", knurrt Xero.

Ich richte meinen Blick auf die Wand.

„Sieh mich an", knurrt Seth. „Wenn du verdammt noch mal etwas zu trinken haben willst, wirst du zusehen, wie ich komme."

Ich beiße die Zähne fest zusammen, um mich davon abzuhal-ten, ihm auch nur ein Quäntchen meiner Aufmerksamkeit zukommen zu lassen. Da dämmert mir, dass ich hier die einzige verfügbare Frau bin. Dolly ist mit Delta verheiratet und hat eine gewisse Art von Macht bei *X-Cite Media* erlangt. Jeder andere hier ist ein Mann mit einer Vorliebe für extreme Pornografie. Es gibt nur eine Tür, die mich von einem Rudel von Raubtieren trennt.

Seth stöhnt. „Schau mich an, wenn ich komme, du wertlose Fotze."

Er kann direkt zur Hölle fahren.

Nach einer gefühlten Ewigkeit grunzt er, als er endlich kommt, und die Luke schließt sich. Seth entfernt sich, wobei sein Lachen durch den Flur hallt.

Ich wende mich wieder dem Hundenapf zu, aber das Wasser ist jetzt von Sperma getrübt. Sperma tropft an der Tür herunter und verteilt sich über den Boden. Dieser Bastard, Seth, hat mein Wasser absichtlich verunreinigt.

Xero legt mir eine Hand auf die Schulter. „Denk nicht mal dran."

Ich spotte. „Soll das ein Scherz sein? Ich würde lieber sterben."

~

Stunden später kehrt Grunt zurück, um mich in den Studioraum zu bringen, und bleibt vor einer Reihe grüner Fliesen stehen, auf denen zwei Badewannen mit dampfendem Wasser stehen. Locke steht dazwischen, gekleidet in einen weißen Kittel und eine chirurgische Maske, während er in der Hand ein Klemmbrett hält.

Meine Kehle, die vom Flüssigkeitsmangel bereits ausgedörrt ist, schnürt sich zu. Grunt setzt mich zwischen den Wannen ab und tritt zurück, während die Crew ihre Kameras auf mich richtet.

„Kein Grund, so geschockt dreinzuschauen", sagt Locke. „Wir drehen nur B-Roll-Material."

Als ich ihn ausdruckslos anschaue, fügt er hinzu: „Hintergrundmaterial, damit unsere Sponsoren das Gefühl haben, in einer verlassenen Anstalt zu sein. Heutzutage reicht es nicht mehr aus, eine Schlampe zu vergewaltigen und sie auf einer schmutzigen Matratze verbluten zu lassen. Die Leute wollen Atmosphäre, Dramatik, Kunstfertigkeit."

„Ihr macht euch all diese Mühe, damit ein Haufen kranker Wichser sich einen runterholen kann?", stoße ich aus.

Er nickt. „Dolly hat immer gesagt, du würdest die Künste nicht zu schätzen wissen."

Jemand schaltet eine Maschine mit Trockeneis ein, sodass sich die Bühne mit Nebel füllt, der sich mit der drückenden Hitze in der Wanne vermischt. Eine Gänsehaut breitet sich auf meinem Körper aus, und mein Kopf schwimmt. Ich schwanke auf meinen Füßen und meine Atmung beschleunigt sich, während sich das gesamte Set in einem Kaleidoskop aus Weiß, Grün und Grau dreht.

„Amethyst?", erklingt Xeros Stimme in meinem Kopf.

Jemand anderes wiederholt meinen Namen, aber meine Beine geben unter mir nach und ich lande mit einem dumpfen Schlag auf dem Boden.

„Was zum Teufel geht hier vor?" Dollys Stimme durchbricht den Nebel, der sich um meinen Verstand gelegt hat. „Was ist mit ihr los?"

Locke hockt sich neben mich. „Sie ist ohnmächtig. Wie unprofessionell."

„Richtet sie wieder auf!"

Grobe Hände ziehen mich auf die Beine. Ich schwanke von einer Seite zur anderen, bevor meine Beine wieder nachgeben und meine Knie auf dem Boden aufschlagen.

„Grunt, ich habe dir eine Aufgabe gegeben", sagt Dolly mit eisiger Stimme. „Ihr Essen und Wasser geben. Wie zum Teufel soll sie etwas leisten, wenn sie nicht stehen kann?"

„Als ich das letzte Mal nach ihr sah, hatte sie weder ihr Essen noch ihr Wasser angerührt", fügt Seth hinzu.

„Wann hat sie zuletzt gegessen?", fragt Dolly scharf.

Ich bleibe schwer atmend auf dem Boden hocken, während sich die Szenerie in ein Chaos verwandelt. Männer versammeln sich um uns und zeigen mit Fingern auf Grunt, den sie für meinen geschwächten Zustand verantwortlich machen, wobei Grunt entgegnet, dass es nicht seine Entscheidung war, mir Haferschleim zu geben.

Während die Männer sich streiten, kauere ich mich in die hinterste Ecke des Sets, neben einem rostigen Tisch. Das Trockeneis wird abgestellt, und die einzige Dampfquelle sind die Badewannen. Barrett, Locke und Seth drängen sich um Grunt wie ein Rudel wütender Hunde, mit Dolly in ihrem Rücken, die als Florence Nightingale verkleidet ist. Die Bühnenarbeiter stellen ihre Arbeit ein und versammeln sich am Rand der Bühne, um das Spektakel zu beobachten. Es herrscht Chaos, und Grunt ist die Zielscheibe des ganzen Hasses.

„Erteilt ihm eine Lektion", ruft Dolly.

Grunt stößt Barrett beiseite und versucht zu fliehen, aber die anderen Männer packen ihn an den Armen. Barrett springt auf und versetzt Grunt einen Schlag gegen die Kehle. Die anderen schließen sich dem Angriff an und schlagen, treten und stoßen Grunt, bis er rückwärts in eine der Wannen fällt.

Heißes Wasser schwappt heraus und durchnässt uns alle. Meine Haut kribbelt und brennt angesichts des heißen Wassers. Die Männer weichen zurück, aber ich bin wie erstarrt. Ich kann meine Augen nicht von Grunt losreißen, der um sich schlägt und schreit. Mein Herz rast, mein Atem stockt, ich bin wie gelähmt von dem Schrecken.

Seine Schreie schallen durch das Set und vermischen sich mit Dollys schrillem Lachen. Schuldgefühle machen sich in mir breit und graben sich mit der Grausamkeit einer Bestie in mein Herz. Ich bin daran schuld. Grunt wurde bestraft, weil ich den Haferschleim nicht essen wollte.

Dolly blickt zu mir, wobei ihre Augen bösartig funkeln, ihre Lippen verziehen sich zu einem grausamen Grinsen. Mit verkrampftem Magen schlucke ich eine Welle der Übelkeit hinunter und zwinge meinen Blick auf den bemalten Boden.

„Mal sehen, was wir aus den Aufnahmen herausholen können. Wir brauchen noch mehr B-Roll-Material. Jemand soll sich die dumme Schlampe schnappen und sie für die Zwangsernährung vorbereiten."

NEUNZEHN

Die Mädchen kehrten am Montagmorgen mit einer ihrer Betreuerinnen zurück, die sich bereit erklärt hat, bei uns zu bleiben, bis wir ein geeignetes Kindermädchen gefunden haben.

Ihr Name ist Charlotte. Sie ist zweiundzwanzig, blond, fast ein Meter achtzig groß und sieht aus, als käme sie gerade von einem Laufsteg. Sie hat einen Abschluss in Kinderpsychologie und eine Schwäche für Dolly.

Amy hat sich zurückgezogen und verlässt kaum noch ihr Zimmer. Sie liest immer und immer wieder das gleiche Märchenbuch. Die Mädchen streiten nicht mehr, aber das Schweigen zwischen ihnen ist beunruhigend.

Egal, wie viel ich frage, Amy will mir nicht sagen, was los ist. Ich frage, ob Dolly sie schikaniert, und sie schüttelt den Kopf. Ich fragte sie, ob sie froh sei, zu Hause zu sein, und sie zuckte mit den Schultern.

Dolly hingegen blüht unter Charlottes Obhut auf. Die beiden verbringen Stunden damit, im Park zu spielen. Sie waren beide begeistert, als ich Amy vorschlug, sich ihnen anzuschließen, aber Amy schreckte zurück.

Ich habe mit Lyle über die Veränderungen gesprochen, aber

er ist verwirrt. Ist es nicht das, was ich wollte? Ein Ende der Streitigkeiten und jemanden, der mir mit den Zwillingen hilft, damit ich nicht überfordert bin? Das ist es, aber nicht auf diese Weise.

Dr. Forster empfiehlt Amy eine Therapie und hat sie an einen Fachmann verwiesen, der auf Kinder spezialisiert ist. Er glaubt, dass ihre Zurückgezogenheit ein Symptom für ein viel tieferes Problem ist. Sie könnte neidisch auf Dollys Beziehung zu Charlotte sein oder sich Sorgen um das Baby machen. Es könnte alles Mögliche sein.

Inzwischen fordert die Schwangerschaft weiterhin ihren Tribut. Ich leide unter ständig erhöhtem Blutdruck. In manchen Nächten wache ich voller Panik auf und ringe nach Luft. In anderen Nächten träume ich, dass ich wieder bei Giorgi bin. Dann kehren die Erinnerungen an die Gewalttaten in aller Deutlichkeit zurück, bis Lyle mich aufweckt und mich daran erinnert, dass ich in Sicherheit bin.

Dr. Forster sagt, dass Albträume wie dieser aufgrund eines vergangenen Traumas normal sind und schlägt Meditation vor. Ich plane, Amy in diese Sitzungen einzubeziehen, um sie aus ihrem Schneckenhaus zu holen.

Meine Gynäkologin hat mir neue Medikamente verschrieben und mir absolute Bettruhe verordnet. Ich muss anstrengende körperliche Aktivitäten, langes Stehen und Sex vermeiden.

Wenn mein Blutdruck weiterhin so hoch bleibt, muss ich den Rest der Schwangerschaft im Krankenhaus verbringen oder die Geburt muss vorzeitig eingeleitet werden.

Das kann ich nicht zulassen. Ich bin erst in der dreißigsten Woche. Ich habe die Zwillinge in der fünfunddreißigsten Woche bekommen, und sie haben sich gut entwickelt. Zumindest körperlich. Wenn ich noch einen Monat durchhalte, kann ich meinem Sohn einen guten Start ins Leben bieten.

Lyle unterstützt uns wie immer und hat seine Arbeitszeit reduziert, um mehr Zeit zu Hause zu verbringen. Er und Charlotte kümmern sich zusammen um die Zwillinge und die Hausarbeit.

Sie sind ein Dreamteam, und ich bin dankbar, dass sie mich so sehr unterstützen. Ohne ihre Hilfe würde ich das alles niemals schaffen. Aber jeden Abend, wenn die Zwillinge ins Bett gegangen sind, verbringt Lyle seine Zeit mit Charlotte unten im Wohnzimmer.

Von unserem Schlafzimmer aus, in dem der Fernseher läuft, kann ich sie nicht hören, aber ich spüre, dass diese gemeinsamen Verantwortung sie in gewisser Weise verbindet. Es erinnert mich fast daran, wie Giorgi seine Geliebte während meiner Schwangerschaft zur Schau gestellt hatte. Männer haben Triebe, würde er sagen, und ich tue nichts, um diese zu befriedigen, wenn ich wie ein gestrandeter Wal aussehe.

Jede Erwähnung, dass Giorgi mich gegen meinen Willen geschwängert hat, hatte mir eine Ohrfeige oder sogar einen Tritt eingebracht. Ich war in der Villa gefangen. Gefangen in meiner Ehe. Gefangen in der Hölle der Mutterschaft.

Lyle ist nicht Giorgi. Er würde mir nie wehtun, aber ich bin nicht in der Lage, sein Verlangen zu befriedigen, ohne das Leben des Babys zu riskieren. Männer haben Bedürfnisse, und Charlotte war etwas zu bereitwillig, kurzfristig bei uns einzuziehen.

Ich bin paranoid. Undankbar. Ich suche nach Wegen, mir das Leben zur Hölle zu machen. Aber das waren die Dinge, die ich mir einredete, als ich Giorgis Gefangene war.

Wiederholt sich die Geschichte oder bilde ich mir das nur ein?

ZWANZIG

XERO

Ich bin wieder auf der Krankenstation, wo ich Isabel gegenüberstehe, die mich über einen sich windenden Reverend hinweg
anstarrt. Sie stattet ihn mit einer Reihe von subkutanen Geräten
aus, die wir per Fernsteuerung aktivieren können, damit wir
dafür sorgen können, dass er als unser trojanisches Pferd zufriedenstellende Ergebnisse liefert.

Tyler schickte mir eine Nachricht, als ich gerade die ersten
Einträge von Melonies Tagebuch las, in dem der allmähliche
Abstieg der Frau von Gleichgültigkeit gegenüber ihren Kindern
bis hin zu Hass dargestellt wird. Ich hatte kaum den Teil erreicht,
der darauf hindeuten könnte, woher Amethysts Traumas
herrührt, als ich eine gute Nachricht erhielt.

Das Geld von Reverend Thomas' Kirchenkonto ist über-
wiesen worden, und der Pater hat uns die Einzelheiten eines
Empfangs vor den Dreharbeiten im Hotel *Royale* auf Helsing
Island, New York, mitgeteilt. Es ist eines der Ziele, der Privatjets,
die den Flughafen zu der Zeit verließen, als wir Aufnahmen von
Dolly und Amethyst fanden.

Als einer der Investoren wird der Reverend Delta und Dolly
im Veranstaltungsraum des Hotels treffen und begrüßen, bevor er
ab dem nächsten Morgen die beiden zu zwei aufregenden Dreh-
tagen begleiten wird.

So lauteten die Worte des Paters, nicht meine.

Zwei Tage Vergewaltigung und Folter zur Unterhaltung und zum Profit. Ich habe vor, zu Amethyst zu gelangen, bevor mein Vater und seine Filmcrew überhaupt die Chance haben, ‚Action‘ zu sagen.

Der Empfang wird morgen Nachmittag um vier Uhr stattfinden, gefolgt von einer Vorführung des exklusiven Filmmaterials. Der genaue Drehort wird nicht erwähnt, da der Transport dorthin am nächsten Morgen um acht Uhr erfolgt.

Jynxson ist mit einem kleinen Team von Agenten und einem großen Waffenarsenal an Bord eines Hochgeschwindigkeitskatamarans zur Insel gefahren. Tyler und sein Team durchkämmen die 400 Quadratkilometer der Insel nach Produktionsstudios, verlassenen Lagerhäusern und anderen Orten, die groß und abgelegen genug sind, um einen illegalen Dreh zu veranstalten.

Reverend Thomas bäumt sich auf, wobei die Fesseln, die ihn auf der Liege halten, ihn kaum zurückhalten können. „Um Himmels willen, bitte hört auf!"

„Das reicht", faucht Isabel. „Unter diesen Bedingungen kann ich nicht operieren. Er wird betäubt. Keine Diskussion."

Sie wendet sich einem der Schränke am Rande des Raumes zu, aber bevor sie sie erreichen kann, lege ich ihr eine Hand auf die Schulter.

„Er hat keinem der Opfer in den Snuff-Filmen auch nur einen Funken Mitleid entgegengebracht, also will ich, dass er unter jedem Schnitt deines Skalpells leidet", sage ich.

Die Züge meiner Schwester verhärten sich. „Gut, wenn das so ist. Aber ich hoffe, du hast nicht dagegen, wenn ich ihm ein Muskelrelaxans verabreiche, damit ich in Ruhe arbeiten kann."

Ich lächle. „Nur zu."

Sie zieht sich zu einem Wagen zurück und zieht eine klare Flüssigkeit in eine Spritze. Ich wende mich wieder dem zitternden Pfarrer zu und starre in sein gequältes Gesicht. Sein Gesicht ist blass und mit einem Schweißfilm überzogen. Er ist nicht mehr das charmante Arschloch, das versucht hat, meinen kleinen Geist zu beeindrucken, indem er preiswerte Lebensmittel in Weihwasser verwandelte.

„Wie fühlt es sich an, derjenige zu sein, der einem anderen

ausgeliefert ist?", frage ich spöttisch, wobei sich meine Lippen vor Abscheu kräuseln.

„Nicht viel anders als beim letzten Mal", stößt er schwer atmend hervor. „Warum tust du das? Ich habe kooperiert. Ich habe alles getan, was du von mir verlangt hast. Ist es nicht an der Zeit, Gnade walten zu lassen?"

Ein lautes Lachen entringt sich meiner Kehle und ich grinse ihn mit einer wilden Freude an.

Seine Augen weiten sich. „Was war so witzig?"

„Ich gewähre dir keine Gnade. Die muss man sich verdienen. Du bist derjenige, der uns zu Delta und seinen Anhängern führen wird."

Ein alarmierter Ausdruck huscht über sein Gesicht, als er endlich begreift, dass ich vorhabe, ihn dazu zu bringen, seine perversen Freundchen zu verraten. Er starrt mich mit großen Augen an. „Du verstehst nicht. Delta wird Verrat nicht einfach so hinnehmen."

Ich versetzte ihm einen Schlag gegen die Wange. „Kopf hoch. Du wirst Dolly sehen, bevor du stirbst."

Isabel nähert sich ihm mit der Spritze und er windet sich noch heftiger in seinen Fesseln. Sein unverletztes Auge, in dem ich deutlich seine nackte Angst sehen kann, bleibt auf mich gerichtet und bettelt stumm um meine nicht vorhandene Gnade. „Bitte", haucht er, als Isabel die Nadel in seine Vene schiebt und den Kolben drückt.

Als die Droge ihre Wirkung entfaltet, verwandelt sich sein Wimmern und Keuchen in ein schmerzhaftes Stöhnen, aber ich starre ihm weiter in die Augen.

„Besser." Isabel nimmt wieder ihr Skalpell zur Hand und macht einen Schnitt in der Nähe seines Schlüsselbeins. „Mach dich nützlich und hol mir das Material."

Schmunzelnd greife ich nach den Utensilien für den Herzschrittmacher des Pfarrers und reiche sie meiner Schwester.

Sie lässt sich reichlich Zeit und führt sie durch eine Vene in sein Herz ein. Während sie kleinere Anpassungen vornimmt, nehme ich den leichten Herzschrittmacher in die Hand.

„Kannst du irgendetwas tun, um die Heilung seiner Verletzungen zu beschleunigen? Wir können ihn nicht in diesem Zustand zum Treffpunkt schicken."

„Ich bin Ärztin, keine Wundertäterin", murmelt sie und platziert das Gerät unter seiner Haut an der Brust. „Test."

Ich drücke ein paar Knöpfe am Herzschrittmacher und beobachte den Monitor auf Veränderungen im Herzrhythmus. Als er sich stabilisiert, grinse ich triumphierend.

„Es ist in unser aller Interesse, wenn er nicht so aussieht, als käme er gerade vom Foltertisch", füge ich hinzu und fordere sie damit auf, eine Lösung zu finden.

Sie näht die Wunde und legt die Stirn in Falten. „Das Beste, was ich so kurzfristig tun kann, ist, die Wunden zu kauterisieren und es mit einer Kur aus Entzündungshemmern und Antibiotika zu kombinieren. Alles, was dann noch übrig ist, wird mit Schminke ausgebessert werden müssen."

Ich nicke. „Das sollte genügen."

Reverend Thomas wird ohnehin sterben, sobald er seinen Zweck erfüllt hat.

Nachdem Isabel genügend Technik in seinen Körper eingeführt hat, um ihn auf den Millimeter genau zu verfolgen, testen wir die App, die unsere Schmerzverteilungsgeräte und den Herzschlag steuert.

Sobald das Muskelrelaxans nachlässt, beginnt sein Körper unkontrolliert zu zittern und er starrt mich an, als wäre ich das Monster.

Ich streichle die bandagierte Seite seines Gesichts. „Guter Junge. Du hast das alles sehr gut hinter dich gebracht. Solltest du uns auf der Insel Helsing in irgendeiner Weise verarschen, werden wir dir solch entsetzliche Qualen zufügen, dass du uns anflehen wirst, deinem erbärmlichen Leben endlich ein Ende zu bereiten."

Isabel legt ihre Instrumente beiseite und starrt mich mit einem harten Blick in den Augen an. „Jetzt, wo wir das trojanische Pferd vorbereitet haben, ist es an der Zeit, deine Behandlung zu beenden."

EINUNDZWANZIG

Sonntag, 18. Juli 2010

Diese Schwangerschaft sollte eine Art Neuanfang sein, der mir über den Scherbenhaufen meiner Vergangenheit mit Giorgi hinweghelfen sollte. Ich hatte mir eine Wassergeburt zu Hause, mit einer qualifizierten Hebamme und Lyle, der meine Hand hielt, gewünscht. Aber am Ende vereitelte mein Körper all meine Pläne.

Als ich merkte, wie nah Charlotte und Lyle sich kamen, schoss mein Stresspegel in besorgniserregende Höhen. Die Meditationen konnten mich nicht von den beunruhigenden Parallelen zwischen dieser und meiner letzten Schwangerschaft ablenken.

Da ich ans Bett gefesselt war, machte Dr. Forster einen Hausbesuch. Er schlug vor, dass ich mit Lyle über meine Unsicherheiten sprechen sollte. Allein bei dem Gedanken daran, mich so verletzlich zu zeigen, dreht sich mir der Magen um. Ich erzählte ihm, dass Lyle mich immer unterstützt hat, zärtlich und liebevoll war. Er hatte schon so viel geopfert, um den Mädchen und mir ein gutes Leben zu ermöglichen. Ich konnte ihn nicht in meinen Sündenpfuhl von Sorgen und Traumata hineinziehen.

Später am Nachmittag habe ich Amy Rapunzel vorgelesen. Ich weiß, sie ist zu alt für Märchen, aber das ist der einzige Weg um eine Bindung zu meiner Jüngsten aufzubauen. Charlotte kam mit einem frühen Abendessen in Form von Tomatensuppe und gegrilltem Käse. Sie rief Amy zu sich, um mit ihr und Dolly zu essen.

Amy wollte nur ungern gehen und fragte, ob sie mit mir essen könne, aber Charlotte bestand darauf und sagte, dass ich meine Ruhe brauchte. Ich widersprach ihr nicht, denn ich wollte, dass Amy Zeit mit dem Rest der Familie verbringt, anstatt sich zurückzuziehen.

Die Suppe war gut, mit einem reichhaltigen Umami-Geschmack, den ich nicht erkannte, bis sich meine Kehle mit einer mir nur allzu bekannten Reaktion schloss. Selbst die kleinste Menge an Garnelen kann meine Allergie auslösen, und ein paar Bissen reichten für einen anaphylaktischen Schock aus.

Mit geschwollener Kehle schrie ich um Hilfe, stemmte mich aus dem Bett und suchte nach dem *EpiPen*, von dem ich sicher war, dass ich einen in der Nachttischschublade hatte. Ich bekam keine Luft mehr, konnte das Gleichgewicht nicht mehr halten und brach vor Schmerzen auf Händen und Knien zusammen.

Es ist lange her, dass ich eine so starke Reaktion hatte. Während meiner Gefangenschaft bei Giorgi hat er mir zur Strafe einmal Nudeln mit Garnelen gegeben. Ich reagierte so heftig, dass er seinen Hausarzt anrufen musste, um mir eine Notspritze zu geben. Ich sah grauenvoll aus – mein Körper bestand nur aus Schwellungen, Blasen und Nesselsucht. Zum ersten Mal in seinem erbärmlichen Leben hatte Giorgi erschüttert ausgesehen. Danach hörte er auf, an meinem Essen herumzupfuschen.

Diesmal war ich auf mich allein gestellt und als ich die Schublade öffnete, stellte ich fest, dass der *EpiPen* nicht da war. Ich tastete nach meinem Telefon, um den Notruf zu wählen, aber alles, was ich fand, war mein Ladegerät. Ich erstickte, war durch die Schwellung um meine Augen halb blind und hatte das Gefühl, dass ich sterben würde, als Lyle in der Tür erschien.

Er warf einen Blick auf mich und wusste genau, was vor sich ging. Lyle griff nach seinem Handy, wählte den Notruf und brachte mich in stabile Seitenlage. Alles, was danach geschah, nahm ich nur verschwommen war. Er fand einen *EpiPen* in seinem Büro und gab mir eine Spritze in den Oberschenkel. Als der Krankenwagen eintraf, hatte sich mein Körper beruhigt, aber sie luden mich trotzdem hinein. Als ich mich nach den Mädchen erkundigte, sagte Lyle, Charlotte sei mit beiden in den Park gegangen.

Er begleitete mich im Krankenwagen und war entsetzt, als ich andeutete, dass Charlotte absichtlich etwas in meine Suppe getan haben könnte. Es ist ihm hoch anzurechnen, dass er nichts abstritt, und ich fühlte mich wohl genug, um das Thema ihrer Nähe anzusprechen. Lyle versicherte mir, dass er und Charlotte nur so viel Zeit miteinander verbrachten, weil sie sich Sorgen um Amys geistigen Zustand machten. Er erklärte sich bereit, am Abend mehr Zeit mit mir zu verbringen.

Die Ärzte behielten mich zur Beobachtung im Krankenhaus und sagten, sie müssten das Baby auf Probleme überwachen. In den nächsten Tagen unterzog man mich also endlosen Tests und Beobachtungen. Lyle kam mich so oft wie möglich besuchen, da er die Arbeit und die Betreuung der Mädchen unter einen Hut bringen musste, aber mein Misstrauen wuchs immer weiter.

Diese allergische Reaktion war keine Farce. Charlotte hat absichtlich etwas in die Suppe getan. Wahrscheinlich, weil sie zufällig gehört hat, wie ich Dr. Forster meine Bedenken mitgeteilt habe. Sie will meinen Mann. Sie schlägt ihre Krallen in meine Familie.

Als ich den Gynäkologen bat, nach Hause zurückzukehren und dort die Bettruhe fortzusetzen, sagte er, ich müsse dem Baby Vorrang einräumen und Lyle stimmt dem zu. Er möchte seinem Sohn den besten Start ermöglichen. Ich bin also an ein Krankenhausbett gefesselt, frage mich, was ich falsch gemacht habe und trauere dem Verlust dieser idyllischen Hausgeburt nach.

In der Zwischenzeit werde ich Lyle bitten, ein anderes Kindermädchen zu suchen.

ZWEIUNDZWANZIG

AMETHYST

Mein Kiefer schmerzt, meine Beine geben nach und meine Bauchmuskeln ziehen sich unter schmerzhaften Krämpfen zusammen. Eine Welle der Übelkeit nach der anderen lässt meinen ganzen Körper erzittern. Ich kann nichts sehen, nicht atmen, kann Xeros tröstende Worte nicht hören, weil die Panik so groß ist.

Sie hätten einen Ringknebel verwenden können, um meinen Mund offenzuhalten, aber Dolly bestand auf etwas, das Locke als Mundsperre bezeichnete. Es sieht aus wie eine Schere, aber mit gebogenen Haken statt Klingen und einem Scharnier, das mich an einen Winkelmesser erinnerte.

Dolly schnallte mich auf einen Zahnarztstuhl, während Locke, Seth und Barrett in meinen offenen Mund wichsten. Als nur einer von ihnen es schaffte, auf meiner Zunge zu kommen, lud sie die ganze Mannschaft ein, mitzumachen.

Danach fütterten sie mich mit dem ekelhaften Brei.

Ich wünschte, sie hätten mich in eine der Wannen geworfen. Das kochende Wasser hätte vielleicht diesen Ekel weggebrannt, dieses ekelerregende Gefühl der Besudelung.

„Amethyst."

Endlich schafft es Xeros Stimme, den Dunst zu durchdringen. Ich ziehe mich zurück, setze mich auf und lasse den gepolsterten Raum wieder in den Fokus rücken.

Was zum Teufel habe ich Dolly angetan, dass sie der Meinung ist, dass ich diese wahnsinnige Grausamkeit verdient habe? Sie ist zu geblendet von ihrem Hass auf mich, um zu bemerken, dass jeder Mann in diesem Gebäude sie ebenfalls verachtet. Sonst würden sie ihren eineiigen Zwilling nicht misshandeln.

Xero legt mir eine kühle Hand auf die Wange und hilft mir, meine Gedanken zu ordnen. „Richtig. Du bist nur ihr Stellvertreter."

„Was soll ich nur tun?"

„Es ist an der Zeit, sich Grunt zu Nutzen zu machen", sagt Xero.

„Ich dachte, du hättest gesagt, man könne ihm nicht trauen."

„Wir haben keine andere Wahl mehr. Während du weggetreten warst, hat einer der Crew-Mitglieder erwähnt, dass die Komparsen heute Abend ankommen werden. Delta und Dolly werden auf eine andere Insel fliegen, um morgen bei einem Cocktailempfang einige Investoren zu treffen. Sie werden den Film in weniger als sechsunddreißig Stunden drehen."

Mein Atem stockt, und mein Geist kehrt zu voller Aufmerksamkeit zurück. Ich kann nicht laut darüber sprechen. Delta hat mich gefragt, mit wem ich in der Zelle gesprochen habe. Sie überwachen, was ich sage. Aber was könnte der Empfang überhaupt für mich bedeuten?

„Es gibt vielleicht eine Chance, aus der Anstalt zu entkommen", antwortet Xero.

Xero erzählt mir alles, was er während der Dreharbeiten von Dolly mitbekommen hat, einschließlich eines Blicks auf Grunt, als er die Wanne am anderen Set verließ.

Eines der Crew-Mitglieder meinte, Delta würde ihn feuern, weil er dafür sorgte, dass ich geschwächt war, während ein anderer vermutete, sie würden ihm eine Falle stellen, um ihn vor laufender Kamera zu ermorden.

Das ist es, was ich brauche, um Grunt auf meine Seite zu bekommen.

Stunden vergehen. Der Bildschirm ist leer und hält mich in einer monochromen Hölle gefangen. Die einzige Farbquelle kommt von einer verirrten Fusel. Selbst die Kotze, die ich in der Ecke hinterlassen habe, ist blass. Locke kommt herein, um mir etwas zu injizieren, das meinen Körper erschlaffen lässt, und Grunt trägt mich durch den Flur zu einer weiteren Runde mit Delta. Ich gebe ihm die gleichen schwachsinnigen Antworten, bevor mein Verstand den Kampf vollends aufgibt.

Irgendwann werde ich auf eine Trage geschnallt und mir wird etwas gespritzt, bevor mir ein Mann im weißen Kittel Elektroden an die Schläfe drückt.

Sein Anblick weckt längst vergessene Erinnerungen an die Zeit als Kind, als ich der Gnade eines verrückten Arztes ausgeliefert war. Allerdings glaube ich nicht, dass er real ist. Keiner von Deltas Männern hat so feurig rotes Haar. Aber ich bin mir nicht sicher, ob es ein Traum ist oder ob mein Verstand versucht, Informationen über Xeros Leute vor Delta zu verbergen.

Der elektrische Schlag reißt mich aus der Benommenheit, und ich starre an die gepolsterten Wände.

Xero sitzt an meiner Seite und starrt mich stirnrunzelnd an. Seine kühlen Finger gleiten durch mein Haar und erinnern mich daran, wie Dad mich nach dem Unfall getröstet hat.

„Es ist alles in Ordnung", sagt er. „Bleib bei mir, okay?"

Ich schaffe es, ein leichtes Nicken zustande zu bringen. Mein Kopf pocht, aber das ist nichts im Vergleich zu den Schmerzen in meinem Anus. Delta muss mich ziemlich übel zugerichtet haben. Ich blinzle und versuche, mich durch den Dunst von Schmerz und Drogen auf Xeros Gesicht zu konzentrieren. Seine Gesichtszüge verschwimmen immer wieder, aber seine Berührung hält mich in der Realität verankert.

Xero sagt mir nicht, was passiert ist. Ich frage nicht, denn die Antwort ist offensichtlich. Wir blicken uns einfach an, während mein Körper die Drogen abbaut. Ich glaube nicht, dass ich eine weitere Runde mit Delta überleben werde. Ich würde lieber sterben.

Schließlich öffnet sich die Tür und Grunt kommt mit zwei

großen Hundenäpfen herein. Die Haut, die nicht von der Maske bedeckt wird, ist immer noch gerötet nach seinem gestrigen Bad in dem heißen Wasser.

Beim Anblick des getrockneten Erbrochenen in der Ecke erstarrt er und stellt die Schalen mit Wasser und einer nach Haferflocken riechenden Substanz ab.

Ich räuspere mich. „Tut mir leid."

Er zuckt zurück. „Was?"

„Es war meine Schuld, dass du bestraft wurdest."

Er verschwindet durch die Tür und kommt mit einem Eimer und einem Wischmopp zurück.

„Iss. Und entschuldige dich nicht", antwortet er in einem monotonen Tonfall, ohne in meine Richtung zu schauen.

„Wäre es möglich, dass du meine Arme befreist?", frage ich.

Mit einem Räuspern beugt er sich über mich und löst die Verschlüsse um meinen Rücken, die meine Arme vor der Brust verschränkt halten. Sie fallen nach vorne, und ich stoße ein erleichtertes Seufzen aus.

„Wie ist es dazu gekommen, dass du bei *X-Cite Media* arbeitest?", frage ich.

Er ignoriert mich und kümmert sich weiterhin darum, mein Erbrochenes zu entfernen.

„Ich kann das aufräumen."

Er stößt ein bitteres Lachen aus. „Wenn du mir irgendwie helfen willst, dann iss."

Ich starre auf seinen breiten Rücken und setzte bereits zum Protest an, aber Xero tritt zwischen uns und schüttelt den Kopf.

„Zeig ihm, dass du kooperierst und iss etwas von den Haferflocken", sagt er.

Mit einem zittrigen Nicken bewege ich mich auf den Napf zu. Jegliche Kraft, die ich durch die Zwangsernährung mit Sperma und Haferschleim gesammelt haben könnte, ist längst verflogen, als ich mich übergab.

Ich hocke auf allen Vieren vor dem Napf und schlürfe einen Schluck der kalten Flüssigkeit. Es ist unerwartet erfrischend, da ich eigentlich dachte, es würde metallisch und schal schmecken.

Nachdem ich genug getrunken habe, um meinen Durst zu stillen, wende ich mich dem anderen Napf zu und senke meinen

Kopf in die Haferflocken. Der Brei ist warm, als wäre er vor nicht allzu langer Zeit zubereitet worden und süß. Da meine Finger noch in den Ärmeln der Jacke stecken, muss ich die Masse wie ein Hund zu mir nehmen.

Meine Geschmacksknospen begrüßen den Geschmack, und ich fahre fort, zwischen Wasser und Haferflocken abzuwechseln, bis ich satt bin.

„Amethyst", zischt Xero.

Ich setze mich auf und sehe Grunt, der immer noch den Mopp und den Eimer in der Hand hält, auf mich herabblicken.

„Besser?", fragt er.

„Bring ihn aus dem Gleichgewicht", sagt Xero.

„Ähm ... ich glaube schon", stoße ich aus und versuche, schläfriger zu klingen, als ich mich fühle. „Danke, dass du dich so gut um mich kümmerst. Und ich entschuldige mich noch einmal dafür, dass ich dir so viel Ärger bereitet habe."

Nachdem er Mopp und Eimer in den Flur gestellt hat, kniet er sich wieder neben mich. „Normalerweise sind sie nicht so. Aber die Dinge haben sich hier verändert, seit sie die kreative Kontrolle übernommen hat."

Ich nicke und tue so, als wäre es mir egal. Grunt lässt nur seinen Frust freien Lauf, weil ein Teil der Feindseligkeit, die eigentlich auf mich gerichtet sein sollte, nun auf ihn zielt. Unabhängig von seinen beschissenen Arbeitsbedingungen läuft es immer noch darauf hinaus, dass Frauen zur Unterhaltung gefoltert, vergewaltigt und getötet werden.

„Konzentriere dich", schnappt Xero.

Er hat recht. Ich kann ihn später verurteilen. Vorzugsweise wenn ich in einem Polizeirevier weit weg von ihm bin.

„Hast du deinem Boss davon erzählt?", frage ich.

Unter der Maske verzieht sich sein Gesicht zu einer finsteren Miene, und ich kann sehen, wie sich seine Nackenmuskeln anspannen. „Delta ist derjenige, der ihr die ganze Macht gegeben hat."

Grunt schwärmt von den guten alten Zeiten, als Delta mehr Interesse an der Produktion von Filmen hatte und sich um seine Mitglieder kümmerte. Ich lausche und versuche, etwas zu finden, was ich ausnutzen kann, aber alles, was ich höre, sind verschleierte Klagen darüber, dass Dolly das ruiniert hat, was einmal eine Bruderschaft von Männern mit eklektischem Geschmack war.

„Er war einer der Männer auf dem Friedhofsvideo", sagt Xero.

Ich nicke und versuche immer noch, ein paar Worte zu sagen, aber Grunt fährt fort, seinen Frust zu äußern.

„Früher haben sie uns einen Prozentsatz der Einnahmen gezahlt. Jetzt arbeiten wir für den Schutz", murmelt er.

Mein Blick wandert von Xero zurück zu Grunt. „Was soll das bedeuten?"

„Jemand hat Aufnahmen von uns ohne Masken veröffentlicht. Wir werden jetzt von den Bullen gesucht."

„Wer würde so etwas arrangieren, um euch zu zwingen, kostenlos für *X-Cite Media* zu arbeiten?", frage ich.

Der Hinweis scheint ungehört zu bleiben, während er sich weiter in Selbstmitleid suhlt. Ich knirsche mit den Zähnen. Sicherlich könnte er einen Deal mit der Polizei aushandeln, um die Operation von innen heraus zu Fall zu bringen.

„Ändere die Taktik", sagt Xero.

„Hey, ich habe vorhin zufällig gehört, wie sich zwei der Crew-Mitglieder über dich unterhalten haben. Es hörte sich an, als würden sie scherzen, aber ..." Ich schüttle den Kopf. „Es war wahrscheinlich nur ein Scherz."

Er runzelt die Stirn. „Was haben sie gesagt?"

„Ich möchte nichts sagen, was irgendwelche Probleme zwischen dich und deine Freunde streuen könnte."

„Sag es mir."

Mein Blick wandert zu Xero, der mir hilft, das zu umschreiben, was die Männer gesagt haben, nachdem sie Grunt in das heiße Wasser befördert haben. Grunts Augen weiten sich, als ich auf Ereignisse und Informationen verweise, die nur andere Leute bei *X-Cite Media* kennen. Zum Schluss erzähle ich noch etwas, das Xero zufällig mitbekommen hat, nämlich dass ein Crewmitglied Grunts richtigen Namen benutzt hat, um Material für den Dreh auszuleihen.

Er bäumt sich auf. „Du musst dich verhört haben."

Scheiße.

„Er will nicht darauf eingehen. Versuch etwas anderes", weist Xero an.

Ich lege eine Hand auf seinen Arm, sodass ihm der Atem stockt. „Grunt, hat sich jemand die Verbrennungen auf deiner Haut angesehen?"

Sein Blick fällt auf meine Hand, dann sieht er mir direkt ins Gesicht. Mein Magen verkrampft sich, als sich sein Atem beschleunigt und sich seine breite Brust hebt. Er missversteht meine Besorgnis als Anmache.

„Was meinst du?", sagt er und seine Stimme senkt sich um mehrere Oktaven.

„Amethyst", knurrt Xero.

Scheiße. Ich wollte nicht flirten.

Ich fahre mir mit der Zunge über die Lippen, wobei Grunts Blick der Bewegung folgt. Wenn ich mir nicht etwas anderes einfallen lasse, um dieses Raubtier abzulenken, könnte ich den letzten Rest meines Verstandes verlieren.

„Diese Verbrennungen sehen sehr ..."

Ich breche mitten im Satz ab und werfe mich zuckend auf den gepolsterten Boden.

„Amy, was ist los?", fragt er.

„Allergisch auf ..."

Ich verdrehe die Augen und lasse meinen Körper noch stärker zucken und zittern. Mein Atem kommt in heftigen Stößen, und ich schaffe es, dass sich Schaum vor meinem Mund bildet.

„Amy?" Grunts Hände schließen sich um meine Schultern.

Ich schlage um mich, wölbe meinen Rücken und verrenke meinen Körper in unnatürliche Positionen. Grunt schreit durch seine Maske, aber ich übertöne seine Rufe mit so viel gutturalem Gewürge, dass ich es schaffe, etwas von dem Brei hochzuwürgen. Ich lasse ihn an meinem Mundwinkel runterlaufen, was Grunts Panik nur noch weiter anstachelt. Als Xero mir eine Hand auf die Schulter legt, zwinge ich meinen Körper dazu, zu erschlaffen.

„Scheiße!", brüllt Grunt.

Ich halte den Atem an und stelle mich tot. Grunt platziert zitternd seine Finger unter meinen Nasenlöchern. Nach ein paar Sekunden, in denen er nichts spürt, drückt er seine Finger seitlich in meinen Hals und verfehlt den Punkt, an dem mein Puls schlägt, nur um Zentimeter.

„Nein, nein, nein, nein ...", jammert er, wobei seine panische Stimme immer lauter wird.

„Weiter so", sagt Xero.

Grunt springt auf und stürmt zur Tür. Ich atme aus und zähle bis fünf, bevor ich mich auf die Beine kämpfe.

Ich muss meinen nächsten Schritt perfekt timen. Wenn ich das versaue, werde ich mich darauf gefasst machen müssen, dass ich einen anderen Aufpasser bekommen werde, einen wie Seth.

DREIUNDZWANZIG

Sonntag, 25. Juli 2010

Die Dinge haben sich weiter verschlechtert. Gestern kam Lyle mit den Mädchen und einem Tablett mit heißer Schokolade zu Besuch. Dem Baby ging es gut, und wir sprachen über meine Entlassung. Als ich darum bat, mit Lyle allein über die Suche nach einem neuen Kindermädchen zu sprechen, schickte er die Mädchen ins Wartezimmer zu Charlotte.

Zu wissen, dass er sie mitgebracht hatte, fühlte sich an, als ob er mir einen Schlag in die Magengrube versetzt hätte. Wir haben immer noch nicht herausgefunden, wie es dazu kam, dass ich einen anaphylaktischen Schock erlitten habe, und trotzdem lässt er zu, dass sich diese Frau weiterhin in der Nähe meiner Kinder aufhält?

Ich erzählte ihm von meinen Ängsten wegen Charlotte und dass ich sie aus meinem Haus haben wollte. Lyle sah mich an, als sei ich noch immer die geschlagene Ehefrau, die alles verleugnete und vor Giorgi gerettet werden musste.

Es tat weh, so abgewiesen zu werden und dass Lyle mein Misstrauen als Wahnvorstellung interpretierte. Ich wusste immer, dass ich Giorgi verlassen musste, von dem Moment an, als ich herausfand, dass er ein Mafioso war. Das Problem war nur, dass ich niemanden hatte, dem ich vertrauen konnte. Es hat so lange gedauert, bis ich Lyles Hilfe angenommen habe, weil ich überzeugt war, dass er mich an meinen Psycho-Ehemann verraten würde.

Keine noch so große Plattitüde kann mich davon überzeugen, dass Charlotte keine Bedrohung darstellt, aber Lyle weigert sich, das zu sehen. Was für ein Kindermädchen kuschelt sich an den Ehemann? Eine, die ihn für sich selbst will. Es regte mich so sehr auf, dass Lyle die Bedrohung, die sie darstellte, nicht verstand, dass ich ihm sagte, er solle gehen – er und seine vergiftete, heiße Schokolade. Er sah so verletzt aus, als er ging, dass ich die ganze Nacht über kaum ein Auge zubekam.

Am nächsten Morgen zeigte mein Urintest erhöhte Eiweißwerte. Auch mein Blutdruck stieg an. Jetzt habe ich Präeklampsie. Ich weiß nicht, ob es am Stress liegt oder ob etwas in der heißen Schokolade war, aber es ist schon das zweite Mal, dass Charlotte in der Nähe von etwas war, das ich konsumiert habe und das meine Gesundheit beeinträchtigt hat.

Damit kann ich mich endgültig von der Idee verabschieden, nach Hause zu gehen. Diese Diagnose bedeutet neue Medikamente, weitere Tests, und ich werde erst nach einem Kaiserschnitt entlassen werden. Ich fragte, ob ich nicht wenigstens eine natürliche Geburt haben könnte, aber der Gynäkologe erklärte mir, dass dies die sicherste Option für mich und das Baby sei.

Lyle geht nicht an sein Handy. Oder ans Festnetz. Charlotte flüstert ihm wahrscheinlich giftige Worte ins Ohr und macht Gott weiß was mit meinen Mädchen. Ich kann mich nicht erinnern, wann ich das letzte Mal so isoliert, gefangen oder verängstigt war.

Ich mache mir Sorgen, sowohl um mich als auch um das Baby.

Wenn ich eine Mutter, einen Bruder oder eine Schwester hätte, würde ich sie um Hilfe bitten und die Konsequenzen tragen, aber ich war nicht lange genug in einer Pflegefamilie, um irgendwelche Beziehungen aufzubauen. Ich habe nur Lyle. Giorgi ist vielleicht tot, dennoch kann ich mich nicht an seine Mutter wenden, nachdem ich der Familie Salentino in den Rücken gefallen bin.

Ich rufe ständig bei Dr. Forster an, aber es geht immer nur die Mailbox ran. Sogar mein Psychiater hat genug von meiner Paranoia. Das Einzige, was ich tun kann, ist zu meditieren, versuchen, meine Gedanken zu beruhigen und mich darauf zu konzentrieren, für meine Kinder stark zu bleiben.

Und natürlich Speisen und Getränke nur vom Krankenhauspersonal annehmen.

VIERUNDZWANZIG

XERO

Etwas später an dem Abend erreiche ich verkleidet den Flughafen von Helsing Island. Obwohl der Empfang für die Investoren erst morgen Abend stattfindet, muss ich im Hotel *Royale* sein, um Vater in dem Moment abzufangen, in dem er mit Dolly eintrifft.

Je nachdem, ob er seine Begleiterin mit den Investoren teilen will, könnte er sogar Amethyst mitbringen. Ich muss vorsichtig vorgehen, wenn ich sie mir schnappe, um sicherzustellen, dass ich den richtigen Zwilling habe. Beide sind seine Opfer, aber die eine hat sich in eine so verdrehte und hasserfüllte Kreatur verwandelt, dass sie in der Lage ist, ihrer eigenen Schwester die schlimmsten Gräueltaten zuzufügen.

Reverend Thomas wird morgen wie angewiesen auf Helsing Island eintreffen, und Camila wird ihn im Auge behalten. Sobald er den Empfang betritt, wird er so viel Technik in seinen Körperöffnungen haben, dass er als Cyborg durchgehen könnte.

Helsing ist eine Insel in einem Archipel vor der Küste von New York, die im Süden vom Atlantik und im Norden vom Long Island Sound begrenzt wird. Sie ist bekannt für ihren Status als Naturschutzgebiet und als Standort einer angesehenen Privatakademie.

Das Hotel *Royale* befindet sich am südlichsten Punkt der

Insel, zwanzig Kilometer vom Flughafen entfernt. Es ist ein drei-stöckiges Gebäude im Kolonialstil in bester Lage mit Blick auf den Ozean. Laut Website stehen drei Säle für private Veranstaltungen zur Verfügung, außerdem eine Penthouse-Suite mit Panoramablick.

Vater würde diese Art von Ort definitiv wegen der Privatsphäre wählen, nicht nur wegen des Luxus eines privaten Hubschrauberlandeplatzes. Hotelangestellte könnten unangemeldet ein Gästezimmer betreten, aber nicht ein Penthouse.

Ich buche das Penthouse für heute Abend, da es für morgen bereits gebucht ist. Die Rezeptionistin erinnert mich daran, dass ich bis 10 Uhr auschecken muss, aber ich habe ohnehin vor, das Zimmer vorher zu verlassen.

Nachdem ich die Schlüssel erhalten habe, mache ich mich auf den Weg nach oben. Das Penthouse ist ein weißer Raum mit einem Kingsize-Bett, zwei Sofas, einer voll ausgestatteten Wet Bar und viel Platz für Gäste.

Ich trete nach draußen, auf den umlaufenden Balkon, der einen Blick auf den Yachthafen bietet und zum privaten Hubschrauberlandeplatz führt.

Ich notiere es mir als mögliches Versteck und kehre in die Suite zurück, um die Schränke zu durchsuchen, als Jynxson anruft. „Wir sind im Hafen", sagt er durch das Rauschen der Wellen. „Wir sind bereit, das Hotel zu stürmen, wann immer du den Befehl gibst."

„Gibt es etwas Neues von den Spring-Brüdern?", frage ich. Wir haben sie zurückgelassen, um das Studio von *X-Cite Media* außerhalb der Stadt zu infiltrieren.

„Niemand kann den Drehort von Deltas Snuff-Produktion verraten. Es sieht so aus, als würde er diese Information nur mit seinem inneren Kreis teilen."

Nachdem ich Jynxson gesagt habe, dass sie sich bereithalten sollen, erkundige ich mich bei Tylers Team nach möglichen Drehorten in der Nähe des Hotel *Royale*.

„Wir haben alle Veranstaltungsorte auf der Insel überprüft, die man mieten kann", antwortet er. „Jeder Ort ist entweder für den Tourismus eingerichtet oder mit der Akademie verbunden und befindet sich in vier stark frequentierten Gebieten."

„Wie sieht es mit Häusern und Hütten aus, die man mieten kann?", frage ich. „Lagerhäuser, Industriegebäude? Es muss doch etwas geben."

„Wir sind noch dabei, mögliche Orte ausfindig zu machen, aber diese Insel ist für ihren Zweck nicht ideal. Eine Gruppe von acht oder mehr Männern, die eine schreiende Frau auf einer so kleinen Insel foltern, wird Aufmerksamkeit erregen."

„Wo dann?", knurre ich.

„Wir sehen uns bereits die anderen Inseln des Archipels an. Einige von ihnen sind völlig unbewohnt. Dort bieten sich genug Möglichkeiten zum Drehen, wo niemand etwas mitbekommen würde."

Ein mulmiges Gefühl macht sich in mir breit. Wir sind so nah an dem Ort, an dem sie Amethyst festhalten. Sie könnte vor unserer Nase unvorstellbare Qualen erleiden, und doch laufen wir blindlings herum.

„Schick mir deine Ergebnisse."

„Denk daran, dass Delta in weniger als vierundzwanzig Stunden eintrifft. Du könntest die Informationen, die du willst, direkt aus ihm herausholen, wenn du ihn gefangen nimmst."

Ich kneife mir in den Nasenrücken. Tyler war zwar vier Jahre lang in der Akademie, aber er war nicht zum Attentäter qualifiziert. Ich habe ihn von der IT-Abteilung der *Moirai* abgeworben, wo er auf Überwachung und Forschung spezialisiert war. Er ist nicht in der Lage, sich in das Denken eines Mannes wie Vater hineinzuversetzen.

„Wie viel Folter, glaubst du, wird Delta aushalten, bevor er uns die Informationen gibt, die wir brauchen?", frage ich.

Er zögert, seufzt und murmelt: „Ich habe verstanden."

Ich lege auf. Delta wird nicht nur nicht unter Folter nachgeben. Wenn er uns nicht in eine Falle schickt, dann wird er uns mit genügend Fehlinformationen füttern, damit wir falschen Spuren nachgehen, während Amethyst sich vielleicht schon wünscht, tot zu sein.

Ich fahre mit meiner Inspektion der Penthouse-Suite fort. Ich kann nur hoffen, dass er morgen mit Amethyst und mindestens einem Lakaien kommt, der unter Druck nachgeben wird.

FÜNFUNDZWANZIG

Sonntag, 1. August 2010

Am Ende gab es keine Möglichkeit, dem Kaiserschnitt zu entgehen. Meine Testergebnisse wurden so schlecht, dass mein Gynäkologe beschloss, den Eingriff nicht aufzuschieben. Ich habe jetzt einen wunderschönen kleinen Jungen mit weichem, braunem Haar, genau wie Lyles.

Als ich aufwachte, war er da und hielt bereits unseren Sohn im Arm. Die Liebe in seinen Augen ließ die wochenlange Paranoia verschwinden. Jetzt verbringt er jeden Tag an meinem Bett und sagt mir, dass sich alles, was er geopfert hat, um mich und die Mädchen zu retten, gelohnt hat, weil unsere Familie jetzt komplett ist.

Ich brach zusammen und entschuldigte mich für all diese verrückten Anschuldigungen. Lyle lächelte nur und sagte, das sei normal. Paranoia ist der Überlebensinstinkt einer Frau, um ihr Baby vor Gefahren zu schützen. Als er mir das sagte, kam ich mir gar nicht mehr so dumm vor.

Er besuchte uns jeden Tag mit Blumen und Karten von unseren Mädchen, zusammen mit Fotos, auf denen sie zu sehen sind, wie sie ihm beim Einrichten des Kinderzimmers helfen. Ich kann mich nicht erinnern, wann ich mich das letzte Mal so geliebt gefühlt habe. Amy hat eine süße, kleine Geschichte geschrieben, die mein Herz mit Wärme erfüllt. Sie handelt von einer Prinzessin, die gegen ein Monster kämpft, um die Königin und den neugeborenen Prinzen zu retten.

Endlich kommt sie aus ihrem Schneckenhaus heraus und versucht, Kontakte zu knüpfen. Dolly möchte das Baby Delta nennen, nach dem Direktor ihrer Sommerschule, der ihr ein Zertifikat für ihre herausragenden Leistungen geschickt hat. Lyle möchte ihn nach seinem Vater Heath benennen.

Vier Tage nach Heaths Geburt wurden wir entlassen und kehrten am Freitagabend nach Hause zurück. Als ich feststellte, dass das Haus leer war, fragte ich nach den Mädchen. Lyle hatte sie am Morgen nach *Three Fates* gebracht, damit ich mich ohne Ablenkung wieder zu Hause einrichten konnte.

Ich wollte sofort mit ihnen sprechen. Lyle sagte, ich solle mich entspannen und ihn das Abendessen machen lassen, aber ich bestand darauf, in *Three Fates* anzurufen. Die Leitung war besetzt, aber ich rief weiter an, obwohl Lyle mich ansah, als sei ich verrückt. Vielleicht war es meine übrig gebliebene Paranoia, aber ich brach in Tränen aus, weil ich unbedingt die Stimmen meiner Töchter hören wollte und es nicht konnte.

Als er mich fragte, ob es in Ordnung für mich sei, Charlotte anzurufen, fühlte ich mich wie die größte Zicke der Welt. Charlotte ging ran und brachte das Handy zu den Mädchenschlafsälen rüber, wo ich mit meinen Mädchen einen Video-Chat führen konnte. Amy brach in Tränen aus, als sie ihren kleinen Bruder sah. Dolly lehnte sich zurück und lächelte.

Ich fragte, wie sie zurechtkamen, und Dolly sagte, sie kümmere sich um Amy. Meine Mädchen saßen zusammen, wie Schwestern, ohne jede Spur von Feindseligkeit. Anscheinend hatte Lyle recht. Das Baby hat uns wirklich näher zusammengebracht.

Die Mädchen wollten alles wissen, auch, wann sie nach Hause zurückkehren könnten. Es war zu spät am Tag, um Lyle loszuschicken, um sie zu holen, also sagte ich, morgen früh.

Lyle gefiel es nicht, dass ich das Geld, das er ausgegeben hatte, um ein ruhiges Wochenende zu verbringen, verschwendete, aber ich wollte meine gesamte Familie bei mir haben. Er entschuldigte sich und erinnerte sich daran, dass ich so lange im Krankenhaus und zu Hause unter Bettruhe verbracht hatte. Es ist nur natürlich, dass ich meine Familie bei mir haben möchte.

In dieser Nacht schlief ich besser als während der ganzen vergangenen Monate. Vielleicht war ich nicht mehr resistent gegen meine Medikamente. Ich wollte nicht infrage stellen, warum. Am nächsten Morgen wachte ich schläfrig und entspannt auf und sah, dass Lyle über mir stand und das Baby fütterte.

Er hatte mich nicht wecken wollen. Ist das nicht süß? Er ließ mich mit Heath kuscheln, bevor er ihn zurück in sein Bettchen brachte. Beim Frühstück im Bett erzählte er mir, dass die Mädchen in einer Stunde ankommen würden, sodass ich noch Zeit hatte, um mich zu duschen und anzuziehen.

Ich schlief wieder ein und war erleichtert, dass endlich alles gut war. Später wachte ich durch das Geräusch von Gesprächen auf. Meine Mädchen waren mit Lyle im Zimmer und hielten Heath abwechselnd in den Arm.

Und in der Tür stand Charlotte mit einem heiteren Lächeln.

SECHSUNDZWANZIG

AMETHYST

Xero erreicht den Ausgang vor mir und steckt seinen Kopf durch die Metalltür. Ich zucke zurück, mein Magen zieht sich bei diesem seltsamen Anblick zusammen.

Er scheint meine Verzweiflung zu spüren und richtet seinen Blick sofort auf mich. „Was ist los?"

„Du hast gerade ..." Ich deute auf seinen Kopf, dann lasse ich die Hand sinken, weil ich merke, dass Halluzinationen machen können, was sie wollen. „Schon gut."

Ich erreiche die Tür, eine massive Metallbarriere ohne Griffe. Ich finde einen winzigen Spalt, wo sie auf den Rahmen trifft, klemme meine Finger in den Schlitz und versuche zu ziehen. Aber da meine Hände noch immer in der Zwangsjacke stecken, sind meine Nägel mit dem Stoff viel zu dick.

„Was willst du tun?", fragt Xero und lässt seinen Blick über mich gleiten. „Ausziehen?"

Kopfschüttelnd ziehe ich meine Arme aus den Ärmeln, sodass sie an der Seite herunterhängen, und fummele an dem Verschluss im Schritt herum. Jetzt, da es nicht mehr so einschränkend ist, drehe ich die ganze Jacke, sodass ich sie fast verkehrt herum trage.

Schließlich schiebe ich eine Hand durch die Öffnung am Rücken der Jacke und greife nach dem Spalt in der Tür. Diesmal gleiten meine Nägel in den winzigen Schlitz, und ich schaffe es, sie mit einem leisen Knarren zu öffnen.

Ich werfe einen Blick auf den Flur und finde ihn leer vor. Ein Stück weit rechts schließt sich die Tür, die zum Drehraum führt. Ich habe wahrscheinlich weniger als dreißig Sekunden, bevor Grunt jemanden über meine angebliche Reaktion auf die Haferflocken informiert.

Ich werde also nur einen kurzen Vorsprung haben.

„Wir haben keine Zeit, über Risiken nachzudenken", knurrt Xero.

Ich atme tief ein, stürme in den Flur und renne in die entgegengesetzte Richtung. Ich ignoriere den heruntergefallenen Putz unter meinen nackten Füßen und laufe geradeaus auf den Notausgang zu.

Das Sonnenlicht dringt durch die vom jahrelangen Schmutz verdunkelten Fenster und wirft einen unheimlichen Schein auf den vernachlässigten Flur. Die Luft ist schwer von Staub und dem Geruch von abgestandenem Wasser.

Xero läuft neben mir her, seine Schritte entsprechen dem Klatschen meiner Ärmel gegen meine Beine. „Lauf weiter. Das machst du wunderbar."

Ich erreiche den Notausgang und reiße die schwere Tür auf, wobei ich fast erwarte, dass ich einen Feueralarm auslösen werde. Als nichts passiert, betrete ich ein dunkles Treppenhaus, dessen Stufen in der Dunkelheit verschwinden.

„Geh weiter", knurrt er und ich stürme die Stufen hinunter, wobei ich mich an dem Geländer festklammere. „Am Ende der Treppe ist eine Tür. Dort musst du raus."

Und tatsächlich, als ich das Erdgeschoss erreiche, dringt Sonnenlicht durch die Ritzen eines schweren metallenen Notausgangs. Ein Gefühl des Triumpfes erfasst mich. Ich drücke meine Schulter dagegen und versuche, die verrosteten Scharniere dazu zu bringen, sich zu bewegen.

„Genau so. Wirf dein Gewicht dagegen."

„Das tue ich", stoße ich durch zusammengebissene Zähne hervor.

Mit einem Quietschen gibt die Tür schließlich nach und lässt einen nach Wiese duftenden Luftzug herein. Ich will gerade auf den mit Efeu und Unkraut überwucherten Gehweg hinauslaufen, als Xero mir eine Hand auf die Schulter legt.

„Gute Arbeit, aber wir gehen in die entgegengesetzte Richtung."

„Was?"

Laute Schritte erklingen über mir und lassen mich erstarren. Panik durchfährt mich mit einer solchen Intensität, dass ich zusammenzucke.

„Hinter dieser Tür ist ein Autopsieraum." Xero nickt in die entsprechende Richtung. „Dort gibt es scharfe Gegenstände."

Wir sollten zum Ausgang gehen und uns nicht noch tiefer in diesen baufälligen Albtraum hineinwagen. Bevor ich auch nur ein Wort des Protestes hervorbringen kann, werde ich von Xero am Arm gepackt und er zieht mich den Korridor hinunter, weg von meiner letzten Chance auf Freiheit.

Ich wollte schreien, aber das würde nur die Leute im Obergeschoss alarmieren.

„Was glaubst du, was du da tust?", zische ich.

„Du bist halbnackt, barfuß und unbewaffnet. Wenn du da rausgehst, ist es nur eine Frage von Minuten, bis du erwischt wirst. Eine Waffe erhöht deine Überlebenschancen."

„Woher weißt du, dass wir überhaupt in die richtige Richtung gehen?", flüstere ich.

„Was denkst du?"

Ich kann ein anderes Mal darüber nachdenken, woher er weiß, wie diese Einrichtung aufgebaut ist. Am Ende des Flurs erreichen wir eine weitere schwere Tür. Ich stoße sie auf und trete in einen weiteren leeren Korridor, der sich über die gesamte Länge des Gebäudes erstreckt.

Hier ist es dunkler, das natürliche Licht ist zu schwach, um die dicken Schmutzschichten an den Fenstern der unteren Etage zu durchdringen. Die Luft ist kühler und ist von einer Feuchtigkeit erfüllt, die durch die Zwangsjacke bis in meine Knochen dringt.

Ein Schauer durchfährt mich. Ich will mich in die Sicherheit des Treppenhauses zurückziehen, aber Schritte hallen von jenseits der Türen wider. Entweder ist es eine weitere Halluzination oder sie haben bereits herausgefunden, dass ich geflohen bin.

Vor mir und zu meiner Linken befindet sich eine weitere Doppeltür, die in einen Raum mit gefliestem Boden führt. Woher weiß ich das? Jeder Instinkt schreit mir zu, nicht hineinzugehen. Leute, die dort hineingehe, kommen nie wieder zurück.

„Bewegung." Xero läuft geradeaus und verschwindet im Raum.

Angst breitet sich in meinem Innern aus und lässt mich wie angewurzelt innehalten. Dann folge ich ihm, verängstigt von den rumpelnden Geräuschen und der Aussicht, allein gelassen zu werden.

Ich schlucke einen Klumpen des Grauens hinunter und betrete einen Raum mit roten Fliesen und Stahlmöbeln. Die ehemals weißen Wände, die jetzt grün von Wasserschäden und Moos sind, ähneln einer der Kulissen im Obergeschoss.

Xero steht vor einer Reihe von Schubladen, seine Gesichtszüge sind maskenhaft hart. „Hier bewahren sie die Instrumente auf. Sieh nach, ob du ein Skalpell findest."

Auf zittrigen Beinen gehe ich auf ihn zu, mein Blick schweift zu einem Autopsietisch, der mit Wasserflecken und Rost bedeckt ist. Mit einem Mal schießen längst vergessen geglaubte Bilder durch meinen Kopf – ein auf dem Tisch liegender Körper, ein Mann in einem weißen Kittel und einer Maske; ein rothaariger Arzt, der mir sagt, dass das mit Mädchen passiert, die sich nicht benehmen.

Und dann ist da noch das Blut.

„Amethyst, sieh mich an", bellt Xero.

Seine Stimme reißt mich zurück in die Gegenwart. Ich blinzle, um die Bilder zu vertreiben, und eile auf ihn zu, wobei ich mein rasendes Herz ignoriere.

„Such ein Skalpell. Sofort", befiehlt er.

Ich greife nach der nächstgelegenen Schublade, die sich mit einem Knarren öffnet. In einer liegen seltsam aussehende Sägen, die wie Küchenutensilien angeordnet sind. In einer anderen liegen Hämmer, Meißel und etwas, das einer Hacke ähnelt.

In meinem Inneren brodelt es, und mein Magen verkrampft sich. Als ich endlich die Schublade mit den Messern und Skalpellen finde, greife ich nach einer Handvoll davon.

„Was nun?", frage ich.

„Wir nehmen einen anderen Ausgang", sagt Xero, „aber zuerst verstecken wir uns."

Ich wirble herum und sehe, wie er zu einem anderen Eingang joggt. Um nicht zurückzubleiben, sprinte ich ihm hinterher, wobei ich krampfhaft die Skalpelle umklammere.

Der nächste Raum ist noch größer als der erste und mit Fächern aus Edelstahl ausgekleidet, die an Tiefkühltruhen im Supermarkt erinnern. In der Mitte steht ein gekippter Tisch mit zwei von der Decke herabhängenden OP-Leuchten. Unter dem Tisch ist der Boden mit getrocknetem Blut verschmutzt.

Das ist Wahnsinn. Es ist grauenhaft. Dies ist ein Krankenhaus des Grauens. Mein Geist beschwört Erinnerungen an sezierte Leichen herauf. Ich schüttle die Bilder rasch ab und folge Xero in einen langen Korridor, der von Tragen gesäumt ist.

„Hier entlang", sagt er.

Meine Kehle wird trocken, und ich versuche, nicht darüber nachzudenken, woher ich weiß, dass sich in jeder dieser Metallvorrichtungen früher Leichen befanden. Stattdessen konzentriere ich mich auf den Ausgang vor mir, wo die Leichen zur Beerdigung nach draußen gebracht wurden.

Xero biegt nach rechts ab und geht durch eine angelehnte Tür. Drinnen ist es völlig dunkel. Ich frage mich nicht, wie ich ihn sehen kann, wenn es kein Licht gibt, sondern nehme seine Hand und lasse mich von ihm hinter der Tür positionieren.

„Verstecken wir uns hier?", flüstere ich.

„Ja. Aber sprich nicht laut. Ich kann deine Gedanken hören", antwortet er.

Ich nicke, denn ich bin mir sicher, dass ich mich hier schon einmal versteckt habe, als ich noch eine Insassin dieser Einrichtung war. Xero muss in der Lage sein, auf meine Erinnerungen zuzugreifen, aber ich verstehe immer noch nicht, warum ich nur winzige Schnipsel bekomme.

„Du kannst das jetzt nicht verarbeiten", sagt er.

Ich will ihn fragen, ob es wirklich so schlimm sein kann, aber dann erinnere ich mich an all die Bilder auf seiner Verbrechertafel. Weiß Xero, wie ich in dieser Anstalt gelandet bin?

„Das weiß ich nicht so genau", antwortet er, „aber ich glaube, es geschah nach dem Unfall."

Meine Kehle schnürt sich zu. Es ist kein Wunder, dass die Erinnerungen an meine Kindheit so unzugänglich sind. Ich will mich nicht daran erinnern, dass ich meinen Vater bei einem Autounfall verloren habe und dann in ein Heim gesteckt wurde, wo grauenvolle Dinge mit mir gemacht wurden.

Xero schlingt seine Arme um meine Taille und zieht mich in eine Umarmung. Wir lehnen beide an der Wand und lauschen auf Schritte.

Inzwischen hat die Hilfe, die Grunt angefordert hat, sicher bemerkt, dass ich weg bin, und versucht, meiner Spur zu folgen. Wahrscheinlich haben sie erwartet, dass ich den Notausgang nehme, denn sich in einer gruseligen, verlassenen Anstalt zu verstecken, würde gegen jedes logische Denken gehen.

Er nickt hinter mir, sein Griff um meine Taille wird fester. „Sie werden Zeit damit verschwenden, das Gelände zu kontrollieren, und erwarten, dass du zum Tor rennst."

Ich lächle. Mit etwas Glück wird Dolly meinen Platz einnehmen.

„Wenigstens haben wir uns etwas Luft verschafft. Während wir auf den richtigen Zeitpunkt warten, um von hier zu verschwinden, solltest du aus den Ärmeln ein Paar Socken machen."

„Wozu?"

Er lacht, der Ton ist rau und leise. „Du wirst etwas Bequemes an deinen Füßen brauchen, um diese Bastarde zu jagen."

SIEBENUNDZWANZIG

Montag, 2. August 2010

Nachdem ich herausgefunden hatte, dass Lyle Charlotte nicht entlassen hatte, hatten wir unseren ersten Streit. Er sagte, ich würde mich nach der Geburt des Babys weniger paranoid fühlen und erkennen, dass ich ihre Hilfe brauchen würde.

Es war, als würde ein Schalter in mir umgelegt werden, und brachte Jahre unterdrückter Wut hervor. Als Lyle mich überredete, die Salentinos zu verlassen, sagte er, wir würden eine Familie sein. Stattdessen ließ er mich allein in einer kleinen Wohnung mit zwei Babys zurück. Die ersten Jahre verbrachte ich allein, ohne Hilfe, ohne die Möglichkeit, mit der Außenwelt zu kommunizieren.

Es war, als wäre ich in einem anderen Gefängnis gelandet, mit sporadischen Besuchen von Lyle, damit er seine Bedürfnisse befriedigen konnte. Als er schließlich mit uns in ein richtiges Haus zog, war er wochenlang weg. Zu dem Zeitpunkt hatte ich bereits Dr. Forster, der mich unterstützte, aber es gab Dinge, die ich nicht mit ihm teilen konnte.

Lyle verbrachte mehr Zeit damit, sich um seine Adoptions-agentur zu kümmern als um seine neue Familie. Er arbeitete lange und war ständig gestresst. Er verlor sogar das Interesse am

Sex. Also ließ ich eine Tirade von Anschuldigungen los, sagte, dass Charlotte ihn verführen würde und versuchte, meine Position in diesem Haushalt an sich zu reißen.

Zum ersten Mal seit unserer Heirat schrie Lyle zurück. Was am meisten schmerzte, war nicht die Tatsache, dass er seine Stimme erhob, sondern dass er Charlotte verteidigte. Er sagte mir, dass sie meine Töchter besser davon abhielt, sich an die Gurgel zu gehen, als ich es je getan hatte. Das Haus sei makellos, die Mahlzeiten pünktlich, und sie schaffe die Art von Zuhause, die er sich vorgestellt habe, als er eine glanzvolle Karriere beim FBI aufgegeben hatte.

Die Worte schmerzten. So etwas hat er mir noch nie ins Gesicht gesagt. Meine Hormone ließen mich überreagieren, und ich brach in Tränen aus. Lyle sah mir mehrere Minuten lang beim Weinen zu, bevor er ging. Raus aus dem Zimmer, raus aus dem Haus und aus unserem Leben.

Ich habe bemerkt, dass er weggefahren ist. Außerdem ist er gestern Abend nicht zu mir ins Bett gekommen. Ich bin jetzt allein mit Charlotte und den Mädchen. Ich weiß nicht, was ich tun soll. Ich weiß nicht, wohin er gegangen ist. Er antwortet weder auf Anrufe an sein Handy noch an die Nummer seines Büros.

Ich blieb mit Heath in meinem Zimmer und erwartete, dass Charlotte Lyles Abwesenheit zum Anlass nehmen würde, die begonnene Arbeit zu beenden. Sie schickte Amy mit Essen zu mir, aber ich weigerte mich, noch einmal auf diesen Trick hereinzufallen.

Am Abend, als ich das Abendessen ablehnte, betrat Charlotte ohne Erlaubnis mein Zimmer. Sie klopfte zwar an, aber ich sagte ihr, sie solle verschwinden. Sie wollte wissen, warum ich nichts aß, wo ich doch bei Kräften bleiben musste, um mein Kind zu stillen.

Die Mädchen standen an ihrer Seite und starrten mich an, als wäre ich verrückt geworden. Ich wollte sie anschreien, dass sie verschwinden und ihre giftigen Kommentare an jemand anderem auslassen sollte, aber ich wollte es nicht vor meinen Töchtern tun.

Alles, was mir dazu einfiel, war, dass ich etwas online bestellen würde. Ihr sanftes Lächeln, ihr gekünsteltes Mitgefühl, die Art, wie sie ihre Arme um meine Zwillinge legte, machten mich krank. Das war alles nur gespielt, um meine Mädchen denken zu lassen, ich sei eine schlechte Mutter.

Sie hat ihre Krallen bereits in meinen Mann geschlagen – ich weiß, dass er ihren attraktiven, willigen Körper gefickt hat, während ich im Krankenhaus lag. Deshalb ist Lyle auch so intolerant. Um es in Giorgis Worten auszudrücken, warum sollte er mich brauchen, wenn er Miss Perfect haben kann?

Ich habe nichts davon laut ausgesprochen. Das ist es, was sie will. Sie machte sogar eine enttäuschte Miene, weil ich die besonderen, nährstoffreichen Mahlzeiten nicht zu schätzen wusste, die sie und die Mädchen liebevoll zubereitet hatten.

Meine Hände ballten sich unter der Bettdecke zu Fäusten. Ich wollte ihr ins Gesicht lachen, aber ich hätte nichts weiter als ein gestörtes Gackern hervorgebracht. Stattdessen sagte ich, dass ihre Dienste nicht mehr benötigt würden und sie bis morgen früh Zeit hätte, das Haus zu verlassen.

Dolly heulte und klammerte sich an Charlotte, nachdem diese sich die vergangenen sechsunddreißig Wochen um sie gekümmert hatte. Amy starrte sie an und schien nicht zu wissen, wie sie reagieren sollte. Charlotte erklärte mit zuckersüßer Stimme, dass sie von Lyle angestellt wurde, um mir in dieser schwierigen Zeit zu helfen. Als Entgegnung fauchte ich, dass sie eine hinterhältige Fotze sei.

Alle drei starrten mich an, als hätte ich mich in eine Medusa verwandelt. Dann brachte Charlotte die Mädchen aus dem Zimmer und tröstete sie vor der Tür mit sanften, beruhigenden Worten.

Scheiß auf sie! Und scheiß auf mich, weil ich ihr in die Hände gespielt habe. Jetzt halten mich meine Töchter für einen Psychopathen.

Wenn diese Schlampe mein Haus nicht freiwillig verlässt, dann werde ich dafür sorgen, dass sie es in einem Leichenwagen tut.

ACHTUNDZWANZIG

AMETHYST

Als ich die Ärmel meiner Zwangsjacke heruntergeschnitten habe und sie mir über die Füße gestülpt habe, hallen von beiden Seiten des Flurs entfernte Geräusche wider. Es hört sich an, als hätten sie einen großen Suchtrupp zusammengestellt.

Ich versuche mich daran zu erinnern, wie viele Männer ich die letzten Male gesehen habe, als ich bei einem der Drehs dabei sein musste, aber Xero unterbricht meine Gedanken.

„Acht. Delta, Locke, Seth, Barrett. Plus die anderen vier von der Zwangsernährung." Er hält inne. „Zehn, wenn man Dolly, Fen und Grunt mitzählt."

Denn die letzten beiden sind ein und dieselbe Person. Ich schüttle den Kopf und frage mich, ob Grunt die Tür absichtlich unverschlossen gelassen hat.

„Analysiere nicht seine Motive", knurrt Xero. „Wenn du ihn als Verbündeten ansiehst, auch wenn es nur unbewusst ist, wirst du vielleicht unvorsichtig."

Er hat recht. Egal, wie sehr sie Grunt zum Sündenbock machen, ich sollte nie vergessen, warum er für *X-Cite Media* arbeitet.

Laute Schritte hallen durch den Flur und unterbrechen unser Gespräch. Wir versteifen uns beide und pressen unsere Körper gegen die kalte Wand. Die Tür, hinter der wir stehen, steht einen

Spalt offen. Dort, wo die Scharniere auf den Rahmen treffen, fällt ein schwacher Lichtschein hinein.

Die Schritte, die auf uns zukommen, sind schwer, bedächtig und werden immer lauter. Ein kalter Schauer durchfährt mich, als ich mir vorstelle, erwischt zu werden.

„Du bist im Vorteil", zischt Xero in mein Ohr. „Locke ihn rein und schalte ihn aus."

Mein Atem beschleunigt sich. Mein Herz schlägt so heftig in meiner Brust, dass ich die Vibrationen bis in meine Fingerspitzen spüren kann und sie zum Zittern bringen. Schweiß bricht mir auf der Stirn aus und rinnt mir die Schläfe hinunter.

Ich bin nicht mehr die Frau, die sich in der Ecke versteckte und zitterte, als Xero die Männer folterte, die in mein Haus einbrachen. Die Grausamkeit, die ich erlitten habe, hat meinen menschlichen Anstand vollkommen ausgelöscht. Ich muss lebend aus dieser Hölle herauskommen, auch wenn das bedeutet, dass ich jeden Mann hier eigenhändig umbringen muss.

„So ist es richtig, kleiner Geist." Xeros Hände legen sich auf meinen Schultern und erfüllen meinen Körper mit der Kraft und Entschlossenheit eines ausgebildeten Attentäters.

Aber wie soll ich ihn erstechen? Der Hals könnte ein guter Angriffspunkt sein, aber ich weiß nicht genau, wo sich die Arterie befindet.

„Erinnerst du dich an den Tag, nachdem du meinen Brief über Officer McMurphy gelesen hast?", fragt Xero. „Wo habe ich gesagt, dass ich sie abstechen würde, bevor ich dich in einer Lache aus ihrem Blut ficke?"

Meine Lippen zucken bei der Erinnerung an diesen heißen Morgen. Es war die Basis ihres Schädels.

„Das ist mein Mädchen."

Meine Finger schließen sich fester um das Skalpell und Adrenalin durchströmt meinen Körper. Jeder Mann, der an der Produktion dieser Videos beteiligt war, muss sterben. Nicht nur, um mich selbst zu retten, sondern um andere vor einem grauenvollen Schicksal zu bewahren.

„Konzentriere dich auf deine Angst. Lass sie deine Sinne schärfen. Lass deinen Überlebensinstinkt diese Raubtiere in Beute verwandeln."

Ein Lichtstrahl erhellt den Flur. Er ist schwach im Vergleich zu einer Taschenlampe und muss von seinem Handy kommen. Ich drücke mich an die Wand und beruhige meinen Atem, um das heftige Schlagen meines Herzes zu beruhigen.

Die Schritte werden lauter. Ich richte meinen Blick auf den Spalt in der Tür und sehe eine dunkle Gestalt daran vorbeigehen. Sie hält kurz inne, um den Raum zu erhellen, bevor sie weitergeht.

„Amethyst", flüstert Xero, „jetzt."

Ich schlüpfe hinter der Tür hervor, wobei meine Schritte von meinen neuen Socken gedämpft werden. Der Mann vor mir ist etwa ein Meter achtzig groß, stämmig, trägt einen schwarzen Pullover und eine Baseballmütze. Er steht immer noch mit dem Gesicht zu den Doppeltüren, sodass ich seinen breiten Rücken und mein Ziel perfekt anvisieren kann.

Ich springe auf ihn und schlinge einen Arm um seinen Hals. Er stößt ein ersticktes Keuchen aus und lässt sein Handy fallen. Eine Sekunde später hat er sich wieder gefangen und stürmt nach hinten, um mich gegen die Wand zu schleudern.

Der Schmerz explodiert in meinem Rücken und wird durch einen Adrenalinstoß gedämpft. Er greift nach meinem Arm und versucht, sich aus meinem Griff zu befreien, aber ich bewege das Skalpell und schneide ihm die Kehle durch. Warmes Blut spritzt über meine Finger und lässt mich erschaudern. Mit rasendem Herzen lasse ich mich zu Boden fallen und kämpfe mich auf die Beine, wobei ich seinem wilden Schlag nur knapp ausweiche.

Er stolpert wie ein verwundetes Tier auf mich zu, hält sich die Kehle, gurgelt und erstickt an seinem Blut.

„Mach ihn fertig", knurrt Xero.

Entschlossenheit treibt meine Schritte an. Ich springe um ihn herum und positioniere mich hinter ihm. Dieses Mal werde ich nicht versagen. Ich benutze den Riemen seiner Baseballkappe als Orientierungshilfe und stoße das Skalpell tief in das Fleisch unter seinem Schädel.

Das Skalpell dringt mühelos ein und mein Magen spannt sich an. Er stolpert vorwärts, bevor er zu Boden sinkt.

Xero legt einen Arm um meine Schulter. „Gut gemacht."

Triumph erfüllt mich. Ich stehe schwer atmend über dem

gefallenen Mann und warte darauf, dass sein Körper aufhört zu zucken.

Ein Alarm ertönt weiter unten im Flur und lenkt meine Aufmerksamkeit wieder auf sein Handy, das mit dem Bildschirm nach unten in einer wachsenden Blutlache liegt.

Ich nehme das Gerät in die Hand. Es gibt eine Warnmeldung aus einem Gruppenchat mit dem Titel ‚Anstaltdreh'. Delta hat das Gelände und das Gebäude in Abschnitte unterteilt und jedem die Suche in einem bestimmten Bereich zugewiesen.

Es sieht so aus, als hätte der Mann zu meinen Füßen das Erdgeschoss, den Westflügel und den dazugehörigen Hof erhalten.

Was zum Teufel soll ich als Nächstes tun? Wenn sie nichts von ihm hören, werden sie nicht nur wissen, dass etwas schiefgelaufen ist, sondern sie werden ihre Suche auf diesen Bereich verstärken.

„Sie werden wissen, dass etwas nicht stimmt, wenn er nicht zurückkommt", murmelt Xero. „Warte auf die erste Person, die sich meldet und schreib dann etwas Ähnliches. Sobald Delta antwortet, werden wir überlegen, wie wir weitermachen."

Ich schaue auf die Leiche hinunter und überlege, ob ich sie unter einer der Tragen verstecken soll.

„Es hat keinen Sinn, wenn es nichts gibt, um das Blut aufzuwischen."

Nickend gehe ich um die sich ausdehnende Lache herum, wobei ich darauf achte, keine blutigen Fußspuren zu hinterlassen, und kehre in mein Versteck zurück.

Mein Adrenalinspiegel ist immer noch hoch, als ich mich schwer atmend an die Wand lehne. Mit zitternden Händen umklammere ich das Handy, starre auf den Gruppenchat und warte darauf, dass jemand etwas schreibt.

Was zum Teufel mache ich hier? Ich sollte die Gelegenheit nutzen und die Polizei rufen.

„Vergiss nicht, dass Delta technisch gesehen gar nicht existiert und du wahrscheinlich im Zusammenhang mit mindestens vier Morden eine Person von Interesse bist", sagt er.

Ich schlucke. *JakeRake69*, den ich getötet habe, Chappy, der vor dem Zimmer, in dem ich übernachtete, hängend gefunden wurde, die ersten beiden Männer im Keller, die die menschliche Raupe bildeten. Mit dem Tod von Big Dick Johnson und dem gut bestücken Mann hatte ich allerdings nichts zu tun.

„Dann sind da noch deine Mutter und dein Onkel Clive", fügt Xero hinzu.

Meine Brust zieht sich bei dieser Erinnerung schmerzhaft zusammen. Ich habe Mom nicht umgebracht. Dolly hat es getan, während sie wie ich gekleidet war. Selbst wenn ich wieder auf Unzurechnungsfähigkeit plädieren würde, könnte ich in einer Anstalt enden, wie sie es mir immer angedroht hat. Und jetzt dieser Kerl, den ich niedergestochen habe, als er keine Bedrohung mehr darstellte.

„Bei deiner Vorgeschichte kommst du wahrscheinlich auf den elektrischen Stuhl."

Ich schlucke schwer. Eine dritte Möglichkeit wäre, die Ankunft der Polizei als Ablenkung zu nutzen und unbemerkt zu verschwinden. Damit wäre ich zwar auf der Flucht, aber das ist besser, als weiterhin diesen Leuten ausgeliefert zu sein.

Xero sagt nichts. Er weiß, dass ich am Ende bin. Ich habe die Wahl, in Würde zu sterben oder hier zu bleiben und einen schmerzhaften und demütigenden Tod zu riskieren.

Meine Finger zittern, als ich den Notruf wähle. Ich traue mich nicht zu sprechen, falls meine Stimme im ganzen Krankenhaus zu hören ist, aber ich lasse die Leitung offen.

„911", sagt die Person am anderen Ende der Leitung. „Was ist Ihr Notfall?

Ich atme schwer in den Hörer und schweige. Das Blut rauscht durch meinen Körper, und mein Herz schlägt so heftig, dass ich Angst habe, es könnte in meiner Brust explodieren.

„Anrufer, können Sie sprechen? Was ist Ihr Notfall?"

Meine Kehle schnürt sich zu. Ich sollte ihr wenigstens sagen, dass ich die Polizei brauche.

Sie hält einige Sekunden inne, bevor sie fragt: „Wenn Sie nicht sprechen können, drücken Sie eine beliebige Taste."

Ich drücke die 5 in der Hoffnung, dass sie meinen Standort aufspüren können.

„In Ordnung. Beamte sind auf dem Weg. Bleiben Sie in Deckung und halten Sie die Leitung offen. Hilfe ist unterwegs."

Auf dem Bildschirm erscheint eine weitere Meldung aus dem ‚Anstaltdreh'-Gruppenchat.

Obergeschoss Ostflügel geräumt. Keine Anzeichen für etwas Ungewöhnliches.

Ich zähle langsam bis zehn, bevor ich meine eigene Antwort tippe:

Westflügel frei.

Delta antwortet mit: *Untergeschoss?*

Ich tippe: *Wird noch durchsucht*

Xero umarmt mich von hinten. „Wie geht es dir?"

Mein Magen verknotet sich unter einer Vielzahl von Emotionen – Verzweiflung, Angst und der Wille zu überleben. Wenn ich von der Polizei geschnappt werde, wird es einen öffentlichen Prozess geben. Ich werde wieder in den sozialen Medien auftauchen, diesmal als Beispiel dafür, wie man mit mehreren Morden davonkommt, aber am Ende doch erwischt wird. Xeros Leute könnten in meine Gefängniszelle eindringen. Sie werden mich wahrscheinlich foltern, weil ich ihren Boss getötet habe.

Xero antwortet nicht, denn alles, was ich vermute, entspricht der Wahrheit. Ich drehe mich um und schaue ihm in die Augen und frage mich, ob es ein Fehler war, die Polizei zu rufen.

NEUNUNDZWANZIG

Charlotte tätigte einen einzigen Telefonanruf und Lyle eilte wie ein weißer Ritter zu ihrer Rettung herbei. Ich hörte, wie sie vor meiner Tür flüsterte und ihm erzählte, wie sehr ich die Mädchen mit einer angeblich verstörten Rede aus der Bahn geworfen hatte. Sie fügte sogar noch hinzu, dass ich Heath zum Weinen gebracht hätte.

Ich habe nicht einmal meine Stimme erhoben. Wenn also Heaths Sprachkenntnisse sich nicht auf verschleierte Beleidigungen erstrecken, dann ist sie manipulativ. Wieder einmal.

Die Absurdität ihrer Behauptungen spielt keine Rolle, denn Lyle würde ihr ohne Frage glauben. Die bloße Tatsache, dass sie immer noch hier ist, nachdem sie zweimal versucht hat, mich zu vergiften, beweist, dass ich nicht paranoid bin.

Wie aufs Stichwort betrat er den Raum, sein Blick schweifte zum Kinderbett, als ob er dachte, Heaths Leben könnte durch seine geistesgestörte Frau in Gefahr sein. Dann warf er mir einen Blick voller Mitleid und Angst zu, der mein Blut in Wallung brachte.

Lyle saß auf der Kante meines Bettes und seufzte, sein hübsches Gesicht war von Sorge gezeichnet. Ich wartete darauf, dass er eine einstudierte Rede halten würde, in der er mir sagte, dass meine psychischen Probleme außer Kontrolle geraten. Stattdessen sah er mir in die Augen und fragte, was mich glücklich machen würde.

Ich habe ihm gesagt, dass das Einzige, was ich wollte, war, dass Charlotte aus unserem Haus verschwand. Wenn wir kein Kindermädchen finden konnten, würden wir eine Haushälterin einstellen. Er hielt meinen Blick fest, sein Ausdruck war unerschütterlich, als wollte er mir in die Seele schauen.

Schließlich nickte er und bat mich, ihm bis zum Ende der Woche Zeit zu geben, um einen geeigneten Ersatz zu finden. Jeder Instinkt schrie mich an, zu verlangen, dass er sie sofort wegschickte, aber ich hielt mich zurück. Das Letzte, was ich wollte, war, die Fassung zu verlieren.

Mein Magen knurrte, und er fragte, wann ich das letzte Mal etwas gegessen habe. Ich wandte den Blick ab, unfähig, ihn anzusehen. Wenn ich ihm sagte, ich hätte zu viel Angst, wieder etwas zu essen, in das sie etwas untergemischt hatte, würde er bestimmt denken, ich hätte den Verstand verloren.

Ich murmelte etwas davon, dass mir der Appetit vergangen sei, und er verließ das Zimmer. Hätte ich nicht gerade eine OP hinter mir und wäre nicht schwach vor Hunger gewesen, wäre ich ihm auf den Flur und die Treppe hinunter gefolgt. Stattdessen wartete ich.

Die Mädchen schlichen auf Zehenspitzen in den Raum, ihre Gesichter waren blass und gezeichnet. Dolly trat als Erste ein, wobei sie Amys Hand fest in ihrer hielt. Dolly fragte, ob ich böse auf sie sei, weil sie Charlotte liebte. Die Bestätigung, dass sie unter dem Einfluss dieser Schlampe stand, war wie ein Messerstich ins Herz.

Ich schluckte schwer und zwang mich zu einem Lächeln, aber ich konnte die Tränen nicht zurückhalten. Ich zog sie in eine Umarmung und flüsterte ihr eine Reihe von Beruhigungen zu. Amy stand ein paar Meter entfernt, ihre Augen waren vor Angst geweitet.

Ich winkte ihr, näher zu kommen, und sie zögerte einige Sekunden, bevor sie es tat. Es war herzzerreißend, zu sehen, wie viele Unsicherheiten sie erfüllten. Ich legte einen Arm um ihre Schultern und flüsterte ihr zu, dass alles gut werden würde.

Lyle kam kurz darauf mit einer Tüte Chips und einer Schüssel Chili herein und schwor bei Gott, dass er es selbst direkt aus der Dose aufgewärmt hatte. Lachend ließ ich ihn das Tablett auf meinen Schoß stellen, und wir aßen zusammen davon, als wäre es ein Festmahl.

Als er Heath aus dem Bettchen holte und sich ans Bett setzte, war es wie ein Familienpicknick. Wir fünf zusammen ... ohne diesen blonden Eindringling.

Gerade als ich dachte, meine Ehe sei am Ende, hat er uns mit einer einfachen Schüssel Chili wieder zusammengebracht. Deshalb liebe ich ihn so verdammt sehr.

Wir blieben die ganze Nacht zusammen.

Am nächsten Morgen findet Dolly Charlotte tot in ihrem Schlafzimmer.

DREISSIG

XERO

Am nächsten Morgen, nachdem ich ausgecheckt habe, kehre ich in das Stockwerk des Penthouses zurück und entferne eine Platte an der Rückseite eines Lagerschranks im Flur, hinter der sich ein kleiner Raum befindet. Dahinter finde ich Jynxson mit einem Laptop sitzend vor, dessen Bildschirm mehrere Punkte in der Suite zeigt.

Den Rest des gestrigen Abends habe ich damit verbracht, sämtliche Inseln des Archipels zu kontrollieren. Es gibt insgesamt dreißig, von denen acht derzeit bewohnt sind. Wir begannen mit den bewohnten Inseln, wobei Tyler und sein Team jeden möglichen Drehort ausfindig machten.

Unser Ziel ist es, Vater und sein Gefolge außer Gefecht zu setzen und so viele von ihnen wie möglich am Leben zu lassen, damit sie uns helfen, *X-Cite Media* zu zerschlagen und die Einrichtung der Kinderattentäter zu finden. Ich weigere mich zu glauben, dass Vater die Jungs einfach freigelassen hat, um sich auf die Herstellung von Snuff-Filmen zu konzentrieren. Irgendwie sind die beiden Unternehmungen miteinander verbunden. Es ist nur eine Frage der Zeit, bis ich herausfinde, wie.

„Gibt es Neuigkeiten?", frage ich Jynxson.

Er gähnt, wobei sein Blick weiterhin auf den Bildschirm

gerichtet bleibt. „Camilas Flug ist gerade gelandet. Sie ist in einem Mietwagen und verfolgt das Taxi des Pfarrers.“

„Zeig es mir.“

Er schwenkt den Computer und zeigt das Kamerabild ihres Armaturenbretts. Auf dem Bildschirm fährt ein gelbes Taxi über eine kurvenreiche Autobahn zwischen sanften Hügeln.

„Camila, melde dich“, sage ich.

„Er hat sich auf dem Flug einmal übergeben und ist schon zweimal in Tränen ausgebrochen. Er wird etwas Hilfe für heute Abend brauchen.“

„Wie wäre es mit einer Miniatur-C4-Ladung im Rektum?“, fragt Jynxson.

Sie stößt ein spöttisches Schnauben aus. „Dr. Dixon hat den Sprengstoff schon verabreicht, damit er es am Flughafen nicht versaut.“

„Verpass ihm vor dem Empfang eine Spritze mit Lorazepam. Gibt es etwas Neues von Vater?“

„Ja, er hat einen Gruppenchat eingerichtet. Neun Leute, darunter er und Thomas.“

Jynxson stößt einen Pfiff aus. „Er hat also schon anderthalb Millionen mit dem Verkauf von Plätzen in der ersten Reihe verdient.“

Ich knirsche mit den Zähnen. Acht Leute mit einer Investition von je einer Viertelmillion. Das ist mehr, als unser gesamtes Unternehmen mit einem Attentat einnimmt. „Ganz zu schweigen von dem Betrag, den er durch Mitgliedschaften einnimmt und die hundert Dollar pro Stunde, die er berechnet, um Inhalte wiederzugeben. Und das alles, ohne sich die Hände schmutzig zu machen.“

Als das Reinigungspersonal des Hotels kommt, um das Penthouse zu putzen, werfe ich einen Blick auf mein Handy, wo ich eine exakte Kopie dessen, was im Handy des Reverends vor sich geht, wiedergebe, und den Gruppenchat lese. Ganz oben steht eine Nachricht von Delta, in der er sie zu einem Blick in seinen inneren Kreis einlädt. Sie ist bereits mit eifrigen Antworten über die Art des Drehs gefüllt, zusammen mit Kommentaren über den vorherigen Film mit Lizzie Bath in der Hauptrolle.

Jeder Mann fragt, ob er Dolly treffen wird, und schwärmt, als er erfährt, dass sie im nächsten Film mitspielen wird. Ihre Aufregung ist ekelerregend, doch ich zwinge mich, jeden Kommentar nach Hinweisen darauf zu durchforsten, wo Dolly und Delta Amethyst gefangen halten. Es wimmelt nur so von Anfragen, ob sie als Erste ihre Leiche ficken dürfen.

Wut lodert in meinem Innern auf. Vater hat nicht vor, seine Frau zu ermorden. Er benutzt Amethyst als Ersatz für Dolly.

Jynxson liest über meine Schulter mit. „Das ist eine verdrehte Scheiße."

Jemand im Chat, der den Codenamen Nemesis trägt, fragt, wie viele bereits im *Royale* angekommen sind. Zwei andere Männer erwähnen, dass sie brunchen und laden die anderen ein, sich ihnen im Restaurant des Hotels anzuschließen. An der Art, wie sie sich unterhalten, kann ich erkennen, dass sie nicht zum ersten Mal einem Dreh von X-*Cite Media* beiwohnen.

Ich schicke eine Nachricht an Tyler und sein Team, damit sie die Namen und Adressen aller Personen sammeln, die im *Royale* einchecken. Sobald sich Amethyst wieder sicher in meiner Obhut befindet, habe ich vor, Vaters eifrigste Unterstützer zur Strecke zu bringen.

Wir verbringen den Rest des Tages damit, die am Jachthafen wartenden Agenten zu koordinieren und platzieren kleine Sprengsätze an diskreten Stellen rund um das Penthouse. Unser Ziel ist es, so viel Chaos wie möglich zu verursachen, um es uns einfacher zu machen, meinen Vater zu schnappen.

Später checkt Reverend Thomas ein, und Camila richtet sich im Zimmer nebenan ein.

„Irgendetwas ist schief gelaufen", sagt Jynxson, als ich den letzten Sprengstoff prüfe.

Ich richte mich auf. „Was?"

Er reicht mir das Telefon. „Da ist eine Nachricht von Delta, die den Investoren mitteilt, dass er sich wegen technischer Probleme am Set verspätet. Dolly wird sie zu einem frühen Abendessen treffen, und er wird so schnell wie möglich nachkommen."

„Was für Probleme?" Ich warte darauf, dass jemand die Frage stellt, aber die Mitglieder sind zu sehr von der Gelegenheit abgelenkt, Dolly ohne ihre übliche Anstandsdame zu treffen.

„Wir werden also noch länger hier festsitzen", murmelt Jynxson.

„Wir können nicht riskieren, dass Dolly oder die Investoren Delta vor uns warnen", antworte ich.

Um drei Uhr zucken wir beide zusammen, als wir das Geräusch eines sich nähernden Hubschraubers hören. Ich hatte erwartet, dass sie in einer Limousine ankommen würden, aber bei dieser Art des Transports frage ich mich, ob sie auf einer der anderen Inseln des Archipels drehen.

„Camila", sage ich in das Headset. „Verpass ihm eine Dosis."

Jynxson schaltet seinen Laptop-Bildschirm auf eine Anzeige aller Monitore um, die wir im Penthouse aufgestellt haben. Ich checke den Gruppenchat und stelle fest, dass Dolly eine Nachricht geschrieben hat und den Investoren mitteilt, dass sie sich um vier Uhr oben im Penthouse treffen werden.

Ich starre auf den Bildschirm, um einen ersten Blick auf Dolly zu erhaschen. Ein blonder Mann, mit dem gleichen Haar wie ihr Begleiter am Flughafen, tritt durch die Balkontür.

Die Erinnerung daran, dass er und seine Freunde meine Amethyst in eine Zwangsjacke gesteckt und sie entführt haben, lässt eine rasende Wut in mir auflodern. Ich vergrößere das Bild und erkenne ihn aus dem Friedhofsvideo wieder.

Hinter ihm steht eine Frau, die meinem kleinen Geist zum Verwechseln ähnlich sieht, von den auffallend grünen Augen bis zu den zweifarbigen Haaren. Mein Herz rast. Der einzige Unterschied ist die Kleidung. Amethyst würde niemals weiß tragen.

„Das ist dein Mädchen", murmelt Jynxson.

„Das ist Dolly", knurre ich.

„Ich kann sie nicht unterscheiden."

Sie betritt das Penthouse und dreht sich im Kreis. Der Blonde folgt ihr dicht auf und schlingt seine Arme um ihre Taille.

„Das ist wunderschön", sagt sie und küsst ihn auf den Mund.

„Siehst du", sage ich. „Amethyst trägt schwarz. Sie liebt die Farbe schwarz."

„Sie mag auch blonde Männer", sagt Jynxson.

Bei seinen Worten knirsche ich mit den Zähnen.

Ein schwarzhaariger Mann in den späten Zwanzigern tritt ebenfalls durch die Balkontür und hält inne, um das Penthouse mit einem leisen Pfiff in Augenschein zu nehmen. An der Ausbeulung seiner Lederjacke und der Art und Weise, wie er mit seinen wachen Augen alle Ausgänge überprüft, erkenne ich, dass er als Sicherheitsmann hier ist.

Der blonde Mann führt Dolly geradewegs zur Wet Bar und füllt einen Eimer mit Eis. Sie holt eine Flasche Champagner und stellt sie in den Eimer.

„Amethyst hat vor Kurzem schlechte Erfahrungen gemacht, nachdem sie Champagner getrunken hat", murmle ich und erinnere mich daran, wie ich sie vor diesen Buchmessen-Bastarden retten musste. „Und sie bevorzugt Wodka."

„Wir können sowieso nichts unternehmen, bis Delta eintrifft", antwortet Jynxson, der immer noch nicht davon überzeugt zu sein scheint, dass Dolly Amethysts Zwilling ist. „Sobald wir ihn gefangen haben, können wir herausfinden, wer wer ist."

Es klopft an der Tür, und der schwarzhaarige Mann durchquert den Raum, um mehrere Leute vom Zimmerservice hereinzulassen, die Wagen mit Essen hereinschieben. Sie stellen das Buffet an der Seite des Raumes ab, zusammen mit mehreren Flaschen Wein und einer Auswahl an Getränken.

Der schwarzhaarige Mann gibt dem Zimmerservice Trinkgeld, bevor er sie zur Tür begleitet. Sobald sie wieder geschlossen ist, schreitet Dolly mit zwei Gläsern auf ihn zu.

„Seth, ich will, dass du mir diese Kerle vom Leib hältst. Greif ein, sollte eines dieser Arschlöcher mir zu nahe kommt."

Der schwarzhaarige Mann wendet sich an Dolly und runzelt die Stirn. „Aber Delta sagte ..."

„Delta wird nicht kommen", schnauzt sie.

Meine Augen weiten sich und ich blicke zu Jynxson.

„Ich bin seine Frau, was bedeutet, dass mir fünfzig Prozent von *X-Cite Media* gehören, was bedeutet, dass ich mir aussuchen kann, wen ich ficke."

Der Blonde legt einen Arm um ihre Schulter. „Stimmt genau. Heute Abend ist nur ein Kennenlerntreffen. Wir bleiben ein oder zwei Stunden und nehmen dann den Hubschrauber zurück in die Anstalt."

Anstalt?

Ich zucke zusammen, als mich diese neue Information wie

ein Schlag in die Magengrube trifft. Wir dachten, sie würden Amethyst in einem Studio oder einem für die Dreharbeiten umgebauten Mietshaus gefangen halten.

Jynxson ergreift meinen Arm. „Das sind wichtige Informationen."

„Tyler", sage ich in das Headset. „Hörst du zu?"

„Ich suche bereits nach psychiatrischen Kliniken in Helsing und auf den umliegenden Inseln", antwortet er. „Gib mir eine Minute."

Mit rasendem Herzen lausche ich ihrem Gespräch und erfahre, dass Amethyst aus ihrer Zelle geflohen ist und sich irgendwo in einem vierstöckigen Irrenhaus auf einem großen Gelände versteckt hält. Dolly ist angespannt, weil Delta sie für die morgigen Dreharbeiten braucht, sollten sie Amethyst bis dahin nicht gefunden haben.

„Wir müssen hier weg", sage ich.

Jynxson nickt angespannt. „Tyler, hast du etwas gefunden?"

„Es sind drei", antwortet er mit einem Seufzer. „Zwei auf Helsing Island. Eine Dritte auf Ravencliff."

„Welche von ihnen ist verlassen?"

„Eine Sekunde ... *Saint Christina* wurde vor fast einem Jahrzehnt stillgelegt. Lass mich die Satellitenbilder aufrufen. Ja. Hier ist es. Ein massives Anwesen im viktorianischen Stil, umgeben von Wäldern. Sehr abgelegen, mit einer einzigen Straße, die zu den Toren führt."

Ich klappe den Laptop zu und stehe auf. „Lass uns gehen."

„Sollen wir den Hubschrauber stehlen?", fragt Jynxson.

„Delta wird Verdacht schöpfen und wissen, dass etwas nicht stimmt." Ich gehe um das Dach herum und gehe zur Rückseite eines Lagerschranks, der in den Flur führt.

„Warte. Wollt ihr nicht wenigstens Dolly als Geisel nehmen?", fragt Tyler.

Das wäre das Vernünftigste, aber die Investoren wären die Ersten, die sich im Gruppenchat beschweren würden, sollten sie ihr Sternchen nicht zu Gesicht bekommen. Außerdem ist Vater nicht der Typ Mann, den es kümmert, sollte seine Frau in Gefahr sein.

Dieser Bastard hat zugesehen, wie ich seine ganze Familie

ermordet habe, und hat mir nicht einmal gesagt, dass ich aufhören soll. Wenn ich Dolly mitnehme, wird das nur Amethyst gefährden.

Als ich die Tür öffnen will, öffnet sich der Aufzug und ich sehe vier Männer mittleren Alters in Anzügen. Ich trete zurück und lasse sie in Richtung des Penthouses gehen.

Wenn wir Amethyst vor dem Ende des Empfangs finden, werde ich all diese Sprengkörper zünden.

„Was ist mit Thomas?", flüstert Jynxson hinter mir.

„Camila", sage ich in mein Headset. „Bleib zurück und kümmere dich um den Reverend. Er nimmt wie geplant an dem Empfang teil. Wenn wir zusätzliche Informationen von ihm brauchen, werden wir ihn fragen."

Die Türen werden geöffnet, sodass die Investoren eintreten können. Ich trete mit Jynxson in den Flur und wir bewegen uns auf den Notausgang zu.

„Tyler, hast du die genauen Koordinaten der Anstalt?", frage ich, während ich die Treppe hinunterstürme.

Wir erhalten keine Antwort.

„Tyler?"

„Die Verbindung wurde unterbrochen", sagt Jynxson.

Mein Herz verkrampft sich. Ohne Tyler und seine Drohnen, die uns helfen, Amethysts Aufenthaltsort zu bestimmen, stehen unsere Chancen, sie vor den Dreharbeiten zu finden, sehr schlecht.

EINUNDDREISSIG

Ich bin immer noch völlig aufgewühlt. Wir hatten den perfektesten Abend, den wir als Familie erleben konnten. Nachdem wir das Chili gegessen hatten, ging Lyle mit Dolly in die Küche, und sie kamen mit einem riesigen Schokoladen-Brownie-Eisbecher zurück.

Sie hatten den ganzen Becher in eine Schüssel gegeben und es mit Browniestückchen, Schlagsahne, heißem Karamell und Streuseln verziert.

Amy starrte den Eisbecher an, und ihre Augen weiteten sich vor Ungläubigkeit. Dolly reichte ihr einen Löffel, und Sekunden später stürzten sich die beiden wie Wölfe auf die Nachspeise. Lyle gab mir einen Löffel, und ich machte mit, was der süßeste Moment war, den ich erlebt habe, seit die Mädchen klein waren.

Wir sahen uns in die Augen und lächelten nostalgisch. Ich blickte auf die Mädchen hinunter und fragte mich, ob dies der Beginn einer perfekten neuen Ära war.

Ich weiß, ich rede um Charlottes Tod herum, aber ich muss das, was danach geschah, ein wenig in Kontext stellen. Dolly und Amy verstanden sich wunderbar und freuten sich über Lyles extravagantes Dessert.

Vielleicht lag es am Baby. Vielleicht an der Sommerschule. Vielleicht lag es an Charlottes Abwesenheit. Ich kann nicht sagen, was diesen Moment ausgelöst hat, aber für diese paar Stunden waren wir zum ersten Mal seit langem eine Familie.

Endlich wurde mir klar, was Lyle in ihnen sieht: Miniaturausgaben von mir selbst, mit ähnlich lockigem braunem Haar, grünen Augen und breitem Lächeln. In ihren Gesichtern, Worten und Taten war keine Spur von Giorgi zu erkennen. Wir waren eine Einheit. Eine Familie, die den drohenden Sturm ignorierte.

Nachdem wir die Schüssel geleert hatten, zogen sich die Mädchen ihre Schlafanzüge an, und Lyle zog sich um. Ich stillte Heath, legte ihn zurück in sein Bettchen und kehrte ins Bett zurück. Lyle kuschelte sich hinter mich und schmiegte sich an meinen Hals und murmelte, wie sehr er es genossen hatte, heute Abend Zeit mit uns zu verbringen.

Dann öffnete sich die Tür, und zwei identische Gesichter kamen zum Vorschein, beide in identischen Schlafanzügen gekleidet. Sie wollten in unserem Bett schlafen.

Lyle machte Platz, damit die Mädchen sich zu uns gesellen konnten. Sie kuschelten sich beide an meine Seite, kicherten und flüsterten, bis ich ihnen sagen musste, sie sollten sich beruhigen. Es war dunkel, und ich konnte nicht erkennen, welches Mädchen sich an meine Vorderseite gekuschelt hatte und welches hinter mir schlief. Ich war einfach so glücklich, dass es mir egal war. Zum ersten Mal fühlte sich alles so an, wie es sein sollte.

In der Nacht bin ich zweimal aufgewacht, um Heath zu stillen. Beim ersten Mal waren beide Mädchen aneinander gekuschelt wie Baby-Koalas. Das zweite Mal war eine verschwunden, vermutlich um auf die Toilette zu gehen. Es ist schwer, die beiden auseinanderzuhalten, wenn sie sich miteinander verstehen. Unmöglich, wenn sie schlafen und es dunkel ist.

Als ich am nächsten Morgen aufwachte und Schreie hörte, wäre beinahe die Naht des Kaiserschnittes aufgerissen, als ich aus dem Bett sprang. Lyle eilte hinaus, lange bevor meine Füße den Teppich berührten.

Ich hob Heath auf und drückte ihn an meine Brust, während ich ihm langsam folgte, um zu sehen, was los war. Amy ergriff meine Hand und sagte mir, ich solle mich im Schrank verstecken. Da hatte sie recht. Wenn es Eindringlinge gab, war das Letzte, was ich tun sollte, ihnen mit einem Neugeborenen im Arm gegenüber zu treten.

Nachdem ich sie mit einem Handy ins Bad geführt hatte, übergab ich ihr das Baby und befahl ihr, die Tür zu verschließen. Mit einem Nicken tat sie, wie ihr geheißen, und ich machte mich auf den Weg zur Quelle der Schreie.

Es war Dolly. Sie stand in Charlottes Zimmer und hielt ein Messer in der Hand. Die Vorderseite ihres Pyjamas war blutverschmiert. Lyle hockte sich vor mein Mädchen und versuchte, sie zu überreden, die Waffe loszulassen, aber sie schien ihn nicht einmal zu hören.

Hinter ihr lag Charlotte auf dem Bett. Ich konnte sehen, dass sich an ihrem Hals mehrere Stichwunden befanden. Ich musste kein FBI-Agent sein, um zu wissen, was mit dem Kindermädchen geschehen war, oder sogar warum.

Es war das Resultat meines Ausbruchs von gestern Abend. Meine Worte waren in die kleinen Ohren eingedrungen. All die Anschuldigungen, die ich Charlotte gemacht hatte, die versuchte, die Liebe meines Mannes und die Zuneigung meiner Töchter zu stehlen, hatten in Dolly einen Funken entzündet, der diese schreckliche Kette von Ereignissen ausgelöst hatte.

Vielleicht hat Dolly mein Tagebuch gelesen. Vielleicht hat sie Charlottes Machenschaften durchschaut. Dolly hat das Kindermädchen getötet, um unsere Familie zu schützen. Das ist nicht das erste Mal, dass sie jemanden mit einem Messer angreift. Es ist der Grund, warum sie im *Three Fates* gelandet ist, wegen dem, was sie der armen Amy angetan hatte.

Wir müssen das vertuschen. Ich werde nicht zulassen, dass mein kleines Mädchen in einer Anstalt landet.

ZWEIUNDDREISSIG

AMETHYST

Ich kann mich nicht den ganzen Tag in diesem Schrank verstecken. Wenn sie merken, dass der Mann, den ich getötet habe, verschwunden ist, werden sie als Erstes im Westflügel nachsehen. Dann werden sie seine Leiche finden und ihre Suche auf diesen Bereich konzentrieren. Dann wird meine Strafe mich glauben lassen, dass die Zwangsernährung eine nette Teeparty war.

„Das ist ein gutes Argument", sagt Xero und klingt unwirsch. „Was schlägst du vor?"

Ich sollte nach draußen gehen und der Polizei entgegenkommen. Wenn ich mich durch das Dickicht bewege, das die Anstalt umgibt, habe ich vielleicht eine Chance, unbemerkt hinauszuschlüpfen.

Er nickt. „Und wenn du auf einen von Deltas Männern triffst?"

Schwer schluckend werfe ich einen Blick auf meine Skalpelle und beschließe, nicht ohne eine zusätzliche Ersatzwaffe zu gehen.

Xero knetet meine Schultern, als wäre er mein Trainer und ich ein Boxer, der wieder in einen Kampf einsteigen will. „Bist du bereit?"

Ich atme schwer und brauche eine Minute, um meinen Mut zu sammeln.

Dreißig Sekunden später hocke ich in einer Blutlache und rolle den Leichnam auf den Rücken. Meine Finger greifen das Skalpell, das aus der Schädelbasis ragt, und ich ziehe es heraus. Übelkeit schnürt mir die Kehle zu, und ich muss mich zusammenreißen, nicht zu würgen.

Nachdem ich das Skalpell am Hemd des Mannes abgewischt habe, binde ich meine Locken zu einem hohen Dutt und fixiere ihn mit zwei Skalpellen.

„Gute Idee." Xero nickt auf das Skalpell in meiner Hand. „Lass uns gehen."

Zu jeder anderen Zeit würde ich mich für sein Lob rühmen, aber hier ist kein Platz für etwas anderes als Überleben. Xero geht zur Feuertür und zeigt auf den horizontalen Balken in der Mitte.

„Keine Panik, wenn das einen Alarm auslöst. Du hast dann immer noch einen Vorsprung, da die Männer das Gelände durchsuchen."

Ich nicke, obwohl mein Magen sich zusammenzieht und mein Herz zu explodieren droht. Xeros Gesichtszüge sind grimmig, er sieht aus, als würde er auch einen Anflug von Panik unterdrücken.

Auf unsicheren Beinen gehe ich auf ihn zu, greife nach dem Balken, drücke darauf und schiebe. Die Tür öffnet sich und ich werde von grellem Sonnenlicht begrüßt. Ein Schwall Pollen trifft meine Nase und lässt sie jucken. Gerade als ich in das blendende Licht hinaustreten will, ertönt ein Alarm.

Meine Muskeln versteifen sich. Es ist ein dumpfes Geräusch, als ob die letzten Batterien verbraucht wären. Nicht laut genug, um nach oben zu dringen, aber eindringlich genug, um Deltas Männer auf dem Gelände anzulocken.

Ich schaue mich um, wobei sich meine Augen erst an das intensive Licht gewöhnen müssen, und entdecke einen Innenhof, in dem kleine Bäumchen aus den Ritzen des Pflasters sprießen. Dahinter erheben sich fast zwei Meter hohe Sträucher, die von Schlingpflanzen überwuchert werden. Mitten im Dschungel des Unkrauts steht ein knorriger Baum mit ausgestreckten Ästen, die sich im Kampf gegen die Pflanzen verfangen haben, die versuchen, seine Existenz zu ersticken.

„Lauf", bellt Xero und reißt mich aus meiner Verblüffung.

Mein Herz rast. Ich schaue mich noch einmal um, suche nach einem Fluchtweg – dem Tor, der Straße, einem Fahrzeug –, aber da ist nichts außer Laub.

„Ich werde dich leiten. Lauf einfach auf den Baum zu." Xero läuft voran und lässt mich auf seinen breiten Rücken starren.

Ich renne ihm hinterher, wobei meine nassen Füße auf den Beton klatschen. Es ist zu spät, um daran zu denken, dass ich eine Blutspur hinterlassen habe, die die Männer verfolgen können.

„Mach dir darüber keine Sorgen", ruft Xero mir über seine Schulter hinweg zu und verschwindet bereits durch eine schmale Lücke zwischen zwei Büschen. „Wir werden dieses Unkraut als Deckung benutzen. Der nächste Mann, der dich angreift, ist so gut wie tot."

Der Alarm schrillt weiter durch den leeren Hof, während ich mich zwischen den Pflanzen hindurchbewege. Dann verändert sich die Luft; sie wird schwerer – dicker, mit dem Geruch von feuchter Erde und verwesendem Laub.

Ich laufe weiter, die Äste peitschen mir ins Gesicht und gegen meine Arme und hinterlassen brennende Schnitte. Dornen reißen an meinen behelfsmäßigen Socken und lassen mich bei jedem Schritt zusammenzucken.

Schlingpflanzen bilden ein dichtes Blätterdach, das das meiste Licht ausblendet. Ich stolpere über verschlungene Wurzeln und fürchte, dass der Boden unter mir nachgeben könnte und ich in die unterirdische Höhle eines Tieres stürze.

Xero wird langsamer und bietet mir seine Hand an. „Komm. Es geht geradeaus."

Er zieht mich nach vorn, sein Griff ist meine einzige Quelle des Trostes. Ich möchte glauben, dass sein Körper eine schützende Barriere zwischen mir und dem Unbekannten ist, aber er ist nur ein Hirngespinst.

„Konzentriere dich, kleiner Geist", schnauzt er und reißt mich in die Realität zurück.

Ich halte mir eine Hand über Mund und Nase und versuche, keinen Pollen einzuatmen, und blinzle mit tränenden Augen.

Ich höre Männerstimmen in der Ferne, begleitet von sich nähernden Schritten. Als Xero mich nach rechts führt, stelle ich mir vor, wie ich durch einen gepflegten, von Sträuchern gesäumten Garten laufe. Am Rande des Gartens stehen Aufseher in strahlend weißen Uniformen, bereit, beim ersten Anzeichen von Fehlverhalten einzugreifen.

Meine Nase kitzelt, und ich verkneife mir ein Niesen. Was zum Teufel war das?

„Eine verdrängte Erinnerung", sagt er. „Das hier war früher der Garten dieser Einrichtung. Es gibt einen Ausgang auf der anderen Seite der alten Eiche, aber du musst dich auf die Gegenwart konzentrieren, in Ordnung?"

Ich schicke Xero ein stilles Wort des Dankes dafür, dass er meine verdrängten Erinnerungen aufbewahrt hat, und gehe weiter.

„Tritt dahin, wo ich hintrete."

Als ich Xero folge, erbebt der Boden unter donnernden Schritten. Es ist so übertrieben, dass ich mich frage, ob ich halluziniere.

„Nimm an, es ist echt." Er zieht mich in eine Mulde in einem Dickicht aus dornigen Büschen.

Ich lege das Handy auf den Boden und gehe in die Hocke, wobei ich das Skalpell fester umklammere.

„Sie muss hier irgendwo sein", erklingt eine Männerstimme aus der Ferne.

„Pssst!", zischt ein anderer.

Mein Herz schlägt so heftig, dass jeder Zentimeter meines Körpers zittert. Ich bin mir sicher, dass der Strauch, in dem ich mich verstecke, im Takt meines Herzes zittert.

„Tief durchatmen." Xero umarmt mich von hinten und hüllt mich in seine starken Arme. „Bleib einfach ruhig."

Meine Nase beginnt wieder zu jucken. Ich halte für eine gefühlte Ewigkeit den Atem an und lausche auf Anzeichen von Bewegung. Neben dem Zirpen der Grillen und dem Rascheln der Blätter vernehme ich das unheimliche Geräusch eines männlichen Flüsterns.

Sie kommen immer näher und nähern sich uns von hinten.

„Das kannst du nicht mit Sicherheit sagen", flüstert Xero und verstärkt seine Umarmung um mich.

Ich klammere mich an jedes seiner Worte, verzweifelt auf der Suche nach einem Hauch von Beruhigung. Ich atme durch meinen Ärmel, zwinge meinen Herzschlag, sich zu beruhigen, und flehe mich selbst an, den unaufhörlichen Niesreiz zu ignorieren.

Gerade als ich einen weiteren Atemzug unterdrücke, klingelt das Handy neben mir.

„Da drüben", brüllt jemand.

Ich schrecke in meinem Versteck zusammen, aber es ist zu spät. Grobe Hände zerren mich aus dem Gebüsch und an eine breite Brust.

Ein Mann lacht. „Hab dich."

„Stich ihn ab", schreit Xero.

Ich reiße die Hand herum, in der ich das Skalpell halte, treffe seine Körpermitte, und drücke meine Waffe zwischen seine Rippen. Er schreit auf, sein Griff lockert sich lange genug, dass ich mich befreien kann.

„Lauf", ruft Xero.

Der Mann sackt auf die Knie und ich vergesse jeden Gedanken daran, das Telefon mitzunehmen, während mich der Überlebensinstinkt vorwärts treibt. Adrenalin rauscht durch meinen Körper und betäubt den Schmerz der Dornen, die meine Fußsohlen durchbohren, und der Äste, die mir ins Gesicht peitschen.

Meine Lunge brennt. Jedes Einatmen schmeckt nach Angst. Bei jedem Ausatmen will ich mich am liebsten übergeben.

„Bleib stehen, oder ich schieße", schreit jemand.

„Das wird er nicht", knurrt Xero.

Ich umrunde einen Strauch und suche Deckung. Dieser Teil des Waldes ist noch dichter, sein Blätterdach lässt nur wenig Licht herein. Die Luft ist wieder schwer von Pollen, der meine Nase reizt. Ich kämpfe mich mit tränenden Augen und keuchendem Atem weiter vor.

Pollen klebt an meinen Atemwegen wie nasser Zement. Bei jedem Schritt zieht sich meine Brust zusammen, und jeder Atemzug wird zu einem Kampf. Tränen trüben meine Sicht, während ich gezwungen bin, mir mit ausgestreckten Armen einen Weg zu suchen.

Ein Schuss durchdringt die Luft mit einem ohrenbetäubenden Knall. Mit rasendem Herzen stolpere ich über eine Wurzel und stürze nach vorn.

„Bleib in Bewegung", ruft mir Xero wie ein Drill-Sergeant ins Ohr.

Er hat recht. Lieber sterbe ich durch eine Kugel, als dass ich mich erwischen lasse. Ich grabe meine Finger in den feuchten Boden, richte mich auf und stolpere weiter. Ein weiterer Schuss verfehlt mich und lässt mich zusammenzucken.

„Das ist ein Bluff", schreit Xero.

„Dumme Schlampe, ich sagte, du sollst stehenbleiben!" Ein Mann stürmt vor und stößt mich mit dem Gesicht voran gegen einen Baum.

Das Skalpell, das ich in der Hand halte, fliegt mir aus der Hand und verschwindet im Gestrüpp. Ich stoße gegen die raue Oberfläche des Stammes und versuche, ihn wegzuschieben, aber er ist zu schwer.

Er verdreht mir den Arm hinter dem Rücken. „Du hast Vance getötet und Bill verletzt. Delta wird uns alle bestrafen."

„Du weißt, wie du dich aus einem solchen Griff befreien kannst", schreit Xero durch meine Panik hindurch und erinnert mich an mein Training. „Beweg dich."

Mein Muskelgedächtnis aktiviert sich. Ich schwinge meinen freien Arm nach hinten und schlage ihm in die Leiste. Brüllend taumelt er zurück und drückt sich eine Hand in den Schritt.

In der Ferne ertönen Sirenen. Mein Herz macht einen Sprung. Ich muss zur Polizei kommen.

„Lauf nicht weg", sagt Xero mit angespannter Stimme. „Schalte ihn aus. Jetzt."

Er hat recht. Dieser Bastard wird sich in ein paar Sekunden erholt haben und dann die Verfolgung wieder aufnehmen.

Ich greife in mein Haar und ziehe eines der Skalpelle heraus, die ich in meinem Dutt versteckt hatte. Als ich es ihm in die Kehle stoßen will, packt er mein Handgelenk und schlägt mir eine Faust ins Gesicht.

Sein Schlag lässt Schmerz in meiner Wange explodieren und

bunte Flecken tanzen vor meinen Augen. Ich stolpere rückwärts und versuche, mich aufzurichten, aber der Mann stößt mich zurück gegen den Baum.

„Dolly hatte recht", knurrt er, wobei sich seine Hand so fest um meine Finger schließt, dass mir das zweite Skalpell entgleitet. „Du bist wirklich eine wertlose Fotze."

Er packt mich am Hals, hebt mich von den Füßen und hält mich auf Armeslänge. Ich trete und zappele in seinem Griff und versuche, irgendeinen Teil seines Körpers zu erreichen, aber er zieht sich nur zurück.

Meine Sicht ist so verschwommen, dass ich seine Gestalt kaum erkennen kann, als Xero an meiner Seite erscheint. „Beruhige dich. Er wird gleich einen Fehler machen. Wenn er das tut, halte das letzte Skalpell bereit."

Meine Nägel kratzen über seine Hand, mit der er meinen Hals gepackt hält, und ich spüre Blut unter meinen Fingern. Knurrend lässt er mich auf den Boden fallen. Ich lande auf den Knien, doch dann schlägt er mir gegen die Schläfe, sodass ich zur Seite gerissen werde.

Meine Sicht verdunkelt sich, und er kommt mit zusammengebissenen Zähnen auf mich zu. Er holt mit der Faust aus, bereit, einen weiteren Schlag auszuführen, aber sein Kopf explodiert, als die Kugel einer Pistole in seinem Schädel einschlägt.

Der Mann fällt in einen nahegelegenen Strauch, und ich sehe Grunt mit einer Pistole in der Hand auf mich zukommen, sein Gesicht immer noch hinter der chirurgischen Maske verborgen.

DREIUNDDREISSIG

Mittwoch, 4. August 2010

Ich wusste nicht, was ich tun sollte. Die Situation war für mich unfassbar. Ich wusste nicht, wie ich einen Mord vertuschen sollte. Und was noch wichtiger war: Ich hatte keine Ahnung, wie ich mein Kind vor den Folgen der von mir angezettelten Handlungen schützen sollte.

Lyle starrte mich an und sah aus, als hätte er endgültig genug. Er wusste es. Er wusste, dass dies an Giorgis verdorbenen Genen lag. Er wusste, dass Dolly nicht ganz unschuldig war. Er wusste, dass Charlotte noch am Leben wäre, wenn ich meinen Mund gehalten hätte.

Was wäre, wenn diese allergischen Reaktionen wirklich psychosomatisch wären? Auf dem Gebiet der schwangerschaftsbedingten Psychosen ist alles möglich. Ich möchte mit Dr. Forster darüber reden, aber er nimmt noch immer keinen meiner Anrufe entgegen. Außerdem will ich ihm nicht zu viel sagen und Dolly damit in Gefahr bringen.

Lyle wollte die Polizei rufen. Ich glaube, das war eine reflexartige Reaktion, weil er jahrelang in der Strafverfolgung tätig war. Dolly heulte und ich schrie ihn an, er solle aufhören.

Keines meiner Kinder würde in einer Einrichtung eingesperrt

werden. Ich wurde jahrelang im Pflegesystem misshandelt. Ich würde die ganze Stadt niederbrennen, bevor ich zulassen würde, dass Dolly dasselbe widerfuhr.

Als Amy mit dem Baby kam, um sehen, was vor sich ging, brauchte sie all ihre Willenskraft, um nicht zu schreien. Sie sollte sich doch verstecken.

Dolly stürmte mit der Mordwaffe durch den Raum und schrie, dass das alles Amys Schuld sei. Wenn Lyles Reflexe nicht so schnell wären, hätte Dolly das Baby durchbohrt, um an ihre Schwester heranzukommen.

Amy rannte zurück ins große Schlafzimmer und schlug zwei Türen hinter sich zu, um eine größtmögliche Barriere zwischen sich und ihre Schwester zu bringen. Lyle schaffte es, Dolly die Waffe aus den Händen zu reißen und warf sie quer durch den Raum.

Ich kann kaum glauben, was mir in diesem Moment durch den Kopf ging: Lyles Fingerabdrücke waren überall auf dem Messer. Wenn er die Polizei rief, würden sie ihn als Hauptverdächtigen ansehen. Ich könnte den Beamten sagen, dass er eine Affäre mit dem Kindermädchen hatte. Dass *er* versucht hatte, mich zu vergiften, damit er eine jüngere Frau in dem Haus ficken konnte, das er mit seiner schwangeren Frau teilte. Männer haben Bedürfnisse, nicht wahr?

Während wir auf die Polizei warteten, würde ich Dolly anweisen, bei der Geschichte zu bleiben, dass sie ihr geliebtes Kindermädchen tot aufgefunden und uns mit einem Schrei geweckt hat. Ich musste mir nicht einmal Gedanken darum machen, wie ich Blutspuren, auf seinen Pyjama bekommen sollte – nachdem er Dolly gepackt hatte, hatte sich genug übertragen.

Ohne diese Pläne auszusprechen, bat ich Lyle, Charlottes Leiche loszuwerden. Wie jede Schlampe, der ich in der Mafia begegnet bin, deute ich mit einem Nicken auf seine blutige Hand und lasse meinen Blick über das Blut auf seiner Brust gleiten. Das ist etwas, das ich von Giorgi übernommen habe, diesem wertlosen Bastard. Er hatte es nie nötig, seine Drohungen laut auszusprechen. Er wies mit seinen Augen auf das Offensichtliche hin, und alle fügten sich.

Ich glaube, ich habe an diesem Morgen meinen Mann gebrochen. Der Mord an einer relativ unschuldigen Frau ist schwer zu ertragen. Noch schwerer ist es zu wissen, dass er von einem unschuldigen Kind begangen wurde. Am schlimmsten ist es, für seine Vertuschung verantwortlich zu sein. Was hätte ich in meinem Zustand tun sollen? Ich hatte gerade erst eine OP hinter mir. Eigentlich sollte ich das Bett hüten.

Ohne Dolly zu berühren, brachte ich sie ins Familienbadezimmer und sagte ihr, sie solle sich unter der Dusche sauber schrubben. In dem Moment, als ich ihr versicherte, dass sie nicht in Schwierigkeiten war, hörte sie auf zu weinen. Während sie sich wusch, sah ich nach Lyle, der in Charlottes Zimmer war und das Blut mit meinen Binden aufsaugte.

Egal. Wir haben einige Packungen gekauft. Ich habe noch genug für die nächsten paar Tage.

Ich musste ins Schlafzimmer zurückkehren, um Heath zu stillen, der nicht mehr aufhörte zu weinen, seit Dolly mit dem Messer auf Amy losgegangen war. Nachdem ich zehn Minuten damit verbracht habe, Amy dazu zu überreden, die Tür des Badezimmers zu öffnen, wurde mir klar, dass dies der Anfang vom Ende unserer Familie war.

Die Zwillinge werden das nicht überwinden. Jegliche Fortschritte, die sie im Sommerlager machten, wurden zunichte gemacht und sie werden anfangen, sich wieder gegenseitig zu beschuldigen und zu zerfleischen.

Das überwältigende Gefühl des Schreckens kehrte zurück. Ich bin überrascht, dass meine Milch bei dieser Aussicht nicht sauer wurde, aber Heath trank, ohne Notiz von meinem inneren Aufruhr zu nehmen.

Amy kuschelte sich zitternd an meine Seite, denn sie wusste, ohne dass man es ihr sagte, dass das, was heute geschah, unser Ruin sein würde.

Scheiße. Ich muss für eine Minute mit dem Schreiben aufhören. Lyle bittet mich um Hilfe.

AMETHYST

Xeros Stimme dringt durch eine Barriere des Nichts. Er schreit mich an, ich solle aufwachen, aber das würde bedeuten, dass ich wieder in den Albtraum eintauchen würde. Der Albtraum, in dem ich von bewaffneten Raubtieren gejagt werde.

Mein Körper liegt in starken Armen, die mich durch die Dunkelheit tragen. Jeder Schritt verschlimmert den Schmerz, der durch meinen Schädel pocht. Die Welt kehrt in einem langsamen, schmerzhaften Schleier zu mir zurück, unterbrochen von schweren, hektischen Atemzügen und dem Peitschen von Ästen gegen meinen Rücken.

Ich öffne ein Auge und merke, dass ich mein Gesicht an Grunts Brust gedrückt habe.

„Endlich", murmelt Xero.

Als ich versuche, meinen Kopf zu bewegen, drückt die Hand, die meinen Schädel umschließt, fester zu. Was zum Teufel passiert hier?

„Ich kann nur sehen, was du siehst, aber es sieht so aus, als ob Grunt den Mann getötet hat, damit er derjenige sein kann, der dich zu Delta zurückbringt", sagt Xero.

Er hat recht. Ich bin nicht so naiv zu glauben, dass Grunt mir um meinetwillen geholfen hat. Ich muss mich befreien. Jeder Muskel in meinem Körper wehrt sich gegen seinen Griff, aber er packt mich einfach nur noch fester und drückt mich gegen eine Wand aus Muskeln.

„Grunt", sage ich laut. „Lass mich los."

„Sei still", sagt er. „Ich werde dich hier rausholen."

Ich versteife mich. „Warum?"

„Es ist so, wie du gesagt hast. Sie wollen mir die Schuld an deinem Tod in die Schuhe schieben. Ich wäre am Arsch, wenn ich das zulassen würde."

Die Aussicht, einen Verbündeten zu haben, lockert die Enge in meiner Brust.

„Trau ihm nicht", knurrt Xero.

Ein vorübergehender Verbündeter, dessen Motive zweifelhaft sind. Ich entspanne mich in seinem Griff und versuche, mich darauf zu konzentrieren, bei Bewusstsein zu bleiben. Meine Augen brennen, meine Nase läuft, meine Kehle schmerzt, und jedes Einatmen ist mühsam und flach.

Grunt läuft unbeirrt weiter.

„Wohin bringst du mich?", keuche ich.

„Erinnerst du dich an den alten Schulbus?" Er wartet nicht darauf, dass ich eine Antwort gebe, sondern sagt: „So werden wir entkommen."

„Ich dachte, dies sei eine Insel", sage ich.

Männliche Rufe durchdringen die Luft und unterbrechen unser Gespräch. Schritte hallen durch das Gestrüpp und scheinen mit jeder Sekunde näher zu kommen. Die Angst in ihren Stimmen ist deutlich zu hören. Sie wissen, dass mindestens einer ihrer Freunde tot ist.

„Drei sind kampfunfähig oder tot. Einer ist übergelaufen, also bleiben fünf Männer plus Dolly", sagt Xero.

Ich ziehe die Brauen zusammen. Ich hätte schwören können, dass sie und Delta zu irgendeiner Veranstaltung gegangen sind, aber es ist besser, die Bedrohung zu überschätzen, als zu selbstsicher zu sein.

„Sei still", flüstert Grunt und unterbricht meinen Gedankengang.

Ich nicke ihm angespannt zu. Er lockert seinen Griff um meinen Körper und bewegt sich weiter durch das dichte Gestrüpp, wobei er Zweige unter seinen Füßen knacken lässt.

Das Sonnenlicht dringt durch die dichten Blätter und wärmt meine Haut. Ich blinzle mit tränenden Augen und versuche zu erkennen, wohin wir gehen, aber alles ist nur ein verschwommener Fleck aus Grün- und Grautönen.

Als er abrupt stehen bleibt, zucke ich zusammen.

„Was ist los?", flüstere ich.

„Wir sind am Rande des Hofes", antwortet er und sein heißer Atem streicht über meine Wange. „Wir müssen ihn überqueren, um zum Bus zu gelangen."

Xero streichelt mein Haar. „Mach dich klein. Dieser Innenhof ist der perfekte Ort für einen Scharfschützen. Wenn Delta und die anderen schießen wollen, wirst du das kleinere Ziel sein."

Bei der Aussicht, gleich unter Beschuss zu stehen, erschaudere ich, neige den Kopf, ziehe meine Beine enger an Grunts Körper heran, und klammere mich an Grunts Hemd. Xero mag rücksichtslos klingen, aber er hat recht.

„Braves Mädchen", sagt Xero.

Grunts Herz klopft an meiner Seite und spiegelt meine eigene wachsende Unruhe wider. Er drückt mich noch einmal fest, bevor er flüstert: „Bereit?"

Ich nicke gegen seine Brust, da ich es nicht wage, auch nur einen Ton hervorzubringen, und atme ein letztes Mal tief ein, um mich auf den bevorstehenden Lauf vorzubereiten.

Grunts Muskeln spannen sich an, und sein Atem beschleunigt sich. Mit einem tiefen Knurren bricht er aus dem Gestrüpp hervor und sprintet durch den Hof.

Das Sonnenlicht blendet mich. Mein Heuschnupfen ist so schlimm, dass ich mich nicht befreien könnte, selbst wenn ich wollte. Grunts schwere Stiefel trommeln auf die harte, unebene Oberfläche. Mein Herz rast im Takt zu seinen Schritten. Xero rennt an unserer Seite, wobei sich seine Hand keinen Augenblick lang von meiner Schulter löst.

Jemand ruft ihm zu, er solle stehenbleiben, aber er beschleunigt nur seine Schritte. Ein Gewehrschuss ertönt. Grunt zuckt zurück, sein Griff um mich wird fester, als er stolpert.

Mein Herz schlägt wie wild. Ich drücke meine Augen zu und klammere mich noch fester an sein Hemd.

Grunt biegt um eine Ecke und gerät ins Straucheln. Dann öffnet sich die metallische Tür des Busses mit einem Kreischen. Er stolpert hinein und lässt mich mit einem harten Aufprall auf den Boden fallen.

Bevor ich mich überhaupt orientieren kann, schließen sich die Türen mit einem Zischen, und er startet den Motor.

Draußen wird die Luft von Schreien und Schüssen erfüllt. Kugeln schlagen wie Hagelkörner in die Seiten des Fahrzeugs ein. Ich lege mich auf den Gang, will mich nicht einen Zentimeter über den Sitz erheben, um nicht erschossen zu werden.

Der Dieselmotor heult auf, und der Bus schlingert vorwärts, sodass ich über den Boden rutsche und gegen einen Sitz stoße.

„Halt dich fest", ruft Xero.

Ich strecke meine zitternden Hände aus und schlinge meine Finger um die metallischen Beine des Sitzes.

Der Motor heult lauter auf, und der Bus wird schneller. Mein Körper kribbelt, sowohl durch die Vibrationen des Busses als auch durch das Adrenalin, das durch meine Adern schießt. Ich lausche auf Schüsse oder verfolgende Fahrzeuge, aber alles, was ich höre, sind der Motor und das Rauschen des Windes.

Ich hebe den Kopf und starre nach vorn. Durch meine verschwommene Sicht kann ich Grunt auf dem Fahrersitz sitzen sehen, ein Ärmel seines Hemdes ist blutgetränkt. Vor uns sehe ich die offenen Metalltore der Anstalt.

Sobald wir sie passiert haben, sacke ich vor Erleichterung auf dem Boden zusammen. Der Bus braust eine scheinbar endlose Straße hinunter. Ich weiß nicht, ob ich lachen oder weinen soll, also entscheide ich mich für das Keuchen.

„Bleib wachsam, kleiner Geist", knurrt Xero.

Meine Aufmerksamkeit kehrt in die Gegenwart zurück, und ich höre das Heulen der Sirenen, das lauter wird und dann in der Ferne verschwindet. Mein Herz sinkt. Sind wir gerade an der Polizei vorbeigefahren?

Ein neuer Schwall von Tränen füllt meine Augen und wäscht den Pollen weg. Ich schniefe und zwinge eine Welle der Verzweiflung hinunter. Nach all der Scheiße, die ich bei meinem Fluchtversuch durchgemacht habe, bin ich immer noch nicht in Sicherheit.

Warme Hände streichen durch mein Haar und lassen mich die Augen aufreißen. Xero liegt neben mir unter den Sitzen.

„Ein Mann wie Delta hätte die Polizei sowieso bestochen. Es wird vielleicht leichter sein, Grunt zu entkommen."

Mein Blick wandert zu dem großen Mann, der am Steuer sitzt. Ich blinzle die Tränen weg, mein Blick schärft sich. Grunt ist kein Delta, aber er ist auch niemand, den man unterschätzen sollte. Es ist schwer zu sagen, ob er mich als Gefangene, als Spielzeug oder als Ersatz für Dolly ansieht. Keine dieser Aussichten klingt verlockend.

Ich niese einmal, zweimal, dreimal, befreie meine Atemwege von den Pollen und stähle meine Entschlossenheit. Grunt ist kein Retter. Sobald die Gefahr vorüber ist, wird ihm klar werden, dass ich Zeuge seiner Beteiligung an Snuff-Filmen bin. Er wird dafür sorgen, dass ich nie die Chance bekomme, ihn bei der Polizei anzuzeigen.

„Oder er wird dich als Druckmittel gegen Dolly und Delta einsetzen", fügt Xero hinzu.

Mit einem Schaudern stemme ich mich hoch.

„Was macht der Heuschnupfen?", fragt Xero.

„Immer noch da, aber wenigstens kann ich atmen." Ich löse meinen Griff vom Sitz und widerstehe dem Drang, mir die Augen zu reiben.

Ich unterdrücke den Drang zu schreien, ich muss mich zusammenreißen. Es ist nur eine Frage der Zeit, bis Delta der Polizei versichert, dass er einen unschuldigen Dokumentarfilm über verlassene Irrenanstalten dreht, und sie vom Gelände verschwinden, sodass wir uns wieder Angreifern gegenübersehen werden.

Vielleicht hat Grunt nicht einmal einen Plan, wie er die Insel verlassen soll. Wenn ich nicht das Opfer einer weiteren gefährlichen Situation werden will, muss ich mir eine Strategie ausdenken, um Grunt zu entkommen.

„Woran denkst du?", fragt Xero.

„In meiner zweiten Schule ist ein Mädchen bei einem Ausflug aus dem Bus entkommen."

Er nickt zustimmend. „Ein Bus ist ein großes Ziel. Die

anderen werden viel länger brauchen, um eine einsame Frau zu entdecken, die durch die Wildnis läuft."

Erstens muss ich nahe genug an den Notausgangsgriff herankommen, ohne dass Grunt es bemerkt. Zweitens muss ich etwas anderes als eine weiße Zwangsjacke tragen. Ich krabble in Richtung Fahrersitz. Auf dem Boden daneben liegt eine Jacke, in der sich vielleicht eine Waffe, ein Handy oder beides befindet.

„Geht es dir gut?", frage ich Grunt.

Er neigt den Kopf in meine Richtung, bevor er seine Aufmerksamkeit wieder auf die Straße richtet. „Nur eine Fleischwunde."

Ich richte mich auf, um einen besseren Blick durch die Windschutzscheibe werfen zu können. Wir befinden uns auf einer langen Autobahn, die von Wäldern umgeben ist. Zwischen den Bäumen auf der linken Seite ist das Meer zu erkennen, das im Sonnenlicht schimmert. Wenn ich hier irgendwo aussteigen kann, könnte ich mich im Wald verstecken, bis ich die Polizei zurückkommen höre.

„Was machen wir als Nächstes?" Ich bewege mich weiter vor, sodass ich auf seiner Jacke knie.

„Was meinst du?", knurrt Grunt, der noch immer die dämliche Maske trägt.

„Ich habe es dir gesagt. Männer wie er sind Komplizen", sagt Xero.

Ich ignoriere Xero und frage: „Das ist eine Insel, richtig? Wie können wir sie verlassen?"

Grunt zuckt mit den Schultern. „Mach dir darüber keine Sorgen. Ich habe einen Plan."

„Den hat er nicht", sagt Xero.

Dann ist es gut, dass ich einen habe. Ich bewege mich nach vorn und schiebe die Jacke zu meinen Füßen, so dass sie vor seinen Blicken völlig verborgen ist.

„Darf ich mich bitte setzen?", frage ich.

„Sicher", murmelt Grunt, ohne den Blick von der Straße zu nehmen.

Ich drehe mich um und stehe auf, wobei ich Grunts Jacke an meine Brust drücke. Ein Blick über die Schulter verrät mir, dass er mich bereits als harmlos abgetan hat. Ich sehe mich um und erblicke den Griff des Notausgangs in der Mitte des Busses, der sich nur ein paar Sitze entfernt befindet.

Draußen wechselt die Landschaft auf der linken Seite von Wald zu spärlichen Bäumen, die eine zerklüftete Küstenlinie umgeben. Das Meer erstreckt sich, soweit das Auge reicht, und ein Boot gleitet über das Wasser. Es ist schnittig, sportlich und gleitet durch die Wellen in unsere Richtung.

Mein Herzschlag beschleunigt sich. Wenn ich als blinder Passagier verschwinden oder auch nur in die Nähe kommen könnte, wäre das vielleicht mein Ticket von der Insel.

Xero stupst meine Schulter an. „Los."

Ich lasse mich auf den Sitz neben dem Notausgang fallen, ziehe die Jacke an und schließe sie bis zum Kinn. Grunt hält den Blick weiter auf die Straße gerichtet und scheint nichts von meinen Plänen zu ahnen.

Mit zitternden Fingern greife ich nach dem Griff und ziehe. Die Tür öffnet sich mit einem pneumatischen Zischen und lässt einen Schwall Seeluft herein. Die Zeit scheint sich zu verlangsamen, als ich zögere und tief einatme, bevor ich den Sprung in die Freiheit wage.

Gerade als ich springen will, bremst Grunt den Bus ab, sodass ich nach hinten stürze. Die Türen schließen sich mit einem metallischen Klirren, die Bremsen quietschen, und der Bus kommt zum Stehen.

„Amethyst!", schreit Xero.

Mein Blick huscht nach vorn. Grunt erhebt sich vom Fahrersitz und stürmt auf mich zu, wobei ich sehen kann, wie sich seine Gesichtszüge unter der Maske vor Wut verzerren.

Mittwoch, 4. August 2010

Dolly rannte in die Küche, schwang ein weiteres Messer und schrie, niemand würde ihr glauben, dass Amy Charlotte getötet habe.

Was Charlotte betrifft, so ist ihre Leiche nicht mehr im Haus. Ich weiß nicht, ob Lyle sie in den Keller, die Garage oder den Kofferraum seines Autos gelegt hat. Sie ist verschwunden.

Dolly hat Lyle an der Hand verletzt, als er das Messer nehmen wollte. Das Blut, das auf die Bodenfliesen spritzte, ließ mich zusammenzucken. Amy war mit Heath in einem Badezimmer im Obergeschoss eingesperrt und fürchtete wahrscheinlich um ihr beider Leben.

Mein kleines Mädchen hat sich seit dem letzten Mal, als sie die Kontrolle verlor, zurückentwickelt. Vor dem Sommerlager verletzte Dolly Amy immer wieder. Wenn Amy mir davon berichtete, konfrontierte ich Dolly damit, nur um sie mit der gleichen Verletzung vorzufinden. Sie behauptete natürlich, Amy hätte es getan.

Damals wusste ich nicht, wem ich glauben sollte. Jedes Mal, wenn Amy mit einer Verletzung zu mir kam, eilte ich zu Dolly, nur um sie in genau demselben Zustand vorzufinden und darauf zu beharren, dass Amy die Täterin war. Es war ein Kreislauf aus Anschuldigungen, Verletzungen, Verbänden und Tränen. Und es ergab nie einen Sinn, bis zu dem Vorfall in der Schule.

Es handelte sich um einen Lederbearbeitungskurs, bei dem man mit speziellen Werkzeugen Muster in das Leder arbeitet. Es wurden einige abfällige Kommentare ausgetauscht – die Details sind irrelevant. Am Ende des Kurses, als die Kinder nach draußen gingen, schnitzte Dolly eine horizontale Linie in Amys Bauch.

Amys Schrei alarmierte die Lehrerin, die sie sofort in die Krankenstation der Schule brachte. Als sie zurückkam, um sich um Dolly zu kümmern, hatte Dolly eine identische Wunde an ihrem eigenen Bauch. Zu diesem Zeitpunkt war es zu spät, um die Illusion zu erwecken, dass Amy diejenige war, die den Schaden verursacht hatte.

Die Schuldirektorin rief uns zu einer dringenden Sitzung zu sich und verschwendete keine Zeit, um ihre Empörung über den schrecklichen Vorfall zum Ausdruck zu bringen. Ich schlug vor, sie zu einem Kinderpsychologen zu bringen, aber die Beraterin erzählte jeden Vorfall, an dem die Mädchen beteiligt waren. Sie stifteten ihre Mitschüler zur Gewalt an und mussten zur Sicherheit der anderen Schüler von der Schule verwiesen werden.

Ich war schwanger und bereits durch die morgendliche Übelkeit gestresst. Ich konnte das Geschrei, die Sabotage und die sadistische Gewalt zu Hause nicht mehr ertragen. Da schlug Lyle das Internat *Three Fates* vor, das über Therapeuten, Psychologen und allem, was wir für Dolly für notwendig hielten, verfügte.

Wir kennen Leute, die ihre Kinder dorthin geschickt haben. Lyle hat einen Kollegen namens Dalton, den er zum Abendessen eingeladen hat. Während des Essens erzählte Dalton, dass er vor Kurzem herausgefunden hat, dass er einen Sohn aus einer früheren Beziehung mit einer Frau hat, die an Krebs verstorben ist.

Der Sohn war etwas älter als die Zwillinge, aber durch den Tod seiner Mutter so verstört, dass er auf einen anderen von Daltons Söhnen losging und seinen Kopf immer wieder in ein

Pissoir schlug! Dalton schickte ihn in das Internat *Three Fates*, und die Verwandlung war geradezu wundersam.

Die Geschichte gab mir Hoffnung. Vielleicht war es das, was Dolly brauchte. Einen Ort, an dem jemand ihre Probleme an der Wurzel packen und ihr helfen konnte, dieses beunruhigende Verhalten zu überwinden.

Am Morgen der Reise war ich so von morgendlicher Übelkeit geplagt, dass ich kaum aus dem Bett kam. Lyle musste sich an diesem Tag um alles kümmern. Ich blieb zu Hause bei Amy und kämpfte mich durch einen Strudel der Übelkeit.

Später am Tag kehrten sie beide lächelnd zurück. Der Schulleiter, Mr. Delta, schlug vor, dass beide Mädchen an der Sommersitzung teilnehmen sollten, die wie ein Camp sein sollte, damit sie lernten, in Frieden zusammenzuleben. Ich zögerte zunächst, aber Lyle erinnerte mich daran, dass Dolly sich oft darüber beklagte, dass Amy ihre Sachen kaputt machte.

Er überzeugte mich, dass Dollys Gewaltausbrüche durch Amy ausgelöst wurden und eine Therapie für einen Zwilling nicht ausreichen würde, um das Problem zu lösen.

Aber anscheinend war auch die Schule nicht genug, und nun verwandelt sich mein Traum von einer perfekten Familie in Blut und Schreie.

Ich weiß nicht, was ich tun soll. Dolly ist immer noch wütend darüber, dass Amy ihr das angehängt hat, obwohl wir sie in Charlottes Zimmer gefunden haben, während sie die Mordwaffe in der Hand hielt. Vielleicht ist es an der Zeit, sie zur Familie Salentino zu bringen. Sie haben es zugelassen, dass sich ein Monster wie Giorgi fortpflanzen kann. Sie sollten die Konsequenzen tragen.

Sollte ich sie dorthin bringen, würde Mrs. Salentino Dolly mit Umarmungen und *Torta della nonna* willkommen heißen, aber sie würde Dolly so lange ausquetschen, bis sie unsere Aliasnamen verrät. Die alte Schlampe und eine kleine Armee von Mafia-Schlägern würden Amy holen und mir dann wegen meines Verrats die Kehle aufschlitzen.

Lyle kam gerade herein, hielt sich seine blutende Hand an die Brust und bat um Erlaubnis, Mr. Delta zu kontaktieren. Er versprach, Charlotte nicht zu erwähnen und schwor, dass alles, was Dolly mit dem medizinischen Personal besprach, unter das Psychiater-Patienten-Privileg fiel.

Als Dolly ihre mörderischen Absichten Amy gegenüber klarmachte, nickte ich ihm widerwillig zu. Es ist nicht zu leugnen. Ihr ist nicht mehr zu helfen und sie braucht dringend professionelle Hilfe.

SECHSUNDDREISSIG

XERO

Wir sind noch immer ein gutes Stück von Ravencliff Island entfernt, und der Verlust des Kontakts zu Tyler ist beunruhigend. Ich trommele mit den Fingern auf dem Steuerstand des Katamarans und lasse meinen Blick zwischen meiner Navigations-App und dem Display des Schiffes hin- und herwandern. Die Sekunden verstreichen, und das Dröhnen des Motors trägt nicht dazu bei, meine Gedanken zu beruhigen – Amethyst ist da draußen, und die Zeit läuft mir davon.

Die Mitarbeiter bewegen sich konzentriert um das Steuer herum – einige versuchen, wieder mit Tyler Kontakt aufzunehmen, andere studieren Karten, einige scannen den Horizont. Jynxson spricht mit Camila, die Reverend Thomas im Auge behält. Wir sind bereit, die Anstalt auf Motorrädern zu stürmen, um Amethyst zu retten, aber wir müssen sie zuerst ausfindig machen. Alles hängt davon ab.

Laut Dolly und ihren Begleitern könnte Amethyst überall auf dem Gelände oder innerhalb der Anstalt sein. Es ist nicht viel Information, aber es ist alles, was wir haben. Mein Innerstes zieht sich unangenehm bei der Vorstellung zusammen, dass Amethyst, mein kleiner Geist, verschwinden könnte, bevor wir sie finden. Das kann ich nicht zulassen.

Ich würde Drohnen schicken, aber die sind erst nützlich,

wenn wir zehn Kilometer von der Küste entfernt sind. Das sind weitere zwanzig Minuten Wartezeit, während Amethyst allein da draußen ist, verletzt, traumatisiert und gejagt.

Wenn Vater sie findet, wird die Strafe für ihren Fluchtversuch der Tod sein. Vielleicht beschließt er, sie sofort zu töten und die gefügigere Dolly für die morgigen Dreharbeiten zu benutzen. Ein Schauer läuft mir über den Rücken, während ich mich zwinge, nicht an die Schrecken zu denken, die er einer Frau zufügen würde, die genauso ist wie die, die er jahrelang erniedrigt und dem Tod nahe gebracht hat.

„Ist da jemand?", erklingt eine Stimme über den Lautsprecher und reißt mich aus meinen Gedanken.

„Tyler?", frage ich.

„Ich bin wieder da", antwortet er, und die Erleichterung in seiner Stimme ist spürbar. „Und ich habe sie vielleicht gefunden." Tyler erklärt, wie er sich in das Satellitenüberwachungssystem gehackt und einen Bus geortet hat, der mit hoher Geschwindigkeit an der Küste entlangfährt.

„Woher weißt du, dass sie es ist?", frage ich.

„Das System nimmt alle fünf Minuten Standbilder auf", sagt er. „Ich konnte den Bus bis zur Anstalt zurückverfolgen, wo jemand Schüsse auf das Heck abfeuerte."

Mein Herzschlag beschleunigt sich. „Wo ist er jetzt?"

Tyler rattert die Koordinaten herunter, und die Frau am Steuer gibt sie in das Navigationssystem ein. Das Schiff ändert den Kurs, und ich blicke hinaus auf die endlose Weite des Meeres.

„Wir gehen auf Abfangkurs", sage ich.

„Bist du sicher?", fragt Jynxson. „Amethyst könnte noch in der Anstalt sein."

Ich schüttle den Kopf. Er hat nicht gesehen, wie sie einen Angreifer getötet und seine Leiche versteckt hat, während sie dachte, sie würde den Mann, den sie ermordet hat, halluzinieren. Amethyst ist einfallsreich.

„Sobald wir in Reichweite sind, schickt ihr Drohnen in beide Richtungen aus. Wenn sie nicht in dem Bus ist, stürmt ein Team die Anstalt und erschießt alle, die in Sichtweite sind."

Die nächsten Minuten sind angespannt, während Tyler uns hilft, das Fahrzeug abzufangen. Ich halte an der Möglichkeit fest, dass Amethysts Begegnung mit Dolly und meinem Vater ihren Überlebensinstinkt geweckt hat und sie allein geflohen ist. Oder sie könnte die Anstalt mit einem anderen Gefangenen verlassen haben. Alles ist möglich, aber mein Gefühl sagt mir, dass sie in diesem Bus ist.

Ich wende mich an Jynxson. „Was gibt es Neues aus dem Penthouse?"

Er schüttelt den Kopf. „Dolly redet nur davon, aus dem Ruhestand zu kommen, um in einem letzten Film mitzuspielen. Die Investoren sind völlig aus dem Häuschen, ohne zu wissen, dass sie damit eigentlich ihren Zwilling meint, dessen Todesurteil sie damit unterschrieben hat."

„Wir sind elf Kilometer entfernt", sagt die Steuerfrau. „Die Drohnen sind einsatzbereit."

Mein Atem stockt. „Startet sie."

Wenige Augenblicke später heben die Drohnen in den Himmel ab, verteilen sich fächerförmig und rasen auf die Anstalt und den Bus zu.

„Ruft mich, wenn ihr etwas Auffälliges bemerkt." Ich erhebe mich von meinem Sitz und gehe hinaus auf das offene Deck. Der Wind drückt auf meine Sinne, und ich blinzle gegen die grelle Sonne und die unerbittliche Gischt des Meeres an.

Ich halte mich an der Reling fest und beobachte, wie die Drohnen am Horizont verschwinden. Sie sind militärisch bewaffnet, brauchen aber mindestens sieben Minuten, um ihr Ziel zu erreichen. Sieben Minuten des Wartens, bevor die Hölle losbricht.

Mein Herz klopft im Stakkato und übertönt das Rauschen des Meeres. So nah bin ich meinem Vater seit mindestens fünf Jahren nicht mehr gekommen, und doch kann ich nur an Amethyst denken. Was werde ich finden, sobald ich zu meinem kleinen Geist gelange? Haben sie ihren ohnehin schon zerbrechlichen Geist zerrüttet?

Sie arbeiteten schon lange vor meiner Hinrichtung an ihr, mit ständigen Todesdrohungen, getarnt als Online-Trolling. Ich weiß nicht, ob der erste Mann, den sie in jener Nacht tötete, geschickt wurde, um sie zu schnappen oder um ihre Fähigkeiten zu testen, aber sie haben nie aufgehört, sie zu quälen.

Als sie nicht über die Bilder und die Drohbriefe an sie rankamen, stellten sie die Friedhofsszene nach und schickten sie an Melonie Crowley.

Ihre Mutter hatte sich das Ganze angeschaut und gedacht, Amethyst sei auf Gewaltpornos umgestiegen. Nach all den Jahren nahm Melonie wahrscheinlich an, Dolly sei längst tot. Es war bedauerlich, dass Melonie Amethyst nicht erzählte, dass sie vergewaltigt worden war, während sie bewusstlos war. Wir hätten uns das Filmmaterial angesehen und die Wahrheit herausgefunden.

Als sie Melonie nicht benutzen konnten, um uns auseinanderzubringen, schickten sie einen Link zu dem Video und ließen Amethyst glauben, sie sei das Opfer und ich sei ein gewalttätiger Sadist. Dass alles, was zwischen uns passiert ist, Teil einer Art Rache an ihr war, weil sie versucht hatte, aus ihrer Beziehung zu mir Geld zu machen. Wenn ich ihr das noch nicht ganz verziehen hatte, so habe ich es jetzt.

„Xero", sagt jemand hinter mir.

Ich eile zurück zur Brücke, wo Jynxson und ein paar andere sich um vier Laptops versammelt haben, auf denen die Aufnahmen der Drohnen zu sehen sind.

Auf einem Bildschirm stehen Beamte neben einem Streifenwagen, der am Eingang der Anstalt geparkt ist, und tauschen angespannte Worte mit zwei jungen Männern aus. Ich wende meine Aufmerksamkeit einem anderen Bildschirm zu, auf dem ein gelber Schulbus eine einsame Straße entlangfährt.

Die Drohne wird langsamer, und ich halte den Atem an, um eine kleine Gestalt zwischen den Sitzen zu entdecken. Ich erkenne sie sofort an den teils blondierten Locken.

Mein Herz rast. Es ist Amethyst.

Sie trägt eine Zwangsjacke und ihre Beine sind bandagiert. Ihr Kopf dreht sich, als ob sie sich mit jemandem unter dem Sitz unterhalten würde.

„Zoom das Bild heran", befehle ich.

Das Bild wird schärfer und das Innere des Busses wird sichtbar. Amethysts Gesicht ist geschwollen und mit einer Mischung aus Blut und Schmutz verkrustet. Was zum Teufel haben sie mit ihr gemacht?

„Sie ist verletzt", sagt Jynxson.

Wut durchfährt mich und brennt in meiner Kehle. „Wer fährt den Bus?"

Eine zweite Drohne fliegt über den Bus und erfasst das Gesicht des Fahrers. Es ist ein großer, dunkelhaariger Mann, der weiß gekleidet ist. Da die Hälfte seines Gesichts von einer weißen Maske verdeckt wird, ist es schwer zu sagen, ob es sich um Vater oder einen seiner Lakaien handelt.

„Sie bewegt sich", sagt Jynxson.

Ich schalte zurück zur ersten Drohne, wo Amethyst zwischen den Sitzen in Richtung des Fahrers krabbelt. Ich runzle die Stirn, als sie ab und zu einen Blick auf den leeren Raum neben sich wirft. Sieht sie Dinge oder kommuniziert sie mit einem anderen Gefangenen?

„Hat sie sich versteckt?", fragt Jynxson. „Sieht aus, als wollte sie sich an den Fahrer heranschleichen."

Ich grunze. „Das, oder er hat ihr gesagt, sie soll sich bedeckt halten, um nicht erschossen zu werden. Wie viele Minuten noch, bis wir den Bus abfangen?"

„Fünf, Sir", antwortet die Frau am Steuer.

Scheiße.

Auf dem Bildschirm bewegt sich Amethyst weiter auf den Mann zu, bis sie seine Jacke erreicht hat. Während sie ein paar Worte mit dem Fahrer wechselt, schiebt sie das Kleidungsstück hinter ihren Rücken.

Mein Kiefer spannt sich an. Sie muss ihn als Bedrohung sehen.

Ich sehe hilflos zu, wie sie die Jacke umklammert und in die Mitte des Busses zurückkehrt. Angst macht sich in mir breit, als sie sie anzieht und den Reißverschluss schließt, während sie auf einen Punkt an der Seite blickt. Was zum Teufel hat sie vor?

Wie als Antwort auf meine Frage greift sie nach der Notfallbremse.

Jemand erwähnt, dass ein anderes Auto die Anstalt über das Hintertor verlassen hat, aber ich bin zu sehr in das Geschehen mit Amethyst vertieft, als dass ich die Worte richtig wahrnehmen könnte.

„Will sie die Notbremse ziehen?", fragt Jynxson.

Sie zieht den Hebel, und die Seitentür des Busses öffnet sich. Das Fahrzeug kommt ruckartig zum Stehen und Amethyst wird gegen die hintere Reihe Sitze geschleudert.

Mein Blick wandert zum zweiten Bildschirm, wo der Fahrer hinter dem Lenkrad hervorspringt und den Gang hinunterrennt. Alarmiert beginnt mein Herz zu rasen. Ich sollte dort sein und diesem Bastard das Genick brechen.

„Verdammt", sagt Jynxson und blickt starr auf die Bilder.

Amethyst versucht es noch einmal mit dem Hebel, öffnet die Tür und springt aus dem Bus, gerade als der Fahrer sie an der Schulter packen will. Sie rollt auf den Boden, bevor sie auf die Beine kommt und über die Straße sprintet und zwischen den Bäumen verschwindet.

Mein Herz rast, als der Fahrer sie verfolgt und mit seinen großen Schritten rasch aufholt.

„Verfolgt sie!", knurre ich.

Die Drohne verfolgt ihre Bewegungen. Es ist unmöglich, auf den Fahrer zu schießen, ohne Amethysts Sicherheit zu gefährden. Sie ist dem Fahrer nur knapp voraus, springt von einer Seite zur anderen, um sich seinem Griff zu entziehen.

Sie schlängelt sich zwischen den Bäumen hindurch und führt geübte Ausweichmanöver aus, aber der Mann ist fest entschlossen, sie wieder in den Bus zu bringen.

„Drei Minuten, Sir", erklingt die Stimme der Frau am Steuer.

Jede Sekunde, die vergeht, während ich hilflos zusehe, wie Amethyst um ihr Leben rennt, ist unerträglich. Wir bekommen den hartnäckigen Bastard nicht auf geeignete Weise ins Visier. Als sie einen Baum umrundet, hält sie inne und greift in ihre Tasche. Als sie eine Pistole herauszieht, erfasst mich ein Gefühl des Triumpfes. Mein Körper spannt sich an, während ich darauf warte, dass sie auf ihn schießt.

Aber es passiert nichts.

Sie wirft einen Blick auf die Waffe, ihre Augen weiten sich vor Panik. Sie hat entweder keine Munition oder sie klemmt.

„Zwei Minuten."

Ich erhebe mich von meinem Sitz.

„Versuch es noch einmal", knurre ich den Bildschirm an.

Sie stürzt sich auf den Fahrer.

„Was machst du da?", schreie ich.

Der Mann breitet seine Arme aus, um ihren Angriff zu erwarten. Ich halte den Atem an und frage mich, ob hinter diesem Wahnsinn ein Plan steckt. Im letzten Moment duckt sie sich und weicht ihm aus, um in Richtung Bus zu stürmen.

„Will sie jetzt den Bus stehlen?", frage ich.

„Sieht so aus", murmelt Jynxson.

Der Fahrer folgt ihr und scheint über diese Wendung der Ereignisse erfreut zu sein. Vielleicht denkt er, dass er sie eingeschüchtert hat, damit sie sich wieder fügt.

„Sobald sie außer Reichweite ist, erschießt ihn", knurre ich.

„Sechzig Sekunden, Sir."

Ich beiße die Zähne zusammen und hoffe, dass die Drohnen ihn bald abschießen. Wir sind nur noch wenige hundert Meter von der Stelle entfernt, an der der Bus angehalten hat. Ich habe nur wenige Sekunden, um Amethyst abzufangen, bevor sie wegfährt.

Gerade als ich über das Deck renne, füllt sich die Luft mit dem Dröhnen eines Hubschraubers. Ich blicke zum Himmel und frage mich, warum zum Teufel Camila uns nicht informiert hat, dass Dolly das Penthouse verlassen hat. Sämtliche Alarmglocken schrillen in meinem Kopf. In meiner Eile, Amethyst zu finden, habe ich meine Schwester allein gelassen, ohne Verstärkung, in einem Hotel voller Raubtiere.

Donnerstag, 5. August 2010

Ich umarmte Dolly zum Abschied und sagte ihr, dass kein junges Mädchen in ihrem Alter einen so brutalen Tod ohne psychische Schäden miterleben kann. Der Psychologe von *Three Fates* würde ihr helfen, das Trauma zu verarbeiten.

Die Wahrheit auszusprechen – dass sie eine Frau kaltblütig ermordet und versucht hat, den Mord ihrer Schwester in die Schuhe zu schieben – hätte zu einer weiteren Welle von Leugnungen geführt. Unabhängige Zeugen in der Schule haben bereits bestätigt, was ich weiß: Dolly hat die psychopathischen Tendenzen ihres Vaters geerbt. Das muss unterdrückt werden, bevor sie eine weitere Person tötet.

Dolly reagierte nicht auf meine Erklärung, warum sie zu *Three Fates* zurückkehren muss. Sie starrte auf den Boden und ballte ihre Hände so fest zu Fäusten, dass ihre Knöchel weiß hervortraten. Ich werde ihren Groll für eine kurze Zeit ertragen müssen, aber das ist besser, als zu leugnen und einen potenziellen Mörder zu unterstützen.

Lyle fuhr sie dorthin und versprach, für ein Eis und Karamell-Brownies anzuhalten. Ich wollte sie auf der Fahrt begleiten, aber ich hatte niemanden, der sich um Amy kümmern konnte, die sich seit Dollys Gewaltausbruch geweigert hat, das Badezimmer zu verlassen.

Stunden später kehrte er gezeichnet von der langen Fahrt zurück. Er sagte, dass Dolly einen weiteren mörderischen Anfall im Auto hatte, der ihn fast von der Straße abbrachte. Es gelang ihm, anzuhalten und sie zu beruhigen, indem er ihr versprach, sie würde zurückkommen, sobald die Psychologen sie für gesund genug hielten.

Mr. Delta war auf Geschäftsreise, aber sein Assistent versicherte uns, dass man uns täglich über ihren Zustand informieren würde. Ich fragte, ob wir sie anrufen könnten, aber Lyle erklärte, dass so extreme Fälle wie die von Dolly in der Anfangsphase der Behandlung eine Kontaktsperre erfordern.

Wenn ich ehrlich zu mir selbst bin, war ich ein wenig erleichtert. Ich kann mich immer noch nicht mit dem Gedanken anfreunden, dass Dolly eine Mörderin ist.

Amy hat sich inzwischen wieder so zurückgezogen, wie sie es nach ihrer Rückkehr von *Three Fates* getan hat. Sie verbringt Stunden im Badezimmer und isst nur, wenn sie dazu gezwungen wird.

Ich rief Dr. Forster zu Hause an und flehte seine Frau an, ihn ans Telefon zu holen. Er war wütend auf mich, weil ich eine Grenze überschritten hatte, aber da er meine Anrufe ignorierte, blieb mir keine andere Möglichkeit. Ich sagte ihm, wir hätten eine Familienkrise, aber ich konnte mich nicht überwinden, ihm die ganze Wahrheit zu sagen. Er weiß von der Gewalttätigkeit der Zwillinge und dem Vorfall, wegen dem sie beide von der Schule verwiesen wurden, aber ich kann ihm nichts über den Mord erzählen.

Nachdem er mich gewarnt hatte, ihn nie wieder zu Hause anzurufen, fragte er nach Charlotte. Sie war das Gesprächsthema in mehreren Sitzungen gewesen. Ich versuchte, vom Thema abzulenken, indem ich sagte, dass ich Lyle endlich mein Herz geöffnet und meine Unsicherheit darüber, von einer jüngeren Frau verdrängt zu werden, deutlich gemacht hatte, aber der verdammte Therapeut wollte wissen, was den Unterschied ausmachte.

Was macht das schon? fragte ich. Charlotte war gegangen.

Dr. Forster erklärte, dass das Verständnis dafür, wie ich Lyle davon überzeugt habe, Charlotte loszuwerden, mir helfen könnte, zukünftige Konflikte mit meinem Mann anzugehen.

Ich sagte ihm, dass zwischen Lyle und mir alles wieder perfekt sei. Er fragte mich, wie ich als Mutter zurechtkomme, aber dazu hatte ich nichts zu sagen. Heath ist ein Spaziergang im Vergleich zu meinen traumatischen Zwillingen.

Das Gespräch fühlte sich mehr wie eine Schachpartie als wie eine Therapie an, also war das wahrscheinlich das letzte Mal, dass ich mit ihm gesprochen habe, bis Dolly zurückkommt. Ich kann nicht riskieren, dass jemand die Wahrheit herausfindet. Auch wenn die Behörden eine geisteskranke Zehnjährige nicht allzu hart für den Mord an Charlotte bestrafen werden, wird Lyle nicht ungestraft davonkommen, weil er einen Mord vertuscht hat.

Was macht das aus ihm? Ein Komplize? Das macht mich auch zu einem, weil ich darauf bestanden habe, dass wir nicht die Polizei rufen.

Später brachte ich Heath zum Umziehen ins Kinderzimmer. Als ich die Kommode öffnete, sah ich, dass all seine Kleidungsstücke mit einer Schere zerschnitten worden waren. Dieser Sabotageakt war genau das, was Amy als Vergeltung für Dollys Gewalt tun würde, aber ich ließ mich nicht täuschen.

Ich konnte nicht einmal den üblichen Zorn aufbringen. Stattdessen empfand ich ein überwältigendes Gefühl der Angst.

Was für ein Mädchen ermordet kaltblütig eine Frau, gibt ihrer unschuldigen Schwester die Schuld, ersticht fast ein Baby, um die besagte Schwester für ihre Existenz anzugreifen, und als das nicht gelingt, versucht sie ihr das Zerstören von Babykleidung anzuhängen?

Will ich überhaupt, dass sie zurückkommt?

Es ist schrecklich, das zuzugeben, aber ich muss an das Wohlergehen und das weitere Überleben meiner anderen Kinder denken. Diejenigen, die ihre Wut nicht mit scharfen Gegenständen ausdrücken.

Ich zeigte Lyle den Inhalt der Kommode, und er starrte ihn sprachlos an. Alle Farbe wich aus seinem Gesicht, und seine Züge nahmen einen Ausdruck an, den ich noch nie bei ihm gesehen hatte – Angst. Angst um unsere Kinder, Angst um uns und Angst, dass Dolly ein Monster geworden ist.

In dieser Nacht arbeitete er noch lange in seinem Arbeitszimmer. Ich vermute, dass er immer noch von der Ungeheuerlichkeit der Gräueltaten unserer Tochter überwältigt ist. Ich schlief ein und erwartete, dass ich aufwachen würde und seine Seite des Bettes leer wäre, bis auf einen handgeschriebenen Zettel, der mir mitteilte, dass er die Situation verarbeiten müsse.

Aber als ich am nächsten Morgen aufwachte, sah ich ihn tief und fest schlafend neben mir. Als ich Heath aus seinem Bettchen hob, war ein Blutfleck auf seinem Strampler.

AMETHYST

Ich stehe zwischen den Bäumen und drücke auf den festsitzenden Abzug. Mein Herz klopft so heftig, dass ich sicher bin, Grunt kann den Rhythmus meiner Angst hören.

Er erstarrt zwanzig Meter entfernt und hebt die Hände. Seine Brust hebt sich wie ein Blasebalg, aber die Panik wird nicht anhalten. In wenigen Augenblicken wird er merken, dass die Waffe nutzlos ist. Dann wird er mich wie am Flughafen zu Boden reißen und zum Bus zurücktragen.

Ich könnte rennen, aber die letzten Tage haben mir die Kraft geraubt. So oder so, ich bin am Ende.

Es fühlt sich an, als würde eine Fessel um meine Brust liegen, die sich immer enger schlingt. Der Wald ist still, nur unser schweres Atmen ist zu hören. Grunts Blick flackert zur Waffe, dann wieder zu meinen Augen, sein Kiefer bewegt sich hinter der weißen Maske.

Xero legt mir eine Hand auf die Schulter, aber das trägt nicht dazu bei, die Anspannung zu lindern. „Nimm den Finger vom Abzug. Es ist Zeit, die Taktik zu ändern."

Grunt macht einen zaghaften Schritt auf mich zu. „Nimm die Waffe runter, Amy."

Meine Kehle ist wie zugeschnürt. Er weiß es. Er weiß, dass die Waffe nutzlos ist. Er weiß, dass ich machtlos bin. Er weiß, dass es nur eine Frage der Zeit ist, bis er mich wieder in diesen Bus verfrachtet.

Das Rascheln von Blättern über dem Kopf vermischt sich mit dem Surren eines Hubschraubers. Ich tue sie als Halluzination ab, ignoriere das Geräusch und konzentriere mich auf die unmittelbare Bedrohung.

„Ich habe dir gesagt, du sollst zurückbleiben", knurre ich.

„Was hast du vor?", fragt er. „Delta ist auf dem Weg. Wir müssen von hier verschwinden. Sofort."

Mein Magen verkrampft sich unangenehm. Allein der Gedanke, noch eine Minute in Deltas Gesellschaft zu verbringen, lässt jeden Muskel in meinem Körper vor Angst erstarren. Meine Gedanken kreisen um die Idee, dass ich den Bus stehlen könnte.

Ich nehme all meinen Mut zusammen und stürme auf Grunt zu, wobei ich immer noch die Waffe auf seine Brust richte.

„Tu das nicht, Amy." Er tritt zurück, verbreitert seinen Stand und macht sich für den Aufprall bereit.

Ich beschleunige meinen Schritt, angetrieben von Adrenalin und Angst. Er bereitet sich auf den Zusammenprall vor und darauf, mich von den Füßen zu reißen. Im letzten Moment ducke ich mich unter seinem Arm hindurch und sprinte durch die Bäume zurück zur Straße.

„Folge mir und ich werde wirklich schießen", schreie ich über meine Schulter.

Der Bus ist nur noch wenige Schritte entfernt, seine Tür steht offen. Wenn ich es schaffe, vor Grunt den Fahrersitz zu erreichen, habe ich endlich eine Chance zu entkommen.

Mein Atem geht rasend schnell, meine Muskeln schreien bei jedem schmerzhaften Schritt. Ich dränge weiter vorwärts, angetrieben von einer Mischung aus Verzweiflung und Angst.

Ich höre Grunts schwere Schritte hinter mir, als ich die Straße erreiche, und alle Haare in meinem Nacken stehen zu Berge. Ich werde scheitern. Dieser kleine Trick wird mir nicht weiterhelfen. Dann wird Delta den Bus einholen und uns beide umbringen.

Schüsse ertönen von oben und meine Schritte geraten ins Stocken. Ich blicke zurück und sehe, wie Grunt unter einem Kugelhagel zu Boden geht.

Mir bleibt der Mund offenstehen, und mein Herz schlägt mir bis zum Hals. Was zur Hölle? Wie konnte Delta diese Drohne so schnell losschicken? Sie schwebt über den Baumkronen, ihre Kameras sind auf mich gerichtet.

„Du bist die Nächste", knurrt Xero. „Lauf!"

Ich drehe mich um und entdecke ein schwarzes Auto, das aus der Richtung der Anstalt auf uns zurast. Panik erfasst mich. Wahrscheinlich ist es Delta, der darauf aus ist, mich für ihren nächsten Dreh zurückzubringen.

Ich reiße all meine Kräfte zusammen und stürme auf den Bus zu. Sein verblasstes, gelbes Äußeres schimmert in der Sonne wie ein letzter Hoffnungsschimmer. Die Drohne folgt mir und weitere Kugeln schlagen auf dem Boden ein. Ich bin so betäubt von Angst, dass mein Körper die Kugeln nicht einmal spürt. Ich springe in den Bus und schiebe mich hinters Steuer.

Aber als sich meine Hände um das Lenkrad legen, sehe ich, dass der Zündschlüssel weg ist.

„Nein!", schreie ich.

Grunt muss ihn herausgezogen haben, als er den Motor abstellte. Er ist wahrscheinlich in seiner Tasche.

„Was soll ich jetzt tun?"

„Du weißt, was zu tun ist", knurrt Xero und nickt in Richtung des Baumes.

Er hat recht. Draußen findet ein Feuergefecht statt, aber irgendetwas stimmt nicht. Die Drohne und der Mann im Auto – beide von Delta geschickt – schießen aufeinander. Aber warum? Ich halte inne und versuche, mir einen Reim auf das zu machen, was ich sehe. Könnte es sein, dass sie jetzt gegeneinander arbeiten? Streiten sie sich darum, wer mich ausschalten darf? Oder hat mein Gehirn wieder eine Fehlfunktion und beschwört einen Retter herauf? Es ist möglich. Ich habe Xero getötet, doch er ist an meiner Seite und hilft mir bei der Flucht.

Wie auch immer, ich muss mich darauf vorbereiten, gegen denjenigen zu kämpfen, der diesen Austausch überlebt.

Ich rutsche vom Fahrersitz, bleibe unten und krieche zur Rückseite des Busses. Mein ganzer Körper ist in Alarmbereitschaft. Der Beschuss der Drohne ist unerbittlich, die Kugeln schlagen auf Metall, aber die Person im Auto feuert mit präzisen Schüssen zurück.

Xero bewegt sich an meiner Seite, sein Gesicht ist genauso blass wie meines.

„Hast du noch ein Skalpell?", fragt er mit leiser Stimme.

Ich greife mir an den Hinterkopf. Mein Dutt ist auseinander gefallen und meine letzte Waffe ist verschwunden.

„Nein", bringe ich hervor, meine Stimme noch immer atemlos.

„Dann musst du auf den Nahkampf zurückgreifen", flüstert er.

Mit angespanntem Magen bewege ich mich zur Hintertür und ziehe an dem Notfallhebel. Die Tür öffnet sich mit einem Zischen und lässt die Kakophonie der Schüsse herein. Ich lasse die Tür einen Spalt offen, krabble nach hinten und rutsche unter einen der Sitze.

„Gute Idee", sagt Xero. „Jeder, der in den Bus einsteigt, wird die offenen Türen sehen und annehmen, dass du in den Wald geflüchtet bist."

Ich nicke. In der Anstalt hat es funktioniert. Wenn Delta merkt, dass ich weg bin und den Wald durchsucht, kann ich mich hinausschleichen, Grunts Taschen durchsuchen und mit dem Bus entkommen. Wie ich weiter vorgehen werde, ist mir noch nicht klar. Ich habe keine Ahnung, wie ich die Insel verlassen kann, aber wenn Grunt ein Handy hat, kann ich vielleicht noch einmal den Notruf wählen.

Meine Ohren klingeln und dämpfen die Geräusche der Schüsse. Ich drehe mich zu Xero um, der unter den gegenüberliegenden Sitzen liegt, und frage mich, warum die Drohne Delta überhaupt angreifen würde.

„Du gehst davon aus, dass er im Auto ist", antwortet er.

Wer sollte es sonst sein?

„Seth, Locke. Einer der Investoren. Ein neu eingetroffenes Mitglied der Crew. Ein rivalisierender Pornograf. Oder einer von Deltas vielen Feinden."

Er könnte recht haben. Ich stelle mir Delta in der Anstalt vor, wie er die Drohne von seinem Schreibtisch aus bedient, während seine Lakaien draußen stehen und die Polizei davon überzeugen, dass der Notruf nur ein Versehen war. Das ist ein mögliches Szenario. Das andere ist, dass Delta der Mann im schwarzen Auto ist.

„Das wirst du gleich herausfinden, sobald die Schießerei vorbei ist", sagt Xero.

Schritte nähern sich dem Bus. Sie sind so schwer wie die von Grunt, aber dennoch anmutig. Ich halte den Atem an, als sich der Schatten eines Mannes über den Gang ausbreitet.

Als er sich nähert, atme ich den Geruch von Schießpulver und einem schwachen Eau de Cologne ein, das mich vage an Delta erinnert.

„Er ist hier", flüstert Xero, sein Gesicht ist eine starre Maske.

Ich schlucke schwer und wünsche mir, er läge hier neben mir, statt auf der anderen Seite des Ganges. Vielleicht könnte er mir dann die Kraft geben, weiterzumachen, denn ich bin am Ende. Die Schritte werden lauter, kommen näher. Ich schlucke hart, bereit zuzuschlagen.

„Amethyst", erklingt Xeros Stimme aus einer anderen Richtung. „Ich bin's."

Meine Augen weiten sich. Ich starre Xero an, der den Kopf schüttelt. Wenn er es nicht war, dann muss es Delta gewesen sein. Keiner der anderen Lakaien kennt Xero gut genug, um seine Art zu sprechen zu imitieren.

Delta hält alle paar Schritte inne, um unter den Sitzen nachzusehen. Sein Weg durch den Gang ist ein langsamer und unerbittlicher Marsch in meinen unvermeidlichen Tod.

Als seine Stiefel näher kommen, weicht jegliches Blut aus meinem Gesicht. Mein Herz rast wie wild in meiner Brust Käfig.

„Mach dich bereit, um zu kämpfen", knurrt Xero.

Meine Muskeln spannen sich an.

Ich darf nicht erstarren. Erstarren würde nicht nur den Tod bedeuten. Delta wird mich in das Studio zurückbringen, und jeder Mann dort wird sich mit mir vergnügen. Und wenn mein Geist gebrochen ist, werden sie es immer wieder tun, bis mein Leben wie eine gebrauchte Kerze ausgelöscht ist. Bevor mein Körper in die Leichenstarre fällt, werden sie meinen Leichnam schänden.

Wenn ich sterben muss, dann genau hier. Hier und jetzt. Mit

etwas verdammter Würde. Und wenn ich ihn mit in den Tod reißen kann, umso besser.

Ich beiße die Zähne zusammen und stähle mich für die unvermeidliche Konfrontation. Xero starrt mich von der anderen Seite des Ganges an, als wäre es das letzte Mal, dass ich ihn sehe, bevor mein Verstand zerspringt.

Mein Herz blutet bei dem Gedanken, die letzten Momente meines Lebens ohne ihn zu verbringen, aber er nickt mir fest und beruhigend zu. In dieser Geste drückt er Respekt, Entschlossenheit, Angst und Liebe aus. Er glaubt an mich, auch wenn ich das Gefühl habe, dass alles verloren ist.

Deltas Schritte halten nur Zentimeter von meinem Versteck entfernt inne. Mein Puls beschleunigt sich zu einem Trommelwirbel, und meine Lungen brennen, weil ich den Atem angehalten habe. Ich atme zitternd aus und ziehe mich in den Schatten zurück, in der Hoffnung, dass er denkt, ich sei durch die Hintertür geflohen.

Er hockt sich hin, seine behandschuhte Hand streicht über den Sitz, unter dem ich mich verstecke. Ich drücke mich mit dem Rücken an die Wand und mache mich so klein wie möglich.

„Amethyst", sagt Delta mit einer Stimme, die mir erschreckend vertraut ist. „Bist du da, kleiner Geist?"

Kleiner Geist.

Ich könnte ihm diesen Spitznamen bei einem der Verhöre verraten haben oder er hat ihn herausgefunden, als er mich mit Xero in dieser Zelle belauschte. Es ist nur ein Trick, um mich in ein falsches Gefühl der Sicherheit zu wiegen. Er will, dass mein drogenverwirrter Verstand Xeros Gesichtszüge auf sein Gesicht überträgt, damit ich unvorsichtig werde.

Seine Hand bewegt sich auf meine Brust zu, seine Finger streifen über die Vorderseite meiner geliehenen Jacke. Ohne nachzudenken, zucke ich zurück, sodass er sich zurückzieht. Mein Herz zerspringt. Er muss wissen, dass ich hier bin.

In einer Minute wird er diese Hand durch einen Betäubungspfeil ersetzen und ihn auf mich schießen, sodass ich ihm völlig ausgeliefert bin.

Ich kann das nicht zulassen. Nicht noch einmal. Nicht kampflos. Er wird mich nicht lebendig in diese Anstalt zurückbringen. Ich werde in einem Feuerwerk der Gewalt untergehen und ihm mit meinen Zähnen die Halsschlagader herausreißen.

Ich stähle mich Kiefer und knurre: „Na gut, ich komme raus."

Er tritt zurück und scheint sich über meine Unterwerfung zu freuen.

Aber in mir schießt das Adrenalin in die Höhe und verwandelt jedes Quäntchen Angst in glühende Wut. Wut darüber, dass ich manipuliert wurde, Xero zu töten, den Mann, den ich liebte. Wut über die Entführung. Wut darüber, von ihm gefesselt und verletzt zu werden, um Dollys Narben widerzuspiegeln. Wut darüber, dass ich unter Drogen gesetzt, erniedrigt und vergewaltigt wurde.

Als ich aus meinem Versteck hervorkrieche, schaue ich Delta in die Augen. Er hat sich den Bart abrasiert, in dem jämmerlichen Versuch, wie sein Sohn auszusehen. Nun, ich werde nicht auf seine billigen, kosmetischen Tricks hereinfallen. Ich bin nicht länger die hilflose Beute. Ich bin ein wildes Tier, das bereit ist, für seine Freiheit zu kämpfen, zu töten und zu verstümmeln.

NEUNUNDDREISSIG

Es ist schon ein paar Tage her, dass ich das letzte Mal geschrieben habe. Mein Verstand scheint völlig durchzudrehen, seit ich das Blut an meinem Baby gesehen habe. Lyle sagt, es war wahrscheinlich Charlottes Blut. Ihm zufolge sind Tatorte nicht nur auf den Raum beschränkt, in dem das Opfer starb. Ein Täter kann Spuren seines Verbrechens durch das ganze Haus tragen und sie an den unwahrscheinlichsten Stellen hinterlassen.

Ich war nicht überzeugt, aber ich stand ja auch nicht bei Dolly, als sie duschte, oder verfolgte ihre Bewegungen, nachdem sie das Badezimmer verlassen hatte. Sie könnte das Blut dort hinterlassen haben, als sie Heaths Kleidung zerschnitt.

Lyle hatte die Frechheit, mich anzustarren, als wäre ich unvernünftig, weil ich sein forensisches Fachwissen anzweifelte. Ich verstehe, dass er ein ehemaliger FBI-Agent ist und daher über solche Dinge Bescheid weiß, aber manchmal hasse ich die Art und Weise, wie er meine Bedenken abtut, als ob ich ein paranoider Überdenker mit einer überaktiven Fantasie wäre.

Unser Kindermädchen ist tot. Ermordet von einem kleinen Mädchen, das versucht hat, seine Zwillingsschwester abzustechen, ohne sich darum zu kümmern, dass sie einen Säugling im

Arm hielt. Ja, ich weiß, ich drehe mich im Kreis, aber das ist nichts, was man auf die leichte Schulter nehmen sollte!

Amy leidet unter Albträumen. Mitten in der Nacht schreit sie und behauptet, den Geist von Charlotte zu sehen. Sie behauptet, Charlotte erscheine am Fußende des Bettes und frage, warum sie es getan habe.

Ich habe Amy gesagt, dass sie unschuldig ist. Dolly hat Charlotte getötet. Wenn jemand Schuld hat, dann bin ich es. Ich habe Dollys Verschwinden mitten in der Nacht bemerkt und bin einfach wieder eingeschlafen, in der Annahme, sie sei auf die Toilette gegangen. Dieser ganze Schlamassel hätte verhindert werden können, wenn ich der Sache nachgegangen wäre.

Keine noch so große Zusicherung wird Amy besänftigen. Sie ist sensibel. Hochgradig angespannt. Sie ist nervös, nachdem sie in einem Haus mit einer Psychopathin festsaß, die ihr systematisch wehgetan und es dann vertuscht hat, indem sie ihre eigene Haut markiert hat.

Amy verlässt ihr Zimmer nicht, obwohl sie behauptet, dass Charlotte sie nachts heimsucht. Sie kommuniziert kaum, außer mit gestammelten Entschuldigungen an einen imaginären Geist. Ich würde einen Profi rufen, aber ich versuche, einen Mord zu vertuschen.

Lyle sagt mir, dass ich Amy etwas Zeit geben soll. Sie verarbeitet ein schweres Trauma, und Charlotte zu halluzinieren ist ihre Art, der Tragödie einen Sinn zu geben. Alles, was er sagt, klingt vernünftig, aber er muss das Haus verlassen, um zu arbeiten. Ich sitze mit einem Neugeborenen und einem kleinen Mädchen fest, das den Weg von Lady Macbeth geht.

Vor zwei Nächten erhielt Lyle einen dringenden Anruf von *Three Fates*, in dem es hieß, Dolly habe ein anderes Kind mit einem Messer angegriffen. Sie wollten, dass er hinfährt und sie abholt. Dies löste einen heftigen Streit aus. Wenn Dolly stellvertretend für Amy Fremde angreift, dann ist es Wahnsinn, sie zurückzubringen.

Als er mich fragte, ob ich wolle, dass das Kind eines anderen stirbt, wollte ich ihn ohrfeigen, weil er Amy wie ein Opferlamm behandelte. *Three Fates* verfügt über Medikamente, Ausrüstung und qualifiziertes Personal. Mr. Delta sollte dafür sorgen, dass es unserer Familie besser geht, aber Dollys Zustand hat sich nur weiter verschlimmert.

Ich sagte Lyle, er solle tun, was immer er könne – alles sagen, um den Schulleiter davon zu überzeugen, meiner Tochter zu helfen. Dass sie in *Three Fates* bleibt oder in eine andere Einrichtung verlegt wird, die mit ihren Gewaltepisoden umgehen kann.

Wir stecken da gemeinsam drin, sagte ich, ohne näher darauf einzugehen. Lyle und ich wissen beide, dass *er* es war, der die Spuren von einem Tatort entfernt hat, *er*, der eine Leiche entsorgt hat, *er*, der für die Umstände verantwortlich ist, die Dolly zum Töten gebracht haben.

Er hat den Vorwurf in meinen Augen gelesen und ist zusammengezuckt, aber das ist mir jetzt scheißegal. Hätte Lyle auf mich gehört, als ich mich das erste Mal über Charlotte beschwert habe, dann hätten wir jetzt ein grauhaariges altes Kindermädchen, das die Familie zusammengebracht und nicht auseinandergerissen hätte.

In dieser Nacht fuhr er zu *Three Fates* und ließ mich mit Amy und Heath allein. Ich brachte das Kinderbett an mein Bett und ließ Amy in meinem Bett schlafen. Wenn sie mitten in der Nacht aufwachen und nach Charlottes Geist schreien würde, würde ich den leeren Raum mit meinem Handy filmen und abspielen.

Als wir uns im Bett eine übrig gebliebene Schüssel Kokosnuss-Milchreis teilten, sagte ich Amy, dass die Albträume eine Nebenwirkung der Zwillingsverbindung seien. Sie hat Charlotte nicht umgebracht, also sollte sie auch nicht Dollys Schuld auf sich nehmen. Das schien ihre Stimmung zu bessern. Als wir uns aneinander kuschelten, dankte sie mir, dass ich ihr endlich glaubte, was sie über Dolly sagte.

Meine Brust zog sich vor Schuldgefühlen zusammen. Verleugnung war der Grund dafür, dass Dolly so außer Kontrolle geraten war. Das und ein übermäßiges Vertrauen in einen Therapeuten, der so tat, als sei alles, was in meinem Leben nicht stimmte, eine Manifestation innerer Unzulänglichkeiten, die nur er beheben konnte.

Dr. Forster wollte, dass ich von ihm als ständige Einkommensquelle abhängig bin. Ich betete ihn wie einen Gott an und stellte ihn über Lyle. Wenn mein Mann abwesend war oder lange arbeitete, war der Arzt meine einzige Quelle der Bestätigung. Hätte er die Mädchen auf meine Bitte hin an einen Spezialisten überwiesen, hätte er seinen Goldesel verloren. Ich hätte es früher erkennen müssen.

Amy schlief zuerst ein, und ich beglückwünschte mich, dass ich mein kleines Mädchen beruhigt hatte.

Am nächsten Morgen wurde ich vom Klingeln meines Handys geweckt. Als ich meine Augen öffnete, war Heaths Kopf zwischen den Gitterstäben seines Bettchens eingeklemmt.

VIERZIG

XERO

Ich sprang flankiert von Agenten vom Katamaran. Die Motorräder am Heck heulen auf, bereit Jynxson und seine Crew zur Anstalt zu fahren, damit sie diese stürmen konnten.

Die Bäume rasen an mir vorbei, während ich zu der Straße sprinte, auf der ich sie zuletzt gesehen habe. Sie ist nur hundert Meter entfernt, aber es könnten genauso gut tausend sein. Alles verschwimmt im Hintergrund. Alles in mir konzentriert sich darauf, Amethyst zu finden. Meine Kollegen, die Schüsse, die vor mir fallen, der Wald, bis ich das Auto erreiche, das den Weg zwischen mir und dem Bus versperrt, in dem sie sich versteckt.

Als ich zwischen den Bäumen hervorstürme, ziele ich mit meiner Waffe auf den integrierten Schießschlitz des Autofensters und drücke den Abzug.

Es ist ein Volltreffer. Die Gestalt hinter dem getönten Fenster verschwindet aus dem Blickfeld. Eine Kugel streift meine Schulter. Zischend ziehe ich mich hinter einen Baum zurück.

Die Drohne, die bis eben auf die Reifen geschossen hat, fliegt dorthin, wo der Hubschrauber gelandet ist, während die andere auf den Fahrer schießt und ihn daran hindert, seine Tür zu öffnen. Sekunden später rast das Auto vom Bus weg, seine Reifen quietschen auf dem Asphalt. Die Drohne, die wir zurückgelassen haben, folgt dem Fahrzeug, während es die Straße entlang rast.

Ich habe keine Zeit, darüber nachzudenken, ob Vater dort war, denn ich muss Amethyst finden.

Ich steige in den Bus und mustere die Reihen der sonnengebleichten Sitze. Ich rufe ihren Namen, mein Herz rast, aber alles, was ich höre, ist das Rauschen des Blutes in meinen Ohren. Ich gehe den Gang entlang, überprüfe die Lücken zwischen den Sitzen und halte alle paar Reihen inne, um zu sehen, ob sie sich unter den Sitzen zusammengerollt hat.

Sie versteckt sich irgendwo, hat Angst, erwischt und an diesen höllischen Ort zurückgebracht zu werden. Mein Blick wandert zu der Hintertür. Könnte sie sich durch diese Tür hinausgeschlichen haben und unbemerkt von den Drohnen geflohen sein? Es ist möglich.

„Amethyst", sage ich mit heiserer Stimme. „Bist du da, kleiner Geist?"

Sie bewegt sich und gewährt mir einen Blick auf ein bandagiertes Glied. Mein Herz rast, Wut vermischt sich mit Angst. Was zum Teufel haben sie mit ihr gemacht? Ich gehe in die Hocke und taste unter dem Rücksitz.

Ihre süße Stimme erreicht mich aus dem hinteren Teil des verlassenen Busses und droht, meine Knie unter einer Welle der Erleichterung nachgeben zu lassen. Die engen Bänder der Angst, die meine Brust einschnüren, lösen sich mit einem Ausatmen auf, und meine Muskeln entspannen sich endlich.

Sie ist am Leben.

Ich trete zurück, um ihr Platz zu machen, damit sie aus ihrem Versteck krabbeln kann. Sie ist blass, ihre Augen sind blutunterlaufen. Ihr Haar ist ein Wirrwarr aus Blättern, Zweigen und Locken. Pflanzenpollen klebt an den Verbänden, die ihre Beine umhüllen, und ich frage mich wieder einmal, was zum Teufel sie in der Anstalt mit ihr gemacht haben.

„Ist sie da drin?", fragt ein Mitarbeiter von draußen.

„Ja", antworte ich, und mein Herz schwillt so sehr an, dass es zu platzen droht.

Ich gehe zögernd auf Amethyst zu. Instinktiv strecke ich meine Arme aus, um sie an mich zu ziehen, aber der Blick in ihren Augen lässt mich innehalten. Ihr Blick ist leer, nicht sehend, scheinbar in Angst verloren.

„Amethyst?" Ich lasse meine Augen sinken.

Wird die Berührung eines Mannes ihr Trauma wieder aufleben lassen? Ich will ihren Zustand nicht verschlimmern. Mein Atem stockt, als Erkennen in ihren Augen aufblitzt, dann erstarrt sie, als sich ihre hübschen Züge hasserfüllt verzerren.

Sie stürzt sich wie ein wildes Tier auf mich, ihre Augen sind geweitet und ihre Finger zu Krallen gekrümmt. Ich trete vor, meine Hände greifen nach ihren Handgelenken, als sie einen lauten Schrei ausstößt.

„Amethyst!", rufe ich. „Ich bin's. Xero."

Sie ist so sehr in ihrer Angst gefangen, dass sie nicht sieht, dass ich nicht ihr Feind bin. Laute, kehlige Schluchzer entringen sich ihrer Kehle und jeder einzelne zerreißt mein Herz.

Ich nehme ihre Schläge kaum wahr, aber die Absicht, die dahinter steckt, schmerzt. Ist das nur vorübergehend, oder habe ich meinen kleinen Geist an den Wahnsinn verloren?

Meine Finger schließen sich um ihre Handgelenke, ich drehe sie um und ziehe sie an meine Brust. Sie wehrt sich gegen die Umarmung, ihre Bewegungen werden immer hektischer. Mit einem plötzlichen Kraftausbruch wirft sie ihren Kopf zurück und schlägt mit ihrem Hinterkopf mit einem kräftigen Ruck gegen meine Nase.

Der Schmerz schießt durch meinen Schädel, als sie sich mit Tritten und Stößen losreißen will. Ich verstärke meinen Griff um sie und versuche, eine Welle des Schwindels zu unterdrücken.

Knurrend beißt sie in meine Arme. Blut rinnt mir die Nase hinunter, aber ich schüttle es ab und halte sie fest. Egal, was passiert, ich werde sie nie wieder aus den Augen lassen.

„Scheiße, kleiner Geist. Es ist alles in Ordnung!", rufe ich über ihre Schreie hinweg.

Aber es nützt nichts. Als sie das letzte Mal in den Berserker-Modus wechselte, musste ich sie an das Bett fesseln. Diesmal könnte das Fesseln ihren Verstand unrettbar zerstören.

Ihr Körper zuckt gegen meinen, als ob meine Berührung brennt. Die Schreie werden immer lauter, immer panischer und verzweifelter. Ich spüre ihren panischen Herzschlag in ihrer Brust; wie der eines gefangenen Tieres, unberechenbar und heftig.

„Xero?", schreit der Mitarbeiter über ihre Schreie hinweg. „Brauchst du Hilfe?"

„Bleib zurück", rufe ich ihm zu und trage ihren strampelnden, schreienden und sich windenden Körper aus dem Bus auf die Straße.

Kalte Angst erfasst mich, und mein Verstand ruft alles in Erinnerung, was Jynxson darüber gesagt hat, dass sie eine Schläferagentin ist. Als ich mit ihr in die Bäume stolpere, kann ich nicht umhin, mich zu fragen, ob ihre Mutter sie deshalb unter Drogen gesetzt hat.

Die Lolitas aus unserer Einrichtung waren nie so reaktiv, aber wir sahen sie auch nur für kurze Zeit. Die Medikamente, die man ihr verabreicht hat, müssen ihr Temperament verändert haben und sie zu einer möglichen Zeitbombe gemacht haben.

Ich stapfe durch den Wald, wobei ihre Schreie die Vögel aufscheuchen. Wir erreichen den Rand des Ufers, und ihre Schreie übertönen das Rauschen der Wellen. Ich trage sie über die Rampe, die zu unserem Katamaran führt.

Ihre markerschütternden Schreie schrecken die Besatzung auf, die sie mit großen Augen anstarren, während ich sie ins Innere des Schiffes bringe, wo ihre Schreie durch die Gänge hallen.

„Ich bin's, Amethyst." Meine Stimme bricht. „Du bist in Sicherheit."

Eine der Türen öffnet sich und Isabel erscheint, die eine Spritze in der Hand hält. „Bring sie her."

Ich zögere, meine Arme immer noch um ihre zappelnde Gestalt geschlungen. „Was ist da drin?"

„Ein Beruhigungsmittel." Ihre Züge verhärten sich, so wie es immer passiert, wenn sie sich auf einen Kampf gefasst macht.

Meine Gedanken rasen. „Wird es nicht mit dem reagieren, was sie ihr in der Anstalt gegeben haben?"

Noch bevor meine Schwester etwas erwidern kann, erklingen eilige Schritte hinter uns und einer meiner Männer stürmt auf mich zu. „Explosion in der Anstalt. Zwei Männer tot!"

Mein Magen zieht sich zusammen.

Jynxson.

EINUNDVIERZIG

Mittwoch, 12. August 2010

Wir sind gerade aus der Notaufnahme zurückgekommen, wo ich Stunden mit Heath verbracht habe. Ich habe es geschafft, seinen Kopf aus dem Bettchen zu befreien, ohne größere Schäden zu verursachen, aber sie behalten ihn über Nacht zur Beobachtung im Krankenhaus.

Amy hat kein einziges Wort gesprochen, seit meine Schreie sie aus dem Schlaf gerissen haben. Der Schock, ihren kleinen Bruder am Rande des Todes zu sehen, hat sie zutiefst erschüttert. Sie klammerte sich an mich, während ich den Notruf wählte, und zitterte an der Tür, als ich die Sanitäter hereinließ.

Die Fahrt ins Krankenhaus war unerträglich. Heaths Wehklagen hallte im Krankenwagen wider, jeder Schrei war ein scharfer Dolch in meinem Herzen. Ich versuchte, für Amy stark zu sein, aber ich konnte meine Tränen nicht zurückhalten. Meine Hände zitterten so sehr, dass ich kaum Heaths Einweisungspapiere unterschreiben konnte.

Amy wird weiterhin von Charlottes Geist verfolgt. Jedes Mal, wenn sie eine blonde Krankenschwester sah, drückte sie meine Hand so fest, dass ihre Nägel sich in meine Haut bohrten.

Ich habe versucht, Lyle anzurufen, aber er ist an einem Ort

mit schlechtem Empfang. Er hat eine Nachricht hinterlassen, in der er sagt, dass er einen Anwalt konsultiert, um *Three Fates* davon abzuhalten, Dolly nach Hause zu schicken, solange sie noch eine Gefahr für andere ist.

Er hat sich in einer nahegelegenen Pension eingemietet und weigert sich, irgendwelche Papiere mit *Three Fates* zu unterschreiben, bis er sicher sein kann, dass Dolly in sicheren Händen ist. All diese Opfer, die er für die Familie bringt, erfüllen mein Herz mit einer grenzenlosen Liebe zu ihm. Er ist von Anfang an so gewesen.

Weder Amy noch ich konnten in dieser Nacht schlafen, da Heaths Leben auf dem Spiel stand. Ich klammerte mich an mein kleines Mädchen, starrte in das leere Bettchen und fragte mich, wie es möglich war, dass ein Baby seinen Kopf durch so enge Gitterstäbe schieben konnte.

Als ob Amy meine Gedanken lesen könnte, sagte sie mir, dass Charlottes Geist dies Heath angetan hatte, weil sie Vergeltung üben wollte. Ein Leben für ein Leben. So sehr ich Amys Worte auch als die Fantasien eines traumatisierten Kindes abtun wollte, konnte ich nicht verhindern, dass mir ein Schauer über den Rücken lief.

Ich habe ihr gesagt, dass das Unsinn ist. So etwas wie Geister gibt es nicht, aber Amy besteht darauf, dass sie es gesehen hat.

Als die Sonne aufging, schlief ich immer wieder ein und dachte darüber nach, wie ich Amy helfen konnte, ohne die Familie wegen des Mordes an Charlotte zu belasten, und suchte im Internet nach einer Lösung. Die ärztliche Schweigepflicht gilt nur, wenn der Patient keine Gefahr für sich selbst und andere darstellt.

Ein kleines Mädchen, das davon spricht, ein Baby zu opfern, um den Geist der Frau zu besänftigen, die ihre Zwillingsschwester getötet und deren Mord ihr Vater vertuscht hat, wird eine Horde von Polizisten anlocken. Sie werden Amy nicht einfach in eine Anstalt stecken. Sie werden Lyle und mich einsperren, und dann wird Heath ohne seine Eltern aufwachsen, als ein Mündel des Staates.

Eine Pflegefamilie ist ein Schicksal, das ich niemandem wünschen würde, schon gar nicht meinem eigenen Fleisch und

Blut. Er wird unter lauter Fremden aufwachsen und nicht wissen, dass er einmal eine liebevolle Familie hatte.

Mit diesen düsteren Gedanken beschloss ich, einige Bücher über Trauma zu kaufen und die Übungen mit Amy durchzuarbeiten. Ich werde ihr Therapeut sein und ihr helfen, die Albträume zu verarbeiten. Ich werde ihr zerbrechliches Herz heilen.

Am nächsten Morgen kehrte Lyle von seinem juristischen Kampf mit *Three Fates* zurück und sah aus, als hätte er kaum ein Auge zubekommen. Er ließ sich auf dem Sofa nieder, während Amy und ich Heath aus dem Krankenhaus abholten.

Amy war besser gelaunt und schien erleichtert zu sein, dass es Heath gut ging. Ich bestellte ein Kinderbett mit breiteren Gitterstäben, die nur drei Zentimeter auseinander standen, sodass die Zwischenräume gerade groß genug für eine Babyhand waren. Es ist mir immer noch ein Rätsel, wie das passieren konnte, aber ich wollte das Schicksal nicht noch einmal herausfordern.

Ich war so erschöpft von dem ganzen Stress, dass ich am Wohnzimmer vorbei ging, ohne Lyle zu wecken, und Heath nach oben brachte. Nachdem ich ihn gestillt hatte, fiel ich in einen tiefen Schlaf.

Als ich aufwachte, sah ich Amy, die Heath aus dem Zimmer trug.

ZWEIUNDVIERZIG

XERO

Es kostete mich jedes Quäntchen Willenskraft, mich von Amethyst loszureißen und sie in Isabels Obhut zu geben. Unsere Aufmerksamkeit war durch die Explosion in der Anstalt und den Versuch des Fahrers, mit dem Hubschrauber zu entkommen, schon genug geteilt.

Ich eile zurück auf die Brücke, wo die vier Mitarbeiter, die ich mit den Drohnen beauftragt habe, an ihren Laptops kleben.

„Jynxson", sage ich durch mein Bluetooth-Headset. „Bericht."

„Sieht aus, als gäbe es in der Anstalt ein Gasleck", antwortet er. „Große Verluste auf deren Seite. Leichte Verletzungen auf unserer Seite."

„Was brauchst du?", frage ich.

„Es ist bereits alles geregelt. Dennis ist gerade auf dem Weg, um die verletzten Geiseln zu transportieren."

„Gut." Ich wende mich an einen der Agenten am Laptop. „Wie ist der Status des Hubschraubers?"

„Die Passagiere sind mit Maschinengewehren bewaffnet. Das Zielsystem dieser Drohne wurde beschädigt."

„Kannst du sie stabilisieren?", frage ich.

Er schüttelt den Kopf. „Unmöglich. Und die Waffenhalterung der anderen Drohne ist kaputt. Wir haben die Ortung und die Feuerkontrolle verloren."

Mein Kiefer spannt sich bei seinen Worten an. Anders ausgedrückt: Wir fliegen blind und sind schutzlos. „Und die Drohnen, die wir in die Anstalt geschickt haben?"

„Bereits auf dem Weg zum Hubschrauber. Sollte in drei Minuten da sein."

Die Zeit ist nicht auf unserer Seite. Ich habe ein Team geschickt, um das Auto zu verfolgen, aber sie sind schlecht ausgerüstet, um einem Luftangriff standzuhalten, geschweige denn einen Hubschrauber auszuschalten. Im besten Fall können sie auf den Fahrer schießen, wenn er endlich auftaucht.

„Hey, Xero", erklingt Tylers Stimme in meinem Ohr. „Ich habe gerade den Kontakt zu Camila wiederhergestellt. Sie fragt, was du mit den Männern machen willst, die im Penthouse zurückgeblieben sind."

„Sie soll sich bis auf Weiteres zurückhalten."

Ich habe die Vermutung, dass die Leute in dem Hubschrauber die Drohnen angreifen, anstatt sich in Sicherheit zu bringen, weil sie Vater schützen wollen. Warum sonst sollten sie das Treffen mit den Investoren verlassen, um einem einfachen Fahrer zu helfen? Vater sitzt auf dem Beifahrersitz, in Schussweite. Zu jeder anderen Zeit würde ich losstürmen, um bei seiner Ergreifung zu helfen oder ihn direkt zu töten, aber meine Priorität ist Amethyst.

„Halte mich auf dem Laufenden", sage ich, als ich die Brücke verlasse.

Als ich zu der Stelle zurückkehre, an der ich Amethyst zurückgelassen habe, hat Isabel sie auf eine Liege gelegt, in Decken gehüllt, und ist dabei, den Verband an ihrem Bein zu lösen. Die Haut unter dem Stoff ist mit roten und entzündeten Schnitten übersät.

Ich bleibe wie erstarrt stehen, der Anblick trifft mich wie ein Schlag auf die Brust. „Was zum Teufel haben sie mit ihr gemacht?"

„Das sind Einschnitte." Sie streicht mit einem Mulltupfer über jede Wunde. „Sie sind zu präzise und oberflächlich, um etwas anderes als Folter zu sein."

„Wie konnte sie in diesem Zustand entkommen?"

Sie stößt einen traurigen Seufzer aus. „Sie haben ihr wohl

Schmerzmittel und Koagulanten gespritzt, um sie am Verbluten zu hindern, und alle möglichen Stimulanzien, um sie funktionsunfähig, aber leidensfähig zu halten."

In meinem Kopf entsteht ein lebhaftes Bild von Amethyst, die hilflos in dieser Zwangsjacke gefangen ist, gegen ihren Willen betäubt und gezwungen, unerbittliche Folter und Schmerzen zu ertragen. Eine lodernde Wut schießt durch meinen Körper und pulsiert mit jedem Schlag meines Herzens.

Mit geblähten Nasenflügeln frage ich: „Was hast du noch herausgefunden?"

„Es wird eine Weile dauern, all diese Wunden zu versorgen, um zu sehen, welche genäht werden müssen. Ich habe ihr bereits Blut abgenommen, das zur Analyse ins Labor geschickt wird, aber soweit ich das beurteilen kann, ist sie ausgehungert, dehydriert und unter Drogen gesetzt worden."

Meine Hände ballen sich so stark zu Fäusten, dass meine Knöchel weiß hervortreten, während ich den Drang unterdrücke, alles um mich herum zu zerschlagen. Die Frage, die ich nicht stellen sollte, brennt in meinem Kopf, und ich kann mich nicht zurückhalten. Ich muss es wissen. Meine Kehle ist rau und die Worte fühlen sich wie Sandpapier an, als ich es endlich schaffe, sie hervorzubringen. „Und was ist mit dem sexuellen Trauma?"

Sie hebt den Kopf, ihre Augen sind glasig. „Das ist der nächste Punkt auf meiner Liste, den ich überprüfen muss. Ich möchte sie stabilisieren, bevor ich die DNA sammle und sie auf Verletzungen untersuche, aber dafür musst du gehen."

„Nein", bringe ich mit brüchiger Stimme hervor. „Ich werde nicht von ihrer Seite weichen."

Ihr Blick verhärtet sich. „Dann bleib auf der anderen Seite des Vorhangs. Sie hat die Hölle durchgemacht und braucht nicht noch mehr Publikum."

Isabel legt ihre Pinzette und den Verband beiseite, eilt durch den Raum und holt ein chirurgisches Abdecktuch. Nachdem sie es mit einem verärgerten Schnalzen entfaltet hat, hängt sie es auf und schafft damit eine dünne Barriere zwischen mir und Amethysts Körper.

Seufzend streiche ich mit den Fingern durch ihre Locken, um

sie von dem Laub zu befreien, das sich in ihnen verfangen hat, während Isabel ihre Arbeit auf der anderen Seite des Vorhangs fortsetzt. Die Menge an Schmutz, die sich in ihrem Haar verfangen hat, zeigt mir, wie viel es sie gekostet hat, aus der Anstalt zu entkommen.

Ich zupfe die Blätter, Zweige und Federn heraus, wobei jedes Stück seine eigene Geschichte erzählt. Während ich den orangefarbenen Pollen auskämme, der in ihre blonden Strähnen verstreut ist, löse ich Flocken von getrocknetem Blut. Die schwarze Seite ihres Haares verbirgt eine Schmutzschicht, die meine Fingerspitzen verkrustet.

Wie konnte es zu einer solchen Grausamkeit gegenüber meinem schönen, kleinen, ans Haus gefesselten Geist kommen, noch dazu von ihrer eigenen Zwillingsschwester?

Trauer erfüllt mich, als ich zum Waschbecken gehe und mir die Hände wasche, bevor ich mit den Sachen zurückkehre, die ich brauche, um ihr Gesicht zu reinigen.

Ich ziehe mir ein Paar sterile Handschuhe an, meine Finger zittern vor einer Mischung aus Angst und Wut. Wut darüber, dass mein Vater wieder einmal eine Frau verletzt hat, die ich liebe, und Angst, dass sie nie wieder dieselbe sein könnte.

Mein Herz schmerzt, als ich den Schmutz entferne, der auf ihrem schönen Gesicht klebt und ein Netz von feinen Schnitten enthülle. Was haben sie mit ihr gemacht? Wie viele Männer? Wird sie sich jemals erholen? Mit jedem Wischen des mit Antiseptika getränkten Tuches möchte ich all ihren Schmerz und ihr Leid wegspülen.

Es ist zwecklos. Amethyst war bereits zerbrechlich. Sie wird sich nicht so schnell von solch schrecklichem Missbrauch erholen. Nicht ohne meine Hilfe.

Die Rache, die ich entfesseln werde, wird so gewaltig sein, dass es niemand mehr wagen wird, ihr auch nur ein Haar zu krümmen. Diejenigen, die ihr etwas angetan haben, werden bei der bloßen Erwähnung ihres Namens in die Knie gehen, denn meine Rache wird keine Grenzen kennen.

Ich werde diese Männer aufstellen, sie wie eine Opfergabe binden und sie meiner kleinen Göttin als Zeichen meiner unsterblichen Hingabe servieren. Und wenn sie sie selbst töten will, werde ich ihr die Folterinstrumente reichen und sie zu meiner Königin der Vergeltung machen.

Dolly mag einmal ein Opfer gewesen sein, aber das sie zuließ, dass man Amethyst das hier antat, ist unverzeihlich. Mein kleiner Geist muss ihren Zwilling bestrafen, so wie ich Vater bestrafen will.

Endlich kommt Isabel hinter dem Vorhang hervor. Ich kann mich nicht erinnern, wann ich meine Schwester das letzte Mal so grimmig und unfähig gesehen habe, meinen Blick zu erwidern.

„Was ist es?", frage ich.

„Wir haben vorerst alles getan, was wir können", murmelt sie. „Der Rest hängt von den Ergebnissen des toxikologischen Berichts ab ... und von Amethyst."

Meine Kehle ist mit einem Mal wie zugeschnürt und ich bin unfähig, Worte zu bilden. Ich nicke dankend, schweige und schlucke schwer, als Isabel meinen Arm drückt, bevor sie geht.

Die Tür schließt sich mit einem Klicken hinter ihr, und ich wende mich wieder Amethyst zu. Sie sieht in ihrem erzwungenen Schlummer so engelsgleich aus, aber es ist nur eine Frage der Zeit, bis sie erwacht und sich ihre hübschen Gesichtszüge vor Schmerz verzerren.

„Wir werden das schon schaffen", murmle ich, mehr zu mir selbst als zu irgendjemand sonst.

Amethysts Rettung ist nur der erste Schritt auf einer langen Reise, die sich noch für eine ganze Weile hinziehen wird. Die Tortur, die sie erlitten hat, könnte Wunden aufgerissen haben, die ihre Mutter mit Elektroschocktherapie und Drogen zu versiegeln versucht hat.

Wir werden ihr Trauma gemeinsam aufarbeiten, Schritt für Schritt, unter Schmerzen. Ich werde meinen kleinen Geist niemals aufgeben, ganz gleich, wie beschädigt ihr Verstand ist.

DREIUNDVIERZIG

Donnerstag, 13. August 2010

Als ich sah, wie Amy mein Baby in den Flur trug, war es wie ein Eimer kaltes Wasser, der mir über den Kopf gegossen wird und mich dazu brachte, zu reagieren. Ich folgte ihr mit eiligen Schritten und fragte, was zum Teufel sie mit Heath vorhatte.

Sie erzählte mir, dass Charlotte ins Schlafzimmer gekommen war und drohte, ihn zu ersticken, während ich schlief. Amy versuchte, das Baby vor einem Geist zu schützen. Mein Herz zog sich zusammen. Sie war von der Vorstellung, eine tote Frau zu sehen, dazu übergegangen, auf eingebildete Drohungen zu reagieren.

Ich nahm das Baby an mich und eilte die Treppe hinunter, um Lyle wachzurütteln. Er starrte mich vom Wohnzimmersofa aus mit leerem Blick an, als ich ihm erklärte, was gerade passiert war. Dann schloss er für einige Sekunden die Augen.

Er hat genug, und ich kann es ihm nicht verdenken. Unser ganzes Leben gerät außer Kontrolle, und ich habe keine Ahnung, wie ich es wieder in Ordnung bringen soll.

Ich schrie seinen Namen immer wieder, bis er zurückschrie, ich solle ruhig sein, weil er versuche nachzudenken. Ich sagte ihm, dass Amy professionelle Hilfe braucht und fragte, ob wir sie zu einem Kinderpsychiater außerhalb der Stadt bringen könnten. Wir könnten ihnen sagen, dass Charlotte gar nicht existiert. Dass sie eine eingebildete Freundin sei, von der Amy glaubt, sie sei ermordet worden.

Lyle sagte mir, das sei lächerlich. Sein jüngerer Bruder hat psychische Probleme. So funktioniert das nicht. Das ganze Gerede über das Opfern eines Babys würde die Profis dazu bringen, die Polizei zu rufen. Sie würden Amy auf hundert verschiedene Arten verhören, bis sie die Wahrheit aus ihr herausbekamen.

Ich wartete darauf, dass Lyle sein großes FBI-Gehirn benutzte, um sich eine Lösung einfallen zu lassen. Aber er schlug nur die Hände vor das Gesicht und atmete tief ein, wie ein Mann, der kurz vor einem Zusammenbruch steht.

Heath wurde unruhig, also setzte ich mich ans andere Ende des Sofas, um ihn zu stillen, während ich darauf wartete, dass Lyle etwas sagte.

Das tat er nicht.

Als Amy oben zu weinen begann, rüttelte ich Lyle und fragte ihn, ob er in der Lage sei, das Baby zu halten. Seine einzige Antwort war ein müdes Nicken, also übergab ich ihm Heath und eilte nach oben.

Ihr Schlafzimmer war ein einziges Chaos. Das Laken hing über dem Fenster, und alle ihre Kleider lagen verstreut auf dem Boden. Ich suchte sie in dem Chaos und folgte einem leisen Wimmern, das hinter der Schranktür erklang.

Ich wusste, dass es besser war, die Tür nicht aufzureißen, falls sie sich dort mit einem Messer versteckte. Stattdessen klopfte ich gegen das Holz und fragte, ob es ihr gut ginge.

Sie weinte und sagte, sie habe nur helfen wollen, was mir das Herz brach. Ich dachte zurück und fragte mich, wie zum Teufel wir in diese Situation geraten waren. Wir waren eine so glückliche Familie, bis ich schwanger wurde.

Ich bin mir sicher, dass das der Zeitpunkt war, an dem die Probleme anfingen. Das war die Woche, in der Amy zum ersten Mal zu mir kam und sich darüber beschwerte, dass Dolly ihr im Schlaf ein Stück ihrer Haare abgeschnitten hatte. Als ich Dolly zur Rede stellte, fehlte ihr das Haar an genau derselben Stelle. In der nächsten Nacht beschwerte sich Dolly, dass ihre Matratze nass sei.

Dr. Forster tat ihre Mätzchen als Geschwisterrivalität ab und meinte, Amy würde sich durch ein mögliches Baby bedroht fühlen. Dann ging er davon aus, dass die Zwillinge zusammenarbeiten, um mich daran zu hindern, ein weiteres Kind zu bekommen. Er sagte mir, ich solle mit ihnen sprechen und ihnen erklären, wie das Baby unsere Familie vervollständigen würde.

Ich war eine Närrin, als ich auf ihn hörte. Alles, was er vorschlug, war, als würde man ein Pflaster auf eine eiternde Wunde kleben.

Es kostete mich alle Mühe, meinen Groll auf Dr. Forster beiseite zu schieben und mich auf Amy zu konzentrieren. Als ich sie schließlich aus dem Schrank lockte, kroch sie mit einer Puppe und einer Schere in der Hand heraus. Ich fragte sie, wofür das sei, und sie sagte mir, Charlotte wolle eine Locke von Heaths Haar.

Charlotte wollte die Puppe in einen Körper verwandeln, den sie bewohnen konnte, um ihren Mord zu rächen. Aus Gründen, die Amy nicht erklären konnte, brauchte Charlotte auch ein paar Tropfen des Blutes des Babys, um ein Ritual durchzuführen.

Ich habe eine Menge Fragen gestellt, um der Sache auf den Grund zu gehen. Amy sagte, sie habe Charlotte davon überzeugt, dass der wahre Mörder wieder in *Three Fates* sei. Charlotte wollte, dass Amy ihr dabei behilflich war, ihre Seele auf die Puppe zu übertragen, und sie dann in die Einrichtung schickte, um Dolly zu bestrafen.

Amy hat das Zeug zu einer meisterhaften Geschichtenerzählerin. Ich muss zugeben, dass es eine sehr fantasievolle Handlung war, aber ich will verdammt sein, wenn ich dabei mitmache, um ein Hirngespinst von ihr zu besänftigen.

Ich streckte meine Hand aus und befahl Amy, mir die Schere zu geben. Sie tat es, aber erst, nachdem sie mir in die Handfläche gestochen hatte und mir Blut über die Haut lief. Als ich schrie, kam Lyle nicht die Treppe hinauf, um zu sehen, was los war.

Während der nächsten Sekunden war ich wie erstarrt und sah zu, wie Amy das Blut auf der Puppe verteilte. Sie glaubte, dass sie das tat, um die Familie zu retten. Ich fragte mich, ob ich den falschen Zwilling fortgeschickt hatte. Vielleicht habe ich nicht bemerkt, dass sie beide gestört sind, weil Dolly einen Hang zum Dramatischen hat.

Noch so ein Vorfall, und ich muss Amy vielleicht auch wegschicken.

VIERUNDVIERZIG

AMETHYST

Mein Bewusstsein löst sich aus der Enge eines schweren Beruhigungsmittels und bringt das Geräusch von leichtem Piepen mit sich. Jeder Muskel schmerzt, als wäre ich einen Marathon gelaufen, meine Haut brennt, und mein Inneres fühlt sich leer an. Es ist, als hätte jemand meine Batterien herausgenommen und mich zum Sterben zurückgelassen.

Erinnerungen strömen wie Blütenstaub in mein Bewusstsein zurück. Der Autopsieraum, der Wald, der Bus ... Und Delta. Ich versuchte, ihn zu bekämpfen, aber er war zu stark.

Mein Herz zieht sich schmerzhaft zusammen. Er hat mich zurückgebracht.

Ich warte darauf, dass Xero seine Arme um meine Taille legt und mir zusammenfasst, was ich verpasst habe, aber alles, was ich höre, ist der schnelle Schlag meines Pulses. Wenn er nicht hier ist und mir hilft, meine verworrenen Gedanken zu ordnen, dann müssen sie mir ein Antihalluzinogen gegeben haben, damit ich keine Kraft mehr aus seiner Gegenwart schöpfen kann. Meine Brust zieht sich zusammen. Ich kann Deltas Strafe nicht allein ertragen.

Xero?

Als immer noch keine Antwort kommt, reiße ich die Augen

auf. Ich befinde mich in einem Krankenzimmer. Es ist größtenteils dunkel, nur das Mondlicht fällt durch die Fenster.

Die Wände sind weiß und wirken steril, aber wenigstens sind sie nicht gepolstert. Und ich liege auf einem Krankenhausbett und nicht auf dem Boden. Dicke Gurte fixieren meinen Körper auf der harten Matratze, aber ich könnte mich jetzt nicht bewegen, selbst wenn das Zimmer brennen würde.

Ich werfe einen Blick auf eine Reihe von Maschinen mit hellen LED-Anzeigen, die meine Augen tränen lassen. Was auch immer zwischen meiner Gefangennahme im Bus und jetzt passiert ist, muss so traumatisch sein, dass ich lebenserhaltende Maßnahmen brauche.

Delta muss mich an einen anderen Ort versetzt haben, weil ich die Dreharbeiten gefährdet habe, indem ich die Polizei gerufen habe. Ich nehme an, dass er mich betraft hat, denn mein Körper fühlt sich an, als würde ein Feuer in ihm wüten.

Ich warte darauf, dass Xero mir die Einzelheiten erklärt, aber er schweigt.

Schmerz durchzuckt mein Inneres, und Tränen brennen in meinen Augen. Ihn zu verlieren ist, als würde man sich schutzlos einem Sturm entgegenstellen. Xero war mein Puffer vor der Realität. Der Teil von mir, der stark genug war, um den Missbrauch mitzuerleben, während ich dorthin abdriftete, wo es sicher war.

Schritte nähern sich von der anderen Seite der Tür. Mein Magen verkrampft sich vor Angst. Adrenalin durchflutet meinen Körper und meine Muskeln spannen sich in Erwartung eines Angriffs an.

Die Tür öffnet sich, und ich schließe die Augen, um Dolly oder Delta oder wer auch immer gekommen ist, um meinen Albtraum noch weiter zu verschlimmern, nicht anzusehen.

„Bist du wach, kleiner Geist?", höre ich Xero fragen.

Mein Herz setzt einen Schlag aus. Ist er zurückgekommen? Ich warte darauf, dass er meine Gedanken liest und mir antwortet, aber er bleibt stumm. Als warme Finger über meine Stirn streichen, um eine verirrte Locke wegzustecken, beschleunigt sich mein Atem.

Das ist Xero.

Warum informiert er mich nicht über den Stand der Dinge? Inzwischen wird er eine Strategie ausgearbeitet haben oder zumindest fragen, was ich als Nächstes tun will. Aber er steht nur schwer atmend neben meinem Bett.

„Öffne deine Augen", sagt er, und seine Stimme ist so sanft, dass ich weinen könnte.

Ich schaue durch meine Wimpern und starre zu Delta hoch. Er hat sich den Bart abrasiert, aber es ist unverkennbar er.

Alarm wallt in meiner Brust auf und lässt die Maschinen um mich herum schrillen. Die Angst umklammert meine Brust, bis ich mit einem Schrei die Luft herausstoße. Seine Augen weiten sich, als er zurücktritt, vermutlich um eine Spritze zu holen.

Ich winde mich in meinen Fesseln, angetrieben von den letzten Resten meiner Kraft. Ich kann es nicht noch einmal geschehen lassen. Nicht, solange ich noch bei Bewusstsein bin. Nicht, solange ich noch atme.

Die Tür öffnet sich und schlägt lautstark gegen die Wand. Eine dunkelhaarige Frau in einem weißen Kittel, die Dolly in keinster Weise ähnlich sieht, stürmt herein. Sie ist klein, wie ich, doch sie legt ihre Hände auf Deltas Brust und schafft es, ihn aus dem Raum zu schieben.

Sobald sich die Tür hinter ihm schließt, lässt der Druck in meiner Brust nach, und ich atme geräuschvoll ein. Ein Schaudern erfasst meinen Körper und setzt sich in meinen zitternden Fingerspitzen fest. Bevor ich überhaupt verarbeiten kann, was gerade passiert ist, tritt sie an die Seite meines Bettes.

„Amethyst?", sagt die Frau.

Sie ist hübsch, hat ein herzförmiges Gesicht, weiche Gesichtszüge und dunkle Haare, die ihr in lockeren Wellen, bis zu den Schultern fallen. Irgendetwas an ihr kommt mir bekannt vor, aber im Augenblick fühle ich mich nicht in der geistigen Verfassung, um herauszufinden, was. Obwohl ihre Gesichtszüge sympathisch sind, kann ich nicht anders, als vor ihrer Berührung zurückzuschrecken.

Was, wenn Dolly sich als Ärztin verkleidet hat? Als ich in ihre tiefbraunen Augen blicke, erfasst mich nicht die übliche Angst. Sie ist jemand anderes. Vielleicht eine andere Angestellte von Delta?

„Mein Name ist Isabel", sagt sie. „Und du bist in einem sicheren Haus am Rande von Beaumont City. Ich bin hier, um dir bei deiner Genesung zu helfen. Kannst du mir sagen, wie du dich fühlst?"

Ich runzle die Stirn. Wie kann ich sicher sein, wenn ich bei Delta bin?

Ihr Blick wird sanfter. „Amethyst, du bist wieder in New Alderney."

Ich schlucke schwer und glaube ihr kein einziges Wort. Delta ist ein Mörder, ein Menschenhändler, ein Kinderschänder, ein Vergewaltiger und tausend andere Dinge, die nichts mit Sicherheit zu tun haben.

Während die Maschinen weiter piepen und surren, prüft sie die Monitore, ihre sanften Hände lockern die Gurte um meine Brust.

„Wir mussten dich vorhin fixieren und betäuben, weil du dich und andere hättest verletzen können", sagt sie. „Wir haben das zu deinem Schutz getan."

„Jetzt geht es mir besser", lüge ich durch zusammengebissene Zähne. „Könntest du die Gurte lösen? Bitte."

Sie starrt mir einen Augenblick lang in die Augen und mustert mein Gesicht, als wolle sie herausfinden, ob ich zurechnungsfähig bin. Ich starre zurück und tue alles, was ich kann, um zu zeigen, dass ich keine Bedrohung darstelle.

Schließlich sagt sie: „Ich muss sicherstellen, dass es sicher ist, dich zu befreien. Kannst du mir dazu sagen, wie du dich gerade fühlst?"

Mein Kiefer spannt sich an. „Ist das eine neue Form der psychologischen Folter? Was zum Teufel will Delta jetzt von mir?"

„Delta?", fragt sie, und ihre Gesichtszüge verziehen sich.

„Du arbeitest doch für ihn, oder? Ist das eine neue Masche von ihm, um meinen Verstand weiter zu verdrehen?"

Ihre Augen weiten sich und sie schüttelt den Kopf. „Nein, nein! Amethyst, du bist weit weg von ihm. Xero hat dich zurückgebracht."

Seinen Namen zu hören, fühlt sich an, als würde man mir ein Messer in die Brust rammen. Es durchbohrt mein Herz und lässt es in Strömen von Schuldgefühlen bluten. Ich kneife die Augen zusammen, um die unerträgliche Wahrheit zu verdrängen, und lasse den Tränen freien Lauf. Er ist nicht mehr da.

Alles, was von ihm bleibt, ist das, was auf meinem Gewissen lastet.

„Xero ist tot", stoße ich schluchzend hervor, mein Körper zittert vor Trauer.

„Er war gerade eben noch im Zimmer", sagt sie.

„Glaubst du, ich wüsste nicht, dass das Delta ohne Bart war? Und du bist einer seiner Lakaien. Ist das wieder ein Filmdreh?"

Seufzend legt sie eine Hand auf meinen Arm. „Ich bin gleich wieder da."

Isabel entfernt sich von mir, verlässt den Raum und schließt die Tür hinter sich. Kaum ist sie zu, reiße ich ein Auge auf. Es ist Zeit zu fliehen, bevor sie ihre Taktik ändert. Delta braucht mich immer noch lebend, damit ich Xeros Geheimnisse preisgebe. In dem Moment, in dem er ihre Basis in den Katakomben entdeckt, wird er meinen grausamen Tod mit der Kamera aufnehmen.

Ich winde mich unter den gelockerten Gurten und befreie eine Hand. Ich greife an der Seite der Pritsche entlang, meine Finger streifen über den kühlen Metallrahmen, während ich nach etwas suche – irgendetwas, das mir einen Vorteil verschaffen könnte.

Meine Finger finden die Schnalle des Gurtes, der über meine Brust verläuft. Mit zitternden Händen fummele ich an den Metallverschlüssen herum und schaffe es schließlich, meine zweite Hand zu befreien. Die Befreiung meiner Schultern dauert nur Sekunden. Sobald sie befreit sind, arbeite ich an dem Gurt um meine Taille.

Ich setze mich auf, und meine Sicht verschwimmt, als das Blut aus meinem Kopf strömt. Als ich meine Beine befreie, wird die Tür geöffnet und Xero kommt herein, wobei ihm sein nasses, platinfarbenes Haar im Gesicht klebt.

FÜNFUNDVIERZIG

Warum schreibe ich das? Nichts könnte jemals das Gewicht dieser Trauer lindern. Ich habe alles verloren, und es ist alles meine Schuld, weil ich blind war.

Nachdem Amy mir die Schere in die Hand gerammt hat, ging der Wahnsinn immer weiter. Sie wurde immer noch von Charlotte verfolgt, die entweder eine Locke von Heaths Haar oder sein Leben forderte. Ich hätte ein paar Strähnen nehmen sollen, damit sie endlich Ruhe gab, aber damals dachte ich, sie würde dann nach mehr verlangen, zum Beispiel Blut.

In dieser Nacht schlief ich bei verschlossener Tür, um das Baby vor der Psychose meiner Tochter zu schützen. Lyle sah mich an, als würde ich mich lächerlich verhalten, aber er sagte nichts. Alles lief gut, bis Amy uns mit einem markerschütternden Schrei aufweckte.

Lyle und ich stürmten beide aus dem Zimmer, um zu sehen, was los war. Mein kleines Mädchen hockte in der Ecke des Zimmers, blutete und flehte Charlotte immer wieder um Vergebung an.

Ich säuberte die Wunden, wechselte ihr Nachthemd und wiegte Amy in den Schlaf und versicherte ihr, dass alles gut werden würde. Charlotte war nicht real. Morgen früh würden wir ihr ein Medikament geben, um die Visionen zu vertreiben. Ich fühle mich fix und fertig, als ich ins Bett kroch und einschlief.

Als ich am nächsten Morgen aufwachte, atmete Heath nicht mehr. Lyle führte eine Herz-Lungen-Wiederbelebung bei dem Baby durch, während ich den Krankenwagen rief. Danach war mein Verstand wie betäubt. Da waren Sirenen, Sanitäter, die Polizei und ein kleiner Leichensack.

Lyle war untröstlich. Er machte sich Vorwürfe, weil er nicht früher gehandelt hatte, weil er nicht erkannt hatte, welch Gefahr Amy für Heath darstellte. Ich fragte ihn, was er damit meinte. Eine meiner größten Sorgen bei einer zu frühen Geburt war das erhöhte Risiko eines plötzlichen Kindstods. Hätte Charlotte nicht zweimal versucht, mich zu vergiften, hätte ich Heath vielleicht die vollen vierzig Wochen austragen können.

Er packte mich an der Hand, zerrte mich die Treppe hinauf und stieß mich in Amys Zimmer. Ich habe ihn noch nie so wütend gesehen.

Amy schaukelte auf ihrem Bett hin und her, ihr Gesicht war aufgedunsen und rot vom Weinen, ihre Locken standen in sämtliche Richtungen ab. Sie murmelte immer wieder die gleichen Worte: „Ich wollte das nicht. Charlotte hat es getan."

Ich sagte, dass sie nichts damit zu tun hatte. Niemand hätte das Schlafzimmer betreten können. Es war verschlossen.

Dann wurde mir klar, dass es nicht so war. Ich hatte so viel Zeit damit verbracht, Amy zu beruhigen, dass ich vergessen hatte, die Tür abzuschließen. Übelkeit stieg in meiner Kehle auf, als ich fragte, was passiert war.

Amy erzählte mir, Charlotte habe sie wachgerüttelt und sie mit einem Kissen in unser Schlafzimmer geführt, um Heath im Schlaf zu ersticken. Danach habe sie sie mit der Bemerkung, sie seien quitt, wieder in ihr Schlafzimmer gebracht und sei die Treppe hinunter verschwunden.

Mein Magen verkrampft sich bei Amys Geständnis. Geister ermorden keine Babys. Das ist die Domäne von gestörten Kindern.

Lyle stürmte herein und sagte, es sei an der Zeit, der Polizei alles zu erzählen. Dass die Töchter von Giorgi Salentino beide gestörte Psychopathen waren. Ich starrte Amy an, mein Geist war noch immer betäubt von dem Schock, Heath verloren zu haben, und erinnerte Lyle daran, was passieren würde, wenn unsere Gesichter in den Nachrichten auftauchten.

Die Behörden wären unser geringstes Problem. Wenn Mrs. Salentino und ihre Zwillinge uns nicht töteten, dann würden sich ihre mächtigeren Cousins aus der Montesano-Familie um die Angelegenheit kümmern.

Lyle brach in Amys Schlafzimmer zusammen, klammerte sich an sein Haar und sagte, er habe alles für nichts geopfert. Ich blickte von meiner Tochter zu meinem Mann und wusste nicht, was ich als Nächstes tun sollte, dann bat ich ihn, Mr. Delta im *Three Fates* anzurufen.

Ich konnte Lyle davon überzeugen, dass Amy die Geschichte über das Ersticken von Heath erfunden hat. Sie denkt noch immer, sie hätte Charlotte getötet, erinnerst du dich? Lyle starrte mich an, ein gebrochener Mann. Ich wiederholte diese Geschichte immer und immer wieder und fügte weitere Details hinzu, bis er sich schluchzend an Amy wandte.

Lyle rief Mr. Delta an, der Amy nur widerwillig aufnahm. Mein Mann war nicht in der Lage, Auto zu fahren, also bereitete ich Amy ihr Lieblingsessen zu, Arancini mit Caciocavallo, und wir verbrachten den ganzen Tag zusammengekuschelt als Familie. Ich blieb wach und wachte über sie, als ob meine Wachsamkeit uns irgendwie vor den Dämonen unserer Vergangenheit schützen könnte.

Später packte ich Amys Sachen, darunter ein Handy, damit sie mir eine Nachricht schicken konnte, wenn sie *Three Fates* erreichte. Das ist eines der Dinge, die ich bedauerte, als Dolly ging. Abgesehen von dem Vorfall, bei dem sie ein anderes Kind verletzt hat, haben sie uns nicht mehr angerufen, seit wir sie dorthin gebracht haben.

Am nächsten Morgen fuhr Lyle los, während ich noch schlief. Dann wurde ich vom Klingeln des Handys aus dem Schlaf gerissen. Es muss ein Versehen gewesen sein, denn Amy sagte nichts. Ich hörte nur, wie Lyle mit meinem kleinen Mädchen schimpfte. Und ich konnte kaum glauben, was er sagte.

<h1 style="text-align:center">SECHSUNDVIERZIG</h1>

XERO

Isabel sagte mir, dass Amethyst denkt, ich könnte Vater sein, was ihre Angst erklärt. Ich habe mir das braune Wachs aus dem Haar gewaschen und die Tönung entfernt, mit der ich meine Haut verdunkelt habe, damit ich mehr wie ich selbst aussehe.

Als ich das Zimmer betrete, sitzt sie bereits in ihrem Bett, nachdem sie sich von den meisten ihrer Fesseln befreit hat. Meine Brust schwillt vor Stolz, dass sie alles, was ich ihr beigebracht habe, zum Überleben genutzt hat. Ich bleibe in der Tür stehen und staune über meinen entschlossenen, kleinen Geist.

Wir haben sie für die Rückfahrt nach Beaumont City betäubt, wo ein Krankenwagen auf sie wartete, um sie in dieses sichere Haus außerhalb der Stadt zu bringen. Wir versorgen sie mit allem, was sie braucht, um sich von ihrer Tortur zu erholen, aber sie muss verstehen, dass sie frei ist.

Amethyst dreht ihren Kopf, und ihre hübschen, grünen Augen flackern, als sie mich erkennt. Die ganze Anspannung in ihren Zügen schlägt in Erleichterung um, und mein Herzschlag beschleunigt sich.

Sie ist nicht dem Wahnsinn verfallen.

Ohne ein Wort zu sagen, kommuniziert sie mit großen Augen und einem Neigen des Kopfes, das mich näher heranlockt.

„Amethyst?", frage ich.

„Ich fragte, wo du gewesen bist?", flüstert sie.

Ich runzle die Stirn und mache einen zaghaften Schritt auf ihr Bett zu. „Was meinst du?"

Sie starrt mich an, als sei ich ein Rätsel, das sie unbedingt lösen muss. „Du bist verschwunden", flüstert sie, ihre Stimme ist über die Geräusche der Maschinen hinweg kaum zu hören. „Ich konnte dich nicht mehr wahrnehmen, nachdem Delta in den Bus gestiegen war."

Ich atme scharf ein und fühle mich verunsichert, weil sie mich mit einem Bastard wie Vater verwechselt hat. Amethyst sagte mir einmal, dass sie nur von Männern halluziniert, die sie ermordet hat. Sie denkt wahrscheinlich, ich sei in dem Feuer gestorben.

Isabel hat mich gewarnt, nicht mit ihr zu streiten, wenn sie halluziniert, denn das würde sie nur noch mehr beunruhigen. Ich muss sie in die Realität zurückführen, ohne ihre Wahrnehmung abzutun.

„Was glaubst du, wo wir jetzt sind?", frage ich.

„Du weißt es nicht?", fragt sie mit einem Stirnrunzeln zurück.

Ich zucke mit den Schultern. „Ich habe eine Ahnung, aber ich möchte erst deine Meinung hören."

Sie wendet ihre Aufmerksamkeit wieder den Riemen zu, die ihre Beine umschließen, und löst sie mit zitternden Fingern. „Delta muss mich in eines seiner Verstecke gebracht haben, nachdem ich seinen Drehplan durcheinander gebracht habe."

Mein Innerstes verkrampft sich, als ich mir vorstelle, wie sie sich ihren Weg in die Freiheit erkämpft.

„Er hat zur Strafe die Schmerzmittel abgesetzt und mich hier gelassen, bis er seine Sets wieder aufbauen kann", fährt sie fort.

„Ich verstehe", antworte ich, wobei sich ein Kloß in meinem Hals bildet, als mir klar wird, was sie denkt. „Was wäre, wenn ich dir sagen würde, dass Delta nicht hier ist?"

Sie hält inne, ihr Blick wandert zu mir. Tränen haften an ihren langen Wimpern. Sie ist blasser als sonst, mit dunklen Ringen um ihre Augen. Ich habe sie noch nie so herzzerreißend verletzlich gesehen.

„Hast du etwas mitbekommen, während ich wieder dissoziiert habe?", fragt sie.

Die Frage trifft mich wie ein Schlag in die Magengrube. Ich verziehe das Gesicht und frage mich, ob ihre Erfahrungen in der Anstalt mehr Schaden angerichtet haben, als ich ursprünglich befürchtet hatte.

Hält sie mich für eine Halluzination?

Um keine Verwirrung zu verursachen, schüttle ich den Kopf.

Nachdem sie ihre Beine befreit hat, entfernt sie die Elektroden von ihren Schläfen und ihrer Brust, sodass ihre Haut mit Rückständen verklebt ist. Mit einem Zucken zieht sie die Nadel aus ihrer Vene und wirft sie zur Seite.

Ich muss mich zusammenreißen, um daraufhin nichts zu sagen. Ein Eingreifen könnte sie noch mehr durcheinanderbringen, aber wenn ihr klar wird, dass sie frei ist, könnte der Heilungsprozess beginnen.

Sie wischt das Blut an ihrem Kittel ab, schwingt die Beine vom Bett und steht auf wackligen Füßen.

Meine Hände zucken, um sie zu beruhigen, aber ich zwinge mich, meine Arme an den Seiten zu lassen. Es ist nicht das erste Mal, dass sie mich mit einer Halluzination verwechselt. Ich bin nur froh, dass sie mich für eine Vertrauensperson hält.

Sie sieht mich mit grimmiger Entschlossenheit an und sagt: „Lass uns gehen."

Ohne ein weiteres Wort schreitet sie zur Tür. Ich trete zurück, um ihr nicht in die Quere zu kommen.

„Amethyst", sage ich.

Ihre Hand liegt bereits auf dem Türgriff und sie fragt: „Was?"

„Zieh dir Pantoffeln und einen Bademantel an."

Sie dreht sich um und folgt meinem Blick zu einem Paar Pantoffeln mit dicken Sohlen und einem Plüschmantel, der an einem Haken an der Wand hängt. Ihre Augen weiten sich, als ob sie sie zum ersten Mal sehen würde.

Sie nickt, eilt zu den Kleidern und zieht sie an. „Danke", murmelt sie. „Ich kann mich immer darauf verlassen, dass du die kleinen Dinge bemerkst. Sind diese Gänge bewacht?"

„Nein. Du bist in Sicherheit." Ihre Augen verengen sich, also füge ich hinzu: „Die Wachen sind alle draußen, und ich habe Isabels Schritte gehört, als sie den Gang hinunter und durch eine Tür verschwand."

Das Misstrauen auf ihren Zügen löst sich in Erleichterung auf. Sie nickt sich selbst zu und geht zur Tür. „Na dann komm."

Ich folge ihr hinaus in den schwach beleuchteten Flur, wobei unsere Schritte den Hartholzboden knarren lassen. Dieses sichere Haus ist ein zweistöckiges Gebäude auf einem sieben Hektar großen Grundstück am Rande von Beaumont City.

Wir haben unsere unterirdischen Verstecke evakuiert, bis ich beurteilen kann, wie viele Informationen Delta aus Amethyst herausgepresst hat. Meine Agenten sind über die ganze Stadt verstreut, nur meine Schwestern, Jynxson und ein kleines Gefolge von Wachen sind auf dem Gelände.

Amethyst schreitet den Flur entlang, wobei sie wachsam den Kopf von einer Seite zur anderen neigt. Sie steigt die Stufen der Treppe hinunter und bleibt vor der Eichentür stehen.

„Da wurde bestimmt ein Alarm eingebaut", murmelt sie und ihr Blick wandert zu einer Sicherheitstafel.

„Gut gedacht", murmle ich. „Wie willst du weiter vorgehen?"

Sie deutet auf die Küche. „Wir brauchen Waffen, falls wir auf Feinde stoßen."

Amethyst bewegt sich durch die Küche und lässt ihre Finger über die Quarzarbeitsplatten gleiten. Sie durchsucht die Eichenschubladen und -schränke, bis sie eine Sammlung von Messern findet. Nachdem sie mehrere kleine Messer in die Taschen ihres Bademantels gesteckt hat, wählt sie das größte Messer mit der schwersten Klinge aus.

Ich schaue ehrfürchtig zu und frage mich, was zum Teufel ihre Zeit in der Anstalt ausgelöst hat.

Sie öffnet den Kühlschrank und schnappt bei dem Anblick der vielen Lebensmittel nach Luft. Nachdem sie einen Eiweißshake geöffnet und in ein paar Schlucken geleert hat, schnappt sie sich mehrere Kleinigkeiten und stopft sie in ihre Taschen.

Ein Knarren aus dem oberen Stockwerk lässt ihren Kopf hochschnellen. „Was ist das?"

„Die Ärztin", flüstere ich und hoffe, dass Isabel noch in ihrem Quartier ist. „Sie ist harmlos."

Sie schließt den Kühlschrank, huscht durch den Raum und duckt sich hinter die Kücheninsel.

Ich ziehe die Augenbrauen zusammen und frage mich, ob sie sich etwas Neues eingebildet hat. Ich hocke mich an ihre Seite und flüstere: „Was ist los?"

„Das ist ein Trick", zischt sie.

„Was meinst du?"

„Die Drogen lassen nach. Alles tut weh, und du verschwindest teilweise." Sie blickt mich an, wobei ich Tränen in ihren Augen schimmern sehe. „Delta würde mich nie allein in einem Haus lassen. Was ist, wenn das hier eine weitere Filmkulisse ist?"

Mein Magen zieht sich zu einem engen Knoten zusammen und wird mit jedem zitternden Wort, das sie hervorbringt, fester. Ich möchte sie an mich ziehen und ihr versprechen, dass sie in Sicherheit ist, aber diese vermeintliche Halluzination von mir ist das Einzige, der sie vertraut. Ihre Verwirrung zerschneidet meine Brust und lässt mich hilflos zurück, weil ich weiß, dass es mehr als die Wahrheit braucht, um die Barrieren in ihrem gequälten Verstand zu durchbrechen.

„Du hast mich vorhin gefragt, ob ich etwas bemerkt habe, während du dissoziiert hast", flüstere ich. „Erinnerst du dich daran, dass du auf ein Boot getragen und unter Drogen gesetzt wurdest?"

Sie nickt und ihr Atem beschleunigt sich.

„Du warst stundenlang betäubt, und die Ärztin hat deine Wunden gereinigt." Ich deute mit einem Nicken zur Decke. „Sie hat Blutproben und Abstriche genommen."

Ihre Augen weiten sich. „Abstriche?"

„Um die DNA eines jeden Mannes aufzuspüren, der dich berührt hat", knurre ich. „Sie werden sterben."

Sie unterdrückt ein Schaudern und nickt erneut.

„Sie haben dich in dieses Versteck außerhalb der Stadt gebracht. Ich habe ein großes Stück Land mit Nebengebäuden gesehen."

„Noch mehr Sets?", fragt sie, und ihre Stimme steigt alarmiert an.

Ich zucke zusammen, das Gewicht ihrer Angst lässt meinen Magen sich verkrampfen. Mit einem beruhigenden Ton in der Stimme füge ich hinzu: „Der Punkt ist, dass du mit Isabel allein im Haus bist, die hier ist, um deine Vitalwerte zu überwachen."

„Vielleicht traut Delta den männlichen Wachen nicht mehr", murmelt sie.

Mein Kiefer spannt sich an, und ich knirsche mit den Zähnen. Meine Hände ballen sich zu so festen Fäusten, dass sich meine Fingernägel in meine Handflächen bohren. Jeder Instinkt schreit mich an, zu fragen, was es mit dem Mann auf sich hatte, der den Bus fuhr. Ihre Xero-Halluzination würde alles wissen, was sie erlitten hat, denn er war die ganze Zeit bei ihr.

„Willst du etwas essen, bevor wir uns auf die Suche nach einem Fluchtweg machen?", frage ich.

Sie schüttelt den Kopf und zieht eine Grimasse. „Es ist schon schwer genug, diesen Shake bei mir zu behalten. Alles, was ich esse, erinnert mich an die Zwangsernährung."

Meine Brust brennt, ich knirsche mit den Zähnen und schlucke einen Anfall von Wut herunter. Die Vorstellung, dass sie sie zu etwas gezwungen haben, lässt in mir den Wunsch aufwallen, Vater und seine Kohorten in Stücke zu reißen.

Wir hören Schritte, die sich die Treppe hinunter bewegen und uns beide erstarren lassen. Isabel sollte in ihrem Zimmer bleiben, damit ich mich um Amethyst kümmern kann. Mein Herz rast, mein Inneres zieht sich vor Angst zusammen. Nicht wegen meiner Schwester, der ausgebildeten Attentäterin, sondern wegen Amethyst.

„Was willst du tun?", frage ich mit sanfter Stimme.

Sie blickt in Richtung Treppe, ihr Blick wird schärfer. „Jeder, der mit Delta zusammenarbeitet, weiß, was er tut."

Ich schlucke, weil ich eine Konfrontation vermeiden will. Wie ich Isabel kenne, ist sie sowohl mit einer Betäubungspistole als auch mit einer Spritze bewaffnet.

„Oder wir finden einen Weg nach draußen, ohne einen Alarm auszulösen", flüstere ich.

„Oder ich kann sie einfach töten", flüstert sie zurück.

Ein Schauer läuft mir über den Rücken. Amethyst kann ihre mörderischen Instinkte nicht länger verleugnen. Ich wollte ihre kalte, rücksichtslose Entschlossenheit entschlüsseln, aber nicht auf Kosten ihrer geistigen Gesundheit. Oder meiner Familie.

„Riskiere es nicht." Ich hebe eine Hand, bereit, den Schein

einer Halluzination zu zerstören und sie zu packen, falls sie sich auf meine Schwester stürzt. „Isabel könnte den Alarm auslösen."

Ihr Blick schweift durch die Küche, und ihr Körper spannt sich an, als wäre sie kurz davor, loszustürmen. Mein Puls beschleunigt sich, jeder Muskel in meinem Körper spannt sich an, bereit zu reagieren. Die Spannung steigt und wird mit jedem Herzschlag größer. Vielleicht war es eine schlechte Idee, sie so viele Messer mitnehmen zu lassen.

Schließlich nickt sie. „Lass uns einen anderen Weg nach draußen finden."

Ich lasse vor Erleichterung leicht den Kopf sinken. „Wenn sie reinkommt, umrunden wir die Insel und schlüpfen durch die Luke, die ich vorhin im Hauswirtschaftsraum entdeckt habe."

Isabels Schritte werden lauter, und ich fordere Amethyst auf, sich zu bewegen. Ich will nicht, dass meine älteste Schwester und die Frau, die ich liebe, sich in einen Kampf auf Leben und Tod besser kennenlernen.

SIEBENUNDVIERZIG

Ich muss das aufschreiben, bevor ich es vergesse, denn was ich am Telefon gehört habe, war zu verdreht, um es zu glauben.

Amy fragte, wohin sie fahren würden, und Lyle sagte, sie würden sich mit ihrem gemeinsamen Freund Dalton treffen. Das ergab keinen Sinn. Der einzige Dalton, den ich kenne, ist Lyles ehemaliger Kollege, der *Three Fates* empfohlen hat. Er kam ein paar Mal zum Abendessen, aber das war, als die Mädchen schon im Bett waren.

Lyle erklärte, dass Dalton Mr. Delta sei. Und er hatte einen Job für sie, für den sie Zwillinge brauchten. Ich runzelte die Stirn, als ich versuchte, seinen Worten einen Sinn zu geben, während Amy weinte. Sie sagte ein Durcheinander von Worten, hauptsächlich darüber, dass sie nicht nach *Three Fates* zurückkehren wollte, und ich konnte mir zusammenreimen, dass der Sommer, den sie dort verbracht hatte, schrecklich war und dass sie verletzt wurde.

Ich wollte auflegen und Lyle anrufen, aber etwas zwang mich, weiter zuzuhören. Ich glitt aus dem Bett und beeilte mich, ihn auf dem Festnetz anzurufen. Es klingelte und klingelte und schließlich ging die Mailbox an. Ich legte auf und hörte mir den Rest des Gesprächs an.

Lyle lachte und sagte ihr, dass Charlotte ihr alles in *Three Fates* erklären würde. Amy schnappte nach Luft. Ich starrte mit offenstehendem Mund auf mein Handy. Dann erklärte Lyle, wie froh er darüber war, Charlotte angeheuert zu haben, um sie und Dolly aus der Familie zu holen und das Baby zu ermorden.

Ich war wie betäubt vor Schock und unfähig, den Verrat zu verarbeiten, bis Lyle damit prahlte, Allergene in meine Mahlzeiten gemischt zu haben, um eine Fehlgeburt herbeizuführen. Als das nicht funktionierte, setzten er und Charlotte einen drauf. Sie täuschten ihren Tod vor und er ließ sie das Baby ersticken.

Ich rutschte die Wand hinunter und konnte nicht glauben, dass mein treuer Ehemann etwas so Schreckliches arrangieren würde.

Amy fragte immer wieder, was er meinte, und Lyle erklärte genüsslich, wie er mich wie eine Verrückte dastehen ließ, während er mich von meinen Töchtern entfremdete. Er musste Dolly und Amy mit meinem Einverständnis aus dem Haus holen, und sein Plan war aufgegangen.

Mein Mädchen bettelte darum, dass sie nach Hause zurückkehrten. Sie mochte Delta nicht. Sie wollte diese schrecklichen Dinge nicht tun. Ich hörte zu, meine Augen weiteten sich, mein Verstand war ein einziges Chaos. Hatte ich meine Tochter gerade einem Menschenhändler ausgeliefert?

Lyle sagte, es sei nichts Persönliches. Dass er etwas als Gegenleistung dafür brauchte, dass er sein ganzes Leben für eine Frau weggeworfen hatte, die sich als betrügerische Schlampe herausstellte. Amy wusste nicht, wovon er sprach – wie sollte sie auch?

Er erhob seine Stimme und schrie, dass er wusste, dass ich zuhörte. Er nannte mich eine verblendete Schlampe, weil ich glaubte, dass ein unfruchtbarer Mann plötzlich einen Sohn zeugen könnte.

Das Handy glitt mir aus meinen zitternden Fingern, und ich verpasste so, was er als Nächstes sagte. Als ich das Handy wieder in die Hand nahm, um das Ende seiner Schimpftirade mitzubekommen, hörte ich nur noch einige abschreckende Worte über seinen Plan, Dr. Forster zu töten.

Irgendwie hat Lyle herausgefunden, dass Dr. Forster derjenige war, der uns bei unseren Fruchtbarkeitsproblemen geholfen hat.

Schließlich schaffte ich es, meinen Körper dazu zu zwingen, sich in Bewegung zu setzen. Ich legte auf und rief den Notruf an, erstarrte aber, als Amy schrie, es sei seine Schuld, dass ihr kleiner Bruder tot sei. Dann brach am anderen Ende der Leitung das Chaos aus. Glas zerbrach. Reifen quietschten. Metall knirschte. Dazwischen gab es eine Kakophonie aus Schreien und Hupen. Und dann ertönten Sirenen, die einen Autounfall bestätigten.

In Panik ließ ich alles stehen und liegen, sprang in den Geländewagen und fuhr los. *Three Fates* lag irgendwo in Carmel, New Jersey, und es gab nur einen Highway, der es mit unserem Vorort verband. Ich fuhr wie eine Verrückte und überfuhr rote Ampeln und Stoppschilder, bis ich den Ort einer Massenkarambolage erreichte.

Die Menge war zu dicht, um hindurchzukommen, aber ich konnte sehen, wie Sanitäter Amy aus dem Wrack zogen und auf eine Trage legten. Zur gleichen Zeit zogen Polizeibeamte Lyle vom Fahrersitz. Etwas ragte aus seinem Hals heraus. Zuerst dachte ich, es sei ein Trümmerteil des Unfalls, aber jemand aus der Menge rief, es sei eine Schere.

Ich möchte nicht darüber nachdenken, wie sie dorthin gekommen sind.

ACHTUNDVIERZIG

AMETHYST

Xero führt mich durch einen schwach beleuchteten Hauswirtschaftsraum und zeigt auf eine kleine Luke, die sich hinter einem Wäschekorb verbirgt. Ich krieche durch den engen Raum und trete auf eine Veranda hinaus, wo ich die kühle Nachtluft tief einatme.

Zum Feiern ist es noch zu früh. Delta, Dolly und die überlebenden Handlanger sind immer noch da draußen und bauen ein brandneues Set zusammen, um dasjenige zu ersetzen, das sie aufgeben mussten. Ich richte mich auf und starre auf den mondbeschienenen Rasen, der sich bis zu einer dichten Baumreihe erstreckt.

Xero folgt mir durch die Luke, seine Gesichtszüge sind von Schatten gezeichnet, und seine blassen Augen lösen sich keinen Augenblick lang von mir. Als er steht, lasse ich meinen Blick über die dunkle Landschaft schweifen, damit er mir helfen kann, die Baumgrenze nach Anzeichen von Bewegung abzusuchen.

„Was nun, kleiner Geist?", fragt er.

„Wir gehen um das Haus herum und schauen, ob es eine Einfahrt gibt", flüstere ich.

Mit einem Nicken deutet er mir an, voran zu gehen. Wir bleiben dicht an den Gebäuden und versuchen, den Kameras auszuweichen. Xero starrt mich die ganze Zeit an, als wäre ich ein Hirngespinst.

„Was?", frage ich und werfe einen Blick über meine Schulter.

„Wie geht es dir?"

„Als ob das alles zu einfach wäre. So als würden sie diesen Fluchtversuch nutzen, um neue B-Roll-Filme zu drehen." Als er schweigt, füge ich hinzu: „Wie die Szene mit den Badewannen, das Pessar, die Zwangsernährung?"

Er nickt zögernd. Irgendetwas stimmt nicht mit Xero. Die Version von ihm, die ich in der Anstalt halluzinierte, verschwand oft unter extremem Stress, aber er kam immer zurück und sah genauso aus wie vorher.

Ich werfe einen Blick auf seinen schwarzen Kapuzenpulli, seine dunkle Jeans und seine Stiefel. „Wo ist der Smoking? Und warum sind deine Haare nass?"

„Das musst du selbst herausfinden", murmelt er.

Ich schiebe seine kryptische Antwort beiseite und gehe weiter um das Haus. Eine weitere Sache, die mich an ihm stört, ist seine Unfähigkeit, meine Gedanken zu lesen. Vielleicht ist es mein Gehirn, das versucht, mich von dem Schrecken meiner Situation abzulenken ... Ich weiß es nicht. Aber was ich weiß, ist, dass diese Zeitverschwendung Konsequenzen haben wird. Als wir uns auf Zehenspitzen, um das Gebäude herumbewegen, sehe ich eine lange Einfahrt, die in der Ferne zu einem schwach beleuchteten Tor führt.

Alle Gedanken an Xeros seltsames Verhalten verschwinden beim Anblick eines Ausgangs.

„Wohin?", fragt er.

„Wir bleiben auf der dunklen Seite des Rasens und bleiben nicht eher stehen, bis ich den Zaun überwunden habe, um in die Freiheit zu gelangen. Sobald wir hier raus sind, können wir uns zwischen den Bäumen halten, bis ich per Anhalter zurück in die Stadt fahren kann."

Er nickt. „Lass uns gehen."

Mit einem tiefen Atemzug nehme ich all meinen Mut zusammen und sprinte auf die Grasfläche zu, wobei ich darauf achte, mich in den Schatten zu halten. Die Angst schnürt mir die Kehle zu und unterdrückt das Wimmern, das meinen Lippen zu entringen droht. Mit Xero an meiner Seite wird der Schmerz der Schnitte, die mir Delta zugefügt hat, erträglicher.

Der Wind rauscht in meinen Ohren und übertönt das schnelle Trommeln meines Herzens. Jedes entfernte Rascheln von Blättern lässt mein Herz einen kleinen Salto machen. Ich wage es nicht, über die Schulter zu schauen. Mein Blick bleibt fest auf das Tor gerichtet.

Vor mir tauchen zwei Gestalten hinter den Bäumen auf, und meine Schritte geraten ins Stocken. Die eine ist groß und breit, die andere zierlich.

„Warum bleibst du stehen?", fragt Xero.

Ich zeige geradeaus. „Das sind Dolly und Delta."

Er schüttelt den Kopf. „Die Frau hat glattes schwarzes Haar, und sie kommt mir bekannt vor."

Als sie winkt, setzt mein Herz einen Schlag aus. „Sie sieht fast aus wie ..."

„Camila?", flüstert Xero.

„Moment ... glaubst du, deine Leute haben nach mir gesucht? Weil ich ..." Die Worte bleiben mir in der Kehle stecken. „Sie werden mich umbringen für das, was ich dir angetan habe."

Xero schüttelt den Kopf. „Sie werden es nicht erfahren, wenn du es ihnen nicht sagst. Lauf weiter, wenn du nicht riskieren willst, von Deltas Leuten erwischt zu werden."

Er hat recht. Meine Priorität ist es, von diesen Psychopathen wegzukommen. Ich beschleunige mein Tempo und sprinte auf die Bäume zu, meinen Blick auf Xeros Schwester gerichtet.

„Lauf weiter", sagt er und legt mir seine warme Hand auf den Rücken.

Die Wärme seiner Handfläche dringt durch den dicken Stoff des Bademantels und brennt sich wie ein Brandzeichen auf meiner Haut. Die Behaglichkeit ist fast überwältigend, ein krasser Gegensatz zu der kalten Sterilität der Krankenstation. Ich werfe einen Blick auf Xero, der mich mit einer Intensität anschaut, die meine Nerven in Flammen aufgehen lässt.

Mein Atem stockt. Die Drogen, die sie mir dieses Mal verabreicht haben, haben meine Sinne geschärft, denn er fühlt sich fast echt an.

„Amethyst?" Camila winkt mich zu sich.

„Camila?" Ich renne los, auch wenn sie nur ein Hirngespinst ist. Denn das Nächstbeste, um Xero lebendig und wohlauf zu sehen, wäre seine Schwester und seinen besten Freund zu sehen.

„Komm schon", sagt sie mit brüchiger Stimme. „Du schaffst das."

Neben ihr nickt mir Jynxson aufmunternd zu. Ich will wissen, warum sie mir nicht auf halbem Weg entgegenlaufen, bis ich merke, dass sie auf der anderen Seite des Tores stehen.

„Lauf weiter, kleiner Geist", sagt Xero.

Tränen brennen in meinen Augen, und ich blinzle sie weg. Was ist, wenn es wirklich so ist? Das ist der Moment, den ich sowohl erwartet als auch gefürchtet habe. Xeros Leute werden mich für das, was ich getan habe, töten, aber sie könnten es schmerzlos machen, wenn ich sie zu Delta führe.

Ich laufe weiter auf sie zu, wobei meine Schritte von einer turbulenten Mischung aus Zweifel und Hoffnung geplagt werden. Die Ungewissheit nagt an meiner Entschlossenheit und droht, mich zu verunsichern. Ich stolpere einmal, dann wieder, aber jedes Mal bleibt Xeros Hand auf meinem Rücken, seine Berührung treibt mich weiter an. Seine unerschütterliche Unterstützung beflügelt meine Entschlossenheit, und ich verdränge die Angst, angetrieben von dem verzweifelten Wunsch, das Tor zu erreichen.

Als ich aufblicke, um noch einmal einen Blick in diese blassblauen Augen zu werfen, macht mein Herz einen Satz. Sie sind so lebendig, so intensiv. Trotz der physischen Unmöglichkeit des Ganzen fühlt sich die Liebe und Entschlossenheit, die in ihnen lodert, herzzerreißend echt an.

Mein Atem kommt in flachen Stößen. Das hohe Eisentor befindet sich direkt vor mir und dahinter das schöne, lächelnde Gesicht von Camila.

„Fast geschafft", ruft sie. „Amethyst. Beeil dich."

Ich beschleunige mein Tempo und bleibe nicht stehen, bis ich Camilas ausgestreckte Finger erreiche. Sie ergreift meine Hände und zieht mich in eine Umarmung gegen die Gitterstäbe.

Jynxson hält Abstand, aber seine Anwesenheit ist genauso beruhigend. Xero steht so nah, dass ich seine Körperwärme spüren kann, die mich in einen Kokon der Beruhigung hüllt.

Seine unerschütterliche Präsenz erinnert mich daran, dass ich nicht allein bin. Jeder seiner Atemzüge, jede subtile Bewegung erfüllt meinen Geist mit einem tiefen Gefühl der Sicherheit und des Friedens.

„Du bist echt", sage ich, wobei sich ein Schluchzen meiner Kehle entringt.

Sie blickt mich an und ich sehe Tränen in ihren Augen schimmern. „Kannst du rüberklettern?"

Ich werfe einen Blick auf das Tor, finde aber nichts, worauf ich mich abstützen könnte, um hinüberzuklettern. Ich lasse Camilas Hände los und greife nach den Stangen. Sie sind zu glatt, zu gerade, und ich habe nicht die Kraft, um mich hochzuziehen.

Als ich einen Fuß hebe, um zu klettern, finden meine Pantoffeln kaum Halt. Das ist noch schlimmer, als sich aus einem offenen Grab zu befreien.

Jynxson tritt vor, aber Camila versetzt ihm mit dem Ellbogen einen Stoß in die Magengrube und deutet mit einem Nicken auf einen Punkt hinter mir. Die Geste ist so übertrieben, dass ich gezwungen bin, mich umzudrehen, und ich begegne Xeros unerschütterlichem Blick.

Seine Hand landet auf meiner Schulter, warm, stark und fest. Als sich seine Finger mit sanfter Beruhigung zusammenziehen, beginnen sich die rostigen Zahnräder in meinem Kopf zu drehen und bringen mich einer dämmernden Erkenntnis näher.

Mein Blick schweift zurück zu Jynxson und Camila, die beide auf das starren, was hinter mir steht. Hoffnung flackert in meiner Brust auf. Ich drehe mich wieder um und mir stockt der Atem, mein Herz hämmert wie wild in meiner Brust. Meine Augen weiten sich ungläubig, und die Welt verengt sich auf eine einzige Gestalt.

Es ist Xero, groß und majestätisch.

Das Mondlicht fällt auf sein platinfarbenes Haar und wirft einen sanften Schimmer auf seine markanten Gesichtszüge. Seine hohen Wangenknochen und die kräftige Kieferpartie treten scharf hervor, während seine Augen im fahlen Licht wie blaue Flammen zu brennen scheinen. Sein Anblick, der in der

Nacht fast wie aus einer anderen Welt wirkt, lässt mich wieder zu Bewusstsein kommen.

Wenn sie ihn sehen können, bedeutet das …

„Xero?“, flüstere ich.

Er nickt, seine Augen sind von einer sanften Traurigkeit erfüllt. „Ich bin es, kleiner Geist.“

Meine Augen füllen sich mit Tränen. „Aber … Du bist tot. Ich habe dich gesehen. Ich habe das Feuer gesehen.“

Xero nimmt meine Hände, sein Griff ist fest und beruhigend und gibt mir Halt in dieser neuen Realität. „Ich habe überlebt“, flüstert er. „Und ich habe nicht aufgehört, zu versuchen, dich zurückzuholen.“

Ich schüttle den Kopf, während mir die Tränen ungehindert über die Wangen rinnen. „Nein … Wie? Willst du mich nicht tot sehen?“

Sein Blick wird weicher, und er wischt die Tränen mit einer Zärtlichkeit weg, die mein Herz noch mehr schmerzen lässt. „Ich habe das Video gesehen. Sie wollten dich brechen, aber du hast überlebt.“

Mein Schluchzen wird intensiver, mein Körper wird von Schmerz und Schuldgefühlen geplagt. „Oh, mein Gott. Es tut mir so leid.“

Er zieht mich in seine Arme und drückt mich fest an sich. „Es ist nicht deine Schuld“, murmelt er in meine Locken, wobei sein Atem warm und beruhigend über meinen Kopf streicht. „Du wurdest manipuliert und länger seelisch gequält, als du dir überhaupt vorstellen kannst. Aber jetzt bist du frei. Wir sind frei.“

Die Worte lassen mich nur noch mehr schluchzen. All die aufgestauten Emotionen steigen wie ein Tsunami aus meiner Magengrube auf und drohen, das zu verschlingen, was von meinem Verstand noch übrig ist. Ich klammere mich an Xero, als wäre er der einzige Rettungsanker in dieser Flutwelle aus Selbstvorwürfen und Bedauern.

Er streichelt mein Haar, sodass ein Kribbeln meinen Körper erfasst. „Du bist der stärkste Mensch, den ich kenne. Und jetzt haben wir eine zweite Chance. Wir können zusammen heilen.“

Eine zweite Chance? Das ist viel zu großzügig. Während er mich festhält und beruhigende Worte murmelt, machen sich

Zweifel in mir breit. Trotzdem sinken seine Worte in mein Herz und ersetzen die Angst durch Hoffnung. Dankbarkeit schwillt in meiner Brust an, so überwältigend, dass sie zu platzen droht.

„Wie hast du mich gefunden?", frage ich.

„Dieses Arschloch von Priester hat uns einen Hinweis gegeben", antwortet er.

„Das warst du im Bus?"

Er nickt.

Ich drücke meine Augen zu. „Oh, nein."

„Was ist los?", fragt er.

„Es tut mir leid, dass ich dich angegriffen habe."

Er schmunzelt. „Du hast gekämpft wie eine kleine Hexe."

„Danke", murmle ich in seine Brust. „Danke, dass du mich nicht aufgegeben hast."

„Ich habe dir einmal versprochen, dass wir immer zusammen sein werden. Bis ans Ende der Zeit", sagt er mit belegter Stimme. „Und jeder, der es wagt, dir weh zu tun, wird einen langsamen, qualvollen Tod erleiden."

Vielleicht bin ich seelisch am Ende, aber warum in aller Welt fühlte sich das so unheilvoll an?

NEUNUNDVIERZIG

Sonntag, 16. August 2010

Ich kämpfte mich durch die Menge und schrie die Schaulustigen an, mich zu meiner Tochter zu lassen. Ein paar Leute hinten drängten mich nach vorn, und die Polizei hielt den Krankenwagen an, um mich hineinzulassen.

Amy war bei Bewusstsein, aber benommen, ansonsten schien es ihr gut zu gehen. Als sie mich sah, liefen ihr die Tränen über die Wangen und sie streckte zitternd eine Hand aus. Ich nahm sie und lehnte mich an mein kleines Mädchen und flüsterte ihr Zusicherungen zu, von denen ich nicht wusste, ob ich sie überhaupt selbst glauben würde.

Sie erzählte mir ein paar Dinge, die ich nicht mitbekommen hatte. Dass Lyle derjenige war, der Dollys Dinge zerstört und Wasser auf Dollys Bett geschüttet hatte. Er wollte, dass die Zwillinge sich stritten, damit ich zustimme, sie wegzuschicken. *Three Fates* war ein Ort, an dem junge Mädchen geschickt und gezwungen wurden, schreckliche Dinge mit Männern zu tun.

Ich schloss die Augen, zwang mich zuzuhören und fragte mich, wie ich nicht erkennen konnte, dass Lyle uns alle die ganze Zeit über hinters Licht geführt hatte. Er war der perfekte

Ehemann und Vater gewesen. Bis zu diesem Morgen dachte ich, dass er sich voll und ganz unserer Familie widmete.

Amy drückte meine Hand und flüsterte mir zu, dass Charlotte hinter mir stand und mir ein Messer an die Kehle hielt. Als ich mich umdrehte, war der hintere Teil des Krankenwagens leer.

Ich starrte auf meine Tochter hinunter und verdrängte den aufkeimenden Schrecken. Lyle wollte mich fertigmachen, und es war ihm gelungen.

Mein Baby war tot. Meine Zwillinge waren erbitterte Feinde. Amy sah Dinge, die nicht existierten. Dolly ... Ich hatte keine Ahnung, was sie mit ihr in *Three Fates* anstellten.

Ich fragte Amy, wie man zu der Einrichtung gelangen konnte, aber sie war zu sehr von einer Erscheinung abgelenkt, um zu antworten. Sie zitterte und schluchzte und wiederholte immer wieder, dass Charlotte ihr sagte, sie solle mich töten, um ihr Versagen mit Heath wiedergutzumachen.

Als wir das Krankenhaus erreichten, stand ich in ihrem Zimmer und suchte in meinem Handy nach der Nummer von *Three Fates*. Aber als ich anrief, ging immer nur die Mailbox ran. Ich hinterließ immer wieder Nachrichten, in denen ich sie bat, mir eine Adresse zu geben, damit ich Dolly abholen konnte.

Ich kehrte nach Hause zurück und suchte in Lyles Arbeitszimmer nach Daltons Nummer, bei dem sich herausgestellt hatte, dass er Mr. Delta war. Warum zum Teufel sollte ein ehemaliger FBI-Agent ein Internat leiten? Alles, was ich fand, waren haufenweise Akten von Kindern. Kindern mit Preisschildern.

Einige kamen aus Übersee, andere waren als Ausreißer gekennzeichnet, deren Hintergründe Lyle sorgfältig recherchiert hatte. *Three Fates* war keine Schule und Lyle vermittelte keine Adoptionen – er leitete einen Kinderhandelsring.

Ich rief die Polizei an. Diese gab den Fall an einen hochrangigen Beamten ab, der alle Beweise gegen eine Visitenkarte austauschte – eine mit einer falschen Nummer. Ich beauftragte einen Privatdetektiv, der eine Bareinlage annahm und dann einen exorbitanten Tagessatz verlangte. Als ich versuchte, mehr Geld abzuheben, stellte ich fest, dass unsere Bankkonten vollkommen geleert waren.

Meine Welt brach zusammen, und mein einziger Anker war

Amy. Sie war immer noch im Krankenhaus und wurde von Halluzinationen über Charlotte gequält. Dann rief das Krankenhaus wegen Zahlungsproblemen an und sagte, dass unsere Krankenversicherung abgelaufen sei.

Ich fuhr direkt zu Dr. Forsters Haus und fand ihn dort, wie er Koffer in dem Kofferraum seines Autos verstaute. Ich blockierte seine Einfahrt und erzählte ihm alles. Dass Lyle herausgefunden hatte, dass er mich geschwängert hatte, und dann einen komplizierten Racheplan schmiedete, um meine Töchter zu stehlen und unser Baby zu töten.

Forster versuchte, mich zu verunsichern, bis ich ihm offenbarte, dass ich unsere Sitzungen aufgezeichnet hatte, einschließlich derjenigen, in denen er die Grenzen des professionellen Verhaltens überschritt und meine Verletzlichkeit ausnutzte, um leichten Sex zu bekommen.

Als er fragte, was ich verlange, um mein Auto aus dem Weg zu bewegen, hatte ich eine Liste parat: Hilfe bei der Suche nach Dolly, Hilfe bei Amys Geisteszustand und Hilfe bei Amys Arztrechnungen.

Er rief seinen Kollegen in einer angesehenen psychiatrischen Klinik an, um eine Verlegung zu arrangieren, und gab mir einen Scheck über zwanzigtausend Dollar. Ich bat um mehr, aber er murmelte etwas davon, dass sein ganzes Geld für den Prozess gegen eine weitere Anschuldigung wegen Fehlverhaltens verbraucht sei.

Trotz meiner Abneigung nahm ich den Scheck an. Die einzige andere Möglichkeit, die ich hatte, war, mich der Gnade der Familie Salentino auszuliefern, die mir eher eine Kugel in den Schädel jagen würde, als zu helfen.

Als ich an diesem Abend nach Hause fuhr, stand ein Mann vor der Tür, und eine Reihe von Leuten trug unsere Möbel heraus. Der Mann stellte sich als unser Vermieter vor und sagte, Lyle habe unseren Mietvertrag schon vor Monaten gekündigt. Er hatte zugestimmt, das Haus bis heute zu räumen.

Dann erzählte mir Chef des Umzugsteams, dass alle unsere Möbel auf Kredit gekauft worden waren und Lyle nicht bezahlt hatte.

Mein Herz verkrampfte sich. Langsam ergab alles einen

Sinn. Lyle hatte auf einem lächerlich extravaganten Einkaufs-
bummel bestanden, als sich herausstellte, dass ich schwanger war.
All das, war nichts weiter, als ein ausgeklügelter Plan gewesen,
um mir alles zu nehmen, was mir lieb und teuer war, und mich
mittellos zurückzulassen. Alles, was mir geblieben war, war ein
geistig gestörtes, kleines Mädchen.

Und als ich ins Krankenhaus zurückkehrte, war Amy bereits
verlegt worden.

FÜNFZIG

XERO

Als Isabel und ich die Scharade planten, um Amethyst in die Realität zurückzuholen, erwartete ich Tränen und sogar einen Zusammenbruch. Aber ich hatte nicht erwartet, dass sie einen weiteren Fluchtversuch unternehmen würde, nachdem wir sie ins Bett gebracht hatten.

Wir mussten sie erneut fesseln und betäuben. Ein Teil ihrer Psyche glaubt immer noch, dass sie in Gefahr ist, obwohl sie nicht erklären will, warum.

Ich beobachtete sie letzte Nacht im Schlaf und merkte, wie die Medikamente nachließen und ihre Albträume an die Oberfläche krochen. Sie wand sich in ihren Fesseln, wimmerte und schrie immer wieder die gleichen kryptischen Sätze: *Es ist alles meine Schuld. Ich habe sie umgebracht.*

„Xero?", erklingt Camilas Stimme und reißt mich aus meinen Grübeleien. Ich zucke in meinem Sitz zusammen und schaue mich im Arbeitszimmer nach drei Gesichtern um, die mich anstarren, als wäre ich stundenlang weggetreten.

Meine Schwester lehnt sich in ihrem Sitz vor und runzelt die Stirn. „Bist du noch bei uns?"

Ich reibe mir den Hinterkopf und blinzle. „Was sagtest du noch mal?"

Alle Augen richten sich wieder auf Jynxson, der seinen Lagebericht wiederholt. Die sechs Männer, die wir in der Anstalt gefangen genommen haben, befinden sich in einem stabilen Zustand und sind in einem Bunker auf dem Gelände dieses Unterschlupfs in Arrestzellen gefesselt. Alle geben an, Mitglieder zu sein, die die Gelegenheit bekommen haben, Statisten zu werden, und haben kaum weitere Informationen darüber, wo sich Delta verstecken könnte.

Reverend Thomas bittet um Gnade, nachdem er Camila geholfen hat, die anderen Investoren im Penthouse gefangen zu nehmen. Nachdem Dolly und ihre Begleiter mit dem Hubschrauber weggeflogen waren, um Delta zu Hilfe zu kommen, hatten die Männer das Warten satt und begannen zu gehen. Camila versteckte sich in einer Tür und traf jeden von ihnen mit Betäubungspfeilen.

Der Reverend half ihr, die Männer ins Treppenhaus zu schleppen, wo unsere Agenten kamen, um sie in die Arrestzellen zu bringen. Wir haben sie nach Informationen über Vater befragt, aber nur einer von ihnen scheint etwas zu wissen – ein hochrangiger Beamter der Strafverfolgungsbehörden des Staates New Alderney. Die anderen wurden im Unklaren gelassen.

Mein Verdacht bezüglich des Fahrers im kugelsicheren Auto war richtig. Nachdem die Hubschrauberpassagiere die Waffensysteme unserer Drohnen ausgeschaltet hatten, zeichneten wir auf, wie Vater aus dem Fahrzeug stieg. Die Männer, die ich stationiert hatte, schossen auf ihn, aber er trug kugelsichere Kleidung.

Der Mann, den er blutend auf dem Beifahrersitz zurückließ, hatte nicht ganz so viel Glück.

„Adrian Tanner." Jynxson zeigt das Bild eines dunkelhaarigen Mannes auf dem Computerbildschirm. „Du erkennst ihn vielleicht aus dem Lizzie-Bath-Video, wo er eine unbedeutende Rolle als Leichenbestatter hatte. Er wird zusammen mit anderen Männern, die wir identifiziert haben, im Zusammenhang mit mehreren Morden gesucht."

„Wie ist sein Zustand?", frage ich.

„Nicht gut", antwortet Isabel. „Er hat viel Blut verloren, weil eine Kugel eine Arterie getroffen hat, als sie in seinem Schädel einschlug. Die Ärzte befürchten, dass sie auch sein Gehirn verletzt haben könnte. Dr. Dixon hat ihn vorerst stabilisiert, aber er steht auf Messers Schneide."

„Delta hat wohl versucht, ihm in den Kopf zu schießen, bevor er zum Hubschrauber ging", murmelt Jynxson.

Camila beugt sich vor. „Tyler konnte ihn in jeder größeren Produktion von *X-Cite Media* identifizieren, die derzeit auf deren Mitgliederseite zu sehen ist. Er hat immer eine Schlüsselrolle inne."

„Das ist ein Grund mehr, warum wir ihn lebend brauchen", knurre ich. „Adrian Tanner könnte uns direkt zum Aufenthaltsort dieses Bastards führen."

„Hat jemand den Mann im Bus identifiziert?", fragt Isabel.

„Tyler sagt, sein Name sei Fenrick Greer", antwortet Camila. „Er hat in sechs Videos von *X-Cite Media* mitgespielt, tritt in vier davon aber nur als Statist auf."

„Sein Name wurde verwendet, um das Penthouse und einige der Ausrüstung zu buchen, die auf dem Gelände zurückgelassen wurde", sagt Jynxson.

„Auch wegen Mordes gesucht", fügt Camila hinzu.

Ich nicke und erinnere mich an alles, was mir Reverend Thomas und Harland Stills, der Anwerber, über das Innenleben der Firma erzählt haben. Vater lässt niemanden von der Straße in seinen Snuff-Filmen mitspielen.

Es ist ein langsamer Prozess des Aufstiegs, der damit beginnt, dass man belastende Aufnahmen von sich selbst als Teil eines Vorsprechens einreicht, gefolgt von der Arbeit als Statist. Erst dann werden die Kandidaten dazu befähigt, Gräueltaten vor der Kamera zu begehen. Bis dahin hat Vater genug Beweise gegen die Männer gesammelt, um sicherzustellen, dass sie sich nicht gegen ihn wenden.

Einige Augenblicke lang herrscht Stille im Raum, während ich die Informationen verarbeite, während sämtliche Augen auf mich gerichtet sind. Sie warten darauf, dass ich einen Befehl gebe, aber all meine Gedanken kreisen um meinen kleinen Geist.

„Hat Amethyst schon etwas gesagt?", fragt Jynxson schließlich.

„Sie ist nicht in der Lage, ein Verhör zu führen und steht

immer noch unter starken Medikamenten", antwortet Isabel, bevor ich es tun kann.

Das ist eine Untertreibung. Amethyst muss immer noch einen Medikamentencocktail verarbeiten. Irgendwann heute Morgen ließen die Gerinnungsmittel nach und Blut sickerte durch ihre Verbände, sodass Isabel die Wunden erneut versorgen musste. Seitdem hat sie geschlafen.

„Ihre geistige Gesundheit steht an erster Stelle. Wir müssen ihr Zeit lassen", sage ich und erhebe mich von meinem Platz.

Jynxson runzelt die Stirn. „Können wir sie dazu bringen, über ihre Erfahrungen zu berichten?"

Ich hebe eine Hand. „Geh davon aus, dass sie nichts weiß, bis sie etwas anderes sagt. Wir konzentrieren uns jetzt darauf, die Männer zu verhören, die wir gefangen genommen haben, und die beiden zu identifizieren, die mit Dolly im Hubschrauber saßen und im Penthouse waren."

Er verstummt. Es verstößt gegen unsere Ausbildung, wenn ich eine Nachbesprechung hinauszögere, aber Amethyst ist kein Mitglied unserer Organisation. Selbst wenn sie eine ehemalige Lolita-Attentäterin ist, möchte ich auf keinen Fall ihre verdrängten Erinnerungen wieder hervorholen, um ihr Trauma zu verschlimmern.

Ich verlasse das Arbeitszimmer und lasse Camila und Jynxson zurück, die einen Videochat mit Tyler starten. Isabel folgt mir durch den Flur und die Treppe hinauf, wobei sich ihr Blick in mich bohrt. Im Haus ist es still, abgesehen von unseren synchronen Schritten und dem entfernten Gespräch, das von unten hochdringt.

„Was?", frage ich.

„Du sorgst dich wirklich um diese Frau."

Ich werfe meiner Schwester einen Seitenblick zu. „Ist das ein Problem?"

„Bist du sicher, dass du den richtigen Zwilling hast?"

„Was soll das bedeuten?"

„Eine von ihnen hat dich zum Sterben in einem brennenden Keller zurückgelassen."

Ich knirsche mit den Zähnen. „Komm zum Punkt."

Sie ergreift meinen Arm. „Ich habe nichts gegen sie, aber du musst bedenken, dass Delta sie tagelang unter seiner Kontrolle hatte. Tage, an denen er sie einer Gehirnwäsche unterzogen oder gegen uns manipuliert haben könnte."

Das Gewicht ihrer Worte sinkt wie Blei in meine Eingeweide. Seit ich inmitten von Flammen aufgewacht bin, hat mich diese Möglichkeit in unterschiedlichem Maße geplagt. Ich schaue ihr direkt in die Augen, um ihr klarzumachen, dass ich Amethyst vollkommen vertraue.

„Er hat uns alle irgendwann in unserem Leben erwischt, und wir alle wollen ihn tot sehen", sage ich. „Wenn ich Anzeichen von Manipulation oder Verrat sehe, werde ich mich darum kümmern. Bis dahin werden wir sie mit Respekt und Sorgfalt behandeln."

Sie lässt meinen Arm los. „Ich hoffe, du weißt, was du tust."

Ich schaue ihr hinterher, als sie den Flur entlang und in den Raum neben der Krankenstation geht. Jeder Instinkt sagt mir, dass Amethyst kein trojanisches Pferd ist, aber ich werde das Risiko nicht ausschließen.

Endlich treffen wir Vater dort, wo es ihn schmerzt – in seiner Brieftasche. Das ist nichts, was er auf die leichte Schulter nehmen wird. Die Chance, dass er Amethyst benutzt, um mich wieder anzugreifen, ist gefährlich nahe am Unvermeidlichen.

Ich verdränge die quälenden Zweifel und gehe in Richtung Krankenstation. Amethysts schläfrige Stimme dringt durch den Spalt in der Tür und lässt mein Herz höher schlagen.

Es erinnert mich an die frühen Morgen, die ich im toten Winkel des Gefängnisses verbracht habe, um sie mit Telefonsex zu wecken. Als sie kichert, füllt sich meine Brust mit Hoffnung.

Ich öffne die Tür, trete ein und finde sie fixiert auf dem Bett vor. Sie trägt noch immer den Krankenhauskittel von gestern und hat die Decken bis zur Brust gezogen. Die Morgensonne fällt auf die blonde Seite ihrer Locken und lässt sie wie gesponnenes Gold glänzen.

Sie hält mitten im Satz inne, ihre Augen weiten sich.

„Mit wem sprichst du, kleiner Geist?", frage ich.

Ihr Blick schweift kurz zur Seite, dann begegnet sie meinem, und Enttäuschung huscht über ihr Gesicht. „Ich habe geträumt."

„Du träumst mit offenen Augen?", frage ich.

„Ich dachte, ich wäre wieder in meinem Zimmer, bevor das

alles passiert ist", antwortet sie mit einem Schaudern. „Sieht so aus, als würde mein Verstand nicht aufhören, mir Streiche zu spielen."

„Was geschah in diesem Traum?", frage ich.

„Xero war ..." Sie unterbricht sich selbst, bevor sie von vorn beginnt. „Du warst in meinem Zimmer und hast mir erzählt, dass du für eine Nacht aus dem Gefängnis ausgebrochen bist."

Lächelnd trete ich vor und stelle mich an die Seite des Bettes. Amethyst zieht sich in die Matratze zurück und schluckt, ihr Atem beschleunigt sich. Die Monitore, die ihre Vitalwerte messen, piepsen schneller, und ihr Blick schweift durch den Raum, als ob sie nach einem Ausweg suchen würde.

Ein schweres Gewicht senkt sich in meinen Magen. Sie sieht mich noch immer als Bedrohung an.

„Ruhig", murmle ich und trete einen Schritt zurück, um ein wenig Abstand zu schaffen. „Es ist alles in Ordnung. Niemand ist hier, um dir etwas anzutun."

Ihre Augen blicken in meine, als würde sie nach einer Spur der Täuschung suchen. Ich halte ihren Blick fest und vermittle ihr die Tiefe meiner Hingabe und Liebe. Ihr Blick schwankt, dann beruhigt er sich mit einem Flackern des Vertrauens. Die Verbindung zwischen uns vertieft sich und füllt die Stille mit einem unausgesprochenen Verständnis.

„Brauchst du etwas?", frage ich.

„Kannst du diese Dinger von meinen Händen entfernen."

„Nachdem wir dich wieder in dein Bett gebracht haben, hast du deine Infusion herausgezogen und versucht zu fliehen. Zweimal", sage ich mit einem Seufzen.

Sie reckt ihr Kinn und der Blick in ihren Augen wird hart. „Bin ich deine Gefangene?"

Mein Herz zieht sich schmerzhaft zusammen, und am liebsten würde ich sie an mich ziehen, um ihr ein wenig Trost zu spenden. Aber ich widerstehe dem Drang, obwohl mein Verstand von widersprüchlichen Gefühlen wie Vorsicht, Mitgefühl und Schuldgefühlen aufgewühlt ist. Es zerreißt mir das Herz, sie in Gefangenschaft zu halten, aber sie ist eine Gefahr für sich selbst.

„Du bist dehydriert, unterernährt und stehst noch unter Drogeneinfluss", sage ich.

Die Tür hinter mir öffnet sich und Isabel kommt herein. „Ich habe den Befehl gegeben, dich zu fixieren, nicht Xero. Dein toxikologischer Bericht kam vorhin rein. Wir haben drei Arten von halluzinogenen Drogen in deinem Körper gefunden, zusammen mit Spuren von Schmerzmitteln, Gerinnungsmitteln, Beruhigungsmitteln und zwei Substanzen, die wir noch nicht identifizieren können."

„Was?", flüstert Amethyst, wobei ihre Lippen zittern.

„Wir tun unser Bestes, um sie aus deinem Körper zu spülen, aber es ist unmöglich zu sagen, welche Reaktionen sie auslösen könnten. Wir versuchen nicht, dich als Gefangene zu halten, Amethyst. Die Fesseln sind zu deinem Schutz."

Mein kleiner Geist erschlafft, ihr Blick fällt auf ihre gefesselten Hände.

„Bin ich gefährlich?", fragt sie mit brüchiger Stimme.

Mein Herz schmerzt. Sie sieht so klein aus, so besiegt. Sie hat Jahre damit verbracht, von ihrer Mutter unter Drogen gesetzt und kontrolliert zu werden, nur um am Ende immer noch gefesselt zu sein. Dies ist das Gegenteil des Lebens, das sie verdient.

Ich mache einen Schritt auf sie zu und greife nach einer ihrer Hände. Als sie zusammenzuckt, zerspringt mein Herz.

„Du bist nicht gefährlich", sage ich. „Nur zerbrechlich. Die Schnitte, die sie dir überall am Körper zugefügt haben, sind wieder aufgegangen. Die Verletzungen können nicht heilen, solange die Drogen nicht aus deinem Körper verschwunden sind."

Sie senkt den Kopf, ihre Schultern erbeben unter Schluchzern.

„Wir werden das gemeinsam durchstehen", sage ich mit brüchiger Stimme.

Als sie schließlich den Kopf hebt, starrt sie mich aus geröteten Augen an. „Woher soll ich wissen, ob ich dir glauben kann, oder ob du mich nur am Leben hältst, bis ich dir alle Informationen gegeben habe, die du haben willst?"

EINUNDFÜNFZIG

Dienstag, 24. August 2010

Ich bin wieder da, wo ich angefangen habe: Auf den Knien flehe ich die Familie Salentino um Gnade an.

Dr. Forsters Sekretärin sagte mir, er habe die Stadt verlassen und sei nicht zu erreichen. Die berufliche Situation, die er erwähnte, war eine Untertreibung. Sechs Frauen beschuldigten ihn, weitaus schlimmere Verbrechen begangen zu haben, als sie zu schwängern.

Lyles Bruder Clive wurde wegen der Herstellung von Snuff-Filmen verhaftet. Sein Prozess wurde aufgrund der erdrückenden Beweislage beschleunigt und endete mit einer lebenslangen Haftstrafe. Ich schaffte es, ihn im Gefängnis zu besuchen, um zu fragen, wohin Dalton meine Tochter gebracht hatte, aber er wetterte, dass er reingelegt worden war.

Und ich glaube ihm.

Wenn Lyle im Laufe von sechs Monaten eine solch verheerende Rache inszenieren kann, dann kann Dalton den Besitzer eines BDSM-Nachtclubs für ein so abscheuliches Verbrechen wie das Filmen von Mord und Vergewaltigung von Frauen verantwortlich machen. Vielleicht wurden Dalton und Lyle nicht nur deshalb aus dem FBI ausgeschlossen, weil sie die Opfer ihrer Zielpersonen geschützt haben.

Die Salentino-Zwillinge haben mich in ein Zimmer eingeschlossen, während sie ihre Nachforschungen anstellen. Zu dem Zeitpunkt, als ich ihre Villa erreicht habe, habe ich den Namen des Krankenhauses, in das Dr. Forster Amy verlegt hat, und seinen Standort vergessen. Ich bin wütend auf mich selbst.

Giorgis Schwestern haben dieses Tagebuch gelesen. Es ist das Einzige, was mich am Leben hält. Anscheinend wussten sie, dass Lyle für das FBI arbeitete. Er war ihr Insider und versorgte sie mit Informationen, um sich die Behörden vom Leib zu halten. Er sagte mir, wir würden uns vor den Salentinos ,verstecken‘, obwohl er in Wirklichkeit nach meiner Flucht noch jahrelang für sie gearbeitet hat und alle glauben ließ, ich sei von einer Bande in New Jersey entführt worden.

Mein Verschwinden aus der Familie verminderte den ohnehin schon angespannten Waffenstillstand, was zum Tod von Giorgi, seinem Vater – dem Oberhaupt der Familie, Don Salentino selbst – und einem der Cousins der Montesanos führte. Die Beziehungen zwischen den Familien sind jetzt stabil, aber die Salentino-Schwestern sagen, der einzige Grund, weshalb ich noch am Leben bin, ist, dass meine Mädchen ihre Mutter brauchen werden, wenn sie zurückkehren.

Der von ihnen beauftragte Ermittler brauchte eine Woche, um Amy ausfindig zu machen. Ein ganzes Heer von Männern rückte an und holte sie aus einer Anstalt heraus. Sie befindet sich jetzt in der Krankenstation des Montesano-Anwesens und wird von dem Arzt betreut, den sie angeheuert haben.

Während Amy im Koma lag, diskutierten die Zwillinge darüber, ob sie mich töten und sie als eine richtige Salentino aufziehen sollten. Sie waren so nett, vor meinem Zimmer zu stehen, damit ich hören konnte, wie sie darüber diskutierten, ob sie mich am Leben lassen oder umbringen sollten.

Ich würde sie als grausame Schlampen bezeichnen, aber sie sind meine einzige Chance zu überleben. Außerdem bin ich nicht in der Position, um über irgendjemanden zu urteilen.

Als Amy aufwachte und Lyle halluzinierte, wurden ihre Pläne, sie mir wegzunehmen, zunichte gemacht. Da sie nicht mit einem geistig verwirrten Mädchen belastet werden wollten, arrangierten sie für sie ein Haus an der gleichen Straße wie ihre Villa und sagten mir, ich solle ihr ein gutes Leben bieten. Oder sie würden mich in ihre Verbrennungsanlage stecken.

Sie suchen immer noch nach Dolly, aber ihre Detektive sagen, die Spur sei kalt geworden. Sie sagten mir, dass Dalton Grey nicht existiert. Nicht im FBI. In keiner Verbrecherdatenbank, und die Fotos, die ich von ihm habe, passen zu niemandem, den sie finden können.

Er hat sich mit Dolly in Luft aufgelöst. Die Vorstellung, dass ich meine Tochter für immer verloren haben könnte, ist unerträglich. Sie ist wahrscheinlich tot. Oder wurde entführt. Oder sie wurde von dieser Schlampe Charlotte doktriniert.

Jedes Mal, wenn ich in Amys Gesicht schaue, sehe ich nur mein Versagen. Das und ihr eineiiger Zwilling, den ich den Wölfen überlassen habe, und das wunderschöne Baby, das viel zu früh aus dem Leben gerissen wurde. Ich kann nicht umhin, mich zu fragen, ob wir noch eine glückliche Familie wären, wenn ich mit meinen beiden Töchtern zufrieden gewesen wäre.

Manchmal wünsche ich mir, ich hätte Lyle nie getroffen. Wenn Giorgi mich umgebracht hätte, wären meine Töchter noch zusammen und würden bei ihren Tanten und Großmutter leben. Vielleicht wären sie verwöhnte Gören, aber sie wären am Leben. Und bei klarem Geisteszustand.

Sie haben bereits einen Psychiater ausgewählt, der Amy helfen soll. Dr. Saint ist die Art von Profi, die keine Aufzeichnungen über ihre Unterweltpatienten führt und nicht beim ersten Anzeichen von kriminellen Aktivitäten zur Polizei rennt.

Ich soll ihr alle meine Geheimnisse anvertrauen, aber es ist klar, dass sie den Salentinos Oberherren Bericht erstatten wird. Die halten mich alle für eine Versagerin. Vielleicht bin ich das, aber ich werde mein Bestes tun, um Amy zu helfen und Dolly ein schönes Zuhause zu schaffen, sobald die Detektive sie gefunden haben.

Amy hat einen Platz an der *Tourgis*-Akademie, wo sie sicher ist, während ich mich bei der Familie Salentino für ihre Großzügigkeit revanchieren muss. Mrs. Salentino sagte, dass eine untreue Hure wie ich nur zur Unterhaltung von Männern gut sei.

Sobald Amy in der Schule ist, ist es meine Aufgabe, den Vorsitzenden der Friedhofsverwaltung von New Alderney zu verführen und genügend Beweise zu sammeln, damit er aufhört, das Krematorium der Salentinos wegen einer Reihe von Verstößen zu belästigen, die er aus der Luft gegriffen hat.

Sobald er erpressbar ist, soll ich ‚meine nuttigen Krallen in den stellvertretenden Bürgermeister schlagen und eine Liste mit geheimen Dokumenten in die Hände bekommen.'

Das ist ab jetzt mein Leben. Ich entkam der Familie Salentino als missbrauchte Ehefrau und kehrte als verschuldete Kurtisane zurück. Das ist mein Karma. Eines Tages werden Amys Erinnerungen zurückkehren, und ich werde erklären müssen, warum ich zuließ, dass sie missbraucht wurde und ihre Schwester verschwand.

Ich habe keine Ahnung, welche Antwort ich ihr geben soll. Manchmal wünsche ich mir, Giorgi hätte seine Drohungen wahr gemacht und mich einfach umgebracht, denn so zu leben ist die Hölle.

ZWEIUNDFÜNFZIG

AMETHYST

Isabel unterzieht mich einer Entgiftung, die doppelt so lange dauert wie die Zeit, die ich als Dollys und Deltas Gefangene verbracht habe. Jeden Morgen nimmt sie mir Blut ab, um den Gehalt an Fremdstoffen in meinem Körper zu überprüfen. Sie schließt mich an eine Infusion an, die mir Flüssigkeit und Nährstoffe zuführt, da mein Magen noch immer nicht in der Lage ist, Essen bei sich zu behalten. Ich habe abwechselnd lebhafte Albträume und Halluzinationen am Tag, während mein Verstand versucht, herauszufinden, was real ist.

Wenn ich nicht gerade halluziniere, träume ich davon, wie ich als kleines Mädchen in die Anstalt eingeliefert wurde, und mich unter der Obhut eines rothaarigen Arztes mit stechenden, grauen Augen wiederfinde.

Er kam mir zu nahe, während die Pfleger in Weiß mich auf einem Metallbett festschnallten, und dann injizierte er mir ein Medikament, das dafür sorgte, dass sich der Raum in ein Kaleidoskop von Farben und Formen auflöste.

Die Stimme des Arztes dröhnte weiter und wiederholte dieselben Worte, bis sie in mein Bewusstsein einsickerten. Diese Worte bildeten eine Mauer um meine Erinnerungen, bis ich nicht einmal mehr meinen Namen kannte.

Sie ließen das Licht in meinem Zimmer an und hielten mich mit heißen und kalten Bädern wach. Wenn ich nach meinen Eltern schrie, brachte er mich in ein anderes Zimmer und befestigte Elektroden an meinen Schläfen. Die Schmerzen waren unerträglich. In dem Moment, in dem ich darum bettelte, nach Hause gehen zu dürfen, ging die Folter von vorn los.

Xero hat mir ein Handy geschenkt, damit ich meine Erinnerungen diktieren und herausfinden kann, was ausgedacht, neu und alt ist. Man kann sie leicht auseinanderhalten, je nachdem, wer in ihnen vorkommt und was sie wollen. Der heutige Delta will, dass ich mich erinnere, während der rothaarige Arzt will, dass ich vergesse. Dazwischen gibt es bruchstückhafte Szenen mit Krankenschwestern, Pflegern und Patienten, die mit toten Augen ins Leere starren.

Während dieser ganzen Zeit wacht Xero wie ein Wächter über mich. Manchmal ist er im Smoking gekleidet, ein anderes Mal trägt er Schwarz. Beide Versionen von ihm bieten mir stille Unterstützung, während mein Körper von den Drogen gereinigt wird und die Erinnerungen langsam zurückkehren.

Eines Nachmittags wache ich auf und spüre keinen Druck mehr. Die Bänder, die mich an das Krankenhausbett fesselten, sind verschwunden.

Xero steht über mir, das Sonnenlicht fällt auf sein platinfarbenes Haar und lässt es wie einen Heiligenschein aussehen, der mich glauben lässt, ich würde einen Engel halluzinieren. Sein schwarzes Hemd und seine Lederjacke vertreiben die Illusion, aber er hat eine raue Schönheit an sich, die mein Herz schneller schlagen lässt.

Ich schaue auf seine Hand hinunter, wo unter seinem Ärmel verschlungene Tattoos hervorlugen, dunkle Tinte auf blasser Haut. Er ergreift zögernd und zaghaft meine Hand, als hätte er Angst, vor meiner Reaktion, auf seine Berührung.

Mein Puls beschleunigt sich, und meine Finger krümmen sich zu Fäusten. Es ist seltsam, wie ich Trost aus der Version von ihm ziehe, die ich halluziniere, aber der echte Xero macht mich nervös. Das Sonnenlicht bricht sich in seinen blassen Augen, die von Schatten umgeben sind, als wäre er in Albträumen gefangen, die so dunkel sind wie meine. Schmerz huscht über sein Gesicht, als ich nicht sofort auf seine Berührung reagiere. Der Ausdruck ist flüchtig, aber selbst ich kann sehen, dass es ihn mitnimmt.

„Isabel sagt, dein toxikologischer Bericht ist einwandfrei. Hast du Lust auf einen Spaziergang im Garten?", fragt er leise, wobei ich Sorge in seiner Stimme mitschwingen höre.

Meine Brust hebt sich hoffnungsvoll bei der Aussicht, nach draußen zu gehen. „Ja ...", krächze ich, meine Stimme ist kaum ein Flüstern. „Ich glaube, das kann ich schaffen."

Als ich mich aufsetze und meine Beine vom Rand der Matratze schwinge, kniet Xero sich vor mich hin. Seine Hände sind sanft, als er mir hilft, meine Füße in dieselben Pantoffeln zu stecken wie zuvor. Die Berührungen seiner Finger jagen mir einen Schauer über den Rücken. Ich lege eine Hand auf seine breite Schulter, um mich zu stützen, während ich aufstehe. Der Raum schwankt und meine Knie geben nach.

Xero fängt mich sofort auf, seine starken Arme legen sich um meine Taille und ziehen mich an sich. Seine Augen fixieren die meinen mit einer Intensität, die mein Inneres erzittern lässt, ein Sturm braut sich in diesen blassen Tiefen zusammen. Sein Duft, eine Mischung aus Leder und etwas Einzigartigem von ihm, erfüllt meine Sinne.

Einen Moment lang kann ich nicht umhin zu bemerken, dass er so aussieht, wie ich mir Delta vorstelle, wenn er sich die Haare blondiert, den Bart abrasiert und Kollagencreme benutzen würde.

Eine Erinnerung an den Tag, als Xero mit Hilfe meiner teuren Gesichtscreme meinen Arsch fickte, kommt auf. Die Absurdität des Gedankens lässt mich auflachen.

„Geht es dir gut?" Seine Stimme wird leiser, Besorgnis zeichnet ein Stirnrunzeln auf sein hübsches Gesicht.

„Ja", schaffe ich zu sagen, wobei ein Lächeln meine Mundwinkel umspielt. „Ich meine ... danke." Ich lasse meinen Blick zu den Pantoffeln hinuntergleiten und versuche, die Hitze, die mir in die Wangen steigt, zu verbergen.

Mit einem winzigen Lächeln löst er seinen Griff um meine Taille. In seinen Augen liegt ein zögernder Verlust, als er zurücktritt und den Bademantel wie ein Gentleman hochhält. Diese einfache Geste, kombiniert mit seiner intensiven Präsenz, lässt mein Herz auf eine Art und Weise flattern, die ich nicht erklären kann.

„Zieh das an. Es ist kühl draußen", sagt er und seine Stimme ist so sanft, dass sich meine Kehle vor Rührung zuschnürt.

Ich schiebe meine Arme in den plüschigen Bademantel, der schwere Stoff streift kaum über meine Kleidung. Als Xeros Finger meine berühren, breitet sich Hitze in mir aus. Ich neige den Kopf, in der Hoffnung, die Röte zu verbergen.

Meine ersten Schritte sind unsicher, meine Beine schwach von der tagelangen Bettlägerigkeit. Isabel hat mir erzählt, dass ich versucht habe, wegzulaufen, als sie mich das erste Mal losmachte, um mich ins Bad zu lassen. Ich hatte mir sogar ein paar Fäden an der Rückseite meiner Beine aufgerissen. Seitdem hat sie mich auf eine Bettpfanne beschränkt.

Ich schlurfe aus dem Zimmer, wobei Xero die ganze Zeit über an meiner Seite bleibt. Seine Anwesenheit ist beruhigend, sein Blick löst sich keinen Augenblick lang von mir. Jedes Mal, wenn ich stolpere, sind seine Hände in meiner Nähe, bereit, mich aufzufangen, wenn ich falle. Ich kann mich nicht daran erinnern, wann sich das letzte Mal jemand so sehr um mein Wohlergehen gekümmert hat oder mir so viel Aufmerksamkeit schenkte.

„Gib mir deinen Arm", sage ich.

Er zögert einen Augenblick lang, bevor er mir seinen Ellbogen anbietet. Ich umfasse seinen Oberarm und fühle mich sofort sicherer.

Der Gang durch das Haus verläuft schweigend, die Luft ist schwer mit unausgesprochenen Worten. Ich erinnere mich kaum noch daran, wie ich durch diesen Flur gerannt bin und dachte, der neben mir laufende Xero sei eine Halluzination.

Meine intensivste Erinnerung ist die überwältigende Welle der Euphorie, als ich erfuhr, dass Xero noch am Leben war. Sie überschattete sogar die Erleichterung, die ich empfand, dass ich frei war. So sehr ich es auch hasste, Deltas Gefangene zu sein, der Gedanke, dass ich Xero ermordet hatte, war weitaus schlimmer.

Wir gehen die Treppe hinunter, wobei Xero darauf achtet, mich bei jeder Stufe zu stützen. Mein Herz flattert bei dieser Aufmerksamkeit, meine Brust füllt sich mit Wärme. Er behandelt mich, als wäre ich zerbrechlich, sogar kostbar. Jede Berührung, jeder Blick fühlt sich an wie das, was ich als Rettungsanker vermisst habe.

Nachdem wir durch einen kurzen Flur zu einer Seitentür gegangen bin, stößt Xero sie auf und gibt den Blick auf einen riesigen Garten frei, der in das goldene Nachmittagslicht getaucht ist. Der Anblick raubt mir den Atem. Wir treten auf eine Rasenfläche hinaus, die wie ein grüner Teppich aussieht, gesäumt von bunten Blumenbeeten und niedrigen Sträuchern.

Das Sonnenlicht wärmt meine Haut, und ich atme tief ein, genieße die Freiheit und die Schönheit. Die Luft ist erfüllt vom Duft frischen Grases und blühender Blumen, eine willkommene Abwechslung zum sterilen Krankenzimmer.

Bei dem Gedanken, wie dieser Garten nach einem Jahrzehnt der Vernachlässigung aussehen würde, läuft mir ein Schauer über den Rücken.

„Geht es dir gut?", fragt er besorgt.

„Das erinnert mich an die Anstalt."

Mit einem Stirnrunzeln wendet er sich mir zu. „Der Wald voller Unkraut?"

„Das war nicht immer so", murmle ich und staune über die Ironie, dass mein halluzinierter Xero mich daran erinnert, wie die Gärten der Anstalt aussahen, als ich klein war. „Der Rasen und die Blumenbeete waren früher gut gepflegt, genau wie hier."

„Erinnerst du dich an all die Zeit, die du dort verbracht hast?", fragt er sanft.

„Genug davon", antworte ich mit einem Schaudern, während die Erinnerungen meinen Verstand wie dunkle Schatten erfüllen. „Ich bin fast dankbar für den Gedächtnisverlust."

„Willst du darüber reden?" Seine Besorgnis umhüllt mich wie eine warme Decke.

„Noch nicht."

„Wenn du ein offenes Ohr brauchst, bin ich da. Oder eine Schulter zum Ausweinen. Wenn du einen Diener brauchst, der deine Waffen hält, während du diese Leute aufspürst, werde ich an deiner Seite sein", sagt er, wobei seine Stimme von Belustigung durchdrungen ist.

Ich drehe mich um und sehe in seine Augen. Augen, die auf mich herabblicken, als wäre ich die einzige Frau auf der Welt.

Augen, die zu dem Mann gehören, der mein Herz mit seinen Briefen, Anrufen und seiner unerschütterlichen Hingabe erobert hat. Augen, die nie aufgehört haben, nach mir zu suchen, selbst, als ich dachte, alles sei verloren.

Spannung baut sich zwischen uns auf, die Luft ist schwer von unausgesprochenen Worten. Ich vergesse den Garten, und meine gesamte Aufmerksamkeit richtet sich auf Xero. Ich weiß nicht, ob ich bereit bin, über das, was in der Anstalt passiert ist, zu sprechen oder gar meine Gefühle zu teilen. Aber ich bin sicherlich nicht bereit, meine Angreifer aufzuspüren.

„Danke", flüstere ich.

Der Blick in seinen Augen wird weicher, und er führt mich zurück zum Haus. Wir gehen um das Haus herum, vorbei an Blumenbeeten, die die Luft mit ihrem süßen Duft erfüllen. Die Backsteinfassade des Hauses weicht einer großen Terrasse mit einer Feuerstelle in der Mitte, umgeben von bequemen Sitzgelegenheiten.

Meine Beine zittern, und ich zeige auf eine Bank. Xero führt mich auf die gepolsterte Sitzfläche, wobei seine Hand auf meinem Arm liegen bleibt. Ich blicke auf das Gelände hinaus, und das üppige Grün beruhigt mein rasendes Herz.

Der Garten ist nicht so reglementiert wie derjenige, den Mom in ihrem Haus in Alderney Hill pflegte. Er geht über in kleine Bäume und größere Sträucher, zwischen denen Wildblumen wachsen. Größere Bäume rahmen den Hintergrund ein, ihre Baumkronen bilden die Anfänge eines Waldes. Die ruhige Umgebung, die entfernten Vogelstimmen, die sich mit dem Rascheln der Blätter vermischen, bilden einen Zufluchtsort, der die Anstalt wie einen fernen Traum erscheinen lässt.

„Wir haben diesen Unterschlupf gekauft, bevor ich ins Gefängnis kam", sagt er, während sein Blick über das Gelände schweift. „Es wird eines von vielen Heimen für Kinder sein, die wir aus der Akademie und der unterirdischen Anlage retten."

„Du würdest die Älteren nicht in die Katakomben mitnehmen?", frage ich.

Er schüttelt den Kopf, wobei ihm eine Strähne seines platinfarbenen Haares in die Stirn fällt. „Jeder, der von den Moirai überläuft, hat die Wahl, ob er sich uns anschließen oder ein normales Leben führen will."

„Gibt es so etwas wie Normalität, nachdem man jahrelang eine Ausbildung zum Profikiller durchlaufen hat?", frage ich leise.

Als er nicht antwortet, drehe ich mich um und starre auf sein Profil. Seine Augen sind auf die Bäume in der Ferne gerichtet und scheinen sich in der Bedeutung meiner Frage zu verlieren. Ich nehme seine hohen Wangenknochen wahr, die Stärke seines Kiefers und die Spannung um seine Augen und seinen Mund. Sein Adamsapfel bewegt sich, als er schluckt.

„Einige haben wir so viel durchgemacht, dass wir uns nicht einmal mehr an das Normale erinnern", antwortet er, und seine Stimme ist erfüllt von der Schwere seiner Worte. „Die meisten bleiben zum Schutz bei uns, denn wer sich den Moirai widersetzt, kann sich nie seines Lebens sicher sein."

Ich ziehe besorgt die Brauen zusammen. Ich hatte erwartet, dass er mit etwas Optimistischerem beginnen würde.

„Deshalb haben wir vor, ihre Führung auszuschalten, angefangen mit ihm", knurrt er.

Delta.

Der Name schwebt wie ein Gespenst zwischen uns.

Xero blickt zu mir, wobei seine Augen vor kaum zu bändigender Wut zu glühen scheinen. „Er wird dafür bezahlen, was er getan hat. Er und seine Komplizen."

Ich rutsche auf der Bank hin und her und schaue überall hin, nur nicht zu ihm. Schuld und Scham winden sich in meinem Innern und lassen mich unter seiner Aufmerksamkeit zusammenzucken. Egal, wie sehr ich mich anstrenge, ich kann das Unbehagen nicht abschütteln.

Diese Version von Xero ähnelt mehr der, die ich kannte – unbarmherzig, rachsüchtig, nie eine Beleidigung ungestraft lassend. Niemand hat ihn in letzter Zeit verraten, außer mir. Es ist beunruhigend, dass er so nett ist, obwohl ich diese Fürsorge nicht verdiene. Und doch gibt es einen Teil von mir, der sterben würde, wenn sie jemals verschwinden würde.

Die Stille dehnt sich aus, bis ich kaum noch atmen kann. Ich kämpfe gegen den erstickenden Drang zu sprechen an und möchte in dieser seltsamen Blase des Friedens bleiben, in der Xero zu sehr damit beschäftigt ist, Delta zu finden, um mich mit dem Versuch zu konfrontieren, ihn lebendig zu verbrennen. Mit zusammengebissenen Zähnen versuche ich, meinen Mund geschlossen zu halten, dennoch kommen mir die Worte ungehindert über die Lippen.

„Wann wirst du das Feuer ansprechen?" Ich schlage eine Hand vor den Mund, weil ich die Frage am liebsten zurücknehmen würde.

Mein Atem stockt, während ich auf seine Antwort warte. Wenn er mich verfolgt und gequält hat, weil ich ihn am Altar stehen gelassen und ein Buch über unsere Beziehung geschrieben habe, dann sollte das, was ich ihm angetan habe, bevor ich weggelaufen bin, mir ein Todesurteil einbringen.

„Sieh mich an", befiehlt er.

Ich schüttle den Kopf und blicke auf meinen Schoß. Unbehagen drückt auf meine Brust und umklammert mein Herz.

„Amethyst", knurrt er, seine Stimme ist eine Mischung aus Frustration und etwas Tieferem.

Ich hebe meinen Kopf und schaue unter gesenkten Wimpern zu ihm hoch. Die Intensität in seinen Augen ist fast zu viel, um sie zu ertragen, aber ich kann meinen Blick nicht abwenden. Ich atme schwer und mein Herzschlag beschleunigt sich. Sein Blick bleibt auf mich gerichtet, als könne er bis in die Tiefen meiner Seele blicken.

„Ich habe das Video gesehen." Er hält inne, verschiedene Emotionen huschen über sein Gesicht, die ich nicht einordnen kann. Da sind Frustration, Wut, Trauer und sogar Stolz. Seine Lippen pressen sich zusammen, als ob er seine nächsten Worte mit äußerster Sorgfalt wählen würde. „Wenn ich denken würde, dass meinen Schwestern so etwas zugestoßen ist, würde ich den Verantwortlichen auch in Brand stecken."

„Das war ich nicht", murmle ich.

„Ich weiß. Es war Dolly."

Ich reiße den Kopf hoch und schaue ihm endlich ins Gesicht. „Woher weißt du von ihr?"

„Wir haben fast alle Personen geschnappt, die mit deinem Verschwinden in Verbindung standen, und haben einige

Geheimnisse über deine Vergangenheit aufgedeckt. Ich weiß, dass du eine Zwillingsschwester hast, die verschwunden ist, als du neun oder zehn Jahre alt warst. Ich weiß, dass du in diese Anstalt geschickt wurdest, damit deine Erinnerungen ausgelöscht werden."

Mein Atem stockt, jede Enthüllung trifft mich wie ein Schlag. Ich starre ihn an, meine Augen weiten sich vor Unglauben und einem Flackern der Hoffnung.

„Was hast du noch herausgefunden?", flüstere ich mit zitternder Stimme.

„Deine Mutter hat ein Tagebuch hinterlassen, das die Lücken füllen kann. Willst du es lesen?"

Meine Kehle ist mit einem Mal wie zugeschnürt, und der Kummer, den ich unterdrückt habe, kommt an die Oberfläche. Es gab eine Zeit, in der ich dachte, Mom sei das Monster, das mir die Bilder geschickt hatte. Sie war vieles, aber sie hatte es nicht verdient, gejagt und getötet zu werden.

„Ich habe weder sie noch meinen Onkel umgebracht", flüstere ich.

„Ich weiß", antwortet er, wobei sich sein Blick keinen Augenblick lang von mir löst.

„Woher?"

„Ich wusste von Anfang an, dass derjenige, der das getan hat, Verbindungen hat. Sie haben zwei Agenten ausgeschaltet, die ich zur Überwachung des Hauses deiner Mutter geschickt hatte."

Meine Kehle zieht sich zusammen, und ich schlucke schwer. „Es tut mir leid."

„Entschuldige dich nicht für ihre Handlungen."

Wir sitzen schweigend da, und ich sacke unter dem Gewicht unserer unausgesprochenen Worte zusammen. Tränen steigen mir in die Augen, und ich wische sie mit dem Handrücken weg. Xero wendet sich mir zu, Mitgefühl liegt in seinen Augen, aber ich ziehe mich auf die andere Seite der Bank zurück, um etwas Abstand zu gewinnen.

„Tut mir leid", murmele ich und versuche, nicht so klein und zerbrechlich zu klingen. „Manchmal kann ich nicht glauben, dass du es wirklich bist."

Er nickt, seine Schultern sinken, und ich fühle mich schuldig, dass ich ihm noch mehr Schmerzen bereitet habe.

Sein Telefon vibriert und durchbricht die Stille. „Bist du bereit für eine Überraschung?", fragt er, wobei der Anflug eines Lächelns seine Lippen umspielt.

„Welche Art?"

„Myra ist gerade am Tor angekommen."

DREIUNDFÜNFZIG

XERO

Als Camila mit Myra Mancini um die Ecke des Hauses kommt, wird die Luft von weiblichem Gekreische erfüllt. Ich erhebe mich von der Bank und ziehe mich in die Küche zurück, damit die Frauen allein sein können. Myra könnte genau das sein, was Amethyst braucht, um sich endlich sicher zu fühlen.

Ich gehe an den Eichenschränken vorbei und betrete eine Speisekammer, die mit Regalen voller Konserven gefüllt ist. Ich strecke meine Hand bis zum obersten Regal und ziehe den Hebel, der die versteckte Tür zum Keller öffnet. Sie springt auf und gibt den Blick auf ein abgedunkeltes Treppenhaus frei. Während ich hinuntersteige, wird Myras Stimme leiser und durch das sanfte Summen unserer Notstromgeneratoren ersetzt.

Wut treibt meine Schritte an. Zu wissen, dass Amethyst Angst vor mir hat, ist ein Dolchstoß ins Herz. Ich hasse mich dafür, dass ich sie leiden ließ, nachdem ich aus dem Gefängnis entkommen war. Sie sollte sich von ihrer Tortur erholen, anstatt meine Vergeltung zu fürchten.

Besser noch, sie hätte gar nicht erst in den Fängen meines Vaters landen dürfen. Ich muss diesen Bastard finden. Ihn langsam töten, wegen allem, was er und seine Untergebenen Amethyst zugefügt haben. Und wegen all der anderen Frauen und Kinder, die er korrumpiert und getötet hat.

Und meinetwegen.

Ich beginne zu joggen, meine Schritte hallen von den Betonwänden wider. Ich bleibe erst stehen, als ich den Gang erreiche, der zu dem Bunker führt, in dem wir die vielversprechendsten Investoren meines Vaters untergebracht haben.

Die Stahltür öffnet sich und entlässt feuchte Luft, in der sich der Geruch von Blut und Schweiß gemischt hat. Eine fluoreszierende Glühbirne schwingt von der Decke und wirft bewegte Schatten in den schwach beleuchteten Raum, in dem Ketten an den Wänden hängen und ein Metalltisch mit Werkzeug steht.

Sein einziger Insasse ist mit verbundenen Augen und blauen Flecken auf einen Stuhl gefesselt, der mit Metallplatten an den Betonboden geschweißt ist. Vier Infusionen führen in seine Arme: Natriumpentothal, um seine Abwehrkräfte zu senken, ein Amphetamin, um ihn wach zu halten, Scopolamin, um ihn gefügig zu machen, und eine Kochsalzlösung, um ihn so lange am Leben zu erhalten, dass er sprechen kann.

Er ist ein Mann mittleren Alters, der Sport treibt, aber immer noch zu viele Kohlenhydrate zu sich nimmt, was ihn eher korpulent als muskulös aussehen lässt. Sein Kopf ist rasiert, wie es Männer tun, die an Kahlköpfigkeit leiden, doch ein dicker Haarkranz am Kinn zieht sich über die Koteletten und den Hinterkopf. Nichts sagt mehr: Ich klammere mich verzweifelt an meine Jugend, als ein kahlköpfiger Mann, der sich an seine letzten Reste von Würde klammert.

Ich drücke einen Knopf an der Wand, der einen Stromstoß durch den Stuhl schickt. Mit einem Schrei schreckt er auf, wobei sich die Fesseln in seine Haut graben.

Ich atme tief ein und genieße den Duft seiner Angst.

„Guten Tag, Carl", sage ich. „Wir beide werden uns jetzt ein wenig unterhalten."

„Wer ist da?", lallt er. „Du weißt, wer ich bin?"

Er ist ein widerstandsfähiges Arschloch. Entweder wurde er darauf trainiert, Wahrheitsseren zu widerstehen, oder er ist durch und durch streitlustig. Inzwischen sollte der Drogencocktail ihn gebrochen und sabbernd zurückgelassen haben. Ich durchquere den Raum und reiße ihm die Augenbinde ab.

„Deputy Chief Carl Hunter", sage ich spöttisch. „Stellvertretender Befehlshaber des Polizeichefs von New Alderney."

Hunter blinzelt, während sich seine Augen an das grelle Licht gewöhnen. Er blinzelt, schließt die Augen und zwingt sie dann, sich zu öffnen. Die Erkenntnis lässt sein zerschlagenes Gesicht zu einer Maske des Schocks verschmelzen. Seine Pupillen weiten sich, und seine rötliche Haut verliert jegliche Farbe.

„X... Xero? Xero Greaves?", stammelt er. „Du solltest tot sein."

Ich fletsche die Zähne bei der Erinnerung an meinen beschissenen Halbbruder, den ich auf dem elektrischen Stuhl braten ließ. „Ich bin nicht so leicht zu töten. Und jetzt lass uns über Delta reden."

Hunters Gesicht strafft sich, der Schock weicht einer Niederlage, ja sogar einem Schrecken. Er schluckt schwer und presst seine Lippen zu einer grimmigen Linie zusammen. Egal, wie sehr er sich bemüht, seine Fassung zu bewahren, seine stoische Maske hat Risse.

„Meine Kollegen werden eine Fahndung eingeleitet haben. Sie sind wahrscheinlich schon auf dem Weg."

Ich stoße ein kurzes, humorloses Lachen aus. „Das ist zweifelhaft, es sei denn, sie wissen, dass du nach Helsing Island geflogen bist, um dem Dreh eines Snuff-Films von der ersten Reihe aus zu verfolgen."

Sein Blick schweift durch den Raum, seine gefesselten Hände verkrampfen sich und lockern sich wieder. „Lass mich frei", stößt er mit rauer Stimme hervor. „Delta wird dich dafür töten."

„Delta hat dich verlassen, lange bevor wir dich auf unseren Katamaran geschafft haben. Weißt du, was er getan hat, als ich euren kleinen Gruppenchat mit Fotos von den bewusstlosen Investoren aktualisiert habe?"

Er versteift sich.

Ich lehne mich näher zu ihm und flüstere: „Absolut nichts."

Zweifel und Wut flackern in Hunters Augen auf. Er stemmt sich gegen seine Fesseln, sein Gesicht läuft rot an und die Adern auf seiner Stirn treten hervor.

Er schnappt nach Luft, sein Brustkorb hebt sich im Rhythmus seiner aufsteigenden Panik. „Du lügst. Delta würde das nicht tun. Er hat ein ganzes Team von Agenten ..."

„Wenn du die Moirai meinst, hast du Pech gehabt. Sie sind ihn schon vor Jahren losgeworden."

Ich gehe zu dem Tisch mit den Folterinstrumenten und wähle Hunters Telefon. Nachdem ich es mit seinem Gesicht entsperrt habe, wähle ich den Gruppenchat und drehe das Telefon so, dass Hunter den Bildschirm sehen kann.

Er holt scharf Luft, sein Gesicht verzieht sich vor Unglauben, als er die Wahrheit auf der App sieht. Die letzte Nachricht lautet: ‚Delta hat die Gruppe verlassen.'

„Bist du jetzt bereit zu reden?", frage ich.

Hunter schluckt schwer und Resignation erfüllt seine Züge. „Ich kann dir nicht viel sagen. Delta ist ein verschwiegener Mann, der alle seine Mitglieder auf Distanz hält."

„Ich würde das von jedem, der anderen Investoren glauben, die wir gefasst haben, aber du bist der Einzige, der nie Geld überwiesen hat. Warum sollte das so sein?"

Wir beide kennen die Antwort. Hunters hochrangige Position bei der Polizei gibt Vater die Freiheit, sein illegales Netzwerk zu betreiben, ohne Angst haben zu müssen, erwischt zu werden. Wahrscheinlich hat er so Nocturne in die Sache hineingezogen, als *X-Cite Media* von Femdom-Inhalte auf Snuff umstieg.

Hunter lässt den Kopf sinken, schließt die Augen, presst die Lippen zusammen und schluckt. „Du solltest mich lieber töten, denn ich habe keine Informationen, die ich dir geben könnte."

„Ich hatte gehofft, dass du das sagen würdest", entgegne ich und ziehe mir ein Paar Handschuhe an.

Er reißt den Kopf hoch. „Was hast du vor?"

Der erste Schlag trifft mit einem befriedigenden Knirschen auf seinen Wangenknochen. Er stöhnt, als sein Kopf zur Seite gerissen wird. Ich lehne mich vor.

„Ich muss einen Haufen Frust abbauen, und du hast mir gerade deinen Körper als ideales Mittel dazu angeboten."

Seine Augen weiten sich für den Bruchteil einer Sekunde, bevor er wieder zu seiner stoischen Maske zurückkehrt. Ich hole aus und verpasse ihm einen weiteren Schlag in den Bauch. Er krümmt sich in seinen Fesseln nach vorn und stößt ein Grunzen aus.

Ich fahre mit einer Reihe von Stößen und Aufwärtshieben fort, die den Raum mit dem Echo seiner Schmerzenslaute erfüllen.

Sein Körper ruckt und zittert bei jedem Schlag. Blut rinnt ihm aus der Nase und von seiner aufgeplatzten Lippe. Ich genieße seinen Schmerz, die Art und Weise, wie sein Körper bei jedem Schlag zuckt, und wie sich sein Gesicht unter meinen Schlägen verzieht.

Aber das ist nicht genug.

„Erzähl mir etwas", sage ich. „Wie fühlt es sich an, die Hauptrolle in einem Snuff-Film zu spielen, anstatt am Rande zu wichsen?"

Sein Blick flackert, ein flüchtiger Moment der Überraschung, gefolgt von Entsetzen.

„Dachtest du, ich würde dir die Kehle aufschlitzen und dein Herz herausschneiden?", frage ich lachend. „Das wäre zu schnell, zu einfach. Du verdienst einen Auftritt, der es mit *X-Cite Media* aufnehmen kann."

Hunters Körper versteift sich, sein Atem beschleunigt sich. Ich lasse meine Worte in der Luft hängen, kehre zum Tisch zurück und nehme einen Schlagstock in die Hand.

„Was?", fragt er, wobei Panik in seiner Stimme mitschwingt. „Willst du mich damit ficken?"

„Und dir die Genugtuung geben?" Ich schwinge ihn gegen seine Schläfe und verpasse ihm einen krachenden Schlag, der durch den Raum hallt.

Sein Kopf wird zur Seite gerissen und Blut spritzt auf den Beton. Sein gutturaler Schrei klingt in meinen Ohren wie eine Sinfonie.

Ich schlage erneut zu, dieses Mal auf die Seite seines Kiefers. Die Waffe trifft, und ein Zahn fliegt durch den Raum, bevor er auf dem Metallboden landet.

Sein Körper zuckt und zittert unter seinen Fesseln, während ich ihm Schläge auf Schultern, Arme und Brust verpasse. Ein

Mann, wie er muss ausgekostet, nicht abgeschlachtet werden. Schreie hallen durch den Raum, der Klang ist so animalisch und roh, dass mein Inneres vor Befriedigung pulsiert.

Ich trete zurück und betrachte mein Werk. Alle Spuren des abgebrühten Offiziers sind verschwunden und durch ein wimmerndes Wrack ersetzt. Sein Körper zittert und ist mit Schweiß und Blut überzogen.

„Was willst du wissen?", stößt er aus.

„Schon so schnell bereit zum Reden?", frage ich und täusche Enttäuschung vor. „Ich habe gerade angefangen, unser Spiel zu genießen."

Er blinzelt zu mir auf, wobei ihm blutiger Speichel von der Lippe tropft. „Sag es mir."

„Fangen wir von vorn an", sage ich. „Wer ist Delta und in welcher Beziehung steht ihr zueinander?"

Er atmet rasselnd ein und atmet aus. „Sein Name ist Dalton Grey. Wir waren zusammen an der FBI-Akademie."

Die Enthüllung trifft mich wie ein Schlag in die Magengrube, aber ich verberge meine Überraschung. Sowohl über diesen faszinierenden Einblick in Vaters Vergangenheit als auch über die Bestätigung seines echten Nachnamens.

„Fahr fort."

Die Informationen kommen nun ungehemmt über Hunters Lippen und enthüllen die Geschichte einer korrupten Gruppe von Agenten, die beschlossen haben, der Unterwelt Auftragsmörder zu bieten.

„Es begann als eine Undercover-Mission", sagt er. „Dann beschlossen Dalton und die anderen, sich zu organisieren und eine Firma namens Moirai Group zu gründen."

Ich nicke, denn ich wusste bereits, dass Vater zum Managementteam gehörte.

„Wir haben anfangs verurteilte und in Ungnade gefallene Agenten angeworben und ihnen Arbeit angeboten. Aber sie für ihr Schweigen zu bezahlen, erwies sich als zu schwierig." Er schluckt. „Da kam Dalton auf die Idee, jugendliche Ausreißer zu rekrutieren. Wir richteten eine Akademie ein und bildeten sie zu Attentätern aus. Sie waren loyal und abhängig. Und das Beste war, dass niemand nach ihnen suchte."

Ich schlucke schwer und zwinge mich dazu, mein Gesicht ausdruckslos zu halten. Es ist ein grausamer Spiegel meiner eigenen Erziehung.

„Welche Rolle hast du bei all dem gespielt?", knurre ich.

„Ich verließ das FBI, um bei der Polizei von New Alderney aufzusteigen. Wir brauchten jemanden, der unsere Interessen von innen heraus vertritt."

Er fährt damit fort und erklärt die Anfänge der Moirai und wie sie sich mit Vaters einzigartigen Methoden der Rekrutierung und Korrumpierung von Kindern zum größten Unternehmen des Landes, das die Dienste von Auftragsmördern anbietet, entwickelt haben. Ich werfe einen Blick auf das rote Licht der Kamera, um mich zu vergewissern, dass sie noch aufzeichnet.

„Erzähl mir von *X-Cite Media*."

„Verstehst du denn nicht, Junge?", fragt er mit lautem Lachen.

Das Blut rauscht in meinen Ohren und erfüllt den stillen Raum mit seinem Rhythmus. Ich beiße die Zähne zusammen und kämpfe darum, meine Gesichtszüge ruhig zu halten.

„Was meinst du?", frage ich mit fester Stimme

„Er gründete *X-Cite Media*, als er bei seinen Partnern in Ungnade fiel", schimpft er. „Der uneheliche Sohn, den er mit einer unserer Agentinnen gezeugt hatte, wurde abtrünnig, warb Mitarbeiter der Organisation ab und stahl Kunden. Die anderen sagten ihm, er solle sich um dich kümmern, aber er hat versagt."

Mir dreht sich der Magen um. Ich hatte keine Ahnung, dass meine leibliche Mutter eine Attentäterin war. Um meinen Schock zu verbergen, knurre ich: „Und?"

„Als er versagte, wollten sie, dass du und er eliminiert werden."

Mein Kiefer spannt sich an.

Ich wusste, dass meine Sabotageakte dazu führten, dass er aus der Firma gedrängt wurde, aber mein Vater sollte sterben und nicht wie eine Kakerlake in einen anderen Zweig des Verbrechens hüpfen.

„Er ist abgehauen, bevor sie ihn töten konnten, und hat ein Medienunternehmen gekauft." Hunters hohles Lachen hallt durch den Raum. „Hättest du dich nicht mit den Moirai angelegt, wäre Dalton nie zum Snuff gekommen.“

„Blödsinn“, spucke ich aus, und meine Lippen kräuseln sich.

„Es ist wahr. *X-Cite Media* hat sich deinetwegen in eine Seite für Snuff-Filme verwandelt. Und wegen deiner Probleme mit deinem Vater.“

VIERUNDFÜNFZIG

AMETHYST

Ein Quietschen durchdringt die Luft. Ich drehe mich um und erblicke Myra, die um die Ecke kommt. Ihr rotes Haar ist zu einem unordentlichen Dutt auf dem Kopf aufgetürmt, und lose Strähnen umrahmen ihr herzförmiges Gesicht.

„Amy", ruft sie. Sie trägt ein schwarzes Tanktop und eine dazu passende Caprihose und hat eine Lederjacke über die Schulter geworfen.

Überraschung durchfährt meinen Körper. Mein Herz schlägt so heftig, dass ich die Vibration in meinem ganzen Körper spüren kann. Die einzige Verbindung zu meinem normalen Leben in dieser surrealen Umgebung steht gerade vor mir.

Ich werfe einen Blick über die Schulter, wo Xero sich durch eine Terrassentür ins Haus zurückzieht, und meine Kehle schnürt sich für einen Augenblick zusammen, den ich brauche, um zu begreifen, dass ich von seiner Gegenwart abhängig geworden bin. Von ihm, nicht nur von der Halluzination, die mir in der Anstalt Gesellschaft leistete.

Myra stürmt mit ausgebreiteten Armen auf mich zu, wobei sich auf ihren Gesichtszügen Unglauben widerspiegelt. Ich erhebe mich von der Bank, obwohl ich mich nach der langen Zeit im Bett, noch immer wacklig auf meinen Beinen fühle. Gerade als ich zusammenzubrechen drohe, zieht sie mich in die Arme und drückt mich fest an sich.

„Amy", schluchzt sie. „Deine Mutter war in den Nachrichten. Und dein Onkel. Es tut mir so leid. Was ist passiert? Was ist mit dir passiert? Sie sagten, du wärst entführt worden. Ich hatte solche Angst."

Ich starre geradeaus und beobachte, wie Camila auf mich zukommt. Sie schenkt mir ein entschuldigendes Lächeln und zuckt leicht mit den Schultern. Es ist das erste Mal, dass ich sie seit dem Vorfall am Tor sehe, und ich vermute, dass sie weiß, was ich durchgemacht habe. Alle im Haus haben mir Freiraum gelassen. Sie behandeln mich alle freundlich und mit Respekt. Aber wenn mich jemand in den Arm nimmt, ohne zu wissen, dass ich verletzt bin, oder es ihm egal ist, dann kommen mir die Tränen.

Myra löchert mich so lange mit Fragen, bis ich auf den Füßen schwanke. Sie zieht sich zurück, ihre Augen weiten sich.

„Geht es dir gut? Du siehst aus, als würdest du gleich umfallen."

Ich schenke ihr ein schwaches Lächeln. „Nur ein bisschen schwach."

Ihre Gesichtszüge werden weicher, sie hilft mir, wieder auf der Bank Platz zu nehmen, während sie mich an der Taille festhält. Myra hat mich durch die meisten Kämpfe meines Lebens begleitet – sie war da, bevor und nachdem ich Mr. Lawson umgebracht hatte, und blieb in Kontakt, nachdem ich von der Schule verwiesen wurde.

Als Mom mich nach dem Vorfall mit den Reed-Brüdern von der Uni holte – einen Vorfall, an den ich mich bis heute nicht erinnern kann –, war Myra eine der Ersten, die mich am *Parisii Drive* besuchte. Ich schlafwandelte durch einen Cocktail aus starken, verschreibungspflichtigen Medikamenten, aber sie war begeistert genug von meinem neuen Zuhause für uns beide.

„Was ist passiert?", fragt sie. „Ich weiß nur, was ich aus dem Fernsehen und den sozialen Medien aufgeschnappt habe. Es kursieren alle möglichen Theorien, aber Camila und Jynxson haben gesagt, dass das alles Blödsinn ist."

„Wenn ich es dir sagen würde, würdest du es mir nicht glauben", murmle ich.

Sie zieht eine Grimasse. „Wenn ich daran denke, wie oft ich versucht habe, dich zur Vernunft zu bringen ..."

„Nicht." Ich drücke ihre Hand. „Du wusstest nicht, was los war. All die anderen Male, als ich paranoid war oder halluziniert habe, warst du es, die mich auf dem Boden gehalten hat."

Tränen rinnen ihr über die Wangen und sie zieht mich in eine weitere Umarmung. „Es tut mir so leid."

Ich lehne mich in ihre Umarmung und schließe die Augen. Irgendwo am Rande meines Bewusstseins höre ich, wie Camila ins Haus geht.

Myra ist zu hart zu sich selbst. Alles, was seit dem Tag von Xeros Hinrichtung passiert ist, war so unwirklich, dass selbst ich an mir gezweifelt habe. Sie hat mich immer nur unterstützt.

„Du musst dich nicht entschuldigen", murmle ich. „Du bist für mich da, das ist alles, was zählt."

Sie zieht sich zurück und ich blicke in ihre geröteten Augen. „Willst du darüber reden?"

„Ich habe meine Mutter nicht umgebracht", platze ich heraus.

„Natürlich nicht", antwortet sie und legt die Stirn in Falten. „War er es?", fragt sie.

Ich schüttle den Kopf. „Weißt du noch, dass ich keine Erinnerungen an die Zeit vor meinem zehnten Lebensjahr hatte?"

Sie nickt und schaut mich erwartungsvoll an. Ich schlucke schwer und versuche, die richtigen Worte zu finden, um Wahrheiten zu erklären, die ich immer noch nicht glauben kann.

„Ich habe eine Zwillingsschwester." Ich halte inne und warte darauf, dass sie etwas sagt, aber sie starrt mich einfach nur aus geweiteten Augen an. „Ich kann mich noch an nichts erinnern, aber sie erinnert sich an mich. Irgendwann, bevor ich auf die *Tourgis*-Akademie ging, hatte ich einen Autounfall und landete in einer Anstalt. Sie unterzogen mich einer Reihe von Behandlungen, die meine Erinnerungen auslöschten."

Sie hält sich eine Hand vor den Mund. „Das Kind auf den Bildern warst du?"

Ich nicke und meine Kehle schnürt sich zu.

Myra kommt näher, ihre Hand umklammert meine, während ich ihr alles erzähle, was ich über den männlichen Psychiater weiß, der meine Behandlungen beaufsichtigte. Dann erzähle ich ihr von dem Morgen, an dem ich Reverend Tom entkam, der, wie sich herausstellte, mit *X-Cite Media* in Verbindung stand. Als ich zu dem Teil komme, in dem ich zu Moms Haus zurückkehre, um sie zur Rede zu stellen, weil ich glaube, dass sie hinter den Bildern steckt, schnappt sie nach Luft.

„Dort bist du auf deinen Zwilling getroffen?", fragt sie.

Der Kummer entweicht in einem Atemzug und hinterlässt mich atemlos. „Ich habe noch nie jemanden getroffen, der so bösartig ist. Sie macht mich für alles verantwortlich, was in ihrem Leben schief gelaufen ist."

„Hat sie jemals gesagt, was sie glaubt, dass du getan hast?"

Ich zucke mit den Schultern. „Sie wollte, dass ich mich selbst erinnere."

„Aber das hast du nicht?"

„Es befand sich immer am Rand meines Bewusstseins. Kennst du das Gefühl, das man hat, wenn man das Licht ausmacht und ins Bett sprintet, um dem Monster zu entkommen?"

Sie schüttelt den Kopf. „Nein, aber ich kann es mir vorstellen."

„Ich hatte das gleiche Problem mit dem Spiegel. Wenn ich mir direkt ins Gesicht sah, hatte ich das Gefühl, das Monster dahinter würde herauskommen und mich töten."

„Das ist ..." Sie stößt einen Atemzug aus.

„Wahnsinnig?"

„Ich wollte sagen, aufschlussreich. Vielleicht sogar beängstigend. Ich kann mir nicht vorstellen, einen bösen Zwilling zu haben."

„So wie sie sprach, war ich die Böse."

„Meine Freundin ist nicht böse."

Wir schweigen einige Augenblicke lang und starren beide in den großen Garten. Ein Eichhörnchen huscht durch das Gras und hält inne, um uns zu betrachten, bevor es einen Baumstamm hinaufklettert und von Ast zu Ast springt.

„Warum können wir nicht wie Eichhörnchen sein?", murmle ich. „Sie sind nicht nachtragend. Alles, was sie interessiert, sind Nüsse."

Sie lehnt ihren Kopf an meinen. „Themawechsel, bist du noch mit Xero zusammen?"

Ich weiche zurück und schaue ihr in die Augen. Sie zieht die Augenbrauen hoch und ihr Lächeln wird breiter, so wie sie es immer tut, wenn sie eines der Spielzeuge hervorholt, die sie im *Wonderland* verkauft. Es dauert einen Augenblick, bis ich merke, dass sie auf Xeros Dildo anspielt.

Wärme steigt mir in die Wangen, und ein Kichern entweicht meiner Brust. Ich halte eine Hand über meinen Mund. „Myra!"

„Und?", fragt sie mit funkelnden Augen.

Die anfängliche Erheiterung vergeht und hinterlässt eine langsam aufkeimende Abscheu. Über Silikon-Sexspielzeuge, mit meiner besten Freundin zu sprechen, ist eine Sache, aber das, was sie darstellen, bereitet mir Bauchschmerzen.

In meinem Kopf werden Erinnerungen an die Zwangsernährung wach. Ich schlucke hart, verscheuche den Geschmack von Haferschleim und Sperma und bekämpfe den Drang zu würgen. Das Letzte, worüber ich reden möchte, ist der Penis von irgendjemandem. Nicht einmal über den von Xero.

„Myra, ich kann nicht."

Ihr Lächeln verblasst. Sie hält inne, als würde sie meine Worte verarbeiten. Vielleicht setzt sie zusammen, was ich ihr vor meiner Entführung erzählt habe, dass *X-Cite Media* Lizzie Bath als Ersatz für mich entführt hat, denn es gibt ein kurzes Aufflackern von Verwirrung, bevor sie sich zurücklehnt und ihre Augen sich vor Entsetzen weiten.

„Oh, mein Gott. Amy, es tut mir leid ..."

Ich halte eine Hand hoch. „Ist schon in Ordnung. Eigentlich ist es schön, jemanden zu haben, der einen nicht behandelt, als wäre man aus Glas. Aber vielleicht können wir über ein anderes Thema sprechen?"

Sie nickt und ihre Augen füllen sich mit Tränen. „Du weißt, ich bin immer für dich da. Wenn du dich mir dieses Mal anvertraust, werde ich nicht loslaufen und es meiner Schwester erzählen."

Ich lache über die Anspielung auf die Zeit, als ich ihr vom Mord an Mr. Lawson erzählte. Die meisten dreizehnjährigen

Mädchen würden ausflippen, vielleicht sogar die Polizei rufen, aber Myra hat versucht, mich rechtlich zu beraten.

Nachdem ihre Schwester mich bei der Polizei angezeigt hatte, halfen ihre Eltern Mom und Dr. Saint, eine Verteidigung auszuarbeiten, die stark genug war, um mich aus dem Jugendgefängnis zu holen.

Ich drücke ihre Hand und lächle. „Danke, dass du so eine gute Freundin bist."

Ihr Blick huscht zum Haus. „Wirst du bei ihm sicher sein?"

Wie soll ich erklären, dass der Mann, der mich wochenlang gequält und mich glauben lassen hat, ich sei das Ziel eines rachsüchtigen Geistes, auch der Einzige ist, der meinen Verstand zusammenhält?

„Er hat mich auf mehr Arten gerettet, als ich zählen kann", murmle ich. „Ohne Xeros Hilfe wäre ich tot. Selbst wenn diese Leute mich am Leben gelassen hätten, wäre nichts mehr zu retten gewesen."

Sie zieht skeptisch die Stirn in Falten. „Bist du dir sicher?"

In meiner Brust baut sich ein Druck auf. Es ist mehr Dankbarkeit als Frustration. Alles, was Myra über Xero weiß, ist, dass er seiner Hinrichtung entkam, ihre persönliche Assistentin an einem Silikondildo erstickte und zwei Männer hinrichtete, die wir auf der Buchmesse trafen. Und das alles, während er versuchte, mich in den Wahnsinn zu treiben.

„Wie viele Männer könnten eine kleine Armee mobilisieren, um dich zu retten, an deinem Bett sitzen, dir bei Albträumen und Erinnerungen Gesellschaft leisten, deine Hand halten, wenn du weinst, und dir vorlesen, während du einschläfst, und dir rund um die Uhr einen Arzt bietet, der deine Wunden heilt und deine beste Freundin beschützt?", frage ich.

Sie rutscht auf der Bank hin und her. „Wenn du es so ausdrückst …"

Ich erhebe mich von der Bank und mache ein paar zaghafte Schritte über die steinerne Terrasse. Ganz rechts steht ein Spalier aus roten Rosen, dessen verschlungene Ranken sich in alle Richtungen erstrecken. Myra folgt mir und legt beruhigend einen Arm um mich.

Ich lehne mich an sie und wir gehen gemeinsam zu den

Blumen. Ihr süßer, berauschender Duft erfüllt meine Sinne und überdeckt den anhaltenden Geruch der Anstalt.

„Wie ist es bei dir gelaufen?", frage ich.

„Bei mir?"

„Als wir das letzte Mal miteinander sprachen, habe ich dich dazu gebracht, aus deiner Wohnung auszuziehen."

Sie lacht leise. „Ich habe auf einem Sofa gepennt."

„Aber es muss doch verwirrend sein, wenn zwei Fremde vor deiner Tür stehen", sage ich.

„Diese Bilder von Lizzie waren überzeugend genug. Nachdem ich über alles nachgedacht habe, was du gesagt hast, wurde es schwierig, die Wahrheit zu ignorieren."

Ich nicke und vermisse fast die Tage, an denen meine größte Sorge war, von einem rachsüchtigen Geist verfolgt zu werden.

Myra holt tief Luft. „Camila und Jynxson haben mich in eine schöne Wohnung mit Blick auf den Park gebracht und mir gesagt, ich solle das Gebäude nicht verlassen. Es gab ein Fitnessstudio, einen Concierge, der mir Essen zum Mitnehmen besorgte, und mit den zwanzigtausend Dollar waren alle meine Kreditkartenschulden getilgt, sodass ich noch genug übrig hatte."

„Du bist nicht böse?", frage ich.

Mit einem breiten Lächeln wirbelt sie herum. „Ich war so fix und fertig, nachdem ich aufgewacht war und nicht mehr wusste, was nach der Buchmesse passiert war, dass ich etwas Dummes gemacht habe."

„Was?

Sie drückt ihre Augen zu. „Gavin."

Meine Augen weiten sich. Ich denke an das Arschloch, das mich gezwungen hat, zuzusehen, wie ein Mann auf dem elektrischen Stuhl stirbt, bevor er das letzte Geld von meiner Bankkarte verschwendete.

„Gavin, Gavin? Oder ein zufälliger Fremder mit demselben Namen?"

Als sich ihre Wangen knallrot färben, stockt mir der Atem. Myra mag ihre Männer groß, dunkel und dominant ... und reich. Gavin, unser rothaariger, knapp ein Meter sechzig großer Klassenkamerad, der wie ein Funko-Pop aussieht, ist nichts von alledem. Als ich das letzte Mal nachsah, war sie von ihrem Chef besessen, dem der *Wonderland Fetish*-Laden gehört. Gavin sollte die Stadt verlassen, nachdem Xero ihm seine Finger abgeschnitten hatte.

„Sag mir nicht, dass du ihn gefickt hast?"

Sie rümpft die Nase. „Scheiße ... Nein!"

„Was dann?", frage ich und mein Atem beschleunigt sich.

„Er war deprimiert nach ... der Sache mit seiner Hand. Ich habe ihn in eines der Spielzimmer mitgenommen und ihm gezeigt, wie es geht."

Bei ihren Worten bleibt mir der Mund offenstehen. „Aber ich dachte, er sei ein unerfahrener Dom."

„Ich habe ihm nur den Rücken gepeitscht, ihn herumkriechen und ein paar Tassen waschen lassen. Jetzt will er mein Sub sein und nennt mich ständig Mistress."

Ich zucke zusammen. „Tut mir leid."

Sie schüttelt den Kopf. „Damit will ich nur sagen, dass ich den Tiefpunkt erreicht habe. Ich war sogar kurz davor, dem Druck meiner Eltern nachzugeben und Jura zu studieren. Das Geld und die Wohnung waren der Anreiz, den ich brauchte."

Der Druck in meiner Brust lässt etwas nach. „Ich bin so froh, dass es geholfen hat."

Wir tauschen ein Lächeln aus. Es ist fast wie in alten Zeiten, als sie mich am *Parisii Drive* besuchte, um Klatsch und Tratsch auszutauschen. Früher wünschte ich mir, mein Leben wäre so aufregend wie das von Myra. Jetzt sehne ich mich nach Frieden und Ruhe.

Sie klopft mir auf die Schulter. „Mein alter Chef bei der Literaturagentur hat mir vor zwei Tagen eine E-Mail geschickt und mir meinen alten Job mit einer Beförderung angeboten."

„Wirklich?" frage ich.

„Ich habe abgelehnt."

„Warum?"

„Der Cousin meines Vaters ist gestorben und hat Martina und mir eine Buchhandlung mit einer Wohnung im Obergeschoss hinterlassen. Ich werde dort leben, meine eigene Agentur gründen und die Art von Büchern verkaufen, die ich möchte."

Myra holt ihr Handy heraus und zeigt mir Aufnahmen, die sie auf der Buchmesse von uns gemacht hat. Drei ihrer Videos wurden über zweihunderttausend Mal angesehen, das vierte hat eine Million Aufrufe. Sie scrollt durch die Kommentare, in denen Dutzende Autoren ihr Interesse an einer Zusammenarbeit bekunden.

„Ich habe ein Formular auf meiner Link-Seite veröffentlicht und bereits über hundert Antworten erhalten."

„Das ist unglaublich", sage ich.

Die Worte kommen von weit her, und mein Blick schweift zu den Rosen. Ich freue mich, dass es für meine beste Freundin gut läuft, aber es fühlt sich an, als würde das Leben an mir vorbeiziehen. Wir plaudern stundenlang, obwohl Myra mich hauptsächlich über alles informiert, was seit meiner Entführung passiert ist. Die Buchwelt bewegt sich so schnell, mit neuen Trends, neuen Autoren und aufregenden neuen Genres. Vielleicht ist es für mich schon zu spät, um meine Träume zu verwirklichen.

Myra zieht mich in eine Umarmung. „Weißt du, du wirst immer mein wichtigster Kunde sein. Egal, was du schreiben willst, ich werde dir helfen, es zu veröffentlichen."

Die Tür hinter uns öffnet sich und der köstliche Duft von Kräutern und Knoblauch erreicht uns. Ich drehe mich um und blicke zu Xero, der eine schwarze Schürze über seiner Kleidung trägt. Sein Anblick, so dominant und doch so zahm, jagt mir einen Schauer über den Rücken.

„Das Mittagessen ist fertig, meine Damen", sagt er mit einer tiefen Stimme, die sich wie Sünde um meine Sinne windet.

Neben mir stockt Myra der Atem, und ich lächle. Es ist fast komisch, wenn ich daran denke, dass ich einst nur von seinem schönen Gesicht beeindruckt war. Es steckt so viel mehr in ihm als seine äußere Schönheit, eine Tiefe, die mich in seinen Bann zieht.

Sein Blick gleitet über meine Freundin, landet auf mir und er zwinkert mir zu. Diese einfache Geste, so beiläufig und doch intim, lässt meine Wangen vor Hitze glühen. Die Schmetterlinge in meinem Bauch erwachen zum Leben und flattern so heftig, dass ich mich auf meinem Sitz hin und her bewege.

Der Stolz über unsere Verbindung schwillt an. Ich erwidere seine Geste mit einem kleinen Lächeln.

Als Myra ihren Arm um meinen legt und uns zur Küche

führt, wird mein Herz leicht. Die beiden Menschen, die ich am meisten auf der Welt liebe, beieinander zu haben, erfüllt mich mit einem Gefühl der Zugehörigkeit. Ich möchte meine neu gewonnene Freiheit nutzen, damit mein Leben endlich beginnen kann.

FÜNFUNDFÜNFZIG

XERO

Ich weiche einen Schritt zurück, damit Amethyst die Küche betreten kann. Unsere Blicke treffen sich, und ich sehe ein kurzes Aufflackern der Frau, die sie einmal war, bevor wieder eine ausdruckslose Maske auf ihrem Gesicht erscheint.

Mein Herz sinkt, aber ich versuche, meine Enttäuschung hinter einem Lächeln zu verbergen. Sie wird noch eine Menge Zeit brauchen, um die Qualen, die sie durchgemacht hat, verarbeiten zu können, und ich bin entschlossen, sie ihr zu geben.

Myra starrt mich mit großen Augen an. Das letzte Mal, dass ich sie gesehen habe, war, als sie beide nach der Buchmesse bewusstlos auf dem Rücksitz der Limousine lagen. Isabel und Dr. Dixon haben sie in einem Krankenwagen abgeholt und beide mit Kochsalzlösung versorgt, bis sie wieder halbwegs bei Bewusstsein waren. Danach brachte Camila Myra in ihre Wohnung, und ich brachte Amethyst zurück zum *Parisii Drive.*

Damals hätte ich Myra am liebsten erdrosselt, weil sie eine physische Kopie des Manuskripts aufbewahrt hatte, das ich mit Mühe löschen konnte, und weil sie Amethyst in Gefahr gebracht hatte. Ich habe sie am Leben gelassen, weil sie die jüngere Schwester meiner Anwältin und eine treue Freundin meines kleinen Geistes ist.

Amethyst starrt auf den Teller mit den Arancini auf dem

Tisch. Ich habe sie mit einer Marinara-Soße zum Dippen gemacht, wie ich es in dem Tagebuch gelesen habe, das ich von den Salentino-Schwestern erhalten habe.

„Das ist mein Lieblingsessen", ruft sie.

Myra runzelt die Stirn. „Wirklich? Ich wusste nicht, dass du italienisches Essen magst."

Amethyst reibt sich den Nacken und runzelt die Stirn. „Vielleicht habe ich es als Kind gegessen?"

Die beiden setzen sich an den Tisch, auf dem ich einen Salat mit Parmesan und Rucola und Kannen mit Zitronenwasser bereitgestellt habe. Die Sonne fällt durch die hohen Fenster und wirft ein warmes, goldenes Licht auf Amethysts blonde Locken. Ihre Haut ist blasser als sonst, mit dunklen Ringen unter den Augen, aber das Lächeln auf ihren Lippen ist echt.

„Und wie bist du dem elektrischen Stuhl entkommen?", fragt Myra, als ich Amethyst gegenüber Platz nehme.

„Mit großer Entschlossenheit und Gerissenheit", antworte ich mit einem Grinsen.

Camila stellt einen Teller mit Antipasti auf den Tisch, setzt sich Myra gegenüber und versetzt mir unter dem Tisch hinweg einen Tritt. Ich ignoriere meine Schwester und beobachte Amethyst, und frage mich, ob sie etwas essen wird. Isabel hat sie auf eine Flüssigdiät gesetzt, da sie keine feste Nahrung zu sich nehmen konnte. Ich hoffe, dass dieses Gericht einen Unterschied machen wird.

„Hast du das zubereitet, Xero?", fragt Myra.

Ich blicke zu der Rothaarigen und sage: „Mach dir keine Sorgen, Myra. Für diese Arancini wurden keine Herzen aufgeschnitten. Normalerweise reserviere ich Körperteile, um sie mit Favabohnen und Chianti zu servieren."

Jegliche Farbe weicht aus ihrem Gesicht, während sie auf ihrem Stuhl hin und her rutscht.

„Xero, hör auf, meine beste Freundin zu verarschen", sagt Amethyst so leidenschaftlich wie in der Nacht, in der sie die Illusion durchbrochen hat.

„Tut mir leid, meine Liebe", antworte ich lächelnd.

Amethyst errötet. „Du solltest dich bei Myra entschuldigen."

Ich wende meinen Blick wieder der Rothaarigen zu, die allerdings den Kopf schüttelt.

„Das war ein Scherz." Sie nimmt einen Arancino und schiebt sich einen Bissen in den Mund. Nachdem sie ein paar Mal vorsichtig gekaut hat, fügt sie hinzu: „Aber deine Talente sind eher zum Kochen geeignet."

Grinsend wende ich mich wieder Amethyst zu, die mir einen strengen Blick zuwirft, aber ihre Lippenwinkel zucken bei den Worten ihrer Freundin.

Sie nimmt sich einen Arancino und betrachtet ihn mehrere Sekunden lang. Ich beuge mich vor und frage mich, ob dieses Essen irgendwelche Erinnerungen wachruft. Melonie Crowleys Tagebuch war beunruhigend, und die mentale Folter, die Amethyst ertragen musste, zeigte eine überraschende Parallele zu dem, was ich ihr angetan habe, als ich das Gefängnis verließ.

Wenn sie wüsste, was ihr vor all den Jahren widerfahren ist, könnte sie vielleicht etwas mehr über ihre Schwester herausfinden. Und Amethysts eigene Verbindung zu meinem Vater. Aber ich bin mir nicht sicher, ob sie bereit ist, das Tagebuch zu lesen.

Was meinen Bastardvater betrifft, so waren einige der Informationen, die ich von Carl Hunter erhielt, unerwartet. Niemand, den ich je befragt habe, hat mir einen so tiefen Einblick in die Vergangenheit meines Vaters gegeben. Der Deputy Chief war eine so wertvolle Informationsquelle, dass ich ihn für weitere Verhöre am Leben gelassen habe. Jetzt, da er anfängt zu reden, wird es ein Kinderspiel sein, mehr Hintergrundinformationen über Vater zu bekommen.

Dieses Essen zuzubereiten, war notwendig, damit ich etwas anderes zu tun hatte, als zwischen meinem Hass auf Vater und der Sorge um Amethysts geistigen Zustand hin und her zu schwanken.

Amethyst schnuppert schließlich daran, dann beißt sie hinein. Sie schließt die Augen, während sie das mit Mozzarella gefüllte Reisbällchen genießt. Mein Atem stockt, als sich ihre Mundwinkel zu einem Lächeln verziehen.

Zufriedenheit erfasst mich darüber, dass ich die Frau, die ich liebe, dazu gebracht habe, etwas zu essen. Der Gedanke, ihre

Stimmung zu heben, entfacht in meinem Herzen Funken der Freude.

„Meine Mutter hat die immer gemacht, als ich klein war", sagt sie mit wehmütiger Stimme. „Ich mochte diese hier, aber meine Schwester mochte lieber die mit Fleisch gefüllten."

Ihre Augen weiten sich und sie schnappt Luft. „Wie kann ich das wissen?"

„Kehren deine Erinnerungen zurück?", fragt Myra mit einem Keuchen.

Amethyst schüttelt den Kopf und runzelt die Stirn. „Nein. Vielleicht ... ist es einfach herausgekommen."

Stille breitet sich aus. Ich lehne mich zurück und beobachte, wie sie einen weiteren kleinen Bissen nimmt. Ihre Gesichtszüge verziehen sich, als würde sie versuchen, eine weitere Erinnerung hervorzuholen.

„Ich kann mich eigentlich nicht daran erinnern, dass Mom die je zubereitet hat", sagt sie und senkt den Blick. „Sie hat immer so weit wie möglich auf Kohlenhydrate verzichtet."

Camila wirft mir einen Blick zu, als wolle sie fragen, ob Amethyst sich daran erinnert, dass ihre Mutter tot ist. Ich nicke ihr diskret zu.

Myra lehnt sich an Amethyst und legt einen Arm um ihre Schulter. „Geht es dir gut?"

Amethyst nickt, wobei sich ihr Blick auf mich richtet. „Das ist gut. Danke."

Ich erwidere ihr Nicken und lächle. Dann löst sich die Spannung am Tisch, als meine Schwester und Myra ein Gespräch über die Geschehnisse in ihrem Wohnblock beginnen. Amethyst wendet sich wieder ihren Arancini zu, nimmt noch einen kleinen Bissen und kaut.

„Nimmst du noch Kunden an?", fragt mich Myra.

Ich ziehe die Augenbrauen hoch und unterdrücke einen Anflug von Verärgerung darüber, dass sie überhaupt weiß, dass ich ein Attentäter bin, der einer geheimen Organisation angehört. „Gibt es jemanden, den ich für dich töten soll?"

Sie lächelt. „Vielleicht?"

„Deinen Boss?", fragt Amethyst mit einem kleinen Lächeln.

„Wenn du meinen Ex-Boss in einen Lastwagen werfen und

ihm Angst einjagen könntest, damit er mir eine SMS schickt, wäre das perfekt", antwortet sie und ihre Augen strahlen vor Schalk.

Amethyst verschluckt sich, hustet und ringt nach Luft. Ich erhebe mich, aber sie winkt ab, immer noch lachend. „Cesare aus dem *Wonderland*?"

„Ja", antwortet Myra mit einem Nicken.

„Was hat er jetzt getan?"

„Ich habe ihm gesagt, dass ich nicht zurückkomme, und er hat sein Okay gegeben." Ihre Gesichtszüge verhärten sich. „Kein Streit, kein Verhör, kein Feilschen. Nur ein einfaches ‚okay'."

„Gut, dass du ihn los bist", murmelt Amethyst. „Cesare Montesano ist ein mieser Typ."

Camila stupst mich am Arm an. Ich drehe mich um, um ihrem bedeutungsvollen Blick zu begegnen, den ich als eindeutige Aufforderung deute, Amethyst von ihrer wahren Familie zu erzählen. Ich unterdrücke eine Grimasse und nicke. Ich frage mich, wie sie wohl reagieren wird, wenn sie erfährt, dass ihr leiblicher Vater ein Cousin zweiten Grades der Montesano-Brüder ist.

Zum Nachtisch gibt es einen roten Samtkuchen als Ersatz für den Kuchen, den ich an ihrem Geburtstag zerstört habe. Amethyst stochert in ihrer Portion herum, aber Myra stürzt sich darauf und versenkt ihre silberne Gabel in der cremigen Glasur.

„Der schmeckt großartig. Hast du den gemacht?", fragt Myra. Ich nicke.

„So einen roten Samtkuchen habe ich noch nie gegessen. Was ist die geheime Zutat?"

„Blut", sage ich trocken.

Sie verschluckt sich, wobei ihre Augenbrauen in die Höhe schießen. „Was?"

„Und eine große Menge Criollo-Kakaobohnen", füge ich hinzu.

Myra wirft einen Blick auf Camila. „Macht er Witze?"

„Wahrscheinlich nicht." Meine Schwester nimmt einen großen Bissen vom Kuchen.

Amethyst nimmt ihre Gabel und sticht mit zusammengezogenen Brauen in den roten Teig. „Er sieht genauso aus wie jeder andere Kuchen."

„Habt ihr schon mal von Cochenille gehört?", frage ich.

Als alle drei den Kopf schütteln, beuge ich mich vor. „Es war einmal ein kleiner Käfer, der auf einem Feigenkaktus lebte. Eines Tages war der Käfer nur wenige Zentimeter von einer saftigen, reifen Birne entfernt, als ein Mensch ihn zwischen seinen Fingerspitzen zerquetschte. Als das Leben aus seinem Körper entwich, färbte es die Haut des Mannes rot."

„Das ist doch Quatsch, oder?", fragt Camila.

Ich schüttele den Kopf und mein Grinsen wird breiter. „Die anderen Menschen sahen den Farbstoff und waren erstaunt über das leuchtende, tiefe Rot. Das sprach sich herum, und bald benutzten die Menschen die Cochenille-Käfer zum Färben ihrer Kleidung, zur Herstellung von Kunstwerken und sogar zum Färben ihrer Speisen. Und das ist die geheime Zutat für den roten Samtkuchen."

Myra legt ihre Gabel beiseite und zieht eine Grimasse. „Erinnere mich daran, nicht zu fragen, wie du gesalzenes Karamelleis machst."

Amethyst lacht. Es ist ein satter, echter Klang, der die Küche erfüllt und mein Herz höher schlagen lässt. Sie nimmt einen großzügigen Bissen von dem Kuchen und nickt anerkennend. Mir schmerzt mich, dass es Myra war, die diese Reaktion hervorgerufen hat, und nicht ich, dennoch freue ich mich darüber.

Nach dem Mittagessen mache ich draußen in der Feuerstelle ein Feuer, und Isabel gesellt sich zu uns, um einen Kaffee zu genießen, während Amethyst meine Geschichte über den roten Samtkuchen wiederholt. Diesmal ergänzt sie die Geschichte des Käfers und fügt eine Liebesgeschichte hinzu, wobei ein anderer Käfer den ersten Menschen aufsucht, um sich zu rächen.

Ich sitze neben ihr auf der Bank, hänge an jedem ihrer Worte und bin von ihrer Geschichte hingerissen. Das ist die Frau, die mein Herz mit ihrer Rapunzel-Nacherzählung erobert hat. Amethyst hat mir die Zeit im Todestrakt erträglich gemacht, und jetzt ist sie wieder da und erhellt mein Leben.

Schuldgefühle überkommen mich, wenn ich daran denke,

dass ich unwissentlich ein so abscheuliches Trauma nachahmte, welches ihre Mutter aus ihrem Gedächtnis gelöscht hatte.

Wenn Amethyst jemals vollständig geheilt werden soll, dann muss sie die Wahrheit erfahren. Über alles, von der Ursache ihrer Halluzinationen bis hin zu den Gründen, warum sie gefangen genommen wurde. Hätte ich diesen wunden Punkt in ihrer Psyche nicht verschlimmert, hätte sie vielleicht nie ihren Kriechkeller in Brand gesetzt und sich in Gefahr begeben.

Das Gespräch verstummt, und sie lehnt sich an mich, wobei sie die Augen schließt. Myra blickt von der anderen Seite der Feuerstelle zu uns herüber und lächelt. Sie hat vielleicht Bedenken, dass ihre beste Freundin mit einem Massenmörder zu tun hat, aber sie kennt nicht das Ausmaß von Amethysts Dunkelheit.

Amethyst lässt ihre Hand über meine gleiten, und die Berührung lässt Hoffnung in mir auflodern. Hoffnung, dass sie auf dem Weg der Besserung ist. Hoffnung, dass sie ihre tragische Vergangenheit überwinden kann und weiterhin möchte, dass ich ein Teil ihrer Zukunft bin.

Während das Feuer vor uns tanzt und knistert, schaue ich auf ihre Locken hinab, und lege einen Arm um ihre Taille. Ich atme ihren Pfirsich- und Vanilleduft ein und genieße diesen Moment.

Egal, was passiert, sie wird immer mein sein, und ich werde ihr bis ans Ende der Welt folgen. Ich werde eine Ewigkeit auf die Rückkehr meines kleinen Geistes warten. Und wenn dieser Tag kommt, werde ich sie mit jeder Faser meines Seins in Ehren halten.

Wolken schieben sich vor die Sonne und bringen einen Schatten des Zweifels mit sich. Ich drücke Amethyst fester an mich, möchte die Zeit einfrieren und für immer hier mit ihr zusammenbleiben, in Sicherheit und ohne das Wissen um die Dunkelheit, die unsere Seelen verbindet.

Dies könnte für lange Zeit unser letzter Moment der Nähe sein, nachdem sie herausgefunden hat, welch tiefe Rolle ich in ihrem Trauma spiele.

SECHSUNDFÜNFZIG

AMETHYST

Ich starre in das Feuer und wünsche mir, dass es die Mauer, die meine Vergangenheit abschirmt, niederbrennt.

Sich an Xeros Seite zu schmiegen ist so beruhigend, dass es sich fast wie ein Traum anfühlt. Ich kann mich nicht daran erinnern, dass meine Halluzination von ihm in der Anstalt, einen Herzschlag oder eine so detaillierte Haut hatte. Ich lasse meine Finger über seinen Handrücken gleiten und spüre die Umrisse von Narben, Knochen und erhabenen Adern unter seiner warmen Haut. Das Gefühl ist erdend, eine weitere Erinnerung daran, dass er real ist.

Seine Muskeln spannen sich unter meiner Berührung an und sein Atem stockt. Es ist eine kleine Reaktion, die mich mit einem Kitzel der Zufriedenheit erfüllt. Er ist nicht nur echt. Er ist ein Mensch. Und obwohl er vermutet, dass ich befleckt bin, fühlt er sich immer noch zu mir hingezogen.

Während ich die Linien auf Xeros Hand nachzeichne, schweifen meine Gedanken zur Anstalt. Die Dunkelheit jener Tage haftet noch immer an meinem Geist, ein Schatten, den ich nicht abschütteln kann. Aber hier, in diesem Moment, mit seiner Wärme an meiner Seite, glaube ich fast an eine Zukunft, in der ich ganz bin.

Er antwortet auf eine von Myras Fragen mit einem sanften

Bariton, der sich wie ein beruhigender Mantel um meine Sinne legt. Ich könnte seiner Stimme den ganzen Tag zuhören. Sie erinnert mich an eine andere Welt, als er nur ein Hirngespinst am anderen Ende der Leitung während unserer Telefonate war.

Die Glut des Feuers flackert gegen den sich verdunkelnden Himmel und wirft tanzende Schatten, die den Aufruhr in meinem Herzen nachahmen. Kühle Luft vermischt sich mit dem Duft von Kiefer und brennendem Holz und schafft einen Kokon der Sicherheit inmitten des Chaos meiner Gedanken.

Als die Sonne hinter den Bäumen verschwindet, entschuldigt sich Isabel und erhebt sich, dann sagt Camila, dass es Zeit ist, Myra zurück in ihre Wohnung zu fahren.

Meine beste Freundin kommt um die Feuerstelle herum und zieht mich in eine feste Umarmung. Ich fühle mich sofort an verschlafene Morgen erinnert, an denen sie bei mir übernachtet hat, um sich nach einem katastrophalen Doppeldate zu entspannen.

„Danke, Amy", murmelt sie, wobei ihre Stimme von Dankbarkeit erfüllt ist. „Ich hoffe, es geht dir bald besser."

Tränen schimmern in ihren Augen, als sie sich aus der Umarmung löst, und meine Kehle schnürt sich zu. Unsere Beziehung hat sich verändert. Wir gehen beide in völlig unterschiedliche Richtungen. Myra ist dabei, eine aufregende neue Karriere als Literaturagentin mit einer eigenen Buchhandlung zu beginnen. Ich kann mich nicht weiterentwickeln, solange Delta und Dolly noch leben.

Es kostet mich alle Mühe, mich auf das Positive zu konzentrieren, darauf, wie stolz ich auf meine beste Freundin bin, aber ich kann nicht ignorieren, dass sich etwas an unserer Freundschaft verändert hatte.

Ich lächle und versuche, die Tränen zurückzuhalten. „Danke, dass du gekommen bist. Ich habe dich so sehr vermisst."

Sie drückt mich noch einmal, als wüsste sie, dass dies die Wende in unserer Freundschaft bedeutet, und zieht sich zurück. Mit einem Seufzer wendet sie sich an Xero. „Danke für das Mittagessen. Kümmere dich bitte gut um mein Mädchen."

„Immer", antwortet er mit einer Überzeugung, die mein Herz zum Flattern bringt.

Früher dachte ich, das Aufregendste auf der Welt sei seine Aufmerksamkeit. Jetzt jagt mir seine Fürsorge wahre Schauer über den Rücken. Die Tiefe seines Engagements ist überwältigend, und für einen Moment verwandelt sich die Dankbarkeit, die ich ihm gegenüber empfinde, in Angst.

Was, wenn ich nicht genug bin? Was, wenn ich zu beschädigt bin, um das zu erwidern? Was ist, wenn ich seine Erwartungen nicht erfüllen kann – die, die ich während unserer morgendlichen Anrufe aufgestellt habe, als er im Gefängnis war? Mein Magen verkrampft sich bei dem Gedanken an den Sexvertrag. Ich bin nicht mehr diese Frau. Nichts an den Fantasien, nach denen ich mich einst gesehnt habe, ist auch nur im Entferntesten reizvoll.

Myra und Camila verschwinden um die Ecke und lassen mich mit Xero allein. Das Feuerlicht flackert über seine Züge und wirft Muster, die ihn gottgleich erscheinen lassen.

„Soll ich diese Kugeln aufwärmen?", fragt er mit dem Anflug eines Grinsens, wobei er mich mit einem intensiven Blick in den Augen ansieht.

Ein Lachen entringt sich meinen Lippen. „Das hängt davon ab, ob sie in Paniermehl getaucht sind."

Sein Grinsen wird breiter. „Wie geht es dir?"

Ich atme tief durch und sammle meine Gedanken. „Überwältigt. Myra zu sehen war wunderbar, aber es hat mich auch an alles erinnert, was ich vermisst habe."

Sein Gesichtsausdruck wird weicher, und er rutscht auf der Bank näher heran, sodass ich von seiner Körperwärme umfangen werde, die mich vor der Kälte schützt. „Du hast die Hölle durchgemacht. Dies ist deine Zeit, um zu heilen."

Ich nicke und mein Blick fällt auf unsere verschränkten Hände. „Ich muss ständig an diese Männer denken. Wie kann ich mit meinem Leben weitermachen, wenn ich weiß, dass sie einer anderen Frau dasselbe antun?"

Es herrscht Schweigen, das nur durch das Knistern des Feuers unterbrochen wird. Ich blicke auf und sehe, wie sich sein Kiefer anspannt und seine Augen mit gefährlicher Entschlossenheit glänzen.

„Was ist los?", frage ich.

„Wir haben alle geschnappt, die wir in der Anstalt gefunden

haben. Sag mir, welche dir wehgetan haben, und sie werden schreiend sterben."

Der bedrohliche Klang in seinen Worten lässt mich erschaudern. Es ist beruhigend und bedrohlich zugleich, dass er alles tun würde, um mich zu beschützen. Aber das ist nicht genug. Ich muss diejenige sein, die dem Leben dieser Männer ein Ende setzt.

„Ich möchte es selbst beenden", murmle ich. „Aber ich bin nicht sicher, ob ich das kann."

Sein Blick begegnet meinem mit einem unerschütterlichen Vertrauen, von dem ich nicht weiß, ob ich es verdiene. „Du bist stärker, als du denkst, und ich glaube an dich."

Mein Atem stockt. Ich möchte etwas sagen, um diese Aussage zu bestätigen, aber mein Verstand ist leer. Xero nimmt meine Hand und führt mich zurück in die Küche, wo er einen Laptop hochfährt, der eine Webseite mit dem Rezept für Arancini zeigt. Nachdem er den Browser minimiert hat, startet er ein Programm mit mehreren Bildschirmen, die jeweils Fotos von verschiedenen Männern zeigen.

„Das sind die, die wir gefangen genommen haben", knurrt er. „Wer von ihnen hat dich verletzt?"

Ich schaue mir die Gesichter auf dem Bildschirm an, und meine Kehle schnürt sich zu. Sie sehen alle aus wie normale Männer mit Familien, Freunden und Jobs. Niemand würde je auf die Idee kommen, dass sich hinter den Masken der Normalität Monster verbergen.

Xero bleibt ruhig und sagt nichts, auch wenn ich die Wut spüren kann, die in ihm brodelt. Es ist beruhigend zu wissen, dass ich mit dem Finger auf einen der Männer zeigen kann und er sich für das, was mir angetan wurde, rächen wird, aber ich muss selbst mit meinen Monstern fertigwerden.

„Lass dir Zeit", sagt er.

Nur eines der Gesichter kommt mir bekannt vor, ein Mann etwa in meinem Alter, mit einem struppigen Schnurrbart und einer Narbe an der linken Augenbraue. In meinem Kopf taucht die Erinnerung an ihn auf, wie er in meinen Mund wichst, was eine Welle der Übelkeit hervorruft. Ich reiße meinen Kopf zur Seite, während mein Magen unangenehm schlingert.

„Der da", flüstere ich und zeige auf den Mann mit der Narbe. „Er gehörte zur Crew."

Xero macht einen Doppelklick auf das Mauspad.

„Clyde Proctor. Hat einen Abschluss in Filmwissenschaften an der *New Alderney*-Universität. Macht derzeit ein Praktikum beim *CNA Network*."

Ich schaudere. „Wie zum Teufel kommt man vom Filmstudium zur Produktion von Snuff?"

„Fragen wir ihn", knurrt er. „Aber zuerst ziehst du dich um."

Xero führt mich die Treppe hinauf in ein Schlafzimmer mit anthrazitfarbenen Wänden und einem Himmelbett aus Ebenholz, das von einem Baldachin aus schwarzer Seide umhüllt ist, sowie passende Möbel aus demselben dunklen Holz.

Die untergehende Sonne dringt durch die schwarzen Vorhänge und wirft lange Schatten auf die Kommode.

Er durchquert den Raum und öffnet einen Schrank, der mit einer Reihe schwarzer Kleidung gefüllt ist.

„Such dir etwas aus", sagt er, bevor er zur Tür geht. „Ziehe dich in Ruhe an."

Ich gehe zum Kleiderschrank und betrachte die Kleidung, die ich nie zuvor gesehen habe. Alle Kleidungsstücke, die mir wichtig waren, waren in Kartons in dem Kriechkeller verpackt, den ich in Brand gesetzt hatte. Alles andere, was ich oben gelassen habe, war von Moms Umzugsunternehmen mitgenommen worden.

Es ist zu spät, um über fehlende Kleidungsstücke zu weinen, nachdem ich schon so viel verloren habe. Nachdem ich die Kleidung durchgesehen habe, suche ich mir einen einfachen schwarzen Rollkragenpullover und eine Jeans aus und kombiniere sie mit ein paar Stiefeln.

Nachdem ich mich umgezogen habe und auf den Flur hinaustrete, reicht er mir einen wasserdichten Mantel. Ich weiß schon, dass gleich Blut fließen wird.

Wir gehen schweigend die Treppe hinunter, durch die Küche und in eine Speisekammer, die in ein anderes Treppenhaus führt.

Er lehnt sich zu mir und sagt: „Überfordere dich nicht. Wenn es dir zu viel wird, sagst du es, und wir gehen."

Als wir hinuntergehen, spüre ich seinen Blick, der sich in mein Gesicht zu brennen scheint. Wenn ich eine Schwäche zeige, wird er mich nach oben begleiten und ins Bett bringen. Das kann ich nicht zulassen, also straffe ich meine Schultern, obwohl mein Herz so wild in meiner Brust pocht, dass das Geräusch das Echo unserer Schritte übertönt.

Wir gehen weiter durch einen schwach beleuchteten Flur, der sich gefühlt über die gesamte Länge des Hauses und des Gartens erstreckt.

„Ich habe eine Frage", sagt er. „Warum hast du keinen der anderen erkannt?"

„Xero sagte mir ..." Ich schüttle den Kopf. „Nicht du, aber die Halluzination."

„Ist schon gut, ich verstehe, was du meinst."

„Er hörte zufällig, wie sie sagten, dass bald Statisten eintreffen und Delta und Dolly mit einem Hubschrauber zu einer Veranstaltung fliegen würden. Wir beschlossen zu fliehen, bevor sie die Gelegenheit hatten, das Hauptmaterial zu drehen."

„Die Männer, die wir gefangen genommen haben, waren also Neulinge bei den Dreharbeiten?", fragt er.

Ich zucke mit den Schultern. „Nun, ich habe die Hälfte der Crew getötet."

Er bleibt stehen und sieht mir direkt ins Gesicht, sodass ich mich umdrehe und stotternd erkläre, wie ich mich versteckt habe, um einem Mann aufzulauern, und wie ich einen anderen im Wald des Unkrauts bis zum Tod bekämpft habe.

Bewunderung, die ich nicht verdiene, leuchtet in seinen Augen. Den Dritten habe nicht ich getötet – das war Grunt, der ihn erschossen hat, bevor er mich mitnahm.

„Ich habe gesehen, wie du in den Wald gelaufen bist und dann zurückgegangen bist, um den Bus zu stehlen", sagt er, wobei Ehrfurcht in seiner Stimme mitschwingt. „Das war die Gelegenheit, die wir brauchten, um ihn zu erschießen."

„Du hast mich immer wieder daran erinnert, dass man ihm nicht trauen kann."

Xero tippt mir auf die Seite des Kopfes. „Eines Tages wirst du erkennen, dass nicht ich der Stratege war, der dir geholfen hat, um zu entkommen. Das warst alles du."

Ein Kloß bildet sich in meiner Kehle. Ich schlucke und kann seine Worte nicht ganz glauben. Er war nicht da, um mich zu sehen, als ich vor Schreck gelähmt war oder den Weg durch das Labyrinth der Gefahr stolperte und weinte. Ich brauchte Xero, der mich anbrüllte, weiterzugehen.

Ich gehe schweigend weiter und lasse ihn das Bild einer Action-Heldin festhalten. Schließlich kommen wir an einem Notausgang vorbei, der zu einem weiteren mit Türen gesäumten Gang führt. Die Wände scheinen sich hier zu schließen, und die Luft wird kälter, schwerer und ist mit dem Gewicht einer bevorstehenden Konfrontation aufgeladen.

Angst erfasst mich, aber Xeros Hand liegt fest um meine und verankert mich in der Realität, seine Anwesenheit hält mich auf dem Boden, wenn mein Geist sich danach sehnt, in den Äther zu entschweben.

Ich folge ihm zu der Tür am Ende, die er mit seinem Handabdruck entriegelt. Mein Herz rast, als würde es einen Todesmarsch untermalen.

Die schwere Tür öffnet sich knarrend und gibt einen Gestank von Schweiß und Verzweiflung frei, der mich würgen lässt. Ich schlage mir eine Hand vor den Mund, um ein Keuchen zu unterdrücken. Mein Magen verkrampft sich, jeder Instinkt schreit mir zu, dass ich von hier verschwinden soll, doch ich zwinge mich, auf zitternden Beinen weiterzugehen.

Eine einsame Gestalt kniet im Hintergrund, den Kopf gesenkt, die Hände wie zum Gebet gefaltet. Die flackernde Glühbirne wirft unheimliche Schatten und lässt ihn fast gespenstisch aussehen. Trotz des schwachen Lichts erkenne ich ihn sofort.

Meine Gedanken kehren zur Anstalt zurück. Bitterkeit schnürt mir die Kehle zu und ich erstarre, gefangen in den Erinnerungen.

Ich zwinge mich, auf wackeligen Beinen weiterzugehen. Mit jedem Schritt schwindet meine Entschlossenheit, sodass nur noch das Wimmern und Flehen des Mannes, zu hören ist. Wäre Xero nicht mit Drohnen gekommen, könnte ich es sein, die Delta und die anderen anfleht, aufzuhören. Mein Herz zieht sich bei seinen Schreien zusammen und versetzt mich zurück in die Qualen, die er und die anderen mich haben ertragen lassen.

„Xero." Meine Stimme ist ein zittriges Flüstern, unhörbar durch das Klopfen meines Herzens. Jeder Funken Mut, der mich bis hierher gebracht hat, schwindet, und ich fühle mich klein und machtlos. „Es tut mir leid."

Ich weiche einen Schritt zurück und stoße gegen seinen massiven Körper.

Als er mich umdreht, erwarte ich, von der Last seiner Enttäuschung erdrückt zu werden oder von der Verärgerung, die er zeigte, als ich vor dem menschlichen Tausendfüßler unter meinem alten Haus zurückwich. Aber alles, was ich sehe, ist Verständnis.

„Es ist zu früh. Du musst das nicht jetzt machen."

Tränen brennen in meinen Augen und trüben meine Sicht. Ich blinzle, dennoch rinnen sie mir ungehindert über die Wangen. „Danke", flüstere ich, meine Stimme zittert vor Dankbarkeit. „Kannst du mich bitte umarmen, so wie du es in der Anstalt getan hast?"

Er zieht mich in eine tröstliche Umarmung, sodass seine Wärme meine Sinne umhüllt. Seine starken Arme bilden einen Schutzwall gegen die lähmenden Erinnerungen.

„Du bist nicht allein, kleiner Geist", murmelt er in meine Locken. „Ich bin für dich da. Immer."

Ich lehne mich an seine Brust, und der Gestank von Schweiß und Verzweiflung wird durch Xeros vertrauten, beruhigenden Duft ersetzt. Die Zelle und ihre Schrecken verblassen, und ich verliere mich im Rhythmus seines gleichmäßigen Herzschlags.

Zum ersten Mal, seit ich mich erinnern kann, lasse ich meinen Schutz fallen und ein zitterndes Schluchzen kommt mit über die Lippen. Die Taubheit um mein Herz zerbricht, und ich lasse los.

Xero drückt mir einen Kuss auf die Stirn und entzündet damit ein Fünkchen Hoffnung. Es ist zerbrechlich, kaum sichtbar in der Dunkelheit meiner Seele, aber es glüht beständig, bereit, sich zu einer Flamme zu entzünden. Mit Xero an meiner Seite weiß ich, dass ich mich allem stellen kann, was auf mich zukommt.

SIEBENUNDFÜNFZIG

XERO

Ich habe nicht erwartet, dass Amethyst diesen Mann töten kann. Ihr Trauma ist noch zu frisch, und ihre Gefühle sind noch zu roh. Zu merken, dass es im Leben ihrer Freundin so gut läuft, muss in ihr den Wunsch geweckt haben, ihre Dämonen zu töten, bevor sie dazu bereit war, aber Heilung braucht Zeit.

Amethyst sitzt jetzt in der Küche und isst die aufgewärmten Arancini. Beim Mittagessen hat sie kaum zwei geschafft, aber jetzt sind es vier. Ihr verbesserter Appetit ist ein Schritt in die richtige Richtung.

Und sie fand Trost in meiner Berührung. Dass sie sich an mich lehnte, während wir draußen saßen, war unerwartet, aber eine angenehme Überraschung. Dass sie sich mir da unten zuwandte, war Balsam für meine Seele. Es fühlt sich an, als wäre ich einen Schritt näher dran, ihr Vertrauen zurückzugewinnen.

Ich sitze ihr gegenüber, trinke meinen schwarzen Kaffee und verfolge die Nachrichten des Verhörteams. Deputy Chief Carl Hunter hat mir die Adresse eines Stadthauses in Beaumont City genannt, das Vater für seine Gäste nutzt. Ich habe ein kleines Team losgeschickt, um es in Schutt und Asche zu legen.

Amethyst blickt von ihrem Teller zu mir auf, ihre Augen schimmern, sind aber nicht mehr von Verzweiflung erfüllt. Stattdessen strahlen sie vor Entschlossenheit. Mein kleiner

Geist ist unverwüstlich. Es ist nur eine Frage der Zeit, bis sie eine weitere Chance fordert, ihren Missbraucher zu konfrontieren.

„Brauchst du noch etwas?", frage ich.

Sie schüttelt den Kopf, sodass ihre hübschen Locken wippen. „Was hältst du von Myra?"

Ich ziehe die Brauen zusammen. Sie ist unbedeutend, wie die meisten Menschen außerhalb meines unmittelbaren Umfelds. Eine leichte Irritation, aber ansonsten unauffällig. In Anbetracht ihrer Verbindung wähle ich meine Worte sorgfältig.

„Du magst sie, und sie ist eine treue Freundin."

„Was soll das bedeuten?"

„Jeder, der dich glücklich macht, macht mich glücklich", antworte ich, und es stimmt. Myra Mancini hat Amethyst vielleicht dazu ermutigt, die Briefe zu veröffentlichen, die ich geheim halten wollte, und sie in die Limousine dieser Männer geführt, aber sie hat stets an Amethysts Seite gestanden.

Anders als Melonie Crowley.

Ich lehne mich über den Tresen, und mein Herz zieht sich bei der Erinnerung an diese verdrehte Geschichte zusammen. Trotz Amethysts kleiner Panne war der heutige Tag ein voller Erfolg. Soll ich es riskieren, die Stimmung zu verderben, indem ich Melonies Tagebuch erwähne?

Der egoistische Bastard in mir sagt, ich solle sie in Unwissenheit lassen und warten, bis sie geheilt ist. Aber Dinge vor Amethyst zu verbergen, wird ihr Vertrauen nur untergraben. Das letzte Mal, als ich ihr die Wahrheit verschwieg, wachte ich in einem brennenden Zimmer auf.

Wir verfallen in ein angenehmes Schweigen, während sie ihr fünftes Arancini-Bällchen in Marinara-Soße taucht und ich an meinem Kaffee nippe. Jetzt, da sie die Krankenstation verlassen hat, erfüllt ihre Anwesenheit die Küche mit Wärme. Die Erwähnung des Tagebuchs könnte ihren Fortschritt verzögern, aber ist es nicht besser für sie, jetzt über ihre Vergangenheit Bescheid zu wissen als später?

Ich atme tief ein und überlege mir die Worte, von denen ich weiß, dass sie zu Unmut führen werden. Ihr Blick auf mich wird sich ändern, wenn sie merkt, dass ich nicht der Erste war, der darauf aus war, sie in den Wahnsinn zu treiben, indem er vorgab, ein Geist zu sein.

„Amethyst", beginne ich und mein Blick bohrt sich in ihren. „Es gibt etwas, das du wissen musst."

Sie hält mit der Gabel in der Luft inne und ihre Augen weiten sich. „Geht es um die Schlafmöglichkeiten?"

Ich blinzle sie überrascht an. „Was?"

„Meine Behandlung ist abgeschlossen, und das Bett in meinem Zimmer ist groß genug für zwei."

„Und?" Ich ziehe eine Augenbraue hoch.

„Xero hat mich in der Anstalt immer umarmt, während ich eingeschlafen bin", murmelt sie und blickt auf ihren Teller. „Er ist nicht hier, also ..."

Eifersucht und Angst durchzucken meine Brust, auch wenn die Empfindungen irrational sind. Der Gedanke, dass eine Halluzination sie anstelle von mir trösten musste, tut weh. „Amethyst."

Ihr Kopf schnellt hoch. „Ja?"

„Wer bin ich?"

„Was meinst du?", fragt sie und runzelt die Stirn.

„Mein Name. Wie stehst du zu mir? Mein Status in deiner Realität?"

„Du bist der echte Xero, und du bist mein ..." Sie reibt sich den Nacken. „Ich weiß nicht, was wir sind, denn ich habe mit dir Schluss gemacht, als ich dir die Flasche über den Kopf schlug und dich zum Sterben zurückließ. Aber ich weiß, dass du nicht Delta bist."

„Und du willst, dass *ich* dich umarme, während du einschläfst?", frage ich.

Sie wendet den Blick ab. „Wenn das zu viel ist ..."

„Ich werde es tun", unterbreche ich sie.

Sie isst insgesamt sieben Arancini, bevor sie sagt, dass sie satt ist und sich von ihrem Platz erhebt. Ich führe sie zurück ins Zimmer und lege ihr einen weichen Pyjama und einen Bademantel hin.

Amethyst will nicht, dass ich mir die Schnitte an ihrem Körper ansehe, auch wenn Isabel mir versichert hat, dass sie auch ohne Verband gut verheilen. Ich lasse sie duschen und sich umziehen, bevor ich mich in mein Zimmer zurückziehe, um mich auf die kommende Nacht vorzubereiten. Nachdem ich meine Jeans und meinen Pullover gegen ein Paar weiche Baumwollhosen und ein lockeres T-Shirt getauscht habe, nehme ich das rote Ledertagebuch von meinem Nachttisch.

Als ich in ihr Zimmer zurückkehre, hat sie bereits den Schlafanzug und ein Paar flauschige Socken angezogen. Sie sitzt im Schneidersitz auf dem Himmelbett und hat ihre feuchten Locken auf dem Kopf aufgetürmt. Ihr Pyjama lässt ihre verlockenden Kurven erahnen, die im Widerspruch zu den süßen Socken stehen. Das sanfte Licht der Nachttischlampe wirft einen Schein auf ihr Gesicht und betont ihre Schönheit.

Mein Atem stockt, und das Blut wandert in unerwünschte Regionen meines Körpers. Man kann kaum erahnen, was für Dinge sie durchgemacht hat. Sie ist die Vision von dem, was ich mir für uns erhofft hatte, als ich aus dem Todestrakt entkam. Die Art von Liebe und einem Zuhause, nach dem ich mich sehnte, von dem ich aber nie dachte, dass ich es verdiente.

Ich zwinge meinen Schwanz, sich bei ihrer Nähe nicht zu regen, aber der gierige Bastard hat seinen eigenen Kopf. Ihr Blick ist so sehr auf das rote Tagebuch fixiert, dass sie die unangemessene Reaktion meines Körpers gar nicht bemerkt.

„Was ist das?", fragte sie.

„Etwas von deiner Mutter, das ich von den Frauen bekommen habe, die dich an Dr. Saint vermittelt haben."

Sie runzelt die Stirn. „Ich dachte, sie und meine Mutter wären Freunde."

„Vielleicht, aber diese Frauen kannten sie zuerst."

„Wer sind sie?"

„Aria und Elania Salentino." Ich durchquere das Zimmer und lege das Tagebuch auf das Bett. „Deine Tanten väterlicherseits."

„Oh." Sie wendet ihren Blick vom Tagebuch ab und sieht mir in die Augen.

„Du solltest es lesen. Es erklärt eine Menge über deine Mutter. Und Dollys Feindseligkeit."

Sie schluckt und schließt die Augen. „Vielleicht ein anderes Mal."

Ich lege es auf ihren Schoß und lasse mich auf den Rand der

Matratze sinken, in Reichweite, aber ohne zu drängen. „Wann immer du bereit bist. Ich verheimliche die Wahrheit nicht mehr. Wenn etwas zu schmerzhaft ist, lasse ich dich entscheiden, ob du es wissen willst."

Sie nickt, blickt vom Tagebuch auf und sieht mir in die Augen. „Konntest du dich in die Unterlagen von Dr. Saint hacken?"

„Sie existieren nicht", antworte ich und streiche ihr eine verirrte Locke hinters Ohr.

Sie zittert, ihr Atem beschleunigt sich. Ich ziehe meine Hand zurück und frage mich, ob sie bereit ist, dass ich in ihrem Bett schlafe.

„Woher weißt du das?", fragt sie.

„Ich habe sie seit der Nacht, in der wir im *Ministry of Mayhem* waren, in einer Zelle festgehalten, und sie hält weiterhin an ihrer Geschichte fest."

Bei meinen Worten bleibt ihr der Mund offenstehen. Sie starrt mich an, ihre Augen weiten sich. „Sie war ... sie war die ganze Zeit über deine Gefangene? Steht sie in Verbindung mit *X-Cite Media*?"

„Nein."

„Warum hast du sie dann nicht gehen lassen?"

„Ich war damit beschäftigt, dich zu finden", murmle ich. „Und ich habe sie behalten, für den Fall, dass du Fragen zu deinem geistigen Zustand hast."

Sie fährt sich mit der Zunge über die Lippen. „Hast du die Verhöre aufgezeichnet?"

Ich nicke.

„Kann sie die Informationen im Tagebuch ergänzen?"

„Das bezweifle ich", murmle ich.

„Dann lass sie frei. Sie ist hinterhältig und unprofessionell, aber sie hat es nicht verdient, eingesperrt zu werden. Sie muss schreckliche Angst haben."

Ich zögere ein paar Augenblicke lang und studiere ihr Gesicht. Da ist eine Stärke und Entschlossenheit, die ich vor ihrer Entführung nicht gesehen habe, und ein Mitgefühl für eine Frau, die ein so viel schlimmeres Schicksal verdient hat.

„Xero." Sie legt ihre Hand auf meine Brust.

Mein Puls beschleunigt sich. Amethyst wächst, verändert sich, wird mit jeder neuen Offenbarung stärker. Anstatt sich vor unangenehmen Situationen zu verstecken, stellt sie sich ihnen mutig entgegen.

„Gut", sage ich und ziehe mein Handy heraus. „Betrachte es als erledigt."

„Danke."

Sie zieht ihre Hand zurück und mein Herz sinkt angesichts des Verlusts. Als sie das Tagebuch auf den Nachttisch legt und sich unter die Bettdecke schiebt, bleibe ich, wo ich bin, auch wenn mein Verlangen nach ihr noch immer hell in meiner Brust lodert.

Ich erhebe mich von der Matratze und sende eine Nachricht an den für die Arrestzellen zuständigen Mitarbeiter, in der ich ihn anweise, Dr. Saint freizulassen – mit einem diskreten Peilsender und der Warnung, ihre Entführung nicht der Polizei zu melden.

Als ich mich wieder dem Bett zuwende, liegt sie auf der Seite und hat sich zu einem Ball zusammengerollt. Ihre Augen sind geschlossen und ihre Locken liegen aufgefächert auf dem Kissen. Sie sieht so verletzlich aus, dass es weh tut. Ich beobachte sie einen Moment lang und frage mich, ob sie verängstigt ist oder einfach nur erschöpft von ihrem ersten Tag fern von der Krankenstation.

Mit nackten Füßen gehe ich auf das Himmelbett zu und lege mich neben sie, wobei ich darauf achte, die Matratze nicht zu sehr zu bewegen. Die Federn ächzen unter meinem Gewicht, aber sie bleibt still, ihr Atem ist ruhig und gleichmäßig.

Sie bewegt sich, ihre Wimpern flattern. „Xero?"

„Ja, kleiner Geist?"

„Komm ins Bett. Ich werde nicht beißen, es sei denn, du bettelst darum." Sie rollt sich auf den Rücken, ihre Augen begegnen meinen mit einer Mischung aus Verletzlichkeit und Angst. Als ich mich nicht rühre, fügt sie hinzu: „Halte mich. Bitte."

Da ich nicht will, dass sie erneut traumatisiert wird, lege ich eine Hand auf ihren Arm. Sie verkrampft sich, und ich halte inne. Als sie sich entspannt, schiebe ich meinen Arm um ihre Taille und ziehe sie an meine Brust. Ich bleibe still, gebe ihr einen Moment Zeit, sich an meine Gegenwart zu gewöhnen, und sie rutscht nach hinten und drückt sich an mich. Sie ist warm, weich und einladend. Das Verlangen pulsiert unter der Oberfläche, aber ich zwinge mich, mich auf ihr Wohlergehen zu konzentrieren. Die Spannung von vorhin löst sich in Nichts auf, als sie ihren Kopf unter mein Kinn legt.

Ihr rasender Herzschlag hallt in meiner Brust wider. Ich bewege mich nicht, da ich ihr Zeit geben will, sich an die Situation zu gewöhnen. Als sich ihr Herzschlag an meinen anpasst, entspannt sich ihr Körper, und meine Sehnsucht verbleibt als schwelender Schmerz, den ich ihr zuliebe in Schach halte.

„Geht es dir gut, kleiner Geist?", frage ich leise.

„Umarme mich fester", murmelt sie.

Ich ziehe Amethyst näher heran und wiege sie in meinen Armen. Unsere Körper sind eng aneinander gepresst, ihr Arsch drückt gegen meinen harten Schwanz. Ich bin mir fast sicher, dass die Version von mir, die sie in der Anstalt halluziniert hat, nicht mit einem Ständer zu kämpfen hatte.

„So?", frage ich.

Sie nickt und stößt einen langen Seufzer aus, während ihre Muskeln sich entspannen. Die Wärme ihres Körpers dringt in meinen ein und spendet mir den Trost, der mir gefehlt hat, seit sie weg ist. Erleichtert schließe ich meine Augen und atme ihren Duft ein.

„Xero", flüstert sie mit zittriger Stimme. „Du wirst doch nicht deine Meinung ändern, oder?"

Ich runzle die Stirn und denke an unser letztes Gespräch zurück. „Bezüglich der Psychiaterin?"

Sie schluckt schwer und ihre Finger umklammern den Stoff meines Ärmels. „Über mich. Über das, was ich getan habe. Führt das zu einer Bestrafung?"

Mein Herz verkrampft sich. Verrat ist ein wesentlicher Bestandteil ihrer Vergangenheit. Auch wenn sie sich nicht an die Ereignisse jenes Sommers erinnern kann, muss sich ihr Gehirn an den Gedanken klammern, dass sie nicht sicher ist, vor allem nicht bei denen, denen sie eigentlich vertrauen sollte.

Ich ziehe sie fester an mich und drücke ihr einen Kuss auf

den Hinterkopf. „Niemals. Ich wünschte nur, du hättest mit mir über die Sache gesprochen, aber ich verstehe, warum du es nicht getan hast."

Ihr Atem stockt und sie klammert sich an meinen Arm, als hätte sie Angst, ich könnte verschwinden. „In dem Moment konnte ich nicht klar denken. Ich wusste nicht, was ich sonst tun sollte."

Nach all den Informationen, die ich über ihre Vergangenheit gesammelt habe, bin ich Experte für ihre tödlichen Kurzschlussreaktionen geworden. Sie ist unschuldig. Es ist nicht einmal ihre Schuld. Es ist die ihres Stiefvaters. Und meine.

„Betrachte uns als quitt und konzentriere dich auf deine Heilung", murmle ich in ihre Locken. „Die Einzigen, die ich bestrafen will, sind mein Vater und alle anderen, die dir wehgetan haben."

Sie nickt und atmet zitternd aus, ihr Griff um meinen Arm lockert sich. „Danke", flüstert sie. „Für alles."

Während sie in den Schlaf gleitet, halte ich meinen kleinen Geist in den Armen und spüre ihren gleichmäßigen Atem. Der heutige Tag war ein Durchbruch. Morgen sieht es vielleicht nicht mehr so rosig aus, nachdem sie das Tagebuch ihrer Mutter gelesen hat. Was auch immer passiert, wie auch immer sie reagiert, ich werde ihr helfen, alles zu verarbeiten und mit der Situation zurecht zu kommen.

Stunden später reißt mich ein Alarm von meinem Handy aus dem Schlaf. Es ist eine dringende Nachricht von Jynxson, in der er mir mitteilt, dass ein Pick-up vor dem Lagerhaus von Harlan Stills vorgefahren ist. Er ist der Content Manager von *X-Cite Media*, der uns sagte, dass Delta dort Server mit Terabytes an illegaler Pornografie aufbewahrt, zusammen mit Daten über die Mitglieder und jedes Arschloch, das jemals für einen Snuff-Film bezahlt hat.

Wenn wir alle Bastarde identifizieren wollen, die Vaters Snuff-Imperium direkt oder indirekt unterstützt haben, müssen wir diese Namen jetzt herausfinden, solange die Informationen noch zugänglich sind.

Nachdem ich ihm die Erlaubnis zum Abfangen gegeben habe, verlasse ich das Bett, wobei ich darauf achte, meinen kleinen Geist nicht zu wecken, und eile zur Tür. Ich wecke Isabel, sage ihr, sie solle auf Amethyst aufpassen, und ziehe mir eine kugelsichere Rüstung an.

Um diese Zeit am Morgen sind die Straßen noch leer. Ich rase in meinem Auto durch die Stadt, ignoriere den Tacho und jede rote Ampel. Gebäude ziehen vorbei, blitzen im schummrigen Licht der Morgendämmerung auf und verschwinden wieder, während mein Auto die Straße hinunterbraust.

Ich muss immer wieder an Amethyst denken, an die Art, wie sich ihr Körper an meinen schmiegt, die Weichheit ihrer Haut und den berauschenden Duft ihres Haares. Die Erinnerung an ihren an mich gepressten Hintern löst einen vertrauten Schmerz aus, und ich umklammere das Lenkrad fester und versuche, mich auf die Straße vor mir zu konzentrieren.

Ich erreiche das Rotlichtviertel zu einer Zeit, zu der sich die meisten Sexhändler zurückziehen, und halte um die Ecke des Hauses. Ein Blick auf mein Handy verrät mir, dass Tyler und sein Team bereits im Haus sind und alle nützlichen Daten auswerten.

Ich steige aus und gehe um den Block, wobei ich die Umgebung im Auge behalte. Schatten erstrecken sich unter dem Schein der gelegentlichen Straßenlaterne und werfen bedrohliche Silhouetten auf das rissige Pflaster. Fünfstöckige Stadthäuser säumen beide Seiten der Straße, ihre Fenster sind zu dunkel, um zu erkennen, ob sich Vater und seine Komplizen dahinter befinden, aber sobald er weiß, dass wir hier sind, wird er angreifen.

Als ich mich Harlans Straße nähere, sehe ich den fraglichen Pick-up und nehme mir einen Moment Zeit, um die Szene aus sicherer Entfernung in Augenschein zu nehmen.

Fünf Gestalten tauchen hinter der Ecke auf, ihre Bewegungen sind verstohlen und kalkuliert. Das sind nicht unsere Agenten. Wir stürmen Gebäude von unten, und Jynxson hat bereits bestätigt, dass er in ihren Keller eingedrungen ist.

Mit rasendem Herzen trete ich zurück in den Schatten und spreche in mein Headset. „Jynxson, wir haben ungebetene Gäste. Fünf, möglicherweise mehr, nähern sich der Eingangstür."

„Tyler braucht noch zwei Minuten, um den Server zu leeren", antwortet Jynxson. „Wir werden sie hinhalten."

Ich entsichere meine Waffe und bringe einen Schalldämpfer an. „Nein. Alle sollen das Gebäude verlassen, sobald ihr die Daten habt. Ich kümmere mich darum."

Ich nähere mich den Ankömmlingen und bleibe in den Schatten. Sie bewegen sich in Formation zusammen, ihre Körper sind vor Erwartung angespannt. Als sie sich dem Pick-up nähern, nehme ich das Ziel ins Visier und feuere einen einzigen Schuss auf die Kehle des ersten Mannes ab. Der Knall durchschneidet die Stille. Der Mann sinkt zu Boden und lässt seine Kameraden ungeschützt zurück.

Die übrigen Männer gehen in Deckung, ihre Bewegungen sind durch den Schock des plötzlichen Angriffs unkoordiniert. Ich feuere erneut und schalte einen aus, bevor sie die zweifelhafte Sicherheit des Pick-ups erreichen.

„Tyler hat die Daten", ertönt Jynxsons Stimme in meinem Ohr. „Wir sind raus."

Ich weiche zurück. „Zünde den Sprengstoff, sobald ihr raus seid."

Eine weitere Gestalt springt hinter dem Pick-up hervor und versucht, ins Haus zu rennen. Ich verschwende keine kostbaren Sekunden, um den perfekten Schuss zu platzieren. Nicht, wenn ich fliehen muss, bevor das Gebäude in die Luft fliegt. Stattdessen drehe ich mich auf dem Absatz um und renne.

Schüsse ertönen, als die Arschlöcher merken, dass ich mich zurückziehe, aber ich biege um die Ecke und laufe weiter.

„Alles klar?", erklingt Jynxsons Stimme.

„So ungefähr", sage ich schwer atmend. „Detonation in drei ... zwei ..."

Eine Explosion unterbricht mich mitten im Satz und übertönt die Schüsse. Das Haus hinter mir wird zu einem Inferno, dessen Flammen in den sternlosen Himmel steigen. Der Pick-up ist nur noch eine schwelende Hülle, und die Männer sind nirgends zu sehen.

Die Rückfahrt ist ereignislos, abgesehen von dem verbleibenden Klingeln in meinen Ohren. Jynxson und die anderen haben die Daten in ein Verarbeitungszentrum auf der anderen Seite der Stadt gebracht. Auch wenn ich vorhabe, jeden Bastard zu entlarven, der jemals dafür bezahlt hat, eine unschuldige Frau sterben zu sehen, ist unsere Priorität, Vater zu finden.

Als ich zu Amethyst zurückkehre, sitzt sie aufrecht im Bett und hält das aufgeschlagene Tagebuch in ihrem Schoß. Ich zögere an der Tür, starre in ihr tränenüberströmtes Gesicht, und mein Herz zieht sich schmerzhaft zusammen.

„Hast du es gelesen?", frage ich und meine Brust zieht sich vor Sorge zusammen.

„Dolly denkt, ich wäre daran Schuld, dass sie in den Menschenhandel geriet", flüstert sie.

Ich nicke und versuche, mein Mitgefühl und Verständnis durch meine Augen zu vermitteln. „Es tut mir so leid, Amethyst."

„Mom hat mich einfach irgendeinem Psychiater überlassen, der einen Groll hegt", fährt sie mit zitternder Stimme fort.

Ich schlucke schwer und warte darauf, dass sie einen Zusammenhang zwischen meinen Handlungen und der Frau, die sich als Geist ausgab, herstellt.

„Und ich habe meinen Vater getötet."

„Er hatte aufgehört, die Rolle des Vaters zu spielen. Du hast dich davor geschützt, wie Dolly zu enden", sage ich.

Sie seufzt. „Wenigstens weiß ich, warum ich von ihm halluziniere. Auch wenn ich mich nicht daran erinnern kann, wie ich ihm die Schere in den Hals gestochen habe, gibt es einen Teil von mir, der das nicht vergessen kann."

„Es tut mir leid."

Banale Worte, aber ich hasse es, sie so leiden zu sehen. Ich trete näher und widerstehe dem Drang, die Hand auszustrecken und sie zu halten, ihr Trost zu spenden, aber das Letzte, was sie in diesem Moment braucht, ist meine Berührung.

„Bring mich zu diesem Mann", sagt sie und reckt ihr Kinn, ihre Stimme wird entschlossener. „Ich bin bereit, ihm gegenüberzutreten."

ACHTUNDFÜNFZIG

AMETHYST

Ich gehe den dunklen Flur entlang und bin mir der Schwere von Xeros Blicken bewusst. Er macht sich Sorgen um meinen Geisteszustand, aber ich habe mich noch nie so klar im Kopf gefühlt.

Moms Tagebuch hat mir vielleicht nicht meine Erinnerungen zurückgebracht, aber es hat ganz sicher das Geheimnis ihres Verhaltens gelüftet.

Und meines.

Ich verstehe jetzt, woher die Halluzinationen kommen und warum mein Geist nur Menschen heraufbeschwört, von denen ich glaube, dass ich sie getötet habe. Dad war nicht einmal mein richtiger Vater. Es war irgendein Mafioso. Ich kann nicht glauben, dass ein Kontrollfreak wie Mom so leicht den Verbleib ihrer Kinder aus den Augen verlieren kann.

Mom dachte, ein weiteres Baby würde sie als perfekte Familie festigen, aber wie um alles in der Welt dachte sie, dass Dad nicht von ihrer Affäre erfahren würde?

Ihr letzter Tagebucheintrag erklärt, warum sie mich abgrundtief hasste. Ich erinnerte sie an all ihre Fehler – das ermordete Baby, ihre verschwundene Tochter, die Familie Salentino, die sie in sexuelle Knechtschaft zwang. Mit der Zeit müssen sich die

Opfer, die sie für meine Sicherheit gebracht hat, hohl angefühlt haben, als die Spur zu Dolly kalt wurde.

Und als ich mich selbst in eine Mörderin verwandelte, verwandelte sich ihre Liebe zu mir in Hass.

Was zum Teufel ist mit Dr. Forster passiert? Ich bin mir fast sicher, dass er der unheimliche Psychiater in meinen Erinnerungen ist. Das Tagebuch kam einfach abrupt zu einem Ende, ohne einen realen Abschluss zu haben.

Xero öffnet die Tür, wo Clyde Proctor sich nackt in einer dunklen Ecke zusammenrollt. Er zuckt bei unserem Anblick zusammen und versucht, sich noch kleiner zu machen.

Ich stelle mir vor, wie ich selbst in dieser Position kauere und nur eine Halluzination, meinen Verstand schützt. Die Erinnerung löst einen Gefühlsausbruch aus, der mich taumeln lässt, aber Xeros warme Hand auf meiner Schulter verankert mich in der Realität.

„Amethyst", murmelt er.

Ich begegne seinem besorgten Blick. Was immer er in meinen Augen sieht, lässt ihn zurückweichen und sich aufrichten. Dieser Bastard gehört mir. Dieses Mal werde ich nicht zusammenbrechen. Ich werde mich nicht von meiner Vergangenheit zerstören lassen.

Ich wende mich wieder an Proctor und zische: „Steh auf."

Er zittert. „Wer bist du?"

„Schau selbst."

Proctor hebt den Kopf und begegnet meinem Blick mit einem Keuchen. „Dolly?"

Die Beleidigung trifft mich wie eine Ohrfeige. Ich trete in die Zelle, meine Brust hebt und senkt sich unter meinen wütenden Atemzügen. „Sieh genauer hin."

Er erkennt, dass ich nicht die Frau seines Chefs bin, sondern die Frau, die er gefilmt hat, als sie eine ganze Reihe von Demütigungen erlitt. Alle Anzeichen von Hoffnung verwandeln sich in eine groteske Maske des Grauens.

„Amy ... Oh mein Gott. Es tut mir so leid. Ich habe nicht ..."

„Du hast was nicht?", schnauze ich. „Du hast nicht zugesehen, wie ich gedemütigt und gefoltert wurde, um B-Roll-Footage zu machen? Hast dich nicht dem Suchtrupp angeschlossen, um mich wieder einzufangen, als ich geflohen bin? Willst du leugnen, dass du in meinen Mund gewichst hast?"

Proctor weicht mit einem Schrei zurück.

Knurrend stürmt Xero auf den Mann zu, die Hitze seiner Wut brennt in meinem Rücken, aber ich hebe eine Hand, um ihn aufzuhalten.

„Das ist meine Rache", sage ich.

Aus dem Augenwinkel sehe ich, dass Xero nickt. Er vibriert förmlich unter dem Verlangen, diesen Mann in Stücke zu reißen, aber er hält sich zurück. Für mich. Augenblicke später drückt er mir den Griff eines Messers in die Hand. Sein leises Knurren hallt durch die Zelle und spiegelt die wilde Bestie wider, die sich in meinem Herzen eingenistet hat. Sie knurrt ungeduldig und hungert nach Vergeltung.

Adrenalin strömt durch meine Adern und sendet Wellen der Kraft aus, die meine Finger vor Vorfreude auf das Töten zittern lassen. Sie schließen sich um den Griff des Messers, bereit, bei der geringsten Provokation zuzuschlagen.

„Warum, Clyde?", frage ich.

Er schüttelt den Kopf. „Ich habe nicht ..."

Ich höre nicht, was er als Nächstes sagt. Ehe ich mich versehe, habe ich ihm bereits die Klinge quer übers Gesicht gezogen.

„Such noch einmal nach einer Entschuldigung und ich schneide dir die Eier ab."

Er schreit lauter, als ich es je getan habe, und das Blut, das über sein Gesicht fließt, verschafft mir nicht die geringste Genugtuung. Nicht, solange er noch atmet.

An die Wand gelehnt, die Knie an die Brust gezogen, schließt er die Augen und zittert. Er zieht sich in die Ecke zurück und drückt sich an den Beton, als würde er ihm irgendeinen Schutz bieten.

„Was willst du wissen?", stößt er hervor.

„Erzähl mir, wie ein Mann von einem Filmstudium zum Drehen von Snuff-Filmen kommt."

Proctor wimmert, und sein Schluchzen füllt den kleinen Raum. Mit stockendem Atem erzählt er die Geschichte eines Stipendiaten, der in die falschen Kreise geriet.

Sein Zimmergenosse an der Universität lud ihn ein, Videos anzusehen, die er bei *X-Cite Media* ausgeliehen hatte. Als er eingeladen wurde, Mitglied zu werden, erlaubte er Clyde, seinen Computer zu benutzen, um auf weitere Inhalte zuzugreifen.

Sie sahen, wie andere Mitglieder Videos von ihren Heldentaten hochluden, und sein Freund überredete Proctor, in seinem Wohnheimzimmer eine Mehrfachkamera aufzubauen, um ihn mit einer unter Drogen stehenden Studentin zu filmen. Als Proctor das Video bearbeitete und auf die Website hochlud, erhielt der Mitbewohner Lob für seine Filmaufnahmen.

„Delta selbst hat sich gemeldet und meinen Hintergrund herausgefunden. Er fragte mich, ob ich für einen seiner Filme als Kameramann arbeiten wolle", stottert Clyde unter Tränen.

Ich starre ungläubig auf den erbärmlichen Mann herab. „Wie seid ihr das erste Mädchen losgeworden?"

„Wir haben sie nicht getötet", antwortet er, und in seiner Stimme klingt Beleidigung mit. „Sie wachte verwirrt auf und ging."

„Du sagst also, dass du keine unschuldigen Frauen ermordest", sage ich mit flacher Stimme.

„Das stimmt." Er starrt zu mir hoch, seine Augen leuchten mit einer unangenehmen Aufrichtigkeit. „Ich bin ein netter Kerl. Ich habe noch nie in meinem Leben Hand an eine Frau gelegt."

Er hat noch nie Hand an eine Frau gelegt.

Was für ein netter, aufrechter Kerl.

Es ist, als würde irgendein Schalter in meiner Psyche umgelegt werden, und ich lache. Ich lache, bis ich kaum noch atmen kann. Ich lache so sehr, dass mir die Tränen in die Augen steigen. Ich habe noch nie etwas so eklatant Wahnhaftes gehört, so völlig aus den Angeln gehoben.

Xero tritt vor und packt mich an der Schulter, aber ich weiche ihm aus. Das ist eine Sache zwischen mir und Proctor.

Proctor blickt auf und zittert, vielleicht begreift er jetzt die explosive Wirkung seiner Worte.

„Du warst Zeuge der Erniedrigung hilfloser Frauen, du hast alles aufgenommen. Du hast sie entmenschlicht. Aber es macht dich zu einem netten Kerl, weil du sie nicht umgebracht hast?"

Sein Gesicht erstarrt zu einer Fratze des Schreckens.

Mein Lachen verstummt und wird durch bittere Verachtung ersetzt. „Nein, du unterstützt nur die Vergewaltiger und Mörder."

Als sein Blick zu Xero wandert, stürze ich mich mit dem Messer auf ihn. „Schau nicht zu ihm, wenn du Hilfe brauchst. Er ist nicht dein verdammter Kumpel."

Schreiend dreht er sich um und verbirgt sein Gesicht in den Händen. Seine lebenswichtigen Organe sind jetzt zur Wand gerichtet, und ich sehe nur noch seinen Rücken.

„Wie viele?", rufe ich über seine Schreie hinweg.

„Was?"

„Bei wie vielen Filmen hast du mitgewirkt?"

„Nur zwei."

„Lüg mich nicht an." Ich unterstreiche das Wort mit einem Hieb des Messers, dessen Klinge über seine Schulter schneidet. Das Blut fließt seinen Rücken hinunter.

„Fünf", schreit er.

„Wie viele?", schreie ich und versetze ihm einen weiteren Hieb.

„Zwölf. Ich schwöre es. Dreizehn, wenn du den mitzählst, den wir im Schlafsaal gemacht haben."

„Wie heißt dein Mitbewohner?", frage ich.

„Nathan. Nathan Vance. Er arbeitet für die *DiMarco Law Firm* als Praktikant."

Ich werfe einen Blick über die Schulter und sehe, wie Xero die Brauen hochzieht. Das ist der Name der Firma, die ihn vertreten hat, als er ins Gefängnis kam. Und wo Myras Schwester arbeitet.

„Ich kann dir die Namen aller Mitglieder nennen. Alles, was du willst. Aber bitte, hör auf."

„Zu spät", murmelt Xero. „Meine Leute haben bereits alle Daten von den Servern von *X-Cite Media* heruntergeladen."

Ich hatte noch ein Dutzend weiterer Fragen an ihn. Ich will wissen, ob er sich durch die Ermordung von Frauen mächtig fühlte oder ob er sie nur zum Spaß verletzte. Aber er wiederholt nur das gleiche Kauderwelsch darüber, dass er den Frauen nicht direkt wehtut. Er hat keine Ahnung, dass die Arbeit an einem

Snuff-Film ihn zu einem Direktbeteiligten macht. Mit ihm zu reden ist wertlos, wenn er denkt, er sei einer der Guten.

Er unterscheidet sich nicht von den Dutzenden von Menschen, die ihr Handy zückten und Xeros Bruder, den U-Bahn-Vergewaltiger, aufnahmen und nichts unternahmen, um ihn aufzuhalten, als er in die Tunnel flüchtete.

„Du bist nichts weiter als Ungeziefer, Proctor." Ich drücke die Spitze des Messers zwischen seine Rippen. „Da du an dreizehn Videos mitgewirkt hast, hast du dreizehn Möglichkeiten zu sterben."

„Bitte nicht", schreit er.

„Dreh dich um."

Er schüttelt den Kopf.

„Wie du willst." Ich stoße die Klinge tiefer und schiebe sie mit befriedigender Leichtigkeit zwischen seine Rippen. „Zähle sie, oder ich fange von vorn an."

„Eins", keucht er, immer noch an die Wand gedrängt.

Ich ziehe die Klinge heraus und stoße die Spitze in eine andere Stelle, dieses Mal mit einer kleinen Drehung. Der gequälte Schrei, den er ausstößt, wird durch das Gebrüll der Rache in meinen Ohren gedämpft.

„Zwei", würgt er hervor

Die Luft wird heiß, und mir bricht der Schweiß auf der Stirn aus. Der Mann beginnt unkontrolliert zu zittern, als er die nächste Nummer stöhnt.

„Guter Junge", sage ich. „Das machst du so gut."

Xero atmet schwer hinter mir, greift aber nicht ein. Diese langsame Tötung verstößt gegen alle seine Prinzipien als Auftragsmörder. Aber ich werde diesen Bastard nicht für weitere Verhöre vorbereiten – hier geht es nur um Vergeltung.

Meine Angriffe werden immer schneller, und Proctors Stimme wird zu einem verstümmelten, erstickten Wimmern. Bei zehn zuckt sein Körper gegen die Betonwand, und ich gebe ihm einen Moment Zeit, um zu Atem zu kommen.

„Noch drei", sage ich mit leiser Stimme. „Bist du bereit, deinem Tod ins Auge zu sehen?"

Sein nächstes Wort ist ein Schluchzen, und er dreht sich um, um mir in die Augen zu sehen.

Wenn ich in sein Gesicht schaue, sehe ich nicht mehr das Monster aus meinen Albträumen, sondern einen erbärmlichen Feigling, der sich hinter stärkeren Monstern versteckt, um seinen Spaß zu haben. Er ist ein Aasgeier in Menschengestalt, der nichts unternimmt, um das Böse aufzuhalten, weil er zu sehr damit beschäftigt ist, einen Teil der Beute zu bekommen. Blut rinnt von seinen Lippen auf seine schmale Brust und tropft auf den Betonboden.

„Du langweilst mich jetzt schon", schnauze ich.

Mit verkniffenem Gesicht presst er die Augen zusammen.

„Steh auf."

Als er den Kopf schüttelt, tritt Xero vor und packt ihn an der Kehle.

„Erledige ihn", knurrt er, seine Stimme ist ein leises Knurren. Seine blassen Augen brennen vor Stolz und fixieren die meinen mit einer Intensität, die meinen Puls rasen lässt.

Sein Kiefer ist vor Genugtuung angespannt, sodass mir der Atem stockt. Die Art und Weise, wie er den kleineren Mann dominiert, lässt mein Herz einige Schläge aussetzen. Ein Teil von mir, der sich immer für meine gewalttätigen Impulse geschämt hat, freut sich, einen Gleichgesinnten gefunden zu haben.

Ich schneide durch Proctors armseligen, schlaffen Penis, sodass noch mehr Blut auf den Boden spritzt. Als er noch an zwei Strängen hängt, ziehe ich das Messer hin und her und schneide sie durch.

Sein Schrei klingt in meinen Ohren, und er zuckt einmal, zweimal, dreimal, bevor er erschlafft.

„Noch zwei", sagt Xero.

Ich verpasse ihm einen Schnitt im Mundwinkel und dann einen weiteren, um ihm ein groteskes Lächeln zu schenken. Sein Körper zuckt nur. Xero lässt ihn auf den Boden fallen. Als er fällt, verschwindet ein kleines Stück meines Traumas. Es ist nur ein winziges Stück in einer tonnenschweren Last, die sich nicht verschieben wird, bis jeder Bastard, der mich berührt hat, tot ist.

„Wie fühlst du dich?", fragt Xero und seine Augen leuchten vor Stolz.

„Als ob ich endlich durchatmen könnte", antworte ich mit rauer Kehle.

Er tritt vor, seine Brust hebt sich, sein Herz schlägt so heftig, dass die Vibrationen auf meiner Haut widerhallen. „Ich wusste nicht, dass du so tödlich sein kannst", sagt er mit leisem Schnurren. „Du sahst so schön aus, als du ihm den Schwanz abgetrennt hast."

Ich packe ihn am Kragen seiner Jacke und ziehe seinen Kopf zu mir runter. Unsere Blicke treffen sich, seine blassblauen Augen leuchten mit feuriger Intensität. Sein Atem streicht heiß über mein Gesicht und schürt die Flammen meines Verlangens. Ich will ihn so sehr, dass es weh tut.

Als ich ihn zu einem Kuss an mich ziehe, wird der Keller vom Klang eines Alarms erfüllt.

Ich zucke zusammen. „Was ist das?"

„Perimeter-Alarm", knurrt er. „Es kommt jemand."

NEUNUNDFÜNFZIG

XERO

Gerade als wir einen Durchbruch erzielten, wurden wir durch einen Alarm unterbrochen. Ich ziehe mich zurück, trete aus Proctors Blutlache heraus und aktiviere mein Bluetooth-Headset.

„Bericht."

„Ein Konvoi nicht gekennzeichneter Fahrzeuge hat gerade die Rectory Lane passiert", sagt ein Mann aus Tylers Team. „Mit 95%iger Wahrscheinlichkeit nehmen sie die Abzweigung zum Unterschlupf Theta B."

„Scheiße."

Ich wirble herum und lege eine Hand auf Amethysts Schulter. Ihre Augen sind immer noch glasig von der langsamen, sinnlichen Vergeltung, die sie an diesem wertlosen Bastard geübt hat. Ihre Lippen sind noch immer leicht geöffnet und scheinen um diesen Kuss zu betteln. Ich bringe sie nur ungern in die Realität zurück, aber wir haben keine Zeit.

„Was ist los?", fragt sie mit noch immer atemloser Stimme.

„Wir müssen von hier verschwinden. Die Eindringlinge sind etwa fünf Minuten davon entfernt, das Gelände zu erreichen."

Sie nickt mit entschlossener Miene. Sie sieht nicht mehr aus wie die gebrochene Frau, die sich gegen ihren Peiniger gewehrt hat. „Was werden wir tun?"

„Keine Sorge. Ich habe einen Plan.“ Als wir den Raum verlassen, schalte ich mich in die Verbindung ein, die ich mit meiner Schwester teile. „Isabel. Melde dich.“

„Wir sind schon halb in Tunnel E. Hast du Amethyst?“, fragt sie keuchend.

„Positiv. Wir sind auf dem Weg zum Ostbunker.“

Amethyst steht an der Tür und starrt mich mit großen Augen an. „Kehren wir zum Haus zurück?“

„Wir gehen weiter in den Untergrund, aber zuerst muss ich herausfinden, wie sie diesen Unterschlupf gefunden haben.“

Ich gehe an der Reihe von Zellen vorbei und bleibe vor der letzten stehen, in der Deputy Chief Carl Hunter sitzt. Der alte Bastard starrt mich durch die Gitterstäbe an, seine Körperhaltung ist starr vor Trotz.

Er war es.

Die Wut brodelt in meinem Körper. Ich entriegele die biometrische Sicherheitskontrolle und betrete seine Zelle. „Willst du mir etwas beichten, Hunter?“

Er reckt sein Kinn. „Ich wusste, dass Delta es schaffen würde. Wir sind Kameraden, etwas, das ein undankbarer Verräter wie du nie verstehen könnte.“

„Wie hast du das gemacht?“

Hunter grinst. „Ich werde dir alles erklären, sobald du auf dem elektrischen Stuhl sitzt.“

Ich suche in seinem zerschlagenen Gesicht nach Hinweisen. Wir haben jeden Gefangenen ausgezogen, ihre Körper nach Geräten gescannt, ihre Gliedmaßen gesichert, damit sie unsere Kommunikationsnetze nicht erreichen können, aber irgendwie hat es dieser Bastard geschafft, unsere Sicherheitsvorkehrungen zu überwinden.

„So oder so, du wirst mir sagen, wie du es gemacht hast.“

Als sein Grinsen breiter wird, sehe ich es. Ein fehlender Zahn.

„Lass mich raten“, knurre ich. „Deine Zahnprothese enthält einen mini faradayschen Käfig, in dem ein Kommunikationsgerät versteckt ist?“

Er schmunzelt. „Dein Vater wäre stolz.“

„Xero?“, erklingt Amethysts Stimme aus dem Gang.

Hunters Blick fällt auf die Tür und seine Augen weiten sich. „Ist das Amy? Ich freue mich schon darauf, mit dir an der Reihe zu sein. Delta sagte, deine Fotze sei noch süßer als die deiner Schwester."

Sein Spott entfacht eine Wut, die jede Faser meines Wesens verzehrt. Die Welt verengt sich auf einen einzigen Punkt: diesen Bastard, der es wagt, Anspruch auf meinen kleinen Geist zu erheben. Ehe ich mich versehe, habe ich meine Waffe gezückt. Meine Sicht wird von einem roten Schleier getrübt, als ich den Abzug drücke und ihm in die Kehle schieße.

Hunter wird zurückgerissen, sein selbstgefälliges, triumphierendes Grinsen wird durch einen Laut des Schocks ersetzt. Blut spritzt aus der Wunde und läuft in Rinnsalen seitlich aus seinem Mund. Seine Augen sind vor Angst und Verwirrung weit aufgerissen, was meinen Zorn nur noch verstärkt. Ich wollte ihm einen langsamen, qualvollen Tod bereiten.

Amethyst ergreift meinen Arm. „Du sagtest, sie würden in fünf Minuten hier sein. Lass uns gehen."

Ich schiebe die Waffe weg und lasse mich von ihr aus seiner Zelle führen. Hunters Worte klingen in meinen Ohren nach, und die Frage kommt mir über die Lippen, bevor ich mich aufhalten kann.

„Ich muss es wissen", bringe ich hervor, „hat mein Vater dich wirklich angefasst?"

Amethyst wendet sich ab und ihr Atem beschleunigt sich. „Ich wurde betäubt und wusste erst hinterher, was geschehen war."

Heiße Wut brennt durch meine Adern. Ich will nach draußen stürmen und mich dem Konvoi dieser Bastarde entgegenstellen, wenn es eine Chance gibt, Vater gegenüberzutreten.

Amethyst berührt meine Wange und zwingt mich dazu, ihrem Blick zu begegnen. „Xero. Wohin gehen wir?"

Ihre Berührung holt mich in die Gegenwart zurück, und ich schlucke eine Welle von alles verzehrenden Schuldgefühlen hinunter. Rache kann warten. Meine Priorität sollte sein, dafür zu sorgen, dass er nie wieder Hand an meinen kleinen Geist legen kann.

Unsere Blicke treffen sich, und ich sehe die Angst in ihren

grünen Augen und eine Verletzlichkeit, die mein Herz schmerzen lässt. „Niemand wird dir jemals wieder wehtun, nicht, solange ich atme. Und wenn ich tot bin, werde ich immer noch über dich wachen wie ein rächender Geist."

Sie schluckt und ich sehe Tränen in ihren Augen schimmern „Danke", flüstert sie, ihre Stimme erstickt vor Rührung. „Ich glaube dir."

Die Worte treffen mich wie ein Schlag in die Brust und lassen meine Schritte ins Stocken geraten. Erleichterung, Schuldgefühle und Dankbarkeit schnüren mir die Kehle zu. Nach allem, was geschehen ist, vertraut sie mir. Ich schlucke schwer und zwinge die Gefühlswallung hinunter.

Ich führe sie aus dem Keller und den Gang in die entgegengesetzte Richtung des Hauses hinunter. Wir kommen an einer weiteren schweren Tür vorbei, die zu einer Sicherheitskammer führt. Es ist ein großer Schrank mit einer Luke am Boden, die in einen tieferen Tunnel führt.

Während Amethyst in die Dunkelheit hinabsteigt, sichere ich die Tür und steige hinter ihr her, bevor ich die Luke versiegele. Als ihre Füße den Boden berühren, wird das automatische Beleuchtungssystem des Tunnels aktiviert. LED-Lampen flackern auf und werfen lange Schatten entlang der Wände.

Als ich auf den Boden springe, sitzt sie bereits im Notfallwagen. Der Motor des Geländewagens ist gerade stark genug, um uns aus dem Inferno zu bringen, das ich entfesseln werde, sollten sie in den Tunnel eindringen.

„Wohin führt den Tunnel?", fragt sie.

„Zu einem weiteren Bunker, von dem aus wir unsere Verteidigung starten können."

Ich setze mich auf den Fahrersitz und lasse den Motor an. Er brummt, und wir rasen mit Höchstgeschwindigkeit durch den Tunnel.

Amethyst klammert sich so fest an den Seiten des Wagens fest, dass ihre Knöchel weiß hervortreten. Sie atmet schwer, ihr Körper lehnt sich an meinen, um sich zu beruhigen. Ich lege einen Arm um ihre Schulter und ziehe sie an mich. Ich spüre ihren rasenden Herzschlag an meiner Seite, sein Rhythmus synchronisiert sich mit meinem rasenden Puls.

„Es wird alles gut", sage ich mit fester Stimme. „Er wird sterben, bevor er dich wieder berührt."

Die Lichter des Tunnels ziehen verschwommen vorbei, während wir in der Dunkelheit an Geschwindigkeit gewinnen. Amethyst hält sich an meinem Oberschenkel fest, als wäre es das Einzige, was sie in der Gegenwart hält.

„Ist Isabel in Sicherheit?", fragt sie.

„Sie ist durch einen anderen Tunnel entkommen."

„Gut."

„Die Crew-Mitglieder und Investoren, die wir gefangen genommen haben, werden nicht mehr leben und eine Bedrohung darstellen." Ich halte inne und warte darauf, dass sie mein Versprechen mit einem Nicken quittiert, dann drücke ich auf das Headset und befehle: „Wir sind bereit. Flutet den Alpha-Bunker."

„Verstanden. Initiiere Sequenz Klärgrube", erklingt Tylers Stimme in meinem Ohr.

Der Tunnel vibriert unter dem Wagen, ein leises Rumpeln, das uns bis in die Knochen dringt. Es ist das Geräusch von Tonnen von Abfällen, die den Bunker fluten und diese Bastarde in Scheiße ertränken. Ich werfe einen Blick über die Schulter, um nach Anzeichen von Abwässern Ausschau zu halten, aber da ist nur der schwache Schein der Tunnelbeleuchtung.

„Sequenz abgeschlossen", sagt Tyler.

Ich drücke Amethyst sanft an mich. „Es ist vollbracht."

Sie atmet aus, ihr Griff um meinen Oberschenkel lockert sich. Während wir weiter durch den Tunnel rasen, informiert mich Jynxson über den Status der sich nähernden Fahrzeuge. Sie sind an den Täuschungstoren vorbeigefahren, die zu einer langen Auffahrt führen, die sie um die Wälder herum zu der Ruine führt, die das ursprüngliche Haus war.

Sie bewegen sich auf eine Falle zu, denn ich werde es ihnen nicht leicht machen.

„Sprengt die Straße", befehle ich.

„Diese Fahrzeuge sind gepanzert", antwortet Tyler. „Das wird ihnen kaum Schaden zufügen."

Ich lächle. „Mach es trotzdem."

„Verstanden."

Das Dröhnen der Explosion hallt durch den Tunnel und lässt den Boden erzittern. Amethyst zuckt zusammen, ihre Finger krallen sich um meinen Oberschenkel.

„Keine Auswirkungen", sagt Tyler. „Sie sind immer noch auf dem Vormarsch."

Ich lehne mich in meinem Sitz zurück und gebe Amethyst einen Kuss auf die Schläfe. Es läuft alles nach Plan. Inzwischen werden Vater oder wen auch immer Deputy Chief Hunter zu seiner Rettung gerufen hat, auf die Falle zulaufen und denken, dass sie unsere letzte Verteidigungslinie überwunden haben.

Wir erreichen einen anderen Teil des Tunnels, in dem die Lichter rot leuchten, was den Eingang zum zweiten Bunker anzeigt. Er befindet sich in einem Waldstück, das drei Kilometer vom Unterschlupf entfernt ist.

Ich helfe Amethyst aus dem Wagen und führe sie zum Eingang des Bunkers. Es ist eine unscheinbare Stahltür, die in die Seite des Tunnels eingelassen ist und durch ein biometrisches Schloss gesichert wird. Ich drücke meine Handfläche dagegen.

Mit einem Knarren und einem hydraulischen Ächzen schwingt sie auf und gibt den Blick auf einen sicheren Vorraum frei. Ich schaue zu Amethyst, die mich mit so viel Dankbarkeit anschaut, dass mir der Atem stockt.

Es ist bittersüß. Sie ist dankbar, weil sie aus erster Hand erfahren hat, was ohne meinen Schutz passieren könnte. Aber ich würde alles dafür geben, sie wieder zu der widerspenstigen Göre zu machen, die mir Müsli ins Gesicht geworfen hat. Trotzdem würde ich nie die Fehler ihrer Mutter wiederholen.

Rotes Licht durchflutet den Raum, bevor sich die letzte Tür öffnet und den Blick auf einen geräumigen, gut beleuchteten Wohnbereich mit Ledersofas, einem Kingsize-Bett und einer großen Küchenzeile mit Edelstahlgeräten freigibt. Ganz am Ende des Raums befindet sich eine Eckkabine mit mehreren Bildschirmen, auf denen bereits die Live-Übertragungen der Überwachungskameras zu sehen sind.

Amethyst blickt sich um, ihre Augen weiten sich, ihre blutverschmierten Hände heben sich zum Mund.

Ich lege ihr eine Hand auf den Rücken und führe sie nach

links. „Mach es dir bequem. Da drüben ist ein Badezimmer, damit du alle Spuren dieses Bastards beseitigen kannst."

Als sie verschwindet, um sich zu waschen, schreite ich zu den Bildschirmen hinüber. Die Drohnenaufnahmen zeigen, wie Männer aus einem Pick-up steigen und sich im Schutz der Bäume auf das Haus zubewegen.

„Willst du sie in die Ruine locken?", fragt Tyler.

Ich lasse mich in einen Stuhl sinken. „Mal sehen, wie viele wir auf dem Weg ausschalten können."

Dieser Teil des Geländes ist mit Minen, Schlingen, Fallen und Lautsprechern ausgestattet, die die Geräusche von Menschen wiedergeben, die zu fliehen versuchen. Das ist eine Vorsichtsmaßnahme zum Schutz des sicheren Hauses. Alle Karten und Satellitenbilder leiten Eindringlinge in eine Gefahrenzone, um sie zu beschäftigen, während wir evakuieren.

Ich lehne mich zurück und beobachte, wie unsere Drohnen die Männer entweder abschießen oder sie in die Fallenzone dirigieren.

„Xero. Bist du da?", erklingt Camilas eindringliche Stimme.

„Was ist los?", antworte ich und wende meinen Blick von den Bildschirmen ab.

„Ist Amethyst gerade live in den sozialen Medien?"

Ich schaue zur Badezimmertür und höre fließendes Wasser. „Warum fragst du?"

„Dann ist es Dolly. Sie hat Amethysts Profil geklont und streamt live ein Mordgeständnis."

SECHZIG

AMETHYST

Ich betrete das Bad und habe das Gefühl, auf Wolken zu gehen. Es ist ein heller Raum mit weißen Möbeln, passenden Fliesen und einer großen Glasabtrennung für die Dusche.

Ein anderer meiner Missbraucher ist tot. Irgendwie glaube ich nicht, dass mein Geist ihn als Halluzination wieder auferstehen lassen wird. Er ist zu unbedeutend, und ich musste ihn töten. Gut, dass ich ihn los bin.

Alle vier Crew-Mitglieder, die bei der Zwangsernährung geholfen haben, sind tot, ebenso Grunt. Xero hätte erwähnt, wenn er Delta oder Dolly gefangen genommen hätte. Ich notiere mir, dass ich ihn nach Barrett, Seth und Locke fragen werde.

Ich nehme eine Bewegung aus dem Augenwinkel wahr und zucke zusammen, dabei ist es nur mein eigenes Spiegelbild. Ich drehe mich um und blicke in den Spiegel, wobei sich mein Magen zusammenzieht.

Diese Angst vor meinem eigenen Spiegelbild macht keinen Sinn. Ich fürchte mich vor Dolly, nicht vor mir selbst, aber mein Gehirn hat die Tatsache noch nicht verarbeitet, dass ich einen eineiigen Zwilling habe.

Mit einem Seufzer ziehe ich meine blutige Kleidung aus und lege sie in den Wäschekorb, bevor ich in die Dusche steige. Die Verbände an meinen Gliedmaßen sind jetzt durch wasserfeste

Pflaster über den tieferen Schnitten ersetzt worden, die bei meinen Fluchtversuchen aufgerissen sind.

Das heiße Wasser trifft mit einem befriedigenden Prickeln auf meine Haut und wäscht Proctors Gestank weg. Ich drehe an allen Knöpfen und erhöhe den Druck, bis das Wasser mit mehr Kraft auf meine Haut trifft.

Was würde ich nicht dafür geben, dass Xero hinter mir auftaucht und seine starken Arme um meine Taille schlingt. Ich möchte seinen warmen Atem an meinem Hals spüren und seinen harten Körper in meinem Rücken. Seine großen Hände würden die Flecken meiner Vergangenheit wegwaschen, und er würde mir mit seiner tiefen, beruhigenden Stimme versichern, dass alles in Ordnung sein wird.

Das wird nicht passieren. Ich habe mehr Schnittlinien auf meinem Körper als eine Karte der New Alderney-U-Bahn und mehr Traumata als eine Abbruchstelle. Das Töten meiner Feinde könnte mir eine gewisse Befriedigung verschaffen, aber ich bin irreparabel beschädigt.

Ich greife nach dem Shampoo und arbeite es mit kräftigen Bewegungen in mein Haar ein, um den Geruch von Blut und Angst loszuwerden. Der Schaum tropft mir ins Gesicht und brennt in den Augen, aber ich spüre ihn kaum mehr als den Stich in meinem Herzen. Ich spüle und wiederhole den Vorgang und beobachte, wie die weißen Blasen mit einem schwachen Hauch von Rosa den Abfluss hinunter verschwinden.

Ein Klopfen ertönt an der Tür. Ich erstarre und mein Herz setzt einen Schlag aus. Das Blut scheint mir in den Adern zu gefrieren und verdrängt die Hitze der Dusche.

Er darf mich nicht so sehen.

„Amethyst?", dringt Xeros Stimme durch die Tür.

Ich drücke meine Augen zu, atme tief und hektisch ein und versuche, mein rasendes Herz zu beruhigen. Ich werde ihn verlieren, wenn er sieht, was sie mit meinem Körper gemacht haben. Er wird sich angewidert von mir abwenden. Xero weiß bereits darüber Bescheid, was sein Vater mit mir getan hat. Jetzt, wo ich das bestätigt habe, überlegt er vielleicht, mich wegzuschicken. Mich entstellt zu sehen, könnte der Tropfen sein, der das Fass zum Überlaufen bringen wird. Meine Brust zieht sich mit jedem

Ausatmen zusammen, was meine wachsende Panik noch verstärkt.

„Geht es dir gut, kleiner Geist?", fragt er, wobei Sorge in seinen Worten mitschwingt.

„Mir geht es gut", rufe ich zurück, und meine Stimme hebt sich um mehrere Oktaven. Mit zitternden Fingern drehe ich die Knöpfe, schalte das Wasser ab und schnappe mir einen Bademantel.

Ich eile auf zittrigen Beinen zur Tür, ziehe den Bademantel um meinen Körper und schließe ihn fest. Meine Finger verharren an der Klinke. Ich atme noch einmal tief durch und sammle mich, bevor ich die Tür öffne.

Er steht auf der anderen Seite und blickt mich an. Seine stechenden, blassen Augen fixieren die meinen, als wollten sie die Gefühle entschlüsseln, die ich zu verbergen versuche.

Ich zwinge mich zu einem Lächeln und frage: „Was ist los?"

„Lass uns dein Haar trocknen." Der Blick in seinen Augen wird weicher, er tritt vor, und ich weiche zur Seite aus.

Meine Nervosität ignorierend, schreitet er an mir vorbei, greift unter das Waschbecken und holt einen Hocker hervor. „Setz dich."

Die sanfte Autorität in seiner Stimme bringt mich dazu, mich auf den Sitz sinken zu lassen. Ich neige den Kopf, als er mir ein weiches Handtuch über die Schultern legt und mit einem anderen durch meine widerspenstigen nassen Locken fährt. Seine Berührung ist federleicht, streift kaum meine Kopfhaut und ist ein seltsam beruhigender Balsam für meine geschundene Seele.

Meine Wangen werden heiß, als ich an das letzte Mal denke, als er mir die Haare getrocknet hat, als er meinen Mund gefickt hat und in meiner Kehle gekommen ist. Ein Schauer läuft mir über den Rücken, und ich rutsche unruhig auf meinem Sitz hin und her.

„Du zitterst ja", murmelt er.

„Mir ist nur kalt", lüge ich, bevor ich mich zurückhalten kann.

Xero wickelt mein Haar in das Handtuch und weicht dann zurück. Die Abwesenheit seiner Berührung lindert mein Unbehagen und weckt gleichzeitig ein Gefühl der Sehnsucht.

Ich werfe meinen Blick auf meinen Schoß und studiere den Seidenbesatz meines Gewandes, um den anklagenden Blick zu vermeiden. Er wird Details wissen wollen. Wie viele Male mit seinem Vater? Was habe ich mit den anderen Männern gemacht? Was habe ich damit gemeint, dass sie in meinem Mund gekommen sind?

„Ich habe Tee zubereitet."

Er verlässt das Badezimmer und lässt mich mit meiner Verwirrung allein. Hatte er etwas anderes erwartet? Ich richte den Bademantel im Spiegel zurecht, wobei ich meinen Blick auf mein Dekolleté richte, um sicherzugehen, dass ich nicht einen Zentimeter meiner Schnitte entblöße.

Einen Moment später kommt Xero mit einem Tablett zurück, auf dem zwei Tassen mit Kamillentee, eine passende Kanne mit getrockneten Kamillenblüten, die in heißem Wasser ziehen, und ein kleines Glas Honig mit einem Holzlöffel stehen. Daneben steht ein Teller mit Mürbegebäck. Er stellt alles mit so vorsichtigen und präzisen Bewegungen auf dem Badezimmertresen neben mir ab, dass ich merke, wie angespannt er ist.

Dann geht er in die Hocke, seine Augen fixieren die Meinen mit einer traurigen Intensität, die mein Herz schmerzen lässt. Ich kämpfe gegen die Tränen an und frage mich, ob dies der Moment ist, in dem er mir sagt, dass es vorbei ist.

Die Männer in der Anstalt haben mich beschmutzt. Warum sollte er mich jetzt wollen, wo ich von dem Vater, den er verachtet, verdorben wurde?

„Nimm einen Schluck", murmelt er.

„Was ist los, Xero?", frage ich.

Er kneift die Augen zusammen und atmet tief durch. „Trink einfach den Tee, bitte."

Die Verletzlichkeit in seiner Stimme zerreißt mir das Herz. Ich nehme eine Tasse in die Hand und lasse die Wärme in meine Finger eindringen. Der Duft der Kamille erfüllt meine Nase, beruhigt und erdet meinen Geist.

Ich nehme einen kleinen Schluck, und eine wohlige Wärme breitet sich in meinem Körper aus. Er schmeckt nach Gemütlichkeit, nach Abenden zu Hause mit einem Kräutersud und einem Buch.

„Danke", flüstere ich, während sich mein Atem in Erwartung der schlechten Nachricht beschleunigt. Das Wort hängt schwer in der Luft und füllt die Stille, die sich wie eine Ewigkeit anfühlt.

Xero bleibt an meiner Seite hocken und beobachtet, wie ich die Tasse leere, bevor er fragt: „Mürbegebäck?"

Ich schüttle den Kopf und suche in seinen Gesichtszügen nach etwas – irgendetwas, das sich hinter dem Ausdruck der Vorsicht verbirgt.

„Was ist los?"

Ich sehe, wie ein Muskel an seinem Kiefer zuckt. „Unsere Feinde haben bereits ihren nächsten Schritt gemacht."

Ich ziehe die Stirn in Falten. „Haben sie das Haus bombardiert?"

„Diese Bastarde werden dort verrotten. Aber darum geht es nicht. Deine Schwester hat in den sozialen Medien ein Geständnis abgelegt."

Ich warte darauf, dass er fortfährt, aber er greift in die Tasche seiner Jeans und holt ein Handy heraus.

Auf dem Bildschirm ist ein Social-Media-Profil zu sehen, das identisch mit dem ist, das ich vor der Buchmesse eingerichtet habe. Der einzige Unterschied ist der Benutzername, der einen Punkt zwischen dem Namen Amethyst und Ravenly enthält.

Laut Moms Tagebuch heiße ich nicht Amethyst oder gar Crowley. Ich verdränge diesen Gedanken und schaue mir den letzten Beitrag an, der 11,5 Millionen Aufrufe hat. Das soll ich sein, in einem Korsett, wie ich es in meinem Podcast trage, aber ich würde nie so viel Dekolleté zeigen.

Es ist Dolly, die vor dem Hintergrund eines *Green Screens* von Xeros Fahndungsfoto sitzt.

„Guten Abend, Xeromaniacs", sagt sie mit übertrieben lieblicher Stimme. „Ich muss euch allen etwas gestehen. Xero ist nicht tot."

Mein Blick fällt auf Xero, der mich mit grimmiger Miene beobachtet.

„Ich bin ein böses Mädchen gewesen. Wisst ihr, ich habe ihm geholfen, dem elektrischen Stuhl zu entkommen. Zusammen haben wir eine Reihe von Feinden ermordet. Da war Roger Stern, den ihr als Big Dick Johnson kennt, Stephen Glick, der gut bestückte Mann, Jake und Dale Ryland, Paul Brantley ...", fährt Dolly fort.

Nachdem sie die Liste beendet, indem sie die Namen der Männer aufzählt die Xero in einen menschlichen Tausendfüßler verwandelt hat, folgt sie mit Grunt, dessen richtiger Name Fenrick Greer ist, und den Crewmitgliedern, die wir gemeinsam getötet haben, darunter Clyde Proctor. Mir dreht sich der Magen um, als sie eine Reihe wichtig klingender Männer aufzählt, angefangen bei Reverend Tom und endend bei Deputy Chief Carl Hunter. Die Bilder der Männer flackern im Hintergrund, und ich knirsche mit den Zähnen angesichts der ekelerregenden Darstellung.

„Und außerdem habe ich meine eigene Mutter und meinen Onkel Clive ermordet", sagt sie mit einem geübten Schmollmund. „Aber das wisst ihr ja schon."

Mein Blick wandert zu den Statistiken auf der rechten Seite des Bildschirms. 2 Millionen Likes, 10,5 Tausend Kommentare, 132,1 Tausend Speicherungen und 173,3 Tausend Wiederveröffentlichungen.

„Das ist mehr, als ich je bei meinen Inhalten erreicht habe", flüstere ich.

„Aber keine Sorge, Xeromaniacs!", zwitschert Dolly. „Mir geht's gut. Xero und ich leben unseren Traum und schalten jeden aus, der sich uns in den Weg stellt. Stimmt's, Xero, Schätzchen?"

„Genau, Amethyst, Babe", ruft eine Männerstimme aus dem Off,

Mit einem verschwörerischen Augenzwinkern lehnt sie sich in die Kamera und legt ihre Hand an die Seite ihres Mundes. „Oh, und falls ihr denkt, ich würde nicht die Wahrheit sagen, findet ihr den Beweis unter dem Link in meiner Biografie."

Das Video kehrt zum Anfang zurück. Ich kann nicht noch einmal mit ansehen, wie diese böse Schlampe mich für Morde bloßstellt, die ich in Selbstverteidigung begangen habe.

„Wohin führt dieser Link?", frage ich mit zusammengebissenen Zähnen.

„Ein Video, das sie von der Ermordung deiner Mutter und deines Onkels gemacht hat", antwortet Xero. „Praktischerweise ohne Ton."

„Weil Mom und Onkel Clive ihren Namen sagen, bevor sie sterben.“

„Geht es dir gut?“, fragt er.

Ich erhebe mich vom Hocker und reiße mir das Handtuch vom Kopf. Jegliches Mitgefühl, das ich für das kleine Mädchen im Tagebuch gehabt hätte, verpufft.

„Bring mich zu deiner besten Kämpferin. Ich brauche eine Lektion im Kampf gegen eine gleich große Gegnerin. Es ist Zeit, dass Dolly stirbt.“

EINUNDSECHZIG

XERO

Amethyst hat die ganze Nacht über kaum geschlafen. Dollys Video löste einen Albtraum aus, der dafür sorgte, dass sie sich im Bett hin und her warf. Als ich sie festhielt, wehrte sie sich mit übermenschlicher Kraft.

Am nächsten Tag erzählte sie, was in der Anstalt passiert war. Der Mord an Proctor mag etwas in ihrer Psyche gelöst haben, aber Dollys gefälschtes Geständnis setzte eine Flut von Wut frei. Amethyst erzählte endlich das Ausmaß der Schrecken, die sie während der Gefangenschaft erlitten hatte, und weinte ungehemmt an meiner Brust.

Sie zitterte vor Rachegelüsten, und jedes Wort, das sie aussprach, war von Schmerz erfüllt. Am Ende ihrer Geschichte glühten ihre grünen Augen vor Wut. So lebendig hatte ich meinen kleinen Geist nicht mehr gesehen, seit ich sie im Bus gefunden hatte.

Feuer ist gut, ebenso wie Wut. Es bedeutet, dass sie ihr Trauma verarbeitet und triumphierend daraus hervorgehen wird. Aber ich wollte, dass sie sich noch ein wenig ausruht, bevor sie ihr Training wieder aufnimmt.

Jetzt liegt sie völlig erschöpft auf meiner Brust. Ich fahre mit den Fingern durch ihre Locken und atme schwer durch meine eigene ohnmächtige Wut.

Dolly wird sterben, weil sie meiner Amethyst etwas angetan hat. Vater wird eine Ewigkeit der Qualen erleiden.

Jeder Mann, der meinen kleinen Geist berührt hat, wird ebenfalls sterben. Genauso wie jeder Mann, der sich Filmmaterial von ihr oder Dolly angesehen hat. Keiner darf meine Amethyst anstarren. Oder im weiteren Sinne ihren eineiigen Zwilling.

„Wirst du mir beim Training helfen?", murmelt sie gegen meine Brust.

„Ich bringe dir bei, wie man Schusswaffen benutzt. Sie sind sicherer und effizienter."

Sie schüttelt den Kopf. „Ich möchte den Nahkampf lernen."

Ich lasse eine Hand über ihre Schulter gleiten. „Wir müssen vorsichtig sein. Deine Verletzungen ..."

„Die Fäden wurden gezogen. Isabel hat mich aus ihrer Obhut entlassen. Mir geht es gut genug, um mit dem Training zu beginnen."

Mein Kiefer spannt sich an. Ich möchte sie vor der Welt verstecken. Sie so sehr beschützen, dass sie sich nie auch nur einen Zeh anstößt. Nachdem ich sie einmal verloren habe, möchte ich sie nie wieder von meiner Seite weichen lassen.

„Lass mich sie gefangen nehmen. Ich werde dir ihre gefesselten und geschlagenen Körper bringen."

Sie löst sich aus meinen Armen und setzt sich auf, ihre Augen glänzen noch immer vor Tränen. Schwer atmend wischt sie sich die Tränen mit dem Handrücken ab und ballt dann die Hände zu Fäusten.

„Ich kann mich nicht länger hinter dir verstecken. Sie haben mir so viel gestohlen. Ich muss mich ihnen selbst stellen." Sie stößt einen zitternden Atemzug aus. „Bitte, nimm mir das nicht weg."

Die Worte treffen mich wie ein Dolch ins Herz, und mir stockt der Atem. Ich unterdrücke jeden Beschützerinstinkt, weil ich nicht ein weiterer Mann sein will, der ihr Schaden zufügt.

Als sie mich voller Entschlossenheit ansieht, gebe ich nach. Ich kann meinem kleinen Geist das nicht verwehren. Sie muss sich ihnen stellen, genau wie ich mich Vater stellen muss. Ich will, dass sie ihre Macht zurückgewinnt.

Ich nicke, meine Kehle ist zu eng, um Worte zu bilden.

„Du hilfst mir also?", fragt sie.

„Na gut", sage ich schließlich, „aber es ist nur ein Training. Sie sich zu schnappen, überlässt du meinen Agenten."

„Gut", sagt sie und lässt sich wieder auf meine Brust sinken.

Stunden später meldet Tyler, dass alle Männer, die am Haus waren, außer Gefecht gesetzt oder tot sind. Nachdem sie die Fallen entschärft haben, holen Jynxson und sein Team die Überlebenden heraus und entsorgen die Leichen.

Ich habe angeordnet, dass ihre Zähne entfernt werden, nur für den Fall, dass sie Kommunikationsgeräte verstecken. Ich habe auch Camila herbestellt. Meine beiden Schwestern sind etwa so groß wie Amethyst, aber Isabel wird wahrscheinlich nicht gegen ihre Patientin kämpfen wollen.

Nach dem Frühstück fahren Amethyst und ich mit dem Wagen zu einer Trainingsanlage, die eine Meile von unserem Versteck entfernt ist. Bis Delta und seine Anhänger tot sind, gehen wir immer noch davon aus, dass die Katakomben unter dem *Parisii*-Friedhof zu gefährlich sind.

Camila wartet auf uns in einem Raum, der von Betonwänden umgeben ist, die von grellem Neonlicht beleuchtet werden. Um sie herum stehen Boxsäcke, Sparringmatten und eine Reihe von Kampfgeräten, die an der gegenüberliegenden Wand angebracht sind.

Sie wendet sich uns zu, als wir eintreten, und legt ihre Stirn in Falten. Als die erste Person, die Dollys gefälschtes Geständnis bemerkt hat, überrascht es mich nicht, dass Camila besorgt ist. Meine Schwester mag vorsichtig sein, aber wenn jemand die heilende Kraft der Rache verstehen kann, dann Camila.

Wenn ich mir vorstelle, wie sie allein mit John in unserem Elternhaus sitzt, möchte ich am liebsten das, was ich mit dem Pissoir angefangen habe, zu Ende bringen. Oder ihn zumindest noch einmal auf dem elektrischen Stuhl schmoren sehen.

„Bist du dir sicher, dass du das tun willst?", fragt Camila an Amethyst gewandt.

Mein kleiner Geist strafft die Schultern. „Ich brauche die Kraft, um meiner Schwester gegenüberzutreten."

Camila sieht sie einen Moment lang an, bevor sie mit den Schultern zuckt. „Wenn es zu viel wird ...“

„Das wird es nicht“, unterbricht Amethyst sie. „Und halte dich nicht zurück.“

Meine Schwester und ich tauschen Blicke aus. Ich hatte bereits den Rest der Nacht Zeit, mich mit Amethysts Entschlossenheit zu arrangieren, aber meine Schwester ist fassungslos. Camila hat eine gewisse Vorstellung davon, was Amethyst durchgemacht hat, und will ihr Trauma wahrscheinlich nicht noch verschlimmern.

Mit einer Handbewegung unterbreche ich Camilas Versuch, weiter ihre Entschlossenheit zu hinterfragen.

„Also gut“, sagt meine Schwester. „Diesmal wirst du dich nicht darauf verlassen, dass du das Gewicht oder die Kraft eines Mannes ausnutzen kannst. Du wirst auf einen ebenbürtigen Gegner treffen, der dein Können und deine Ausdauer auf die Probe stellt.“

Amethyst schluckt und nickt.

„Wir werden die Boxhandschuhe weglassen. Nach dem Filmmaterial, das wir gestern Abend heruntergeladen haben, ist das nicht Dollys Stil. Wir konzentrieren uns auf Hand zu Hand. Wenn du die Grundlagen beherrschst, gehen wir zu den Messern über.“

Meine Muskeln spannen sich an, als Amethyst entschlossen auf meine Schwester zugeht. Der Drang, sie zu beschützen, krallt sich in mein Inneres und droht, sich zu befreien. Ich möchte sie festhalten, sie an mich ziehen und sie vor jedem erdenklichen Schaden bewahren. Aber wenn ich sie zurückhalte, würde das ihren Fortschritt nur behindern, und sie muss ihre Kraft zurückgewinnen. Also verschränke ich meine Hände und schlucke meine Frustration hinunter.

Camila nimmt eine Kampfhaltung ein, die Amethyst nachahmt. Während die beiden Frauen einander umkreisen, weist Camila sie an, wie sie ihre Füße am besten positioniert, um das Gleichgewicht und die Beweglichkeit zu erhalten.

„Xero?“, erklingt Jynxsons Stimme in meinem Bluetooth-Headset.

„Bericht", frage ich und entferne mich von den beiden Frauen.

„Drei der aus dem Köderhaus und seiner Umgebung geborgenen Personen starben auf dem Weg zu den Arrestzellen. Zwei sind in einem kritischen Zustand und einer ist stabil."

„Wurden die Überlebende identifiziert?", frage ich, während ich das Training beobachte.

„Moirai", murmelt er. „Alle von ihnen."

Ich ziehe die Brauen hoch. „Wissen sie, dass sie für Delta arbeiten?"

„Der Überlebende sagte, der Name ihres Klienten sei Fenrick Greer."

Ich nicke. Vater benutzt nicht nur Pseudonyme, er stiehlt Identitäten. Das ist der Name des maskierten Mannes, der Amethyst in einem alten Schulbus aus der Anstalt gebracht hat. „Und ihre Mission?"

„Die Bewohner des Hauses abzuschlachten und die Gefangenen zu befreien. Der Auftraggeber war besonders daran interessiert, Deputy Chief Hunter zu retten."

„Wo sollten sie die Gefangenen hinbringen?"

„Die angegebenen Koordinaten beziehen sich auf ein Haus, zehn Meilen vom Flughafen Braye entfernt. Ich habe bereits Beamte ausgesandt, um es zu untersuchen."

„Sei vorsichtig", antworte ich. „Delta wird wahrscheinlich eine Falle stellen."

„Deshalb schicken wir die Polizei dorthin, um eine Säuberung durchzuführen", antwortet er lachend. „Ich habe ihnen gesagt, dass ihr vermisster Deputy Chief mit einem jungen Mädchen dort war."

„Gute Idee." Wer auch immer mit dem korrupten Bastard zusammenarbeitet, wird persönlich hingehen, um Hunters Ruf zu schützen.

Das Geräusch von Fleisch, das auf Fleisch trifft, lenkt meine Aufmerksamkeit wieder auf Amethyst und Camila, die jetzt in einen Sparringkampf verwickelt sind. Camila holt mit einem Bein aus, aber Amethyst weicht aus. Das ist eine Verbesserung gegenüber ihrem letzten Training.

Ich nehme an, diese Fähigkeiten sind ein Muskelgedächtnis

aus dem Sommerlager der Hölle. Vater, dieser schleimige Bastard, hat nicht einmal den Namen seiner Einrichtung verheimlicht. In der griechischen Mythologie sind die Moirai ein anderer Name für die drei Schicksalsgöttinnen – oder *Three Fates*. Seltsamerweise hat es keines der Mädchen aus *Three Fates* jemals auf die Moirai-Akademie geschafft.

Amethyst weicht Camilas rechten Haken aus. Sie wird immer schneller und geschickter. Sie dreht sich auf dem Absatz, blockt einen weiteren Schlag und kontert mit einem direkten Schlag, der Camila zum Rückzug zwingt.

„Was soll ich mit den Verletzten machen?", fragt Jynxson.

„Bringt sie in getrennte Zellen, bis wir uns um Delta gekümmert haben. Die Moirai werden keine weiteren Aufträge von einem Kunden annehmen, der ihnen große Verluste beschert hat."

Camila weicht einem Schlag aus und weicht zurück. Amethyst stürzt nach vorn und wird von Camilas rechten Haken erwischt. Die Wucht des Schlags lässt Amethyst zu Boden stürzen.

Scheiße.

ZWEIUNDSECHZIG

VIERZEHN JAHREN ZUVOR

AMETHYST

Warum wurde ich mit einem bösen Zwilling bestraft? Ich hasse sie.

Sie starrt mich von der anderen Seite des Rücksitzes an und atmet so schwer, dass ich ihr am liebsten die Faust auf die Nase hauen würde. Aber das würde mich nur noch mehr in Schwierigkeiten bringen.

Dolly hat dafür gesorgt, dass wir von der Schule geflogen sind, obwohl es nicht meine Schuld war. Mom kommt mit Dollys Mätzchen nicht zurecht, also werden wir beide ins Ferienlager verbannt.

Ich starre nach draußen. Es ist ein schöner Tag, an dem das Sonnenlicht durch die hohen Bäume scheint, aber ich kann es nicht genießen, da ich spüre, wie sich Dollys Blick in meinen Hinterkopf bohrt.

Können wir nicht einfach das Auto anhalten und sie wie ein wildes Tier im Wald aussetzen? Dort würde sie glücklicher sein und wie ein weiblicher Mowgli unter den Wölfen leben. Gerade als ich mir vorstelle, wie sie Ameisen aus dem Honig pflückt, landet ihr Fuß auf meinem Oberschenkel und hinterlässt einen schmutzigen Abdruck auf meinen Shorts.

„Sind wir bald da?", jammert sie.

Ich drehe mich auf meinem Sitz herum und trete ihr gegen das Schienbein, wobei ich mir wünsche, ich würde ihr die Knochen brechen.

„Dad, Amy hat mich gerade getreten!", schreit sie.

„Hört auf damit, ihr beiden!", knurrt Dad. „Eure Mutter hat schon genug, womit sie sich rumschlagen muss. Es ist dieses Verhalten, das sie dazu gebracht hat, euch wegzuschicken."

Die Worte treffen mich wie ein Schlag in die Brust. Mom hasst mich, auch wenn ich nichts falsch gemacht habe. Ich sehe Dads Blick im Rückspiegel und erschaudere. Er denkt, ich hätte angefangen, aber ich wünschte, er wüsste die Wahrheit. Es ist immer Dolly, die anfängt.

Sie ist wie der Schatten in einem Märchen, der immer auf der Lauer liegt und Unheil anrichtet, das aber irgendwie nie zu ihr zurückverfolgt wird. Warum kann sie nicht einfach sterben?

Wir fahren an einem gruseligen Wasserturm vorbei, der aussieht wie ein rostiger Kessel auf Stelzen. Dad biegt in eine schmale Lücke zwischen zwei überwucherten Hecken ein, sodass ich den Sicherheitsgurt festhalten muss. Äste strecken sich aus und schaben an den Seiten des Autos entlang, was mir einen Schauer über den Rücken jagt.

Es ist, als wären wir in einer Autowaschanlage, nur dass wir von der Natur und nicht von Bürsten angegriffen werden. Mein Atem beschleunigt sich, und ich zucke vom Fenster zurück. Wurzeln knirschen unter den Reifen wie riesige Knochen, und das Laub schließt sich um uns, als würden wir von einer monströsen Bestie verschluckt.

„Dad, halt den Wagen an. Wir werden sterben!", schreit Dolly.

Mein Herz rast. Ich hasse meine Schwester, aber vielleicht hat sie recht. Vielleicht setzt Dad uns im Wald ab, als wären wir die billige Imitation von Hänsel und Gretel, weil er endlich einen Sohn bekommt. Vielleicht hat Dad deshalb die Koffer, die Mom für uns gepackt hat, bei seiner Assistentin Becky gelassen. Was ist, wenn wir den Rest unseres Lebens in einer isolierten Hütte verbringen werden?

Als Dad Dolly ignoriert, starre ich auf die Seite seines Gesichts. Seine Augen sind auf einen Weg fixiert, der so schmal ist, dass er genauso gut unsichtbar sein könnte, und seine Hände umklammern das Lenkrad so fest, dass seine Knöchel weiß hervortreten.

Dolly stößt mich an und kreischt: „Sag was!"

Ich öffne den Mund, um etwas zu sagen, schließe ihn aber wieder. Warum sollte ich der Person helfen, die versucht hat, mich vor unseren Freunden mit einem Schnitzmesser abzustechen?

Sie ist seit Monaten gemein zu mir und behauptet, ich hätte ihre Sachen kaputt gemacht oder geklaut, obwohl ich das nie getan habe. Sie gibt mir die Schuld, dass ihr Bett nass ist, obwohl ich nie ihr stinkendes Zimmer betrete. Immer wenn ich jemandem zeige, dass sie mir wehgetan hat, kommt derjenige und stellt fest, dass sie sich das Gleiche angetan hat.

Also halte ich den Mund und lasse sie jammern und heulen.

Der Boden unter uns wird ebener, und Licht fällt durch die Blätter. Dolly hält endlich ihre Klappe, als das Auto den Wald verlässt und einen Kiesweg hinunterfährt, der von weiteren Hecken gesäumt ist.

Aus dem Augenwinkel sehe ich, wie sie mich anstarrt, als wäre ich diejenige, die ihre Panikattacke verursacht hat. Ich ignoriere sie, wende mich an Dad und frage: „Ist das *Three Fates*?"

„Wir sind fast da", sagt er mit leichter Stimme.

Meine Mundwinkel zucken. Ich weiß, dass ich nicht grinsen sollte, wenn Dolly in dieser Stimmung ist. Wahrscheinlich schneidet sie mir noch einmal das Haar ab. Wieder einmal.

Diesmal wird sie nicht einmal darauf warten, dass Dad weg ist. Nach der Sache mit dem Messer in der Schule weiß jeder, dass sie die Probleme verursacht. Ich werde nur bestraft, weil ich ihr eineiiger Zwilling bin. Das ist nicht fair.

Wir fahren den gewundenen Pfad weiter entlang, bis wir einen hohen Zaun erreichen, der mit Stacheldraht versehen ist. Dahinter stehen noch mehr Bäume. Sie sind so dicht, dass ich nicht sehen kann, was auf der anderen Seite ist. Wir könnten überall hingehen.

Schließlich erreichen wir ein Tor. Dad hält den Wagen davor an und nimmt sein Handy, um jemanden anzurufen. Ich werfe einen kurzen Blick auf Dolly, aus deren Gesicht jegliche Farbe gewichen ist. Wahrscheinlich ist jetzt der richtige Zeitpunkt, um sie zu fragen, was los ist, aber was bringt das? Sie ist diejenige, die uns in den Schlamassel gebracht hat.

Das Tor öffnet sich und Dad fährt hindurch.

Minuten später entdecke ich ein Betongebäude, das hinter hohen Bäumen versteckt ist. Es besteht aus geraden Linien und quadratischen Formen, mit schmalen Fenstern und einer Metalltür. Ich kann es nur sehen, weil das Sonnenlicht am Glas reflektiert und es durch die Blätter funkelt.

Dolly ist zu sehr damit beschäftigt, auf den grasbewachsenen Hof auf der anderen Seite der Bäume zu starren, wo eine Gruppe von Mädchen in blauen T-Shirts mit einer blonden Ausbilderin Kampfsportarten übt.

Sie sind so alt wie wir, sehen aber mit ihren choreografierten Bewegungen wie Roboter aus. Mir stockt der Atem bei dem Gedanken, mich zwischen ihnen einzureihen.

„Was machen die da?", fragt Dolly.

Ich schüttele den Kopf, mein Magen dreht sich um. Als Mom *Three Fates* als Sommerlager beschrieb, erwartete ich Hütten, Lagerfeuer, Handwerk und Kanus. Das hier sieht aus wie ein Ausbildungszentrum der Armee.

Dad parkt in der Nähe der Verrückten, stellt den Motor ab und sieht uns im Rückspiegel an. „Wenn ihr Mädchen eure Mutter nicht so verärgert hättet, wärt ihr jetzt in der Schule bei euren Freunden. Wenn ihr euch an die Regeln haltet und euren Lehrern gehorcht, nimmt sie euch vielleicht wieder zurück."

Meine Kehle ist wie zugeschnürt. Ich nehme es Dolly unglaublich übel, dass sie Mom dazu gebracht hat, mich zu hassen.

„Was ist, wenn nur eine von uns gut ist?", frage ich.

Dad dreht sich in seinem Sitz um und seufzt. „Euer Verhalten schadet der Schwangerschaft euerer Mutter. Sie sagt, das neue Baby wird an erster Stelle stehen."

Mein Magen verdreht sich zu einem schmerzhaften Knoten. Was ist, wenn Mom beschließt, dass sie nur ein Kind will und wir nie nach Hause gehen können?

„Was soll das bedeuten?", fragt Dolly mit zittriger Stimme.

„Wenn sich nur eine von euch benehmen kann, dann bleibt ihr beide hier. Ihr beide seid ein Gesamtpaket. Verstanden?"

Dad steigt aus und lässt seine Worte wie Rauch in der Luft hängen. Mir wird ganz flau im Magen, als mir klar wird, dass ich mit Dolly an diesem Ort gefangen sein werde, bis ich alt genug bin, um selbst nach Hause zurückzukehren. Die Welt wird sich verändert haben, und es wird so sein wie bei Rip Van Winkle oder dem Fischer in Japan, der mit der Schildkröte verschwunden ist.

Ich drehe mich zu meiner Zwillingsschwester um und sehe, wie sie mich mit großen Augen anschaut. Sie zittert und es sieht aus, als wäre die Nachricht endlich in ihren Dickschädel eingedrungen. Als sie sich auf die Unterlippe beißt und auf ihren Schoß starrt, würde ich ihr am liebsten die Augen auskratzen. Ihre ständigen Angriffe und Anschuldigungen haben Mom in den Wahnsinn getrieben. Es ist Dollys Schuld, aber sie ist diejenige, die versucht, nicht zu weinen.

Dad schreitet an den trainierenden Mädchen vorbei in Richtung eines Gebäudes und lässt uns beide zurück. Ich verschränke die Arme vor mir und traue mich nicht, ihm zu folgen. Soll doch Dolly an meiner Stelle dorthin gehen. Ich bleibe hier und werde zu Mom zurückkehren.

Die blonde Lehrerin lässt die Mädchen ihre Übungen fortsetzen und kommt auf uns zu. Mit einem strahlenden Lächeln öffnet sie die Tür.

„Willkommen im *Three Fates*. Ihr müsst Amy und Dolly sein. Ich bin Charlotte, eure Betreuerin, aber ihr könnt mich Kappa nennen." Ihre Stimme ist fröhlich, als würde sie versuchen, einen Betonkasten im Wald freundlich erscheinen zu lassen. „Dann wollen wir mal dafür sorgen, dass ihr euch einlebt."

Kappa führt uns aus dem Auto in das Hauptgebäude. Drinnen sieht es aus wie ein Gefängnis, mit einem langen Flur voller verschlossener Türen und kalten, grauen Wänden.

Wir gehen an einem älteren Mädchen vorbei, das den Boden

mit Bleichmittel schrubbt, und an einem anderen Mädchen in unserem Alter, das die Scanner an den Metalltüren abwischt.

Am Ende des Flurs befindet sich die einzige Tür, die nicht aus Metall ist. Kappa klopft an die hölzerne Oberfläche und wartet auf eine männliche Stimme, die sie hereinbittet.

Sie öffnet die Tür und führt uns in ein Büro, dessen Regale mit dicken, in Leder gebundenen Büchern gefüllt sind. Der Holzschreibtisch mit dem hochlehnigen Stuhl direkt vor uns ist leer, also werfe ich einen Blick auf die Sofas auf der rechten Seite.

Dad sitzt einem Mann gegenüber, der so furchterregend ist, dass mir das Blut in den Adern gefriert. Er dreht den Kopf in unsere Richtung und starrt uns aus tiefblauen Augen an, von denen ich sicher bin, dass sie Gedanken lesen können. Die Luft wird schwer und dick. Ich rücke näher an Dolly heran, starre auf meine Füße und bete, dass er nicht mit mir spricht.

„Amaryllis, Dahlia", sagt er mit hypnotisierender Stimme. „Willkommen im *Three Fates*. Ihr könnt mich Delta nennen."

DREIUNDSECHZIG

AMETHYST

Sechs Wochen nach unserer Ankunft in *Three Fates* fährt uns Kappa durch die Tore eines Herrenhauses. Es ist größer als jedes andere Haus, das ich bisher gesehen habe, mit seiner steinernen, von dichtem Efeu überwucherten Fassade und gruseligen Marmorstatuen, die zu beiden Seiten der Holztüren stehen. Das Mondlicht scheint auf die verdunkelten Fenster und lässt sie wie Augen aussehen, die aus einer Kapuze herausschauen.

Sie gibt uns Koffeintabletten, um uns aufzuwecken, weil wir während der langen Fahrt auf dem Rücksitz eingeschlafen sind. Sie sind bitter und lassen mein Herz rasen, aber Mr. Delta sagte, dass wenn wir diese Mission erfüllen, wir nach Hause zurückkehren könnten.

„Ich muss euch nicht daran erinnern, was passiert, wenn ihr versagt", sagt sie.

„Das werden wir nicht", antwortet Dolly.

Kappa dreht sich auf dem Fahrersitz um und sieht mir in die Augen. „Amy?"

„Das werden wir nicht", flüstere ich.

Sie nickt, scheint zufrieden und reicht uns identische Haarreife, an denen zwei Spritzen befestigt sind, die mit einem Schlafmittel gefüllt sind. Wir sollen es unseren Zielpersonen injizieren, damit sie bewusstlos sind, wenn die Polizei kommt, um ihr Haus zu durchsuchen. Sobald wir fertig sind, wird sie uns nach Hause fahren.

Ich habe *Three Fates* zuerst als eine Art Waisenhaus gesehen, aber es ist viel brutaler. Mr. Delta sagte Dad, es sei eine große, glückliche Familie und er würde sich um die ‚schönen Zwillinge‘ kümmern, als wären wir seine eigenen Töchter.

Kaum war Dad weg, befahl Mr. Delta uns, mit den anderen Mädchen an die frische Luft zu gehen. Kappa begleitete uns zurück zur Wiese, wo die Mädchen trainierten, wobei wir feststellten, dass Dads Auto verschwunden war.

Dolly und ich stellten uns in die hinterste Reihe der Robotermädchen und versuchten, ihre Bewegungen nachzuahmen. Es war so heiß draußen, und es gab keine Pausen oder Wasser, nur ständige Übungen in der Sonne. Jedes Mal, wenn wir innehielten, zwang uns Kappa dazu, Runden zu laufen.

Es dauerte zwei Wochen, bis wir uns an die Routine gewöhnt hatten, bevor die Ausbilder uns zu Einzeltrainings riefen, die eher an Ringen als an Kampfübungen erinnerten. Sie drückten uns auf die Matten, und wir mussten uns freikämpfen. Wenn wir versagten, waren die Konsequenzen ekelhaft. Und schmerzhaft.

„Hörst du mir zu, Amy?“, durchdringt Kappas Stimme meine Gedanken.

„Wir gehen da rein, tun, was sie wollen, und warten, bis wir sie allein erwischen“, sage ich mit flacher Stimme. „Dann ziehen wir die Spritzen heraus, setzen sie außer Gefecht und gehen.“

Sie nickt.

„Dann kehren wir nach Hause zurück“, fügt Dolly hinzu.

„Korrekt“, antwortet Kappa mit einem strahlenden Lächeln.

Dolly öffnet die Tür und tritt auf den Hof hinaus. Ich will ihr gerade folgen, als Kappa mein Handgelenk ergreift.

„Zerknittere nicht deine hübsche Schürze“, sagt sie, diesmal allerdings ohne zu lächeln.

Ich nicke, schlucke den Kloß in meiner Kehle hinunter und öffne die Tür. Meine Füße knirschen auf dem Kies in diesen komischen Lackschuhen, die an den Zehen drücken, aber ich ignoriere das Unbehagen.

Morgen um diese Zeit werden wir wieder zu Hause sein.

Zurück in unseren Zimmern, wo wir allein gelassen werden

und normale Kinder sein können. Wo der einzige Mann, mit dem wir zu tun haben, Dad ist.

Dolly wartet auf der Treppe des Herrenhauses auf mich. *Three Fates* hat das Böse aus ihr herausgeprügelt, und sie verhält sich endlich wie eine Schwester und nicht wie ein Monster. Ich habe gehört, das liegt daran, dass die Mädchen in ihrem Schlafsaal Tyrannen sind. Die in meinem lassen mich einfach in Ruhe.

„Bereit?", flüstert sie.

Ich nicke ihr unsicher zu.

Als sie läutet, fährt Kappa rückwärts die Auffahrt hinunter und verschwindet durch das Tor. Wir sollen sie nach unserer Mission hinter der Villa treffen, wo sie auf uns warten wird.

Wir haben das hundertmal mit unseren Ausbildern geübt. In dem Moment, in dem unsere Zielpersonen uns in einen separaten Raum bringen, müssen wir zuschlagen. Wenn wir den Überraschungsmoment nicht ausnutzen, wird das zu einer Tortur führen, die schlimmer ist als die schlimmsten Strafen.

Die Tür öffnet sich, und ein grauhaariger Butler starrt uns mit kalten Augen an. „Karen und Adele?" Er gibt uns keine Gelegenheit, zu antworten. „Folgt mir."

Dolly und ich tauschen Blicke aus. Unsere Ausbilder haben uns diese erfundenen Namen gegeben, aber sie haben uns nicht gesagt, dass es einen Butler geben würde. Meine Schwester tritt als Erste über die Schwelle. Ich ergreife ihre Hand, weil ich etwas von ihrem Mut brauche.

Wir folgen ihm, wobei unsere Schritte in dem Foyer widerhallen, das größer zu sein scheint als unser ganzes Haus. Riesige Kronleuchter hängen von der Decke, und die Wände sind mit Porträts von Männern gesäumt, deren Augen uns zu verfolgen scheinen, während wir vorbeigehen.

Ich blicke meine Schwester stirnrunzelnd an und bewege meinen Kopf zu den Schuhen. Wie sollen wir in so lautem Schuhwerk entkommen? Sie spitzt die Lippen, als ob die Antwort auf der Hand läge. Wir werden sie ausziehen müssen.

Der Butler bleibt vor einer Tür stehen, öffnet sie und gibt den Blick frei auf einen großen Speisesaal, der voller Männer in Anzügen ist. Die Gespräche verstummen, und jeder dreht sich um und starrt uns an, als wären wir Zirkusfreaks.

Mir wird flau im Magen. Unsere Ziele sollten allein sein.

„Nehmt an den Enden des Tisches Platz", sagt der Butler.

Dolly dreht sich nach rechts und geht auf einen glatzköpfigen Mann zu, der sich von seinem Platz erhoben hat. Er trägt einen schwarzen Anzug und hat ein Gesicht, das wie ein gekochtes Ei aussieht. Ich will ihr gerade folgen, als mich der Butler an der Schulter packt.

„Du sitzt da drüben." Er dreht mich nach links, wo ein Mann, der genauso aussieht, wie der Erste, mir die Hand reicht.

Die Männer am Tisch lachen. Unsere Ausbilder haben uns auch nicht gesagt, dass unsere Ziele Zwillinge wie wir sein würden. Sie haben uns nicht einmal Namen gegeben. Ich schlucke schwer und gehe auf zittrigen Beinen auf den Mann zu, vorbei an seinen Freunden, die mich anstarren, als würde ich der nächste Gang sein.

Ich erinnere mich an alles, was mir beigebracht wurde, und ergreife die Hand meines Ziels. Er drückt so fest zu, dass ich mich zusammenreißen muss, um nicht zusammenzuzucken.

Er zieht mich auf seinen Schoß und flüstert mir ins Ohr: „Welche von beiden bist du, Karen oder Adele?"

„Adele."

„Nenn mich Cass."

Ich starre über den Tisch hinweg zu meiner Schwester, die auf dem Schoß des anderen Mannes sitzt und deren Augen mein Entsetzen widerspiegeln. Meine Finger zittern, und meine Hände beginnen zu schwitzen, sodass ich sie eilig an meinem Kleid abwische. Das ist nicht das, was man uns gesagt hat, was passieren würde. Wir sollten hineingehen, unsere Ziele ausschalten und dann wieder gehen.

Die Männer wenden sich wieder ihren Gesprächen zu, wobei ihr Lachen durch den Raum hallt. Cass hält mir einen Becher an die Lippen, sodass mir der beißende Geruch von Alkohol in die Nase steigt, der schlimmer riecht als Moms Nagellackentferner. Ich lasse die Flüssigkeit meine Lippen benetzen, schlucke aber nicht.

Auf der anderen Seite des Tisches sieht mir Dolly wieder in die Augen. Auch sie tut so, als würde sie trinken.

„Entspann dich", sagt Cass und legt seinen Arm um meine Taille. Seine Berührung fühlt sich wie eine Drohung an.

Ich atme tief durch und erinnere mich daran, dass dies nicht viel anders ist als der Privatunterricht. Alles, was ich tun muss, ist aushalten. Als die Kellner mit dem Nachtisch kommen, rutscht Cass mich auf seinen Schoß herum und versucht, mich mit einem Löffel Mousse au Chocolat zu füttern. Ich schüttle den Kopf und erinnere mich an die Warnung der Ausbilder, dass in dem Essen Drogen sein könnten.

„Machst du dir Sorgen um deine Figur?", fragt er schmunzelnd, was den Mann neben ihm zum Lachen bringt.

Wieder schüttle ich den Kopf und schaue zum Tisch hinüber, wo Dolly das gleiche Dessert isst. Der Mann, der sie füttert, schiebt sich selbst einen großen Löffelvoll in den Mund, bevor er ihr einen weiteren anbietet, also nehme ich einen winzigen Bissen von der Mousse. Es könnte genauso gut aufgeschlagene Hundescheiße sein.

„Gutes Mädchen", murmelt Cass in mein Ohr. „Du und ich, wir werden uns gut verstehen."

Ich unterdrücke ein Schaudern. Der Rest des Abendessens vergeht damit, dass die Männer über Finanzen, Autos und Urlaube reden und dabei zu vergessen scheinen, dass wir existieren. Dann gleitet Cass' Hand hinunter zu meinem Oberschenkel und lässt jedes feine Haar an meinem Körper zu Berge stehen. Ich blende seine Berührung aus und konzentriere mich auf jede Bewegung von Dolly.

Als das Essen beendet ist und die Gäste gehen, kann ich vor Erschöpfung kaum noch die Augen offenhalten. Cass nimmt mich in die Arme, während sein Zwillingsbruder Paul das Gleiche mit Dolly tut. Als sie uns aus dem Speisesaal und eine große Treppe hinauf tragen, kämpfe ich darum, konzentriert und aufmerksam zu bleiben.

Cass' Arm legt sich noch fester um meine Taille, als er und sein Bruder sich am oberen Ende der Treppe trennen. Als sie in entgegengesetzte Richtungen gehen, drehe ich mich in seinem Griff. Mein Blick trifft für einen Augenblick auf Dollys, bevor Cass mein Kinn packt.

„Damit ist jetzt Schluss", knurrt er mit tiefer, bedrohlicher Stimme. „Deine Aufmerksamkeit gilt mir."

Ich starre in seine kalten, grauen Augen und mein Herz beginnt so heftig zu schlagen, dass jeder Zentimeter meines Körpers zittert. Ich muss mich an das Training erinnern. In dem Moment, in dem wir allein sind, werde ich zuschlagen. Dann wird Dolly mich im Flur treffen, und wir werden gemeinsam von hier verschwinden. Ich habe das schon tausendmal in meinem Kopf geprobt.

Cass stößt die Tür zu einem dunklen Raum auf. Das Mondlicht fällt durch einen Spalt in den schweren Vorhängen und wirft unheimliche Schatten auf die antiken Möbel. Während ich nach möglichen Fluchtwegen Ausschau halte, fährt er mir mit den Fingern durch die Locken und nimmt mir den Haarreif ab, in dem meine Waffen versteckt sind.

„Was ist das?", fragt er und betrachtet den Gegenstand mit gerunzelter Stirn.

Ich erstarre und das Blut gefriert mir in den Adern.

Sein Arm schließt sich fester um meine Taille und lässt mich nach Luft schnappen.

„Cass", krächze ich. „Ich kann nicht atmen."

Er bewegt etwas an dem Haarreif und enthüllt eine der Spritzen. Mit einem Brüllen wirft er das Stirnband auf den Boden und packt mich an der Kehle. „Sag mir, wer dich geschickt hat."

VIERUNDSECHZIG

AMETHYST

Ein eisiger Schock lässt das Blut in meinen Adern gefrieren. Ich winde mich in Cass' eisernem Griff, mein Herz schlägt so heftig, als würde es gleich explodieren. Unheimliche Schatten fallen auf sein Gesicht und lassen ihn noch monströser aussehen. Meine Ausbilder haben mir nie gesagt, was zu tun ist, wenn das Ziel mir den Haarreif wegnimmt.

Cass trägt mich quer durch den Raum und wirft mich mit einer Wucht auf das Bett, die mir den Atem raubt. Er packt meine Arme und fesselt sie mit einem Seil. Ich drehe und ziehe, aber die rauen Fasern graben sich in meine Haut.

In meinen Ohren läuten die Alarmglocken.

Ich kann nichts gegen ihn ausrichten, er ist zu stark.

Alles, was ich gelernt habe, ist nutzlos.

Er starrt auf mich herab, sein Gesicht verzieht sich vor Wut. Sein Kiefer ist angespannt und an seinen Schläfen treten die Adern hervor. Ich erstarre, starre in seine Augen und versuche, mir etwas zu überlegen, wie ich mich aus dieser Situation befreien soll. Panik wallt in meiner Brust auf und strafft sich wie eine Fessel um mich.

„Gib mir einen Grund, warum ich dich nicht töten sollte", knurrt er.

Meine Ohren klingeln. Jeder Instinkt schreit mich an, etwas zu erfinden.

„Ich weiß nicht, wovon du sprichst", flüstere ich mit zitternder Stimme.

Er lehnt sich dicht an mich heran, sein Gesicht ist nur Zentimeter von meinem entfernt, und der Alkohol in seinem Atem sticht mir in die Nase. „Spiel keine Spielchen mit mir, kleines Mädchen. Sag mir, wer dich geschickt hat, oder ich werde dir die Wahrheit Stück für Stück aus dem Leib reißen."

Mein Herz rast, jeder Schlag hallt in meinen Ohren wider, während ich versuche, mir eine überzeugende Lüge auszudenken. „Ich wusste nicht, dass das in meinem Haarreif war. Ich schwöre es."

Er schnaubt und seine Miene verfinstert sich vor Unglauben. Als er sich zurückzieht, winde ich mich gegen meine Fesseln, aber sie sind zu eng. Als er zurückkehrt, hält er eine Spritze in der Hand und wedelt damit so dicht vor meinen Augen herum, dass ich sie zusammenkneife.

„Das hier sagt mir etwas anderes."

Ein Schauer läuft mir über den Rücken und mir bricht der Schweiß aus. Das ist er. Der Moment, in dem ich sterbe. Mom wird nie erfahren, was mit mir passiert ist, und ich werde meinen kleinen Bruder nie kennenlernen. Cass könnte seinem Zwilling sogar sagen, dass er Dolly töten soll.

Ich darf Dolly nicht in Schwierigkeiten bringen. Ich muss ruhig bleiben. Ich muss nachdenken. Aber sein Griff zieht sich wie ein Schraubstock um meine Kehle zusammen. Ich versuche zu atmen, aber ich bekomme keine Luft. Meine Lunge brennt, und meine Sicht verschwimmt.

Meine Gedanken zerstreuen sich und ich schließe die Augen. Ich gleite davon und denke an einen Ort, an dem Mädchen zur Schule gehen, nicht in Kung-Fu-Camps, wo sie jeden Tag verletzt werden. Die Angst nimmt überhand, und alles wird dunkel.

Ein Krachen ertönt auf der anderen Seite des Raumes, und Cass lässt mich los. Ich reiße die Augen auf und atme tief ein. Dolly kommt mit einer Dartpistole durch die Tür gestürmt.

Noch bevor ich schreien kann, dass sie von hier verschwinden soll, drückt sie ab. Der Pfeil fliegt und bohrt sich in Cass' Hals. Er taumelt zurück und zieht das Objekt heraus, aber es ist zu spät. Das Beruhigungsmittel wirkt, und er bricht bewusstlos auf dem Boden zusammen.

„Woher hast du die?", flüstere ich.

„Paul." Dolly eilt an meine Seite, wobei ich feststelle, dass sie leichenblass ist. Sie löst mit zitternden Fingern die Seile um meine Handgelenke. „Wir müssen hier weg."

„Wo ist er?", frage ich.

„Tot", antwortet sie, ihre Stimme ist ein angestrengtes Flüstern.

Mir dreht sich der Magen um. Sie sagten, wir sollten die Zielpersonen betäuben, nicht töten. Ich reibe meine Handgelenke, wo die Seile in meine Haut geschnitten haben. Wir gehen auf die Tür zu, aber Schritte hallen den Flur entlang und lassen uns erstarren.

„Was sollen wir tun?", frage ich Dolly.

Sie sieht sich im Zimmer um. „Nimm seine Beine."

Wir zerren Cass' schweren Körper in die Ecke, sodass er außer Sichtweite ist. Meine Arme sind verkrampft, und Schweiß bricht mir auf der Stirn aus. Als wir ihn dort haben, nehme ich eine Decke und breite sie über ihm aus.

Die Schritte verhallen, und Dolly zieht ihre Schuhe aus. Ich tue dasselbe und stecke sie in die Taschen meiner Schürze. Sie geht zur Tür, öffnet sie einen Spalt und schaut auf den Flur hinaus. Ich ringe die Hände, und mein Inneres verdreht sich zu einem schmerzhaften Knoten. Das ist eine Katastrophe. Was wird die Polizei sagen, wenn sie die Villa stürmt und entdeckt, dass Dolly ihre Zielperson getötet hat?

„Die Luft ist rein", sagt sie.

Wir verlassen das Zimmer, wobei wir darauf achten, uns im Schatten zu halten, während wir den dunklen Korridor entlang schleichen. Schritte hallen von unten, aber niemand scheint unsere Flucht zu bemerken.

Am Ende des Flurs stoßen wir eine Tür auf, die in ein Treppenhaus führt, und eilen die Stufen hinunter. Jedes Mal, wenn eine der Stufen unter unseren Füßen knarrt, erschaudere ich.

Unten erreichen wir eine Tür, die in einen Innenhof führt. Dolly stößt sie auf, und wir treten nach draußen. Die Nachtluft kühlt meine klamme Haut, und ich atme endlich tief ein. Draußen sind die Gärten unbeleuchtet und wir laufen Hand in Hand durch die Dunkelheit auf die entfernten Bäume zu. Dahinter sehen wir einen Eisenzaun. Wir schlüpfen hindurch und sprinten auf ein geparktes Auto zu.

Als wir die Hintertür öffnen und einsteigen, möchte ich vor Erleichterung heulen. Es ist vorbei.

Kappa dreht sich um, ihre Augen sind vor Sorge geweitet. „Habt ihr es getan?"

„Ja." Dolly schnallt sich an. „Los geht's."

Kappa rast davon. Ich atme schwer und beobachte im Außenspiegel, wie die Villa immer kleiner wird. Die Reifen knirschen auf dem Schotter und vergrößern den Abstand zwischen uns und dem Albtraum, dem wir entkommen sind.

Als die Anspannung langsam schwindet, lasse ich mich gegen den Sitz fallen, wobei mein Körper vor Erschöpfung zittert. Ich kann nicht glauben, dass ich fast gestorben wäre. Dolly greift über den Rücksitz und nimmt meine Hand.

„Wir haben es geschafft", murmelt sie, ihre Stimme ist ein beruhigender Balsam. „Wir werden nach Hause gehen."

„Wir werden Mom sehen", flüstere ich und stelle mir schon das neue Baby, das in ihrem Bauch wächst, vor.

Ich schließe meine Augen. Das Brummen des Automotors lullt mich ein. Als ich einschlafe, entspannt sich meine Brust. Nie wieder *Three Fates*. Kein Training mehr. Keine aufdringlichen Ausbilder mehr. Kein Streit mehr mit Dolly.

Wir können nach Hause zurückkehren und normale Schwestern sein.

Stunden später reißt mich das Sonnenlicht, das durch das Autofenster fällt, aus dem Schlaf. Ich wache auf dem Rücksitz auf und bemerke den rostigen alten Wasserturm. Mit rasendem Herzen drücke ich Dollys Hand. Das ist nicht New Alderney. Wir sind nur wenige Minuten von *Three Fates* entfernt.

Meine Schwester wacht auf, blinzelt sich den Schlaf aus den Augen und lehnt sich in ihrem Sitz vor. „Ich dachte, du würdest uns nach Hause bringen."

„Nicht bevor ihr eure Nachbesprechung mit Delta hattet", sagt Kappa.

Als sie diesmal in die Hecke einbiegt, zuckt keiner von uns zurück. Nach dem, was ich von den anderen Mädchen gehört habe, ist *Three Fates* ein verlängerter Arm einer Strafverfolgungsbehörde. Sie rekrutiert Straftäter und macht sie zu nützlichen Mitgliedern der Gesellschaft.

Wegen Kindern wie uns werden kriminelle Organisationen im ganzen Land zerschlagen. Aber unsere Einrichtung muss streng geheim bleiben, um die Welt zu schützen.

Kappa führt uns zurück durch das Betongebäude, wo Mr. Delta in seinem Büro wartet. Keiner unserer Ausbilder oder Dad sind zu sehen. Der Schulleiter sitzt hinter seinem Schreibtisch und starrt auf sein Tablet, während wir darauf warten, dass er seine Aufmerksamkeit auf uns richtet.

Ich trete unruhig von einem Fuß auf den anderen und fahre mir mit den Fingern am Hals entlang, der nach Cass' Übergriff noch immer schmerzt.

Dolly räuspert sich.

Wie eine Peitsche richten sich seine Augen auf uns. Ich zucke zurück, aber meine Schwester hält still.

„Die Haarreife", fordert er mit eiskalter Stimme.

Dolly marschiert zu seinem Schreibtisch hinüber und legt ihren Haarreif auf die hölzerne Oberfläche. Als ich an der Reihe bin, zieht sich mein Herz vor Grauen zusammen. Cass hat ihn mir vom Kopf gerissen. Ich habe nicht daran gedacht, ihn mitzunehmen, bevor wir geflohen sind.

Mr. Delta zieht die Augenbrauen hoch. „Wo ist er?"

Tränen steigen mir in die Augen. Ich schlucke immer wieder und kämpfe darum, ruhig zu bleiben. *Three Fates*-Mädchen weinen nicht. Wir erfinden auch keine Ausreden.

„Ich habe ihn zurückgelassen", stottere ich.

Mr. Deltas Blick verhärtet sich, seine Augen bohren sich in mich. „Ist dir klar, was das bedeutet?"

Ich nicke und zwei Tränen kullern mir über die Wangen.

„Es tut mir leid", flüstere ich.

Neben mir versteift sich Dolly. Ich kann nicht aufhören, daran zu denken, wie Dad gesagt hat, dass wir ein Gesamtpaket sind. Wir haben es beide vermasselt. Dolly hat ihre Zielperson getötet, obwohl sie ihn nur bewusstlos zurücklassen sollte, damit die Polizei sich um ihn kümmern kann. Ich habe meinen Haarreif zurückgelassen.

Mr. Delta lehnt sich in seinem Sitz zurück, seine kalten Augen sind auf mich gerichtet. „Du hast in mehrfacher Hinsicht versagt. Du hast nicht schnell genug zugeschlagen. Du bist angesichts der Herausforderung erstarrt." Als er sich an meine Schwester wendet, löst sich meine Anspannung ein wenig. „Und Dolly, du hast auch versagt, als du Amy vor den Folgen ihrer Dummheit bewahrt hast."

Die Hände meiner Schwester ballen sich zu Fäusten. „Aber wir haben den Auftrag erfüllt."

„Kaum", schnauzt Delta, das Wort schneidend wie eine Klinge. „Ich habe euren Vater bereits über eure mangelhafte Leistung informiert. Ihr werdet *Three Fates* nicht verlassen, bevor ihr nicht jede Mission fehlerfrei absolviert habt."

Mir dreht sich der Magen um, als ich an die weiteren Torturen denke, die wir durchstehen müssen. „Aber das ist nicht fair."

Delta ignoriert mich und wendet sich mit strenger Miene an Dolly. „Als Einzelkämpferin war deine Leistung für sich genommen passabel. Du wirst stärker sein müssen, um die Schwächen deiner Schwester auszugleichen. Hast du das verstanden?"

Sie nickt mit entschlossener Miene. „Ja, Sir."

„Wegtreten."

Kappa tritt vor und legt tröstend eine Hand auf Dollys Schulter. „Das hast du gut gemacht. Ich weiß, dass du es beim nächsten Mal noch besser machen wirst."

Ich folge ihnen den Flur entlang. Das Scheitern hängt wie eine dunkle Wolke über meinem Kopf. Ich kann nicht glauben, dass ich diejenige bin, die es vermasselt hat. Es ist alles meine Schuld.

Wir erreichen Dollys Schlafsaal, und Kappa öffnet die Tür und lässt meine Schwester herein. „Gute Nacht, mein Schatz."

Als sich die Tür schließt, starrt sie mich an, ihre Gesichtszüge verhärten sich. „Delta gibt keine zweite Chance. Verschwende sie also nicht."

Ich nicke, mein Herz schmerzt. Wenn das so weitergeht,

werden wir Mom und Dad nie wieder sehen. Und unseren neuen, kleinen Bruder nie kennenlernen. Ich ziehe die Schultern hoch und stähle mich für das kommende Training und zukünftige Missionen.

Das nächste Mal werde ich nicht versagen.

FÜNFUNDSECHZIG

XERO

Mit rasendem Herzen knie ich mich neben Amethyst und prüfe ihren Puls. Sie atmet, aber sie ist bewusstlos. Jede Sekunde kommt mir wie eine Ewigkeit vor, während ich darauf warte, dass sie aufwacht.

Camila hockt sich neben uns und atmet schwer. „Xero, es tut mir leid."

„Nicht." Ich drücke beruhigend den Arm meiner Schwester. „Das ist es, was sie wollte."

Ich wende meine Aufmerksamkeit wieder Amethyst zu und lege ihr eine Hand auf die Schulter. Die Wärme ihrer Haut gibt mir die Gewissheit, dass sie noch bei mir ist. „Babe, kannst du mich hören?"

Ihre Locken haben sich gelöst und umspielen ihr schönes Gesicht wie ein Heiligenschein aus Dunkelheit und Licht. Ihr Anblick, selbst in diesem verletzlichen Zustand, raubt mir den Atem. Mein Herz verkrampft sich. Sie ist so mutig, sie will sich ihrer Schwester stellen, aber sie mutet sich zu schnell zu viel zu.

Sie rührt sich, ihre Lider flattern. Dann blickt sie durch erweiterte Pupillen, die von einem winzigen grünen Kreis umgeben sind, zu mir auf.

„Xero?", flüstert sie mit schwacher Stimme. Der Klang meines Namens auf ihren Lippen ist wie ein Rettungsanker.

Ich streichle ihre Wange. „Ich bin hier. Geht es dir gut?"

Sie nickt, der Blick in ihren Augen ist unscharf. „Ich habe mich an weitere Dinge aus meiner Kindheit erinnert."

Ich atme erleichtert auf und setze mich auf meine Fersen. Sie versucht aufzustehen, aber ich drücke sie zurück auf die Matte. „Noch nicht. Du kannst es mir erzählen, während du dich ausruhst."

Sie atmet tief und zitternd ein. „Ich erinnere mich an einiges von dem, was geschehen ist, bevor Mom mit dem Schreiben des Tagebuchs begann. Vor allem an das Sommerlager. Dort haben wir Delta zum ersten Mal getroffen."

Ihre Stimme bricht, und ich kann den Schmerz hinter jedem Wort spüren. Ich drücke ihre Hand, um sie in der Gegenwart zu erden. „Du bist jetzt in Sicherheit, Amethyst. Er kann dir nicht mehr wehtun."

„Es war in einem Campus mitten im Wald. Er überwachte unsere Ausbildung und schickte uns auf Missionen."

Ich atme scharf ein. Camila schnappt nach Luft, sagt aber nichts. Wir haben beide das Tagebuch gelesen, das wir von den Salentino-Schwestern erhalten haben. Es ist der erdrückendste Beweis seit Jahren, der darauf hindeutet, dass Vater die Lolita-Attentäter nicht aufgegeben hat, aber zu hören, dass die Ereignisse wahr sind, rückt sie in eine neue, erschreckende Perspektive.

„Mein Vater ..." Sie schüttelt diesen Gedanken ab. „Mein Stiefvater hat uns in das Internat *Three Fates* gefahren. Dort haben wir Delta zum ersten Mal getroffen."

Ich höre mir ihre Geschichte an und meine Augen weiten sich, als ich die Bruchstücke ihrer Vergangenheit zusammensetze. Jedes Wort, das sie spricht, ist wie ein Messer in meinem Herzen. Vater hat den Mädchen dieselbe Lüge erzählt, die er uns erzählt hat, um ihnen ihre Missionen schmackhaft zu machen. Die Spritzen enthielten nie Beruhigungsmittel, sondern Gift.

Wir Jungs in meiner unterirdischen Einrichtung hatten den Luxus, unsere Zielpersonen zu spritzen, wenn wir in der Öffentlichkeit an ihnen vorbeigingen. Lolitas mussten ihre privaten Räume betreten.

Wut rauscht durch meinen Körper, als Amethyst von drei

Aufträgen berichtet. Jeder Auftrag, von dem sie erzählt, stachelt meine Wut weiter an, aber ich zwinge mich, ruhig zu bleiben. Der Erste war eine Dinnerparty, die die Zwillinge ertragen mussten, bevor sie nach oben gebracht wurden, um die Gastgeber zu töten. Der Zweite war eine Hausveranstaltung, bei der die Kinder wie Partygäste behandelt wurden. Den dritten Auftrag führten sie gemeinsam aus und töteten einen hochrangigen Polizisten.

Ich atme schwer und zwinge mich, meine Wut zu unterdrücken. Amethyst braucht meine Unterstützung, nicht meine Wut. Ich kann nicht zulassen, dass meine Emotionen ihr Bedürfnis, gehört zu werden, überschatten. Ich will nicht, dass sich meine Reaktionen wie ein Urteil anfühlen.

„Erinnerst du dich an irgendwelche besonderen Landschaftsmerkmale aus der Zeit, als du bei *Three Fates* warst?", fragt Camila.

Amethyst überlegt mehrere Augenblicke lang, wobei sich ihre Stirn runzelt. „Wir kamen am Flughafen vorbei ... Ich erinnere mich, dass Dolly fragte, ob sich *Three Fates* in einem anderen Land befinden würde. Als wir dort waren, konnten wir landende und startende Flugzeuge sehen und hören."

Ich nicke. „Das ist gut. Damit haben wir einen ersten Anhaltspunkt." Ich blicke zu meiner Schwester, die Tyler bereits eine Nachricht schickt. „Sonst noch etwas?"

Sie fährt sich mit der Zunge über die Lippen, eine nervöse Angewohnheit, die mir schon früher aufgefallen ist. „Da war ein Wasserturm in Form eines Kessels. Und Dad ... Er hatte eine Assistentin namens Becky Taylor. Er hat unsere Koffer bei ihrem Haus in der Nähe des Flughafens gelassen, als er uns nach *Three Fates* fuhr. Auf dem Rückweg holte er sie wieder ab."

Camila tippt die Details in ihr Handy.

„Danke", sage ich und meine Brust zieht sich zusammen. Die Worte fühlen sich unzureichend an für die Dankbarkeit und die Trauer, die ich empfinde für das, was sie durchgemacht hat.

Ich drücke ihre Hand. „Du bist unglaublich mutig, kleiner Geist. Danke, dass du das mit uns geteilt hast."

Amethyst setzt sich auf und ihre Augen strahlen vor Entschlossenheit. „Ich will mit dem Sparring weitermachen."

Zu sehen, wie sie sich selbst unter Druck setzt, ist wie ein Messer in der Brust. „Du musst dich ausruhen und erholen."

„Aber das Kämpfen ist das Einzige, was meine Erinnerungen zurückgebracht hat", sagt sie mit brüchiger Stimme.

Der Schmerz in ihren Augen zerrt an meinem Herzen, und es fällt mir schwer, sie zu verleugnen. Aber ich kann nicht zulassen, dass sie weiter verletzt wird. Ich muss eine sicherere Alternative finden. „Es gibt andere Wege, an deine Erinnerungen heranzukommen, ohne dass man dich k.o. schlagen muss. Willst du mit jemandem reden?"

Sie schüttelt den Kopf und seufzt, bevor sich ihre Lippen zu einer harten Linie zusammenpressen. „Ich habe die Nase voll von Psychiatern. Mit Dr. Saint zu reden, hat mich immer nur frustriert."

„Gehen wir zu Dr. Dixon. Er ist unser Chefarzt."

Camila geht, um Tyler über die neuen Spuren in Kenntnis zu setzen, und verspricht, mich auf dem Laufenden zu halten. Ich fahre Amethyst durch die Tunnel zu unserer Krankenstation. Dies ist unser teuerster Unterschlupf, ausgestattet mit Operationssälen und modernsten Scannern. Dank meiner Verbindungen zum Hilfspersonal der Moirai sind wir immer auf dem neuesten Stand des medizinischen Fortschritts.

„Bleibst du bei mir?", fragt sie, als wir die Treppe in den Keller nehmen.

Mein Blick fällt auf ihre großen, grünen Augen, in denen eine solche Verletzlichkeit zu sehen ist, dass ich sie am liebsten in Watte packen würde. Ich strecke die Hand aus, ergreife ihre und biete ihr den Trost meiner Berührung an.

„Immer", sage ich.

Ich begleite Amethyst während ihres MRT-Scans, der neurologischen Untersuchung und der anschließenden toxikologischen Untersuchung. Als Dr. Dixon sie für gesund erklärt, rät er ihr, keine neuen Erinnerungen zu erzwingen.

Amethyst runzelt die Stirn. „Aber vielleicht erinnere ich mich an einen anderen Hinweis."

„Du hast uns genug gegeben", sage ich.

„Bitte, Xero."

Ich wende mich an Dr. Dixon, der seufzt. „*Ginkgo biloba* und

Panax ginseng können die geistige Klarheit fördern. Das ist das Beste, was ich dir empfehlen kann, um dein Gedächtnis zu stimulieren."

„Was ist mit Hypnose?", fragt sie, wobei Verzweiflung in ihrer Stimme mitschwingt.

Ich drücke ihre Hand. Sie fordert zu viel von sich selbst. Ich kann nicht zulassen, dass sie unseretwegen verletzt wird.

Er reibt sich das Kinn. „Die Moirai haben eine Methode, um die unterdrückten Erinnerungen von Agenten hervorzulocken. Sie ist intensiv und beinhaltet die Einnahme einer großen Menge an Drogen, bevor man einen weißen Raum betritt. Es ist eine weitere Form der Folter, um das Verdrängte hervorzuholen."

Ihr Atem stockt, und jegliche Farbe weicht aus ihrem Gesicht. „Ein weißer Raum ... wie ein Zelt?"

Ich runzle die Stirn, und in meinem Bauch bilden sich mehrere Knoten. Es gibt nur eine Möglichkeit, wie sie von dieser Technik wissen kann.

Der Arzt blickt sie aufmerksam an. „Kennst du diese Methode?"

„Das hat Delta mit mir gemacht", flüstert sie und senkt den Kopf. „Ich will das nicht noch einmal durchmachen."

Mein Blut kocht vor dem überwältigenden Bedürfnis nach Rache. Ich möchte ihr Vaters geschlagenen Körper in Ketten präsentieren, damit sie jede Minute des Traumas, das er sie hat erleiden lassen, mit rostigen Rasierklingen aufarbeiten kann.

Ich drücke ihre Schulter und ziehe sie an mich. „Niemand wird dich zu irgendetwas zwingen. Du brauchst nicht einmal die Kräuter zu nehmen."

Wir verlassen die Krankenstation und fahren durch die dunklen Tunnel zurück zum Versteck. In meinem Kopf kreisen die Gedanken um die Qualen, die mein Vater ihr als Kind und als Erwachsene zugefügt hat.

Ich habe mich jahrelang gefragt, was aus den Lolita-Attentäterinnen geworden ist, nur um mich dann in eine zu verlieben. Wo sind die anderen, und kann ich sie retten, wenn die eine, die ich habe, immer noch darum kämpft, alles zu verarbeiten?

Amethyst ergreift meinen Arm. „Ich muss Deltas Berührung

auslöschen", sagt sie mit zitternder Stimme. „Es ist, als wäre er noch hier."

Meine Brust brennt mit einer Mischung aus Wut und Trauer. Der Gedanke, dass Vater sie immer noch heimsucht, ist unerträglich. „Wenn wir ihn schnappen, werde ich dafür sorgen, dass du dich an ihm rächen kannst."

„Das ist nicht das, was ich meine."

Ich wende mich ihr zu und blicke in ihre grünen Augen und ihre von Schmerz gezeichneten Gesichtszüge. Ihre Verletzlichkeit in diesem Moment ist wie eine offene Wunde, die sorgfältig gepflegt werden muss. Ich schlucke schwer, richte meinen Blick auf den Tunnel vor mir und forme meine Gesichtszüge zu einer Maske der Ruhe.

„Wie kann ich dir helfen?", frage ich mit fester Stimme.

„Ich brauche dich in mir. Das ist das Einzige, was mir das Gefühl gibt, wieder sauber zu sein."

Ihr Flehen durchschneidet meine Brust und lässt mich hin- und hergerissen sein zwischen dem Verlangen und dem Bedürfnis, sie vor sich selbst zu schützen. Sie zu berühren, bevor sie bereit ist, wird ihre Wunden nur noch vertiefen. Ich kann nicht zulassen, dass mein Bedürfnis nach ihr mein Urteilsvermögen trübt.

„Xero?"

„Ich werde dir keinen bleibenden Schaden zufügen", murmle ich.

„Ich habe schon Schlimmeres erlebt", entgegnet sie. „Ich schaffe das schon."

Aber ich weiß, dass sie das nicht kann. Einige unserer weiblichen Agenten, die als Teil ihrer Aufgaben bei den Moirai mit Männern geschlafen haben, können dem anderen Geschlecht nicht gegenübertreten. Was Amethyst durchgemacht hat, war brutal, nicht einvernehmlich. Sie steht noch am Anfang, die Wunden ihrer Kindheit zu heilen.

Mein Beschützerinstinkt meldet sich und sagt mir, dass ich mich über ihre Forderungen hinwegsetzen soll. Ich muss sicher sein, dass sie sich nicht nur aus Verzweiflung drängt. „Wie kannst du dazu bereit sein, nach allem, was passiert ist?"

„Ich muss", sagt sie mit fester Stimme. „Ich kann nicht mit

diesen Gedanken weitermachen, die meine letzten Erinnerungen an das Zusammensein mit Männern sind."

„Und die langfristigen Auswirkungen? Auf dich, auf uns?", frage ich und suche mit meinen Augen in ihren nach einem Anzeichen von Zweifel.

„Das schaffe ich schon", murmelt sie.

Schuldgefühle machen sich in mir breit. Wenn ich an diese Widerlinge denken muss, möchte ich jemandem die Haut abziehen. Der ganze Scheiß, den ich ihr in den ersten Wochen, nach dem ich aus dem Gefängnis gekommen bin, angetan habe, hat ihren Geisteszustand geschwächt. Wenn ich sie jetzt berühre, werde ich keinen Deut besser als diese Bastarde sein.

„Ich werde deine Schwäche nicht ausnutzen."

„Du hilfst mir zu heilen." Sie klammert sich an meinen Arm, ihr Griff ist gleichzeitig ein Hilferuf und ein Rettungsanker.

Ich atme tief durch, meine Entschlossenheit wird härter. Wovor habe ich wirklich Angst? Die Kontrolle zu verlieren? Ihr Vertrauen zu brechen? Ich bin besser als das. Ich muss stark für meinen kleinen Geist sein. „Ein Schritt nach dem anderen. Lass uns mit etwas Einfacherem anfangen."

Sie nickt, wobei sich ihr Atem beschleunigt. „Was zum Beispiel?"

„Wenn du in die Wanne steigst und dich von mir baden lässt, können wir über den nächsten Schritt reden", sage ich.

Sie zögert, ihr Körper versteift sich. Ich beobachte sie aus dem Augenwinkel, wie ihre Entschlossenheit in Angst umschlägt.

„Also gut", sagt sie schließlich, obwohl ihre Stimme schwankt. „Dann werde ich mich von dir baden lassen."

SECHSUNDSECHZIG

AMETHYST

Ich rutsche auf dem Vordersitz des Wagens hin und her, und meine Kehle zieht sich vor Angst zusammen. Die Tunnelwände rauschen unscharf an mir vorbei, und Xeros Anwesenheit neben mir ist eine schwere, spürbare Kraft. Sein Schweigen ist zermürbend und jede Sekunde, die verstreicht, verstärkt die Spannung, die sich wie eine Schlinge um meine Kehle legt..

Warum würde Xero mich baden wollen?

Wie zum Teufel wird er auf meine Narben reagieren? Es ist zu spät, einen Rückzieher zu machen. Im besten Fall wird er mich bei jeglichem Anzeichen von Scheu besänftigen und behandeln, als wäre ich ein kaputtes Spielzeug. Schlimmstenfalls wird er entscheiden, dass ich zu sehr von seinem Vater gezeichnet bin und mich in die Obhut seiner Schwester geben. Oder er schiebt mich in eine Wohnung ab, damit er mich nicht ständig als Erinnerung an den Sieg seines Vaters sehen muss.

Als wir im Versteck ankommen, führt er mich ins Zimmer, wo ein Bademantel im Schrank hängt. Er ist flauschig und lang genug, um den Großteil meiner Narben zu bedecken. Er drückt mir einen Kuss auf die Stirn und geht ins Bad, um das Bad einzulassen.

Dies ist ein Test. Wenn ich ein einfaches Bad nicht aushalte, dann beweist das, dass ich immer noch die gebrochene Frau bin, die er aus dem Bus gerettet hat.

Das kann ich nicht zulassen.

Er darf nicht wissen, dass ich in Wirklichkeit das wehleidige kleine Mädchen bin, das von allen als Spielball benutzt wurde. Wenn ich Dolly jemals gegenübertreten will, dann muss ich nach vorne drängen, es hinter mich bringen, damit ich mit meinem Leben weitermachen kann.

Ich werfe einen Blick über die Schulter, um mich zu vergewissern, dass er noch immer im Bad ist, und ziehe meine Sportkleidung aus. Inzwischen ist der Schwindel, den ich nach Camilas Schlag verspürt hab, gänzlich abgeklungen. Mein Blick fällt auf die Narben, die meine Haut zeichnen, und ich zwinge eine Welle der Demütigung und Wut zurück.

Ein Gefühl der Hilflosigkeit erfasst mich. Meine Glieder versteifen sich und ich spüre den Schnitt von Deltas Klinge. Imaginäres Blut rinnt über meine Haut. Ich beiße die Zähne zusammen und verdränge die Erinnerungen an Delta, an Dolly, an diese lüsternen Drecksäcke.

Eines Tages werden sie alle bezahlen.

Eines Tages wird es ihr Blut sein, das ich vergießen werde.

Ich wende meinen Blick wieder dem Kleiderschrank zu, ziehe den Bademantel an und seufze, als der weiche Stoff meine Haut umschmeichelt. Ich stelle mir vor, dass mein Körper unversehrt ist, abgesehen von den Narben, die ich habe, seit ich zehn bin. Er hat diese Makel bereits akzeptiert, als ich annahm, sie würden von einem Autounfall stammen. Nur wenn ich mir vorstelle, wie ich ganz bin, kann ich Xero gegenübertreten.

Während ich mit zittrigen Beinen ins Bad gehe, denke ich an Mom und ihre mentale Gymnastik. Die Schnitte auf meinem Rücken und meinem Bauch waren das Werk eines verstörten, kleinen Mädchens und nicht eines Autounfalls. Ich habe mich nie gefragt, wie ein Kind aus einer Windschutzscheibe geschleudert werden kann, ohne eine einzige Narbe im Gesicht zu haben.

Das Badezimmer wird von Kerzen beleuchtet, die einen sanften, warmen Schein auf die gekachelten Wände werfen. Xero sitzt am Rand der Badewanne und testet mit seiner Hand die

Temperatur. Dampf steigt von der Oberfläche auf und erfüllt meine Nase mit dem Duft von Lavendel.

Unsere Blicke treffen sich, als er sich erhebt und meine Schritte geraten ins Stocken.

Er ist atemberaubend, mit nacktem Oberkörper und einem winzigen Handtuch, das er sich um die Hüften geschlungen hat und das kaum die Konturen seines Schwanzes verdeckt.

Meine Brust spannt sich an, meine Haut kribbelt, und mein Puls beschleunigt sich. Die feinen Härchen in meinem Nacken stellen sich auf. Die Luft zwischen uns verdichtet sich, aufgeladen mit einer elektrischen Intensität, die mein Herz rasen lässt und es mir unmöglich macht, den Blick abzuwenden.

Was zum Teufel habe ich mir dabei gedacht? Ich bin nicht bereit, Sex zu haben.

Ich schwanke auf meinen Füßen, klammere mich an den Stoff meines Bademantels und versuche, meinen Atem zu beruhigen. Dampf wirbelt durch den Raum und legt sich wie eine Fessel um meinen Körper. Mein Puls rast, als ich seinen Blick auf mir spüre, meine Haut kribbelt unter seinem Blick. Die Luft ist so angespannt, dass es unmöglich ist, zu atmen.

Der Blick in Xeros Augen wird weicher. „Möchtest du etwas Privatsphäre?“

„Was meinst du?“, frage ich.

„Alles, was du willst. Ich kann dich allein lassen, dich allein baden lassen oder später kommen, um dir den Rücken zu schrubben.“

Die Spannung in meiner Brust löst sich. „Ist das ein Trick?“

Er schüttelt den Kopf. „Du kannst sogar nein zum Bad sagen.“

„Damit du denkst, ich sei zerbrechlich?“, stoße ich hervor.

Er zieht eine Augenbraue hoch. „Amethyst.“

„Ich will das“, entgegne ich, bevor ich mich aufhalten kann.

Er macht einen Schritt auf mich zu, was mich zusammenzucken lässt. Aber anstatt sich mir zu nähern, geht er auf den Handtuchhalter zu. Ich nutze den Moment und eile hinter ihm zur Wanne. Mein Herz rast, als ich den Bademantel ablege und in das warme Wasser eintauche.

Das Wasser gleitet wie eine warme Liebkosung über meine

Haut und hüllt mich in seinen blumigen Duft ein. Aber ich bin zu sehr damit beschäftigt, auf Xeros tätowierten Rücken zu starren, um es richtig zu genießen.

Er nimmt sich Zeit bei der Auswahl der Handtücher. Ich verfolge, wie er über den weichen Stoff streichelt, bevor er sie auf den Tresen legt. Er holt ein Stück Seife aus seiner Verpackung, mit der Art von liebevollen Sanftheit, die mein Herz zum Flattern bringt.

Ich lehne mich in der Wanne zurück und frage mich, wie es sich anfühlen würde, diese Finger auf mir zu spüren. Während er weiter die leblosen Gegenstände streichelt, sehnt sich meine Haut nach seiner Berührung. Dampf steigt auf und erzeugt einen Kokon aus Lavendel, der meine angespannten Nerven beruhigt.

„Bist du bereit, kleiner Geist?", fragt er, wobei er mir noch immer den Rücken zugewandt hat.

„Ja", stoße ich hervor.

Er dreht sich um, und unsere Augen treffen sich für einen kurzen, elektrisierenden Moment. Die Intensität in seinem Blick lässt meinen Körper sowohl vor Angst als auch vor Erwartung erzittern. Ich klammere mich an den Rand der Wanne und versuche, den Wirbelwind der Gefühle zu beruhigen.

Der Raum schrumpft, die Luft wird dichter, und die Welt verdichtet sich auf Xero, mich und den rasenden Schlag meines Herzens.

Als er schließlich den Blickkontakt abbricht, senke ich meinen Blick auf seine tätowierte Brust, und meine Lippen öffnen sich leicht. Es ist albern, weil ich die Gefängnisfotos in mein Gedächtnis eingraviert habe. Wir haben uns schon Hunderte Male nackt gesehen, aber alles fühlt sich neu an.

Es ist, als ob ich aus dieser Anstalt als eine andere Frau herausgekommen wäre, die immer noch die Schichten abstreift, die sie früher war, und die in der Hitze seines Blicks entdeckt, wer sie jetzt ist.

„Geht es dir gut?", fragt er mit einem Stirnrunzeln.

Ich gleite unter das Wasser und tauche bis zum Hals ein. „Es sind meine Narben. Sie sind hässlich."

Das Wort ‚hässlich' hängt in der Luft wie eine Gewitterwolke und droht, diesen besonderen Moment zu zerstören. Dann pochen meine Narben. Ich kann nicht sagen, ob es sich um einen Phantomschmerz handelt oder ob sich die Erinnerungen an die Narben in mein Fleisch gebrannt haben.

Xeros Brust hebt sich, und er kommt auf mich zu, um mit seinen warmen Fingern meine Wange zu streicheln. Tränen brennen in meinen Augen, und ich senke meinen Blick. Gleich wird er merken, dass ich eine Last bin. Dann wird es genau so sein wie mit Mom. Xero wird sich eine Ausrede einfallen lassen, um mich fortzuschaffen, und alles, was ich von ihm habe, sind Erinnerungen.

„Amethyst, sieh mich an", sagt er.

Ich zwinge mich dazu, seinem Blick zu begegnen.

Seine hellen Augen blicken mich mit einer Zärtlichkeit an, die mir den Atem raubt. Ich suche in seinem Gesicht nach Spuren von Ungeduld, aber alles, was ich sehe, ist unerschütterliche Liebe.

„Nichts an dir könnte jemals hässlich sein. Nicht deine Vergangenheit, nicht dein Trauma und schon gar nicht dein Körper."

„Du hast sie noch nicht gesehen."

„Das spielt keine Rolle. Diese Narben erzählen deine Geschichte, genauso wie *Rapunzelita*. Sie sind der Beweis für deine Stärke und dein Überleben."

„Das musst du nicht sagen", murmle ich.

„Weißt du, warum ich zwischen all den Briefen, auf deine geantwortet habe?"

Ich schüttle den Kopf, meine Locken wippen, mein Blick richtet sich auf das Wasser.

„Du sagtest, du seist auch eine Mörderin. Das ist etwas, dem ein Mann wie ich nicht widerstehen kann."

„Ich dachte, es läge an dem Duft", murmle ich und werfe ihm einen unsicheren Blick zu.

Er grinst und seine blauen Augen funkeln. „Stimmt, aber es ist nicht dein himmlischer Duft, der mich süchtig macht. Es ist deine Unverwüstlichkeit. Du bist eine vernarbte Kriegerin. Meine andere Hälfte."

Meine Kehle schnürt sich zu, und mein Blick wandert über

die Tätowierungen auf seiner Brust. „Alles, was ich sehe, ist Perfektion."

„Gib mir deine Hand."

„Warum?"

„Weil du meine Narben spüren musst."

Ich setze mich ein wenig auf und ziehe meinen Arm aus dem Wasser. Xero nimmt meine Finger und fährt mit ihnen über seine Schläfe, lässt mich eine unsichtbare Narbe spüren.

„Zwei Jungen haben mich im Schulflur von den Füßen gestoßen, um meine älteren Brüder zu beeindrucken. Sie haben mich so lange getreten, bis ich bewusstlos geworden bin."

„Xero, es tut mir so leid ..."

„Spar dir dein Mitleid für die Bastarde, die dich verletzt haben. Ich habe vor, sie so lange am Leben zu lassen, bis sie bereuen, je geboren worden zu sein."

Er schiebt meine Finger in sein Haar, hinter sein Ohr, über seine Brust und erzählt mir die Geschichte jeder Narbe. Meine Brust brennt einmal mehr vor Wut darüber, welch grausame Kindheit Xero wegen Delta hatte ertragen müssen. Er hat so viele von uns ruiniert, mich eingeschlossen.

„Es war nicht deine Schuld", murmle ich. „Du warst diesen Leuten ausgeliefert und hast alles getan, um zu überleben."

Er schenkt mir ein schiefes Lächeln. „Das Gleiche kann ich dir sagen."

Das ist der Moment, in dem ich es endlich begreife. Wir beide haben so viel gemeinsam, dass es unheimlich ist. Beide ehemalige Kinderattentäter. Beide mit Geschwistern, die unvorstellbaren Verrat begangen haben. Beide gleichermaßen vernarbt. Beide wollen wir unsere Vergangenheit mit Blut reinwaschen.

Delta hat schon so viel zerstört. Ich kann nicht zulassen, dass er meine Beziehung zu Xero verdirbt. Ich werde nicht zulassen, dass er mir das Glück nimmt.

Mit einem tiefen Einatmen nehme ich all meinen Mut zusammen und steige aus dem Wasser. Meine Hände fallen von meiner Brust und entblößen meine Narben. Kühle Luft streicht um meine erhitzte Haut, lässt sie sich kräuseln, und Angst durchzuckt mich.

Xero tritt zurück, wobei seine Augen auf meine gerichtet bleiben.

„Du kannst schauen", sage ich.

Er zögert mehrere Augenblicke lang, bevor er seinen Blick an meinem Körper hinuntergleiten lässt. Ich suche in seinen Zügen nach einem Anflug von Abscheu. Stattdessen stößt er einen langen Seufzer aus. Es ist Kummer, Akzeptanz und geteilter Schmerz.

„Ich sehe nur die Frau, die ich liebe." Seine Worte umhüllen mich wie eine warme Decke, und seine Augen treffen wieder auf meine. „Aber jeder Mann, der dich jemals berührt hat, wird schreiend sterben."

Mein Herz flattert. Ich stelle mir vor, wie wir beide Barrett, Locke und Seth verstümmeln und töten und Delta und Dolly für das große Finale aufheben.

„Komm mit mir ins Wasser", murmle ich.

Xero löst das Handtuch um seine Taille, und mein Herz macht einen Sprung. Ich traue mich nicht, nach unten zu schauen, um zu sehen, ob er erregt ist. Er steigt hinter mir in die Wanne und zieht mich nach unten, sodass ich auf seinem Schoß sitze.

Die Wärme seines Körpers umhüllt mich und lässt meine Anspannung schwinden. Ich lehne mich an seine breite Brust, schließe meine Augen und flüstere: „Wasche seine Berührung weg."

„Ich werde dich niemals als befleckt oder schmutzig ansehen", raunt er mir ins Ohr.

„Xero ..."

„Aber ich werde seine Berührung durch meine ersetzen, wenn du bereit bist."

Er nimmt das Seifenstück in die Hand und reibt es zwischen seinen Händen, sodass ein dicker Seifenschaum entsteht. Er streicht mit seinen schaumigen Händen über meinen Hals und massiert die angespannten Muskeln mit seinen kräftigen Fingern. Ich stöhne unter seiner Berührung.

Vielleicht sollte ich ihm sagen, dass ich bereit bin, einen Schritt weiterzugehen. Vielleicht sollte ich einfach die Klappe halten und den Dingen ihren Lauf lassen.

Als er meine Arme wäscht, streifen seine Finger über meine Brüste. Seine Berührung ist zart und erinnert mich daran, wie Delta meinen Körper behandelt hat, als er in meine Haut schnitt. Die Erinnerung steigt an die Oberfläche, und ich zucke zusammen, als ich mich an das Messer erinnere.

Panik macht sich in mir breit. Tränen bilden sich in meinen Augen. Ich halte den Atem an, damit Xero es nicht merkt, aber es ist, als würde ich versuchen, einen brechenden Damm aufrechtzuhalten. Als seine Hände über meinen Bauch gleiten, entweicht mir ein Schluchzen.

Xeros Arme legen sich um meine Taille und ziehen mich fester an sich. „Es ist okay, kleiner Geist. Ich bin hier, um dich aufzufangen, wenn du fällst."

Der Kummer entweicht wie ein Sturzbach und bringt die vergrabenen Erinnerungen, die ich verdrängt hatte, wieder zum Vorschein. Erinnerungen, die der halluzinierte Xero unter Verschluss hielt, bis ich bereit war, sie zu verarbeiten, tauchen mit lebhafter Intensität wieder auf. Das Badezimmer verschwindet und wird durch die hellen Lichter der Anstalt ersetzt. Meine Muskeln spannen sich an. Mein Atem beschleunigt sich. Mein Puls pocht in meinen Ohren im Takt meiner Panik.

„Du bist jetzt in Sicherheit. Ich bin bei dir. Atme mit mir." Xeros Stimme ist der Anker, den ich brauche, um diese Erinnerung zu verarbeiten.

Während ich langsam atme, versichert mir Xero, dass ich schön bin, dass ich stark bin, dass ich überlebe. Ich zerbreche in seinen Armen, und nur er ist in der Lage, die zerbrochenen Stücke meiner Selbst zusammenzuhalten.

Ich konzentriere mich auf seine Stimme, seine ruhige Präsenz, seine unerschütterliche Unterstützung. Sie holt mich in die Gegenwart zurück und erinnert mich daran, dass ich in Sicherheit bin. Die Panik verschwindet und wird durch ein tiefes Gefühl der Erleichterung ersetzt. Ich bin nicht mehr in Deltas Fängen. Ich bin bei Xero.

„Das war so intensiv", sage ich mit zitternder Stimme.

„Willst du mir davon erzählen?", fragt er.

Ich atme lange aus. „Gib mir eine Minute."

Er drückt mir einen Kuss auf die Schläfe. „Lass dir Zeit."

Die Wärme des Wassers kehrt in mein Bewusstsein zurück, ebenso wie Xeros Körper und seine stetige Führung. Tiefe Dankbarkeit erfüllt, als ich ihn an mir spüre.

Nach dem Bad hilft mir Xero aus der Wanne und wickelt meinen Körper in warme Handtücher. Er setzt mich auf einen Hocker und kniet zu meinen Füßen, um mich abzutrocknen, als wäre ich sein wertvollster Besitz.

Er blickt zu mir auf und lächelt. „Ich bin so stolz auf dich."

„Danke, dass du mir geholfen hast", murmle ich. „Und dafür, dass du nicht nach mehr verlangt hast."

„Ich werde dich nicht auf diese Weise anfassen, bis du bereit bist", sagt er.

„Woher willst du wissen, wenn ich so weit bin?"

Er bringt seinen Mund hinunter zu meinem Fuß, seine Lippen streifen meinen großen Zeh in einem Kuss, der Funken der Lust an der Innenseite meines Oberschenkels entlang und in mein Inneres schickt. Mir stockt der Atem, und ich presse meine Schenkel zusammen und versuche, die Welle der Lust zu unterdrücken. Unsere Blicke treffen sich, und die Luft knistert vor Elektrizität. Sein Blick verdunkelt sich, zieht mich tiefer in den Moment hinein und macht es mir unmöglich, an etwas anderes zu denken als daran, wie sehr ich ihn will.

„Ich werde dich erst ficken, wenn du darum bettelst", sagt er und mein Körper erbebt.

Meine Klitoris schwillt an und ein wohliges Pulsieren setzt sich zwischen meinen Schenkeln fest. Ich öffne meine Lippen, um nach mehr zu verlangen, aber ein Summen unterbricht die Spannung. Ich weiche zurück. „Was ist das?"

Xeros Gesichtszüge verhärten sich. „Ein Update von Tyler über die Assistentin deines Vaters." Er wendet sich dem Panel hinter dem Tresen zu und sagt: „Bericht."

„Wir haben mehrere Frauen über dreißig namens Rebecca Taylor gefunden, die in New Jersey leben", erklingt Tylers Stimme durch einen Lautsprecher. „Wir brauchen Amethyst, um sie zu identifizieren."

Xero sieht mich mit gerunzelten Brauen an. „Bist du bereit dafür?"

Ich schlucke schwer, die Ruhe von eben ist verflogen. „Ja, lass uns gehen."

Wir verlassen das Badezimmer und gehen in den Wohnbereich, vorbei am Bett und den Sofas, um zu den Computern zu gelangen. Mein Herz stottert, als ich mich auf einen Stuhl sinken lasse und Xero meine Schulter drückt, um mich in der Gegenwart zu verwurzeln. Ich sollte nicht nervös sein. Becky war immer nett zu Dolly und mir, doch ein Teil von mir fragt sich, ob sie wusste, dass Dad in den Menschenhandel verwickelt war.

Auf dem Bildschirm erscheinen Fotos von verschiedenen Frauen. Ich mustere Bilder von so vielen mit Variationen des Namens von Dads Assistentin. Jedes Gesicht verschwimmt mit dem nächsten, bis ich bei einem innehalte.

Mir stockt der Atem. Sie ist eine rundliche Frau mit rosa Wangen und krausem kastanienbraunem Haar. Es ist in der Mitte gescheitelt, könnte aber mit Relaneys blondem Afro konkurrieren.

„Das ist sie", flüstere ich.

„Rebecca Taylor, Apartment 5B, 432 Elm Street, Carmel, New Jersey", sagt Tyler.

„Was kannst du noch über sie berichten?", fragt Xero.

„Eine Sekunde."

Die Leitung wird still. Ich starre auf das Foto von Becky und erinnere mich an unsere letzte Begegnung. Dolly und ich saßen auf dem Rücksitz von Dads Auto, während er vor ihrem Haus parkte. Becky kam mit unseren Koffern und mehreren Kartons mit Kunsthandwerk an die Tür. Ich bemerkte das Auto, das hinter uns anhielt, erst, als Kappa, unsere Lehrerin, die Mom im Tagebuch Charlotte nannte, ausstieg. Sie ging an uns vorbei zu Becky, nahm die Sachen und lud sie in den Kofferraum ihres Autos.

„Geht es dir gut?", fragt Xero.

Ich atme tief ein und versuche, eine Reihe von Erinnerungen zu verdrängen. „Becky war wirklich nett. Sie hat Dolly und mich einmal zu einem Freiwilligeneinsatz in einem Heim mitgenommen und uns dazu gebracht, Müsliriegel an die obdachlosen Kinder zu verteilen."

„Du erinnerst dich daran?", fragt er und zieht die Brauen hoch.

Meine Hand wandert in meinen Nacken, und ich kichere. „Man sollte meinen, dass Erinnerungen einfach wie Dateien heruntergeladen werden, aber es ist eher so, als würde man sie aus einem schwarzen Loch herausfischen."

Ein kleines Lächeln umspielt seine Lippen. „Woran erinnerst du dich noch?"

Bevor ich antworten kann, ertönt Tylers Stimme aus dem Lautsprecher. „Rebecca Taylor arbeitet für die *Sacred Hearts*-Adoptionsagentur, die von einer Frau namens Charlotte Banks geleitet wird."

Der Name trifft mich wie ein Schlag in die Magengrube. Wir springen beide auf. „Charlotte?"

„Zeig uns ein Bild von ihr", knurrt Xero mit fester Stimme.

Sekunden später zeigt Tyler ein Foto einer schönen Blondine mit zu einem Dutt hochgesteckten Haaren. Sie lächelt in die Kamera, aber in ihren Augen liegt ein eisiger Ausdruck. Wie ein Tsunami schießen die Erinnerungen durch meinen Kopf und lassen meine Augen brennen. Der Anblick von Charlotte bringt eine Flut von Schrecken zurück, die meinen Körper nie verlassen hat, selbst wenn ich mich nicht an ihre Grausamkeit erinnern konnte.

„Das ist sie", stoße ich hervor. „Die Lehrerin, die immer nur Dolly gelobt hat. Das Kindermädchen, das mich in meinen Albträumen verfolgte und versuchte, mich in den Wahnsinn zu treiben. Die Schlampe, die meinen kleinen Bruder ermordet hat."

Während ich hyperventiliere, hält Xero meine Schultern fest. „Wir werden sie kriegen. Und wir werden sie für all das bezahlen lassen, was sie dir und deiner Familie angetan hat."

Ich starre ins Leere, gefangen in einem höllischen Albtraum nach dem anderen. Irgendwo am Rande meines Bewusstseins bittet Tyler um Anweisungen. Xero befiehlt ihm, mehr Informationen über Charlotte und ihre Adoptionsagentur zu beschaffen. Die Worte dringen durch den Nebel, während ich innerlich von einem brennenden Bedürfnis nach Rache zerfressen werde.

SIEBENUNDSECHZIG

XERO

Gerade als wir mit dem Bad einen Durchbruch erzielen, taucht Amethysts Kindheitsmonster auf und droht, alle Fortschritte zunichte zu machen.

Sie erstarrt, ihre Augen werden glasig. Ich lege ihr eine Hand auf die Schulter, und sie erwacht mit einem Wutanfall aus ihrer Starre. Ihre Wut erfüllt den Raum und knistert wie ein stromführender Draht. Sie lodert in ihren grünen Augen und brennt heller als in der Nacht, in der sie mich im Schlaf angegriffen hat.

„Amethyst?" Ich packe sie an den Schultern, meine Brust zieht sich vor Sorge zusammen, aber sie schiebt mich mit überraschender Kraft zur Seite.

Mit zu Fäusten geballten Händen geht sie auf und ab, jeder Schritt strahlt eine kaum zu bändigende Gewalt aus. „Diese Schlampe lebt noch", zischt sie. „Ich will jetzt zu ihrem Haus gehen und sie in Stücke reißen."

Der Schmerz windet sich in meinem Bauch wie eine aufgerollte Schlange, jede ihrer Bewegungen scheint mir die Luft abzuschnüren. Ich würde meinem kleinen Geist die Welt schenken, aber Charlotte ist eine wertvolle Spur. „Amethyst", murmle ich. „Wir dürfen nichts überstürzen. Sie kennt den Standort der Einrichtung."

Sie bleibt stehen, ihre wilden Augen fixieren die meinen, in ihnen sehe ich Wut, Verzweiflung und Kummer lodern. „Sie hat meinen kleinen Bruder getötet", schreit sie. „Direkt vor meinen Augen."

Schuldgefühle nagen an meinem Gewissen, weil ich die Mission vor ihre unmittelbare Rache gestellt habe. Ich kann nicht zulassen, dass uns das von unserem Ziel abhält. Ich trete näher, ertrage die Intensität ihrer Gefühle und lege meine Hände auf ihre Arme. „Erinnerst du dich an *Three Fates*? Diese Einrichtung könnte immer noch Kinder beherbergen, die zu Attentätern ausgebildet werden."

Sie blinzelt, sodass ihr nun ungehindert die Tränen über die Wangen rinnen und starrt mich aus schimmernden Augen an. Schwer atmend flüstert sie: „Was?"

„Wir müssen diese Mädchen retten", sage ich.

Sie braucht einen Moment, um meine Worte zu begreifen, bevor ihr Trotz in Verzweiflung umschlägt. Sie bricht an meiner Brust zusammen, ihr Körper zittert unter ihren Schluchzern. „Du musst mich hassen, weil ich so egoistisch bin."

Ich schlinge meine Arme um sie und ziehe sie fest an mich. „Ich könnte dich niemals hassen." Ich unterstreiche die Worte mit einem Kuss auf ihren Scheitel. „Du bist mutig, unverwüstlich und die stärkste Frau, die ich kenne."

Wir stehen schweigend da, unsere Herzen schlagen im Gleichklang. Ich sehne mich danach, ihr zu versichern, dass wir unsere Feinde ausschalten werden, einen nach dem anderen, aber Versprechen haben nur eine bestimmte Reichweite. Charlotte ist in Reichweite, aber wenn wir sie uns jetzt schnappen, riskieren wir, dass die Einrichtung erfährt, dass sie kompromittiert wurde. Ich kann es nicht riskieren, dass Vater und die Ausbilder die Kinder woanders hinbringen.

„Gib mir drei Tage", murmle ich in ihre feuchten Locken. „Drei Tage, um sie zu beschatten. Wenn sie uns nicht zu der Einrichtung führt, stürmen wir ihr Haus."

Amethyst zieht sich zurück und begegnet meinem Blick. „Versprochen?"

„Ich schwöre es. Lass mich Tyler den Befehl geben."

Sie nickt.

Ich wende mich wieder dem Computer zu und sende eine

Reihe von Anweisungen aus. Tyler wird alle Informationen über Charlotte Banks herausfinden. Sein Team wird in Vorbereitung auf die Razzia Geräte in ihrer Nachbarschaft stationieren. Die Spring-Brüder werden ihre Straße infiltrieren und ihre Bewegungen im Auge behalten. Jynxson wird Peilsender an ihrem Fahrzeug anbringen.

„Drei Tage", wiederholt sie.

Ich atme tief ein und spüre das Gewicht meines Versprechens. „Ja, drei Tage." Ich führe sie in die Küche, in der Hoffnung, sie in der Normalität zu erden. „Lass uns ein frühes Abendessen machen."

Amethyst sitzt schweigend am Tresen. Manchmal ist Zeit die beste Medizin. Ich überlasse es ihr, den jüngsten Ansturm von Erinnerungen und die Rückkehr ihrer Peinigerin aus ihrer Kindheit verarbeiten. Nachdem ich das richtige Rezept gefunden habe, öffne ich den Kühlschrank und hole Butter, Eier, Speck, Pecorino und Parmesankäse heraus.

„Wann hast du frische Zutaten bekommen?", fragt sie.

„Unser Wartungspersonal versorgt die besetzten Verstecke mit Lebensmitteln." Ich fülle einen Kochtopf mit Wasser und stelle ihn auf den Herd.

„Haben sie dir in der Moirai-Akademie das Kochen beigebracht?", fragt sie.

Schmunzelnd hole ich ein Messer hervor und schneide die Verpackung auf. „Sie haben mich gelehrt, Anweisungen zu befolgen. Nachdem ich monatelang nach ihren Attentaten aufgeräumt habe, sind Rezepte ein Kinderspiel. Willst du helfen?"

Sie nickt, ein zaghaftes Lächeln erscheint auf ihrem Gesicht. Ich schiebe das Messer und den Speck zu ihr rüber. „Schneide den in kleine Würfel."

Während sie arbeitet, reibe ich den Käse, schlage die Eier in eine Schüssel und rühre sie, bis sie schaumig sind. Amethyst öffnet die Spaghetti und gibt sie in das kochende Wasser. Ich gebe Salz zu den Nudeln und schwarzen Pfeffer zu den Eiern.

Sie zerdrückt den Knoblauch und brät den Speck, ohne dass ich etwas sagen muss. Ich werfe einen Blick auf das Rezept und runzle die Stirn.

„Da stehen zwei Nelken."

„Du machst doch *Carbonara*, oder?", fragt sie.

„Woher weißt du das?"

„Das merkt man an den Zutaten", antwortet sie mit einem Lächeln.

„Ich hätte auch Pasta Alfredo machen können."

„Ich sehe keine Sahne." Ohne abzumessen, gibt sie ein Stück Butter zu den Speckwürfeln.

„Damit hast du das Rezept ruiniert", murmle ich und kann mir ein Lächeln nicht verkneifen.

„Es wird fantastisch schmecken."

Mir wird warm ums Herz, als ich die Teller nehme und sie auf den Tresen stelle. Amethyst macht mehr Fortschritte, als ich je erwartet hätte. Einen Moment lang bin ich beeindruckt von ihrer Unverwüstlichkeit. Dann trifft mich die Realität: Die Entführung durch Vater und ihre Schwester ist nicht ihr erstes Trauma, nicht einmal ihr zweites. Doch dieses Mal wird sie sich dem direkt stellen und ihre Erinnerungen behalten. Sie wird gestärkt daraus hervorgehen.

„Ich kann nicht glauben, wie viel wir gemeinsam haben", sagt sie.

„Seelenverwandte", antworte ich und mache einen Schritt auf sie zu.

Mein Herz schlägt mit unerwünschter Intensität. Für einen solchen Moment ist es noch zu früh. Mit jedem Herzschlag breitet sich Verlangen in mir aus. Jeder Instinkt schreit mich an, den Abstand zu verringern, ihre weichen Lippen zu schmecken und sie ihre Vergangenheit vergessen zu lassen, aber kein noch so großer Kuss kann die Flut neuer Erinnerungen auslöschen. Sie könnten sogar ihren Fortschritt zunichte machen.

Doch dann blinzelt sie, bricht den Bann und wendet sich wieder dem Herd zu. „Also, erzähl mir von der Einrichtung, in der du vor der Akademie gelebt hast."

Die Enttäuschung über den abrupten Themawechsel schnürt mir die Kehle zu. Ich schlucke hart und schiebe das Gefühl beiseite. Ich erzähle ihr von den Übungen, den Kojen und den anderen Jungs. Sie lacht, als ich ihr erzähle, wie Jynxson mir auf die Nerven ging und meine Sachen so lange versteckte, bis ich sein Gesicht umgestalten musste.

„Wie sah die Einrichtung aus?", fragt sie.

„Sie befand sich unter der Erde, war mit Neonlichter ausgestattet, besaß Betonwänden und einem Aufenthaltsraum, in dem Mahlzeiten serviert wurden. Es war im Wald. Ich konnte nur Bäume sehen, wenn sie mich zu den Missionen brachten."

Es herrscht eine lange Stille, die nur durch das Geräusch von kochendem Wasser unterbrochen wird. Ich schaue auf und sehe, dass sie mich anstarrt.

„Was?"

„Glaubst du, dass es sich vielleicht um dasselbe Gebäude handelt?", fragt sie zögernd.

„Es ist möglich." Ich nehme mein Handy in die Hand und scrolle zu einem Bild von Vater mit allen Ausbildern und Jungen und lege es auf den Tisch. „Erinnerst du dich an einen von ihnen?"

Amethyst vergrößert das Bild mit ihren Fingern und studiert jedes Gesicht. „Nur Delta. Bei den anderen bin ich mir nicht sicher."

„Übertreibe es nicht. Wir werden die Wahrheit herausfinden, sobald wir den Standort von Charlotte erfahren haben."

Sie nickt leicht.

„Willst du, dass ich Becky herbringen lasse?"

„Was, wenn das Charlottes Misstrauen erweckt?" Ihre Miene verhärtet sich und zeigt ein Aufflackern von Wut. „Wir sollten warten. Becky war nett, aber wenn sie weiß, dass es sich bei der Adoptionsagentur um getarnten Kinderhandel handeln, muss sie wie Charlotte sterben."

Ich lächle, und meine Brust schwillt vor Bewunderung und Stolz. „Du hast es weit gebracht, nachdem du nicht einmal einer Folter beiwohnen konntest."

„Du sprichst von dem menschlichen Tausendfüßler", sagt sie und verdreht die Augen. „Wenn ich Charlotte in die Finger bekomme, gibt es keine dummen Spiele. Ich werde sie so lange am Leben und in ständigem Schmerz halten, bis sie diejenige ist die halluziniert."

Mein Herz flattert. „Das ist mein Mädchen."

∼

Die nächsten Tage vergehen wie im Flug, mit Sparring, gemeinsamen Mahlzeiten und gemeinsamen Bädern. Amethyst erlaubt mir, ihren Rücken zu massieren und ihren Hals mit Küssen zu überhäufen. Jede Nacht wacht sie schreiend auf, weil sie sich an eine neue, kranke Foltermethode erinnert, die Charlotte ihr zugedacht hat. Es dauert einige Augenblicke, bis ich ihr versichern kann, dass sie in Sicherheit ist, bevor sie sich an mich schmiegt und mir den Albtraum erzählt.

Tylers Nachforschungen über Charlotte sind umfangreich. Sie hat die Adoptionsagentur kurz nach dem Tod von Lyle Bishop übernommen. Seitdem widmet sie sich angeblich der Aufgabe, Kinder von der Straße zu holen und sie in dauerhafte Heime zu vermitteln.

Das Team hat Bilder von Adoptivkindern aus Charlottes Datenbank mit Filmaufnahmen von *X-Cite Media* abgeglichen. Aufgrund des Altersunterschieds ist es schwer zu sagen, aber Tyler glaubt, dass es eine Verbindung zwischen der Agentur und der Einrichtung meines Vaters und dem Sterben vor der Kamera gibt.

Das ist wahrscheinlich auch mit Dolly passiert, nur dass sie sich gewehrt hat. Das Überleben vor der Kamera brachte ihr Popularität und hielt sie am Leben. Anstatt ihren Groll dorthin zu lenken, wo er hingehört, verfestigte sich ihr Groll und richtete sich gegen Amethyst.

Ich verstehe es fast. Vater hat eine Art, Kindern eine Gehirnwäsche zu verpassen, bis sie nicht mehr wissen, was richtig oder falsch ist. Irgendwann hat er mir eingeredet, dass der Tod meiner Mutter ein Gnadentod war. Aber das heißt nicht, dass ich Dolly Gnade gewähren werde.

Aber im Verlauf der drei Tage führt uns Charlotte nicht zu der Einrichtung, also ist es Zeit, die Strategie zu ändern.

Mit Tylers Hilfe schalten wir den Strom ab und nähern uns dem Gebäude im Schutz der Dunkelheit. Ein Stadthaus von dieser Größe zu infiltrieren, erfordert mehr Finesse als Gewalt. Amethyst ist an meiner Seite, sie trägt ein Nachtsichtgeräte und kugelsichere Kleidung. Wir erwarten keine Probleme, aber ich werde meinen kleinen Geist nicht gefährden.

Wir betreten das Haus durch einen Keller, der bequemerweise mit der Kanalisation verbunden ist, und gehen durch das Erdgeschoss. Es ist eine bescheidene Wohnung für jemanden, der vom Menschenhandel lebt. Die Spring-Brüder berichten, dass sie vor Stunden von der Arbeit zurückgekehrt ist und das Licht lange genug ausgeschaltet war, um anzunehmen, dass sie schläft.

Wir kommen an einem Arbeitszimmer vorbei, in dem sich ein Aktenschrank und ein Computer befinden, dessen Inhalt ich näher in Augenschein nehmen muss, aber unser unmittelbares Ziel ist Charlotte.

Nachdem wir sie geschnappt haben, haben wir noch genug Zeit, um die anderen Informationen zu holen.

Nachdem wir die Treppe hinaufgegangen sind, gehen wir den Flur entlang zu ihrem Schlafzimmer. Die Passagen aus dem Tagebuch kommen mir mit erneutem Entsetzen in den Sinn. Was für ein Agent nimmt einen so abscheulichen Auftrag an? Ich kann es kaum erwarten, zu sehen, wie Amethyst ihren Dämon vernichtet.

„Bleib zurück", flüstere ich ihr ins Ohr.

Sie nickt, ihr Atem beschleunigt sich, während sie meine Hand ergreift.

Wir hören eine Bewegung von der anderen Seite der Tür, und ich reiße sie auf. Blondes Haar blitzt auf, als eine zierliche Gestalt in einem Schrank verschwindet.

Ich stürme hinter ihr her, wobei Amethyst mir dichtauf folgt. Als die Tür hinter uns zuschlägt, höre ich ein leises Klicken. Ich trete gegen den Schrank, aber er ist verstärkt.

„Scheiße", knurre ich.

„Was ist?", fragt Amethyst alarmiert.

„Sie hat einen Panikraum."

Rote Lichtstrahlen durchdringen die Dunkelheit und durchkreuzen den gesamten Raum. Sämtliche Alarmglocken schrillen in meinem Kopf. Ich stürze mich auf Amethyst, um sie zu schützen, bevor der Raum in einem einzigen Chaos untergeht.

ACHTUNDSECHZIG

AMETHYST

Ich erstarre und meine Augen weiten sich, als sich rote Licht-strahlen auf meine Brust richten. Bevor ich den Hinterhalt über-haupt wahrnehmen kann, stößt mich Xero zu Boden. Ich schlage auf dem Teppich auf, wobei ich unter seinem großen Körper kaum noch Luft bekomme, und dann werden meine Ohren von dem Dröhnen von Schüssen erfüllt.

Mein Herz rast wie wild in meiner Brust. Die ganze Luft entweicht aus meinen Lungen. Kugeln schlagen in die Wände ein, und Xero zuckt über mir.

Instinktiv richte ich mich auf, aber er drückt meinen Kopf in den Teppich. „Bleib unten."

Mein Atem stockt. „Xero, du wurdest erwischt."

Er spannt sich an, aber er gibt keine Antwort darauf. Sein Atem ist heiß an meinem Hals und lässt mich erschaudern. Ich kann nicht sagen, ob es aus Druck oder Schmerz ist, aber wir können nicht weiter ungeschützt hier liegen bleiben.

Ich starre in die Dunkelheit hinaus und sehe mich suchend nach einer Flucht- oder Schutzmöglichkeit um. Das Bett befindet sich nur knapp von mir entfernt. Die Matratze ist das Einzige, was nicht von den Kugeln zerfetzt wird. Ich stoße Xero mit dem Ellbogen in die Rippen und rufe: „Versteck dich da drunter."

„Ich lasse dich nicht ungeschützt", knurrt er.

Die Verzweiflung treibt meine nächsten Worte voran. „Dann bewegen wir uns zusammen dahin. Unter das Bett, sofort!"

Mit einem Grunzen krabbelt er über den Boden und bedeckt meinen Körper wie ein Schutzschild. Kugeln zischen vorbei, bohren sich in die Wand und den Nachttisch. Wir schaffen es gerade noch zum Bett, als ein Schuss den Teppich in der Nähe trifft.

„Habt ihr gedacht, ihr könntet in mein Haus einbrechen, ihr Arschlöcher?", erklingt eine weibliche Stimme aus den Lautsprechern.

Ihre Worte lösen einen Schwall frischer Erinnerungen aus, die mir jedes einzelne Haar auf dem Körper zu Berge stehen lassen. Es ist die Schlampe, die jede Nacht in mein Schlafzimmer kam und mir sagte, ich solle meinen kleinen Bruder töten. An manchen Tagen erschien sie als Geist. An anderen als eine körperlose Stimme.

Wieder einmal hat Charlotte die Oberhand gewonnen.

„Ignoriere sie", brummt Xero und schiebt mich weiter unter das Bett. Ich schließe meine Augen und versuche, sie auszublenden, aber die Erinnerungen kommen immer wieder, lebendiger als ein Traum.

Einmal saß sie auf meiner Brust und ließ mich nicht atmen, bis ich ohnmächtig wurde. Als ich am nächsten Morgen aufwachte, hatte ich Bilder von ihrem blassen Gesicht, ihrem blutbespritzten Kleid und ihren blutigen Fingern im Kopf. Mom sah sich in meinem Zimmer um und sagte mir, es sei ein Albtraum gewesen, aber ich spürte immer noch den anhaltenden Druck auf meinen Rippen.

Tylers Stimme erklingt über das Bluetooth-Gerät in meinem Ohr. „Die Fensterläden sind gerade an allen Fenstern im Gebäude zugegangen. Was ist los?"

„Charlotte hat uns hier eingesperrt", knurrt Xero. „Sie ist in einem Panikraum und greift uns mit ferngesteuerten Waffen an."

„Wir haben den Strom abgestellt. Vielleicht hat sie einen Generator", antwortet Tyler.

„Oder sie saugt wie ein Parasit Energie von einem Nachbarn ab", sage ich und erinnere mich daran, wie Charlotte es sich mit

Dad gemütlich gemacht hat, während Mom in ihrem Zimmer war.

Xero schnaubt. „Wenn du sie nicht ausschalten kannst, sind wir erledigt, lange bevor ihr die Munition ausgeht."

Die Kugeln durchschlagen die Matratze und treffen den Metallrahmen des Bettes. Wie zum Teufel kann jemand so ruhig sein, wenn wir in einer solchen Falle festsitzen? Xero mag mich beschützen, aber wie lange wird seine kugelsichere Kleidung halten?

„Gebt mir ein paar Minuten. Ich werde mich um die Abriegelung kümmern", sagt Tyler.

„Keine Zeit. Aktiviere den EMP."

„Aber das würde unsere Technik verbraten", sagt Tyler.

„Dann versuch, so viel wie möglich vorher zu schützen. Starte den Countdown." Xero nimmt mir die Nachtsichtbrille vom Kopf, zusammen mit dem angeschlossenen Bluetooth-Gerät, und zieht das Kommunikationsgerät aus meiner Jacke. „Steck das in deine linke Tasche. Es ist die Einzige, die abgeschirmt ist."

Mit zitternden Fingern tue ich, was er mir sagt, und lege eine Hand zum zusätzlichen Schutz über die Tasche. Xero verschiebt sich auf mir und bewegt seine Geräte. Sekunden später ertönt ein hohes Klingeln in meinen Ohren, und der Kugelhagel hört auf.

Wir sacken in der plötzlichen Stille zusammen und atmen beide gleichmäßig aus. Die nächsten Augenblicke scheinen sich eine Ewigkeit hinzuziehen. Unsere Atmung synchronisiert sich, und die Schmetterlinge in meinem Bauch flattern. Zu wissen, dass er sein Leben opfern würde, um meines zu retten, bewirkt seltsame Dinge in meinem Herzen.

Als er sich mit einem leisen Grunzen von mir runterrollt, vermisse ich bereits sein beruhigendes Gewicht.

„Geht es dir gut?", flüstere ich und taste ihn nach Wunden ab.

Er ergreift meine Hand, wobei seine Berührung ein elektrisierendes Prickeln durch meinen Körper jagt, und führt meine Fingerknöchel an seine Lippen. „Es geht mir gut."

„Aber du hast gezuckt."

„Meine Rüstung hat die Kugel abgefangen, aber nicht den Aufprall. Wie geht es dir?"

Ich schlucke. Mein Herz rast, ich kann kaum atmen, aber ich will ihn nicht noch mehr beunruhigen. „Das ist immer noch weniger erschreckend als meine letzte Erinnerung an Charlotte. Bist du sicher, dass es dir gut geht?"

„Machst du dir Sorgen um mich?", fragt er und seine Stimme hellt sich auf. Ich brauche keine Nachtsichtbrille, um zu erkennen, dass er grinst.

Hitze steigt mir in die Wangen. Die Angst, ihn zu verlieren, hat einen Knoten in meiner Brust entstehen lassen, der sich mit jeder fliegenden Kugel verengte. „Natürlich mache ich mir Sorgen. Wer sonst würde mich nachts warm halten?"

Er beugt sich vor und drückt mir einen schnellen Kuss auf die Lippen. Die Berührung ist kurz, aber sie lässt ein Pulsieren zwischen meinen Schenkeln aufsteigen.

„Komm, jetzt werden wir uns Charlotte schnappen. Dann werde ich dich die ganze Nacht lang warm halten."

Hitze breitet sich in meinem Inneren aus und weckt Teile von mir, von denen ich dachte, sie seien längst tot. Das dumpfe Geräusch eines Aufpralls lässt mich in die Gegenwart zurückkehren, und ich krieche unter dem Bett hervor und setze mein Nachtsichtgerät auf.

Charlottes Zimmer ist ein einziges Chaos aus Einschusslöchern und Trümmern. Der Teppich, auf dem wir lagen, ist voller Löcher und die Matratze, unter der wir uns versteckt hatten, ist zerfetzt. Ich werfe einen Blick auf die Metalltür, die zu ihrem Panikraum führt und die überraschenderweise unversehrt ist.

„Was sollen wir tun?", frage ich.

Xero greift in seinen Rucksack und holt eine Axt heraus. Es ist ein leichtes Modell aus Titan, mit einer Schneide, die scharf genug aussieht, um ein Haar zu spalten.

„Wir werden sie da rausholen", knurrt er und die Entschlossenheit in seiner Stimme jagt mir einen Schauer über den Rücken.

„Und wenn sie bewaffnet ist?"

Er grinst mich an. „Ich habe dich, um mir den Rücken zu stärken."

Bevor ich reagieren kann, geht er zur Tür und schwingt die Axt. Mit zitternden Fingern ziehe ich die Pistole und frage mich, ob sein Vertrauen in mich unangebracht ist. Ich bin im Begriff, mich einem Dämon meiner Vergangenheit zu stellen.

Was ist, wenn ich bei ihrem Anblick erstarre?

Xero hackt mit der Axt auf die Tür ein, als würde er für eine Rolle in *Shining* vorsprechen, und ich mache die Waffe bereit. In dem Moment, in dem er das Metall durchdringt, werde ich da sein und Charlotte bewegungsunfähig machen, bevor sie die Chance hat, sich zu wehren.

Ich stelle das Nachtsichtgerät an und stecke das Bluetooth-Gerät wieder in mein Ohr. Die Lautstärke ist leise, aber Tylers Stimme schreit durch das Headset: „Sie ist geflohen! Es nähert sich ein Konvoi von Fahrzeugen. Verschwindet von dort, sofort!"

Die Information trifft mich wie ein Schlag in die Magengrube und lässt meinen Puls in die Höhe schnellen. „Xero, wir müssen verschwinden. Charlotte ist abgehauen."

Er wirbelt herum. „Was?"

„Camila verfolgt sie", schallt Jynxsons Stimme durch das Gerät.

„Scheiße!" Xero stürzt sich auf die Tür, die zum Flur führt, und schlägt mit wütenden Axthieben auf sie ein. Das Metall verbiegt sich unter seinem wütenden Angriff und hinterlässt massive Dellen.

Drei Hiebe später landet die Tür mit einem Krachen auf dem Boden, und wir eilen durch den Flur und die Treppe hinunter. Fensterläden verdecken jede Öffnung und schließen uns in der Dunkelheit ein. Wir eilen weiter in den Keller, zu einem Schacht, der in die Kanalisation führt, als Xero stehenbleibt.

„Planänderung", knurrt er.

„Warum?" Ich werfe einen Blick über seine Schulter.

Auf dem Boden liegt ein Gerät in der Größe eines Mobiltelefons, auf dem ein Countdown von 49 Sekunden blinkt.

Mein Herzschlag beschleunigt sich und Angst wallt in mir auf. „Ist das ..."

„Ein Sprengsatz, den sie bei der Evakuierung des Hauses aktiviert hat", knurrt er.

„Scheiße."

Xero packt mich am Arm, wirbelt mich herum und jagt mich die Treppe wieder hinauf.

„Lauf zur Vordertür. Jetzt!", brüllt er.

Die Panik wirbelt in meiner Brust und treibt meine Bewegungen an. Ich donnere die Stufen zum Erdgeschoss hinauf. Xero bellt Tyler Befehle zu, der irgendetwas darüber sagt, dass die EMP-Explosion die ferngesteuerte Bombe zerstört hat, die er im Umkreis platziert hat.

Wir sind gefangen. Gefangen in einem Haus, das gleich explodieren wird. Xero wird sterben und sein Ziel nie erreichen, und Dolly, Charlotte und Delta werden unbestraft bleiben.

Wir erreichen die Haustür, und meine letzte Hoffnung schwindet, als Xeros Axt keine Delle hinterlässt. Fluchend stürmt er ins Wohnzimmer und hackt auf die Fensterläden ein.

Gelähmt vor Angst, bleibe ich im Flur stehen. Mir bricht der kalte Schweiß auf der Haut aus. Wir haben weniger als dreißig Sekunden Zeit, bevor die Bombe hochgeht.

„Tyler", stottere ich in die Bluetooth-Verbindung. „Kann einer aus deinem Team eine Granate herfliegen?"

„Positiv. Haltet euch von der Vordertür fern. Drohne im Anflug. Zehn ... Neun ... Acht."

„Amethyst!" Xero stürmt aus dem Zimmer, reißt mich von den Füßen, springt in die Küche und schleudert mich gegen die Wand. Sein großer Körper bedeckt mich vollständig, ein solider Schutzschild gegen die drohende Explosion. Sein Atem ist heiß und rau an meinem Ohr und vermischt sich mit dem beißenden Geruch von Schüssen und Angst.

„Vier ... drei ... zwei ..."

Eine Explosion erschüttert das Haus. Trümmer fliegen von den Wänden, eine Schockwelle erschüttert den Boden. Putz und Staub regnen auf uns herab, als wäre es das Armageddon.

Als ich mich von dem Schock erhole, reißt Xero mich hinter sich her und schafft uns beide durch das eben entstandene Loch. Die Nachtluft trifft mich wie ein Schlag, aber ich habe kaum Zeit, den Wechsel der Atmosphäre zu registrieren, bevor wir weiterstürmen.

Xero beschleunigt seinen Schritt und verstärkt seinen Griff um mich. Wir stürmen die Straße hinunter, vorbei an Häusern, Bäumen und Autos, die in einem schwindelerregenden Tempo an uns vorbeirauschen. Mein Herz hämmert so stark in meinen Ohren, dass es die zweite Explosion dämpft.

Feuer erhellt den Himmel, gefolgt von einer Hitzewelle, die uns fast von den Füßen reißt. Xero zieht mich hinter einen Lastwagen und hält mich so fest umschlungen, dass ich zu ersticken drohe. Ich atme flach, und mein Herz hämmert in einem rasenden Rhythmus gegen meine Rippen.

Sirenen heulen. Menschen schreien. Autoalarme läuten. Der Gestank von Rauch erfüllt die Luft. Ein Fahrzeug fährt im Rückwärtsgang auf uns zu. Die hintere Tür öffnet sich und gibt den Blick auf Jynxson frei.

„Steigt ein!", ruft er vom Fahrersitz aus, sein Gesicht wird von dem Feuer erleuchtet.

Xero richtet sich auf und befördert mich in das Fahrzeug, bevor er mir folgt und wir uns mit quietschenden Reifen vom Tatort entfernen.

Er packt mich an der Kehle, sein Griff ist fest, aber nicht bedrohlich. „Amethyst", knurrt er mit zusammengebissenen Zähnen und mustert mein Gesicht mit verzweifelten Augen. „Tu das nie wieder."

Aber ich habe uns gerettet, oder etwa nicht?

Ich will protestieren, aber er bringt mich mit einem Kuss zum Schweigen.

NEUNUNDSECHZIG

XERO

Wenn ich Amethyst nicht küssen würde, würde ich sie erdrosseln, weil sie sich eingemischt hat.

Wir waren kurz davor, zu entkommen. Ich hatte gerade ein Loch in die Fensterläden geschlagen, als sie die Explosionen anordnete.

Sicherlich war ihr Vorgehen effektiv, aber es war auch voreilig und leichtsinnig. Uns blieben nur Sekunden und wir hätten durch das Fenster fliehen können, bevor die Bombe im Keller explodiert wäre, aber Amethyst musste es auf ihre Weise machen.

Sie spannt sich an, und für einen Moment vergesse ich, dass sie zerbrechlich ist. Sie ist nicht nur traumatisiert von den Ereignissen in der Anstalt, sondern auch von den wieder auftauchenden Erinnerungen, von denen jede einzelne ein roher Nerv ist, der mit unerträglichem Schmerz pulsiert. Ich weiche zurück, will die unerwünschte Berührung auslöschen, aber ihre Arme schließen sich um meine Schultern und ziehen mich näher heran.

Ihr Kuss ist zaghaft, weich, und doch entfacht er ein Feuer, das ich versucht habe, im Zaum zu halten. Der Lieferwagen rumpelt die Straße entlang und macht eine scharfe Kurve, die uns beide gegen die Metallwand schleudert, aber ich nehme unsere Umgebung kaum wahr.

„Wofür war das?", haucht sie gegen meine Lippen.

„Ich hätte dich fast verloren", knurre ich. „Wir hätten Sekunden vor der Explosion rauskommen können, wenn du dich nicht eingemischt hättest."

Mit geweiteten Augen blickt sie zu mir auf und sieht so verletzlich aus, dass ich vergesse, weshalb ich wütend bin.

„Aber ich habe uns gerettet. Ich konnte dich nicht wieder in einem brennenden Gebäude zurücklassen."

Ich versteife mich, meine Wut wird durch Überraschung ersetzt. Ich hatte nicht erwartet, dass sie dieses Ereignis anspricht, das wir beide begraben und vergessen wollten.

Als sie mich packt und mich näher an sich heranzieht, schießt die Hitze direkt in meinen Schwanz. Wer bin ich, dass ich widerspreche, wenn ich ihre Beschützerinstinkte geweckt habe? Jede Faser in mir brüllt danach, sie zu fordern – zu nehmen, was mir gehört. Vaters Berührung mit meiner auszulöschen, genau wie sie es verlangt hat, aber eine Unebenheit auf der Straße reißt mich aus diesen Gedanken.

Ich will mich gerade aus dem Kuss zurückziehen, als sich ihre Zähne in meine Unterlippe bohren. Der stechende Schmerz lässt meinen Körper erbeben, während mein Blut in tiefere Regionen strömt. Ich schiebe meine Finger in ihre Locken und halte sie fest, während unsere Zungen in verzweifeltem Verlangen einander umspielen.

„Hört auf mit dem Scheiß", schnauzt Jynxson und reißt mich auf meinen Dunst. „Da ist ein Konvoi von Verfolgern hinter uns her. Xero, kümmere dich um die Drohnen."

Mit einem Stöhnen reiße ich mich von meinem kleinen Geist los und mein Blick verweilt auf ihren weichen Lippen. Ihre Wangen sind gerötet, und sie atmet schwer durch leicht geöffnete Lippen, ihre Augen verdunkeln sich vor Verlangen.

„Wir werden darauf zurückkommen", knurre ich und zwinge mich, mich von ihr loszureißen.

Ihr eifriges Nicken lässt meinen pochenden Schwanz vor Vorfreude erbeben. Ich bewege mich zur Konsole, gerade als Kugeln in die Seite des Lieferwagens einschlagen. Jynxson weicht mit quietschenden Reifen aus.

Amethyst lässt sich auf den Sitz neben mir fallen und schnallt sich an. Auf dem Bildschirm sehe ich, wie uns ein gepanzerter Pick-up über eine von Feldern gesäumte Landstraße verfolgt. Staub wirbelt in einer dicken Wolke hinter uns auf und verdeckt einen Teil unserer Sicht, aber nicht genug, um die hartnäckigen Bastarde zu verbergen.

„Bericht", befehle ich und lasse die Finger über die Tastatur des Laptops fliegen.

Die Drohne erwacht zum Leben und zeigt unsere Umgebung aus der Vogelperspektive an. Die Wärmebildkamera nimmt Wärmesignaturen im Inneren von drei Fahrzeugen auf, die uns verfolgen. Im vorderen lehnen sich drei Personen aus den Fenstern und schießen auf uns, während eine vierte Person fährt.

„Ein weiteres Fahrzeug verfolgt Tyler und sein Team", antwortet Jynxson. „Sie wehren ihre Angreifer mit Drohnen ab."

„Verdammt", murmle ich, während ich die Höhe der Drohne anpasse, um einen besseren Winkel zu finden. „Und die Spring-Brüder?"

„Sie folgen Camila, die hinter Charlotte her war."

„Gibt es Neuigkeiten von ihr?", frage ich und lasse die Drohne an den Motor unserer Verfolger heranzoomen.

„Charlotte fährt in Richtung Courtland Bridge. Sie könnte sie in einen Hinterhalt führen", berichtet Jynxson mit angespannter Stimme.

„Halt sie auf, bevor sie ihr Ziel erreicht", knurre ich und peile das Ziel an. „Selbst wenn das bedeutet, dass ihr sie von hinten anfahren müsst."

„Verstanden."

Ich schalte auf manuelle Steuerung um und richte das Zielsystem auf die Motorhaube unseres Angreifers aus. Mit einem Tastendruck verschießt die Drohne eine kleine Salve. Auf dem Bildschirm leuchtet die Explosion auf, und Trümmer fliegen herum, als der vordere Pick-up ausweicht und in einen Graben fährt.

„Volltreffer!", schreit Jynxson, aber es bleibt keine Zeit zum Feiern.

Amethysts Augen kleben auf dem Bildschirm, ihr Atem kommt in flachen Atemzügen. Der Lieferwagen schlingert, als

Jynxson eine scharfe Kurve nimmt und versucht, die restlichen Verfolger abzuschütteln. Ich schaue sie an, mein Herz rast nicht nur wegen der Vernichtung unserer Feinde, sondern auch wegen der Verheißung, die sich in ihrem Blick spiegelt.

Der zweite Pick-up rammt uns von hinten und lässt uns zur Seite ruckeln. Ich manövriere die Drohne auf das nächste Ziel zu und lasse sie eine weitere Salbe verschießen. Jynxson rast weiter und wir lassen sie in Flammen stehend zurück.

Vor uns verengt sich die Straße und wird von dichten Bäumen gesäumt. Scheinwerfer tauchen aus der Dunkelheit auf und nehmen Kurs auf uns. Jynxson weicht aus und entgeht nur knapp einem Zusammenstoß. Nachdem ich mich Hilfe der Drohne auch das dritte Fahrzeug ausgeschaltet habe, schicke ich eine weitere voraus, um nach Hindernissen zu suchen. Es sieht so aus, als sei alles in Ordnung.

„Sind wir in Sicherheit?", fragt Amethyst mit zittriger Stimme.

Ich drehe mich um, um ihr in die Augen zu sehen, und verschränke meine Finger mit ihren. „Begierig auf den Kuss?"

Sie schenkt mir ein berauschendes Lächeln.

„Xero, Charlotte ist gerade gegen einen Baum geprallt", erklingt Camilas Stimme in meinem Ohr.

„Nähere dich mit Bedacht. Es könnte eine Falle sein." Ich lehne mich in meinem Sitz zurück und verziehe die Lippen. Als ehemalige Ausbilderin kann Charlotte uns definitiv zum Standort der Einrichtung führen. Wir kommen Vater immer näher.

Amethyst drückt meine Hand. „Warum lächelst du?"

Mein Lächeln verwandelt sich in ein Grinsen. Mit dem Kuss für Amethyst muss ich wohl noch ein wenig warten. Wenn ich ihre Rache an dem Crew-Mitglied als Anhaltspunkt nehme, könnte Charlotte nicht lange genug leben, um ihre Taten zu bereuen.

„Ich kann es kaum erwarten zu sehen, wie du Charlotte büßen lassen wirst."

∼

Eine Stunde später, nachdem wir erste Hilfe geleistet und die Peilsender von Charlottes schlaffem Körper entfernt haben, bringen wir sie in einen Verhörwagen. Als Vorsichtsmaßnahme haben wir ihr alle Zähne gezogen. Sie liegen jetzt in einem Graben, meilenweit von der Unfallstelle entfernt.

Sie sitzt mit blutigem Mund auf einem Stuhl, der mit dem Metallboden verschweißt ist. Ihre Füße und Handgelenke sind gefesselt, sodass sie völlig bewegungsunfähig ist.

Ich lehne an der Wand und beobachte, wie Amethyst sich ihr mit dem Messer nähert. Mein kleiner Geist steht trotz der Emotionen, die unter der Oberfläche brodeln, stolz da, während sie der Peinigerin aus ihrer Kindheit gegenübersteht.

Sie verpasst Charlotte einen harten Schlag ins Gesicht, sodass der Kopf der Frau zur Seite gerissen wird. Die Blondine wacht ruckartig auf und ihre Augen weiten sich vor Angst.

„Charlotte Banks. Oder sollte ich sagen, Kappa", spottet Amethyst.

Erkennen zeichnet sich auf ihren Zügen ab. Sie atmet schwer, jegliche Farbe weicht aus ihrem Gesicht.

„Erinnerst du dich an mich?", fragt Amethyst.

Charlotte hustet und spuckt einen Schwall Blut aus. „Ich weiß nicht ...", bringt sie hervor, wobei ihre Worte durch die fehlenden Zähne kaum zu verstehen sind. „Ich weiß nicht, was du ..."

Amethyst versetzt ihr einen harten Schlag gegen die Wange. „Lüg mich nicht an, Kappa."

Charlotte blinzelt und versucht, sich zu konzentrieren. „Dolly?"

Mein kleiner Geist fletscht die Zähne und versetzt ihr noch einen Schlag. Blut fließt aus dem Mund der älteren Frau und befleckt ihre Brust.

„Amy", faucht Amethyst.

Endlich dämmert die Erkenntnis in Charlottes Gesicht. Ihre Augen weiten sich, und ihr Gesicht verliert an Farbe. Ich nicke, zufrieden. Sie beginnt, das Ausmaß ihrer misslichen Lage zu verstehen.

„Amy ... Du musst verstehen. Ich war ein Opfer, genau wie du. Ich hatte genau Befehle erhalten, als ich diese Dinge tat. Es verfolgte mich jeden Tag. Ich habe es nicht gewollt. Delta hätte mich getötet, wenn ich mich geweigert hätte. Ich war ein Rekrut, genau wie du und deine Schwester."

Ich runzle die Stirn, mein Blick huscht zu Amethyst. Wird sie Charlotte gegenüber Mitgefühl zeigen?

Kindermörder befolgen Befehle, ja, aber Charlotte war während der Ereignisse des Tagebuchs erwachsen. Zu diesem Zeitpunkt konnte sie bereits einschätzen, was sie tat. Charlotte hätte lieber sterben sollen, als ein unschuldiges Kind zu terrorisieren und einen Säugling zu ermorden.

Mit beschleunigtem Atem warte ich auf Amethysts Antwort. Ihr Kiefer spannt sich an. In ihren Zügen flackern alte Verletzungen wieder auf. Die Unverblümtheit ihrer Emotionen zerrt an meinem Herzen. Ich bleibe stumm, unwillig einzugreifen. Wenn Amethyst Charlotte vergibt, werde ich das Verhör fortsetzen.

Amethyst dreht sich zu mir um und unsere Blicke treffen sich. Ihre hübschen Gesichtszüge verziehen sich zu einem schmerzhaften Ausdruck der Unentschlossenheit. Sie ist hin- und hergerissen zwischen ihrem Sinn für Moral und ihrem Wunsch nach Rache.

Es tut mir weh, ihr zu sagen, dass es in Ordnung ist. Dass sie nicht mit dem Verhör fortfahren muss. Ich liebe sie so, wie sie ist.

Das Geräusch ihrer Faust, die auf Charlottes Mund trifft, geht direkt an meinen Schwanz. Meine Brust grummelt vor Befriedigung, und ich unterdrücke ein Stöhnen.

„Erspare mir deine Lügen. Ich weiß noch, wie sehr du es genossen hast, mich nachts zu terrorisieren", spuckt Amethyst. „Damals warst du so kreativ. Jetzt sagst du nur, was du für nötig hältst, um deine wertlose Haut zu retten."

Charlottes verängstigte Fassade verwandelt sich, und der kalte, berechnende Blick einer Mörderin erscheint in ihren Augen. Dies ist die wahre Identität einer Killerin, die durch jahrelange Manipulation und Missbrauch geformt wurde. Die untere Hälfte ihres Gesichts ist zu geschwollen, um ein Grinsen zu formen, aber ihre Augen schreien Trotz und einen unbändigen Überlebenswillen.

Sie ist das von Vater geschaffene Raubtier, das so verdorben ist, dass es seine Menschlichkeit verloren hat.

Amethyst wird hart arbeiten müssen, um ihren Geist zu brechen. Wenn ihr das gelingt, wird sie als eine völlig andere Frau daraus hervorgehen. Sie wird einen Schritt näher dran sein, ihre Dämonen zu besiegen. Einen Schritt näher daran, Vater und Dolly gegenüberzutreten.

SIEBZIG

AMETHYST

Charlottes Existenz fühlt sich eher wie ein Albtraum als eine Erinnerung an, aber jetzt, da sie die Fassade fallen gelassen hat, ist alles wieder an seinem Platz.

Das ist die Frau, die Mom verspottete und sie für verrückt erklärte, während sie sich bei Dad und Dolly einschmeichelte. Dieselbe Ausbilderin, die meine Schwester dafür lobte, dass sie bei unseren Einsätzen nicht zögerte, während sie mich dafür verspottete, dass ich es kaum schaffte, jemanden zu töten. Dieselbe Kreatur, die meinen kleinen Bruder ermordet hat.

Ich starre in ihre kalten Augen und sehe die Schlampe, die mich nachts gequält hat. Sie vor mir zu sehen, ist noch intensiver, als wenn ich dem Monster im Spiegel gegenüberstehe. Sie ist ein wenig gealtert seit den Tagen, an denen sie vorgab, unser Kinder-mädchen zu sein, und die Schwellungen um ihren Mund haben ihre Gesichtszüge bis zur Unkenntlichkeit entstellt, aber das ist Charlotte.

Der Lieferwagen rumpelt über die unebene Straße, jeder Ruck lässt meine Knochen vibrieren. Das gedämpfte Licht wirft unheimliche Schatten auf ihre Haut und lässt ihre verzerrten Gesichtszüge geisterhaft erscheinen.

Xero steht hinter mir und erinnert mich ständig daran, dass ich in diesem Kampf gegen meine Vergangenheit nicht allein bin.

Seine Finger streifen meine Schulter in einer Geste der Unterstützung und erfüllen mich mit Wärme.

Er muss seine Hilfe nicht anbieten. Ich weiß bereits, dass er bereit ist, einzuspringen, wenn ich zögere. Aber das ist mein Kampf – meine Vergangenheit, der ich mich stellen muss. Ich bin entschlossen, ihn zu Ende zu führen.

„Schluss mit dem Blödsinn", fauche ich. „Du wirst mir alles über die Kinder erzählen, die du trainierst und verkaufst. Nachdem du mir geholfen hast, sie zu retten, wirst du mich zu Delta führen."

Hass lodert in ihren Augen auf. „Sonst, was?"

„Oder du wirst für alles, was du meiner Familie und mir angetan hast, mit einem langsamen, qualvollen Tod bezahlen."

Sie schüttelt den Kopf, ihr Blick richtet sich auf den Boden. „Du verschwendest deine Zeit. Ich bin nur eine unbedeutende Figur in einem großen Spiel."

Ich packe sie am Kinn und zwinge sie, mir in die Augen zu sehen. Bei der Berührung dreht sich mir der Magen um. Obwohl ich Handschuhe trage, dringt die Wärme ihrer Haut durch das Latex.

Sie zuckt zusammen und versucht, sich loszureißen, aber ich verstärke meinen Griff.

„Erzähl mir von der Adoptionsagentur und all den Kindern, mit denen du gehandelt hast."

„Einige von ihnen haben sogar ein Zuhause gefunden", spuckt sie.

„Bei Pädophilen?", frage ich spöttisch.

„Bei Familien. Wohlhabenden. Menschen, die ihnen ein besseres Leben bieten konnten, als sie es auf der Straße hatten."

Die Galle steigt mir in die Kehle. Glaubt sie überhaupt selbst, was sie da sagt? Jede Organisation, die mit Delta in Verbindung steht, muss korrupt sein. Ich mache mir eine gedankliche Notiz, dass ich ihre Unterlagen verlangen werde. Heute Abend geht es darum, *Three Fates* zu finden und die Kinderattentäter zu befreien. Wir können nach den adoptierten Kindern suchen, nachdem wir uns um Dolly, Delta und ihre korrupte Organisation gekümmert haben.

„Was ist mit den anderen Kindern?", frage ich. „Wo sind sie hin?"

Sie schweigt und Trotz blitzt in ihren Augen auf.

„Antworte mir, Schlampe", zische ich mit zusammengebissenen Zähnen.

Als sie die Augen schließt, ist es, als würde man ein Streichholz anzünden, das eine Explosion der Wut entfacht. Charlotte gab mir nie die Möglichkeit, mich vor ihrem nächtlichen Spott zu verstecken. Sie weckte mich auf und ich sah sie in ihrem blutigen Nachthemd über meinem Bett stehen. Wenn ich mich unter der Decke oder im Schrank versteckte, wiederholte sie immer wieder dieselben Worte und forderte mich auf, Heath zu töten, damit ihr Geist ruhen konnte.

Ich gehe zurück zu dem Tisch, auf dem Xero eine Auswahl an Werkzeugen ausgelegt hat. Er geht zur Seite, damit ich meine Wahl treffen kann. Ich ignoriere die blutige Zange, wähle eine mit klarer Flüssigkeit gefüllte Spritze und kehre an ihre Seite zurück.

„Was ist das?", fragt sie.

„Ich habe keine verdammte Ahnung."

„Ein experimentelles Medikament zur Steigerung der Schmerzempfindlichkeit", antwortet Xero.

Ihre Augen weiten sich, und sie versucht, sich meinem Griff zu entziehen. Sie senkt ihren Blick auf die Spritze und atmet so schwer, dass die Vene in ihrem Hals pulsiert.

„Hast du etwas zu sagen?", frage ich.

Als sie schweigt, schiebe ich die Nadel in ihre Vene und drücke den Kolben.

Ein Schauer durchfährt ihren Körper, Schweißperlen bilden sich auf ihrer Haut, bevor sie zusammenzuckt.

Stirnrunzelnd werfe ich einen Blick über die Schulter und frage mich, ob ich etwas falsch gemacht habe, aber Xeros beruhigendes Nicken sagt mir, dass ich es richtig gemacht habe.

„Gib ihr ein paar Sekunden Zeit, damit das Medikament wirken kann", sagt er.

Während ich warte, dass das Medikament seine Wirkung entfaltet, kehre ich zum Tisch zurück und nehme die Zange in die Hand. Sie gibt ein ersticktes Geräusch von sich, und eine

Welle der Zufriedenheit erfasst mich. Nachdem Xero sie benutzt hat, um ihr die Zähne zu ziehen, überrascht es mich nicht, dass diese Zange ihr Angst einjagt.

„Vielleicht hilft das deinem Gedächtnis auf die Sprünge." Ich kehre an ihre Seite zurück und ergreife mit der Zange einen Finger.

Ein Schrei entringt sich ihrer Kehle und hallt an den Wänden des Lastwagens wider. Mein Atem beschleunigt sich. Das Geräusch macht mir nur Lust, ihr noch mehr Schmerz zuzufügen.

Ich lehne mich näher heran, bis sich unsere Nasen fast berühren. „Wo. Sind. Die. Kinder?"

„Nur wenige gehen an Kunden, die ein Haustier wollen", bringt sie schließlich hervor. „Diejenigen, die den Schönheitsstandards nicht entsprechen, werden zum Organhandel geschickt."

Die Worte treffen mich wie ein Schlag in die Magengrube, und meine Welt scheint sich zu drehen. Ich wusste, was sie mit den Mädchen machten. Ich wusste, dass einige von ihnen in Snuff-Filmen landen. Aber sie aufzuschneiden und ihre Körperteile zu verkaufen, ist ein Ausmaß an Verderbtheit, das ich noch nicht ganz begriffen hatte.

Hinter mir erstarrt Xero. Ich brauche mich nicht umzudrehen, um seine Wut zu spüren. Sie dringt aus jeder seiner Poren, dunkel, schwer und gewalttätig. Sein Atem wird tiefer, jedes Einatmen ist scharf und kontrolliert, ein deutliches Zeichen für seine gezügelte Wut. Die Luft um uns herum scheint zu knistert – nicht nur von seiner Wut, sondern auch von meiner. Jeder Instinkt in mir will diese Frau in ein Mosaik aus Blut und gebrochenen Knochen schlagen.

„Wo sind die Kinder?", knurre ich.

„Lyle war auf dem Weg, dich loszuwerden, als er starb", antwortet sie, und ihre Stimme trieft vor Verachtung. „Du warst totes Gewicht und hast Dollys Leistung ruiniert. Delta sagte, du würdest mehr als Organlieferantin taugen statt als Lolita."

Ihre Worte treffen mich wie ein Schlag in den Magen, und ich zucke zusammen.

Sie grinst und entblößt ihr blutiges Zahnfleisch. „Du warst

schon immer schwach, Amy. Du hast jede Nacht geweint und bist bei jeder Mission vor Angst erstarrt."

Ihr manisches Lachen lässt meinen Körper erstarren. Das ist derselbe, grausame Spott, dem sie mich als Kind ausgesetzt hat. Jeder Instinkt schreit mich an, ihr ein Messer ins Gesicht zu rammen und nicht eher aufzuhören, bis sie ihr dreckiges Maul hält.

„Ich war ein Kind, du kranke Hexe!"

Aus dem Augenwinkel sehe ich, wie Xero nach vorne tritt, um einzugreifen. Ich hebe eine Hand, und er zieht sich zurück.

Mein Griff um die Zange wird fester und reißt in ihrem Finger. Die Knochen knacken unter dem Metall, und ihre Schreie werden heiser. Das Fehlen der hasserfüllten Worte jagt mir einen Schauer der Freude über den Rücken.

Doch die Schreie verwandeln sich in Gelächter. „Dolly war stark. Jetzt geht es ihr gut, und sie ist mit Delta verheiratet. Aber du hast die Beine für den Sohn breitgemacht, den er verstoßen hat, weil er ein Hausmeister geworden ist."

Xero schnaubt.

Ich schaue über meine Schulter und sehe, dass er grinst.

„Wir bevorzugen den Begriff Reinigungskräfte", sagt er.

Trotz ihrer Verspottung bleibt Xero ruhig und mit unnachgiebiger Miene stehen. Ihn zu beobachten, wie er ihr gegenübersteht, ohne mit der Wimper zu zucken, erfüllt mich mit einer Welle der Stärke. Ich profitiere von seiner Widerstandskraft, hebe meinen Kopf, um ihrem Blick zu begegnen, und weigere mich, mich einschüchtern zu lassen.

Sie beugt sich so weit vor, wie es ihre Fesseln zulassen. „Glaubst du, Xero liebt dich? Er benutzt dich nur, um seine Vaterkomplexe zu lösen. Du bist nichts weiter als ein Sprungbrett auf seiner Suche nach Delta."

Ihre Worte treffen mich tief. Kaltes Grauen macht sich in mir breit, aber ich schaffe es, meine Züge ausdruckslos zu halten. Ich weiß, dass ich Xero irgendwann dazu bringen muss, sich anzuhören, warum ich ihn in den Flammen habe sterben lassen, aber das kann warten, bis wir mit unserem gemeinsamen Feind fertig geworden sind.

„Deine Versuche, mich zu manipulieren, werden nicht funktionieren, Schlampe", schnauze ich. „Ich bin nicht mehr das verängstigte Kind."

Sie gackert, allerdings verstummt sie, als ich ihr die Zange unter die Nase halte.

„Was soll das werden?", fragt sie und ihre Stimme steigt um mehrere Oktaven.

„Du hast mir alles genommen. Ich werde nicht zulassen, dass du das Gleiche mit den anderen Kindern machst. Sag mir, wo sie sind, oder ich ruiniere auch den Rest deines Gesichts."

„Was soll das bringen?", fragt sie. „Du wirst mich so oder so töten."

Ich drücke die Zange zusammen und schneide in ihr Fleisch. Sie zittert, ihr Atem kommt in panischen Stößen.

„Du hast mich gequält, bis ich anfing zu halluzinieren. Deinetwegen verfolgt mich jeder Mensch, den ich töte, als Wahnvorstellung. Das sind vierzehn Jahre Qualen, die ich erlitten habe, und so lange werde ich dich am Leben lassen."

Ihre Augen weiten sich, und ihr Gesicht erstarrt zu einer Fratze des Schreckens. Es geht nicht nur um den psychologischen Schaden. Heath wäre jetzt vierzehn Jahre alt gewesen. Ihretwegen habe ich meinen kleinen Bruder verloren. Sie weiß, dass ich jedes Wort ernst meine.

Ich lehne mich näher zu ihr heran und knurre: „Gib mir die Informationen, die ich will, und ich werde dir einen schnellen Tod gewähren."

Sie starrt mich aus großen Augen an, während Angst über ihre Züge huscht. Sie schluckt schwer, ihre Stimme zittert, als sie flüstert: „Was willst du wissen?"

„Wo liegt das Internat *Three Fates*?"

Sie kneift die Augen zusammen, ihr geschwollenes Gesicht ist von Schmerz und Angst gezeichnet. „Ich habe dort eine Tochter", flüstert sie, und ihre Stimme bricht. „Du musst mir versprechen, dass sie meinetwegen nicht leiden muss."

Ekel macht sich in mir breit, und ich kann nicht anders, als die Zähne zusammenzubeißen. „Ich bin nicht wie du", schnauze ich. „Ich würde mich nie an einem unschuldigen Kind rächen."

Xero tritt vor und legt mir eine Hand auf die Schulter. Die

Wärme seiner Berührung erdet mich in meiner Menschlichkeit. Mein Kopf wird klar, und der Griff um die Zange lockert sich.

„Wir werden alle Kinderattentäter retten", sage ich. „Egal, wer ihre Eltern sind. Und jetzt sag mir, wo sich *Three Fates* befindet."

„Am Ende der Highland Lane. Hör auf, mich zu quälen, und ich werde euch helfen, die Fallen zu vermeiden", sagt sie.

„Wo ist Delta?", frage ich.

„Ich weiß es nicht", schluchzt sie. „Er hat mich nicht mehr persönlich getroffen, seit ich ihm von dem Baby erzählt habe."

Xero und ich tauschen Blicke aus. Seine Lippen pressen sich zusammen. Wahrscheinlich setzt ihm die Andeutung zu, dass er in diesem Mädchen eine weitere Schwester hat.

„Wie kommunizierst du mit ihm?", frage ich.

„Er ruft an oder mailt. Du hast mein Handy genommen ... Benutze es."

„Gib uns die Koordinaten des Eingangs", sagt Xero.

Sie sackt in ihrem Stuhl zusammen, ihr ganzer Körper zittert. Tränen rinnen ihr über die Wangen, als sie stotternd eine Reihe von Zahlen aufsagt. Xero tippt sie in sein Handy, was kurz darauf ein Waldstück anzeigt. Seine Finger vergrößert die Karte, allerdings sind nichts als Bäume zu sehen.

„Ist das korrekt?" Xero hält ihr das Handy vor die Nase.

Sie zuckt zusammen und blickt auf den Bildschirm. „Ja."

„Wenn du uns in eine Falle lockst, haben wir genug Drohnen und Verstärkung, um eine kleine Armee auszulöschen", knurre ich. „Und glaube ja nicht, dass Delta dir zu Hilfe kommen wird. Deine Tochter ist nicht das einzige seiner Kinder, das er ausgenutzt hat."

Sie nickt. „Werdet ihr mich jetzt töten?"

Meine Augen verengen sich, und ich starre die erbärmliche Kreatur an, die schluchzend und zitternd vor mir sitzt. „Oh, Charlotte, meine Rache hat gerade erst begonnen."

XERO

Dreißig Minuten nachdem Charlotte uns die Informationen gegeben hat, sitze ich an die Wand des Lieferwagens gelehnt, wobei ich die Kälte des Metalls durch meine Jacke hindurch spüre. Das Brummen des Motors vibriert in meinen Knochen, während ich die Teams für unseren Angriff auf *Three Fates* koordiniere.

Jynxson sitzt auf dem Fahrersitz und ist ebenfalls in sein Handy vertieft. Er prüft mit Tyler die Satelliten- und Überwachungsbilder. Unser Tracker-Team hat Drohnen zu den Koordinaten geschickt, um nach thermischen Aktivitäten zu suchen.

Ich erhalte eine Meldung über meinen Ohrhörer, die mir bestätigt, dass mehrere Wärmesignaturen gefunden wurden. Jeder Agent im Umkreis von fünfzig Meilen ist auf dem Weg, und das alles dank meines kleinen Geistes.

Bei dem Gedanken an Amethysts Beitrag schwillt mir die Brust vor Stolz. Ohne sie wären wir nicht so weit gekommen. Sie ist Charlottes emotionalen Manipulationen mit einer Stärke begegnet, die mich mit einem Gefühl des Stolzes erfüllt, die ich kaum in Worte fassen kann. Ich wusste, dass sie etwas Besonderes ist, als ich ihren ersten Brief erhielt, aber ich hätte nie gedacht, dass sie meine wahr gewordenen Träume sein würde.

Sie fährt mit ihrem Verhör fort, um jedes noch so kleine

Fitzelchen an Informationen aus Charlotte über Vaters Organhandel herauszuholen, das sie bekommen kann. Wir zeichnen die Verhöre auf, um Agenten auf Chirurgen, Krankenhausverwalter, Makler, Sozialarbeiter anzusetzen – auf jeden, der es Vater ermöglicht, Kinder auszubeuten.

Nach der Bestätigung des letzten Teams gebe ich das Kommando. Charlotte führt uns durch eine schmale Lücke in den Hecken. Der Lieferwagen rumpelt über unebenes Gelände, die Räder federn rhythmisch. Dichtes Blattwerk verdeckt die Sicht und verwandelt die Welt draußen in ein schemenhaftes Bild.

„Bist du dir sicher, dass wir hier richtig sind?", fragt Jynxson vom Fahrersitz aus.

„Sonst wäre es ja kein Geheimeingang", antwortet Charlotte mit einem gequälten Wimmern.

„Wie bekommt ihr Vorräte?", fragt er.

„Unterirdische Gänge."

Ich schaue zu Amethyst. „Kommt dir das bekannt vor?"

Sie nickt. Auch Charlottes Bemerkung über den Transport von Vorräten macht Sinn. In den vier Jahren, in denen Jynxson und ich in der Einrichtung gelebt haben, haben sie uns nur für Missionen rausgelassen. Und wenn, dann waren wir meistens in Tunneln unterwegs.

Schließlich wird die Straße ebener. Amethyst rückt an meine Seite, und wir blicken durch die Windschutzscheibe auf eine Lichtung hinaus. Jenseits der Rasenfläche beleuchten die Scheinwerfer Teile eines grauen Gebäudes, das zwischen den Bäumen verborgen ist.

Auf beiden Seiten von uns parken Fahrzeuge, und ein Schwarm von Drohnen umkreist das Gebäude. Charlotte versichert uns, dass die meisten Ausbilder nicht unter den Kinderattentätern leben, dennoch halten wir die Wärmesignaturen im Auge, falls ihre Informationen veraltet sind.

Ich wende mich an Amethyst. „Bleib hier bei Charlotte. Pass auf, dass sie nicht entkommt."

Ihre hübschen Gesichtszüge verhärten sich. „Sie braucht keinen Babysitter, und es ist nicht nötig, dass du mich hier zurücklässt."

„Amethyst", knurre ich.

„Ich brauche diese letzte Chance, mich meiner Vergangenheit zu stellen." Ihre Stimme bricht, und mein Herz zerspringt als ich den Schmerz in ihr höre.

Ein Kloß bildet sich in meiner Kehle. Ich habe geschworen, diese Frau mit meinem Leben zu schützen, aber ihren Schmerz zu sehen, ist etwas, wogegen ich nicht ankomme.

Ich streichle ihre Wange. „Was ist, wenn der Besuch hier weitere Erinnerungen hervorbringt?"

„Dann werde ich damit klar kommen", sagt sie mit zusammengebissenen Zähnen.

Ich untersuche ihre Gesichtszüge auf Anzeichen des Zögerns. Die letzten paar Tage waren turbulent. Vor weniger als einer Stunde wurde sie fast in Stücke gesprengt. Amethyst ist stark, aber jeder hat seine Grenzen.

Ihr Kiefer spannt sich an, und ihre Augen leuchten mit einer Intensität, die die Spannung durchbricht. „Lass mich mit diesem Kapitel meines Lebens abschließen."

Ich atme tief durch, und was von meiner Entschlossenheit übrig ist, bricht unter dem Gewicht ihres Blicks zusammen. „Gut, aber beim ersten Anzeichen von Ärger schicke ich dich zurück. Verstanden?"

Sie nickt.

„Alle Einheiten sind vor Ort", sagt Jynxson. „Eine EMP-Explosion hat ihre Elektronik bereits ausgeschaltet. Wir sind bereit, wenn du es bist."

Ich gebe Amethyst ein Beruhigungsmittel, das stark genug ist, um einen Elefanten zu betäuben. Sie wendet sich Charlotte zu, die wimmernd und zitternd auf dem Stuhl sitzt. Ohne ein Wort zu sagen, injiziert Amethyst ihrer ehemaligen Peinigerin die Flüssigkeit und legt die Spritze zurück auf den Tisch.

Ich verlasse zusammen mit Amethyst den Lieferwagen und trete in die kühle Nachtluft. Die in kugelsicheren Westen gekleideten Teamleiter versammeln sich. Ich signalisiere ihnen, sich zu verteilen und Eingangspunkte zu finden.

Mein Beschützerinstinkt meldet sich, um Amethyst abzuschirmen, aber ich schiebe ihn beiseite, weil ich ihren Fähigkeiten vertrauen muss. Das Leben dieser Kinder hängt von meiner

Fähigkeit ab, diese Mission zu leiten, aber es ist schwer, wenn ich sie einfach nur beschützen will.

Die Spring-Brüder bleiben an der Eingangstür stehen und warten auf Anweisungen. Ich weise ihnen den Weg zum nächsten Fenster. Einer stürzt mit einem Brecheisen nach vorn, um die Ränder aufzuhebeln, während der andere mit einer tragbaren Elektrosäge das Metallgitter durchschneidet.

„Bewegt sich drinnen etwas?", frage ich.

„Negativ", antwortet Tyler in meinem Ohr. „Die Wärmeverfolgung erkennt zwölf regungslose Körper im hinteren Bereich."

„Und der Keller?"

„Die Drohnen zeigen, dass er stark abgeschirmt oder isoliert ist – es könnte der Beton oder ein anderes Material sein. Ich empfange etwas, aber es ist schwach und inkonsistent."

„Spielt das eine Rolle?", fragt Amethyst. „Charlotte hat bereits bestätigt, dass sie dort die Jungen unterbringen."

Die Spring-Brüder öffnen das Fenster, und wir steigen in eine kleine Turnhalle. Ich rufe ihnen zu, dass sie unserem Beispiel folgen sollen. Sie nicken und gehen in Position.

Mit Tyler, der uns anhand der Wärmesignaturen führt, navigieren Amethyst und ich durch die schwach beleuchtete Einrichtung und stoßen auf Schritt und Tritt auf verschlossene Türen.

Ihre Schritte geraten ins Stocken und sie bleibt stehen, um auf das andere Ende des Flurs zu zeigen. „Dort war früher Deltas Büro. Unsere Schlafsäle waren links und rechts."

Ihre Stimme ist angestrengt, als ob sie eine Flut von schmerzhaften Erinnerungen zurückhalten würde. Ich drücke ihre Hand als stille Unterstützung und gebe dann das Zeichen, dass sich unser Team aufteilen und in den Raum rechts gehen soll.

Wir betreten den verdunkelten Schlafsaal auf der linken Seite. An einer Wand stehen Etagenbetten, und in der Ecke kauern junge Mädchen mit vor Angst verzerrten Gesichtern. Ich trete zurück und lasse Amethyst auf die Kinder zugehen.

„Es ist okay, wir sind hier, um euch zu helfen", sagt sie und hält die Hände hoch.

Camila drängt sich an mir vorbei zu Amethyst. Ich verlasse den Raum und weise die weiblichen Agenten an, die Mädchen zu holen. Wenn ihre Erlebnisse so sind wie die Erinnerungen, die mein kleiner Geist geteilt hat, ist das Letzte, was sie brauchen, die Anwesenheit eines Mannes.

„Xero!", ruft Jynxson. „Wir haben einen Eingang zum Keller gefunden."

Aus dem Augenwinkel nehme ich eine Bewegung wahr, die meine Aufmerksamkeit erregt. Ich drehe mich gerade noch rechtzeitig um, um zu sehen, wie sich eine Tür öffnet und ein Mann herauskommt und mit einer automatischen Waffe auf Jynxson zielt. Er drückt ab und trifft Jynxson direkt in die Brust.

Wut treibt meine Schritte an. Ich stürze mich auf den Schützen und werfe ihn zu Boden. Das Maschinengewehr schlittert über den Boden, das Klappern wird von dem Dröhnen in meinen Ohren übertönt. Wir ringen miteinander, seine Fäuste schlagen gegen meine Rippen, aber meine Weste fängt den Aufprall ab.

Ich reiße ihm den Helm vom Kopf und entblöße ein Gesicht, das mir bekannt vorkommt: scharfe Züge, dunkles Haar und eine markante Tätowierung in der Nähe seines rechten Auges.

Meine Faust landet in seinem Gesicht und bricht ihm mit einem befriedigenden Knacken die Nase.

„Gib mir einen Grund, warum ich dich nicht sofort umbringen sollte", knurre ich und schließe meine Hände um seine Kehle.

„Xero, richtig?", würgt er durch zusammengebissene Zähne hervor. „Töte mich, und alle Informationen, die du suchst, sterben mit mir."

Ich verstärke meinen Griff um seine Kehle und genieße sein Schnappen nach Luft. „Daran hättest du denken sollen, bevor du auf meinen Freund geschossen hast."

Eine weitere Gestalt stürmt aus dem Flur, allerdings wird mir die Sicht darauf durch meine Agenten verdeckt. Ich ziehe diesem Arschloch die schusssichere Weste aus und stoße ihn zur Seite.

„Kümmert euch um ihn", knurre ich.

Als ich aufstehe, ziehen ihn zwei meiner Agenten auf die Beine. „Zeig mir, wo sich die anderen Ausbilder vor unseren Sensoren verstecken."

Jynxson stolpert auf uns zu, umklammert seine Brust und winkt Hilfe ab. „Mir geht es gut. Nur eine geprellte Rippe."

Ich klopfe ihm auf die Schulter. „Dieses Arschloch gehört dir. Lass ihn bezahlen."

Jynxson und die anderen schleppen den gefangenen Mann in einen anderen Raum, und wir anderen begeben uns in ein Treppenhaus. Es ist eng und unbeleuchtet, offensichtlich nur für die Ausbilder gedacht. Als ich hier wohnte, hatte ich keine Ahnung, dass sich die Lolitas direkt über uns befanden.

Wir erreichen eine schwere Tür, und ich fordere einen Mitarbeiter auf, das Schloss aufzubohren. Die Mädchen mögen für Amethyst empfänglich gewesen sein, aber bei den Jungen wird das anders sein. Ich war hier glücklich, und die anderen waren es auch. Für mich war diese Einrichtung ein Zufluchtsort vor einer missbrauchenden Stieffamilie. Für Jynxson war es ein Zuhause fernab der Straße.

„Sei auf alles gefasst", sage ich über das Surren hinweg.

Das Bohren verstummt und der Mann öffnet die Tür mit einem kräftigen Tritt. Wir stürmen in einen anderen Gang. Adrenalin strömt durch meine Adern. Er ist so vertraut, dass ich mich mit verbundenen Augen zurechtfinden würde.

Wir haben es gefunden – wir werden die Jungen in Windeseile hier rausgebracht haben.

Mein Herz rast. Meine Gedanken schwanken zwischen dem Zustand, in dem wir die Kinder vorfinden werden, und der Frage, wie Amethyst mit der Konfrontation mit ihrer Vergangenheit zurechtkommt.

Wir gehen weiter zu dem Schlafsaal, den ich einst mit Jynxson und den anderen teilte, und ich gebe meinem Team ein Zeichen, sich vorzubereiten. „Denkt daran", sage ich leise. „Ein Großteil der Kinder hier weiß nicht einmal, dass sie Attentäter sind."

Ich drücke die Klinke herunter und schiebe die Tür auf. Der Schlafsaal ist sauber, geordnet und mit Taschenlampen beleuchtet. Zwölf Jungen im Alter zwischen zehn und vierzehn Jahren stehen in einer Verteidigungsformation mit dem Rücken zur Wand. Obwohl sie verängstigt aussehen, sind sie bereit zu kämpfen.

„Haltet euch zurück, Agenten", befehle ich in einer Sprache, die ihnen vertraut sein dürfte.

„Gib dich zu erkennen", fordert einer der größeren Jungen. Er ist dunkelhaarig, bereits ein Meter achtzig groß, allerdings sind seine Gesichtszüge noch kindlich. Er kann nicht älter als vierzehn sein.

Ich trete vor. „Xero Greaves. Ehemaliger Absolvent dieser Einrichtung. Ich bin hier, um euch in ein oberirdisches Heim zu bringen, wo ihr sicher und frei sein werdet."

Die Jungen tauschen skeptische Blicke aus, ihre Abwehrhaltung ist spürbar.

Der ältere Junge ballt seine Hände zu Fäusten. „Woher wissen wir, dass das keine Falle ist?"

„Eure Ausbilder sind tot. Delta ist untergetaucht. Wenn ihr überleben wollt, solltet ihr mit mir zu meinem Unterschlupf kommen."

Sie rühren sich keinen Zentimeter. Ich kann ihnen ihr Misstrauen nicht verübeln. Diese Jungs sind darauf konditioniert worden, niemandem außer ihren Ausbildern zu vertrauen. Ich mache einen Schritt auf sie zu und wünschte, ich hätte Amethyst oder eine andere weibliche Agentin mitgebracht, um die Glaubwürdigkeit zu erhöhen.

„Ich weiß, was ihr durchgemacht habt", sage ich und zeige auf das Bett, in dem ich vor all den Jahren geschlafen habe. „Ich habe vier Jahre lang hier gelebt, bevor Delta mich in eine andere Einrichtung verlegt hat. Kinder sollten nicht die Arbeit von Erwachsenen machen. Sie sollten auch nicht unter der Erde gefangen gehalten werden. Ich bin hier, um euch zu befreien."

Schweigen breitet sich im Schlafsaal aus, während die Jungen meine Worte verarbeiten. Ihr Anführer wirft einen Blick auf seine Kameraden, bevor er sich wieder an mich wendet. „Was sollen wir tun?"

„Mit anderen Kindern in eurem Alter zur Schule gehen. Draußen spielen. Freundschaften schließen. Bücher lesen, die nichts mit Kampfstrategien zu tun haben." Ich zucke mit den Schultern. „Mädchen kennenlernen."

Einige der Jungen lachen. Bei anderen erkenne ich einen Blick der Sehnsucht in ihren Augen, der mir sagt, dass ich einen Nerv getroffen habe.

„Werden wir weiter in einem Schlafsaal wie diesen untergebracht sein?", fragt ein kleinerer Junge.

Ich schüttele den Kopf. „Keine Kojen. Keine Schwachköpfe mehr, die gegen eure Matratze treten, während ihr versucht zu schlafen. Kein Aufwachen mehr in einer Wolke von Arschlochfurzen."

Sie lachen.

Der Anführer beißt sich auf die Lippe und blickt wieder zu seinen Freunden, die mit den Schultern zucken. „Okay", sagt er schließlich. „Wir kommen mit euch mit. Aber wenn das ein Trick ist ..."

„Ist es nicht." Ich hebe meine Hände. „Ich gebe euch mein Wort."

Als sich die Jungen aus der Formation lösen, fordere ich meine Leute auf, sie nach draußen und zu den Fahrzeugen zu führen. Jynxson und Camila werden die Kinder auf Peilsender untersuchen, bevor sie sie in ein sicheres Haus bringen.

Als die letzten Jungen den Raum verlassen, werfe ich einen letzten Blick auf die Einrichtung, die einst mein Gefängnis war. Das Glück, das ich hier erlebt habe, ist durch die manipulativen Taktiken meines Vaters, mit denen er mich gefügig machen wollte, getrübt worden.

Ich bin der Vergeltung so nahe, dass ich sie fast schmecken kann. Ich verspüre eine brummende Vorfreude, ihm nach all den Jahren gegenüberzutreten. Ich werde ihn bluten lassen für das, was er uns allen angetan hat, und ich werde dafür sorgen, dass er Körperteile verliert, nachdem er meine Amethyst berührt hat.

ZWEIUNDSIEBZIG

AMETHYST

Stunden, nachdem wir die Mission erfolgreich beendet haben, folge ich Xero in eine Hütte, die sich auf einem weitläufigen Anwesen befindet. Meine Glieder fühlen sich wie Bleigewichte an, jeder Schritt kostet mich eine unglaubliche Anstrengung. Das Sonnenlicht durchflutet den holzgetäfelten Raum und wirft warme, goldene Farbtöne, aber ich kämpfe darum, meine Augenlider offenzuhalten.

Das Adrenalin, das bis vor Kurzem noch durch meinen Körper schoss, ist längst verschwunden und hinterlässt nichts weiter als Leere. Jeder Zentimeter meines Körpers schmerzt vor Erschöpfung, belastet von Erinnerungen, denen ich nicht entkommen kann.

Wir verbrachten den Rest der Nacht damit, die Kinder in ein sicheres Haus auf dem Gelände dieses Anwesens zu bringen und unterzubringen, das von Xeros Leuten bewacht wurde. Es waren nur vierundzwanzig Kinderattentäter, aber über siebzig Agenten waren gekommen, um zu helfen.

Der Aufenthalt in meinem ehemaligen Sommerlager, war wie ein Spaziergang durch alte Erinnerungen. Es war nicht nur der Ort, der Erinnerungen wachrief, sondern auch der Schmerz, der sich in den Augen der Mädchen widerspiegelte. In ihren Gesichtern spiegelten sich der Schmerz und die Angst jenes schrecklichen Sommers wider, und sie spiegelten meine eigene Vergangenheit wider.

Xero dreht sich um und streichelt meine Wangen. „Geht es dir gut, kleiner Geist?"

Es fällt mir schwer, ihn über das Klingeln in meinen Ohren zu hören. „Ich bin nur erschöpft."

Das ist eine Untertreibung. Die letzte Nacht war intensiv – von unserem beinahe Tod durch eine Bombe, über das Auffinden und Verhören von Charlotte bis hin zur Rückkehr nach *Three Fates* – das Gewicht von allem lastet schwer auf meinen Schultern.

Mit funkelnden Augen und einem sanften Lächeln blickt Xero auf mich herab. „Für deine erste Mission hast du dich ziemlich gut geschlagen."

Ich lehne mich an seine Brust. „Danke."

„Wurdest du verletzt?"

„Nur die üblichen Schmerzen. Es fühlt sich an, als hätte ich mich durch die Hölle gekämpft", murmle ich gegen seine Schulter.

„Und hast du gewonnen?" Sein Arm legt sich um meine Taille und zieht mich näher an sich.

„Diese Runde war ein Sieg", antworte ich mit einem Gähnen. „Charlotte zum Schreien zu bringen war so befriedigend."

Schmunzelnd geht Xero mit mir an den gemütlichen cremefarbenen Möbeln des Hauses vorbei und setzt mich auf die Kante eines Bettes. Er kniet sich zu meinen Füßen und zieht mir die Stiefel aus. Seine Berührung ist sanft, fast ehrfürchtig, und mein Herz flattert vor Dankbarkeit. Was habe ich getan, um diesen Mann zu verdienen? Wie konnte ich so viel Glück haben, jemanden zu finden, der meine Scherben sieht und trotzdem bleibt?

Er zieht mir die Socken aus, seine Finger streifen über die empfindliche Haut meiner Fußsohlen. Ein Schauer läuft mir über den Rücken. Die Erschöpfung verschwindet und wird durch ein Aufflackern der Erregung ersetzt.

„Was machst du da?", frage ich mit einem Lächeln.

Er begegnet meinem Blick mit funkelnden, blauen Augen.

„So hübsche Füße brauchen Aufmerksamkeit nach ihrer Reise durch die Hölle.“

„Meinst du?“ Ich kichere. „Vielleicht könnten sie eine Massage gebrauchen.“

Er lacht leise auf. „Das ist das Mindeste, was ich für meine tapfere, kleine Kriegerin tun kann.“

Seine Daumen reiben über mein Fußgewölbe und lösen die Knoten der Verspannung. Ich stöhne auf, die Muskeln in meinem Inneren spannen sich an. Jede Berührung seiner Finger ist nur eine weitere Erinnerung an das, was wir einmal hatten, und ich sehne mich nach der Zeit, die wir gemeinsam im *Parisii Drive* verbracht haben.

„Danke, Amethyst“, sagt er. „Ohne dich hätte ich vielleicht nie eines meiner größten Ziele erreicht.“

Stolz schwillt in meiner Brust an. Vielleicht kann dieser Durchbruch wieder gut machen, dass ich Xero nicht vertraut habe, nachdem ich das Video gesehen habe. Entschuldigungen können nicht wiedergutmachen, was ich getan habe. Ich wünschte, es gäbe einen Weg, die Dinge rückgängig zu machen.

Meine Hand zittert, als ich sie hebe, um meine Finger durch sein Haar gleiten zu lassen. „Eigentlich muss ich mich bedanken“, sage ich leise. „Ich verdanke dir mein Leben.“

Unsere Blicke treffen sich und die Luft zwischen uns vibriert vor Spannung. Mein Blick wandert hinunter zu seinem Mund und ich lecke mir erwartungsvoll über die Lippen.

Xeros Augen verdunkeln sich, spiegeln meine Sehnsucht, und der Raum zwischen uns schließt sich. Mein Herz rast und spiegelt mein Verlangen wider, in seinen Armen zu liegen. Mit ihm fühle ich mich unbesiegbar, geliebt, begehrt. Seine Gegenwart vertreibt die Dämonen und gibt mir das Gefühl, dass ich alles überwinden kann.

„Woran denkst du?“, fragt er und stellt meine Füße auf den weichen Teppich.

„Daran, dass ich dich unbedingt küssen will“, murmle ich.

Er steht auf und kommt näher, bis ich seinen Atem auf meinem Gesicht spüre. Sein Duft – Zitrusfrüchte, Minze und Zedernholz – überwältigt meine Sinne und lässt mich vor Verlangen schwindlig werden.

„Du willst meinen Mund?", flüstert er gegen meine Lippen.

Seine Fingerspitzen streifen meine Kieferpartie und verursachen eine Gänsehaut, die sich auf meinem ganzen Körper ausbreitet.

„Ja", flüstere ich und rücke näher.

Der Kuss beginnt mit einer zarten Berührung der Lippen, die meine Haut kribbeln lässt. Xeros Mund bewegt sich gegen meinen, weich und schmeichelnd, und entlockt mir ein weiteres Stöhnen.

Ich schlinge meine Arme um seinen Hals, will mehr, brauche es, und er lässt seine Zunge zwischen meine Lippen gleiten. Während sich der Kuss vertieft, wandern seine Hände meinen Rücken entlang und entzünden jeden Nerv. Meine Finger gleiten in sein Haar und halten ihn fest.

Ich spüre seinen Herzschlag an meiner Brust, der den Rhythmus meines eigenen Verlangens widerspiegelt. Ich will diesen Mann so sehr, dass es weh tut. Ich lege ein ganzes Leben voller Dankbarkeit in diesen Kuss, und Xero erwidert ihn mit einer Leidenschaft, die mich die Zehen krümmen lässt.

Die Ereignisse der vergangenen Stunden haben eine dunkle Leere in meiner Psyche aufgerissen, von deren Existenz ich nicht einmal wusste. Charlotte bluten zu lassen, hat die Geister meiner Vergangenheit ausgelöscht und mich einen Schritt näher an einen Abschluss gebracht.

„Ich habe dich so sehr vermisst", stöhnt er gegen meine Lippen, und seine Berührung lässt Funken auf meiner Haut sprühen.

Der Kuss wird heißer und setzt ein Feuer frei, das sich durch jahrelange Traumata und Schmerzen brennt. Die Flammen verzehren meine Vergangenheit, und während ich den Kuss erwidere, erhebe ich mich als neue Frau aus der Asche.

Seine Hände gleiten an den Rückseiten meiner Oberschenkel hinauf, seine Finger graben sich in meine Haut, während er mich an den Hüften packt. Seine Körperwärme dringt durch unsere Kleidung hindurch. Als er mich näher an sich zieht, rast mein Herz, jeder Schlag ein verzweifeltes Flehen nach mehr. Dieser Kuss ist heißer als der im Lieferwagen, und ich sehne mich nach mehr. Ich will ihn mit einer Intensität, die an Wahnsinn grenzt.

„Du hast zu viel an", sage ich.

Wir fummeln an der kugelsicheren Weste des jeweils anderen herum, wobei meine Hände vor Dringlichkeit und Verlangen zittern. Die Kleidungsstücke landen mit einem dumpfen Aufprall auf den Boden. Xero lässt mich auf die Matratze sinken, seine Berührung lässt Funken der Lust auf meiner Haut sprühen.

Mein Atem beschleunigt sich, als er sich über mich schiebt und seine Gliedmaßen einen Kokon aus Geborgenheit und Wärme bilden. Ich schiebe meine Finger unter den Stoff seines Hemdes, um jede Barriere zwischen unseren Körpern zu beseitigen. Er zieht sich zurück und lässt zu, dass ich es ihm ausziehe, sodass seine strammen Bauch- und Brustmuskeln zum Vorschein kommen.

Das Sonnenlicht dringt durch die Fenster, taucht Xero in goldenes Licht und zeichnet die Konturen seiner Muskeln nach. Er thront über mir wie meine persönliche Gottheit, und ich kann nicht anders, als die Tätowierungen auf seiner Brust mit meinen Fingern nachzuzeichnen. Sein Atem beschleunigt sich und der Blick in seinen Augen, lässt meine Klitoris erwartungsvoll pochen.

„Sag mir, was du willst", sagt er.

„Alles von dir", antworte ich.

Er blinzelt. „Bist du sicher, dass du das alles aushältst?"

Ich nicke eifrig.

Mit einem leisen Knurren erobert Xero erneut meine Lippen und vertieft den Kuss mit einer Leidenschaft, die mich atemlos zurücklässt. Seine Hände wandern hinunter zu der Stelle, an der mein Oberteil hochgerutscht ist und meinen Bauch entblößt, und seine Berührung lässt Funken der Lust über meine Haut tanzen.

„Scheiße, Amethyst. Du treibst mich in den Wahnsinn."

Seine Hände wandern tiefer, und seine Finger streichen über den Bund meiner Hose, bevor er sie nach unten zieht. Seine Berührung fühlt sich elektrisierend auf meiner nackten Haut an und jagt mir Schauer über den Rücken. Die Vorfreude kribbelt in meinem Bauch und steigert sich mit jeder Sekunde, die vergeht. Ich muss ihn einfach haben.

Als ich nach seiner Gürtelschnalle greife, löst er sich von mir und lässt mich keuchend und errötet zurück. Seine blassen Augen gleiten über mein Gesicht, als ob er sich vergewissern will, dass das alles für mich in Ordnung ist.

„Bitte", flüstere ich und wölbe mich ihm entgegen.

Sieht er nicht, dass ich nicht mehr die gebrochene, nervöse und unsichere Frau bin, die ich war, nachdem er mich aus der Anstalt gerettet hat? Ich habe mich zu jemandem entwickelt, der stärker ist, härter, der die Kontrolle hat. Jemand, der genau weiß, was er will, und ich will Xero. Ich möchte all das sagen, aber mir fehlen die Worte.

Stattdessen löse ich mit vor Erwartung zittrigen Fingern seine Gürtelschnalle.

Ein leises Lachen entweicht Xeros Lippen. Er beugt sich vor und flüstert mir ins Ohr: „Ungeduldig, kleiner Geist? Du bettelst so hübsch?"

„Als ob du es nicht glauben würdest."

Ich ziehe ihm die Hose herunter, sodass seine wohlgeformten Schenkel und die Umrisse seines unglaublichen Schwanzes zum Vorschein kommen. Seine Erektion ist unter den Boxershorts deutlich zu erkennen und scheint darum zu betteln, freigelassen zu werden.

Xero zieht seine Hose aus, sodass er mit nichts weiter als seinen Boxershorts bekleidet ist. Mein Inneres flattert. Ich kann nicht sagen, ob es Schmetterlinge oder Nerven sind. Ich ignoriere das merkwürdige Gefühl und ziehe ihn zu einem weiteren Kuss zu mir heran.

Unsere Lippen treffen mit einem Ansturm von dringendem Verlangen aufeinander. Ich schließe meine Augen und verliere mich in der Intensität. Das Sonnenlicht dringt durch meine Augenlider und taucht meine innere Welt in Licht. Für einen Moment fühlt es sich so an, als wären wir die einzigen zwei Menschen, die es gibt.

Als Xeros Erektion sich gegen meinen Unterleib drückt, trifft mich eine Erinnerung aus der Anstalt wie ein Schlag in die Magengrube. Ich bin wie gelähmt in einem Zelt aus Licht, während Deltas tastende Finger das Pessar entfernen. Sekunden später stößt er in mich und stöhnt.

Ein Schluchzen entringt sich meiner Kehle. Ich zucke zusammen, schrecke aus der Erinnerung hoch und reiße die Augen auf. Es ist, als würde ich aus einem Albtraum erwachen, dennoch verfolgt mich noch immer das Gefühl von Deltas Berührung.

Xero zieht sich zurück, legt seine Hände auf meine Wangen und sucht meinen Blick. Seine Augen, in denen bis eben noch das Verlangen loderte, sind jetzt von Sorge erfüllt.

„Sprich mit mir, Amethyst", sagt er mit sanfter Stimme und wischt mit dem Daumen eine verirrte Träne von meiner Wange.

„Es tut mir leid." Meine Kehle schnürt sich zu. „Ich musste wieder an ihn denken."

Xeros Gesichtszüge verhärten sich. „Mein Vater."

„Es war nur eine Erinnerung", krächze ich.

Xero zieht mich an seine Brust und schlingt seine Arme wie einen Schutzschild um meine Schultern. Er fährt mit seiner Hand beruhigend über meinen Rücken, seine Liebkosung ist Balsam für meine Nerven.

„Ich werde ihm einen qualvollen Tod dafür bereiten, dass er dich berührt hat", knurrt Xero und seine tiefe Stimme hallt in meiner Brust wider. „Jeder dieser Bastarde, wird mit Blut bezahlen. Ich werde ihnen das Herz herausreißen und es dir als Opfergabe darbringen."

Ich schließe die Augen und entspanne mich in seiner Umarmung. „Ich weiß, dass du das wirst."

Sein Griff ist fest und erdend. Die Wärme seiner Hände auf meiner Haut verankert mich in unserer Verbindung. Die Vergangenheit diktiert nicht meine Gegenwart. Ich bin sicher. Ich bin gesund. Ich bin stark.

Mit einem zittrigen Atemzug ziehe ich mich zurück und konzentriere mich auf sein Gesicht. Der Schrecken schwindet, und ich verliere mich in seinem Blick, in dem noch immer eine unkontrollierte Wut lodert.

„Küss mich noch einmal", murmle ich.

Er beugt sich vor und drückt seine Lippen gegen meine Stirn. „Ich bin so stolz auf dich."

„So nicht", flüstere ich. „Ich möchte unsere Beziehung vorantreiben."

„Forciere nichts, bevor du nicht bereit bist", sagt er.

„Aber ich bin es leid, dass dieses Trauma mein Leben mitbestimmt."

Er zieht sich wieder zurück und nickt, seine Augen sind voller Verständnis und einem Hauch von Hoffnung. „Wir werden es langsam angehen. Sobald du dich unwohl fühlst, höre ich auf."

„Danke", flüstere ich und ich habe das Gefühl, als würde eine enorme Last von meinen Schultern genommen werden. Es ist eine winzig kleine Veränderung in meiner Psyche, aber ich bin der Heilung einen Schritt nähergekommen.

Er küsst mich erneut, diesmal mit einer Sanftheit, die mein Herz flattern lässt. Seine Lippen bewegen sich langsam, ehrfürchtig über meine, als ob sie ein Versprechen besiegeln. Wir werden gemeinsam weitergehen, unsere Liebe wird durch das Blut unserer Feinde gestärkt.

Xeros Finger zeichnen sanfte Muster auf meinem Rücken, die mich erschaudern lassen. Die Wärme seiner Berührung steht im Kontrast zu den kalten Händen, die mich einst gefangen hielten. Ich schließe meine Augen und versuche, mich auf die Gegenwart zu konzentrieren, auf die Sicherheit seiner Umarmung. Aber die Erinnerungen krallen sich an den Rändern meines Geistes fest und drohen, mich zurück in die Dunkelheit zu ziehen.

„Sieh mich an", sagt Xero und holt mich in die Gegenwart zurück.

Xeros Augen fixieren die meinen und ich sehe eine Mischung aus Verlangen und Sorge in ihnen. Ich verliere mich in seinem Blick, gebe mich dem Moment hin und spüre, wie sich Deltas Präsenz auflöst, bis nur noch wir übrig sind.

„Sag mir, was du willst, kleiner Geist", murmelt er.

Meine Kehle schnürt sich zu. Ich schlucke schwer, als ich darum kämpfe, die Worte hervorzubringen. „Darf ich zusehen, wie du dich selbst berührst?"

DREIUNDSIEBZIG

AMETHYST

Xero zögert einige Augenblicke lang, wobei sich sein Blick keinen Moment lang von meinem löst, als würde er die Schwere meiner einfachen Bitte abwägen. Wir legen uns auf die Seite und schauen uns an. Das Schweigen zwischen uns dehnt sich aus, und ich bereue fast, dass ich gestanden habe, was diese Männer während der Zwangsernährung mit mir gemacht haben.

Gerade als ich ihm sagen will, dass er es vergessen soll, nickt er, eine langsame, bedächtige Bewegung, die mir einen Schauer über den Rücken jagt.

Er bewegt sich auf der Matratze, wobei sich die Muskeln seines Oberkörpers anspannen. Ich genieße den Anblick seiner wohlgeformten Brustmuskeln, die definierten Linien seiner Bauchmuskeln, die rohe Kraft in seinen breiten Schultern. Seine verschlungenen Tätowierungen werden in einem faszinierenden Tanz aus Schatten und Tinte lebendig.

Vorfreude und Nervosität pulsieren in meinem Inneren und mein Puls beschleunigt sich erwartungsvoll. Ich kann meinen Blick nicht abwenden, als er seine Hüften hebt und seine Boxershorts nach unten zieht, um seine harte Länge zu enthüllen. Sein Schwanz kommt frei und die Piercings funkeln im Sonnenlicht.

„Ist es das, was du willst?"

Mir stockt der Atem, ich beiße mir auf die Lippe und nicke.

Nichts – nicht einmal dieser Silikondildo – könnte jemals seine beeindruckende Größe nachahmen.

Xeros Blick bleibt weiterhin auf mich gerichtet, seine Augen bohren sich in meine, als ob er jeden meiner verborgenen Gedanken lesen würde. Die Luft zwischen uns verdichtet sich, aufgeladen mit einer Spannung, die auf meiner Haut knistert wie statische Elektrizität.

„Siehst du etwas, das dir gefällt, kleiner Geist?", fragt er und seine tiefe Stimme entlockt mir einen köstlichen Schauer.

Mein Atem beschleunigt sich. Mein Blick richtet sich auf die Hand, die sich um den Ansatz seines Schwanzes legt. „Viele Dinge, eigentlich."

Er fährt mit seinen Fingern ein-, zweimal seinen Schaft auf und ab und legt dabei einen langsamen, sinnlichen Rhythmus an den Tag, der meine Klitoris vor Lust pulsieren lässt.

„Du bist so verdammt schön", haucht er und seine Worte umschmeicheln meine Sinne. „Ich möchte jeden Zentimeter deines Körpers anbeten. Ich will jede Narbe küssen, und diese Göttin anbeten, die du bist."

Hitze sammelt sich in meinem Bauch, und mein Atem wird flacher. Seine Worte sind berauschend, ein auditives Aphrodisiakum. Zum ersten Mal fühle ich mich gesehen – nicht als gebrochene Frau, sondern als jemand, der Liebe und Begehren verdient.

„Zeig mir, wie sehr du mich willst", flüstere ich.

Xeros Blick fällt auf meine nackten Brüste und er beschleunigt seine Bewegungen um seinen Schwanz. „Ich möchte diese herrlichen Titten küssen."

Ich wölbe meinen Rücken. „Die hier?"

„Ja", knurrt er, mit vor Verlangen rauer Stimme, „sie sind perfekt."

Das Vergnügen läuft mir über den Rücken, als er mit der Zunge über seine Lippen fährt. Ich will diesen Mund auf meinen Brustwarzen. Ich will, dass diese Hände meine Brüste streicheln.

Als hätte er meine Gedanken gespürt, verlangsamt er seine Auf- und Abwärtsbewegung in einer Geste, die mich reizen soll. Als Reaktion darauf spannt sich mein Inneres an.

„Ich will, dass du dich unter mir windest. Ich will hören, wie du meinen Namen stöhnst", murmelt er. „Ich will deine süßen Säfte schmecken, spüren, wie dein Körper zittert, wenn du dich nur für mich öffnest."

Mein Herz rast angesichts der unverblümten Ehrlichkeit in seinen Worten. Auch ich will all diese Dinge.

„Scheiße, ich will meinen Schwanz in deiner engen Fotze vergraben", knurrt er, seine Hand bewegt sich schneller, seine Augen verdunkeln sich vor Verlangen. „Ich will deine feuchte Hitze spüren, dein Gesicht sehen, wenn du vor Lust zitterst."

Seine Worte entfachen ein Feuer in mir, das langsam die anhaltende Angst wegbrennt. Hitze baut sich in meinem Inneren auf und Nässe breitet sich zwischen meinen Schenkeln aus. Meine Nippel ziehen sich zu harten Spitzen zusammen. Mein Atem wird flacher. Ohne es zu wollen, bewege ich mich auf ihn zu.

„Xero", flüstere ich mit vor Verlangen zitternder Stimme.

Sein Blick bleibt auf meinem, während sich seine Hand schneller um seinen Schwanz herum bewegt. „Sprich mit mir. Sag mir, was du willst."

„Ich will dich", stöhne ich. „Ich will, dass du mich berührst."

„Streichle diese hübsche Muschi", befiehlt er, seine Stimme ist ein kehliges Knurren.

Angenehme Schauer durchfahren meinen Körper und lassen meine Klitoris pochen. Als ich meine Schenkel spreize, beugt er sich vor, um einen genaueren Blick darauf zu werfen. Ich schiebe einen Finger zwischen meine geschwollenen Lippen, und wir stöhnen beide auf.

„Gutes Mädchen. Bist du feucht für mich?", knurrt er.

„Ja", flüstere ich.

Xeros Blick löst sich keinen Augenblick lang von meinem. Die Muskeln in seinem Arm spannen sich bei jeder Bewegung an, und seine Atemzüge werden schwerer, passend zum Rhythmus seiner Hand.

Ich spiegele seine Berührungen, erkunde meine Nässe, meine Finger fahren von meiner Klitoris zu meiner durchnässten Öffnung.

Die Luft zwischen uns schwirrt vor Spannung, und all meine Sinne sind geschärft. Der Raum scheint um uns herum zu verschwimmen und lässt nur uns beide zurück, wie wir in dieser Blase der Lust gefangen sind. Aber das ist nicht genug. Wir sind zu weit voneinander entfernt. Der Raum zwischen uns auf der Matratze fühlt sich wie ein Abgrund an.

Xeros Lippen lösen sich in einem leisen Stöhnen, das ich wie eine Liebkosung auf meiner Haut spüre. Als es lauter wird, jagt der Klang eine Welle der Sehnsucht direkt in mein Innerstes.

„Ich will meine Zunge in deine Muschi schieben, dich schmecken und dich meinen Namen schreien lassen. Würde dir das gefallen, kleiner Geist?"

„Scheiße", stöhne ich. „Ja."

Er kommt näher und presst seine Lippen auf meine Schultern, was ein elektrisierendes Prickeln durch meinen gesamten Körper jagt. „Mehr?"

„Bitte."

Seine Lippen wandern hinunter zu meiner Brust und versengen meine Haut mit einem Pfad der Lust. Jede Berührung seiner Zunge sendet Wellen der Lust zwischen meine Schenkel.

Er berührt mich nicht mit seinen Fingern, nur mit seinem Mund. Ich rücke näher, bis die Hand, die seinen Schwanz streichelt, meinen Oberschenkel berührt. Die Muskeln meiner Muschi verkrampfen sich um die Leere in mir. Ich will seine Finger in mir.

„Ich habe noch nie jemanden – oder etwas – so sehr gewollt wie dich", sagt er, bevor er an meiner Brustwarze saugt.

Die Empfindung trifft mich mit einer Intensität, die mir ein ersticktes Keuchen entlockt. Xeros Zunge wirbelt um meine verhärtete Brustwarze, bevor er mit einem Druck saugt, der mich zucken lässt.

Diese Berührung entlockt mir ein zufriedenes Stöhnen. Meine Finger gleiten in sein Haar, um ihn näher zu mir heranzuziehen, in der Hoffnung, dass er mich nie wieder loslässt.

Seine Zunge fährt fort, meine Brustwarze zu necken und zu quälen, bis jeder Nerv sich anfühlt, als würde er in Brand stehen. Meine Hüften drücken sich ihm entgegen, in der Hoffnung, mehr Reibung erzeugen zu können. Ich drücke mich seiner Berührung entgegen und ein leises Wimmern entweicht meinen Lippen, als er meinen Körper weiter mit seiner Zunge verwöhnt.

Als Xeros Mund meine Brustwarze loslässt, möchte ich schreien. Aber dann wandern seine Lippen nach unten, jede Berührung löst Wellen der Ekstase aus.

„Sag mir, was du brauchst, kleiner Geist", murmelt er gegen meine Haut.

„Dein Mund", hauche ich. „Auf meiner Muschi."

Seine Lippen wandern tiefer, meinen Bauch hinunter, halten inne, um Küsse um meinen Bauchnabel herum zu verteilen, und dann tiefer zu meinem Schamhügel. Er küsst, knabbert, saugt und reizt meine Haut, sodass ich mich unter ihm winde und mich nach mehr sehne.

Als sein heißer Atem meine Muschi streift, drücke ich ihm instinktiv meine Hüften entgegen und verlange nach mehr. Die Spitze seiner Zunge kitzelt meinen Schlitz, und ich schließe genießend die Augen. Mein Körper zittert, mein Geist wird von überwältigendem Verlangen verzehrt. Jeder Nerv fängt Feuer, verzehrt von roher Lust.

„Lass los. Erfülle meine Ohren mit dem Klang deiner Lust."

Seine Nase stößt gegen meine Klitoris, und ich schreie auf. „Xero!"

Die Vibrationen seines Lachens gegen meine feuchten Falten treffen mich mit einer neuen Welle der Erregung, und ich erzittere. Dann taucht seine Zunge zwischen meine Falten und wirbelt um meine Klitoris.

Ich kralle meine Finger in sein Haar und stöhne: „Ja! Genau da."

„Du schmeckst so verdammt gut", murmelt er. „Als wärst du für mich gemacht, um dich zu vernaschen."

Ich stemme mich gegen sein Gesicht und jage meiner Lust nach.

„So ist es richtig, Babe. Benutze mich. Nimm dir, was du brauchst. Ich gehöre dir."

Ich werfe meinen Kopf zurück und zittere. Jede Bewegung seiner Zunge schickt Wellen der Lust durch mein Inneres und treibt mich näher an den Rand. Xero wechselt zwischen sanftem Lecken und festeren Streicheleinheiten, ohne dass seine Hände etwas tun.

„Mehr", schreie ich. „Bitte."

Seine Zunge gleitet zu meiner Öffnung und stürzt sich mit wilder Hingabe auf sie. Ich stöhne und greife in sein Haar. Während er mich mit seiner Zunge fickt, zieht sein Finger langsame, neckische Kreise um meine Klitoris.

Meine Hüften zucken und drücken sich ihm entgegen, um die Reibung zu erhöhen. Der Druck baut sich auf, und ein angenehmes Kribbeln breitet sich in meinem Innern aus. Das ist es. Ich werde kommen. Das Vergnügen schwillt an und wird mit jedem Herzschlag intensiver. Ich stammle unzusammenhängende Worte und bin mir nicht sicher, ob ich ihn um mehr anflehe oder darum, niemals aufzuhören.

Xero hält seinen Rhythmus konstant und bereitet mir so viel Vergnügen, dass mein Körper zuckt. Meine Finger krallen sich in das Bettlaken, als ich dem Höhepunkt immer näher komme.

„Ich bin nah dran", flüstere ich mit zitternder Stimme.

„So ist es gut, Babe. Komm auf meinem Gesicht", knurrt er gegen meine Muschi.

Die Empfindungen steigern sich zu einem Sturm, der mein Innerstes durchzuckt und jeden Nerv unter Strom setzt. Der Orgasmus durchfährt meinen Körper und lässt meine Muskeln sich anspannen. Die Euphorie überwältigt meine Sinne, bis bunte Flecken vor meinen Augen tanzen.

Als die Wellen der Ekstase abklingen, greife ich nach unten, fahre mit den Fingern durch Xeros Haar und führe ihn zwischen meinen Beinen nach oben. Mein Körper brummt noch immer vor Lust, und mein Atem kommt in hektischen Stößen. Als sich unsere Lippen endlich treffen, ist es ein verzehrender Kuss, verzweifelt und hungrig, als ob wir versuchen würden, miteinander zu verschmelzen.

Ich schmecke mich in seinem Mund und stöhne. Xero vertieft den Kuss, seine Zunge umspielt und erforscht meinen Mund. Ich umklammere seine Schultern, ziehe ihn näher an mich heran, sehne mich danach, sein ganzes Wesen zu spüren, und genieße sein Knurren.

Meine Existenz beschränkt sich auf uns beide, unsere Atemzüge, unsere verbundenen Lippen, die Berührung unserer Körper. Seine Hände erforschen meine Haut und hinterlassen

Feuerspuren, die mich in der Hitze unseres Verlangens verbrennen wollen.

„Du bist meine Sucht", stöhnt er in den Kuss hinein. „Dein Geschmack lässt mich eine Überdosis nehmen wollen."

„Das war unglaublich", flüstere ich gegen seine Lippen, meine Stimme zittert noch von der Intensität des Orgasmus.

„War?", knurrt er. „Ich bin noch nicht fertig mit dir."

VIERUNDSIEBZIG

XERO

Amethysts Höhepunkt wird sich für immer in mein Gedächtnis einbrennen. Die Art und Weise, wie ihr Körper auf meine Berührung reagierte, war so berauschend, dass ich fast bei dem Gedanken kam, derjenige zu sein, der ihre Sexualität wiederherstellt.

Sie blickt zu mir auf, atmet durch leicht geöffnete Lippen, ihre grünen Augen sind noch immer vor Lust verschleiert. Ihre Wangen sind gerötet und ihre hübschen Locken kleben feucht an ihrer Stirn.

„Noch mehr?", flüstert sie.

„Ich könnte dich Tag und Nacht anbeten, und es wäre nicht genug", sage ich mit vor Verlangen rauer Stimme. „Aber ich will mehr als deinen Körper. Ich will deinen Geist, deine Seele – alles."

Ihre Augen weiten sich. „Sogar mit meinen Narben?"

Meine Brust spannt sich an mit einem Anflug von Beschützerinstinkt und dem Bedürfnis, jeden Bastard zu vernichten, der sie jemals an meiner Hingabe zweifeln ließ. Diese Narben haben ihren Wert nicht geschmälert. Sie machen sie nur noch wertvoller. Meine Arme legen sich um ihre Taille, um sie an mich zu ziehen.

„Ich hätte dich fast verloren", knurre ich, und meine

Stimme bebt vor verhaltener Wut. „Wenn du glaubst, dass diese Kratzer mein Verlangen nach dir mindern, dann irrst du dich."

Sie senkt den Blick, aber ich werde nicht zulassen, dass sie wieder in Verzweiflung verfällt. Wenn ich ihr auf hundert verschiedene Arten sagen muss, mit welcher Intensität ich mich nach ihr verzehre, dann werde ich das tun.

„Leg deine Hand auf meine."

Sie hebt ihren Blick, um mich anzusehen, und legt ihre zitternden Finger auf die Hand, die um meinen Schwanz liegt. „So?"

Ich höre den Anflug von Neugierde aus ihrer Stimme heraus und es erinnert mich an das ängstliche Mädchen, das zum ersten Mal während eines Gewitters auf meinen Anruf reagierte. Sie war an diesem Morgen so nervös, dass ich sie mit meiner Stimme zum Höhepunkt gebracht habe.

„Genau so", murmle ich.

Amethysts Hand ruht auf der meinen, während ich meinen Schaft streichle, und ihr Atem beschleunigt sich. Das ist alles, was ich brauche, um zu wissen, dass sie erregt ist.

„Fühlt sich das so an, als ob mich deine Narben abschrecken würden?", frage ich.

Sie schüttelt energisch ihren Kopf, was ihre Locken auf und ab wippen lässt. Einer ihrer Finger wandert von meinem weg und gleitet über meinen Schwanz, was eine Welle der Lust durch meinen Körper jagt.

Ich atme zischend durch die Zähne ein, mein Blick ist auf den ihren gerichtet, während ich darauf warte, dass ihr Mut aufblüht. Ihre Berührung ist zunächst zögerlich, nur einer Fingerspitze streift meinen Schaft. Als eine Zweite hinzukommt, stockt mir der Atem.

„Ist das in Ordnung?", fragt sie.

„Mehr", stöhne ich und meine Hand fährt im gleichen Rhythmus fort.

Das Gefühl ihrer Finger auf meinem Schwanz ist fast zu viel, um es zu ertragen. Ich stöhne auf, als sie sich über die vollen Lippen leckt.

Meine Hüften zucken, ich will, dass sie noch einen Finger

hinzufügt. „Das ist es, kleiner Geist", knurre ich. „Das machst du gut."

Ihre Augen funkeln vor Entschlossenheit und Verlangen, als sie zu mir aufschaut. Langsam ersetzt sie meine Hand durch ihre und übernimmt die volle Kontrolle. Ihre Berührungen werden sicherer, selbstbewusster, jede Bewegung ein kalkuliertes Versprechen auf Ekstase. Meine Eier spannen sich an, die Intensität ihrer Berührung jagt mir Schauer über den Rücken.

„Verdammt, Amethyst", stöhne ich und mein Atem geht stoßweise. „Du machst mich verrückt."

Ihre hübschen Lippen verziehen sich zu einem Lächeln, das Zuversicht ausstrahlt. „Wirst du für mich kommen, Xero?"

Ihre Stimme klingt so sexy, dass ich kurz davor bin, zu kommen. Wann ist mein kleiner Geist so frech geworden?

„Antworte mir", sagt sie.

Die Vorfreude, gemischt mit dem langsamen und sinnlichen Rhythmus ihrer Hand, reißt mich in einen Strudel der Lust. Ich ertrinke in ihren verführerischen, grünen Augen, ertrinke in ihrem Duft, ertrinke in ihrer Berührung.

„Scheiße, ja", stöhne ich und erkenne meine eigene Stimme kaum wieder.

Ihre Hand hält inne und lässt mich am Rande des Abgrunds taumeln. Mein Körper zittert, das verzweifelte Bedürfnis nach Erlösung strömt durch meine Ader und sammelt sich wie flüssiges Feuer.

„Warum hast du aufgehört?", schimpfe ich.

Ihre Augen funkeln schelmisch, bevor sie sich verengen. „Weil ich es kann. Weil ich dich betteln sehen will."

„Amethyst", knurre ich.

Mein Herz rast in meiner Brust und passt zum Rhythmus meines pochenden Schwanzes. Ich musste noch nie eine Frau anflehen, aber Amethyst hat eine Art, mich dazu zu bringen, meine eigenen Regeln zu brechen.

Sie leckt sich wieder über die Lippen, und ich stelle mir vor, wie ihre Zunge über meine Eichel herumwirbelt. Ihre Finger schließen sich um meinen Schaft und erinnern mich daran, was mich erwartet.

„Amüsierst du dich, kleiner Geist?", stoße ich hervor.

„Ja", antwortet sie, und ihre Augen funkeln verrucht. „Ich liebe es, dich so bedürftig zu sehen."

Der Urinstinkt, die Kontrolle zu übernehmen, macht sich bemerkbar, aber ich kämpfe gegen den Drang an, Befriedigung zu verlangen. Dies ist ihr Test, ihre Art, die Kontrolle auszuüben. Ich zwinge mich, ruhig zu bleiben, zu gehorchen.

„Mach schon. Flehe mich an", murmelt sie und ihre Stimme jagt mir Schauer über den Rücken. „Flehe mich an, weiterzumachen."

Wut und Verlangen steigen in meiner Seele auf und bringen meinen Drang zu dominieren hervor. Aber ich schlucke ihn hinunter und konzentriere mich auf ihr zartes Vertrauen. Dies ist mehr als ein Test – es ist eine Chance zu beweisen, dass ich nie mehr nehmen werde, als sie zu geben bereit ist.

„Bitte, Amethyst", krächze ich. „Bitte hör nicht auf. Ich brauche es. Ich brauche dich."

Ihre Augen verdunkeln sich, und ihre Lippen verziehen sich zu einem zufriedenen Lächeln. Die Finger um meinen Schaft spannen sich an, und jagen Stöße von Lust und Schmerz durch mich hindurch.

„Mehr", fordert sie, während ihr Daumen unter mein Piercing gleitet.

„Bitte, kleiner Geist", wiederhole ich. „Ich flehe dich an. Quäle mich nicht so. Lass mich kommen."

Ihre Hand gleitet in einem langsamen, bedächtigen Rhythmus über meinen Schaft, wobei jede Berührung ein neues Gefühl hervorruft. Ein leises Stöhnen entweicht meinen Lippen und vermischt sich mit ihrem erregten Keuchen. Ich möchte ihr meine Hüften entgegendrücken, ihre Hand ficken und mein Vergnügen in einer gewaltigen Explosion der Verzückung auskosten. Stattdessen ballen sich meine Hände zu Fäusten und ich lasse Amethyst das Tempo bestimmen.

Ihre Hand bewegt sich schneller auf und ab, ihre Augen sind auf meine gerichtet, ihre Lippen sind so nah, dass ich ihren Atem auf meinem Gesicht spüre. Sie nährt sich von meiner Verzweiflung. Ich wusste nicht, dass mein kleiner Geist so räuberisch sein kann. Aber das ist dieselbe Frau, die einen Mann zu Tode gefoltert und eine Frau an den Rand des Wahnsinns gebracht hat.

Der Gedanke, dass sie sich nimmt, was sie will, entfacht ein Feuer in mir, das sich wie Lava durch meine Adern ausbreitet. Die Spannung in meinem Inneren zieht sich zusammen, und ich bin kurz davor, zu kommen.

Ihre Hand hält inne und beraubt mich der Lust. Meine Muskeln zittern und versuchen, dem stummen Befehl, stillzuhalten, zu gehorchen.

„Amethyst", stöhne ich gegen ihre Lippen und unterdrücke ein Stöhnen der Frustration. „Scheiße ... Bitte ..."

„Du bist kurz davor, nicht wahr?", murmelt sie, ihr Atem streicht heiß an meinem Ohr entlang, ihre Lippen streifen meine Haut wie die weichste Seide.

„Ja", stöhne ich, und mein Körper zittert bei der Anstrengung, mich zurückzuhalten. „So nah. Bitte, kleiner Geist. Ich werde alles tun. Sag nur ein Wort, und es gehört dir. Ich gehöre dir – bitte, lass mich nur das haben."

Sie zwingt mich weiter zu betteln, bis meine Worte zu einem unzusammenhängenden Gebrabbel werden. Ihr Daumen reibt über meinen Schlitz, jede Berührung treibt mich dem Wahnsinn näher. Ihr Blick fixiert den meinen, die Verbindung zwischen uns ist in ihrer Intensität fast unerträglich. Die Anspannung steigt. Der Hunger in ihren Augen spiegelt meine Verzweiflung wider und verstärkt unser gemeinsames Verlangen.

Wie ein entfernter Donner grollt die Wut darüber, so gnadenlos hingehalten zu werden. Aber das ist nichts im Vergleich zu meinem überwältigenden Bedürfnis, sie glücklich zu machen, mich ihres Vertrauens würdig zu erweisen.

„Du machst das so gut", flüstert sie schließlich, ihre Stimme ist Balsam für meine strapazierten Nerven.

Ihre Hand bewegt sich mit neuer Entschlossenheit, schneller und fester, und treibt mich wieder an den Rand der Ekstase. Mein Atem kommt in erstickten Atemzügen, mein Körper strebt der Erlösung entgegen, jeder Muskel ist vor Erwartung angespannt.

Wenn sie noch einmal aufhört, bevor ich kommen kann, wird etwas in mir zerbrechen. Ich brauche diese Frau mehr als Luft, die ich atme – mehr als das Blut, das durch meine Adern fließt.

Ich brauche sie mehr als die Kraft in meinen Gliedern oder die Kraft, die mein Herz am Schlagen hält.

Jede Sekunde ohne ihre Berührung fühlte sich an wie ein Leben in der Hölle, jeder Moment ohne ihre Liebe eine Ewigkeit der Qual. Als würde sie meinen gefährlichen Zustand spüren, lehnt sie sich näher an mich heran und drückt ihren nackten Körper an meinen. Der Duft von Zitrusfrüchten, Pfirsich und Vanille überflutet meine Sinne und verzehren, was von meinem Verstand übriggeblieben ist.

„Wem gehörst du?", fragt sie und ihre Bewegungen werden schneller.

„Dir", sage ich mit zusammengebissenen Zähnen.

„Sag meinen Namen", sagt sie.

„Amethyst. Amethyst Crowley. Mein kleiner Geist."

„Sag auch meinen richtigen Namen."

Ich schlucke schwer. „Amaryllis Salentino."

„Komm für mich, Xero", befiehlt sie, ihre Stimme ist wie der Ruf einer Sirene, der meine letzte Kontrolle erschüttert. „Komm für deinen kleinen Geist."

Mit einem letzten, erschütternden Stöhnen explodiere ich, und meine Erlösung ergießt sich über ihre Hand. Die Lust ist überwältigend, ein Inferno, das jeden Nerv entzündet und mich atemlos und völlig erschöpft zurücklässt.

Jeder Muskel in meinem Körper zittert, mein Geist ist leer vor Ekstase. Ich lasse mich rücklings auf die Matratze zurückfallen, schnappe nach Luft und zittere durch die Nachbeben.

Ihre Berührung ist das Einzige, was mich in der Realität hält, während ihre Finger Muster auf meine Haut malen. Der Raum dreht sich, und die Intensität des Augenblicks ist mit nichts zu vergleichen, was zuvor geschehen ist. In meinem Körper hallt mein langsamerer Herzschlag wider, eine Erinnerung an die Verbindung, die wir gerade geknüpft haben.

Ich lege mich auf die Seite und versuche, zu Atem zu kommen, und wende mich der Frau zu, die mein Lebensinhalt geworden ist.

Sie lächelt, ihre Augen glänzen vor Zuneigung und Triumph. „Du gehörst mir, Xero. Und ich gehöre dir."

Das Band zwischen uns verfestigt sich in diesem Moment. Es

ist eine Wahrheit, die sich tief in meine Knochen eingebrannt hat. Ich würde für diese Frau sterben, für diese Frau töten, für diese Frau jedes Lebewesen auf diesem Planeten aufschlitzen. Ich würde Feuer von den Göttern stehlen, nur um die Flammen in ihren Augen zu sehen. Ich würde den Himmel zerreißen, um sie zu beschützen, und jedes Maß an Dunkelheit auf mich nehmen, um sie in meinen Armen zu halten.

In ihrem Blick finde ich meine Bestimmung, meine Daseinsberechtigung, und nichts auf der Welt zählt mehr als sie.

Ich fahre mit meinen Fingern durch ihr Haar und ziehe sie in einen Kuss, der der Intensität meines Höhepunkts in nichts nachsteht. Ihre Lippen drücken sich mit einer brennenden Wildheit gegen meine. Ich habe in meinem kleinen Geist ein neues Maß an Selbstvertrauen geweckt, das es vorher nicht gab, und ich war noch nie so stolz.

Als wir uns schwer atmend voneinander lösen, weiß ich, dass wir nicht nur eine Schwelle überschritten haben. Wir haben ein Band geschmiedet, das durch nichts auf dieser Welt wieder gebrochen werden kann.

Und ich werde alles in meiner Macht Stehende tun, um sie zu schützen.

FÜNFUNDSIEBZIG

AMETHYST

Die Erschöpfung holt uns ein, und wir verbringen den Rest des Tages schlafend. Xero versichert mir, dass Dr. Dixon und Isabel dafür sorgen werden, dass die Kinder, die wir gerettet haben, Hilfe bekommen.

Zum ersten Mal, seit ich die Anstalt verlassen habe, habe ich das Gefühl, dass ich Teile meiner Vergangenheit wiedergefunden habe, die ich für immer verloren glaubte. Xero war extrem geduldig und hat es mir ermöglicht, meine Gefühle in meinem eigenen Tempo zu verarbeiten, ohne mich über das hinaus zu drängen, was ich bewältigen konnte.

Er rührt sich neben mir und seine Arme legen sich um meine Taille. Dankbarkeit schwillt in meiner Brust und treibt mir die Tränen in die Augen. Ich drehe mich zu ihm um und vergrabe mein Gesicht in seiner Halsbeuge, da ich dieses Gefühl von Nähe, Sicherheit und Wärme so weit wie möglich ausdehnen will.

„Wach?"

Sein leises Murmeln jagt mir ein Kribbeln über den Rücken. Ich gebe ein bestätigendes Murmeln von mir und will nicht, dass dieser Moment endet. Seine Finger wandern langsam über meinen nackten Rücken und entlocken mir einen leisen Seufzer.

„Danke", murmle ich in seinen Nacken. „Was du vorhin für mich getan hast, hat mir alles bedeutet."

Er zieht sich zurück und drückt mir einen Kuss auf die Schläfe. „Wann immer du den Drang verspürst zu kommen, werde ich mit meinem Körper für dich da sein."

Ein Kichern entweicht meinen Lippen. „Du bietest dich als mein persönliches Sexspielzeug an?"

„Ich bin der einzige Mann für diesen Job. Immer begierig und bereit, meinen kleinen Geist zu befriedigen."

Hitze steigt mir in die Wangen. Ich drücke mich an seine Brust und möchte ihm dasselbe versichern, allerdings bekomme ich kein einziges Wort hervor. Im Moment fühle ich mich großartig und bin durchaus in der Lage, Xeros Berührung zu genießen, aber was passiert, wenn ich an meine Grenzen stoße? Was passiert, wenn ich nicht mehr kann?

„Hungrig?", fragt er und reißt mich aus meinen Gedanken.

„Wie spät ist es?"

Zögernd bewegt er sich und greift nach seinem Handy, das auf dem Nachttisch liegt. „Fünf."

Wie zur Bestätigung knurrt mein Magen und beantwortet damit Xeros Frage. Schließlich öffne ich die Augen und sehe, dass die Sonne langsam hinter den Bäumen untergeht und das Zimmer in Schatten hüllt.

„Ist das derselbe Unterschlupf, wo wir vorher waren?", frage ich und erinnere mich an die riesigen Gärten.

„Es ist eine zweite Einrichtung, ein paar Kilometer von der ersten entfernt." Er richtet sich auf und zieht mich mit sich. „Von der Straße aus ist es noch schwieriger, sich ihr zu nähern."

Wir duschen zusammen und nehmen uns die Zeit, den Körper des anderen zu erkunden, bevor wir uns passende Overalls anziehen. Xeros Wartungsteam – dieselben Leute, die sich damals auch an meinem Haus zu schaffen gemacht haben – halten sie in all ihren Verstecken bereit, zusammen mit einfacher Unterwäsche.

Ich betrachte mein Spiegelbild, immer noch unfähig, mir in die Augen zu sehen. Die Frau auf der anderen Seite sieht viel lebendiger aus, mit geröteten Lippen und rosiger Haut. Ich fühle mich stärker, fähiger, habe mehr Kontrolle.

Xero kommt von hinten und legt seine Hände auf meine Hüften.

„Du bist perfekt", murmelt er, drückt seine Lippen in meinen Nacken und jagt mir damit einen wohligen Schauer über die Haut. Seine Handflächen gleiten meine Seiten hinauf und ich spüre seine Wärme durch den Stoff hindurch.

Ich drehe mich in seinen Armen um und schaue in seine Augen, die voller Bewunderung und einem Hauch von Schalk sind. Ich gebe ihm einen Kuss auf die Lippen. „Ich könnte dasselbe über dich sagen, aber das würde dein Ego wahrscheinlich nur noch weiter aufblasen."

Seine blonden Augenbrauen zucken. „Das ist nicht das Einzige, was an mir groß ist."

„Dein Ego?" Auf sein Grinsen hin lege ich eine Handfläche auf seine Brust und füge hinzu: „Dein Herz."

Sein Blick wird weicher und er streicht mir eine Locke aus der Stirn. „Das ist einer der Gründe, warum ich dich so sehr liebe", murmelt er. „Du siehst über meine monströsen Taten hinaus und siehst den Menschen."

„Du bist kein Ungeheuer, Xero", murmle ich.

Er wendet den Blick ab, bevor er sagt: „Ich habe schon als Kind getötet und leite eine Organisation, die Fremde für Geld ermordet. Das macht mich zumindest zu einem Schurken."

Seine Worte hängen in der Luft. Ich sehe ihn an und meine Brust verkrampft sich unter dem Gewicht seines Geständnisses. Xero lässt mir keine Gelegenheit zu antworten und wendet sich ab, bevor ich seine Worte verarbeiten kann. Als wir das Gebäude verlassen und über den dunklen Rasen und durch die Bäume gehen, bin ich immer noch verwirrt, und seine Worte hallen in meinem Kopf nach wie lauernde Geister.

Sind wir nicht fast das Gleiche? Delta hat Xero über mehrere Jahre hinweg psychisch zerstört. Dad hat dasselbe, innerhalb weniger Monate, mit mir gemacht, mit der Hilfe von Delta und Charlotte. Xero mag ein ausgebildeter Attentäter sein, aber meine Vergangenheit macht mich zu einer Serienmörderin.

Wir erreichen das Hauptgebäude, eine weitläufige Blockhütte, die sich in den Wald einfügt. Hohe Eichen strecken ihre

Äste über das Dach und erwecken den Eindruck eines Baumhauses.

Bewaffnete Wachen patrouillieren im Umkreis, ihre Silhouetten huschen wie Gespenster durch das schwache Licht. Als wir durch den Haupteingang treten, zieht mich Xero näher zu sich, seine Finger verschränken sich mit meinen.

„Charlotte ist in einer unterirdischen Arrestzelle. Wie willst du mit ihr fortfahren?", fragt er.

„Brauchst du sie nicht, um Zugang zu allen Adoptionsunterlagen zu bekommen?"

Er schüttelt den Kopf. „Tyler hat sich bereits eingehackt. Ein anderer Mitarbeiter verhört Becky Taylor, um herauszufinden, wie viel sie weiß."

Wir kommen an der Rezeption am Eingang vorbei, die von zwei Wachen besetzt ist, einem Mann und einer Frau. Sie nicken Xero zu, als wir tiefer in das Innere des Gebäudes gehen. Er starrt mich von der Seite an und wartet darauf, dass ich etwas sage.

„Als Dads Assistentin hatte Becky ein großes Interesse daran, nett zu uns zu sein", sage ich. „Alles, woran ich mich bei ihr erinnere, ist eine Fassade."

Xero nickt. „Was sollen wir tun, wenn sie etwas mit dem Menschenhandel zu tun hat?"

„Sie sollte sterben", antworte ich.

Wir gehen weiter durch einen mit Holzpaneelen verkleideten Flur, der von Wandlampen schwach beleuchtet wird. Der Duft von Kiefernholz liegt in der Luft, vermischt mit dem anhaltenden Aroma des Kochens. Als wir uns dem Ende nähern, läuft mir bei den Gerüchen von Brathähnchen und frisch gebackenem Brot das Wasser im Mund zusammen.

„Dieser Ort gleicht eher einem Ferienlager als *Three Fates*", murmle ich.

Seine Mundwinkel verziehen sich zu einem reumütigen Lächeln. „Wir wollten eine schöne Atmosphäre für die Kinder schaffen."

Xero öffnet eine Tür und gibt den Blick frei auf einen großen, holzgetäfelten Speisesaal mit zwei Reihen langer Tische. Die Mädchen, die wir gerettet haben, sitzen auf der linken Seite inmitten des weiblichen Personals, und die Jungen auf der rechten Seite sitzen in einer gemischten Gruppe. Am anderen Ende des Raumes steht ein Haupttisch auf einem Podium, an dem Dr. Dixon mit Isabel und zwei weiteren von Xeros Leuten sitzt.

„Das kommt mir bekannt vor", sage ich wehmütig.

„Unser Wartungspersonal hat sich vielleicht von *Harry Potter* inspirieren lassen." Er legt mir eine Hand auf den Rücken und führt mich zu einer Essensausgabe auf der linken Seite des Raums.

Ein freundlich lächelndes Ehepaar mittleren Alters serviert uns Tomatensuppe, gegrillte Käsesandwiches und Apfelkuchenscheiben. Die Frau legt Xero eine zusätzliche Hühnerkeule auf den Teller, bevor er uns zum Haupttisch führt.

Isabel rückt zwei Stühle weiter, sodass wir in der Mitte Platz nehmen können, während Dr. Dixon uns mit einem müden Nicken begrüßt. Xero lässt sich auf dem Stuhl neben dem Arzt nieder, während ich neben seiner Schwester sitze.

„Keine Zwischenfälle letzte Nacht", sagt der Arzt. „Und die jungen Leute sind bei bester Gesundheit."

„Kinder", murmelt Xero und stürzt sich auf seinen gegrillten Käse.

Der ältere Mann nickt und lässt seinen Blick über die Tische schweifen. „Obwohl einige von ihnen die Anfänge einer PTBS zeigen."

Ich lehne mich nahe heran, und mein Herz sinkt, während ich mich im Speisesaal umsehe und die Blicke einiger Kinder bemerke, die sich nervös umsehen.

„Morgen wird ein Traumaspezialist kommen", murmelt Dr. Dixon.

Xeros Lippen pressen sich zu einer harten Linie zusammen. „Tu, was nötig ist. Wir stellen die Mittel zur Verfügung."

Die beiden unterhalten sich leise über die Logistik der Einstellung von zusätzlichem Personal und die Umsetzung von Beratungsstrategien, aber meine Aufmerksamkeit gilt den Kindern. Nicht alle von ihnen stochern in ihren Mahlzeiten herum. Einige unterhalten sich untereinander und mit den älteren Mitarbeitern, obwohl die Atmosphäre eher gedämpft ist.

„Wie geht es dir?" Isabels Stimme reißt mich aus meinen Grübeleien. Ich drehe mich zu ihr um und sehe in ihren dunklen, besorgten Augen.

„Es ist schwer, sie so zu sehen", sage ich und schenke ihr ein schwaches Lächeln.

Ihr Blick bleibt weiterhin auf mich gerichtet. „Hat die Rückkehr nach *Three Fates* irgendwelche zusätzlichen Erinnerungen wachgerufen?"

„Es war auf jeden Fall nicht so effektiv, wie von deiner Schwester k.o. geschlagen zu werden."

Sie schnaubt. „Camila hat einen starken, rechten Haken. Aber wenn du mit jemandem darüber reden willst, was du gerade erlebst, bin ich für dich da."

Ich schlucke, nicke und nehme einen großen Löffel von meiner Suppe. Ich weiß die Geste zwar zu schätzen, aber das Reden macht mich nur wütend. Das Einzige, was etwas zu bewirken scheint, ist Xeros Anwesenheit. Und seine Berührung.

Und das Blut meiner Feinde zu vergießen.

„Denk drüber nach", sagt Isabel.

„Danke", murmle ich. „Das werde ich."

Ich lausche wieder Xeros Gespräch mit dem Arzt. Eine ältere Frau, die anscheinend diese Einrichtung leitet, hat sich zu ihnen gesellt. Sie diskutieren bereits über Lehrpläne und darüber, wie man den Kindern die Rückkehr in die Gesellschaft erleichtern kann.

„Tyler hat mir erzählt, wie du geholfen hast, *Three Fates* zu finden", sagt Isabel. „Was würdest du sagen, wie viel Prozent deiner Erinnerungen sind zurückgekehrt?"

Ich nehme mein Sandwich in die Hand. „Es gibt immer noch große Lücken. Manchmal ist es schwer zu wissen, woran ich mich erinnern soll."

Sie nickt. „Verständlich. Woran erinnerst du dich vom Tag deiner Entführung?"

Ich halte inne, das Sandwich auf halbem Weg zu meinem Mund. Diese Erinnerungen existieren in meinem Kopf in lebhaften Farben, jedes grausame Detail ist in mein Unterbewusstsein eingebrannt. Sie verfolgen meine Gedanken nicht, weil ich meinen Verstand mit anderen Dingen beschäftige, und Xeros Anwesenheit schafft es, diese Dunkelheit zu vertreiben.

„Alles, leider", sage ich seufzend.

Sie hält inne, ihr Blick schärft sich. „Dann kannst du mir vielleicht sagen, ob du das Feuer gelegt hast oder Dolly, das meinem Bruder einen dauerhaften Lungenschaden zugefügt hat?"

AMETHYST

Die letzten Tage waren ein Wirbelwind von neuen Informationen. Tyler und sein Team haben die Namen aller Personen ausgegraben, die jemals einen Film von *X-Cite Media* ausgeliehen haben oder Mitglied geworden sind, während Jynxson und Camila eine Liste der wohlhabenden Familien erstellt haben, die Kinder von Dads alter Agentur adoptiert haben, und auch die Version, die Charlotte mit Becky betrieben hat.

Es stellte sich heraus, dass Becky wusste, was mit den Kindern geschah, und dennoch hat sie all das zugelassen, weil jedes Kind ihr einen Bonus von tausend Dollar einbrachte. Camila schoss ihr zwischen die Augen und gab Tyler ihre Bankdaten, damit er es plündern konnte.

Während Xero Spuren zu Delta verfolgt, helfe ich dabei, die Ausbilder, die Jynxson gefangen genommen hat, über ihre Ausbildungsmethoden zu befragen. Zwei der Männer, die mich belästigt haben, sitzen in den Zellen und haben uns bereits die Namen der anderen Männer genannt, die kleine Mädchen zu Lolita-Attentäterinnen ausgebildet haben.

Ich verbringe auch Zeit mit Charlotte und gehe jede manipulative Taktik durch, mit der sie und Dad unsere Familie auseinandergebracht haben. Wenn ich nicht gerade meine persönlichen

Dämonen quäle, trainiere ich mit Camila und anderen weiblichen Agenten.

Im Moment ist meine Priorität, Isabel aus dem Weg zu gehen. Neulich hat mich ihre Frage so überrascht, dass ich mich direkt an meinem Sandwich verschluckt habe. Xero wandte sich mir zu, bewahrte mich vor einem weiteren Verhör und wechselte das Thema, indem er sich freiwillig für eine weitere Runde von Tests meldete. Das lenkte seine Schwester nur kurz ab, bevor sie mich wieder mit einer stummen Anschuldigung in den Augen ansah.

Nach dem Vorfall nahm ich kaum noch meine Suppe oder mein Sandwich wahr, und der Apfelkuchen fühlte sich wie Zement in meinem Mund an. Diese eine Frage hat eine Welle der Schuldgefühle in mir aufwallen lassen.

Jedes Mal, wenn ich den Morgen erwähne, an dem ich versucht habe, Xero bei lebendigem Leib zu verbrennen, legt er eine Hand auf meine Wange und sagt mir, dass es nicht meine Schuld war. Dann gibt er sich selbst die Schuld für die hinterhältige Art und Weise, mit der er mir das Leben schwer gemacht hat, indem er so tat, als wäre er ein rachsüchtiger Geist.

Eines Nachmittags, Tage nachdem Isabel mich wegen des Angriffs auf Xero zur Rede gestellt hat, sehe ich mir Dollys Social-Media-Seite an. Seit dem Video, in dem sie vorgab, ich zu sein, und gestand, Mom getötet zu haben, hat sie drei weitere Videos hinzugefügt.

Sie haben alle ein ähnliches Format: Sie, gekleidet in ein schwarzes Korsett, sitzt vor dem *Green Screen* meiner früheren Videos. Sie nippt Champagner und verhöhnt das Internet mit den Namen anderer Männer, die ich angeblich ermordet habe.

Meine ehemaligen Fans hinterlassen hasserfüllte Kommentare und fragen, warum ich nicht verhaftet worden bin. Andere spekulieren darüber, dass ich die ganze Zeit über Xeros Komplize bei der Ermordung seiner Stieffamilie war.

Es ist ärgerlich, wie jeder etwas, das ich mit Xero aufgebaut habe, für sich nutzen kann.

„Was machst du da?", erklingt eine tiefe Stimme hinter mir.

Mein Herz macht einen kleinen Satz in meiner Brust. Ich drehe mich um und blicke in ein Paar blaue Augen. „Scheiße, Xero, schleich dich nicht so an mich heran."

Lachend massiert er meine Schultern und starrt auf den Bildschirm. „Warum schaust du dir das an?"

„Ich suche nach Hinweisen", murmele ich.

Er klappt den Laptop zu. „Mein Vater ist ein Experte darin, sich zu verstecken. Und in psychologischer Kriegsführung. Diese Videos existieren, um deinen Geisteszustand zu manipulieren."

Meine Schultern sinken nach unten. Ich weiß, dass er recht hat, aber die Wut und die Frustration winden sich noch immer in mir, was Xeros Aussage unterstreicht.

„Ich wünschte, ich könnte durch den Bildschirm greifen und ihr die Kehle herausreißen", murmle ich.

Er lässt seine Finger durch meine Locken gleiten, sodass ein angenehmes Kribbeln durch meine Kopfhaut geht. „Wie läuft es mit dem Training?"

„Ich habe mit jeder Frau hier, die in etwa so groß ist wie ich, Sparringkämpfe gemacht", sage ich. „Wenn sie nicht gerade damit beschäftigt sind, dir zu helfen, Delta aufzuspüren oder Attentate zu verüben, dann helfen sie mit den Kindern."

„Hast du mal einen Trainingskampf mit den Jungs ausprobiert?", fragt er mit einem Lächeln, das seine Augen zum Funkeln bringt.

Ich weiche zurück und starre ihn mit offenstehendem Mund an. „Ich kann nicht gegen Kinder kämpfen."

„Sie sind darauf aus, trainieren zu können, und sie sind schneller und haben mehr Kraft als die durchschnittliche Agentin."

Ich seufze und denke über seine Worte nach. „Es könnte hilfreich sein, mich mit verschiedenen Gegnern zu messen."

„Und du kannst jederzeit wieder mit mir Sparring machen." Er beugt sich vor und lässt seine Lippen über meine gleiten.

Hitze wallt in mir auf und ein angenehmes Pulsieren setzt sich zwischen meinen Beinen fest. „Dein Sparring endet immer auf die gleiche Weise."

Er grinst gegen meine Lippen, seine Augen funkeln vor Vergnügen. „Ist das eine Beschwerde?"

„Vielleicht können wir uns deine Art von Training für den Abend aufheben."

Er lacht, der Klang ist so voll und warm, dass mein Herz flattert. „Gutes Argument, aber wir sollten eine Sparringssitzung machen, bei der ich dich mit aller Kraft angreife. Nur für den Fall, dass du am Ende gegen meinen Vater oder einen seiner Männer kämpfst.“

Ich erschaudere, jede Spur von Belustigung verschwindet und wird durch zunehmende Furcht ersetzt. „Du hast recht. Irgendwann müssen wir uns ihnen stellen.“

„Irgendwelche neuen Erinnerungen heute?“ Er massiert meine Schläfen.

„Nur ein Vorfall, bei dem mich einer der Ausbilder im *Three Fates* belästigt hat“, murmele ich.

Er hält in der Bewegung seiner Finger inne. „Welcher?“

„Ich habe ihn getötet, nachdem ich die Namen der anderen Männer, die die Mädchen trainiert haben, herausgefunden hatte.“

Xero studiert meine Gesichtszüge mehrere Augenblicke lang, als würde er erwarten, dass ich zusammenbreche. Oder explodiere. Ich lege eine Hand auf seine und drücke sie sanft.

„Mach dir keine Sorgen um mich. Diese Erinnerungen tun nicht weh, und sie waren auch kein allzu großer Schock, nachdem Camila mich bewusstlos geschlagen hat. Davor hatte ich schon anhand des Tagebuchs geahnt, was passiert sein könnte.“

Der Blick in seinen Augen wird weicher, und sein Daumen zieht sanfte Kreise über meinen Wangenknochen. „Ich möchte jeden Mann, der dir wehgetan hat, in einer Grube vergraben, wo er den Rest seines Lebens in Qualen verbringen wird.“

„Du hast Reverend Tom und die Investoren bereits in Abwasser ertränkt“, antworte ich lächelnd.

„Das erinnert mich an etwas.“ Er zieht sich zurück und geht zur Tür, wo auf einem Beistelltisch eine weiße Schachtel steht. Sie ist etwa sechzig Zentimeter lang und mit einem schwarzen Band gesichert.

„Was ist das?“, frage ich.

Er bringt die Schachtel zu mir und legt sie mir auf den Schoß. „Ein paar Geschenke für mein braves Mädchen.“

Die Schmetterlinge in meinem Bauch flattern wie wild.

„Du hast mir schon so viel gegeben", flüstere ich.

Sicherheit, Heilung, Akzeptanz, Schutz, ein Ziel, ein Zuhause. Dank Xero ist das schwarze Loch, das meine Kindheit war, nun mit Erinnerungen gefüllt. Sie sind größtenteils unangenehm, aber ich habe endlich Antworten auf die Ereignisse, die meine Persönlichkeit geprägt haben.

„Das ist etwas anderes", sagt er und sein Lächeln wird geheimnisvoll. „Mach schon. Öffne es."

Mein Herz rast, als ich das Band löse und den Deckel öffne. In der Schachtel befinden sich mehrere weitere Schachteln. Ich öffne die Erste und finde einen großen, roten Dildo.

Kichernd ziehe ich ihn heraus und drücke einen Kuss auf seine Spitze. Er ist in jeder Hinsicht anatomisch korrekt, außer in der Größe. Irgendwie reduziert das Silikon immer seine Länge und seinen Umfang.

„Warum hast du den gemacht?", frage ich.

Er zuckt mit den Schultern. „Du wolltest in letzter Zeit mehr als nur Finger. Ich dachte, das könnte dich befriedigen, bis du bereit für mich bist."

Ein Kloß bildet sich in meinem Hals, und meine Brust zieht sich zusammen, so dass mir das Atmen schwerfällt. Tränen steigen mir in die Augen und drohen, mir ungehindert über die Wangen zu laufen. Überwältigt von seiner Fürsorglichkeit, fühle ich mich eines so rücksichtsvollen Mannes, der so auf meine Bedürfnisse eingeht, unwürdig.

„Xero ..."

„Mach die anderen auf", unterbricht er mich mit rauer Stimme.

Die nächste Schachtel enthält ein ledernes Korsett, das er von meiner *Wonderland*-Wunschliste gekauft hat. Es ist schwarz und hat Bänder auf der Rückseite und Haken an der Vorderseite.

„Es ist wunderschön", flüstere ich. „Danke. Ich liebe es."

„Mach das Nächste auf", drängt er, sein Blick schwankt mit einem Hauch von Verletzlichkeit.

Sie enthält eine Nachbildung des Halsbandes, das er mir vor unserem Besuch im *Ministry of Mayhem* geschenkt hat. Mir stockt der Atem bei der Erinnerung daran, wie ich das Original im Feuer verloren habe, aber ich halte mich zurück, um den Moment nicht mit einer weiteren Entschuldigung zu ruinieren. Unter dieser Schachtel befindet sich eine weitere, die einen zum Korsett passenden Rock enthält, und daneben ein Paar hochhackiger Schuhe mit roten Sohlen.

„Das ist so extravagant", flüstere ich. „Warum?"

„Mein kleiner Geist verdient nur das Beste." Er beugt sich vor und drückt mir einen sanften Kuss auf die Lippen.

Ich blicke in seine blassblauen Augen, die vor Zuneigung schimmern. „Danke scheint zu schwach angesichts solcher Großzügigkeit ..."

„Was du mir gibst, ist mehr wert als Geld", antwortet er.

Ich runzle die Stirn und denke an Charlottes Spott. Sie sagte, Xero sehe mich als Projekt – ein Sprungbrett, um an Delta ranzukommen. Ich schiebe den Gedanken beiseite. Was würde es ändern, wenn es tatsächlich so ist? Wir sind genau das, was der andere braucht.

Bevor ich mich zurückhalten kann, sage ich: „Aber ich habe nichts für dich."

„Zu sehen, wie du stärker wirst, erfüllt mich nicht nur mit Befriedigung. Es gibt mir die Hoffnung, dass ich auch das zurückgewinnen kann, was ich verloren habe, wenn wir erst einmal mit Dolly und meinem Vater fertig sind."

Meine Kehle schnürt sich zu, und ich schlucke eine Welle von Emotionen hinunter. „Es könnte etwas dauern, aber ich denke, wir werden es schaffen."

Ohne den Blick von mir abzuwenden, führt Xero meine Knöchel an seine Lippen und drückt sanfte Küsse darauf. „Du bist mein Anker, kleiner Geist. Du gibst mir mehr, als du wahrscheinlich je ahnen wirst."

Die Ehrlichkeit seiner Worte lässt mein Herz schneller schlagen. Ich atme tief und ruhig ein und kämpfe gegen die überwältigende Welle der Wärme an. Xero weiß immer, wie er mich mit seinen Worten erreichen kann. Seine Offenheit ist angenehm und beängstigend zugleich. Aber ich bin keine inspirierende Kriegerprinzessin, sondern nur eine Versagerin, die versucht, die Scherben aufzusammeln.

Er tritt näher, lässt meine Hand los und streichelt meine

Wange. „Du verdienst etwas Schönes. Lass uns heute Abend eine Pause einlegen. Ich möchte dir einen besonderen Ort zeigen."

„Gehen wir auf eine Undercover-Mission?", frage ich und mein Atem beschleunigt sich.

Er schüttelt den Kopf. „Nein, eine Verabredung."

XERO

Ich habe Amethysts Outfit bis ins kleinste Detail geplant, denn ich weiß, dass das enge Leder ihre Kurven umschmeicheln wird und sie wie eine Frau aussehen lässt, die den Mut aufbringen würde, einem Mörder in der Todeszelle zu schreiben.

Sie hat große Fortschritte gemacht, sowohl in ihren Kampf- als auch in ihren Verhörfähigkeiten. Jedes Mal, wenn ich ihren Erfolg vor der Kamera beobachte, überkommt mich ein Anflug von besitzergreifendem Stolz.

Diese Verwandlung ist alles, was ich mir von Anfang an für Amethyst gewünscht habe. Ich bedaure nur, dass sie durch Schmerz und Missbrauch geschmiedet worden ist. Nach heute Abend möchte ich, dass mein kleiner Geist sich als meine wilde Göttin sieht. Sie muss ihre aufkeimende Macht anerkennen, die Macht, die mit jedem Akt der Rache erblüht ist.

Amethyst gehört mir – nicht Vater, nicht ihrer psychotischen Schwester, nicht irgendeinem Menschen aus ihrer Vergangenheit. Sie gehört mir. Und heute Abend wird sie das mit jeder Faser ihres wunderschönen Körpers begreifen. Ich werde ihr die Version von sich selbst zeigen, die es wert ist, angebetet zu werden.

Ich begutachte meinen Anzug im Spiegel. Er ist schwarz und schmiegt sich perfekt an meinen Körper, gepaart mit einer smaragdgrünen Krawatte, die zu Amethysts Augen passt. In meiner Tasche ist etwas, das ich ihr schon seit meiner Gefangenschaft schenken wollte.

Als sie in schwarzes Leder gekleidet das Bad verlässt, stockt mir der Atem. Es ist, als wäre meine Traumfrau aus den einsamen Nächten in meiner Zelle zum Leben erwacht. Das Lederkorsett schmiegt sich an ihren Oberkörper und drückt ihre Brüste nach oben, und der Rock schmiegt sich an ihre Hüften und betont jede Kurve. Mein Herz schwillt an und mein Blut schießt in tiefere Regionen. Das ist die Frau, die ich sehen wollte, als ich mit dem Gefängniskaplan auf sie wartete.

Amethyst ist eine Vision, mein wahr gewordener Traum.

Sie hat ihre Locken so gekämmt, dass sie ihr hübsches Gesicht in weichen Wellen umrahmen. Die linke Seite ist in demselben Grünton gefärbt wie ihre Augen, die vor Vorfreude funkeln. Hinter der Aufregung verbirgt sich ein Flackern von Zweifeln, von dem ich mir vornehme, es im Laufe der nächsten Stunden auszulöschen.

„Xero?" In ihrer Stimme schwingt eine unausgesprochene Frage mit.

„Du siehst exquisit aus." Ich gehe auf sie zu und streiche ihr eine verirrte Locke aus dem Gesicht, was ihr eine hübsche Röte auf die Wangen zaubert. Stolz lodert in meiner Brust auf, weil ich diese tödliche, kleine Killerin in Schüchternheit versetzen kann. Sie ist stark, aber immer noch verletzlich. Das macht sie für mich noch wertvoller.

„Wohin gehen wir?", fragt sie.

„Du wolltest einmal wissen, was mit den freigelassenen Agenten passiert, die sich nicht unserer Gruppe angeschlossen haben. Einige führen ein ruhiges Leben, andere kämpfen für ihre eigenen Ziele, und einige wenige erschaffen schöne Dinge."

Ich reiche ihr meinen Arm und führe sie zur Tür. „Heute Abend werde ich dir Letzteres zeigen."

Wir treten hinaus in die laue Abendluft, die noch warm vom Tag ist. Der Himmel ist tief indigoblau und mit Sternen übersät. Ein Oldtimer-BMW steht mit geschlossenem Verdeck draußen, bereit für unsere Reise. Sobald wir sitzen und uns angeschnallt haben, fahre ich Amethyst zum Alderney-See, wo ein ehemaliger

Moirai-Mitarbeiter, den ich befreit habe, nach seiner Pensionierung einen Weinberg gekauft hat.

Als wir uns dem Tal nähern, richtet sich Amethyst beim Anblick der Lichterketten, die die Weinstöcke beleuchten, in ihrem Sitz auf. Das Leuchten in ihren Augen übersteigt meine kühnsten Erwartungen.

„Ist das ein Weinberg?", fragt sie, und ihre Stimme klingt verwundert.

Meine Lippenwinkel verziehen sich zu einem Lächeln. „Ich wollte dich schon immer nach Armagnac mitnehmen. Unsere Reise dorthin wird warten müssen, bis wir unsere Feinde ausgelöscht haben. Bis dahin ist das hier das Nächstbeste."

Sie blickt weiterhin nach draußen, wobei sich ihr Atem beschleunigt. „Das ist atemberaubend."

Ich schmunzele. „Du hast es noch gar nicht gesehen."

Wir passieren ein schmiedeeisernes Tor in Form einer sich windenden Weinrebe, das sich zu einem kopfsteingepflasterten Weg öffnet. Die Luft ist erfüllt vom süßen Duft der Trauben, der sich mit dem erdigen Aroma des Weinbergs vermischt. Die Reifen holpern über die Steine und machen meinen ehemaligen Kollegen auf unsere Anwesenheit aufmerksam.

„Wem gehört dieser Ort?", fragt sie, während ihr Blick von einer Seite zur anderen wandert und jedes Detail der Weinstöcke und alten Olivenbäume am Wegesrand aufnimmt.

„Ein Mann namens Vinzent."

„Vincent?"

„Vinzent. Mit Z."

„Ich kann den Unterschied nicht hören."

Ich grinse. „Das wirst du, wenn du ihn triffst."

Wir halten vor einer weißen Villa im Herzen des Weinbergs, wo Vinzent bereits zur Tür herauskommt. Wie die meisten ehemaligen Mitglieder der Moirai bevorzugt er Schwarz, ein starker Kontrast zu seiner gebräunten Haut und seinem goldenen Haar. Ich hätte erwartet, dass er sich eher wie ein Winzer kleidet.

Wir steigen aus und ich atme den süßen Duft von reifen Trauben ein. Vinzent kommt mit einem Lächeln auf mich zu, seine scharfen, grauen Augen treffen meine, bevor er zu Amethyst blickt.

„Xero", sagt er und ergreift meine Hand mit festem Griff. „Willkommen zurück aus der Todeszelle. Ich sehe, du hast die Präsidentin deines Fanclubs mitgebracht."

Amethyst tritt unsicher von einem Fuß auf den anderen. Es ist offensichtlich, dass es ihr Unbehagen bereitet, aus den sozialen Medien erkannt zu werden. Ich drücke ihre Hand, um ihr zu zeigen, dass sie sicher und beschützt ist.

„Dank Amethyst haben wir einen Snuff-Film-Ring zerschlagen", sage ich mit einem Anflug von Stolz. „Wir haben über achtzig Millionen Dollar an Bankguthaben beschlagnahmt und vierundzwanzig Kinderattentäter gerettet. Sie hat uns näher an die Ergreifung von Delta herangeführt als irgendjemand zuvor."

Mit hochgezogenen Augenbrauen wendet sich Vinzents Blick wieder zu Amethyst, und seine Augen werden durch den neu gewonnenen Respekt weicher. „Willkommen, Amethyst, und danke, dass du unsere Sache vorantreibst. Es ist mir eine Ehre, dich in meinem bescheidenen Heim begrüßen zu dürfen."

Sie schenkt ihm ein schwaches Lächeln, und ich drücke noch einmal beruhigend ihre Hand. Vinzent zeigt uns den Weg zu seinem Sommerhaus am Rande seines Weinbergs.

Wir gehen schweigend die von Weinstöcken gesäumte Einfahrt hinunter zu einem kleinen Olivenhain am hinteren Teil des Grundstücks. Das Mondlicht taucht den Weinberg in ein silbernes Licht und wirft lange, kräuselnde Schatten auf den kopfsteingepflasterten Weg. Mein kleiner Geist starrt vor sich hin, scheinbar in Gedanken versunken.

Ich wende mich an sie und sage: „Vinzent hat es vorhin nicht böse gemeint."

Sie reibt sich den Nacken. „Ich weiß, aber es ist beängstigend, wenn ich daran denke, dass meine sozialen Medien mich vor der ganzen Welt bloßstellen und meinen Feinden eine Spur von Brotkrumen hinterlassen."

Das Zittern in ihrer Stimme lässt mein Herz sinken. Ich weiß, dass sie an Dolly, Delta und ihre Erniedrigung denkt.

„Mach dir keine Vorwürfe." Ich drücke sie tröstend, will ihr das Bedauern nehmen und es durch Entschlossenheit ersetzen. „Diese Medikamente, die du damals genommen hast, haben dein Urteilsvermögen beeinflusst."

Sie atmet tief aus und ein Teil ihrer Anspannung fällt von ihr ab. „Stimmt."

Ich warte darauf, dass sie noch etwas sagt, aber sie schweigt.

„Möchtest du mit Dr. Saint sprechen?", frage ich und meine Brust spannt sich vor Sorge.

Sie schüttelt den Kopf. „Das hat keinen Sinn. Alles, was sie je getan hat, war, mich auf Anweisung meiner Mutter unter Drogen zu setzen. Ich will nicht, dass ihr etwas passiert, denn sie hat mir geholfen, mit dem Mord an Mr. Lawson und den Reed-Brüdern davonzukommen."

„Erinnerst du dich jetzt an sie?"

„Vage." Sie zuckt mit den Schultern. „Ich erinnere mich, dass ich auf einer Studentenparty war und mit Sparrow getanzt habe. Später kam Wilder mit Drinks zu uns. Dann gibt es eine Lücke, und das Nächste, woran ich mich erinnere, ist, dass ich im Wohnheimzimmer zwei Leichen gefunden habe und Mom anrief."

Ich runzle die Stirn. Das ist ein Durchbruch, aber sie zu zwingen, ein Trauma auszugraben, an das sie sich vielleicht nicht genau erinnert, könnte die Überraschung ruinieren, die ich für meinen kleinen Geist vorbereitet habe. Heute Abend geht es darum, nach vorn zu blicken. Wir können morgen früh über ihre Zeit an der Uni sprechen.

Ich beschließe, nicht in dieser Erinnerung zu stochern, als wir an einer Reihe von Weinstöcken entlanggehen, deren Blätter sich in einer leichten Brise bewegen, bis wir die Flügeltüren eines Sommerhauses mit Blick auf den See erreichen.

Ich öffne die Tür und führe sie in ein geräumiges Wohnzimmer, das von einem knisternden Feuer erhellt wird. Der Tisch ist mit einer Auswahl von Vinzents Weinen und einer reichhaltigen Platte mit Wurstwaren, Käse, Oliven, Essiggurken und frisch gebackenem Brot gedeckt.

„Ich hoffe, du hast deinen Appetit mitgebracht", sage ich mit einem beruhigenden Lächeln.

Amethyst bleibt in der Tür stehen und nimmt mit großen Augen staunend die Umgebung in Augenschein. Ich hatte einen eleganten Abend geplant, der mich an die Weinverkostungen in Frankreich erinnern sollte, mit einem kulinarischen Angebot und Vinzents bestem Wein.

„Das alles hast du für mich arrangiert? Es ist wunderschön“, flüstert sie ehrfürchtig.

„Ich wollte dir eine Pause gönnen“, sage ich, und mein Herz schlägt höher angesichts ihres Glücks. „Nur für heute Nacht, lass uns alles außerhalb dieses Weinbergs vergessen.“

Sie tritt weiter in den Raum, ihr Blick schweift zum Kamin, bevor sie ihn auf mich richtet. „Gibt es ein Schlafzimmer?“

Meine Augenbrauen heben sich angesichts ihrer Frechheit, und mein Schwanz zuckt in meiner Hose. „Willst du mich verführen, kleiner Geist?“

Sie kommt auf mich zu, legt ihre Hand auf meine Brust und murmelt: „Vielleicht.“

AMETHYST

Xero blickt auf mich herab, seine blassblauen Augen scheinen im Schein des Feuers zu leuchten. Er mag über meine Offenheit überrascht sein, aber ich bin nicht mehr derselbe Mensch, der ich noch letzte Woche war.

Es ist genauso, wie er gesagt hat – ich habe ihn in seiner Sache unterstützt und mich einer Handvoll meiner ehemaligen Peiniger gestellt. Das Trauma meiner Vergangenheit fühlt sich weit weg an, ersetzt durch die Genugtuung der Vergeltung. Jede Konfrontation hat die Schichten meines alten Ichs abgestreift und mich stärker gemacht.

Er kommt näher, seine Hand legt sich sanft und besitzergreifend zugleich auf meine Wange. „Bist du dir da sicher, kleiner Geist?"

„Du hast mich lange genug geneckt." Ich drehe meinen Kopf und drücke ihm einen Kuss auf die Handfläche. „Als du mir das Spielzeug gegeben hast, konnte ich nur daran denken, wie sehr ich das echte Teil haben wollte."

Sein Blick flackert vor Begierde, er legt einen Arm um meine Taille und zieht mich näher zu sich heran, sodass ich seine Erregung deutlich spüren kann. Seine Länge, seine Hitze und sein Umfang drücken sich gegen meinen Bauch und ich bemühe mich darum, ein Stöhnen zu unterdrücken. Hitze breitet sich in meinem Innern aus, das sich erwartungsvoll zusammenkrampft.

Mit seinem Daumen zeichnet er die Linie meines Kiefers nach, bevor er ihn über meine Unterlippe gleiten lässt, was mir einen Schauer über den Rücken jagt.

„Das ist ein gefährliches Spiel, das du da spielst", knurrt er. „Du weißt, wie ich ficke … Ich bin kein sanfter Mann."

Seine Worte hängen in der Luft, ein dunkles Versprechen, das meinen Puls zum Rasen bringt. Ein Zittern geht durch mein Inneres und Feuchtigkeit breitet sich zwischen meinen Schenkeln aus.

„Ich kann drei Finger nehmen. Warum soll ich dich nicht nehmen können?" Meine Stimme klingt herausfordernder, als ich beabsichtigt hatte, obwohl ich ihn brauche, um an meine Grenzen zu gehen.

Stille breitet sich aus, nur unterbrochen vom leisen Knistern und Knacken des brennenden Holzes. Draußen raschelt der Wind in den Weinstöcken. Xeros Augen verdunkeln sich und nehmen einen raubtierhaften Glanz an. Seine Finger gleiten von meiner Lippe hinunter und fahren an meinem Hals entlang. Die Berührung fühlt sich besitzergreifend an, und ich erschaudere bei dem Gedanken, dass er mich als sein Eigentum beansprucht.

„Ich warne dich, wenn ich erst einmal anfange, werde ich nicht aufhören, bis du in jeder Hinsicht mir gehörst. Bei mir gibt es kein Zögern, keine halben Sachen. Bist du dir sicher, dass du das willst? Du nimmst alles von mir, oder gar nichts."

Mir stockt der Atem angesichts des verheißungsvollen Klangs in seiner Stimme, aber ich schaffe es, meinen Blick ruhig zu halten, denn mein Körper schreit nach der Gefahr, die er darstellt.

„Ruiniere mich, Xero", flüstere ich.

„Such dir ein Safeword aus", murmelt er, während seine Lippen mein Ohr streifen.

Ein Schauer läuft mir über den Rücken, und mein Atem stockt. „Warum?"

„Denn wenn ich dich ficke, werde ich es mit ganzem Herzen tun. Ich werde die Berührung jedes Mannes auslöschen, der dachte, er könne Anspruch auf das erheben, was mir gehört, und ich werde nicht aufhören, bis du meinen Namen schreist. Wenn du es nicht aushältst, muss es einen Weg geben, mich zu stoppen, bevor es zu intensiv wird."

Als ich seine Worte verarbeite, rauscht das Blut in meinen Ohren. Ich schlucke, mein Mund ist plötzlich trocken. „McMurphy?"

„Was?", fragt er und weicht zurück, seine Lippen verziehen sich vor Abscheu. Seine Augen verengen sich und suchen meine.

„Zu viel?", frage ich und meine Stimme zittert vor Unsicherheit.

Seine Gesichtszüge spannen sich an. „Dieses Wort ist, als würdest du mir einen Eimer Eiswasser über den Kopf schütten."

„Gut", sage ich mit einem Nicken. „Was ist mit ihr passiert?"

„Sie hat ein Auge verloren." Er senkt seinen Mund in einem brennenden, besitzergreifenden Kuss auf meinen.

Alle Gedanken an diese perverse Gefängniswärterin verschwinden, als seine Zunge in meinen Mund eindringt. Sein Kuss ist heftig und gebieterisch, mit einer Intensität, die mir den Atem raubt. Ich habe das Gefühl, mit ihm zu verschmelzen und gebe mich ganz seinem Verlangen hin.

Seine Hände finden ihren Weg zur Vorderseite meines Korsetts und lösen die Haken. Seine Berührung ist elektrisieren, jede Berührung seiner Finger lässt Funken auf meiner Haut sprühen. Das Leder gleitet zu Boden und enthüllt meine Brüste.

Ein Luftzug umspielt meine entblößte Haut und lässt meine Brustwarzen sich zusammenziehen. Stöhnend rollt Xero sie zwischen seinem Daumen und seinem Zeigefinger und jagt damit Wellen der Ekstase durch mich hindurch.

„Xero." Ich drücke mich seiner Berührung entgegen, ein Stöhnen entweicht meinen Lippen, als ich mich nach mehr von seinen berauschenden Liebkosungen sehne.

Seine Lippen streifen meinen Hals, als er den Reißverschluss meines Rocks öffnet. Meine Haut kribbelt, als das Leder an meinen Schenkeln herunterrutscht, ein Schauer überläuft meine Haut, bevor sie vom Feuer erwärmt wird. Ich schiebe den Rock beiseite und stehe, mit nichts weiter als meinen Schuhen und meinem Höschen bekleidet vor ihm.

Seine Augen schweifen über mich und saugen jeden Zentimeter meines Körpers in sich auf. Ich versuche, mich nicht zu winden, und verdränge den Gedanken an die Narben, die meine Haut verunstalten. Ich bin nicht mehr beschädigt, sondern kampferprobt. Eine Kriegerin, genau wie Xero.

Er lehnt sich näher zu mir heran, sodass sein warmer Atem mein Ohr streift, als er flüstert: „Du bist exquisit. Jeder Zentimeter von dir ist perfekt."

Die Wärme seines Atems an meinem Hals lässt meine Haut kribbeln. Dann finden seine Lippen mein Schlüsselbein und wandern tiefer zu meinen Brüsten, jeder Kuss ist, als würde er ein Brandzeichen auf meine Haut setzen. Ich klammere mich an seine Arme und verliere mich in dem Gefühl seiner Berührung.

„Auf die Knie", knurrt er.

Gehorsam lasse ich mich auf den Teppich sinken und spüre, wie die Hitze des Feuers meinen Rücken streichelt. Das Verlangen kribbelt in meinem Bauch, als ich seinem Blick begegne. Seine Augen sind dunkel vor Verlangen.

Seine Erektion zeichnet sich so deutlich unter dem Stoff seiner Hose ab, dass sogar seine Piercings zu sehen sind.

Mit zitternden Fingern greife ich nach seinem Hosenbund, öffne seinen Gürtel und ziehe seinen Reißverschluss herunter. Ich ziehe seine Hose und Unterhose herunter, um seinen Schwanz zu befreien, und genieße den Anblick, der sich mir bietet.

Plötzlich drängen sich die Erinnerungen in den Vordergrund meiner Gedanken. Ich sitze wieder auf diesem Stuhl, den Mund aufgesperrt, umgeben von Männern, die sich auf Dollys Kommando einen runterholen. Ich zucke zusammen, mein Herz stottert.

„Bist du noch bei mir, kleiner Geist?", fragt Xero, und seine Stimme holt mich in die Gegenwart zurück.

Ich rutsche auf den Knien herum, wobei die Erinnerungen verblassen. „Tut mir leid", murmle ich. „Erinnerungen."

Er fährt mir mit den Fingern durch die Locken, sodass meine Kopfhaut kribbelt. „Sieh mich an."

Ich blicke zu Xero auf und sehe in seine Augen, in denen einen brennende Wut zu sehen ist. Das Feuerlicht lässt sein helles Haar schimmern und verleiht ihm einen unheimlichen

Glanz. Er sieht aus wie ein mit Flammen gekrönter Kriegsgott. Der Anblick ist sowohl erschreckend als auch atemberaubend. Als ich ihm in die Augen schaue, verblasst jeder andere Mann zur Bedeutungslosigkeit, nur die Intensität seiner Anwesenheit bleibt.

„Du bleibst bei mir, verstanden?", fragt er.

Schluckend nicke ich, wobei mein Herz wie wild in meiner Brust rast.

„Ich werde jeden Bastard kastrieren, der dich je angefasst hat, und seine Eier verbrennen", knurrt er mit bedrohlicher, tiefer Stimme. Seine Finger krallen sich in mein Haar, seine Augen glühen vor Beschützerinstinkt.

„Warum nicht ihre Schwänze anzünden?", frage ich mit einem Anflug von Trotz.

„Weil du ihnen diese Schwänze in den Hals stecken wirst", antwortet er mit einem Grinsen.

Ein leises Lachen entweicht meiner Kehle und durchbricht die Spannung. Eine erdrückende Last fällt von meinen Schultern, und meine Laune hebt sich. Wie könnte ich mich jemals schlecht fühlen, wenn Xero mir den Rücken freihält?

Das ist nicht einmal schwarzer Humor. Es ist ein verdammter Plan.

Ich lege meine Finger um seinen Schaft und rutsche näher zu ihm heran. Als ich ihn streichle, scheint er unter meiner Berührung noch weiter anzuschwellen. Die Versuchung ist zu groß, und ich kann nicht widerstehen, eine spielerische Bemerkung hinzuzufügen.

„Und wenn ich deinen will? Er ist so verlockend. Er wird sogar mit viel hübschen Schmuck geliefert."

„Mein Schwanz ist nicht schön", knurrt er.

„Doch, das ist er", sage ich und blicke ihm in die Augen. „Alles an dir ist schön. Sogar deine Eier." Ich grinse und fahre mit dem Daumen über die empfindliche Haut unter seinem Piercing.

Er zittert. „Wie wär's, wenn du ihn in diesen schönen Mund nimmst?"

Ich fahre mir mit der Zunge über die Lippen, beuge mich vor und wirble mit meiner Zunge um seine Eichel, genieße, wie er sich anfühlt, bevor ich ihn tiefer nehme. Sein Geschmack ist berauschend – eine Mischung aus Salz und Moschus, verstärkt durch die Hitze seiner Erregung. Ich genieße die Art und Weise, wie er in meinem Mund zuckt, jede Bewegung entfacht einen Funken der Lust.

„Langsam", murmelt er, seine Hand ruht auf meinem Hinterkopf. „Nimm dir Zeit. Spüre jeden Zentimeter."

Ich öffne mich weiter und lasse mich langsam von ihm führen, während sich mein Mund an seine Größe anpasst.

„Braves Mädchen", stöhnt er. „So ist es gut. Lass mich diesen perfekten Mund spüren."

Ich summe um seinen Schaft herum.

„Benutze deine Zunge", knurrt er. „Lass mich die Kontrolle verlieren."

Meine Klitoris pocht vor Erregung und meine Muschi zieht sich vor Verlangen zusammen. Ich wirble meine Zunge um seinen Schwanz und ich spüre, wie mir die Nässe an den Schenkeln herunterrinnt.

„Braves Mädchen", stöhnt er und seine Finger gleiten in meine Locken. „Und jetzt öffnen deinen hübschen Mund noch weiter und nimm mich ganz."

Seine Stimme ist tief und befehlend, und sie sendet eine Welle der Erregung direkt in mein Innerstes. Ich öffne mich weiter und nehme so viel von ihm auf, wie ich kann, ohne zu würgen. Sein tiefes Stöhnen gibt mir einen Kitzel der Befriedigung, als er meine Kehle erreicht.

Ich wippe mit dem Kopf und nehme ihn weiter in mich auf, wobei ich genau das richtige Maß an Druck und Saugkraft anwende, um seinen Körper zum Beben zu bringen. Mit jedem Schlag meiner Zunge kontrolliere ich seine Reaktionen.

„Du bist unglaublich", stöhnt er und seine Hüften zucken. „So eng. So feucht. So absolut unwiderstehlich."

Ich summe und die Vibration lässt ihn erschaudern. Obwohl er vollständig bekleidet ist und ich diejenige bin, die nur in meinem Slip vor ihm kniet, habe ich das Gefühl, die volle Kontrolle zu haben. In diesem Moment kontrolliere ich Xeros Vergnügen. Ich besitze ihn.

Jede Bewegung meiner Zunge lässt seinen Atem stocken und seinen Körper erbeben. Ich ziehe die Backen ein und sauge ihn fester, mein Mund arbeitet im Tandem mit den Bewegungen meiner Hand.

Sein Griff in meinem Haar verstärkt sich, um meine Bewegungen zu lenken, während ich ihn tiefer nehme, sodass seine Eichel hinten an meine Kehle stößt. Tränen brennen in meinen Augen, aber ich mache weiter, entschlossen, ihn an den Rand zu bringen.

„Sieh mich an."

Ich ziehe mich gerade so weit zurück, dass ich ihm in die Augen schauen kann. Sein Ausdruck ist rau, erfüllt von einem so intensiven Bedürfnis, dass mir der Atem stockt. Eine unglaubliche Intensität liegt in seinen Augen, und in ihnen sehe ich mein eigenes Spiegelbild – eine Göttin, eine Verführerin, eine Frau, die keine Angst vor ihrem Verlangen hat.

Sein Blick verdunkelt sich vor Lust und er stößt in meinen Mund. „Du siehst so schön aus, wenn deine Lippen um meinen Schwanz liegen."

Stöhnend lasse ich ihn wieder tiefer in mich gleiten, und meine eigene Erregung steigt mit seinem Schaudern und Stöhnen. Sie vermischen sich mit dem Knacken und Knistern des Feuers und dem sanften Rauschen des Windes.

„Ich werde in deiner Kehle kommen, Amethyst. Willst du das? Willst du, dass ich dich benutze?"

„Ja", bringe ich hervor. „Bitte."

Er verstärkt seinen Griff in meinem Haar und hält meinen Kopf fest, während er seine Hüften zurückzieht. Mit einem kräftigen Stoß dringt er tief und hart in meinen Mund ein und stößt dabei gegen meine Kehle.

„Entspann deine Kehle, Babe", sagt er sanft und sein Daumen streichelt zärtlich meine Wange. „Lass mich rein."

Ich nicke und gebe mich ihm hin, zwinge meine Muskeln, sich zu lockern und lasse ihn weiter in meinen Mund gleiten. Als er meinen Würgereflex überwindet, stöhnen wir beide auf.

„Genauso", grummelt er.

Er bewegt sich vor und zurück, übernimmt die Kontrolle, wobei jeder kräftige Stoß eine Welle der Lust in mir auslöst. Sein Geschmack, sein Duft, das Gefühl, wie sein Schwanz meine

Lippen dehnt – es ist berauschend und lässt mein Inneres vor Verlangen pochen.

„Ah ... du bist mein braves Mädchen. Mein ganz besonderes, kleines Vergnügen."

Ich schiebe die Finger meiner freien Hand in mein Höschen und reibe meine geschwollene Klitoris. Erregung überzieht meine Finger, während ich mich selbst befriedige und meine Bewegungen dem Rhythmus seiner Hüften anpasse.

„So ist es richtig."

Jedes Stöhnen, jedes Keuchen von Xero steigert mein eigenes Vergnügen, und ich stimuliere mich fester, um mir selbst Befriedigung zu verschaffen.

„Du nimmst mich so tief, so gut. Verdammt, kleiner Geist, du bringst mich zum Kommen."

Ich will ihn zum Äußersten treiben, die Kraft seines Höhepunkts spüren, die Kontrolle über ihn übernehmen. Sein Schwanz pocht, seine Bauchmuskeln spannen sich an, sein Atem kommt in rasenden Stößen. Gerade als er zum Höhepunkt kommt, zieht er sich zurück und sein Schwanz aus meinem Mund.

„Xero?", frage ich atemlos.

Er beugt sich vor und sein Blick trifft meinen. „Du warst so ein gutes Mädchen, dass ich dir geben werde, was du willst."

Meine Augen weiten sich.

„Lehn dich für mich zurück, Babe. Ich werde deine süße Fotze nehmen."

NEUNUNDSIEBZIG

XERO

Amethyst starrt mich aus geweiteten Augen an. Die Wimperntusche ist ihr über die Wangen gelaufen. Meine Eier ziehen sich bei ihrem Anblick zusammen, so begierig und bereit für mich. Es ist fast genug, um mich direkt kommen zu lassen.

Fast.

Aber ich habe nicht vor, vor meinem kleinen Geist zum Höhepunkt zu kommen.

Ihre Brüste wippen, als sie sich auf ihren Hintern setzt, und ich drücke sie auf den Rücken. Sie auf dem Teppich liegend zu sehen, während das Feuer einen warmen Schein auf ihre Haut wirft, ist einfach nur himmlisch.

Amethyst ist ein Meisterwerk aus weichen Rundungen und Vertiefungen. Ich genieße ihren Anblick unter mir, ihr Körper zittert vor Verlangen. Ihre Brüste sind voll und rund, ihre Brustwarzen sind hart und verlangen nach Aufmerksamkeit. Ich blicke zwischen ihre Schenkel und stöhne auf, fasziniert von der Nässe, die an ihren rosigen Falten klebt.

Ihr Körper, der einst eine berauschende Mischung aus Unschuld und Schönheit war, ist mir nun ebenbürtig. Die Narben, die ihre Haut zieren, erzählen von Kämpfen, die sie überlebt hat, und von der Rache, die sie an unseren gemeinsamen Feinden üben wird.

Schnell und flach atmend, greift sie nach meinem Hemd. Ich komme näher und positioniere mich zwischen ihren Schenkeln. Meine Finger fahren über ihren Bauch, sodass ihre Muskeln unter meiner Berührung erbeben.

„Xero", flüstert sie, „du hast zu viel an."

Ein Grinsen umspielt meine Lippen. „Glaubst du, du kannst mit dem umgehen, was darunter ist?"

Auf ihr eifriges Nicken hin füge ich hinzu: „Dann weißt du ja, was zu tun ist."

Sie greift nach meinem Hemd und zieht kräftig daran, sodass die Knöpfe abreißen und auf dem Boden landen.

„Ich liebe es, wenn du dir nimmst, was du willst", murmle ich, und mein Atem stockt, als sie mir das Hemd vom Körper streift, um meine Brust und meine Bauchmuskeln zu entblößen.

Ihr Stöhnen entlockt mir ein leises Lachen. „Ungeduldig, kleiner Geist?"

Während sie mit ihren Händen über meine Brust streicht, gleiten meine Finger zwischen ihren feuchten Falten hindurch. Stolz schwillt in mir an, als ich ihre verzweifelten Laute höre.

„Sag mir, was du willst", flüstere ich, umspielte ihre Klitoris und bringe ihre Hüften zum Zucken. Ihr lustvolles Keuchen ist die einzige Ermutigung, die ich brauche, um zwei Finger in ihre feuchte Hitze zu schieben.

„Xero", stöhnt sie und bewegt ihre Hüften im Takt meiner Bewegungen. „Ich will mehr."

„Du denkst, du hast es verdient?" Meine Lippen kräuseln sich, als sie knurrt. „Wer bin ich denn, dass ich der Frau, die ich liebe, etwas verweigere?"

Ich füge einen dritten Finger hinzu und genieße es, wie sie bei meiner Berührung zittert und sich wölbt. „Das ist es. Nimm alles. Ich liebe es, wie dein Körper auf mich reagiert."

Wimmernd presst sie die Zähne zusammen.

In den letzten Tagen ist sie weniger nervös, reaktionsschneller und mutiger denn je geworden. Ich kann nicht sagen, ob es an der Folter liegt, die sie mir zugefügt hat, an ihrem wachsenden Vertrauen in mich oder an der Zeit, aber ihr Vertrauen erfüllt mich mit Stolz.

„Scheiße, du bist so eng", knurre ich. „Du bist wie für mich gemacht."

Sie stöhnt und drückt mir ihre Hüften entgegen. Ich beuge mich hinunter, um einen Kuss auf die Innenseite ihres Schenkels zu drücken. Der Duft ihrer Erregung ist berauschend, eine Mischung aus Moschus und Süße, die mich in den Wahnsinn treibt.

Ihr Körper wölbt sich vor Spannung, vor dringendem Bedürfnis, aber ich will mir Zeit lassen und sichergehen, dass sie bereit ist. Ich lasse meine Finger in ihre enge Hitze gleiten und wieder heraus, krümme sie, um genau die richtige Stelle zu treffen. Ich genieße es, wie sich ihr Gesicht vor Lust verzieht.

„Xero, bitte", haucht sie.

„Sag mir, was du willst", knurre ich.

Ihr Atem beschleunigt sich. Sie windet sich, sodass ihre Brüste wackeln. „Bitte, Xero. Ich brauche dich in mir."

Das Verlangen überwältigt meine Sinne. Die Erregung schießt direkt zu meinem Schwanz bei ihrem rohen Bedürfnis, und meine Sicht verschwimmt. Jeder Instinkt schreit mich an, meine Finger herauszuziehen und sie durch meinen Schwanz zu ersetzen, aber ich zwinge mich, zu widerstehen.

„Noch nicht, Babe. Ich will hören, wie du darum bettelst."

Ein Teil von mir erinnert sich immer noch an die Zeit, als sie mich mit Vater verwechselt hat. Ich weiß, dass sie nicht mehr unter dem Einfluss von halluzinogenen Drogen steht, aber ich muss sicher sein, dass sie das wirklich will. Wir stehen kurz vor einem Durchbruch. Das muss in Amethysts Tempo geschehen, nicht in meinem.

„Xero", schreit sie.

Mein Name auf ihren Lippen entfacht ein primitives Verlangen, sie für mich zu beanspruchen und zu markieren. Mit zusammengebissenen Zähnen knurre ich: „Bist du sicher, dass du das schaffst?"

„Ja", keucht sie. Ihre Finger schließen sich um meinen Schaft und ziehen ihn näher an ihre süße, feuchte Muschi. „Bitte."

Mein Schwanz zuckt.

Noch nicht ...

Nicht bevor sie es verlangt.

„Bist du dir sicher? Ich will mich vergewissern."

„Xero!"

„Aber ich bin schon in dir drin." Ich spreize meine Finger und widerstehe dem Drang, mich an ihrem Eingang zu positionieren. Sie murmelt etwas Unzusammenhängendes, woraufhin ich hinzufüge: „Was war das? Ich habe dich nicht verstanden."

Ihr Atem stockt, und sie windet sich unter mir. „Ich will, dass du mich fickst, Xero. Ich bitte dich. Ich will deinen Schwanz in mir spüren."

Meine Finger gleiten aus ihrer glitschigen Muschi. Ich lege meine Hand um meinen Schwanz und reibe meine Eichel zwischen ihren feuchten Falten. „Ist es das, was du willst, kleiner Geist?"

Sie zittert. „Bitte, Xero." Ihre Stimme bricht. „Fülle mich aus. Ich brauche deinen Schwanz. Fick mich."

Eine Welle der Zufriedenheit erfüllt mein Inneres. Es besteht kein Zweifel – sie ist bereit. Aber ich bin süchtig nach dem Klang ihres Bettelns.

„Das kannst du besser", sage ich. „Komm schon, ich will es hören. Flehe mich an, als ob du es ernst meinst."

Tränen steigen ihr in die Augen und sie schreit auf, eine Mischung aus Frustration und Bedürfnis. „Ich will dich mehr als alles andere. Ich habe davon geträumt, ich brauche das. Bitte, Xero, ich flehe dich an. Fick mich hart. Fülle mich mit deinem Schwanz."

Ihr verzweifeltes Flehen durchbricht den letzten Rest meiner Zurückhaltung. „Du hast es so gewollt, Baby. Jetzt nimm alles von mir."

Mit einem Knurren stoße ich in sie hinein und spüre, wie sich ihre Enge um meinen Schwanz schließt. Das Gefühl ist überwältigend, fast zu viel. Ich bin kurz davor zu kommen, aber ich beiße die Zähne zusammen, weil ich meinen kleinen Geist nicht enttäuschen will.

„Verdammt, du fühlst dich so gut an, dass ich vielleicht nicht durchhalte."

Ihr Innerstes verkrampft sich um meinen Schaft und zieht mich tiefer in sie. Ich halte still, will mir diese Erinnerung für immer einprägen.

„Scheiße, du bist so eng", stöhne ich. „So perfekt um meinen Schwanz herum."

Sie wimmert unter mir, ihr Körper zittert. „Ich hatte fast vergessen, wie groß du bist."

Ich stoße bis zum Anschlag in sie. Ihre Muschi erbebt um meinen Schaft und passt sich meinem Umfang an. Wir liegen zusammen auf dem Teppich und blicken uns in die Augen. Das ist der Moment, von dem ich dachte, dass wir ihn während unseres ehelichen Besuchs haben würden. Ich hatte vor, sie im Besuchsraum in Anspruch zu nehmen und ihr persönlich zu sagen, dass sie mein Ableben nicht betrauern muss, weil ich einen Weg gefunden habe, wie wir für immer zusammen sein können.

Als sich ihr Körper an meine Größe gewöhnt hat, beginne ich, mich mit bedächtigen Stößen zu bewegen und lege einen vorsichtigen Rhythmus vor.

„Du bist jetzt bereit für mich, nicht wahr? Ich werde dafür sorgen, dass du dich daran erinnerst."

Ihre Muschi spannt sich um meinen Schwanz herum an und sie kommt mit ihren Hüften meinen Stößen entgegen, wobei sie genauso viel Lust zurückgibt, wie sie empfängt. Ich beschleunige meinen Rhythmus, unsere Körper bewegen sich, wie eine Einheit.

„Sag mir, wie es sich anfühlt", knurre ich und meine Lippen streifen ihr Ohr.

„Unglaublich ... so tief ... so gut ... aber nicht genug", stöhnt sie und ihr Körper zittert.

Ich bewege mich schneller, angespornt durch ihr Betteln nach mehr. Ihr Körper wölbt sich meinem entgegen, und ich kann nicht genug von meinem kleinen Geist bekommen. Ihre enge, feuchte Hitze umklammert mich wie ein Schraubstock und treibt mich an den Rand.

„Amethyst, du machst mich wild", stöhne ich. „Dich zu ficken ist, als würde man sich am Rande des Wahnsinns bewegen."

Ihr Stöhnen wird lauter, und ich merke, dass sie kurz vor dem Höhepunkt steht. „Bitte, Xero", fleht sie. „Berühre mich. Mach, dass ich komme."

Ich schiebe meine Hand zwischen unsere Körper, sodass

meine Finger ihre geschwollene Klitoris finden, und sie im Takt meiner Stöße umkreisen. Sie schreit auf, und ihr Innerstes spannt sich so sehr an, dass ich genießerisch die Augen schließe.

„Das ist es, Babe", murmle ich, mit vor Verlangen zitternder Stimme. „Komm für mich. Zeig mir, wie gut es sich anfühlt."

Der Orgasmus erfasst ihren Körper und sie zuckt unter mir, während sie meinen Namen schreit. Ich reibe weiter an ihrer Klitoris, um ihren Höhepunkt in die Länge zu ziehen.

Während die Nachbeben ihren Körper erfassen, ziehe ich mich zurück, drehe sie herum und hebe sie auf Hände und Knie. Der Anblick ihrer feuchten Muschi von hinten jagt eine Welle der Hitze durch meine Adern. Jeder Urinstinkt bäumt sich auf, um zu fordern, was mir gehört. Dieses Mal kann ich mein Verlangen nicht unterdrücken.

Ich packe sie an den Hüften und stoße hart und tief in sie, und sie keucht auf. Ihre enge Hitze umhüllt meinen Schaft, und das Gefühl ist fast zu viel, um es zu ertragen.

„Wem gehörst du?", knurre ich, während ich in ihre perfekte Fotze stoße.

„Dir, Xero", stöhnt sie.

Ich beschleunige meine Stöße und stoße härter in sie. „Sag es noch einmal."

„Xero. Ich gehöre Xero Greaves", schreit sie.

Ihre Worte schicken einen Kitzel direkt in meine Eier. Ich bin so kurz davor zu kommen, dass jeder Nerv kribbelt.

„Das ist mein Mädchen ... Das ist mein süßes, feuchtes, enges Mädchen. Nimm mich. Nimm alles. Bis zum verdammten Anschlag."

Ich greife um sie herum, finde ihre Klitoris und reibe sie im Rhythmus meiner Stöße, die sie zum Schreien bringen. Wir ficken wie Tiere, unsere Körper sind schweißnass und erfüllen den Raum mit dem Geräusch von Haut, die auf Haut trifft.

„Amethyst", knurre ich, meine Stimme heiser vor Verlangen. „Ich bin kurz davor ... komm zusammen mit mir."

Ihr Körper spannt sich an, und ich spüre, wie sie sich um meinen Schaft zusammenzieht. Immer wieder spannen sich ihre Muskeln an.

„Ja. Genauso. Melke mich, sauge mich aus, nimm alles.

Verdammt ... du bringst mich noch um den Verstand. Du bist so eng. Du weißt nicht, was du mit mir machst. Ich werde ... Ich werde ... Oh, Scheiße."

Ich halte mich zurück, schwanke am Rande des Abgrunds, will, dass dieser Moment anhält, aber es ist mehr, als ich widerstehen kann. Ihr Höhepunkt umschließt meinen Schwanz so fest, dass keine Kraft der Welt meinen Höhepunkt zurückhalten könnte. Mit einem letzten, kräftigen Stoß explodiere ich in ihr.

Danach sinken wir zusammen auf den Teppich zusammen, unsere Körper sind erschöpft und zittern, das Feuer wirft einen warmen Schein auf ihre Haut. Ich drücke sie eng an meine Brust und spüre den schnellen Schlag ihres Herzens im Gleichklang mit meinem. Unsere Atemzüge vermischen sich, als ich meine Lippen auf ihre Stirn lege und den süßen Duft ihres Haares einatme.

Ich flüstere ihr Worte der Liebe und Anbetung zu und sage ihr, wie viel sie mir bedeutet und dass jeder Moment mit ihr wie ein Geschenk ist. Meine Finger zeichnen sanfte Muster auf ihrem Rücken, jede Berührung ist ein Versprechen meiner unerschütterlichen Hingabe.

Für einen Moment hört die Welt auf zu existieren, und es gibt nur sie und mich, eingehüllt in den Kokon unserer gemeinsamen Intimität.

„Amethyst", flüstere ich in ihre Locken, und mein Atem stockt. „Du hast keine Ahnung, wie sehr ich dich liebe."

Sie hebt den Kopf und ihre Augen treffen meine mit einer Sanftheit, die mir den Atem raubt. „Wie sehr?"

Die Verletzlichkeit in ihrer Stimme löst jeden Beschützerinstinkt aus. „Ich liebe dich mehr als das Blut in meinen Adern. Ich liebe dich mehr als die Luft, die ich atme. Du bist das Erste, woran ich denke, wenn ich aufwache, und das letzte, woran ich denke, wenn ich einschlafe. Ich liebe dich so sehr, dass sich jeder Moment ohne dich anfühlt, als würde ich in der Hölle schmoren."

„Xero", flüstert sie.

„Ich liebe dich mehr, als Worte je ausdrücken könnten, denn du warst immer mein. Mein, lange bevor wir uns trafen.

Niemand hat mich je so vervollständigt, wie du es tust. Du bist es. Mein Ein und Alles. Mein perfektes Gegenstück."

Ihre Augen füllen sich mit Tränen, aber es sind Tränen der Freude, nicht der Traurigkeit. Anstatt eine Antwort zu verlangen, halte ich sie fest, weil ich sie nicht drängen will, bevor sie bereit ist. Wir liegen eng umschlungen beieinander, genießen die Glut des Feuers und die Tiefe unserer gemeinsamen Gefühle, schätzen unsere seltene und schöne Verbindung.

Ein Alarm durchbricht unseren besonderen Moment. Stöhnend taste ich nach meiner Hose und finde mein Handy. Ein Blick auf das Display lässt mich erstarren.

„Was ist los?", fragt Amethyst.

„Es ist vom Hauptquartier. Dolly hat dir ein neues Video geschickt."

Bei meinen Worten runzelt sie die Stirn, Sorge zeichnet sich auf ihrem schönen Gesicht ab. „Worum geht es?"

Eine weitere Nachricht wird angezeigt:

Dollys Leute haben gerade die Kaution für Relaney Cymbal hinterlegt. Erlaubnis zur Verfolgung?

Amethysts Atem stockt. „Wir müssen etwas tun."

Ich nicke, meine Gedanken rasen. „Das werden wir. Zieh dich an."

ACHTZIG

AMETHYST

In den nächsten Sekunden versuche ich, mich so schnell wie möglich anzuziehen. Meine Hände zittern so sehr, dass ich es kaum schaffe, den Reißverschluss meines ledernen Rocks zu schließen. Sogar mein Korsett drückt sich um meinen Brustkorb und zwingt mich zu flachen Atemzügen. Bis zu diesem Moment hatte ich Relaneys Existenz völlig vergessen, da ich annahm, dass die seltsame Frau, die im *Parisii Drive* wohnte, immer noch wegen des Cannabisanbau in ihrem Keller im Gefängnis saß.

Xero schlüpft in seine Anzughose und seine Schuhe, aber sein Hemd ist ein hoffnungsloser Fall, da ich die Knöpfe abgerissen habe. Wir verlassen das Sommerhaus und kehren zu seinem Auto zurück, wo er mir beim Einsteigen hilft.

Während der angespannten Sekunden, die wir brauchen, um den Weinberg zu verlassen, herrscht Stille. Jede Unebenheit auf dem Kopfsteinpflaster jagt mir einen Schauer über den Rücken und lässt meine Nerven flattern. Meine Hände ballen sich so fest zu Fäusten, dass es schmerzt.

Die Sorge nagt an meinen Eingeweiden. Ich fasse mir an die Brust, weil ich nicht glauben kann, dass diese Bastarde meine Nachbarin ins Visier genommen haben, um sie als Schachfigur für Dollys fehlgeleiteten Rachefeldzug zu benutzen. Hat Relaney nicht schon genug gelitten?

Xeros Auto verlässt den Weinberg und fährt auf eine enge, kurvenreiche Landstraße. Er kämpft darum, ruhig zu bleiben, aber seine weiß hervortretenden Knöchel und die pochende Ader an seiner Schläfe verraten seine Wut.

Die Angst, die sich in mir breitmacht, kämpft einen aussichtslosen Kampf gegen die Wut, die in meinen Adern lodert. Mein Blick fällt auf das Handy, das er auf der Mittelkonsole liegen gelassen hat.

„Was ist auf dem Video zu sehen?", frage ich mit fester Stimme.

„Schau es dir an. Vielleicht findest du ja etwas, das uns von Nutzen sein könnte."

Ich greife danach und tippe auf den Link, der zu einer privaten Social-Media-Seite führt. Meine Nasenflügel blähen sich bei dem, was ich sehe. Es gibt einen Grund, warum Dolly es nicht öffentlich gepostet hat. Für diesen Blödsinn würde sie wahrscheinlich verhaftet werden.

Der Bildschirm zeigt die Aufnahme, die aus der Perspektive eines Mannes gemacht wurde, der ein Polizeirevier betritt und einige Papiere unterschreibt. Eine Tür auf der Rückseite öffnet sich, und Relaney tritt heraus, bekleidet mit einem Overall, der an ihrer schlanken Figur herunterhängt.

Mir stockt der Atem. Ohne ihre runde Brille ist sie kaum noch zu erkennen, und ihr blonder Afro ist jetzt ein krauses Durcheinander. Dunkle Ringe liegen unter ihren Augen und sie hat so viel Gewicht verloren, dass ihre Gesichtsknochen noch deutlicher hervortreten.

„Wer sind Sie?", fragt Relaney mit zittriger Stimme.

„Ein Freund von Amethyst Crowley", antwortet Lockes abfällige Stimme. „Sie fühlte sich sehr schlecht wegen Ihrer Verhaftung und sammelte Geld, um Sie aus dem Gefängnis zu holen."

Mein Herz schlägt mir bis zum Hals. Ich kämpfe gegen eine Reihe von Erinnerungen aus der Anstalt an und konzentriere mich auf Relaney.

Lockes Hand kommt ins Bild, als er sie durch das Revier und zum Ausgang führt. Das Video fokussiert sich auf sie, wie sie sich einem schwarzen Geländewagen nähert. Dessen

Hintertür öffnet sich und gibt den Blick auf eine grinsende Dolly frei.

Übelkeit breitet sich in mir aus. Beim Anblick ihrer psychotischen Gesichtszüge wende ich den Blick ab, und die Szene wechselt zu Relaney in ihrem Wohnzimmer, die nur mit Unterwäsche bekleidet und gefesselt auf den drei Matratzen liegt. Tränen fließen über ihr blasses Gesicht, und ihre Lippen bewegen sich, allerdings ist kein Wort zu hören. Das gedämpfte Licht wirft düstere Schatten, die ihren Schrecken noch verstärken.

Die Kamera schwenkt auf Dolly, die mit einem Messer zwischen zwei maskierten Männern steht. „Zeig dich", sagt Dolly. „Oder Relaney wird unser nächster Star."

Die Schuld schnürt mir die Kehle zu und ich atme zittrig ein. Dolly hat völlig den Verstand verloren. Sie bringt jede Frau, die mit mir in Verbindung steht, in Gefahr.

„Mir wird schlecht", murmle ich. „Relaney wurde meinetwegen in diesen Albtraum hineingezogen."

„Nein, es liegt daran, dass mein Vater und Dolly bösartige Psychopathen sind", antwortet Xero, dessen Finger sich noch fester um das Lenkrad schließen.

Wir fahren auf die Autobahn, und er beschleunigt das Auto. Die Straßenlaternen rauschen in weiß-gelben Flecken an uns vorbei. Ich nehme die vorbeiziehende Landschaft kaum wahr, denn mein Geist wird von aufdringlichen Gedanken überflutet.

Wenn ich nie bei Relaney Zuflucht gesucht hätte, wäre sie nie zur Zielscheibe geworden. Ich habe nur bei ihr übernachtet, weil ich dachte, in meinem Haus würde es spuken. Jetzt steht ihr Leben auf dem Spiel.

Tränen brennen in meinen Augen und trüben meine Sicht. „Du irrst dich. Sie wurde meinetwegen verhaftet."

„Sie hat in ihrem Keller Cannabis angebaut", sagt Xero schroff, schafft es aber so, den Nebel der Schuld, der sich um meinen Verstand ausgebreitet hat, zu durchdringen.

Sie haben den Cannabisanbau nur entdeckt, weil Xero Chappy ermordet hat. Wenn er nicht so psychotisch überfürsorglich gewesen wäre, hätte die Polizei ihr Haus nicht durchsucht und Relaney verhaftet. Dann wäre sie immer noch von ihren Männern umgeben.

Rasch schiebe ich diese Gedanken beiseite. Das ist nicht Xeros Schuld. Nicht ganz. Die Schuld liegt bei Delta und all jenen, die ihn unterstützen.

Xero legt einen Finger auf seinen Bluetooth-Kopfhörer. „Tyler hat sich gerade in die Polizei-Überwachung gehackt, um ihre Registrierung zu erhalten. Jynxson und Camila sind bereits auf dem Weg, um Dolly abzufangen."

Die Fahrt scheint sich ewig hinzuziehen. Der Alderney-See befindet sich fast dreißig Meilen von meiner Nachbarschaft entfernt, und die Autobahn scheint sich ins Unendliche zu erstrecken. Die Spannung im Auto steigt mit jeder Sekunde, die verstreicht, so stark, dass ich würgen muss.

Plötzlich vibriert Xeros Handy und zeigt eine Benachrichtigung an, die mir einen eisigen Schauer über den Rücken jagt.

„Übertragung von Bodycam von Jynxson annehmen?", frage ich und blicke zu Xero, dessen Blick immer noch auf die Straße vor mir gerichtet ist.

„Tu es", sagt er.

Ich tue es und mache mich auf das gefasst, was ich sehen werde. Es sind Aufnahmen von Jynxson, der sich hinter Camila durch einen dunklen, mit Totenköpfen übersäten Gang bewegt.

„Sie nähern sich dem Haus von den Katakomben aus", sage ich. „Werden sie in der Lage sein, sich Zugang zu Relaneys Kriechkeller zu verschaffen?"

Er grunzt. „Durch eine Luke."

Wahrscheinlich ist Xero so in Relaneys Haus eingedrungen, wann immer ich dort war. Ich halte mich nicht lange mit diesem Gedanken auf, denn auf dem Handy blickt eine weitere Benachrichtigung von Tyler auf. Als ich sie akzeptiere, erscheint ein zusätzlicher Bildschirm auf dem Telefon, der Drohnenaufnahmen vom *Parisii Drive* zeigt.

„Sie haben das Haus von Relaney umstellt", murmle ich.

Als zwei weitere Benachrichtigungen von Einsatzkräften erscheinen, die sich meiner alten Straße mit einem Fahrzeug und zu Fuß nähern, weist Xero sie über sein Bluetooth-Headset an.

Ich lehne mich auf dem Beifahrersitz zurück und fühle mich machtlos. Alle sind dort und machen sich nützlich, und ich kann nur aus der Ferne zusehen.

Auf einem der Bildschirme ist zu sehen, wie jemand mit einem Rammbock gegen die Eingangstür von Nummer 11 schlägt. Das Holz zersplittert und die Splitter fliegen in alle Richtungen. Eine andere Gestalt wirft eine Rauchbombe, die Relaneys Flur mit dichtem Nebel füllt.

„Spring-Team, mit Vorsicht vorgehen", befiehlt Xero in sein Bluetooth.

Ich schalte um auf einen Bildschirm aus der Sicht der Drohne, die über Nummer 11 schwebt. Die Infrarotkamera nimmt Wärmesignaturen auf, die um das Haus herumschwirren. Rote Gestalten stürmen in das Innere des Hauses, während drei grüne Markierungen stehen bleiben. Ich vermute, dass es sich bei einer dieser Personen um Relaney handelt.

„Was bedeutet es, wenn eine Wärmesignatur grün und unbeweglich ist?", murmle ich.

Xero blickt zu mir, wobei sein stählerner Blick weicher wird. „Entweder ist die Person gefesselt, bewusstlos oder bereits tot."

„Wenn sie tot wären, wären sie dann nicht kalt?"

Er schüttelt den Kopf und wendet seine Aufmerksamkeit wieder der Straße zu. „Ein menschlicher Körper kann mindestens drei Stunden lang warm bleiben."

Ich unterdrücke einen Schluchzer und schaue auf den Bildschirm, in der Hoffnung, dass Relaney sich bewegt. Eine neue Welle roter Gestalten nähert sich dem Gebäude aus den Katakomben, dann bleiben sie stehen.

Ich runzle die Stirn. Wenn Relaney grün ist, welche Farbe haben dann Dolly und ihre Leute?

„Was?", brüllt Xero.

Ich zucke zurück. „Was ist passiert?"

„Es geht um Jynxson."

Mit hämmerndem Herzen schalte ich auf den anderen Bildschirm um, auf dem Jynxsons Körperkamera zu sehen ist. Es ist von verbogenem Metall und Trümmerhaufen umgeben.

„Ich sehe nur Trümmer. Ist er gefangen?", frage ich.

„Ja. Zurückspulen", knurrt Xero.

Ich lasse den Stream zurücklaufen, vorbei an den Aufnahmen von Schutt, Trümmern, Rauch und Staub. Das Bild wackelt, während die Aufnahme zurückspult. Es hält in einem

Moment an, in dem Jynxson noch auf den Beinen ist und aus den Katakomben in den Betontunnel stürmt, der sich unter den Hinterhöfen erstreckt.

Er rennt schnell, sein Atem hallt in dem geschlossenen Raum wider. Vor ihm sehe ich Camilas kleinere Gestalt. Am anderen Ende des Tunnels tauchen zwei Personen aus dem Schatten auf. Es sind ein Mann und eine Frau, die gleich gekleidet sind.

In der Übertragung bleiben Camila und Jynxson stehen, dann wirft der kleinere der beiden Neuankömmlinge einen Gegenstand. Im Handumdrehen ertönen aus den Lautsprechern Explosionsgeräusche, und der Bildschirm füllt sich mit weißem Licht.

Das Bild der Körperkamera wackelt heftig, als ob Jynxson von den Füßen geworfen wird. Trümmerteile fallen um ihn herum und verdecken mir die Sicht auf Camila.

„Jemand muss eine Granate geworfen haben", rufe ich. „Jynxson und Camila sitzen in der Falle."

Xero verlässt den Highway, und wir rasen durch die Straßen. Die Stadt verschwimmt, während wir uns auf das Haus zubewegen. Xero dirigiert sein Team durch das Bluetooth mit knappen Befehlen.

Ich atme schwer und mein Blick fällt auf einen dritten Bildschirm, auf dem Drohnenaufnahmen eines Hubschraubers zu sehen sind, der über unseren Hinterhöfen schwebt. Wenn Xero nicht damit beschäftigt wäre, zu fahren und seine Truppen zu koordinieren, würde ich fragen, ob das sein Rettungsteam oder eine andere Bedrohung ist.

Die Antwort kommt, als die Drohne auf den Hubschrauber feuert und zwei Gestalten aus einem Krater im Boden auftauchen. Während die Kleinere, bei der ich vermute, dass es sich um Dolly handelt, zu einer vom Hubschrauber herabhängenden Leiter sprintet und hinaufsteigt, schnallt die Größere eine kleine, bewusstlose Figur in ein Rettungsgeschirr und befestigt sie an der unteren Sprosse der Leiter.

„Sie fliehen", sage ich mit einem Keuchen.

Die Drohne folgt dem Hubschrauber und zeigt Aufnahmen des Mannes, der hinter der kleineren Gestalt die Leiter hinaufklettert und dann oben ankommt, wo er hilft, die bewusstlose

Person in den Hubschrauber zu hieven. Die Leute im Hubschrauber ziehen sie hinein, bevor sie das Feuer auf die Drohne eröffnen, bis diese zu Boden stürzt, ehe die Aufnahme unterbrochen wird.

„Sie haben auf die Drohne geschossen", schimpfe ich. „Und sie haben jemanden in einen Hubschrauber gebracht."

„Sie haben Camila", stößt er durch zusammengebissene Zähne hervor. „Sie haben meine kleine Schwester entführt."

XERO

Ich fahre in den Innenhof der *St. Anne's*-Kirche und zittere vor ohnmächtiger Wut. Jynxson und sein Team sind immer noch unter den Trümmern begraben, aber von den Bastarden, die Camila entführt haben, gibt es keine Spur.

Jede Drohne, die wir hinter dem Hubschrauber hergeschickt haben, wurde abgeschossen, sodass wir blind sind. Wir wissen nur, dass sie nach Westen geflogen sind.

Die Spring-Brüder holten Relaney Cymbal und zwei weitere Männer aus Nummer 11. Allen drei hatte man Beruhigungsmittel injiziert, was erklärte, warum sie sich nicht bewegten. Miss Cymbal befindet sich auf dem Weg ins *Simon Memorial*-Krankenhaus, während die Männer, die wir an ihrer Seite gefunden haben, in der Kirche auf uns warten.

Amethyst hat kein einziges Wort gesagt, seit wir meine Schwester aus den Augen verloren haben. Wenn sie sich die Schuld für Relaneys Entführung gibt, wird sie wegen Camila noch mehr am Boden zerstört sein.

St. Anne's ist der Arbeitsplatz des verstorbenen Reverend Thomas, der auf den *Parisii*-Friedhof hinausgeht. Es ist ein gotisches Steingebäude, versteckt in einem Wäldchen mit Trauerweiden. Ich habe die Spring-Brüder angewiesen, sie zur Befragung zum Altar zu bringen, weil ich vorhabe, eine Botschaft an Vater zu übermitteln an diesem Ort der Anbetung eines ehemaliges Mitgliedes von *X-Cite Media*.

Sie legt mir eine Hand auf die Schulter. „Xero, geht es dir gut?"

„Frag mich nochmal, wenn wir Camila gefunden haben", stoße ich aus, während ich den Motor abstelle.

Ich versuche, meine Gefühle unter Kontrolle zu halten. Ich bin weit davon entfernt, dass es mir gut geht, und mein kleiner Geist würde keiner Plattitüde Glauben schenken. Während Dolly Camila nicht erkennen wird, könnte Vater es tun. Im besten Fall wird er seine eigene Tochter als Geisel benutzen. Ich will nicht an das Schlimmste denken, was er tun könnte.

Wenn Charlotte uns die Wahrheit darüber gesagt hat, dass die Tochter, die sie mit Vater hatte, als Lolita-Attentäterin benutzt wird, dann ist Camilas mögliches Schicksal zu erschreckend, um es sich vorzustellen.

Amethyst starrt ein paar Sekunden lang auf mein Gesicht, bevor sie die Tür öffnet und in den dunklen Innenhof tritt.

Kalte Wut treibt meine Schritte an, als ich auf die Kirche zusteuere. Ich stoße die Holztür auf und trete in die Dunkelheit.

Die Spring-Brüder kommen mir im Gang entgegen und weichen meinem Blick aus, während sie murmeln, dass sie sich an der Suche nach meiner Schwester beteiligen müssen. Am Altar haben sie einen behelfsmäßigen Vernehmungsraum eingerichtet. Dollys Komplizen hängen nackt an Seilen von der Decke. Neben ihnen steht ein mit verschiedenen Werkzeugen gefüllter Tisch.

Das Mondlicht fällt durch die Buntglasfenster und wirft bunte Schatten auf die beiden Gefangenen. Ihre Köpfe sind gesenkt, ihre Glieder durch Fesseln fixiert.

Amethysts Schritte geraten ins Stocken. Sie hält sich beide Hände vor den Mund und unterdrückt ein Keuchen.

Ich wende mich ihr zu und runzle die Stirn. „Was ist los?"

„Die beiden sind aus der Anstalt", flüstert sie.

„Sind das Männer, die dich verletzt haben?", knurre ich.

Sie zeigt mit einem zitternden Finger erst auf einen, dann auf den anderen. „Der mit den langen, schwarzen Haaren ist Seth. Der andere ist Barrett."

„Erzähl mir alles", fordere ich sie durch zusammengebissene Zähne auf.

Sie schluckt schwer, ihre Stimme zittert. „Die beiden haben mich aufgehängt, damit Delta mir in die Haut schneiden konnte. Ein anderes Mal haben sie mich an einen Stuhl gefesselt, um mich zwangsernähren zu können."

Ihre Züge verziehen sich vor Abscheu. „Seth kam mit einer Flasche Wasser in meine Zelle. Als ich zur Tür ging, steckte er seinen Schwanz durch die Luke und ejakulierte in meine Wasserschüssel."

Ein roter Schleier trübt meine Sicht. Ich schreite zum Altar, wobei meine Gedanken wie ein heftiger Sturm wüten. Diese Bastarde werden schreiend für das sterben, was sie meinem kleinen Geist angetan haben, aber ich muss sie lange genug am Leben lassen, um Informationen über Camilas Aufenthaltsort zu bekommen.

„Wacht auf", rufe ich.

Keiner der beiden Männer rührt sich.

Ich nehme ein Messer vom Tisch und schneide ihnen so tief in den Bauch, dass sie wieder zu Bewusstsein kommen. Sie zucken zurück und erfüllen die Kirche mit ihren Schreien.

„Seht mich an", rufe ich über ihr Gebrüll hinweg.

Barrett, der mit dem struppigen, braunen Haar, ist der Erste, der spricht. Als ich seine scharfen Gesichtszüge aus dem Friedhofsvideo wiedererkenne, würde ich ihm am liebsten das Messer in die Kehle rammen.

„Was willst du", fragt er mit angehaltenem Atem.

„Wo hat Dolly Camila hingebracht?"

Seine Augen weiten sich. „Ich kenne keine Camila."

„Dolly hat meine Schwester entführt. Ich will wissen, wohin sie mit dem Hubschrauber geflogen ist."

Barretts Blick wandert zu Amethyst, die an meiner Seite steht. Als er erkennt, dass sie nicht sein Boss ist, weicht jegliche Farbe aus seinem Gesicht.

Ich packe sein Kinn. „Wenn du sie noch einmal ansiehst, werde ich dir die Augen ausstechen."

Er versteift sich. „Hör zu, Mann. Ich weiß nicht, was los ist.

Eben stand ich noch im Wohnzimmer dieser Frau und im nächsten Moment hänge ich in einer verdammten Kirche."

„Von wo kam Dolly?" Ich drücke meine Klinge an seine Brust.

Er schüttelt den Kopf. „Ich weiß es nicht. Ich schwöre es."

„Versuch es noch einmal." Ich schneide ihm die linke Brustwarze ab.

„Wir bleiben nie an einem Ort!", schreit er.

„Nicht gut genug." Ich schneide die Rechte ab.

Barrett schluchzt, seine Gesichtszüge verzerren sich. „Frag Seth. Er wird es wissen."

Ich blicke zu dem langhaarigen Mann, der mich mit kalten, schwarzen Augen anstarrt. Er war der Mann, der mit Dolly im Hotel war und Vater gegenüber loyaler zu sein schien als gegenüber seinen Kollegen von *X-Cite Media*. Er ist ein weiteres Mitglied des Friedhofsvideos, das ich wiedererkenne, aber ich wollte ihn für Amethyst unversehrt lassen.

„Nun, was hast du zu sagen, Seth?", frage ich.

Er bleibt stumm und starrt mich trotzig an. Seine Atemzüge kommen in mühsamen Stößen, doch der Schmerz in seinem Unterleib reicht nicht aus, um seinen Geist zu brechen.

„Deine Loyalität dem Mann gegenüber, der dich zum Sterben zurückgelassen hat, ist lobenswert", spotte ich. „Aber meine Leute haben dich bereits bewusstlos aufgefunden, von deinen vermeintlichen Verbündeten im Stich gelassen."

Furcht flackert über seine Züge, bevor sie sich verhärten.

Ich kann nicht anders, als über seine Naivität zu grinsen. „Du glaubst, ich lüge? Unsere Drohnen haben drei reglose Gestalten in dem Haus gefunden. Dolly und ihr Komplize haben euch beide dort zum Sterben zurückgelassen."

Neben Seth wimmert Barrett.

Amethyst tritt vor. „Es ist wahr. Ich habe das Filmmaterial gesehen. Und bevor Grunt starb, erzählte er mir, dass Delta Videos mit euren Gesichtern veröffentlicht hat, damit die Polizei nach euch sucht."

Bei dieser Enthüllung weicht jegliche Farbe aus Seths Gesicht, und Barrett bricht in heftiges Schluchzen aus. Trotz der überwältigenden Beweise gegen sie, behält Seth eine stoische Maske auf.

„Ich weiß nicht, wovon du sprichst", sagt er.

„Ihr wart nicht seine Eliten, ihr wart nur seine Marionetten", antworte ich.

„Du irrst dich", entgegnet er und schluckt. Er ist die Art von Arschloch, das nicht nachgibt, selbst wenn es weiß, dass es das Argument verloren hat.

Ich stoße ein spöttisches Schnauben aus. „Du stehst immer noch unter Deltas Bann. Hat er dich aus der Außenwelt rekrutiert oder bist du ein ehemaliger Kinderattentäter?"

Seth dreht seinen Kopf und weigert sich, meinem Blick zu begegnen. Sein Schweigen spricht Bände. Niemand zeigt ohne Training einen solchen Mut im Angesicht eines Verhörs.

„Was ist mit dir, Barrett?" Ich wende mich an den schluchzenden Mann. „Bist du auch ein ausgebildeter Killer?"

Er schüttelt den Kopf, wobei ihm Tränen über die Wangen rinnen. „Nein", stößt er zwischen Schluchzern hervor. „Ich bin nur ein Star für Erwachsenenfilme."

„Den Delta zurückgelassen hat, um von seinen Feinden zu Tode gefoltert zu werden?", frage ich und ziehe die Brauen hoch.

Er zittert. „Was willst du wissen?"

„Wo kann ich Dolly und Delta finden?"

„Wenn ich es wüsste, würde ich es dir sagen ..."

Ich schlage ihm mit der Faust gegen die Wunde, die ich an seinem Bauch hinterlassen habe und genieße sein schmerzhaftes Aufheulen. „Ich erwarte etwas mehr."

„Delta bleibt nie länger als ein paar Tage an einem Ort", schreit er. „Er hat überall in der Stadt Verstecke."

„Was machst du da?", bellt Seth, seine Augen blitzen vor Wut.

In meiner Brust pulsiert die Zufriedenheit über die Bestätigung. Ich ignoriere ihn und frage: „Wo befinden sich diese Verstecke?"

„Ich weiß es nicht", stammelt er. „Hauptsächlich Wohnungen."

„Fang mit der Letzten an."

„Sie überblickte die schmiedeeisernen Tore des Beaumont-

Parks." Seine Worte kommen in hektischen Stößen hervor. „Elfte Etage, aber da sind sie gewiss nicht mehr."

Ich wende mich an Amethyst, die bereits eine Nachricht auf meinem Handy tippt. „Schick sie an Tyler."

Sie nickt.

Ich wende mich wieder Seth zu, der mich aus hasserfüllten Augen anstarrt. Seine Sturheit ist nicht nur dumm – sie ist selbstmörderisch. Er ist etwa so alt wie Amethyst, was bedeutet, dass ich ihm wahrscheinlich nicht begegnet bin, als er in der unterirdischen Anlage wohnte. So oder so, er ist komplett gehirngewaschen.

„Delta ist keine schützenswerte Vaterfigur", sage ich. „Viele der Mädchen, die in diesen Filmen getötet wurden, waren ehemalige Mörderinnen wie Dolly, die zu alt wurden, um Lolitas zu sein."

Seth sammelt Speichel in seinem Mund und spuckt, aber er zielt daneben und der Speichel landet auf dem Boden. „Du bist nur neidisch. Delta schätzt seine Adoptivsöhne mehr als die Bastarde, die nur Enttäuschungen waren."

Die Beleidigung trifft mich kaum. Ich hatte Jahre Zeit, mich mit Vaters machiavellistischem Gebaren abzufinden. Er hat so viele Menschen beeinflusst, dass ich nichts von dem, was er tut, persönlich nehmen kann. Trotzdem entringt sich meiner Kehle ein Lachen. Es ist halb Trauer, halb Wahnsinn, und alles ist Wut auf Camila.

„Du verteidigst immer noch einen Mann, der dich zum Sterben zurückgelassen hat?" Ich verliere das Interesse an Seth und wende mich wieder Barrett zu. „Gibt es noch etwas, was du uns sagen kannst?"

Barretts ganzer Körper zuckt. „Werden wir ... Werden wir wirklich sterben?"

Kalte Wut legt sich über meine Züge, und ich schenke ihm ein Lächeln, das Feuer einfrieren könnte. Wenn er glaubt, dass diese Information ihn davon entlastet, Amethyst und all die anderen Frauen, die unter den Händen von *X-Cite Media* gelitten haben, verletzt zu haben, dann hat er sich getäuscht.

„Delta hat dich wie Abfall entsorgt. Du kannst dich entscheiden, ob du heute Nacht stirbst oder in ein paar Monaten, wenn dein Körper von der Folter aufgegeben hat."

Er zittert. „Ich habe zufällig gehört, wie Dolly zu Locke sagte, sie könnten sich auf einem Grundstück verstecken, das Deltas Firma gehört."

Meine Augen verengen sich. „*X-Cite Media?*"

Barrett schüttelt den Kopf. „*Hades Holding Company*. Ich weiß nicht, um was für ein Gebäude es sich handelt oder wo in Beaumont City es sich befindet. Ich weiß nur, dass es leer steht."

Zufrieden mit den Hinweisen, trete ich zurück und strecke Amethyst einen Arm entgegen. „Ich werde nach Hades Holdings suchen. Du kannst sie gerne verstümmeln, aber lass Seth bis zum Schluss übrig."

Amethyst nickt, ihre hübschen Gesichtszüge verzerren sich vor Bosheit. Ich nehme mein Handy entgegen und wende mich ab, während ihre Schreie in der Kirche widerhallen.

Ich würde mich zurücklehnen und die Show genießen, aber ich muss mich um die Rettung meiner Schwester kümmern.

ZWEIUNDACHTZIG

AMETHYST

Als Xero geht, um weitere Nachforschungen anzustellen, nehme ich mir einen Moment Zeit, um meinen Atem zu beruhigen, und mein Blick bleibt auf Barrett und Seth haften. Die Angst in ihren Augen ist befriedigend, aber sie reicht nicht aus. Sie müssen leiden – den Schmerz, den sie mir zugefügt haben, tausendfach spüren.

Ich nähere mich dem Tisch mit den Instrumenten und lasse meine Finger über das kalte Metall der chirurgischen Geräte und Messer streichen. Ich nehme ein Skalpell in die Hand, spüre sein Gewicht und stelle mir vor, wie es durch das Fleisch schneidet.

Ich wende mich zuerst an Barrett, denn sein Wimmern geht mir auf die Nerven. „Was hast du zu deiner Verteidigung zu sagen?"

„Was ... was willst du?", krächzt er.

„Du erinnerst dich an mich, nicht wahr?"

Er nickt, in seinen Augen schimmern Tränen. „Bitte, es tut mir leid. Ich habe nicht ..."

Ich bringe ihn mit einem harten Schlag ins Gesicht zum Schweigen. „Eine Entschuldigung macht nicht ungeschehen, was du getan hast."

Er zuckt zusammen, meine Hand hat eine rote Spur auf seiner Haut hinterlassen und seine Augen weiten sich vor

Schreck. Sein Atem geht stoßweise, und er stammelt: „Ich wollte nicht ...“

„Warum hast du das getan? Warum hast du mich und die anderen verletzt?“

Er wimmert.

Ich lasse das Skalpell an seinen Seiten entlanggleiten und lasse ihn zusammenzucken. Als er die Augen zusammenkneift, schneide ich eine Linie über seine Brust bis zu dem Punkt, an dem sein Puls in seinem Hals pocht. Er zittert, sein Atem kommt in flachen Zügen. Er weiß, was auf ihn zukommt.

„Sag mir, Barrett“, sinniere ich und gehe um ihn herum. „Wie fühlt es sich an, hilflos zu sein?“

Er schluchzt, sein Körper zittert. „Bitte ... Ich kann dir bedeutsame Informationen geben“, stößt er aus. „Nur ... töte mich nicht.“

„Sprich“, schnauze ich.

„Ich wollte das alles nicht tun, weißt du.“ Er schluckt. „Ich kam dazu und dachte, es sei nur gespielt. Als ich dort ankam und das Mädchen starb, war es zu spät. Ich wurde zum Komplizen eines Mordes.“

Seth stößt ein Schnauben aus.

Ich presse die Lippen zusammen, denn sein Schwachsinn nervt mich. Diese zweitklassigen Raubtiere zeigen immer nur dann Reue, wenn sie bei Delta in Ungnade gefallen sind. „Komisch, dass du dich nicht gesträubt hast, als du bei dem ganzen Spaß in der Anstalt mitgemacht hast.“

„Dolly, ich habe nicht ...“

Ich unterbreche ihn mit einem weiteren Schlag ins Gesicht. „Nenn mich nicht so!“

Er erstickt einen weiteren Schluchzer.

Wut lodert in mir auf. Ich kehre zum Tisch zurück, ziehe ein Paar Einweghandschuhe an und nehme ein gezacktes Messer.

Seine Augen weiten sich. „Warte. Was hast du ...“

Meine Finger schließen sich um seinen schlaffen Penis. Mit einem harten Ruck schneide ich ihn ab. Die Schreie, die mir in den Ohren klingen, besänftigen mein inneres Raubtier. Warmes Blut rinnt über meine Finger und wäscht einen Teil meines Traumas weg. Der metallische Geruch überwältigt meine Sinne und lässt Schwindel in mir aufsteigen. Ich verlangsame meine Bewegungen und achte darauf, dass jeder Schnitt qualvoll und präzise ist.

Barrett zuckt, verkrampft sich und windet sich in Richtung Seth, in der Hoffnung, meinem Griff zu entgehen. Das bringt mich nur dazu, fester zuzugreifen und die Spitze des Messers in seine Eier zu stoßen.

„Halt die Schnauze. Du verdienst Schlimmeres als das", zische ich.

Als ich seine Genitalien abgetrennt habe, erschlafft Barretts Körper. Ich halte den abgetrennten Penis hoch und wende mich Seth zu, der mit geweiteten Augen zusieht. Jegliche Farbe ist aus seinem Gesicht gewichen.

„Erinnerst du dich an die Luke?", frage ich und kräusle meine Lippen.

Er schluckt schwer und versucht, den Anschein von Kontrolle zu wahren. „Verstehst du keinen Spaß?"

„Na, wie gefällt dir dieser Spaß?" Ich halte ihm den abgetrennten Penis ins Gesicht. „Nimm ihn in den Mund."

Er schwankt nach hinten, alle Anzeichen von Trotz schwinden. „Nein."

Ich gehe zum Tisch, schiebe Barretts Eier beiseite, nehme einen Elektroschocker und teste den Auslöser. Der Raum füllt sich mit einem elektrischen Knistern. Als ich mich wieder zu Seth umdrehe, versteift er sich. Schweiß bricht ihm auf der Haut aus, und sein Brustkorb hebt und senkt sich unter schnellen Atemzügen. Selbst ein ehemaliger Attentäter kann nicht stoisch bleiben, während die Drohung, seine Genitalien zu verlieren, vor seiner Nase hängt.

„Wie meinst du, hat sich Lizzie gefühlt, als du ihr einen Stromschlag verpasst hast?", frage ich und drücke die Elektroden des Schockers an seine Seite.

Ich drücke den Auslöser und Seths Schreie erfüllen die Kirche, die meinen Durst nach Rache anfachen. Rauch steigt von seiner Haut auf und erfüllt die Luft mit dem beißenden Geruch von verbranntem Fleisch.

„Hör auf", rasselt er.

„Dann wirst du tun, was ich von dir verlange", sage ich mit zusammengebissenen Zähnen.

Er schüttelt wieder den Kopf und keucht: „Ich kann nicht …"

Ich drücke den Elektroschocker wieder in seine verbrannte Seite und er zuckt erneut. „Tu es!"

„Ich … ich kann dir etwas sagen, was Barret nicht weiß", sagt er, und seine Stimme klingt verzweifelt. „Hör … hör bitte auf."

Mehrere Augenblicke lang herrscht Stille, die nur durch seinen Atem unterbrochen wird. Ich sehe Xero in ein Gespräch vertieft im Hintergrund stehen. Ich wende meine Aufmerksamkeit wieder Seth zu und frage mich, ob das ein Bluff ist.

„Sprich." Ich unterstreiche das Wort mit einem weiteren Schlag des Schockers.

„Es geht um Dolly", stottert er. „Alles, was wir getan haben, war für ihre Rache. Sie ist zum *Parisii Drive* gekommen, um dich zu schnappen. Sie wird dich wahrscheinlich gegen Camila austauschen."

Seine Worte treffen mich wie ein Schlag mitten in die Magengrube, auch wenn ich nicht schockiert sein sollte. „Was meinst du?"

Seth nickt. „Sie wird Camila freilassen, wenn du dich ihr auslieferst."

Mir stockt der Atem. „Wie kann ich einen Tausch arrangieren?"

„Sie hat dich als Freund in ihren sozialen Medien hinzugefügt. Schick ihr einfach eine Nachricht."

„Mehr nicht?"

Er schüttelt den Kopf.

„Danke." Ich führe den abgetrennten Penis zu seinem Mund. „Und jetzt, iss. Es sei denn, du willst, dass ich dein Gehirn brate."

Verrat brennt in seinen Augen, er würgt und verschluckt sich fast an dem Schwanz, wobei Blut von seinen Lippen tropft.

„Spuck ihn aus und ich schlitze dir die Kehle auf."

Während er da hängt, rinnen ihm Tränen über die Wangen.

„Guter Junge", sage ich. „Du nimmst Barretts Schwanz so gut."

Er drückt seine Augen zu und wimmert.

Zufrieden trete ich zurück und warte, bis er geschluckt hat. Als seine Kehle zuckt, kehre ich zum Tisch zurück, um den Schocker wegzulegen, ein Skalpell zwischen die Zähne zu nehmen und eine Aderpresse zu holen. Barrett wird wahrscheinlich am Blutverlust sterben, aber Seth muss noch ein wenig länger am Leben bleiben.

Ich kehre zurück und wickle ein enges Band um seinen Penis, sodass er sich windet. „Halt still", murmle ich um das Skalpell herum. „Verdirb dir nicht den Nachtisch."

„Warte!", ruft er aus. „Ich habe Informationen über Delta!"

Ich nehme das Skalpell zwischen den Zähnen hervor und drücke die Klinge unter seinen Kiefer. „Die da wären?"

„Lass mich frei und ich bringe dich zu ihm. Ich kann dir sogar helfen, das Mädchen zurückzubekommen."

Ich werfe einen Blick über die Schulter, um zu sehen, ob Xero das Gespräch mitbekommen hat. Er steht noch immer auf der anderen Seite der Kirche und ist in sein Handy vertieft und bekommt von dem Gespräch nichts mit. Ich kehre zu Seth zurück und drücke meine Klinge unter sein Kinn.

„Woher soll ich wissen, dass das kein Trick ist?"

Seth zittert, sein Atem kommt in röchelnden Zügen. „Es war nicht Delta, der uns zum Sterben zurückgelassen hat. Es war diese hinterhältige Schlampe Dolly. Hilf mir, sie auszuschalten und ich werde ..."

„Was zum Teufel soll das werden?", hallt Xeros Stimme durch die Kirche.

Mein Herz setzt mehrere Schläge aus. Ich wirbele herum und meine Augen weiten sich.

Xeros Augen fixieren die meinen, seine Wut ist selbst auf die Entfernung zu spüren. Er schreitet den Gang hinunter, und die Intensität seines Blicks lässt meinen Puls rasen.

Ich trete zurück und stoße gegen den Tisch mit den Instrumenten, das kalte Metall drückt auf meine Haut. Unangenehme Schauer laufen mir den Rücken hinunter. Er ist dabei, meinen Plan zu ruinieren.

„Was erzählst du ihr?", knurrt Xero.

Seth zittert, sein Gesicht ist blass. „Ich wollte nur ... Ich habe nur versucht, am Leben zu bleiben."

Xeros Miene verhärtet sich. „Glaubst du, du kannst dich aus

dem Tod herausverhandeln?" Er dreht sich zu mir um und blickt mich finster an. „Was hat er dir erzählt?"

„Er hat Informationen über Dolly und Delta", sage ich und versuche, meine Stimme ruhig zu halten.

Xeros Augen verengen sich. „Du vertraust ihm?"

„Nein, aber es lohnt sich, ihn anzuhören", antworte ich, während ich das Skalpell fester umklammere. Der Metallgriff beißt sich in meine Handfläche. Es ist das Einzige, was mich im Angesicht seiner Wut erdet.

Xero tritt näher an Seth heran, sodass ihre Gesichter nur noch Zentimeter voneinander entfernt sind. „Fang an zu reden. Sofort."

Seth schluckt schwer. „Ich kann einen Tausch aushandeln. Amy im Austausch gegen das andere Mädchen."

„Kommt nicht infrage", schnauzt er.

Die Frustration kocht in mir hoch und wird immer stärker, bis sie sich in einem Schrei entlädt. Ich wirble herum und frage mich, wie ein Mann so stur sein kann. „Wie sollen wir Camila sonst retten?"

Sein Kiefer spannt sich an, seine Augen verdunkeln sich wie Gewitterwolken vor einem Sturm. „Ich habe dich einmal fast verloren. Dich noch einmal zu verlieren, kommt nicht infrage. Ich würde eher sterben, als dich diesen Monstern zu überlassen."

Schuldgefühle legen sich wie Fesseln um meine Brust und lassen mich einen Schluchzer unterdrücken. Wie oft hat er sich für mich geopfert? „Du kannst mich nicht weiter so behüten oder so große Opfer bringen. Ich habe dich schon so viel gekostet."

„Da irrst du dich", knurrt er.

„Wenn das stimmt, wann stellst du mich dann zur Rede, weil ich dich fast umgebracht hätte?"

Xeros Gesichtszüge verhärten sich. Seine Augen bohren sich in meine, gefüllt mit einem Schmerz, den ich selten sehe. Er rammt seine Faust in Seths Bauchwunde und erntet ein schmerzhaftes Stöhnen. „Glaubst du, ich hätte dich nicht schon längst anschreien wollen, weil du voreilige Schlüsse ziehst?"

Seine Worte treffen mich tief und lassen meine Schuldgefühle aufflammen. Ich wusste immer, dass der Groll irgendwann an die Oberfläche kommen würde. Meine Kehle schnürt sich zu und ich schlucke. „Dann lass mich das in Ordnung bringen. Lass mich dorthin gehen. Du kannst sogar für Rückendeckung sorgen."

Xero packt mich an der Kehle und lässt mich keuchen. Seine Haut ist heiß, der Puls in seinen Fingern schlägt wild gegen meine Haut. „Ich war enttäuscht. Nach allem, was wir zusammen durchgemacht haben, hast du mir nicht vertraut."

Meine Augen weiten sich, und ich nutze sein Geständnis als Munition. „Dann lass mich das in Ordnung bringen. Benutze mich als Köder, um Camila zu retten. Lass mich dir zeigen, wie sehr ich dir vertraue. Sieh das als meine Art an, die Dinge wieder in Ordnung zu bringen."

Wut blitzt in seinen Augen auf, Schmerz huscht über sein Gesicht. „Du willst dich dafür entschuldigen, dass du mich zum Sterben in einem Feuer zurückgelassen hast? Dann kannst du hier bleiben, während ich diese verdammte Kirche niederbrenne."

AMETHYST

Ich starre in Xeros Augen und versuche, das wilde Pochen meines Pulses zu ignorieren. Sie sind dunkel vor Wut. Ich habe ihn noch nie so wütend gesehen.

„Eine Kirche niederzubrennen wird Camila nicht retten", sage ich.

Seine Finger schließen sich um meine Kehle und schneiden mir die Luft ab.

„Glaubst du, ich lasse dich dein Leben so einfach wegwerfen?" Seine Stimme ist ein gefährlich leises Grollen, das mir das Blut in den Adern gefrieren lässt.

Jeder Instinkt schreit mich an, auf die Knie zu fallen und um Vergebung zu bitten. Meine Sicht verschwimmt, aber ich bleibe standhaft und zwinge mich, durch seinen erdrückenden Griff zu atmen.

„Lass mich das machen", sage ich mit zusammengebissenen Zähnen. „Vergiss nicht, dass ich dich k.o. geschlagen, den Keller angezündet und dich zum Sterben zurückgelassen habe. Du hast darüber hinweggesehen, als wäre es nichts gewesen, obwohl du mich hassen solltest."

Seine Augen verengen sich zu Schlitzen. „Dich zu hassen wäre so, als würde ich mein eigenes Herz hassen. Da du nicht an Vergebung glaubst, wirst du diese Strafe auf dich nehmen."

Mir stockt der Atem. „Was soll das überhaupt bedeuten?"

Er löst seinen Griff um meine Kehle und lässt mich auf meinen Füßen taumeln. Nach Luft schnappend starre ich auf seinen breiten Rücken, während er sich auf den Foltertisch zubewegt, und frage mich, ob das Niederbrennen der Kirche eine Metapher für etwas anderes ist.

Aber als er sich bückt und nach zwei Benzinkanistern greift, schrillen sämtliche Alarmglocken in meinem Kopf und ich weiche einen Schritt zurück, da ich nicht weiß, was er als Nächstes tun wird.

„Xero", flüstere ich. „Was zum Teufel hast du vor?

Er lässt die beiden Kanister lautstark auf den Tisch knallen. Ohne in meine Richtung zu schauen, knurrt er: „Ich gebe dir die Chance, es wiedergutzumachen."

Das Grauen braut sich in meinem Innern zusammen und ich ringe darum, seine verdrehte Logik zu verstehen. „Ich hatte nicht vor, mich Delta allein zu stellen. Ich werde der Köder sein, aber du und die anderen werden ein paar Meter entfernt sein und mir den Rücken freihalten."

Er schlägt mit der Faust auf den Tisch und lässt mich zusammenzucken. „Niemals."

Mein Verstand rast und versucht, seinen Wahnsinn zu begreifen. Xeros Schwestern sind der einzige positive Teil seiner Kindheit. Warum sollte er eine von ihnen für eine Frau riskieren, die er erst seit einem Jahr kennt? Er kann die Chance, Camila zu retten, nicht ausschlagen, nur weil ich dadurch in Gefahr gerate.

Als er den Deckel eines Kanisters entfernt, mache ich noch einen Schritt zurück und stoße gegen etwas Festes, und als ich mich umdrehe, sehe ich Barretts bewusstlosen Körper.

Ich zucke zusammen und wende mich wieder Xero zu. „Was machst du da?"

Meine Frage ignorierend, löst er den Deckel des zweiten Kanisters und geht mit beiden um den Altar herum, wobei er Benzin auf dem Boden verteilt.

Ich versteife mich, kalte Angst breitet sich in mir aus. „Xero, bitte ... tu das nicht."

„Du hast um eine Bestrafung gebeten. Jetzt wirst du sie erhalten." Er schreitet an den Kirchenbänken entlang, wobei er noch mehr Benzin auf dem Holzboden verteilt.

„Binde mich los", krächzt Seth. „Es ist noch nicht zu spät, um dich ..."

Ein Messer zischt an meinem Gesicht vorbei und bleibt in seiner Brust stecken. Mit einem Aufschrei springe ich zurück und wende mich der anderen Seite der Kirche zu, wo Xero wieder nach dem Kanister greift und den Boden weiter mit dieser höllischen Flüssigkeit bespritzt.

„Er verarscht uns", knurrt Xero.

Ich schlucke immer wieder und frage mich, warum zum Teufel ich nicht zu Xero durchdringen kann. Vielleicht hat er recht. Vielleicht sagt Seth, was auch immer ihm eine Chance zur Flucht verschaffen kann. Ich kann nicht klar denken, wenn mein psychotischer Freund einen Ring aus Benzin erzeugt.

Ich wende mich wieder Seth zu und sage: „Xero hat den Verstand verloren. Gib mir etwas, womit ich arbeiten kann, dann verhindere ich wenigstens, dass du verbrennst."

Mit zusammengekniffenen Augen stemmt er sich gegen die Seile. Sein Kopf senkt sich und er unterdrückt ein Schluchzen, bevor er meinen Blick erwidert. „Lass mich los. Bitte."

Xeros Lachen hallt durch die Kirche, ein manisches Geräusch, das mich bis ins Mark erschüttert. Trotz allem ist der Anblick, wie er ein Gebäude mit uns darin niederbrennt, seltsam fesselnd.

„Wenn er etwas wüsste, hätte er es bereits gesagt. Jetzt ist er einfach verzweifelt."

Ein Schauer läuft mir über den Rücken. Es gibt nur einen Weg, um herauszufinden, ob Xero recht hat. Ich packe Seths schlaffen Penis. „Verarsch mich nicht und glaube nicht, dass ich vergessen habe, wie du ihn durch diese Luke geschoben hast und mir gesagt hast, ich solle ihn lutschen, im Austausch für eine Flasche Wasser."

Er zittert. „Ich bin nicht die Gefahr. Er ist es."

„Du hast die Wahl", knurre ich. „Ich kann dir ins Herz stechen und dir einen schnellen Tod bescheren, oder du kannst langsam verbluten."

Angst erscheint in Seths Augen, sein blasses Gesicht wird grün, sein Blick wandert zu Barrett. Seine Lippen zittern, aber er gibt keinen Laut von sich.

„Was soll es sein, Seth?", frage ich. „Ein langsamer oder ein schneller Tod?"

„Du bist genauso verrückt wie diese Fotze", spuckt er. „Delta ist mir nicht in den Rücken gefallen. Das war sie. Seit sie geheiratet haben, hat sie ihn schwach gemacht. Sie ist die Puppenspielerin."

„Also, nichts Brauchbares?" Ich mache meinen ersten Schnitt in den Ansatz seines Schwanzes.

„Ihr linkes Auge ist aus Glas!", schreit er.

„Irgendetwas über ihren Aufenthaltsort." Ich drücke die Klinge tiefer, sodass warmes Blut über meine Finger fließt. Sein Schrei hallt von den Kirchenmauern wider.

Als er nur noch unzusammenhängende Worte vor sich hin brabbelt, schneide ich den Rest seines Penis ab und führe ihn an seine Lippen. „Nachtisch."

Er ruckt mit dem Kopf zur Seite. „Du verrückte Schlampe."

„Und du bist ein Lügner." Ich schlage ihm mit dem abgetrennten Anhängsel ins Gesicht. „Ein Vergewaltiger." Ich unterstreiche das Wort mit einem weiteren Schlag. „Und ein Mörder."

Sein schrilles Lachen klingt in meinen Ohren. „Und was bist du dann, hm? Folterknecht? Scharfrichter?"

„Eine Überlebende." Ich führe seinen blutigen Schwanz an seinen Mund. „Und diejenige, die dir dein letztes Abendmahl serviert."

Bevor ich den Penis in Seths Mund stopfen kann, packt Xero mein Handgelenk mit eisernem Griff und reißt mich herum. Seine Augen sind wild, fast ungezähmt und strahlen eine gefährliche Mischung aus Wut und Wahnsinn aus.

Ich kann seinem Blick nicht widerstehen und schaue auf die Flamme, die an der Spitze seines Feuerzeugs flackert und ein tanzendes Licht wirft, das die Schatten der alten Kirche erhellt. Die Hitze des drohenden Feuers und die Intensität seines Blicks lassen meine Haut unter einem Adrenalinstoß kribbeln.

„Spielst du mit dem Schwanz eines anderen Mannes?", knurrt er.

Mein Magen sinkt.

Scheiße.

„Xero", flüstere ich mit zitternder Stimme, „mach das Feuerzeug aus, oder ich ..."

„Sonst was?", unterbricht mich Xero mit einem Grinsen. „Böse Mädchen, die Männer zum Sterben in brennenden Kellern zurücklassen, sind nicht in der Position, Drohungen auszusprechen."

Hinter uns verwandelt sich Seths Lachen in heftiges Schluchzen. Ich werfe ihm den abgetrennten Penis ins Gesicht, was ihn nur noch lauter Schluchzen lässt.

Ich ignoriere ihn und wende mich wieder Xero und seinem immer noch brennenden Feuerzeug zu. Er atmet schwer, seine Augen funkeln gefährlich, ihre Tiefen spiegeln die flackernden Flammen des Wahnsinns.

Mein Herz rast in meiner Brust. Ich atme schwer und kämpfe darum, ruhig zu bleiben, um klar denken zu können.

„Lass uns zum Auto gehen", sage ich und versuche, ihn nicht weiter zu provozieren. „Wir können gemeinsam von hier verschwinden."

Er verstärkt seinen Griff um meinen Arm, und lehnt sich mit einem dunklen Lachen zu mir. „Und warum sollte ich dir eine Strafe vorenthalten?"

Meine Lippen öffnen sich und ich habe Mühe, eine Antwort zu formulieren. Bevor mir etwas einfallen kann, um diese Bestie zu besänftigen, wirft Xero das Feuerzeug mit einem sadistischen Grinsen über seine Schulter. Die Flamme fliegt in einem Bogen und landet auf dem Altartuch, das mit einem lauten Zischen in Flammen aufgeht.

Panik wallt in mir auf, als sich das Feuer mit der Geschwindigkeit fallender Dominosteine in der Kirche ausbreitet. Ich reiße meinen Arm aus Xeros eisernem Griff und stürze mich in Richtung Ausgang, verzweifelt bemüht, den Flammen zu entkommen.

„Weglaufen wird dich nicht vor mir retten, kleiner Geist."

Knurrend stürmt Xero auf mich zu, packt mich an der Taille und hebt mich von meinen Füßen. Er wirbelt mich herum, packt mein Kinn und zwingt mich, ihm in die Augen zu sehen. Seine Gesichtszüge verzerren sich zu einer Fratze der Wut, die einen

Schauer des Entsetzens auslöst, der direkt zu meiner Klitoris schießt.

„Niemand nimmt dich mir weg. Nicht einmal du", knurrt er. „Und niemand kann mir entkommen. Du gehörst mir, in jeder Hinsicht."

Flammen krabbeln die Wände hinauf und bis zur Holzdecke. Als brennende Holzstücke herabfallen, schreie ich: „Oh mein Gott!"

„So ist es, kleiner Geist. Ich bin dein Gott. Es gibt keine höhere Macht. Ich brenne diesen ganzen Ort nieder, wenn ich dich dadurch behalten kann, und heute Nacht wirst du zu mir um Erlösung beten."

Ich stemme mich gegen seine Brust und versuche, mich loszureißen, aber sein Griff um meine Taille wird fester. Ich versuche, ihn mit meinen Nägeln an den Augen zu verletzten, aber mit den Handschuhen gleiten meine Finger nutzlos an seinem Gesicht entlang. Er beißt mir ins Kinn und versetzt mir einen Schmerzstoß, der mich aufschreien lässt.

„Das ist es, schrei für mich. Ich will hören, wie sehr du es liebst."

„Xero, wir müssen vor hier verschwinden."

Mein Verstand ruft das Codewort hervor, aber meine Lippen weigern sich, mitzumachen. Der Puls zwischen meinen Beinen pocht synchron mit dem rasenden Schlag meines Herzens, und die Muskeln in meinem Inneren pochen vor Erwartung. Ein kranker, neugieriger Teil meiner Psyche sehnt sich danach zu erfahren, wie weit Xero diese Bestrafung treiben wird.

Er führt uns an dem brennenden Altar vorbei und zieht meinen Lederrock bis zur Taille hoch und entblößt meine Muschi vor der heißen Luft. Kalte Angst breitet sich in mir aus, und ich erschaudere, was ihm ein Grinsen entlockt.

„Angst, Babe? Denn du solltest Angst haben."

Er schlingt meine Beine um seine Taille und streichelt meine Klitoris. Funken sprühen in meinem Inneren, als seine Finger über meinen feuchten Schlitz gleiten.

Irgendwo am Rande meines Bewusstseins vermischt sich das Klirren des Metallgürtels, den er löst, mit Seths heiseren

Schreien. Ich bin zu sehr mit dem Psychopathen beschäftigt, der meine Muschi streichelt, um auf die Worte eines schwanzlosen Vergewaltigers zu hören.

„Sieh dich an", knurrt Xero an meinem Ohr. Er schiebt zwei Finger in mich und lässt mich erschaudern. „So begierig und feucht für deine Bestrafung."

Ich verkneife mir ein Stöhnen und weigere mich, ihm die Genugtuung zu geben. „Halt die Klappe."

„Du willst gefickt werden, Babe. Und ich werde es dir schön und tief besorgen. Genau wie du es magst." Er zieht seine Finger heraus und ersetzt sie durch seinen Schwanz. „Jetzt nimm alles."

Sein erster kräftiger Stoß lässt mich nach Luft schnappen. Die Dehnung ist unglaublich – fast zu viel, um sie zu ertragen. Ich schließe die Augen und ich unterdrücke ein Stöhnen.

„Ich liebe dich so sehr, dass es mich fast meine Seele gekostet hat, dich zu verlieren. Ich werde es nicht noch einmal riskieren", knurrt er.

„Xero, bitte", stöhne ich.

„Bitte, was?"

Ich schüttle den Kopf und halte mir den Mund zu. Wenn ich spreche, könnte ich ihn um mehr bitten, obwohl ich ihn um Gnade anflehen sollte.

Er stößt ohne Erbarmen oder Zurückhaltung in mich. Ich klammere mich an seine Schultern und kämpfe gegen eine Flut von Lust an. Das ist keine Feuertaufe oder eine Art Sakrament – das ist selbstmörderisch. Das ist Wahnsinn. Diese Gedanken werden unterbrochen, als Xeros Prince-Albert-Piercing an einer Stelle reibt, die Funken durch meinen Körper sprühen lässt.

Als ob er spürt, dass ich mehr will, löst er den vorderen Teil meines Korsetts, sodass er meine Brüste mit seinen Händen umschließen kann, dann drückt er die linke so fest zusammen, dass ich nach Luft schnappe. Der Schmerz ist stechend, und meine Muschi zieht sich um seinen Schwanz zusammen, was eine Welle der Erregung auslöst, die uns beide stöhnen lässt.

„Xero, wir werden verbrennen", wimmere ich.

„Es gibt keinen Ort, an dem ich lieber sterben würde als in deiner himmlischen Fotze."

Ich umklammere seine Schultern und wippe mit den Hüften, ohne zu wissen, ob ich versuche, mich von seinem Schwanz zu lösen, um zu entkommen, oder um die Reibung zu verstärken. So oder so, die Lust durchströmt mein Innerstes und vermischt sich mit kaltem Adrenalin und roher Angst. Es ist ein gefährlicher Gefühlscocktail, der meinen Verstand außer Kontrolle geraten lässt.

„Du fühlst dich so gut an, kleiner Geist", stöhnt er und seine Hände packen meine Hüften so fest, dass sie bestimmt blaue Flecken hinterlassen werden. „So heiß, eng und feucht."

Das Feuer wütet um uns, und die Hitze der Flammen treibt mir den Schweiß auf die Haut. Ich brenne von innen heraus, und jeder Stoß von Xero fühlt sich wie ein Brandzeichen an.

Sein Mund senkt sich auf meinen Hals, seine Zähne streifen meine empfindliche Haut, bevor er zubeißt und eine Welle der Lust und Schmerz durch mich jagt. Ich wölbe mich ihm entgegen und drücke mich gegen seine Brust, meine Hüften heben sich, um ihn noch tiefer in mir aufzunehmen.

„Genauso, Babe", knurrt er. „Reite mich durch dieses Inferno. Reite mich, bis mir die Knie weich werden. Reite mich zu unserer verdammten Erlösung."

Die Ekstase brennt sich durch das, was von meinem gesunden Menschenverstand übrig geblieben ist, und lässt mich am Rande der Vergessenheit taumeln. Der Druck steigt, und die Wände meiner Muschi ziehen sich um seinen Schaft herum zusammen. Alle Gedanken an Überleben und Flucht verschwinden in den Flammen, während ich meinem Orgasmus nachjage.

Inzwischen ist die Kirche über einen Feuerring hinausgewachsen, die Flammen verzehren die Wände und breiten sich an der Decke aus. Einige der hölzernen Kirchenbänke haben Feuer gefangen und knistern unter tanzenden Funken. Ich presse meinen Augen zusammen, klammere mich an seine Schultern und stelle mir vor, wie wir beide zusammen in der Hölle sind.

Gerade als ich kurz vor dem Höhepunkt bin, hört der verrückte Bastard auf und knurrt: „Willst du kommen?"

„Scheiße, ja." Ich greife zwischen unseren Körpern nach

unten, um meine Klitoris zu streicheln, aber er packt nur mein Handgelenk.

„Dann sag mir, dass du mir gehörst."

Ich reiße die Augen und ich zögere einen Augenblick lang, bevor sich mein Blick auf seinen richtet. In seinen Augen brennt ein unbeschreibliches Verlangen.

„Xero ... Ich habe dir schon immer gehört", stoße ich hervor, meine Stimme heiser vor Verzweiflung und Verlangen. „Vielleicht sogar schon, bevor ich dein Fahndungsfoto gesehen habe. Ich wusste, dass ein Mann wie du da draußen ist und darauf wartet, mich aus meinem Turm zu retten."

„Dann sag mir, dass du niemals gehen wirst. Schwöre es, oder ich hinterlasse nichts als Asche."

Meine Kehle schnürt sich bei diesem Anblick von Verletzlichkeit zusammen. Halbherzige Erklärungen flackern durch meinen Kopf, aber ich finde nicht die richtigen Worte. Das Feuer wütet, Holz splittert und knackt über uns und erinnert mich daran, dass die Zeit knapp wird. Wenn wir so weitermachen, wird uns das Dach der Kirche auf den Kopf fallen.

„Niemals."

Früher hätte ich ihn vielleicht für sein Aussehen oder seine Gefühle geliebt oder sogar für den Schutz, den er mir bietet, aber da war ich noch unvollständig. Eine gefährliche Mischung aus Gaslighting, unterdrückten Erinnerungen und verschreibungspflichtigen Medikamenten hielt mich davon ab, die Tiefe meiner Gefühle zu entdecken.

Jetzt, da ich entblößt bin und dem Tod nahe bin, ist mir alles klar. Jedes Mal, wenn Xero sagte, er liebe mich, entsprachen seine Worte der Wahrheit. Ich gehöre ihm, und er gehört mir. Es ist ganz einfach.

„Ich werde dich nie wieder verlassen. Du bist der einzige Mann, dem ich vertraue."

„Gutes Mädchen. Jetzt beweise es."

Er will, dass ich ihn in der Hitze der brennenden Kirche, als mein beanspruche. Unsere Beziehung ging in die Brüche, als ich ihn vor dem Altar stehen ließ. Es ist nur angemessen, dass wir uns in den Flammen unserer Sehnsucht zueinander bekennen.

Als hätte er meine Gedanken gelesen, nickt er. „Reite mich, Baby. Zeig mir, dass du mir gehörst."

Ich bewege mich auf ihm, jede Bewegung meiner Hüften ist ein Versprechen, jeder Atemzug, der meinen Lippen entweicht, ein Schwur. Xero Greaves ist mein und ich bin sein – für immer, bis zum Ende der Zeit. Wenn die Zeit nicht mehr existiert und wir nur noch Fragmente sind, die im Chaos treiben, wird unsere Liebe der ursprüngliche Anker sein, der uns zusammenhält.

Seine Lippen senken sich auf meine und besiegeln unsere Vereinigung mit einem Kuss, der nach Erlösung und Sünde schmeckt. Ich schließe die Augen und ich genieße die Tiefe unserer Verbindung.

„Xero, ich gehöre dir", keuche ich gegen seinen Mund. Meine Nägel graben sich in seine Schultern, während meine Bewegungen immer hektischer werden und die Reibung mich dem Höhepunkt immer näher bringt. Die Hitze, die Gefahr, die schiere Kraft seines Besitzes – das ist alles zu viel.

„Oh, verdammt ... Xero, ich werde ..." Ich keuche, mein Körper erbebt.

„Komm für mich, kleiner Geist. Bring diese Wände mit deinen Schreien zum Einsturz."

Seine Worte treiben mich direkt zum Orgasmus, und ich schreie auf, wobei sich jeder Muskel in meinem Körper anspannt. Meine Beine schlingen sich fester um seine Taille, klammern sich an ihn, und meine Sinne entflammen vor Lust. Ich genieße die Hitze, den Geruch von brennendem Holz, das Gefühl, dass unsere Körper so eng aneinander gepresst sind, dass wir eins sein könnten.

Xeros Stöhnen ist tief, kehlig und urwüchsig, als er mit kräftigen Stößen kommt und mich mit seinem warmen Sperma füllt. Die Intensität lässt mich erzittern, meine Beine zucken um seine Taille unter den Nachbeben unserer gemeinsamen Ekstase.

Ich bin erschöpft, völlig ausgelaugt. Als ich wieder zu Atem komme und meine Augen öffne, wird die Welt wieder klar. Wir befinden uns nicht mehr in der Kirche, sondern auf dem mondbeschienenen Hof, wo er das Auto geparkt hat. Der beißende Rauch wabert durch die Nacht wie ein entweichendes Gespenst, und als ich über seine Schulter schaue, sehe ich das Gebäude, das in Flammen steht.

Bevor ich fragen kann, wann er uns aus dem Feuer geholt hat, zuckt er zusammen und stößt einen leisen Fluch aus.

Ich runzle die Stirn. „Xero, was ist los?"

Etwas Scharfes sticht in meinen Nacken und ich zische.

Xero zieht einen kleinen Pfeil heraus, seine Gesichtszüge verzerren sich vor Wut, und er knurrt: „Wir werden angegriffen."

VIERUNDACHTZIG

XERO

Mein Kopf dröhnt. Ich verlangsame meinen Atem und versuche, Bewusstlosigkeit vorzutäuschen, während ich meine Umgebung in Augenschein nehme. Ich bin an einen Holzstuhl mit Lederfesseln fixiert. Ein kalter Luftzug streicht über meine nackte Haut und trägt den schwachen Geruch von Branntwein und Zigarrenrauch mit sich.

Es löst Erinnerungen daran aus, wie ich in Vaters Arbeitszimmer saß, umgeben von hohen Regalen, die mit ledergebundenen Büchern gefüllt waren. Mit angespannten Muskel kämpfe ich gegen die Restangst an, die ich als Zehnjähriger verspürte, als ich dachte, er würde mir das gleiche Gift spritzen, mit dem er Mom getötet hat.

Ich verdränge meine Angst und konzentriere mich aufs Überleben. Unsere Feinde haben Amethyst. Die Frage ist nur, wer genau?

Dank Dollys gefälschter Geständnisse werden wir beide von der Polizei gesucht. Polizeibeamte benutzen keine Betäubungspfeile, es sei denn, sie haben Dreck am Stecken, aber dann hätte der Tod des Deputy Chiefs Hunter eine Stelle für einen anderen korrupten Beamten frei gemacht.

Es könnten die Moirai sein. Die Haupteinnahmequelle meiner Organisation ist die Arbeit, die wir von unserem früheren

Arbeitgeber stehlen. Ganz zu schweigen von der Anzahl der Agenten, die wir getötet oder auf unsere Seite gezogen haben.

Die dritte Möglichkeit ist zu lächerlich, um sie in Betracht zu ziehen.

„Ich weiß, dass du wach bist, mein Sohn."

Beim Klang dieser Stimme gefriert mir das Blut in den Adern. Dann beschleunigt sich mein Herzschlag und eine rasende Wut durchströmt meinen Körper.

Mit einem Mal schießt ein Stromstoß durch meinen Körper. Meine Muskeln verkrampfen sich, ich öffne die Augen und blicke in ein Gesicht, das ich am liebsten für immer vergessen würde.

Mein Herz rast. Kalter Schweiß bricht auf meiner Haut aus. Er ist etwas älter, als ich es in Erinnerung habe, und die untere Hälfte seines Gesichts ist von einem gestutzten Bart bedeckt, aber diese kalten, blauen Augen sind unverwechselbar. Vater steht in der Mitte des Raumes, gekleidet in einen marineblauen Smoking mit schwarzem Seidenaufschlag, und spielt den Gentleman, von dem wir beide wissen, dass er es nicht ist.

„Delta", stoße ich hervor, wobei das Wort wie Säure schmeckt.

Vater verzieht die Lippen zu einem spöttischen Grinsen. „Du bist nachlässig geworden. Ziemlich dumm von dir, mit heruntergelassenen Hosen zu einem feindlichen Standort zurückzukehren."

„Wo sind sie?", frage ich.

„Solche Feindseligkeit. Ich habe dich gelehrt, genauer zu sein."

„Du hast mir gar nichts beigebracht."

Seine Gesichtszüge verziehen sich zu einem spöttischen Ausdruck der Enttäuschung. „Genau da liegst du falsch. Die Konditionierung in deiner Kindheit, das rigorose Training ... selbst meine Unnahbarkeit war Teil deiner Ausbildung. Fähigkeiten, die meinem Zweck dienen sollten."

„Was zum Teufel meinst du?"

„Du solltest die Führung der Moirai eliminieren." Er klopft sich imaginäre Fussel von seinem Arm. „Chaos stiften und meine Feinde ausschalten, damit die Firma, die ich gegründet habe, wieder voll und ganz unter meiner Kontrolle ist. Wenn man bedenkt, dass es nur etwas Süßes und Feuchtes brauchte, um dich abzulenken."

Ich knirsche mit den Zähnen. „Wo sind Amethyst und Camila?"

„Du wirst sie bald sehen." Er wendet sich einem Tisch zu, nimmt eine Spritze und schnippt dagegen, sodass ein Tropfen roter Flüssigkeit sich löst.

Meine Kehle ist mit einem Mal staubtrocken. Ich bin kein Experte für Chemikalien, aber die einzigen Medikamente, die ich in diesem Farbton gesehen habe, sind Propofol und Dr. Dixons Epinephrin-Mischung. Das erste ist ein starkes Narkosemittel, das zweite ein starkes Stimulant. In den Händen eines Mannes wie meinem Vater kann keines von beidem etwas Gutes bedeuten.

„Was willst du von mir?", frage ich.

„Deinen völligen Ruin. So wie du meinen herbeigeführt hast." Er kommt mit der Spritze auf mich zu. „Sobald ich dich in einen loyalen und gehorsamen Untergebenen verwandelt habe, wirst du mir alles zurückgeben, was du mir gestohlen hast. Mit Zinsen."

Ich winde mich in den Fesseln, der Stuhl schrammt über den Betonboden, aber er knallt nur gegen eine Wand. Es dauert eine Sekunde, bis mir klar wird, dass dies dasselbe Zeug ist, was sie benutzt haben, um Lizzie Bath umzubringen.

Vater sticht mir die Nadel in den Hals und injiziert die Flüssigkeit, die wie eisiges Feuer durch meine Adern kriecht. Meine Muskeln versteifen sich und ich zucke zurück.

„Guter Junge", murmelt Vater. „Du warst meine größte Schöpfung. Die perfekte Mischung aus mir und deiner Mutter."

„Du hast sie nicht gekannt", knurre ich.

Er tritt zurück und sieht mich mit schiefgelegtem Kopf an. „Deine leibliche Mutter. Nicht die Frau, die dich in ihr Haus aufgenommen hat. Das war deine Tante."

Das ist nichts Neues. Mom hat mir bereits erzählt, dass meine leibliche Mutter bei der Geburt gestorben ist. Mit einem logischen Gedankensprung kann ich mir vorstellen, dass ihre Beziehung zu Vater nicht nur romantischer Art war. Der Raum beginnt, sich zu drehen. Die Realität verzerrt sich, verschwimmt an den Rändern und dehnt sich überproportional aus. Ich kämpfe dagegen an und versuche, mich an die Vernunft zu klammern, aber Vaters Worte hallen nach und verzerren sich, bis die Worte nur noch verschwommen sind.

Die Zeit vergeht in einem verzerrten Dunst aus unzusammenhängenden Gedanken und Bildern. Zerstreute Erinnerungen vermischen sich mit zerbrochenen Fragmenten im Raum. Als meine Muskeln erschlaffen, werfe ich den Kopf nach hinten und starre auf die Glühbirne. Ihr Glühfaden flackert auf und ab und erzeugt einen Dunst, der an einen bösen Blick erinnert.

Währenddessen hallen seine Worte wie eine kaputte Schallplatte in meinem Kopf nach. Ich klammere mich an den Gedanken, dass Vater Camila und Amethyst unversehrt lassen könnte.

Die Stunden dehnen sich wie schmelzende Uhren und tropfen wie Wachs in die Abgründe meiner Gedanken. Nach einer gefühlten Ewigkeit lässt die Droge nach, und ich schaffe es, meinen Blick zu fokussieren. Ich schaue mich in dem Raum um, auf der Suche nach einer Möglichkeit zur Flucht. Der Raum ist spartanisch und weiß, bis auf einen Bildschirm, der direkt vor mir an der Wand hängt.

Schwarze Kabel führen von meinem Stuhl zu einer Steckdose unter einem Metalltisch neben der Tür, die sich weit außerhalb meiner Reichweite befindet. Es gibt keine Fenster, und die einzige Lichtquelle ist die schwache Glühbirne, die von der Decke hängt und lange, gewundene Schatten wirft.

Die Droge, die Vater mir injizierte, hatte nur einen einzigen Grund – mich gefesselt und verwirrt zu halten. Aber zu welchem Zweck? Er könnte einen weiteren Film mit Amethyst oder Camila drehen oder ihre grausamen Tode arrangieren.

Angst pulsiert durch meine Adern wie Säure. Wie zum Teufel konnten sich Vaters Männer an meinen Agenten vorbeischleichen und sich der Kirche so schnell nähern, nachdem Dolly mit Camila entkommen war?

Die beiden Männer, die Amethyst kastriert hat, waren nur Köder. In meiner Verzweiflung, herauszufinden, was mit meiner Schwester passiert ist, war ich nachlässig geworden. Ich ließ meine Deckung fallen und wurde nach so vielen Siegen gegen Vater zu selbstsicher.

Die Tür schwingt auf. Wie von meinen Gedanken herbeigerufen, kommt Vater herein, eine Fernbedienung in der Hand haltend. Er kommt auf mich zu und blickt mir in die Augen, als ob er etwas in ihnen suchen würde. Ich kann nicht anders, als mich zu fragen, ob er nach Spuren der Droge sucht.

Mein Puls beschleunigt sich. Mit einem Ruck stemme ich mich gegen die Lederfesseln.

„Wenn du Camila und Amethyst nicht freilässt, bringe ich dich um", spucke ich, wobei ich merke, dass meine Worte noch immer undeutlich sind.

Er schlendert durch den Raum und scheint von meiner Drohung unbeeindruckt zu sein. Sein Anblick, wie er so gelassen wirkt, ist wie ein Messer, das sich in meine Brust bohrt. Er kommt auf mich zu und lehnt sich dicht an mich heran, sodass ich seinen Atem auf meinem Gesicht spüren kann. „Ist das der Beginn einer Verhandlung, mein Lieber?"

„Sicher", stoße ich durch zusammengebissene Zähne hervor. „Aber erst will ich die Mädchen sehen."

Er zieht sich zurück und schnaubt. „Vorhersehbar schwach, genau wie deine Mutter", höhnt er, und seine Stimme trieft vor Verachtung. „Sie war eine meiner besten Attentäterinnen, bis sie sentimental wurde und mit unserem ungeborenen Kind floh."

Mein Kiefer spannt sich an. Mein Blut kocht unter der Oberfläche, doch ich zwinge meine Gesichtszüge zu einer eisigen Maske. „Du verspottest mich wegen einer Frau, die ich nie getroffen habe? Wenn du dich nach all der Zeit noch an sie erinnerst, muss sie deine Schwäche gewesen sein, nicht meine."

Ein Aufflackern von Emotionen huscht über sein Gesicht, bevor er es mit Gleichgültigkeit überspielt. „Ich habe deine Mutter zur Strecke gebracht und ihr in den Kopf geschossen. Du aber könntest dich noch als nützlich erweisen."

„Wo. Sind. Sie?", knurre ich.

Die Tür öffnet sich mit einem Knarren. Camila stolpert herein und sieht benommen, aber unverletzt aus, gefolgt von Amethyst, die eine Pistole hält.

Schock und Hoffnung erfassen mich. Mein Herz schlägt wie

wild in meiner Brust, ich bin ungläubig über den Anblick, der sich mir gerade bietet. Ich zucke nach vorn und stemme mich gegen meine Fesseln. Hat mein kleiner Geist wirklich meine Schwester gerettet?

Amethyst dreht sich zu mir um und lächelt. Dann richtet sie ihre Waffe auf Vater.

Und drückt ab.

XERO

Die Kugel schlägt in der Wand ein und verfehlt Vater nur um Zentimeter. Ich wende mich wieder Amethyst zu und erwarte, dass sie es noch einmal versucht, aber sie dreht sich um und lacht.

Sie lacht einfach nur.

An diesem Szenario sind mehrere Dinge falsch. Dass Haar der Frau, die die Waffe hält, hat durchgehend dunkles Haar, während mein kleiner Geist die linke Seite ihres Haares grün gefärbt hat.

Die einzige Reaktion meines Vaters ist ein nachsichtiges Lächeln. Es ist die Art, die ein Mann einem geliebten Haustier schenkt. Mein Herz schlägt bis zum Hals, und alle Hoffnung, dass Amethyst in Sicherheit ist, zerbricht wie Glas.

Vater lacht, und das Geräusch schneidet wie eine Klinge durch die zerbrechlichen Fäden meiner Vernunft. Ich richte meinen Blick auf Camila, die in einem Tanktop und einem Paar eng anliegender Leggings, die viele Agenten unter ihrer kugelsicheren Kleidung tragen, an die Wand gelehnt steht. Sie starrt mit glasigen Augen vor sich hin, ohne Notiz von Dolly oder Vater zu nehmen.

Ich weiß nicht, wie viel Zeit vergangen ist, seit sie uns geschnappt haben, aber ich kann nur hoffen, dass sie betäubt und nicht gebrochen wurde.

„Wo ist Amethyst?", frage ich.

Das Lächeln meines Vaters verblasst. „Dieses Mädchen war ein schlechter Einfluss, der dich davon abgehalten hat, deine wahre Bestimmung zu erfüllen."

„Wovon zum Teufel sprichst du?", knurre ich.

Wut pulsiert durch meinen Körper und lässt die Wirkung der Droge langsam schwinden. Ich stemme mich nach vorn und versuche, mich zu befreien, aber die Lederriemen um meine Brust graben sich nur noch tiefer in meine Haut.

Dolly stößt ein schrilles Lachen aus. „Du hast es ihm nicht gesagt?"

„Mir was gesagt?"

„Amethyst musste sterben", sagt Vater.

Seine Worte treffen mich mit einem Schlag, der mir die Luft aus den Lungen treibt. Ich zucke zurück und mein Herz verkrampft sich schmerzhaft in meiner Brust.

„Du lügst", stoße ich hervor, während mein Verstand diesen Gedanken zurückweist.

„Sie lenkt dich von deiner Bestimmung ab", fügt Dolly hinzu.

„Was?", schnauze ich, wobei mein Blick von ihr zu meinem Vater springt.

Er tritt näher, seine Augen bohren sich in meine. „Nachdem du und deine Bande von Überläufern das Führungsteam der Moirai getötet habt, wirst du alles, was du mir gestohlen hast, zurückgeben und deinen Platz an meiner Seite einnehmen."

„Träum weiter", knurre ich.

„Du wirst dich mit deiner Position im Leben abfinden, sobald du akzeptierst, dass Amy tot ist."

Ich schüttele den Kopf. „Du würdest niemanden umbringen, der mir so wichtig ist, ohne daraus ein Spektakel zu machen."

Mein Vater richtet die Fernbedienung auf den Bildschirm. „Sieh selbst."

Auf dem Bildschirm erscheinen Aufnahmen von Amethyst, die auf einer braunen Ledercouch in einem weißen Raum liegt. Ihre Augen sind offen, aber sie ist betäubt, ihre Arme sind in eine schmutzige Zwangsjacke gesteckt. Die Verschlüsse am unteren Ende der Jacke sind geöffnet, sodass ihr Geschlecht und ihre

Beine, die mit Kompressionsbandagen umwickelt sind, sichtbar werden.

Ich versteife mich, mein Puls schlägt so heftig, dass ich den Ton kaum hören kann.

Vater erscheint auf dem Bildschirm und stellt sich an den Rand der Couch. Mein Atem stockt, als seine Hände ihre Beine hinaufgleiten.

Mein Herz rast wie wild. Sie hat mir erzählt, dass Vater sie in der Anstalt vergewaltigt hat, aber zu sehen, wie sich das abspielt, ist eine andere Ebene der Hölle.

Seine Finger erforschen ihre Vagina und lassen sie wimmern. Ich kann meinen Blick nicht vom Bildschirm lösen, als würde ich Amethyst ihrem Schicksal überlassen, wenn ich wegschaue.

„Du kranker Bastard", knurre ich. „Ich weiß bereits, was du getan hast."

„Sie war so eng wie eine Jungfrau", sagt mein Vater.

Ich stemme mich so fest gegen die Lederriemen, dass meine Handgelenke bluten. „Monster! Ich werde dich schreiend sterben lassen!"

„Enger als ich?", fragt Dolly mit einem Schmollmund.

„Du bist eine Königin unter den Frauen", sagt Vater, ohne wirklich überzeugend zu klingen. „Amy könnte sich niemals mit dir vergleichen."

Auf dem Bildschirm zieht Vater einen dicken Gummiring aus Amethyst und legt ihn beiseite, bevor er den Reißverschluss seiner Hose öffnet und sich zwischen ihre gespreizten Beine stellt.

Angst erfasst mich. Ich kann nicht atmen, kann mich nicht bewegen, während sich der Horror vor mir entfaltet. Er vergewaltigt die Frau, die ich liebe, mit ruckartigen Stößen, während die Kamera jedes Aufflackern von Schmerz, Angst und Resignation auf ihren gequälten Zügen festhält.

Ich will mir einreden, dass das Dolly ist, aber genau so hat Amethyst eine ihrer Erinnerungen beschrieben. Ich sehe hilflos und ohnmächtig zu, wie Vater mir eine weitere Frau, die ich liebe, stiehlt.

Nach einer Ewigkeit kommt er mit einem Schaudern zum Höhepunkt, und das Video schaltet auf eine andere Szene um. Es zeigt Amethyst, die an einen Metalltisch gefesselt ist. Ein blonder Mann steht über ihr und hält ein Messer in der Hand. Die Kamera schwenkt zu ihm, als er mit dem Messer zusticht, dann zurück zu Amethyst, aus deren Wunde Blut tropft.

Das Adrenalin schießt durch meine Adern und bringt einen Ansturm von Panik und Verleugnung mit sich. Das muss ein weiteres von Vaters verdrehten Spielen sein.

Das darf nicht wahr sein. Ich kann sie nicht verlieren. Ich werde sie nicht verlieren. Sie ist alles, was ich noch habe. Mein Geist klammert sich an diese Hoffnung und weigert sich zu akzeptieren, was ich sehe.

„Blödsinn", knurre ich. „Das ist Make-up und Spezialeffekte."

Vater nimmt eine weitere Spritze vom Tisch und sticht die Nadel in meinen Hals. Der Stich ist kaum zu spüren, aber die Flut der kühlen Flüssigkeit lässt mein Herz rasen. Meine Sinne schärfen sich, mein Atem beschleunigt sich, und Kraft strömt in meine Glieder.

Er schlendert zur Tür und hält sie auf. „Xero denkt, wir würden den Tod von Leuten vortäuschen. Zeig ihm, dass wir es ernst meinen."

Bevor ich fragen kann, was zum Teufel er meint, richtet Dolly ihre Waffe auf Camilas Brust und drückt ab. Blut spritzt auf die weiße Wand, und der Körper meiner Schwester bricht zusammen.

„Nein!" Ich winde mich in meinen Fesseln, während mein Schrei von den Wänden widerhallt.

Camila sackt zu Boden, ihre Augen weiterhin glasig.

Dolly bläst den Rauch aus dem Lauf ihrer Waffe und macht einen Schritt über Camilas Körper hinweg. Sie kommt mit klackernden Absätzen auf mich zu. Zufriedenheit glänzt in ihren Augen, als sie sich zu mir vorbeugt und grinst.

„Ich bringe dich um", schreie ich.

„Ich kann es kaum erwarten, deine besondere Belohnung zu sein. Ich hoffe, du bist ein besserer Fick als Delta."

„Dolly, die Zeit wird knapp", sagt Vater.

Sie richtet sich auf, macht auf dem Absatz kehrt und schlendert ohne einen Blick zurück durch den Raum.

Weißglühende Wut fließt durch meine Adern und gibt mir

einen weiteren Schub an Kraft. Ich schlage um mich und zerreiße eine der ledernen Fesseln an meinem Handgelenk.

Gerade als Dolly im Flur verschwindet, zerreiße ich die Zweite. Die Tür schließt sich und lässt mich mit dem leblosen Körper meiner Schwester allein.

Mit zitternden Händen löse ich die Lederriemen um meine Brust und Knöchel, wobei meine Bewegungen noch immer wie betäubt vor Schock sind. Ich befreie mich und krieche in Camilas wachsende Blutlache.

Trauer umklammert meine Brust und lässt mich kaum atmen. Meine Sicht verschwimmt durch die Tränen, die mir in die Augen schießen und macht mich blind für alles außer meiner Schwester. Ich taste an ihrem Hals entlang, schaffe es aber nicht, ihren Puls zu finden.

Ich knie neben Camila und wiege ihren Kopf in meinem Schoß. Mein Herz zerspringt in tausend Teile. Jede Erinnerung an das lächelnde, kleine Mädchen drängt sich in den Vordergrund und Verzweiflung schnürt meine Brust zusammen.

Ihre Freundlichkeit, ihr Lachen, ihre Akzeptanz für einen Jungen, der von seinem Vater und seiner Stieffamilie abgelehnt wurde – alles weg. Es war Camila, die mich einlud, bei Isabel und ihrer Mutter zu wohnen, und die mein Elend mit Mitgefühl milderte.

Als sie traumatisiert in die Moirai-Akademie kam, nachdem sie von John belästigt worden war, schwor ich ihr, sie zu beschützen.

Und ich habe versagt

Wie zum Teufel soll ich Isabel mein Versagen erklären? Oder Jynxson?

Tränen rinnen mir über die Wangen, als sich ihr Blut unter meinen Beinen sammelt und der metallische Geruch mir in die Nase steigt.

Meine Wut wächst mit jeder verstreichenden Sekunde, während sich die Mauern um das, was von mir und meiner Schwester übrig ist, schließen. Die Last ihres Todes macht mir zu schaffen. Ich kann nicht begreifen, wie jemand eine so reine Seele verletzen konnte.

Vater ordnete die Tötung seiner eigenen Tochter an, nur um

seinen Standpunkt klar zu machen. Er erkannte sie, entschied sich aber dafür, sein eigenes Fleisch und Blut auszulöschen.

Hass und Abscheu kämpfen in meinem Innern. Meine Welt verengt sich auf einen Punkt reiner, sengender Wut. Jeder Nerv schreit nach Rache, jeder Muskel zittert vor dem Drang, Vergeltung zu üben.

Ich habe Camila enttäuscht. Ich habe Amethyst enttäuscht. Ich habe jeden Agenten im Stich gelassen, der von den Moirai übergelaufen ist, weil er an das Versprechen der Freiheit glaubte. Vergeltung brennt sich durch die letzten Reste meiner Menschlichkeit. Mein Durst nach Rache verzehrt meine Seele und lässt nur eine Hülle aus reinem Zorn zurück.

„Sie werden alle sterben“, knurre ich. „Ich werde jeden einzelnen von ihnen mit bloßen Händen töten.“

Der Raum dreht sich und ich springe auf die Beine. Ich bin bereits in Bewegung und habe die Tür erreicht, während ich plane, was ich als Nächstes tun muss.

Vater will ein Monster?

Dann wird ein Monster das Letzte sein, was er sieht, bevor ich Dolly und ihn in Stücke reiße.

SECHSUNDACHTZIG

AMETHYST

Alles tut weh. Mein Körper fühlt sich an, als hätte man ihn in die Waschmaschine gesteckt und mehrere Runden im Schleudergang gedreht. Meine Schmerzen reichen bis zu meinen Knochen, und ich bin sicher, dass meine Muskeln verletzt wurden.

Die Oberfläche unter meinem Rücken ist unnachgiebig und hart und riecht leicht nach Bleiche. Ich versuche, mich zu bewegen, aber meine Glieder wollen nicht mitmachen. Künstliches Licht pulsiert gegen meine Augenlider, passend zum Pochen in meinem Kopf. Das Grauen drängt durch den Dunst. Dies ist kein Kater – es ist etwas viel Schlimmeres.

Ich habe keine Ahnung, wie viel Zeit vergangen ist, seit mich der Pfeil vor der Kirche getroffen hat. Es könnte eine Stunde, ein Tag oder länger sein. Der kühlen Luft nach zu urteilen, die über meine Haut strömt, hat mir derjenige, der uns entführt hat, die letzten Reste meiner Kleidung abgenommen. Der Schmerz vom harten Sex mit Xero ist verblasst, und ich merke, dass dieser Teil meines Körpers noch intakt ist.

Schritte nähern sich, ein unheilvolles Klackern von Absätzen, das dafür sorgt, dass jedes Härchen auf meinem Körper zu Berge steht.

Mein Herz rast, und ein Adrenalinstoß durchbricht die

Müdigkeit. Ich reiße die Augen auf und finde mich auf dem Boden eines marmorgefliesten Badezimmers wieder.

Mein Atem stockt, während ich mich umsehe.

Von Xero ist keine Spur zu sehen.

Die Tür wird mit einem Knall aufgestoßen und gibt den Blick frei auf rubinrote Stilettos, die von einer Frau getragen werden, die genauso aussieht, wie ich. Mein Magen verkrampft sich unter einer lähmenden Mischung aus Übelkeit und Furcht.

Ihre Schritte kommen näher, klappern auf dem Marmorboden und klingen in meinen Ohren wie der donnernde Schlag meines Herzens.

„Aufwachen, du faule Sau." Sie unterstreicht den Befehl mit einem kräftigen Tritt in meine Seite.

Ich kann nicht einmal mit der Wimper zucken, obwohl ich sie am liebsten am Knöchel packen, sie auf mein Niveau herunterziehen und wissen wollen würde, was sie Camila und Xero angetan hat. Egal, wie sehr ich es versuche, mein Körper will sich nicht bewegen.

Dolly beugt sich vor, packt mich an den Haaren und zieht mich hoch. Noch bevor ich den Schmerz auf meiner Kopfhaut wahrnehme, verpasst sie mir eine so harte Ohrfeige, dass ich endlich reagiere. Zusammenzuckend weiche ich unter einer Welle von Schwindelgefühlen zurück.

Der Schock verblasst und weicht einer überwältigenden Verzweiflung. Wieder einmal bin ich in Dollys Klauen geraten. Im besten Fall ist Xero in einem anderen Raum und wird von Delta gefoltert. Im schlimmsten Fall ist er tot.

„Du feige Fotze. Was zum Teufel hast du mit unseren Investoren gemacht?", faucht sie.

Ich knirsche mit den Zähnen und weigere mich, ihr die Genugtuung einer Antwort zu geben.

„Sieh mich an, wenn ich mit dir rede", schreit sie und ihre Stimme hallt an den Wänden des Badezimmers wider.

Nicht, solange ich hilflos bin. Nicht, solange ich noch unter Drogen stehe. Nicht, solange sie die ganze Macht hat. Was auch immer das für Gift an diesem Pfeil war, ich bin nicht in der Lage, mich zu wehren, und ich will verdammt sein, wenn ich ihr die Genugtuung einer Antwort gebe.

„Komm her!"

Sie zerrt mich über die kalten, harten Fliesen zur Duschkabine, wobei jeder Schritt meine Schmerzen verschlimmert. Sie dreht den Wasserhahn auf, sodass eisiges Wasser über mich strömt. Ich keuche bei dem Schock und meine Zähne beginnen, vor Kälte zu klappern. Meine Glieder zittern und verkrampfen sich vor Kälte. Ich zwinge meine ganze Entschlossenheit in meine Gliedmaßen, aber sie reagieren nicht.

Ich höre, wie sich die Tür ein weiteres Mal öffnet und sich die Schritte eines Mannes nähern. Ich hoffe inständig, dass es Xero ist, aber tief in mir weiß ich, dass es jemand anderes ist.

„Du hast gerufen?", fragt eine männliche Stimme, die mir das Blut in den Adern gefrieren lässt. Locke. Der hübsche, blonde Mann, der für das Verabreichen der Drogen verantwortlich war. Er lacht, als er ins Badezimmer kommt. „Was machst du da?"

„Ich versuche, diese Schlampe zu baden, aber sie will nicht mitmachen", faucht Dolly.

„Hast du ihr das Gegenmittel verabreicht?", fragt er.

Dolly stößt ein kokettes Kichern aus. „Ich vergaß."

„Verständlich. Vor der Auktion gibt es noch ein Dutzend Dinge zu erledigen."

Mir stockt der Atem.

Auktion?

Als sie das Badezimmer verlassen, werden ihre Stimmen leiser. Ich drücke meine Augen zusammen und versuche, mich durch das Rauschen des fließenden Wassers auf ihr Gespräch zu konzentrieren.

Aus den Schnipseln, die ich aufschnappen kann, klingt es so, als würde Delta ein weiteres Event veranstalten, bei dem er eine neue Gruppe von Investoren zu einer Privatvorstellung zusammenbringt. Ich lausche, ob Xero erwähnt wird, aber alles, was ich höre, ist ein heißer neuer Superstar, der mich für das Publikum in Stücke reißen wird, und dann darf der Höchstbietende meine Leiche schänden.

Dolly tritt wieder unter die Dusche. „Gib ihr die Hälfte."

„Bist du sicher?", fragt Locke.

„Sie wird schwach sein, aber kein totes Gewicht", antwortet sie. „Ich werde ihr den Rest vor der Auktion injizieren."

Das kalte Wasser wird abgestellt und lässt mich keuchend zurück. Panik macht sich in mir breit, als eine Nadel in meinen Oberarm gestochen wird. Wärme breitet sich von der Einstichstelle aus und rinnt durch meinen Arm, wobei ich das Gefühl habe, als würden hunderte kleiner Nadeln in meine Haut gestochen werden.

Locke tritt zurück und hält inne, um Dolly zu küssen.

„Gib mir ein paar Sekunden", murmelt er gegen ihre Lippen.

Als ich versuche, meine Finger zu bewegen, zucken sie. Eine ähnliche Botschaft sende ich an meine Zehen, die sich krümmen. Während die beiden sich weiter küssen, ballen sich meine Hände zu Fäusten und ich versuche, meine Arme zu bewegen.

Zitternd setze ich mich auf, aber ich bin noch zu schwach, um zu stehen.

Ich lasse mich gegen die kalten Kacheln sinken und versuche jedes Quäntchen Hass, den ich verspüre, in meinen Blick zu legen. Jetzt, wo ich sitze, kann ich Dolly besser sehen. Sie hat die blonde Seite ihres Haares dunkelbraun gefärbt und zu Zöpfen gestylt, sodass sie mehr wie Mom aussieht.

Sie trägt ein tief ausgeschnittenes, blaues Schürzenkleid, das sie mit weißen Socken und roten Schuhen kombiniert hat. Es ist ein groteskes ‚*Zauberer von Oz*'-Cosplay, bei dem ich am liebsten kotzen würde.

Tränen brennen in meinen Augen. Warum zum Teufel beschäftige ich mich mit der Wahl ihrer Kleidung, wenn ich ohnehin bald sterben werde?

Und was noch wichtiger ist: Was werden sie mit Xero machen?

Dolly löst sich von Locke, streicht sein Revers glatt und gibt ihm einen Klaps auf den Hintern. Ich würde schreien, dass sie eine Verräterin ist, aber er weiß es bereits – er war Teil des Duos, das Barrett und Seth betäubte, damit sie dem Feind in die Hände fielen, um gefoltert und getötet zu werden.

Er verlässt den Raum und lässt mich mit Dolly allein, die ihre roten Schuhe abstreift und ihr Schürzenkleid auszieht. Darunter ist sie nackt, ihr Körper ist eine Landkarte aus verblassten Narben. Sie mögen die gleiche Form haben wie die, die Delta mir zugefügt hat, aber seine Schnitte waren sauber und präzise genug, um in dünnen Linien zu verheilen. Dollys Narben sind zerklüftet und grausam, ein Bild der Folter und des Schmerzes, das sie in eine Wahnsinnige verwandelt hat.

Ich schlucke schwer und ziehe mich an den Rand der Dusche zurück, während es in mir brodelt. Jetzt, wo die meisten meiner Erinnerungen zurückgekehrt sind, kann ich nur noch daran denken, wie sie zu *Three Fates* geschickt wurde, um dann vierzehn Jahre lang unsägliche Qualen zu erleiden. Aber ihre Wut gegen mich ist unangebracht. Wir waren beide Schachfiguren. Sie muss ihr Bedürfnis nach Rache dahin lenken, wo es hingehört.

„Dolly", sage ich und versuche, das Zittern meiner Stimme zu unterdrücken. „Wusstest du, dass Charlotte noch am Leben ist?"

Sie nimmt eine Flasche Shampoo in die Hand. „Wovon sprichst du?"

„Das Kindermädchen, das du ermordet aufgefunden hast?"

„Kappa?" Sie betritt die Dusche und drückt mir eine halbe Flasche Shampoo auf den Kopf.

Ich schlucke. „Ja."

„Es war nichts weiter als ein Scherz, aber du bist durchgedreht und hast das Baby umgebracht. Dann hast du Dad umgebracht."

„Ich habe nicht …"

„Halt still und hör auf zu reden." Dolly schiebt ihre Finger in mein Haar und beginnt, das Shampoo einzuarbeiten. „Ich kann dich nicht mit grünen Haaren, die nach Sex und Rauch stinken, auf der Auktion präsentieren."

„Ich habe Heath nicht umgebracht. Es war Kappa."

„Das kümmert niemanden. Deinetwegen hat Dad mich nie von *Three Fates* abgeholt. Ich musste dort bleiben, um irgendwelche Arschlöcher zu verführen und zu ermorden. Dann verbrachte ich den Rest meiner Jugend damit, von kranken Perversen vergewaltigt und verwundet zu werden. Und das alles nur deinetwegen."

„So ist es nicht gewesen. Dad …"

Ihre Handfläche klatscht gegen meine Wange und ich zucke vor Schmerz zurück.

Ich versuche, mich loszureißen, aber Dolly hält mich mit

eisernem Griff fest. Als sie ihre Knöchel in meine Kopfhaut gräbt, schickt jede Drehung brennende Qualen in meinen Nacken. Ich bringe stotternd heraus, wie die Dinge wirklich gewesen waren, wobei ich die Verzweiflung und Anspannung in meiner Stimme hören kann.

Wasser steigt mir in die Nase und zwingt mich, nach Luft zu schnappen. Das Shampoo brennt in meinen Augen und lässt sie tränen. Trotz des brennenden Gefühls und meiner verzweifelten Bitten verstärkt sie den Druck des Wassers noch weiter und weigert sich, mir zuzuhören. Ich strecke blind die Hand aus und versuche, sie abzuwehren, aber sie ist unerbittlich.

„Du hattest vierzehn Jahre Zeit, dir mit Mom zusammen eine Ausrede auszudenken." Dolly knallt meinen Kopf so fest gegen die Wand, dass ich Sterne sehe. „Glaub ja nicht, dass ich dir deinen Schwachsinn abkaufe."

Mit einem letzten, harten Ruck an meinen Haaren schlägt sie meinen Kopf gegen die Wand. Schmerz explodiert in meinem Schädel und ich zucke zusammen. Als sie zurücktritt, sacke ich auf dem Boden der Dusche zusammen und ringe nach Luft, während meine Sicht verschwimmt und sich alles in meinem Kopf dreht. Benommen und verwirrt zittere ich vor dem Ansturm des kalten Wassers, das sich mit meinen Tränen vermischt.

Die nächsten Minuten vergehen wie im Fluge. Dolly zerrt mich aus der Dusche, um mir die Haare zu machen, wobei sie meine Worte mit dem Föhn übertönt. Sie hat die linke Seite meines Haares in demselben Dunkelbraun gefärbt wie ihres, sodass wir wieder gleich aussehen.

Nichts, was ich ihr über Deltas und Dads gemeinsame Vergangenheit mit dem FBI erzähle, scheint sie zu überraschen, aber sie weigert sich zu glauben, dass wir beide Bauern in einem kranken Spiel der Rache waren.

Ich beiße die Zähne zusammen, als sie mich in ihr kariertes Kleid zwingt. Da das Argumentieren versagt hat, wird sie vielleicht auf Widerworte reagieren.

„Hättest du Dad erstochen, wie ich es getan habe, hätte er dich niemals nach *Three Fates* gebracht", sage ich.

„Wovon sprichst du?", spuckt sie.

„Du hast dich zurückgelehnt, obwohl du wusstest, wohin

man dich bringt, und hast es geschehen lassen. Es ist deine Schuld, dass du nicht bei Mom und mir gelebt hast."

Ich erschaudere, als mir diese Worte über die Lippen kommen, weil sie nicht der Wahrheit entsprechen. Dolly war nur ein Kind. Aber das war ich auch, und ich kann nicht zulassen, dass mein Mitgefühl für sie mich umbringt. Vielleicht hat sie sich auf eine Flut von Ausreden eingestellt, oder vielleicht ist Grausamkeit das Einzige, was sie versteht. Wie auch immer, ich werde nicht zulassen, dass sie mich an diese Raubtiere ausliefert.

Sie weicht zurück, ihre Augen weiten sich. „Du Schlampe. Nicht genug, dass du mir mein Leben gestohlen hast, jetzt gibst du mir auch noch die Schuld, weil ich keine Mörderin war?"

Schuldgefühle schnüren mir die Kehle zu und winden sich um meine Brust. Trotz ihrer hasserfüllten Worte muss ich weitermachen. „Verstehst du es nicht? Dad hat uns reingelegt. Mom hatte eine Affäre mit ihrem Therapeuten, und alles, was geschehen ist, war nichts weiter als ein ausgeklügelter Racheplan. Wir waren nur ein Kollateralschaden."

Sie gibt mir eine schallende Ohrfeige, und ich falle fast vom Stuhl. „Hältst du mich für dumm?", zischt sie. „Ich habe die Wahrheit schon vor Jahren herausgefunden und diesen kranken, alten Bastard geheiratet, um ihn von innen heraus zu zerstören."

Ich starre sie an. „Du willst auch Deltas Untergang?"

„Ich habe dafür gesorgt, dass Xero hier landet, damit er ihn erledigt", spuckt sie. „Kennst du das Sprichwort nicht: Der Feind meines Feindes ist mein Freund?"

„Was ist mit mir?", flüstere ich.

Sie hockt sich auf meine Höhe und ergreift mein Kinn, damit ich ihr in die Augen sehe. Mein Magen verkrampft sich. Dies ist mein schlimmster Albtraum, der wahr geworden ist. Das Monster, das mein Gesicht trägt, greift durch das Glas, um meine Seele zu stehlen.

In ihre Augen zu blicken ist wie ein unendlicher Spiegel des Selbsthasses, ein Albtraum, von dem ich dachte, ich würde ihm nie entkommen. Die Reflexion erstreckt sich bis in die Ewigkeit und ruft Erinnerungen wach, die ich am liebsten vergessen würde. Jahrelang schwelender Groll glüht in ihren Augen. Bis jetzt habe ich die Bedeutung der Hölle nicht wirklich verstanden.

„Er denkt, du hast seiner unscheinbaren Schwester wehgetan.“

Die Worte treffen mich wie ein Messer in den Bauch. „Was?“

„Du wirst also sterben und ich werde mit meinem sexy Schwiegersohn glücklich bis ans Ende meiner Tage leben“, antwortet sie mit einem Grinsen.

„Nein.“

„Wir haben so viel gemeinsam“, sagt sie, als ob ich nichts gesagt hätte. „Beide Kinderattentäter, beide mit Rachegelüsten gegen Delta. Beide ermorden unwürdige Geschwister. Xero wird nichts bemerken.“

AMETHYST

Dollys Erklärung trifft mich härter als die kalte Dusche und lässt meinen Atem stocken. Was zum Teufel hat sie mit Camila gemacht? Sie lässt meinen Arm los, tritt zurück und lässt mich mit einem schmerzhaften Aufprall auf den Boden sinken.

Auch wenn der Gedanke, dass sie Xero berührt, mir eine Gänsehaut bereitet, könnte es trotzdem passieren. Wir sind fast identisch. Vielleicht bemerkt er nicht einmal den körperlichen Unterschied, bis er einen genaueren Blick auf unsere Narben wirft.

„Was ist los, Amy?", fragt sie mit einem spöttischen Klang in der Stimme, und ihre geschminkten Lippen verziehen sich zu einem breiten Grinsen. „Endlich nicht mehr in der Lage zu quasseln?"

„Irgendwann wird er die Wahrheit herausfinden. Du bist genau die Art von Mensch, die er verachtet."

Sie wendet sich dem Spiegel zu, und die Tatsache, dass ich ihr endlich nicht mehr in die Augen sehen muss, lässt das Engegefühl in meiner Brust schwinden. Ich atme tief ein, um meine Kräfte zu sammeln. Dolly zerzaust ihre Locken und trägt eine frische Schicht Lipgloss auf. „Xero Greaves hat eine Schwäche für Opfer, und er ist auf Delta fixiert. Er wird mich lieben, denn ich stehe unter der Fuchtel dieses Monsters, seit ich zehn bin."

Mein Atem stockt. Ich schüttele den Kopf, unfähig, eine Entgegnung zu formulieren. Xero und ich mögen eine Verbindung teilen, die über Monate hinweg geschmiedet wurde, aber Dolly hat nicht ganz unrecht. Als ehemalige Lolita-Attentäterin, die gezwungen wurde, in Snuff-Filmen mitzuwirken, mag ihre traumatische Vergangenheit sie sympathischer erscheinen lassen. Aber nichts kann ihre teuflische Persönlichkeit kompensieren.

„Es ist ein Unterschied, ob man einen tragischen Hintergrund hat oder ein Monster wird", sage ich, während meine Überzeugung ins Wanken gerät. „Charlotte war auch eine von Deltas Marionetten, aber jetzt verrottet sie in einer Gefängniszelle."

Sie wirbelt herum und wirf mir einen scharfen Blick zu. Der plötzliche Blickkontakt lässt mich zusammenzucken. Obwohl ich weiß, dass Dolly kein mythisches Spiegelmonster ist, schockiert es mich dennoch, ihr direkt in die Augen zu schauen.

„Ich bin die Einzige, die in der Lage ist, Xero seinen Herzenswunsch zu erfüllen", sagt sie.

„Ach, und welcher wäre das?"

„Den Kopf seines Vaters auf einem Tablett. Er wird mir so dankbar sein, dass er dich ganz vergessen wird. Er wird mich in Deltas Blut ficken."

Mein Magen verkrampft sich bei der Vorstellung, aber ich schaffe es, spöttisch aufzulachen. „Er wird dir eher die Kehle durchschneiden."

Sie schnaubt spöttisch. „Du bist nichts Besonderes. Das warst du nie. Je eher Xero bemerkt, dass du nur ein blasser Abklatsch von mir bist, desto eher wird er merken, dass ich die Frau bin, die perfekt zu ihm passt."

Noch bevor ich auf diese lächerliche Bemerkung antworten kann, wird die Tür geöffnet und Delta tritt ein.

Panik durchfährt mich, meine Muskeln versteifen sich und ich kann kaum noch atmen. Der einzige Teil meines Körpers, der sich bewegen kann, ist mein Herz, das wie wild in meiner Brust hämmert.

Sein Blick streift über Dolly, bevor er zu mir und meinen entblößten Beinen gleitet. Dann umspielt ein kaltes Lächeln seine herzzerreißend vertrauten Züge. Ich sitze auf dem Boden, erstarrt durch Trauma und Drogen, mein Blick auf seine tief-blauen Augen, die hohen Wangenknochen und den gepflegten Bart gerichtet. Er sieht so sehr wie Xero in Verkleidung aus, dass es weh tut.

Delta schreitet in einen feinen Smoking gekleidet durch das Badezimmer. Der Stoff seines Smokings ist ein luxuriöses, sattes Marineblau, mit schwarzem Kragen und zwei Froschverschlüssen an der Vorderseite, die dafür sorgen, dass er sich perfekt an seinen Körper schmiegt. Die Kleidung ist passend, denn er ist der Hugh Hefner des Todes.

„Wie laufen die Vorbereitungen?", fragt er und seine Stimme lässt mich erschaudern.

Dolly wirft mir einen nervösen Blick zu, bevor sie sich ihrem Mann zuwendet, und sich mit zitternden Fingern über den Nacken fährt. „Sie wollte nicht kooperieren."

„Sie sieht perfekt aus." Delta baut sich über mir auf, seine Augen verfinstern sich, dann greift er nach meinem Oberarm.

Die Zeit scheint stillzustehen. Meine Gedanken kehren zurück zu meiner Zeit in der Anstalt. Ich stehe auf den Zehen-spitzen, gefesselt, die Arme hoch über den Kopf gestreckt. Deltas warme Hände liegen auf mir, während er mit einer Klinge in meine Haut schneidet. Schmerz durchzuckt mich, gefolgt von einem warmen Rinnsal. Dann sind meine Glieder in einer Zwangsjacke gefangen, und er hämmert auf meinen Körper ein und zerquetscht meine Lunge mit seinem übermächtigen Gewicht.

Panik schnürt mir die Kehle zu und lässt mich erstarren. Ich kann mich nicht bewegen. Ich kann nicht atmen. Ich kann nichts, außer ihn hilflos anzustarren.

Dann wandert seine Hand zu meiner Schulter und jagt damit einen Adrenalinschub durch meinen Körper, der mich rückwärts taumeln lässt.

„Nein", schreie ich. „Nimm deine Finger von mir!"

Mein Herz schlägt so heftig, dass seine Schläge in meinen Ohren wie eine Trommel widerhallen. Ich entziehe mich Deltas Griff, während mein Verstand noch immer in den Fängen trau-matischer Erinnerungen hängt. In einer Erinnerung, die sich anfühlt, als würde sie in diesem Augenblick stattfinden, drückt mich ein Mann an den Küchentisch, während seine Freunde sich um uns herum wie die Mauern eines offenen Grabes schließen. Ein anderes Mal drückt ein anderer Mann in Schwarz meinen Körper auf den Küchenboden, während das Blut aus seiner Kehle auf mein Gesicht tropft. Alles, was in meinem Leben je an Scheiße passiert ist, hängt mit diesem Monster zusammen.

Delta zieht sich zurück und runzelt die Stirn. „Hat sie einen schlechten Trip?"

„Vielleicht sollte Locke sie zu einem Treffen mit den Investoren mitnehmen", meint Dolly.

Mein Blick richtet sich auf ihr blasses Gesicht. Es ist seltsam, wie unscheinbar das Monster meiner Kindheit im Vergleich zu diesem Raubtier aussieht. Ihre Gesichtszüge sind nicht mehr spöttisch triumphierend, sondern in einer stoischen Maske gehalten. Ich brauche keine übersinnliche Verbindung, um zu wissen, dass sie mich so kurz nach der Enthüllung ihrer Pläne, Xero zu benutzen, um ihren Mann zu ermorden, nicht mit Delta allein lassen will.

„Blödsinn." Delta packt mich, wobei seine Berührung eine Welle des Abscheus durch mich schickt.

Ich winde mich in seinem Griff, mein Magen verkrampft sich, aber er zieht mich näher an seine Brust. „Ganz ruhig, Amy", murmelt er in mein Ohr, und sein heißer Atem lässt mich erschaudern. „Sei ein braves Mädchen für Daddy Delta."

Dolly tritt an seine Seite und folgt uns in ein geräumiges Schlafzimmer mit Mahagonimöbeln und weinroten Vorhängen. Die letzten Reste von Sonnenlicht strömen durch das Fenster und lassen mich wissen, dass ich mindestens einen ganzen Tag in Gefangenschaft verbracht habe.

Ihr Atem beschleunigt sich und erinnert mich an die Zeit, als sie mich mit dem Schnitzmesser verletzt hat. Damals hatte sie denselben Gesichtsausdruck aufgesetzt, als die anderen Schüler sie anstarrten, als sei sie eine Psychopathin.

Delta hält inne und legt ihr eine Hand auf die Schulter. „Du bleibst hier. Die Investoren dürfen nicht wissen, dass es zwei von euch gibt."

Sie hält inne, ihre Augen sind vor Angst geweitet, ihre Finger verkrallen sich in ihren Seiten.

Delta geht weiter zu einer schweren Tür, die in einen schwarz-weiß gekachelten Flur führt, und mein Puls beschleunigt sich zu einem Trommelwirbel. Jetzt ist meine Chance, etwas zu sagen – irgendetwas – um die Auktion zu stoppen.

Ich klammere mich an Deltas Revers, was ihn innehalten lässt. „Mr. Delta", sage ich und fühle mich wieder wie eine Zehnjährige, die von einer Mission zurückkehrt. „Dolly hat vor, dich zu töten."

Er starrt auf mich herab und grinst. „Machst du dir Sorgen um mich, Amy?"

Meine Kehle ist mit einem Mal wie zugeschnürt und ich schlucke. Hat Xero nicht etwas Ähnliches zu mir unter Charlottes Bett gesagt? Rasch schiebe ich den Gedanken beiseite. „Willst du nicht wissen, was sie vorhat?"

Sein dunkles Lachen lässt mir jedes einzelne Haar im Nacken zu Berge stehen. „Dolly ist meine zweitgrößte Schöpfung, und ich bin mir ihrer Ambitionen wohl bewusst. Warum sonst hätte ich ihre treuesten Anhänger eliminieren sollen?"

Ich starre ihn mit offenstehendem Mund an.

Er blickt auf mich herab und ich sehe Amüsement in seinen Augen funkeln. „Noch Fragen? Gibt es noch etwas zu verhandeln?"

Bittere Galle steigt mir in die Kehle. Ich brauche nicht nach seiner größten Schöpfung zu fragen. Dieser kaltherzige Bastard hat Xero geistig und seelisch gefoltert, seit er sieben Jahre alt war. Und wenn Delta bereits über Dollys Plan Bescheid weiß, dann habe ich ihm nichts zu bieten, was mein Leben retten könnte.

Er öffnet eine schwere Eichentür und tritt in einen geräumigen Raum, in dem das Klirren von Gläsern und das leise Summen von Gesprächen zu hören ist. Der Geruch von Brandy, Zigarrenrauch und teurem Eau de Cologne vermischt sich mit dem Gestank von Korruption und Verfall.

Durch eine Wand aus Bleiglasfenstern blicke ich auf dichte Bäume, dann auf eine Gruppe älterer Männer, die auf Ledersofas sitzen und ihre Drinks genießen.

Ihre Gespräche verstummen, als wir den Raum durchqueren und auf ein Bett zugehen, das der Bar gegenübersteht, umgeben von Studiolampen auf Stativen. Alle Augen richten sich auf mich, und ich spüre, wie mein Herz in meiner Brust zu einem wilden Galopp ansetzt.

Die Männer erheben sich von den Sofas und nähern sich wie Hyänen, die den Geruch von Aas wahrnehmen. Ich zittere, fühle mich in diesem karierten Kleid entblößt und verletzlicher als in der Anstalt.

Damals waren die Crew-Mitglieder mehr daran interessiert, den Film zu drehen, und ich war nur ein weiteres Opfer, das in den Tod geschickt wurde.

Hier bin ich die Hauptattraktion.

Delta setzt mich auf dem Bett mit Gummilaken ab. „Meine Herren, geben Sie uns ein paar Minuten Zeit, um die Auktion vorzubereiten."

Zwölf Männer bilden eine kleine Gruppe um das Bett. Ihr Alter reicht von Ende dreißig bis etwa achtzig, doch sie alle starren mich mit demselben raubtierhaften Blick in den Augen an. Ein kranker Hunger liegt im Raum und lässt die Luft vor entfesselter Spannung vibrieren.

„Dolly", raspelt einer der Männer. „Lutsch meinen Schwanz."

Die anderen lachen.

Meine Glieder sind noch schwer von den Drogen, aber mit meinem Kiefer ist alles in Ordnung. Wenn er seinen dreckigen Schwanz in die Nähe meiner Lippen bringt, werde ich ihm das Ding abbeißen.

Als Delta zurückkehrt, packe ich ihn am Revers, sodass er die Augenbrauen hochzieht. „Ich habe nur eine halbe Dosis des Gegenmittels bekommen."

Stirnrunzelnd winkt er jemandem zu, der an der Bar steht. „Komm her. Verabreiche Dolly einen vollen Schuss Nano-Epinephrin."

Wenige Augenblicke später kommt Locke mit einer Spritze in der Hand durch die Menge. Er schiebt die Nadel in meinen Arm und injiziert mir die Flüssigkeit. Sie fließt durch meine Venen und lässt die Kraft in meine Glieder zurückkehren.

Als er sich zurückzieht, versucht einer der Kerle, auf das Bett zu steigen. Er sieht genauso aus, wie die Halluzination meines toten Musiklehrers, nur dass ich dieses Mal einen klaren

Kopf habe. Ich trete nach ihm, was die anderen zum Lachen bringt.

PENG!

Die Aufmerksamkeit aller richtet sich auf die andere Seite des Raums. Ein zweiter Aufprall bestätigt die Quelle des Geräuschs – eine Reihe von Doppeltüren, die mit einer hölzernen Querstange gesichert sind.

Es hört sich an, als würde jemand mit einem Rammbock darauf losgehen.

Mein Atem stockt. Ich bewege meine Glieder, gebe ihnen Gefühl und Kraft zurück.

Ist das eine Rettungsaktion?

„Was zum Teufel hat das zu bedeuten?", fragt ein silberhaariger Mann in einem weinroten Smoking.

Delta gluckst. „Das ist mein neuer Star, Xero Greaves, der seinen großen Auftritt hat."

Nervöses Lachen schallt durch den Raum und veranlasst mehrere Männer, sich vom Bett zurückzuziehen. Der Kerl von eben bleibt an Ort und Stelle, als wäre er begierig darauf, das sich entfaltende Drama aus der ersten Reihe zu verfolgen. Mir läuft ein Schauer über den Rücken, mein Inneres schwankt zwischen Hoffnung und Angst.

Delta legt Locke eine Hand auf die Schulter, bevor er sich vom Bett zurückzieht. „Starte die Auktion."

Locke beschreibt Dolly in menschenverachtender Weise und rekapituliert die Filme, die sie überlebt hat. Aber mein Blick bleibt unverwandt auf die Doppeltüren gerichtet. Das Holz knarrt unter dem Druck, und ich bewege mich auf der Matratze und schiebe eine Hand unter das Gummituch. Etwas Scharfes sticht mir in den Finger, und ich zucke zusammen. Als ich die Konturen des Objekts ertaste, erkenne ich, dass es ein Eispickel ist.

Als sich die Männer um den ersten Platz bei mir bewerben, greife ich unter das zweite Kissen und finde den Schaft eines Klingenwerkzeugs. Es ist schwer, mit einer Schneide, die sich wie ein Hackbeil anfühlt. Aus dem Augenwinkel erregt eine Bewegung meine Aufmerksamkeit. Es ist Delta, der sich an der Bar vorbeibewegt und durch eine Tür verschwindet.

Ich ziehe die Stirn in Falten. Warum warnt Delta nicht alle anderen, zu rennen? Ich lasse den Eispickel in die Tasche meiner Schürze gleiten und rutsche mit dem Hackmesser auf dem Rücken an den Rand der Matratze.

Die Männer bieten weiter, und im Raum herrscht aufgeregtes Stimmengewirr. Einige reiben sich die Hände, als der Querbalken knackt. Mir stockt der Atem. Xero ist nur noch Sekunden davon entfernt, die Tür aufzubrechen. Mein Herz pumpt Adrenalin und Kraft durch meinen Körper. Ich straffe meine Schultern, als Vorfreude durch meinen Körper pulsiert. In dem Moment, in dem er hereinstürmt, werde ich zuschlagen.

„Verkauft für fünfhunderttausend", ruft Locke unter höflichem Beifall.

Der Gewinner ist der silberhaarige Mann mit der weinroten Jacke. Er holt sein Handy heraus und tippt ein paar Befehle auf dem Bildschirm ein. Ich nehme an, dass er die Zahlung tätigt.

Locke schreitet zu den Türen und öffnet sie. Sie fliegen auf und zeigen Xero, nackt und blutverschmiert. Die Männer zerstreuen sich wie Nagetiere durch den Raum.

Ich starre ihn mit offenstehendem Mund an. Was zum Teufel haben sie mit ihm gemacht?

Xeros Gesicht ist eine Maske des Wahnsinns, übersät mit Tränen und Blut. Als sich unsere Blicke treffen, verzerren sich seine Züge zu einer Fratze des unbändigen Hasses.

ACHTUNDACHTZIG

AMETHYST

Alle Pläne, mir meinen Weg in die Freiheit zu erkämpfen, sind hinfällig, als Xero quer durch den Raum stürmt — nicht auf Locke oder die anderen perversen Kerle zu. Sondern auf mich.

Sein Haar fliegt in alle Richtungen wie ein blutiger Heiligenschein. Sein Gesicht ist rot vor Wut, und an seiner Stirn treten Adern hervor. Die Muskeln in seinem Nacken spannen sich an. Er sieht aus, als wäre er gerade aus der Anstalt gekommen.

Mein Herz springt mir in die Kehle. So wie seine Augen mich immer noch anstarren, als wäre ich die einzige Person, die es gibt, sieht es fast so aus, als würde er mich in seine Arme ziehen ... bis sich seine Hände zu Fäusten ballen.

Ich weiche aus, bevor er mir einen Schlag versetzen kann.

„Xero!", schreie ich, aber meine Stimme erreicht ihn nicht durch den Dunst seiner Wut.

Er dreht sich, taumelt, packt mich an den Haaren, und das Publikum bricht in Jubel aus. Die Erkenntnis schlägt mir ins Gesicht und jegliches Blut weicht mir aus dem Gesicht.

Xero denkt, ich sei Dolly.

Mit allem, was ich in unseren Trainingseinheiten gelernt habe, lasse ich mich zu Boden fallen und entziehe mich seinem Griff, wobei er mir ein Dutzend Haare ausreißt. Als Xero auf mich zukommt, schnappe ich mir das Hackbeil und richte es auf seine Brust.

Das Publikum jubelt.

Sein Blick wandert von einer Seite zur anderen und löst längst vergessene Erinnerungen an männliche Häftlinge auf psychotischen Amokläufen aus. Diesmal gibt es keine kleine Armee von Männern in Weiß, um ihn zu bändigen – nur mich.

„Xero?", wiederhole ich mit zitternder Stimme.

Ich bin so sehr an den Sparringkampf mit Xero und den anderen gewöhnt, dass seine Bewegungen im Vergleich dazu unbeholfen wirken. Ich weiche zur Seite aus und entgehe nur knapp einem rechten Haken. Ein Luftzug zischt knapp über meinem Kopf vorbei und signalisiert die Stärke seines Schlages.

Der Jubel des Publikums wird lauter und spornt ihn an. Ich weiche zur Seite aus und verfehle nur knapp einen weiteren Schlag. Wenn ich ihn nicht aus seinem Drogenrausch reiße, wird er mich weiter angreifen, weil er mich für Dolly hält.

„Xero, ich bin's, Amethyst!", schreie ich.

Er stürzt nach vorn, seine Hand schießt hervor und packt mich an der Kehle. Ich drehe mich zur Seite und seine Finger streifen meine Schulter.

„Xero Greaves, reiß dich zusammen!"

Seine andere Hand packt mein Handgelenk und lässt den Schmerz in meinem Arm explodieren, während er mich an seine Brust zieht. Sein Herz schlägt so heftig, dass ich es an meinem Rücken spüren kann. Ich drehe und winde mich und versuche, mich loszureißen, aber sein Griff ist eisern.

Als sich seine freie Hand um meine Kehle legt, trete ich aus Verzweiflung nach hinten. Mein Fuß trifft auf sein Schienbein, aber er zuckt kaum zurück. Ich gehe alle Bewegungen durch, die wir geübt haben, um eine zu finden, die Xero nicht verletzt, aber mit der ich mich von ihm befreien kann, aber als er mir die Luft abschneidet, schleudere ich mein Körpergewicht nach vorn und bringe ihn aus dem Gleichgewicht.

Xero stürzt nach vorn und schafft es, sich zu fangen, bevor er fällt. Er dreht sich und schwingt seine Faust erneut, sodass ich gezwungen bin, mich zu ducken.

Das Publikum brüllt vor Lachen.

Ich gehe rückwärts, hebe das Beil wie einen Schild, aber Xero stürmt mit der Entschlossenheit eines Tigers auf mich zu. Ich bin in einem verrückten Dilemma gefangen. Der einzige Mann, der mich retten kann, hält mich für die Frau, die er tot sehen will. Wenn ich ihn in Notwehr angreife, stehen Delta und ein Dutzend anderer Raubtiere Schlange, um mich zu töten. Wenn Xero mich in einem von Drogen angeheizten Wutanfall tötet, bricht das seinen Geist und Delta gewinnt.

„Xero, bitte hör mir zu!", schreie ich.

Er holt erneut aus und packt meine Hand, in der ich das Hackbeil halte.

Ich könnte ihn schlagen, aber das würde ihn nur darin bestärken, dass ich ein Feind bin. Ich könnte mich aus dieser Umklammerung befreien, aber er wird mich einfach weiterverfolgen, bis ihm die Kraft ausgeht. Dann sind wir beide verwundbar.

Vielleicht ist die einzige Waffe, die ich habe, meine Kapitulation.

Seine Finger umklammern mein Handgelenk und er zieht mich nach hinten, bis meine Kniekehlen auf den Rand der Matratze treffen. Seine freie Hand legt sich um meine Kehle und drückt zu.

„Xero", krächze ich. „Ich bin Amethyst. Dein kleiner Geist."

Er ist zu sehr in seinem Wahn versunken, um mich zu hören, und schnürt mir die Luft ab. Bunte Flecken tanzen vor meinen Augen, meine Sicht verdunkelt sich. Aus dem Augenwinkel sehe ich Männer, die näher kommen, wobei ihr aufgeregter Atem das Rauschen des Blutes in meinen Ohren durchdringt.

Ich schaue Xero in die Augen und streichle die Hand, die mich erwürgen will, und lege jedes Quäntchen Liebe, das ich für ihn verspüre, in diese Liebkosung.

„McMurphy", flüstere ich ihm ins Ohr.

Xero zuckt bei diesem Wort zusammen, sein Griff lockert sich ein wenig. Seine Augen bleiben wild und unkonzentriert, aber in meiner Brust leuchtet ein Funken Hoffnung auf.

Ich flüstere das Safeword immer wieder, und jedes Mal lässt sein Griff ein wenig weiter nach, sodass ich endlich nach Luft ringen kann. Er atmet schwer, seine Gesichtszüge verziehen sich zu einer Grimasse.

„Genau, Xero", sage ich und lasse meine Hand über seinen Arm gleiten. „Ich bin es. Ich bin es, Amethyst."

Erkennen flackert über seine Züge. Er sieht mir in die Augen, seine Stirn legt sich verwirrt in Falten, gefolgt von einem Schimmer des Mannes, den ich liebe.

Um uns herum klatschen die Männer und fordern Xero auf, mich in Stücke zu reißen. Er nimmt ihre Anwesenheit nicht einmal zur Kenntnis, seine Aufmerksamkeit gilt allein mir.

Als sich seine Finger um meine Kehle lockern, greife ich nach seinem Handgelenk. „Mach es nicht so offensichtlich."

Er zögert, sein Atem geht stoßweise, sein Blick huscht von einer Seite zur anderen. Der Wahnsinn in seinen Augen verblasst und wird durch einen Ausbruch von Wut ersetzt. Ohne ein Wort zu sagen, wirft er mich auf das Bett. Die Federn der Matratze quietschen unter meinem Gewicht, und ich schreie.

Die Bewegung reißt die Studiolampen und die Kameras von den Stativen und füllt meine Augen mit einem blendenden Licht. Ich blinzle immer wieder mit tränenden Augen.

Xero positioniert sich zwischen meinen gespreizten Beinen, seine Hände gleiten bis zum Ausschnitt meines Kleides. Er packt den Stoff mit beiden Händen und zerreißt ihn.

Der tosende Jubel des Publikums wird zu einem fernen Brüllen, meine Welt verengt sich auf Xeros Berührung. Er erhebt sich über mich, seine Hände streicheln meine entblößten Brüste. Seine Berührung lässt Funken auf meiner Haut sprühen, und mein Atem beschleunigt sich. Ich beiße mir auf die Lippe, um nicht zu stöhnen.

Weiß Xero überhaupt, was hier passiert?

Eine fremde Hand berührt mein Knie, sodass ich zusammenzucke und aufschreie. Xeros Kopf schnellt hoch, seine Augen verengen sich.

Der Grapscher ist der Mann, der vorhin bereits auf das Bett gesprungen ist. Mit einer blitzschnellen Bewegung ergreift Xero mein Hackbeil und durchtrennt ihm die Kehle.

Blut spritzt über das Bett und landet auf meiner Brust. Ich schnappe nach Luft, meine Augen weiten sich. Die Männer, die sich um das Bett drängen, weichen in die hintersten Ecken des Raumes zurück.

Xero richtet seinen Blick auf mich, dann klettert er zurück aufs Bett und drückt mir das Beil in die Hand. Mit flatterndem Herzen schließe ich meine Finger um den Griff. Er greift nach dem zerrissenen Stoff meines Kleides und wischt mir das Blut von den Brüsten.

Mit zitternden Händen greife ich nach seinem Gesicht und flüstere: „Was haben sie dir angetan?"

Xero zischt durch zusammengebissene Zähne, was mich zusammenzucken lässt. Halluziniert er etwa? Bevor ich einen Weg finden kann, zu ihm durchzudringen, rutscht die Hand, die den Stoff hielt, zwischen meine gespreizten Beine.

Mein Blick wandert über seine muskulöse Brust und seine Bauchmuskeln hinunter zu seiner Erektion. Ich zittere, die Muskeln meiner Muschi spannen sich an. Xero lässt seine Finger durch meine glitschigen Falten gleiten, seine Augen verdunkeln sich vor Wut und Verlangen.

„Du willst mich?" Ich schließe meine Finger um seinen Schaft.

Er antwortet mit einem tiefen, grollenden Knurren und tritt näher, damit ich seinen Schwanz an meinem Eingang positionieren kann. Als ich seine Eichel an meiner geschwollenen Klitoris reibe, stöhnen wir beide auf.

Ehe ich mich versehe, stößt Xero so kräftig in mich, dass ich aufschreie. Er zieht sich zurück, lässt mir keine Zeit, mich an ihn zu gewöhnen, und lässt seine Hüften kreisen.

Seine Stöße sind hart, unnachgiebig und jagen Wellen der Lust und des Schmerzes durch mich hindurch. Ich schlinge meine Beine um seine Hüften und klammere mich an seinen Oberarm. Sein Atem ist heiß und unregelmäßig an meiner Wange und vermischt sich mit dem Geruch von Schweiß und Blut.

„Härter, Xero", stöhne ich und meine Finger graben sich in seine Schultern. „Lass mich kommen."

Er zieht sich zurück, seine Augen treffen meine in stillem Verständnis. Er zieht sich zurück, wirft mich auf den Bauch und dringt mit einem weiteren, heftigen Stoß in mich ein. Seine Hände umklammern meine Hüften so fest, dass ich sicher bin, dass er blaue Flecken hinterlassen wird, und er stößt mit wilden, hektischen Bewegungen in mich.

Ich drücke mich ihm entgegen und erwidere seine Stöße. Als ich mich umdrehe, kommen einige der Männer von vorhin in mein Blickfeld und streicheln ihre Erektionen.

Meine Finger spannen sich um das Hackbeil. Der erste Bastard, der in greifbare Nähe kommt, wird der Nächste sein, der stirbt.

Der Rhythmus wird unregelmäßig, sein Atem heiß und rau an meinem Hals. Seine Brust liegt dicht an meinem Rücken, sein Arm legt sich um meine Taille.

In meinem Inneren baut sich Druck auf, angeheizt durch den bevorstehenden Tod der Fremden. Ich stelle mir vor, wie sie auf das Bett kommen, nur um von mir mit dem Beil niedergemacht zu werden.

Während Xeros raue Finger meine Klitoris streicheln, kommen die Männer näher. Ich frage mich, wie viel sie fürs Zuschauen bezahlt haben und ob es ihr Leben wert war. Sie warten auf das große Finale, in dem Xero mich inmitten meines Höhepunkts tötet.

Gerade als ich zu kommen drohe, zieht er sich zurück, sodass er auf dem Boden steht und ich auf allen Vieren hocke, während er in mich stößt.

Ich wende mich dem silberhaarigen Auktionsgewinner zu und lecke mir die Lippen. Während er grinst, stelle ich mir vor, wie er vorwärts stürmt, seine Erektion in Reichweite des Beils.

Xeros Finger schließen sich wieder um meine Kehle und er drückt fest zu. Meine Augen weiten sich und ich klammere mich an seine Finger und versuche, sie wegzuziehen.

Die Männer kommen immer näher.

Die Dunkelheit trübt wieder meine Sicht. Ich öffne meinen Mund zu einem stummen Schrei. Xero beschleunigt seine Stöße, als wäre er von meinem bevorstehenden Tod erregt.

Ein Orgasmus durchfährt mich, und meine Muskeln verkrampfen sich um Xeros Schwanz. Ich schließe meine Augen und mein Körper erschlafft.

Der Raum bricht in tosenden Applaus aus, aber ich bleibe ruhig, um sie in dem Glauben zu lassen, er hätte mich umgebracht. Xeros Stöße werden härter, er fickt mich so hart, dass mein Körper hin und her geworfen wird.

Mit einem letzten Stoß ergießt er sich in mir. Er stößt während seines Höhepunkts weiter in mich und dehnt meinen Orgasmus aus.

Als seine Bewegungen langsamer werden, streichelt er schwer atmend durch meine Locken. Ich spähe durch meine Wimpern und beobachte die Männer, die sich nähern.

Xero zieht sich aus mir zurück, reißt mir das Hackbeil aus den Fingern und wendet sich der Menge zu. Der Raum hallt wider von Rufen und Schreien. Ich stelle mich während seines wilden Amoklaufs weiterhin tot, während die Männer versuchen, zu entkommen. Alle Türen, auch die verbarrikadierten Doppeltüren, sind geschlossen.

Während er sich einen Weg durch die Männer bahnt, widerstehe ich dem Drang, mit dem Eispickel mitzumachen. Der Mann, den wir beide töten wollen, ist verschwunden.

Gerade als ich einen weiteren Blick riskieren will, hört das Gemetzel auf, und Xero geht mit einem dumpfen Schlag zu Boden.

Delta steht mit einem Betäubungsgewehr in der Hand hinter der Bar. „Verzeihen Sie bitte, meine Herren. Der Gewinner der Auktion ist unglücklicherweise verstorben. Möchten Sie noch einmal für die seltene Gelegenheit bieten, Dolly zu ficken, während ihr Leichnam noch warm ist?"

NEUNUNDACHTZIG

AMETHYST

Ich liege auf der Matratze und halte den Atem an, als Delta Locke anweist, mich in einen anderen Raum zu bringen. Er sagt seinen Gästen, sie sollen sich an den Getränken bedienen, während er Xero in einer geeigneten Zelle unterbringt.

Im Raum bricht nervöses Stimmengewirr aus, obwohl es viel dünner ist als vor Xeros Amoklauf. Das liegt zum Teil daran, dass die Hälfte der Männer entweder tot oder verstümmelt ist. Der Geruch von Schweiß, Blut und Tod steigt mir in die Nase, sodass ich würgen möchte. Die überlebenden Männer scheinen sich einen Dreck darum zu scheren, dass die anderen abgeschlachtet wurden – sie sind alle scharf darauf, Dollys Leiche zu ficken.

Ich sehe durch meine Wimpern, wie Delta Xero aus dem Raum schleift, und wünschte, ich hätte die Kraft, sie alle in Stücke zu reißen. Da ich nur einen Eispickel habe, muss ich mich tot stellen und aus dem Schatten heraus zuschlagen.

Als Lockes Finger sich um meine Knöchel schließen, zwinge ich mich, nicht zusammenzuzucken. Er zerrt mich von der Matratze und ich lande mit einem schmerzhaften Aufprall auf dem Boden. Ich schließe die Augen und konzentriere mich auf das Gefühl, durch den Raum und durch die Tür gezogen zu werden, die zu einem gekachelten Flur führt.

Als wir ein Schlafzimmer betreten, hebt mich Locke vom

Boden und wirft mich auf eine Matratze. Ich lande auf dem Rücken, der Eispickel in meiner Tasche prallt auf meinen Oberschenkel.

Locke zieht sich zurück und lässt mich allein in dem großzügigen, schwach beleuchteten Raum zurück. In dem Moment, in dem die Tür zufällt, greife ich nach meiner Waffe und umklammere sie mit aller Kraft.

Ich muss nur noch auf den Gewinner der Auktion warten.

Wenn ich ihn mit Hilfe des Überraschungsmoments getötet habe, warte ich, bis der nächste Mann kommt, um nach ihm zu sehen, sodass dieser der Nächste ist, der stirbt.

Noch bevor ich meinen Plan zu Ende denken kann, wird die Tür geöffnet, und ich erstarre. Dolly tritt ein, ihre Gestalt ist nur schemenhaft zu erkennen. Sie schaltet das Licht an und schreitet zu meinem Bett.

Ihr heißer Atem lässt jedes feine Haar in meinem Nacken zu Berge stehen. Ich schließe meine Augen, mein Herz schlägt so heftig, dass ich sicher bin, dass sie weiß, dass ich nicht wirklich tot bin.

„Wie typisch für dich, dass du nach weniger als zwanzig Minuten tot umfällst. Du warst schon immer schwach." Sie greift nach unten und reißt mich an den Haaren hoch. „Ich bin immer glimpflich davongekommen. Ich musste jahrelang in diesen Filmen auftreten und mich gegen Hunderte von diesen Mistkerlen wehren, aber du überlebst nicht mal einen Einzigen."

Mein Herz sinkt bei der Erinnerung an alles, was sie erlitten hat. Als Speichel auf meiner Wange landet, zwinge ich mich, nicht zusammenzuzucken. Ich hasse Dolly, auch wenn sie ebenso sehr ein Opfer wie ein Monster ist. Aber ich wünschte, es gäbe einen Weg, wie ich ihr die Wahrheit begreiflich machen könnte.

„Ich habe Delta angefleht, dass er mich dich töten lässt, um den letzten meiner Dämonen mit eigenen Händen auszuschalten, aber er wollte mit deinem Tod Geld machen. Das hat mich verdammt krank gemacht", zischt sie.

Ich versteife mich und meine Kehle schnürt sich zu. Kann sie nicht sehen, dass Delta ihr Feind ist und nicht ich?

„Und da ich dich nicht töten kann, werde ich deine verdammte Leiche entweihen!"

Sie lässt mich los, und ich falle zurück auf die Matratze. Ich öffne ein Auge und sehe, dass sie mit dem Rücken zu mir steht und in einer Kommode an der Wand kramt, um kurz darauf ein gezacktes Messer herauszuholen.

Sämtliche Alarmglocken schrillen in meinem Kopf, und ich stürze mich von der Matratze. Jeder Schimmer von Mitgefühl zerbröckeln angesichts meiner bevorstehenden Verstümmelung.

Ich stürze mich mit dem Eispickel auf Dolly und ziele auf ihre Kehle. Sie dreht sich um, um auszuweichen, aber ist nicht schnell genug. Die Spitze des Eispickels durchstößt ihren Hals, sodass Blut spritzt.

Dolly taumelt mit einem Schrei zurück, ihre Augen weiten sich, während sie eine Hand gegen ihren Hals presst. Sie schlägt wild mit dem Messer um sich, aber ich springe zurück, um aus ihrer Reichweite zu kommen.

„Kakerlake", faucht sie. „Du hast dich die ganze Zeit tot gestellt. Du doppelzüngige, verwöhnte Prinzessin."

Mein Kiefer spannt sich an, als jede Erinnerung daran, wie sie mich zuerst angegriffen hat, an die Oberfläche steigt und jahrelang aufgestauten Groll hervorbringt. Selbst wenn Dad ihr Hab und Gut zerstört hat und es so aussehen ließ, als wäre ich die Schuldige, hätten wir die Sache klären können. Stattdessen ging sie wie eine Psychopatin auf mich los.

„Was wirst du jetzt tun, Dolly?", frage ich, während sich meine Finger um den Eispickel verkrampfen. „Die Dinge ausgleichen, indem du mir in den Hals stichst?"

Mit fletschenden Zähnen stürmt sie auf mich zu. Blut fließt aus der Wunde und auf ihr weißes Kleid, aber das scheint sie nicht zu kümmern. Mit allem, was ich beim Sparring gelernt habe, spanne ich meine Muskeln an, verbreitere meinen Stand und bereite mich auf den Zusammenprall vor.

Sie reißt das Messer zurück und zielt zwischen meine Rippen. Ich wehre ab, weiche aus und versetze ihr einen Schlag gegen die Kehle. Sie stolpert zurück und kracht gegen die Kommode.

„Du Schlampe", kreischt sie.

Immer noch mir zugewandt, greift sie hinter ihren Rücken und wühlt in der Schublade, vermutlich auf der Suche nach einer

Waffe, die tödlicher ist als ein Messer. Ich stürze mich auf sie und verpasse nur knapp einen Versuch, mir die Augen auszustechen.

„Wach endlich auf. Alles, was ich je getan habe, war zu existieren." Ich trete gegen ihr Handgelenk, sodass das Messer durch den Raum fliegt.

Sie stürzt sich auf mich, ihr Gesicht zu einer Maske des Zorns verzogen. „Du hast noch nie einen Tag in deinem Leben gelitten!"

„Blödsinn."

Mit einem Schrei stürmt sie auf mich zu. Ich drehe mich, aber es scheint, dass sie das hat kommen sehen und wirft mich auf das Bett. Die Matratze ächzt unter unserem Gewicht, und wir rollen über die Oberfläche und ringen darum, die Oberhand zu gewinnen. Sie kommt auf mich und ihre Hände schließen sich um meine Kehle.

„Wenn du glaubst, dass ein Monat in der Klapsmühle jahrelanges Vergewaltigen, Töten und Beinahe-Töten für Delta wettmacht, dann hast du den Verstand verloren."

„Dann tu dich mit mir zusammen und wir bringen ihn gemeinsam um", schnauze ich.

Sie weicht zurück, um mir einen Kopfstoß zu verpassen. Im letzten Moment stoße ich gegen die Wunde an ihrem Hals. Sie schreit auf, ihr Griff lockert sich so weit, dass ich mich losreißen und vom Bett rollen kann. Als ich auf den Füßen lande, schaue ich mich im Zimmer um und eile zu der Stelle, an der sie das Messer fallen gelassen hat.

Dolly rollt sich vom Bett und springt mir auf den Rücken. „Mom hat dir alles auf einem goldenen Tablett serviert", schreit sie und versucht, mir die Luft abzuschnüren. „Ich musste kämpfen, buckeln und ficken, um am Leben zu bleiben."

Ich stürme zurück und schlage sie gegen die Wand, sodass sie aufschreien muss. Als sie ihren Griff um meinen Hals nicht lockert, stoße ich uns mit dem Rücken gegen den Kleiderschrank und stoße dabei einen kleinen Tisch mit Kosmetika um.

Sie lockert ihren Griff und lässt sich schwer keuchend auf den Boden fallen. „Ist das alles, was du drauf hast?"

Ich ignoriere sie und greife nach dem auf dem Boden

liegenden Messer. „Es tut mir leid, dass dein Leben ein Elend war, aber es war nicht meine Schuld."

„Blödsinn!", schreit sie und drückt ihre Hand auf die Wunde an ihrem Hals.

Ihr Blick ist unkonzentriert, und ich frage mich, ob es nur der Blutverlust ist oder ob sie auch unter Drogeneinfluss steht. Ich kann mir nicht vorstellen, neben Delta zu existieren, ohne etwas einzunehmen, um den Horror zu dämpfen.

„Moms Tagebuch erklärte alles. Wir waren nicht einmal Dads Kinder. Er war ein FBI-Agent ..."

„Ich weiß", schnauzt sie.

Ich zucke zurück. „Was?"

„Delta hat mir alles erzählt. Du brauchst mir nicht zu sagen, was Kappa getan hat oder dass Lambda geplant hat, Mom alles zu stehlen und sie mittellos zurückzulassen, denn ich weiß es bereits."

Ich ziehe die Stirn in Falten. Lambda muss Lyle gewesen sein.

„Warum dann ..."

„Weil wir zusammen sein sollten", kreischt sie und sie blickt mich mit Tränen in den Augen an. „*Three Fates* und was danach geschah, wäre mit dir erträglich gewesen!"

Ihre Worte lösen eine Reihe von Erinnerungen aus, in denen sie immer für ihren Erfolg gelobt wurde, während ich für kleine Fehler gezüchtigt wurde. Die Ausbilder waren bestrebt, meinen Geist zu brechen, indem sie Dollys Ego streichelten, während sie mich nur verunglimpften.

Ich ergreife das Messer und nicke. „Ich sollte der Sündenbock sein, während du dich als das goldene Kind hervorgetan hättest."

„Was zum Teufel willst du damit sagen?", knurrt sie.

„Ich nehme nicht an, dass Delta dir die Feinheiten des narzisstischen Missbrauchs beigebracht hat."

Sie erhebt sich auf wackeligen Beinen und hebt den Eispickel. Ich zucke zusammen, da ich keine Ahnung habe, wann sie ihn mir aus den Fingern gerissen hat.

Wie eine Furie stürzt sie sich auf mich und schreit: „Du warst schon immer ein Bücherwurm. Warum stirbst du nicht einfach?"

Die Zeit scheint stillzustehen, und der Raum zwischen den pochenden Herzschlägen dehnt sich aus. Ich stehe an Ort und Stelle und stelle mir vor, ich sei ein Matador, der einem wütenden Stier gegenübersteht. Dolly zielt mit dem Eispickel auf meine Augen, ihre Gesichtszüge sind eine Fratze der Wut.

Sie wird sich nicht ändern.

Das wird sie nie.

Ich existiere, um als Prügelknabe für alles zu dienen, was in ihrem Leben schief gelaufen ist. Aber ich weigere mich, die Schuld für die Taten unseres Stiefvaters und seiner korrupten Komplizen auf mich zu nehmen. Ich weigere mich, noch eine Sekunde meiner Zeit zu verschwenden, um einer mörderischen Frau, die nicht zuhören will, meine Wahrheit zu erklären.

Dolly mag ein Opfer sein, aber sie ist alles andere als unschuldig. Sie hat zugesehen und zugelassen, dass Delta weitere Snuff-Filme dreht. Sie hätte ihn jederzeit während ihrer Ehe umbringen können, auch heute, aber sie hat ihre Wut auf mich gerichtet.

Als sie in Reichweite kommt, erinnere ich mich an Seths Bemerkung über ihr Glasauge. Ich verlagere mein Gewicht nach hinten und warte darauf, dass die Hand, in der sie den Eispickel hält, in meine Nähe kommt. Im letzten Moment springe ich zur Seite, packe ihren Arm und stoße ihr das Messer zwischen die Rippen.

Die Zeit läuft wieder normal weiter, als sie auf die Knie fällt und ihre Augen sich vor Schreck weiten.

„Amy?", flüstert sie und klingt genau wie der Zwilling, an den ich mich erinnere.

„Ich hoffe, du findest im Tod deinen Frieden, denn du bist zu gefährlich, um am Leben zu bleiben."

Blut quillt zwischen ihren leicht geöffneten Lippen hervor, und sie sieht mich mit großen Augen an, bevor ihr Körper zur Seite sackt.

Bittere Galle steigt mir in die Kehle. Ich stolpere rückwärts und ringe nach Atem, als das Leben aus Dollys Augen schwindet. Ihr Körper zuckt, bevor er schlaff in eine Lache ihres Blutes liegenbleibt.

Dolly. Mein Stalker, mein Peiniger, mein Zwilling. Das

Monster im Spiegel. Die Frau, die mein Rettungsanker hätte sein sollen, mich aber lieber leiden ließ.

Endlich ist es vorbei. Zumindest für sie.

Ich falle neben ihr auf die Knie, der Kummer landet wie ein Bleigewicht auf mir. Ein Schluchzen entringt sich meiner Kehle und vermischt sich mit heißen Tränen. Ich lege eine Hand auf ihr Gesicht und spüre Wärme, die sich bald verflüchtigen wird. Egal, wie sehr ich versuche, die Emotionen zu unterdrücken, ich schaffe es nicht.

Es bleibt keine Zeit zum Trauern. Xero ist bewusstlos, allein und Deltas Gnade ausgeliefert. Was, wenn Delta ihn ermordet oder diesen Perversen Zugang zu seinem bewusstlosen Körper verschafft?

Aber ich kann nicht aufhören zu weinen.

Ich weine um das Mädchen, das sie war, um die Schwester, die ich verloren habe, um das Monster, das sie wurde. Meine Tränen fallen auf ihr Kleid und vermischen sich mit dem Blut.

Dolly hat etwas Besseres verdient. Das hatten wir beide. Und Mom auch. Aber das ist unsere Realität. Ich ziehe mich zurück, blinzle die Tränen weg und schaue sie aus verquollenen Augen an. Ihr Gesicht ist friedlich, frei von Wut und Schmerz. Ich möchte sie hassen, aber alles, was ich fühle, ist überwältigende Traurigkeit.

Ich wische mir über die Augen, ziehe mein zerrissenes Kleid aus und entkleide Dollys Leichnam. Nachdem ich sie in mein Kleid gezwängt habe, ziehe ich ihren Leichnam auf das Bett und stolpere ins Badezimmer.

Im Spiegel sehe ich eine Frau mit wilden Augen, die ich kaum wiedererkenne. Ich bin mit Blut bespritzt und meine Locken stehen in sämtliche Richtungen ab. Dunkle Ringe liegen unter meinen Augen, und um meinen Hals bilden sich bereits blaue Flecken.

Mit zitternden Fingern drehe ich den Wasserhahn auf und spritze mir kaltes Wasser ins Gesicht, aber es hilft nicht, meine Nerven zu beruhigen. Ich bin so nervös, dass ich es kaum schaffe, das Blut abzuwaschen.

Sobald ich sauber bin, spüle ich das Messer ab und schaue mir mein Spiegelbild noch einmal an. Alles, was ich sehe, bin ich selbst. Ich bin blass, erschöpft und außer Atem, aber das Monster im Spiegel ist tot. Jede Reaktion auf ihren Tod wird warten müssen, bis ich Camila und Xero gerettet habe.

Es braucht mehr als ein Messer, um an Delta vorbeizukommen, und ich glaube, ich weiß, wo ich es finde. Wahrscheinlich hat Dolly in der Schublade nach einer Schusswaffe gesucht. Ich schlüpfe in einen Bademantel und verlasse das Badezimmer auf der Suche nach einer Waffe, nur um mit einem Mal innezuhalten.

Locke steht am Fußende des Bettes und starrt auf Dollys Leichnam. Er dreht den Kopf und Verständnis zeichnet sich auf seinem Gesicht ab.

Oh, Scheiße.

NEUNZIG

AMETHYST

Panik schießt durch meinen Körper. Ich erstarre in der Tür und starre Locke an. Jeden Moment wird er Alarm schlagen und Delta erzählen, dass ich eine Betrügerin bin und seine wertvolle Frau tot ist.

Der blonde Mann blickt von mir zu meiner toten Zwillingsschwester und grinst. „Was hast du getan?"

Ich schlucke hart, beruhige meine Atmung und versuche, Dollys Wahnsinn nachzuahmen.

Mit einem abfälligen Schnauben sage ich: „Nach allem, was sie mir genommen hat, musste ich ein bisschen Dampf ablassen."

Er kommt auf mich zu und zieht die Brauen zusammen. „Deine Augen sind rot. Hast du geweint?"

„Trotz allem war sie immer noch mein Zwilling."

Er schüttelt den Kopf. „Das war rücksichtslos, Babe. Wir waren uns einig, dass du mitspielst, bis die Zeit gekommen ist, um Delta aus dem Weg zu räumen."

Meine Gedanken rasen, und der Raum scheint sich zu drehen. Dolly sagte zwar, dass sie ihn tot sehen wollte, aber mir war nicht klar, dass sie einen Plan hatte.

„Dolly?" Locke kommt noch weiter auf mich zu, und legt eine Hand auf meinen Arm, in dessen Hand ich noch immer das Messer halte.

Seine Berührung hinterlässt ein Kribbeln auf meiner Haut und ich kämpfe gegen den Drang an, mich zu wehren. Ich hebe meine andere Hand in einer Geste der Unbeholfenheit in meinen Nacken und ziehe eine Grimasse. „Das ist mir für einen Augenblick entfallen."

„Hast du deine Meinung geändert?"

„Nein", entgegne ich.

„Es ist normal, eine Traumabindung mit einem Täter einzugehen. Delta gibt dir nur die Freiheit, weil du ihm dabei geholfen hast, Xero zu schnappen. Lass dich von diesem Waffenstillstand nicht täuschen. Du gibst ihm nur, was er will. Sobald Xero unter seiner Kontrolle ist, wird er dich wie Grunt verarschen und dich an jeden verkaufen, den er beeindrucken will."

Ich neige den Kopf und versuche, die Wellen des Mitleids und der Schuldgefühle zu unterdrücken, die mich erfüllen. Ich weiß nicht, warum es mir nicht in den Sinn gekommen ist, dass sie Dolly schlechter behandelt haben als Grunt. Es sieht so aus, als hätte mein Auftauchen in den sozialen Medien eine Reihe von Ereignissen ausgelöst, die sie in eine Machtposition gebracht hatte.

„Rede mit mir", sagt Locke.

„Du hast recht", antworte ich und meine Finger schließen sich fester um das Messer.

„Braves Mädchen." Locke zieht mich in eine Umarmung. „Sobald er tot ist, übernehmen wir die Kontrolle über Xero und das Vermögen, das er von Delta gestohlen hat. Dann werden wir uns seiner entledigen und den Rest unseres Lebens gemeinsam im Luxus leben."

Diese Liebesgeschichte könnte glaubhaft sein, wenn Locke nicht am Snuff beteiligt wäre. Wenn Dolly ihm wirklich etwas bedeuten würde, hätte er ihr zur Flucht verholfen. Stattdessen hat er ihr einen Traum verkauft. Ich reiße das Messer hoch und stoße es ihm in den Bauch, sodass er mit einem erschrockenen Aufschrei nach hinten stolpert.

„Dolly?", flüstert er und seine Augen weiten sich.

„Rate noch einmal."

Ich stoße das Messer in seine Brust, sodass mir das Blut ins Gesicht spritzt und mir ein Gefühl der Genugtuung verschafft.

Erkennen flackert über seine Züge. „Amy."

„Wie lautete der Plan?", frage ich mit zusammengebissenen Zähnen. „Dolly zu manipulieren, damit sie dir Deltas Vermögen überschreibt, sie an den Höchstbietenden zu verkaufen und allein in den Sonnenuntergang zu verschwinden?"

„Sie war eine kaputte Hure."

Meine Lippen kräuseln sich, und ich hebe das Messer erneut. „Und was macht das aus dir?"

„Ich kann es erklären." Er hebt eine zitternde Hand.

„Ich gebe dir zehn Sekunden."

„Delta hat mich erpresst, mein Medizinstudium abzubrechen, damit ich mich um Dolly kümmere." Mit zitternden Lippen richtet er seinen Blick auf ihren Leichnam. „Ich musste sie mit Medikamenten versorgen, ihre Wunden heilen und sie in einem Status halten, damit sie den Investoren gegenübertreten konnte."

Übelkeit steigt in mir auf. Ich beiße die Zähne zusammen und widerstehe dem Drang zuzuschlagen. Er beschreibt die schlimmste Art von Zuhälter.

Locke leckt sich die Lippen. Ich habe ihn noch nie so nervös gesehen. „Wir sind uns näher gekommen. Sie hat mir von ihrer Vergangenheit erzählt. Dann sah jemand aus dem Mitgliederforum deine Beiträge und fragte, ob Dolly einen Account in den sozialen Medien hätte."

„Beeil dich", schnauze ich und schließe meine Finger fester um das Messer.

„Es war alles ihre Idee. Sie wusste, dass Xero Delta bestohlen hatte und er verzweifelt versuchte, alles zurückzubekommen, was er verloren hatte. Also hat sie Delta davon überzeugt, dich als Köder zu benutzen."

„Worauf willst du hinaus?", frage ich.

Er atmet schwer durch den Schmerz, seine hübschen Züge verziehen sich. „Es war alles ihre Idee. Wenn du jemandem die Schuld geben willst, dann gib sie ihr. Oder Delta."

Ekel erfasst mich. „Du würdest alles sagen, um deine Haut zu retten."

„Nein ..."

Ich stürze nach vorn und stoße ihm das Messer in den Bauch,

was ihm ein schmerzerfülltes Stöhnen entlockt. „Was hast du mir über vier Löcher erzählt? Ich werde dir gleich ein fünftes verpassen." Ich drehe das Messer zur Sicherheit und genieße seinen erstickten Schrei.

„Bitte ..."

„Ich wünschte, ich könnte deinen Tod hinauszögern, nach allem, was du mir in der Anstalt angetan hast, aber ich muss den Mann retten, den ich liebe."

Locke sackt nach vorn auf den Boden. Ich lasse mich neben ihm auf die Knie fallen, rolle seinen Körper herum und stoße mein Messer noch einmal in ihn.

„Das ist dafür, dass du mir alle möglichen Drogen gespritzt hast." Ich stoße das Messer erneut in ihn.

„Scheiße", keucht er und hustet einen Mundvoll Blut.

„Das ist für den Spott." Ich streiche über sein hübsches Gesicht.

„Und das ist dafür, dass du mich mit dem Pessar vergewaltigt hast." Das Messer bohrt sich in seine Leiste und entlockt ihm einen gurgelnden Schrei.

Er starrt zu mir hoch, sein Gesicht ist zu einer Maske des Schmerzes erstarrt.

Ich erhebe mich und rolle ihn unter das Bett. Das Blut tränkt die Vorderseite meines Bademantels, aber ich bin schon zu weit gegangen, um mich darum zu kümmern. Ich eile zur Kommode und schließe meine Finger um die Waffe.

Kälte erfüllt meine Sinne, verlangsamt meinen Herzschlag und gibt mir ein neues Gefühl von Macht. Nach dieser Bluttaufe bin ich zu allem bereit.

Ich gehe durch das Schlafzimmer und hinterlasse blutige Fußspuren. Vor mir öffnet sich eine Tür, und Delta tritt mit einem Mann ein, den ich als einen der Zuschauer erkenne.

Er ist ein blonder Mann mittleren Alters mit einer runden Brille, der den Arm hebt und auf etwas zeigt.

„Ich dachte, Dolly sei tot."

„Offensichtlich hat sie überlebt." Deltas Gesichtszüge verhärten sich, während er mit blitzenden Augen auf mich zuschreitet.

Ich hebe die Waffe und schieße ihm ins Bein.

Als der Mann hinter ihm sich umdreht, um zu fliehen, schieße ich ihm in den Rücken. Er fällt mit einem Stöhnen auf sein Gesicht.

„Was zum Teufel machst du hier?", knurrt Delta.

„Bring mich zu Xero, oder beim nächsten Mal werde ich etwas besser zielen."

XERO

Als ich aufwache, habe das Gefühl, denselben höllischen Tag immer wieder zu erleben. Schmerzen pochen in meinem Kopf, und meine Kehle ist rau vom Schreien. Ich starre durch die Gitterstäbe eines Käfigs auf den elektrischen Stuhl und plane bereits meine Flucht.

Mein Blick wandert an dem getrockneten Blut auf dem Boden vorbei zu Camilas reglosem Körper. Ein kaltes Messer der Trauer schneidet in mein Herz und durchbricht den Dunst. Das Letzte, woran ich mich erinnere, ist, dass ich sie in den Armen hielt, nachdem Dolly sie erschossen hat, bevor alles aus den Fugen geriet.

Vaters Droge zog mich in einen gewalttätigen Albtraum, in dem ich Amethyst fickte, Dolly tötete und mich durch eine Menge von Leichen hackte. Ich fühlte mich unantastbar, mächtig in meinem Rachefeldzug, bis alles schwarz wurde.

Ich halte mir die befleckten Hände vors Gesicht und frage mich, ob hinter dem Traum mehr steckt als nur meine gequälte Fantasie. Es ist zu viel Blut, um von Camila zu sein. Es ist auf meinen Wangen, in meinen Haaren und an meinen Wimpern. Wenn ich Vaters Investoren umgebracht habe, welchen Zwilling habe ich dann gefickt und getötet?

Ich richte mich mit rasendem Herzen auf. Allein der

Gedanke, meinen zarten, kleinen Geist zu verraten, ist unvorstellbar. Die Aussicht, sie zu verletzen – selbst unabsichtlich – ist unvorstellbar.

Die Tür öffnet sich, und ein kleiner Mann streckt seinen Kopf in den Raum. Seine Augen weiten sich, als sie auf meine treffen, und er macht einen Schritt hinein.

„Xero Greaves", sagt er ehrfürchtig. Er trägt einen schlichten, grauen Anzug mit passender Krawatte, das Outfit ist so unauffällig wie sein Gehabe. „Delta sagte, ich würde dich hier finden, aber er sagte auch, du wärst bewusstlos!"

Mein Kiefer spannt sich bei seinen Worten an.

„Ich bin ein großer Fan deiner Arbeit", fährt er fort, wobei sein Blick auf meiner Brust verweilt. „Die Videos über den Mord an deiner Stiefmutter waren ... beeindruckend."

Wut schießt durch meinen Körper, ein heißes, brennendes Inferno. Ich knirsche mit den Zähnen angesichts der Andeutung, dass Vater mich hier wie ein verdammtes Zootier ausstellt.

Ich zwinge mich, ruhig zu bleiben, und schnaube. „Wie viel hast du für das Privileg bezahlt, mich im Schlaf zu befummeln?"

Mit geröteten Wangen tritt er näher an den Käfig heran. Er antwortet nicht, aber die Art und Weise, wie sein Blick über meine Gestalt streift, bestätigt meinen Verdacht. Mein Herz rast und das Blut rauscht in meinen Ohren und droht, alle rationalen Gedanken zu verdrängen. Ich atme tief ein, verdränge meine Empörung und konzentriere mich darauf, ihn zu meinem Vorteil zu nutzen.

Der Mann bleibt außer Reichweite stehen und blickt zu mir auf. „Hast du dir diese Piercings im Gefängnis machen lassen?"

„Nur eines von ihnen", antworte ich und zwinge mich, nicht unter dem Gefühl, als würden tausend Ameisen über mich krabbeln, zu erschaudern.

Er tritt so nahe heran, dass ich die feinen Adern auf seinen Wangen sehen kann und wie sich Schweißperlen auf seiner Stirn bilden.

„Welchen?"

Meine Hand gleitet an meinen Bauchmuskeln hinunter, sodass ihm der Atem stockt. Ich greife nach meinem Schwanz und zeige auf die Stelle, wo sein Ansatz auf meine Eier trifft.

Er keucht. „Du hast eine Frenulumleiter?“

„Siehst du den Tunnel nicht?“, frage ich.

Mit gerunzelter Stirn beugt er sich näher und blinzelt. „Was soll ich da sehen?“

„Tritt näher und du wirst es sehen“, sage ich und senke meine Stimme.

Der Atem des Kerls beschleunigt sich. Er blickt auf, um mir in die Augen zu sehen, und ich ziehe herausfordernd die Brauen hoch. Er leckt sich die Lippen und tritt näher an den Käfig heran. Dann hebt er eine zitternde Hand und flüstert: „Darf ich?“

Ich packe sein Handgelenk, ziehe ihn näher zu mir heran und schlage seinen Kopf mit einem lauten Knall gegen das Metallgitter. Blut spritzt aus seiner Nase wie aus einem kaputten Wasserhahn, und er schreit auf. Ich verpasse ihm zwei weitere Schläge, von denen jeder noch befriedigender ist als der vorherige.

Der metallische Geruch von Blut erfüllt die Luft, als er auf dem Boden zusammensackt. Ich lasse ihn neben dem Käfig zu Boden sinken und krame in seinen Taschen, bis ich ein Handy finde. Mit zitternden Fingern wähle ich Tylers Nummer, wobei mein Atem in kurzen, scharfen Stößen kommt.

Er meldet sich nach dem ersten Klingeln. „Ja?“

„Ich bin’s.“

„Wo zum Teufel seid ihr?“, fragt er mit sorgenvoller Stimme. „Xero, wir haben überall nach euch gesucht.“

„Warte mal.“ Ich stelle Tyler auf Lautsprecher, greife nach meinem Prince-Albert-Piercing und schraube seine Perle ab. Der Deputy Chief ist nicht die einzige Person, die in der Lage ist, faradaysche Käfige zu bauen – ich behalte meine lieber in meinen Piercings.

Ein winziger metallischer Peilsender fällt auf den Boden.

„Ich sehe es“, sagt Tyler. „*Hades Holdings* besitzt eine Eigentumswohnung in Woodland Suites. Das war der nächste Ort auf unserer Liste. Sind in zehn Minuten da.“

„Bringt einen Sanitäter mit – Camila wurde verletzt“, sage ich mit brüchiger Stimme. Ich entferne den obersten Barbell meines Jakobsleiter-Piercings und zittere, als das Metall durch meine Haut gleitet. „Was ist mit Jynxson?“

„Eine Gehirnerschütterung und ein paar gebrochene Rippen. Wie geht es Amethyst?"

Tylers Frage trifft mich wie ein Schlag in die Magengrube. „Ich ... ich weiß es nicht."

Der Gedanke, dass ich sie vergewaltigt und ermordet haben könnte, ist undenkbar, egal, wie stark die Drogen waren, und doch schmerzt die Möglichkeit schlimmer als ein Messer, das sich in meinem Bauch bohrt. Ich kann den Gedanken kaum ertragen, dass dieser Albtraum wahr sein könnte. Stattdessen konzentriere ich mich darauf, das Schloss zu knacken, damit ich Amethyst finden kann.

Tyler verstummt, sodass ich mich darauf konzentrieren kann, das Barbell abzuschrauben, einen Stift zu entfernen und den Mechanismus des Schlosses zu betätigen. Das Klicken des Schlosses, beruhigt mich ein wenig. Meine Schwester könnte tot sein, und die Frau, die ich liebe, könnte unter Schmerzen durch meine Hand gestorben sein. Als die Käfigtür aufspringt, schiebe ich die letzten Reste von Selbstmitleid beiseite.

Ich verlasse den Käfig und eile an Camilas Seite, um ihren Puls zu prüfen. Er ist schwach und unbeständig, und ihre Haut ist klamm. Ihre Wimpern flattern, und ich stoße einen erleichterten Atemzug aus. Tränen brennen in meinen Augen, als sie ihre Lippen bewegt, unfähig, einen Laut von sich zu geben.

Ich streichle ihre Wange und murmle: „Halte durch. Hilfe ist auf dem Weg."

„Isabel und die anderen werden in sieben Minuten eintreffen", ertönt Tylers Stimme durch den Telefonlautsprecher.

„Mein Peilsender und dieses Telefon befinden sich in dem Raum, in dem Camila ist", sage ich. „Sie ist kaum bei Bewusstsein."

„Verstanden."

Als ich zu dem Kerl zurückkehre, breche ich ihm das Genick und reiße ihm die Jacke vom Leib. Ich lege sie über Camila, gehe zum Werkzeugtisch, wo ich eine Axt nehme, und überlasse meine Schwester der Obhut von Tylers körperloser Stimme.

Ich laufe einen kurzen Korridor entlang, wobei Angst in meinem Innern brodelt. Vater könnte bereits gegangen sein, nachdem er Amethyst ermordet oder sie als Geisel genommen hat. Er könnte ihre Leiche auf einem Bett abgelegt haben.

Das Adrenalin schießt in die Höhe, als ich durch eine Tür am Ende des Flurs stürme und einen Raum betrete, der so groß ist wie die Penthouse-Suite auf Helsing Island. Mein Blick fällt sofort auf die Leichen, die auf dem leeren Bett zu meiner Linken liegen.

Ich erblicke fünf Männer, die sich um eine Bar versammelt haben und deren Gesichtszüge vor Schreck versteinert sind. Wut schießt durch mich hindurch, als ich alle Aggressionen in mich aufnehme und mit der Axt auf sie losgehe.

„Wo ist Delta?", knurre ich. Sie zerstreuen sich in alle Richtungen wie Ungeziefer. Einige von ihnen haben sogar den Mut zu schreien. Ich sprinte auf einen Mann zu, dessen Gesicht ich von der New Alderney-Polizei erkenne. „Wo zum Teufel ist mein Vater?"

„Hier."

Ich drehe mich in die Richtung der verhassten Stimme.

Vater tritt durch eine Tür hinter mir ein und schiebt Amethyst vor sich her, der er eine Waffe an die Schläfe drückt. Mein Herz setzt einen Schlag aus, als ich das Blut auf ihrem Gesicht, ihren Füßen und der Vorderseite ihres Bademantels sehe.

Zumindest glaube ich, dass das mein kleiner Geist ist. Diese Frau könnte genauso gut ihr Zwilling sein. Als ich Amethyst das letzte Mal sah, war die linke Seite ihres Haares grün, während Dolly komplett brünett war.

Der Vater sieht zu ruhig aus, um zu bluffen, aber er hatte schon immer die Oberhand. Er drückt die Pistole gegen die Schläfe der Frau, die daraufhin wimmert.

Mein Blut kocht. Die Verzweiflung in ihren Augen schürt meine wachsende Wut. Ihre Mimik gehört zu der Frau, die ich liebe, aber es könnte sich auch um einen ausgeklügelten Trick handeln.

„Was willst du?", frage ich.

„Ein Konvoi bewaffneter Fahrzeuge nähert sich der Wohnanlage. Pfeif sie zurück."

„Und wenn nicht? Tötest du deine Frau?", frage ich und

ziehe die Brauen hoch.

„Sie ist tot", sagt Vater. „Ermordet von ihrem bösen Zwilling."

Meine Kehle schnürt sich zu. „Du und Dolly sagtet mir, ihr hättet Amethyst bereits getötet."

Ein verkniffener Ausdruck erscheint auf seinem Gesicht, wie immer, wenn ich seinen Unmut auf mich zog. „Wir haben gelogen. Es war ein Trick, um dich dazu zu bringen, Amethyst unter dem Einfluss von Epinephrin und PCP zu töten."

Ich schaue die Frau an, die Vater als Geisel hält, auf der Suche nach einem Zeichen, einer Bitte, einem Flackern des Erkennens, aber ihr Gesicht ist ausdruckslos. Es ist fast so, als wolle sie, dass meine Agenten dieses Penthouse stürmen.

Es muss Amethyst sein.

„Gut", sage ich und überlege mir einen Plan. „Besorg mir eine Hose."

Schmunzelnd zerrt Vater sie zur Wet Bar, zu einem Stapel Handtücher.

Ich komme näher, wobei sich meine Finger fester um die Axt schließen. Schweiß breitet sich auf meiner Haut aus. Ich muss es richtig timen. Wenn ich zu früh angreife, wird Amethyst verletzt werden.

Als Vater nach einem Handtuch greift, duckt sich Amethyst unter seinem Arm hindurch und sticht ihm einen Eispickel in die Seite. Heulend feuert er seine Waffe in Richtung Decke.

Mein Herz rast vor Hoffnung und ich sprinte auf die Bar zu. Das ist sie. Mein kleiner Geist.

„Bastard." Amethyst packt ihn am Arm, während er noch aus dem Gleichgewicht ist, und wirft ihn über ihre Schulter. Er fliegt über die Bar und landet auf einem Regal mit Gläsern.

Vater richtet sich auf und stürzt sich auf die am Boden liegende Waffe. Ich schwinge die Axt und versenke die Klinge in seiner Schulter. Er schreit auf, als Schüsse die Luft durchdringen.

Ich hebe die Waffe auf, drehe meine Axt um und schlage sie ihm gegen den Schädel, sodass er auf dem Marmorboden zusammensackt. Wir würden uns später um ihn kümmern.

Amethyst stürzt sich in meine Arme und schmiegt ihren zitternden Körper an meinen.

„Bist du es wirklich?", krächze ich.

Sie blickt zu mir auf, ihre grünen Augen glänzen von Tränen. „Nicht McMurphy."

Bei der Erinnerung an unser Safeword muss ich lachen.

„Xero", erklingt eine weibliche Stimme. „Zieh dir ein paar verdammte Klamotten an."

Erleichterung durchströmt mich. Ich drehe mich um und sehe Isabel mit einer Schar Agenten hereinstürmen.

Ich zeige auf die Tür, die dorthin führt, wo ich Camila zurückgelassen habe und lächle. „Sie ist dort drüben."

Isabel führt ein kleines Team in die angewiesene Richtung, während der Rest der Agenten die Gäste meines Vaters festnimmt. Ich vergrabe meinen Kopf in Amethysts Haar und atme ihren himmlischen Duft ein.

„Ich bin so stolz auf dich, kleiner Geist", murmle ich.

Sie stützt ihren Kopf auf meine Brust. „Bring mich nach Hause, Xero."

AMETHYST

Ich kann nicht glauben, dass es vorbei ist. Xeros Leute stürmten die Wohnung, brachten Camila auf einer Bahre raus und nahmen die Männer in Anzügen fest. Sie fesselten Delta, spritzten ihm vier Arten von Drogen und schafften ihn dann weg.

Wir befinden uns in einem der sicheren Häuser im Stadtteil Victoria Gardens und gehen in ein Badezimmer, das so groß ist wie meine ehemalige Küche. Das Licht der Morgensonne strömt durch die Fenster und fällt auf die Fliesen. In der Luft liegt ein schwacher Lavendelduft, eine willkommene Abwechslung zum Gestank des Gemetzels.

Ich trage immer noch den Bademantel, als Xero mich in eine Duschkabine führt, die groß genug ist, um eine eigene Bank zu haben. Der Stoff hat das Blut aufgesaugt und es ist getrocknet, sodass der Bademantel an meiner Brust klebt.

Das Blut auf Xeros Haut war bereits getrocknet, als die Sanitäter unsere Vitalwerte überprüften und uns nach Trackern abtasteten. Sein platinfarbenes Haar ist mit Blut verklebt und auch sein Gesicht ist voller getrocknetem Blut.

„Bereit?", fragt er.

Ich nicke.

Er dreht den Wasserhahn auf, und warmes Wasser strömt aus vier großen Duschköpfen herab. Ich lasse mich auf die Bank sinken, schließe die Augen und genieße das warme Wasser, das über meine Haut fließt. Jeder Tropfen fühlt sich an, als käme er vom Himmel und würde unsere höllische Tortur wegspülen.

Xero setzt sich neben mich und macht sich an meinem Bademantel zu schaffen. Obwohl er durchnässt ist, klebt der Stoff noch immer hartnäckig an meiner Haut.

„Warte einen Moment", murmle ich.

„Geht es dir gut?", fragt er, und seine Stimme ist über das Rauschen des Wassers kaum zu hören.

Ich schlucke, nicke und lehne mich an seinen Körper. Zum hundertsten Mal gehe ich in Gedanken meine Begegnung mit Dolly durch und all das, was ich von Locke erfahren habe.

„Glaubst du, ich hätte sie retten können?", frage ich leise, bevor ich mich daran hindern kann.

„Du kennst die Antwort darauf." Xero legt einen Arm um meine Schultern und zieht mich an seine Seite.

„Ich weiß nicht ... Du warst ein Kinderattentäter und hast dich gut entwickelt!"

„Was ich durchgemacht habe, war ein Kinderspiel im Vergleich zu den Jahren, die Dolly unter Vater gelitten hat", sagt er. „Kein noch so gutes Argument kann etwas gegen vierzehn Jahre Trauma, Manipulation und Missbrauch ausrichten."

„Ja", antworte ich mit einem Seufzer.

„Mein Vater hat sie nicht ohne Grund dazu gebracht, ihre ganze Wut und ihren Groll auf dich zu lenken."

Ich öffne meine Augen und blicke in Xeros Gesicht. Das Blut, das sein Haar und seine Haut verkrustet hat, ist verschwunden, und er ist so schön wie eh und je, mit seinen blassblauen Augen und markanten Zügen.

Er fährt mit den Fingern sanft durch meine Locken. „Sie haben dich als Sündenbock aufgebaut, um sie dazu zu bringen, zu kooperieren. Vielleicht war das die einzige Möglichkeit für sie zu überleben. Wenn du bei Dolly auch nur eine Minute gezögert hättest, wärst du jetzt tot."

Meine Kehle schnürt sich zu. „Vielleicht", antworte ich. „Aber die Feindseligkeit begann schon, bevor wir auf *Three Fates* geschickt wurden."

Xero schiebt seine Finger unter den Kragen meines Gewandes. Inzwischen hat sich der Stoff von meiner Haut gelöst, und er streift ihn von meinen Armen ab, sodass das Wasser über meine Schultern rinnt.

„Wie war sie, bevor dein Stiefvater anfing, ihre Sachen zu zerstören und sie ihre Wut darüber auf dich richtete?"

„Wir standen uns nie wirklich nahe. Sie hatte ihre Freunde. Ich hatte meine Bücher."

„Diese Männer nahmen ein unschuldiges Mädchen und verwandelten sie in eine Person, die sich am Schmerz anderer Menschen erfreut. Sie haben versucht, dasselbe mit dir zu tun, aber sie sind gescheitert."

Ich neige meinen Kopf. Sie haben aus mir einen Mörder gemacht, aber wenigstens habe ich einen Moralkodex.

„Vielleicht", sage ich wieder.

„Ich werde mich um dich kümmern", murmelt er, und seine Stimme ist Balsam für meinen erschöpften Geist.

Mit zärtlichen Fingern streift er mir den Bademantel ab, sodass das warme Wasser nun ungehindert über meinen Körper fließen kann. Sein Blick wandert über meinen Körper, verweilt auf jedem blauen Fleck und jeder Narbe, und seine Züge verengen sich vor Wut.

„Was ist los?", frage ich.

„Du bist verletzt."

Meine Hände wandern zu den Fingerabdrücken an meinem Hals. „Es ist nichts."

„Das war ich."

„Xero ..." Ich lege meine Finger auf seine Lippen und bringe seinen Protest zum Schweigen. „Man hat dich unter Drogen gesetzt. Du warst halb wahnsinnig."

„Habe ich dir wehgetan?"

Ich schüttle den Kopf und lächle. „Ich habe mit dir zu deinen besten Zeiten trainiert. Es war nicht allzu schwer, auszuweichen."

Sein Blick durchbohrt meinen, verzweifelt darauf bedacht, jede Spur von verborgenem Schmerz aufzudecken. „Angesichts dieser blauen Flecken, warst du nicht sehr erfolgreich."

„Ich bin ein Risiko eingegangen und habe mich von dir anfassen lassen, um zu dir durchzudringen."

Er drückt die Augen zu. „Das war gefährlich."

„Du dachtest, ich sei Dolly. Ich war sicher, als du gemerkt hast, dass ich es bin."

„Mach das nicht noch einmal", flüstert er und legt seine Hände auf meine Wangen, wo seine Daumen mich sanft streicheln.

„Hast du vor, noch einmal den Verstand zu verlieren?", frage ich.

Er schüttelt den Kopf und seine Lippen verziehen sich zu einem zögerlichen Lächeln. „Nicht in diesem Leben."

„Siehst du."

Ich beuge mich vor und lege meine Lippen auf seine. Es ist zärtlich, eine aufrichtige Entschuldigung, die keiner Worte bedarf. Ich schwelge in diesem Moment und wünsche, dass er ewig anhalten würde. Seine Hände streicheln mein Gesicht, seine Berührung ist sanft und doch fest und erdet mich mit der Wärme seiner Liebe.

Als wir uns voneinander lösen, lehnt er seine Stirn an meine und seine Daumen streichen sanft über meine Wangen.

„Lass mich dich waschen", sagt er mit so viel Ehrfurcht, dass mir ein Schauer über den Rücken läuft.

„Bitte."

Er greift nach einem Stück Seife und verreibt es zwischen seinen Händen, sodass reichlich Schaum entsteht. Er beginnt an meinen Schultern und arbeitet die Seife mit festen Strichen in meine Haut ein. Seine Berührung ist methodisch, fast klinisch, als wolle er jede Spur der Blicke dieser Männer auslöschen.

„Du gehörst mir, kleiner Geist", knurrt er.

„Dein", flüstere ich. „Und du gehörst mir."

„Ich gehörte dir, seit ich deinen ersten Brief las. In dem Moment, in dem ich deinen Duft auf dem Papier wahrgenommen habe, wurdest du zum Hüter meines Herzens."

Als sein Blick wieder den meinen trifft, lässt er seine Hände über meine Arme gleiten. „Du bist so stark", murmelt er, fast zu sich selbst. „So mutig."

„Das bin ich nicht", sage ich mit einem Lächeln. „Ich habe mich für eine lange Zeit tot gestellt."

„Kluger Geist. Sie haben dich unterschätzt – sogar mein

Vater. Du hättest das Entsetzen in seinem Gesicht sehen sollen, als du ihn auf das Regal mit den Gläsern hast fallen lassen."

Ich schließe die Augen und lasse das Lob und das Wasser über mich fließen. Seine Hände wandern tiefer und seifen sorgfältig meine Brust ein, wobei seine Finger über meine Brustwarzen streichen. Ich erschaudere, und meine Nippel ziehen sich zu harten Spitzen zusammen.

„Und auch schön", sagt er, und seine Stimme wird tiefer.

Er führt mich an den Rand der Bank und dreht meinen Körper auf die Seite, sodass seine Hände meinen Rücken bearbeiten können. Seine Finger kneten die Knoten in meinen Muskeln, bis sich die Anspannung löst und ich Wachs unter seinen Händen bin. Er zieht mich an seine Brust, greift nach meinem Bauch und lässt seine seifigen Hände in langsamen, sinnlichen Kreisen über mich streichen.

„Du hast keine Ahnung, wie sehr ich dich liebe", murmelt er in mein Ohr, wobei sein Atem warm über meine Haut streicht.

„Sag es mir", flüstere ich.

„Mehr als ich das Schlagen meines Herzens liebe. Mehr als ich das Blut liebe, das durch meine Adern fließt. Du bist mein Ein und Alles, die Luft, die ich atme, die Sonne, die meine Haut wärmt, der Mond, der meine dunkelsten Nächte erhellt."

Seine Worte schallen durch meine Seele und erfüllen mein Herz mit Wärme. Ein Kloß bildet sich in meiner Kehle, und Tränen steigen mir in die Augen. Noch nie hat jemand etwas so Schönes zu mir gesagt. Zum ersten Mal in meiner bruchstückhaften Erinnerung fühle ich mich nicht nur vollständig, sondern auch vollkommen geliebt.

„Deine Worte ..." Meine Kehle ist wie zugeschnürt von meinen Gefühlen. „Ich ... Du ... Gott, Xero. Deinetwegen hat es mir die Sprache verschlagen."

„Lass es raus."

Seine Finger streichen weiter über meinen Bauch, ohne tiefer zu wandern. Mein Blut vibriert, meine Klitoris schwillt an, und meine Haut kribbelt unter seiner Berührung.

„Xero, ich ..." Meine Kehle schnürt sich zu.

Das letzte Mal, als ich diese Worte sagte, hatte ich eine Fehlgeburt. Der Mann, den ich liebte, stand über meinem gebrochenen Körper, sein Gesichtsausdruck war nicht zu erkennen, während ich blutete, weinte und mein Körper sich verkrampfte.

Xeros Lippen streifen mein Ohr, und er murmelt: „Ich habe dich, kleiner Geist. Dein Herz ist bei mir sicher."

„Du hast mich auf mehr Arten gerettet, als ich mir vorstellen kann", sage ich, wobei meine Stimme leicht zittert. „Selbst als ich dachte, alles sei verloren, war es deine Stimme, die mich durch die Dunkelheit führte. Xero, du bist die andere Hälfte meiner Seele. Ohne dich bin ich nur eine Hülle, die ziellos in einem Ozean des Nichts treibt."

Ich drehe mich mit Tränen in den Augen zu ihm um und suche seinen Blick durch den Dunst von Wasser und Dampf. Endlich treffen sich unsere Blicke, und es ist, als würde die ganze Welt stillstehen.

Der Blick in seinen eisblauen Augen trifft mich bis ins Mark. Sie ziehen mich an und halten mich mit einer elektrisierenden Anziehungskraft gefangen.

„Ich liebe dich, Xero", flüstere ich, und mein Herz flattert in meiner Brust wie ein gefangener Vogel. „Ich kann dir nicht einmal ansatzweise dafür danken, dass du mich gerettet hast."

„Versprich mir, dass du für immer mein sein wirst. Das ist der einzige Dank, den ich brauche."

Mein Herz schmerzt vor Dankbarkeit und Sehnsucht. Das ist alles, was er je von mir verlangt hat. Der Teil von mir, der vor ihm weglaufen wollte, möchte jetzt in seine Arme sinken.

„Für immer", sage ich. „Für immer und den Tag danach. Ich verspreche es."

Er beugt sich zu einem weiteren Kuss vor. Seine Hände setzen ihre Reise fort, wandern tiefer und seifen meine Hüften und Oberschenkel ein. Die Intimität seiner Berührungen, die Art und Weise, wie er mich mit solcher Sorgfalt und Ehrfurcht behandelt, lässt mein Herz einige Schläge aussetzen.

Meine Beine spreizen sich in einer stummen Einladung, unser Gelübde mit etwas Tieferem als Worten zu besiegeln.

Als seine Finger die Innenseite meiner Schenkel berühren, stockt mir der Atem. Jeder Muskel in meinem Inneren verkrampft sich erwartungsvoll, aber er hält inne und streift nur knapp meine Schamlippen.

„Darf ich?", fragt er mit heiserer Stimme.

„Scheiße, ja", stoße ich hervor, bevor ich darüber nachdenken kann. Ich will das. Ich brauche ihn.

Er rutscht von der Bank und fällt auf die Knie, und meine Augen weiten sich.

„Was machst du da?", frage ich.

„Ich knie zu Füßen meiner Göttin, bete ihren süßen Altar an und bekomme den süßen Vorgeschmack auf den Himmel, den dieser Sünder verdient."

Meine Lippen öffnen sich unter einem Keuchen, aber meine Schenkel entspannen sich. Xero spreizt meine Beine und knurrt gegen meine empfindliche Haut. Das Wasser rieselt weiter auf uns herab, doch sein Atem fühlt sich so viel heißer an. Er küsst sich einen langsamen Weg an der Innenseite meiner Oberschenkel entlang, unterbricht jeden Druck seiner Lippen mit Lecken und sanften Kniffen, bis ich mich ihm stöhnend entgegendrücke.

Nach einer gefühlten Ewigkeit gleitet seine Zunge über meine Klitoris. Eine Welle der Ekstase schießt wie ein elektrischer Schlag durch mein Inneres und lässt meine Hüften zucken. Es ist, als ob jeder Nerv in meinem Körper in Flammen stehen würde.

„Xero", keuche ich, und meine Finger gleiten in sein nasses Haar.

Er summt gegen meine Falten, und die Vibration schickt Wellen der Lust durch mein Inneres. Seine Zunge umkreist meine Klitoris mit bedächtiger Langsamkeit, dann erforscht er jeden Zentimeter meiner Muschi, als würde er sich ihre Konturen einprägen.

„Entspann dich", murmelt er, und seine Stimme jagt ein Kribbeln durch mich hindurch. „Lass mich die Kontrolle übernehmen. Lass mich dir all das Vergnügen bereiten, mit dem du umgehen kannst. Ich will, dass du auf meinem Gesicht kommst und mich mit deinem süßen Nektar taufst."

Ich lasse mich gegen die Wand sinken, während meine Hände über seine breiten Schultern gleiten.

Xero wechselt zwischen sanftem Lecken und festen, wirbelnden Bewegungen, dann fügt er ein sanftes Saugen hinzu, das mich genießend die Augen schließen lässt.

Sterne tanzen vor meinen geschlossenen Augen. Die Welt wirbelt unter seinen Berührungen durcheinander und droht mich völlig aus der Realität zu reißen. Sein sündiger Mund fühlt sich an, als wäre er für mein Vergnügen geschaffen worden. Seine geschickte Zunge umspielt meine Falten mit einer Leichtigkeit, die nur aus der Tiefe unserer Verbindung kommen kann.

„Sieh mich an, wenn ich dich kommen lasse", knurrt er gegen meine Muschi.

Ich schaue ihm in die Augen, die vor Erregung und Hunger dunkel sind, und mich in ihre Tiefen reißen.

Seine Finger gleiten in mich und dehnen mich so, dass eine körperweite Explosion der Ekstase ausgelöst wird. Ich drücke mich seinem Mund entgegen, meine Hüften wiegen sich im Rhythmus seiner Zunge.

„Genauso. Lass für mich los", sagt er.

Ich schwanke am Rande des Abgrunds. Seine Zunge schnippt, leckt und wirbelt, was den Druck in meinem Innern immer weiter erhöht. Das Vergnügen krampft sich in meinem Inneren zusammen und lässt meinen Körper unkontrolliert zucken. Seine Hände umklammern meine Hüften und halten mich, während sich die Welt auf das Gefühl seines Mundes auf meiner Klitoris reduziert.

Mit einem verzweifelten Schrei komme ich, und der Orgasmus durchfährt mein Innerstes mit der Kraft eines Tornados. Mein Körper zittert, meine Nägel graben sich in seine Schultern, während Wellen der Lust durch mich hindurchfegen.

Er hält nicht inne, seine Finger und seine Zunge ziehen meinen Höhepunkt in die Länge, bis ich glücklich und befriedigt auf der Bank liege. Als mein Körper erschlafft, zieht er sich zurück, seine Lippen glänzen von meiner Erregung.

Ich ziehe ihn zu mir und lege meine Finger um seinen Schaft. „Fick mich", stöhne ich in seinen Mund. „Ich brauche dich. Jetzt sofort."

„Das willst du, kleiner Geist?", murmelt er in den Kuss. „Sag mir, wie sehr."

„Ja. Ich will es mehr als alles andere", stöhne ich.

„Schmutziges Mädchen, das mich so festhält. Wenn du mehr willst, dann musst du betteln.“

„Bitte, Xero“, murmle ich. „Gib mir deinen Schwanz.“

Er zieht sich mit einem verruchten Lächeln zurück. „Da du so hübsch darum bittest, hast du die Erlaubnis, dir zu nehmen, was du brauchst.“

DREIUNDNEUNZIG

XERO

Ich möchte mich in Amethysts süßer Fotze verlieren und vergessen, dass es die Welt gibt. Aber nach der Scheiße, die ich ihr während des Drogenrausches angetan habe, bin ich nicht in der Lage, sie zu drängen. Sie muss das Tempo vorgeben. Die Kontrolle übernehmen.

Amethyst setzt sich rittlings auf mich und drückt mir ihre Hände auf die Brust. Ich lehne mich an die Wand und blicke zu ihr auf. Mit ihren geröteten Wangen, den vollen Lippen und den nassen Locken, die ihr Gesicht wie eine dunkle Krone umrahmen, sieht sie mehr wie eine Göttin als ein Geist aus.

Meine Finger umschließen meinen Schaft und ich positioniere ihn an ihrem Eingang. Ihre Wimpern flattern, und sie holt tief Luft, bevor sie sich auf mich sinken lässt. Sie senkt sich und nimmt mich quälend langsam in sich auf, wobei sich mein Schwanz immer tiefer in ihre enge Hitze bohrt. Stöhnend werfe ich meinen Kopf zurück an die Wand und kämpfe gegen den Drang an, in sie zu stoßen.

„Scheiße, Babe, du bist so eng", stoße ich aus.

Ihre Lippen verziehen sich zu einem Lächeln und sie gräbt ihre Nägel in meine Schultern. Ich zische bei dem leichten Schmerz, der im Kontrast zu dem Vergnügen steht, das ihr

Innerstes auslöst, als wollte sie jeden Tropfen Sperma aus mir herauspressen.

Sobald ich komplett in sie eingedrungen bin, hält sie inne, ihre Brust hebt sich, während sich ihr Körper an meine Größe gewöhnt. Ihre Hände auf meinen Schultern zittern im Takt mit meinen flachen Atemzügen. Das Gefühl ihrer engen Hitze, die meinen Schwanz umhüllt, ist fast zu viel, um es zu ertragen.

Ich umschließe ihre vollen, runden Brüste und fahre mit den Daumen über ihre harten Brustwarzen, nur damit sich ihre süße Fotze noch mehr um mich herum zusammenzieht.

Ein ersticktes Stöhnen entringt sich meiner Kehle. Meine Hüften wippen, was ihr ebenfalls ein Stöhnen entlockt.

„Bitte", stöhne ich.

„Sag mir, was du willst, Xero", murmelt sie.

„Reite meinen Schwanz. Nimm dir, was du brauchst. Er gehört dir."

Ihr hübsches Gesicht erhellt sich mit einem verruchten Grinsen. Sie erhebt sich und lässt meine Länge fast vollständig aus ihrer Möse gleiten. Gerade als ich denke, dass sie mich mit meinem Verlangen zurücklässt, lässt sie sich wieder auf mich sinken und entlockt mir ein lautes Stöhnen.

„Oh Gott", zische ich und lege meine Hände auf ihre Hüften, wobei sich meine Finger in ihr weiches Fleisch drücken.

„Oh, Göttin, meinst du?", sagt sie, und ihre Stimme klingt leicht amüsiert.

„Ja", stoße ich hervor. „Lass mich kommen, kleiner Geist. Reite mich, bis ich komme. Benutze mich."

Ihre Augen funkeln triumphierend. „Ich wusste nicht, dass du unterwürfig sein kannst."

„Nur für dich, Babe", sage ich ehrlich. „Du hast die Macht über meine Seele."

Als Antwort darauf beginnt sie, ihre Hüften zu bewegen. Zuerst langsam, mit Bewegungen, die so fließend sind wie die einer Tänzerin. Mein Atem stockt. Sie hier zu haben, ist berauschender, als ich es mir nach den Videos vorgestellt habe, die sie von sich selbst mit meinem Dildo geschickt hat, als ich im Gefängnis war. Die erdrückende Wärme ihrer Muschi, die meinen Schwanz umhüllt, übertrifft bei weitem meine Hand, die damals alles war, was ich hatte.

Sie ist überall – in meinem Mund, auf meinem Schoß, in meiner Nase, um meinen Schwanz. Ihre Brüste wippen, als sie das Tempo erhöht, und ihre Nippel reiben über meinen Oberkörper.

Ihre Hände wandern über meine Schultern, zeichnen die Linien meiner Muskeln nach. Jede Berührung ist zielgerichtet und treibt mich mit der langsamen, langwierigen Folter ihrer Bewegungen an den Rand des Wahnsinns.

Aber ich breche nicht zusammen und stürze mich nicht auf sie, egal, was die Stimmen in meinem Kopf verlangen. Stattdessen überlasse ich ihr die Kontrolle. Ihr Rhythmus ist unberechenbar und doch wahnsinnig perfekt. Jedes Heben und Senken ihrer Hüften gibt Impulse der Lust, die mich wild machen.

„Gutes Mädchen", stöhne ich. „Du nimmst meinen Schwanz so gut."

Sie zittert und keucht, ihr Rhythmus wird schneller, ihr Stöhnen drängender. Unsere Lippen treffen sich und ich dämpfe den Klang ihrer Lust.

„Xero", stöhnt sie in den Kuss hinein. „Ich werde kommen."

„Dann lass los, meine Schöne. Ich habe dich."

Sie vergräbt ihr Gesicht in meinem Nacken, ihre Muskeln spannen sich an, ihre Hände krallen sich in meinen Rücken, während sie mich bis an den Rand des Höhepunkts reitet. Ihre Schreie klingen dumpf auf meiner Haut, während ihr Körper zittert und sich ihr Inneres rhythmisch um meinen Schwanz herum zusammenzieht.

Meine Lust steigert sich. Ihre Muskeln verkrampfen sich um meinen Schaft und treiben mich immer näher an den Rand. Das plötzliche Gefühl der Verengung lässt mich aufschreien. Ihr Körper bebt, als sie kommt, und diese süße Muschi umklammert meinen Schaft. Dann lässt mich ihr sehnsüchtiger Schrei fast kommen.

Meine Hände umschließen ihre Hüften und ich halte sie fest, während ich in ihre feuchte Hitze stoße. Der Druck in meinem Inneren verstärkt sich immer weiter und lässt jeden Nerv in meinem Körper in Flammen aufgehen. Meine Welt verengt sich auf das Gefühl von ihr um meinen Schwanz, die Hitze, die Enge, das Gleiten ihres Fleisches gegen meines.

„Scheiße, kleiner Geist", knurre ich mit angestrengter Stimme. „Ich bin so nah dran."

Ihre Nägel graben sich in meinen Rücken und senden Funken aus, die meine Stöße verstärken. „Komm für mich, Xero", flüstert sie atemlos. „Fülle mich aus."

Ihre Worte, die Verzweiflung in ihrer Stimme, die Muschi, die mich in den Wahnsinn treibt, bringen mich an den Punkt, an dem es kein Zurück mehr gibt. Jeder Muskel in meinem Körper spannt sich an, mein Atem stockt, als die Lust ihren Höhepunkt erreicht. Es ist wie ein explodierendes Feuerwerk, ein intensives, fast unerträgliches Gefühl, das mich in eine Million Stücke zerbricht und mich zu dem Mann macht, den Amethyst braucht.

Mein Orgasmus entlädt sich in der Basis meines Rückens und verbreitet eine feurige Welle der Lust, die mich mit sich reißt. Ich vergrabe mich tief in meiner Geliebten, mein Schwanz pulsiert, als ich komme, und füllt sie mit meinem Sperma.

Ich gelobe im Stillen, ihr niemals Informationen vorzuenthalten, sie nie wie eine Schwächere zu behandeln oder ihre Stärke zu unterschätzen. Sie ist nicht mehr nur das Mädchen, das ich beschützen wollte, sondern eine wilde Kriegerin, die sich mit Strategie, List und Überleben auskennt.

Amethyst ist mir ebenbürtig.

Schließlich erschlafft mein Körper und lässt mich atemlos und erschöpft zurück. Ich ziehe sie an mich und ich spüre, wie unsere Herzen im Gleichklang schlagen. „Ich liebe dich bis ins Mark meiner Knochen."

Sie lächelt gegen meine Lippen. „Und ich liebe dich bis zum letzten Faden meiner Seele."

Am nächsten Nachmittag gehe ich neben Amethyst durch den Flur unserer medizinischen Einrichtung, und jede Spur von Euphorie weicht einem nagenden Schuldgefühl. Sie umklammert meinen Arm, ihr Griff ist beruhigend, aber ich werde nicht locker lassen, bis ich meine kleine Schwester sehe.

Ich öffne die Tür zu dem Zimmer, in dem ich nach dem Brand gelegen habe, und werde von den vertrauten Pieptönen der Monitore begrüßt. Camila liegt auf dem Bett, blass und regungslos, fast nicht wiederzuerkennen, mit ihren dunklen Locken, die nicht mehr zu einem Dutt zusammengebunden sind. Sie liegen aufgefächert auf dem Kissen, als ob sie auf dem Wasser schwimmen würde. Ich kann mich nicht erinnern, wann sie das letzte Mal so winzig und hilflos aussah.

Amethyst drückt tröstend meinen Arm. „Sprich mit ihr."

Ich schlucke schwer und trete an die Seite des Bettes. „Camila", flüstere ich. „Ich bin's."

Ihre Lider flattern und sie lächelt leicht. „Xero", bringt sie mit schwacher Stimme hervor. „Wir haben es geschafft."

Aber zu welchem Preis? Ich zwinge mich zu einem Lächeln. „Wie geht es dir?"

„Gut, es ist nur ein Kratzer", sagt sie mit einem Zucken. „Wo ist Amethyst?"

„Hier." Sie tritt an meine Seite und legt eine Hand auf Camilas Schulter.

Meine Schwester schließt die Augen und stößt einen zufriedenen Seufzer aus. „Gut. Wir sind alle heil rausgekommen."

Ich nehme ihre Hand. „Es tut mir so leid. Ich habe geschworen, dich zu beschützen, und ich habe zugelassen, dass du verletzt wirst."

Sie drückt leicht meine Hand. „Ich bin kein Kind mehr. Ich bin genauso wie jeder andere Agent. Außerdem hättest du mich nicht aufhalten können."

Ein Seufzer entweicht meinen Lippen. Ich beuge mich hinunter, küsse ihre Schläfe und flüstere gegen ihre Haut: „Du bist nicht irgendeine Agentin, du bist meine kleine Schwester."

Die Tür öffnet sich, und Jynxson kommt herein, bekleidet mit einer Boxershorts und einem Verband um seine Seite. Abgesehen von seinem zerzausten dunklen Haar würde ich nicht vermuten, dass sie ihn aus einem eingestürzten Tunnel geholt haben.

Er zieht mich in eine feste Umarmung. „Ich habe mir kurz Sorgen um dich gemacht, Mann."

„Du hast fünf Sekunden, bevor meine Faust in deinen Eiern landet", sage ich.

Lachend zieht Jynxson seinen Griff um meine Schultern fester an. „Dann sollte ich diese Umarmung besser zu Ende bringen."

Ich entspanne mich in seiner Umarmung. Jynxson mag das nervigste Arschloch sein, das es je gegeben hat, und eine unangemessene Beziehung zu Camila pflegen, aber er ist das, was einem Bruder am nächsten kommt. Und das nicht nur, weil ich die anderen umgebracht habe.

Er lässt mich vor dem nicht existierenden Countdown los und schlingt seine Arme um meinen kleinen Geist. Die besitzergreifende Wut, die normalerweise beim Anblick eines anderen Mannes aufsteigt, der sich ihr nähert, bleibt aus. Amethysts Liebe zu mir ist absolut.

Jynxson zieht sich zurück und tätschelt Camilas Hand. „Schön, dass du wieder unter uns bist."

Ich ziehe die Stirn in Falten.

Camila sieht mich an und kichert. „Wir haben uns vor der Explosion getrennt."

Ich wende mich Jynxson zu und verenge die Augen. Bevor ich ihn an meine Drohung erinnern kann, ihr das Herz zu brechen, hebt er seine Hände und sagt: „Sie hat Schluss gemacht."

Die Tür öffnet sich, und Isabel schreitet mit einem Tablet in der Hand herein. Ihr weißer Kittel ist zerknittert, und ihr Haar ist zu einem unordentlichen Dutt zusammengebunden, aber sie schenkt uns ein müdes Lächeln.

„Konntest du schlafen?" Ich ziehe sie in eine Umarmung.

Sie gähnt. „Erst nach der Operation, die sehr gut verlaufen ist. Die Kugel hat eine Rippe gestreift, aber alle lebenswichtigen Organe verfehlt. Wenn sie sich richtig ausruht, wird Camila sich vollständig erholen."

Es fühlt sich an, als wäre eine enorme Last von meinen Schultern genommen worden, und ich atme tief durch. Letzte Nacht dachte ich, dass ich sie für immer verloren hatte. „Danke."

Isabel tritt zurück und wendet sich an Amethyst und mich. „Dr. Dixon möchte, dass ihr euch beide gründlich untersuchen lasst. Besonders du, Xero, nachdem du in ein weiteres Feuer verwickelt warst."

Bevor ich antworten kann, tritt Amethyst vor und sagt: „Es tut mir leid. Ich war es, die damals den Kriechgang in Brand gesetzt hat. Wird sich Xeros Lunge jemals erholen?"

Ich lege einen Arm um ihre Schultern und ziehe sie an mich. „Ich habe dir schon gesagt, dass ich dir vergebe."

Mit einem weichen Blick in den Augen, kommt Isabel auf uns zu und nimmt Amethysts Hand. „Du hast Xero auf mehr als nur eine Art gerettet, indem du uns geholfen hast, Delta zu schnappen. Pass einfach auf sein Herz auf."

Mein Blick fällt auf meinen kleinen Geist und ich sehe Tränen in ihren Augen schimmern. Die drei Frauen, die ich am meisten liebe, tauschen ein Lächeln aus und füllen meine Brust mit einem tiefen Gefühl der Erleichterung.

„Hat er schon etwas gesagt?", fragt Isabel.

Ich schüttele den Kopf und ziehe eine Grimasse angesichts der Ereignisse des Morgens. Vater ist nicht nur ein von den Moirai ausgebildeter Attentäter, er ist ihr Gründer. Es hat ihm großen Spaß gemacht, uns zu erklären, dass unsere Verhörtechniken fehlschlagen würden.

„Es wird eine Weile dauern, sein Schweigen zu brechen, aber ich habe dafür gesorgt, dass er nicht entkommen kann. Ich habe ihm alle Zähne gezogen und ihn auf Tracker gescannt. Die Sturheit wird nachlassen, sobald er begreift, dass es kein Entkommen gibt."

Ich genieße das Gefühl des Triumpfes für ein paar kostbare Momente mit meiner Familie, bevor die Realität zurückkehrt. Wir haben immer noch einen Feind zu besiegen – die Moirai. Selbst wenn Vater die Namen der Mitglieder der Führung preisgibt, müssen wir immer noch jedes Mitglied aufspüren. Der einzige Grund, warum wir Vater nach einem Jahrzehnt der Suche gefunden haben, war, dass Amethyst ein paar wertvolle Erinnerungen zurückerlangt hatte.

Mit einem Seufzer führe ich uns zur Tür. „Ich muss mich entschuldigen. Wir müssen einer Beerdigung beiwohnen."

„Wessen?", fragt Jynxson.

„Von meiner Mutter", antwortet Amethyst.

„Was ist mit Dolly?", fragt Camila.

„Ihre Leiche ist auch im Krematorium. Dr. Saint hat Dollys

Leiche als meine identifiziert, also kann ich für tot erklärt werden", sagt Amethyst und ein kleines Lächeln umspielt ihre Lippen.

Isabel sieht mich an und zieht die Augenbrauen hoch. „Im Internet kursieren Gerüchte, du hättest sie umgebracht."

Ich grinse. „Sollen sie denken, was sie wollen. Solange die Polizei aufhört, Amethyst zu jagen."

Als wir Camilas Zimmer verlassen, stoßen wir im Flur mit Tyler zusammen.

„Hey, Xero. Ich habe eine Spur zu Dr. Forster."

„Wirklich?", fragt Amethyst.

Er nickt. „Er hat seinen Namen in Corvelle geändert, nachdem er nach der Razzia aus dem Verkehr gezogen wurde. Ich habe ihn in einer Privatpraxis außerhalb des Victoria Parks ausfindig gemacht. Sollen wir ihn uns schnappen?"

Dr. Forster war der Therapeut ihrer Mutter, der Amethyst in die Anstalt schickte und diese unmenschlichen Behandlungen durchführte. Der Gedanke, dass mein Mädchen einen weiteren Bastard aus ihrer Vergangenheit foltert, beschleunigt meinen Herzschlag.

„Was meinst du dazu, kleiner Geist?", frage ich.

„Bringt ihn her", knurrt sie.

VIERUNDNEUNZIG

AMETHYST

Mein Herz rast, als Xero den Parkplatz des Krematoriums von Newton erreicht. Um diese Zeit am Nachmittag scheint die Sonne am stärksten und taucht das Backsteingebäude in helles Licht. Er steigt aus, geht um das Fahrzeug herum und öffnet mir die Tür.

Als ich aus dem Auto steige, recke ich den Hals und betrachte die beiden Schornsteine. „Ich habe aufgehört zu zählen, wie oft ich auf dem Weg zum Supermarkt hier vorbeigekommen bin."

Xero legt einen Arm um meine Schultern. „Ich bin ungern im Team Melonie, aber sie hatte einen guten Grund, dich von der väterlichen Seite deiner Familie fernzuhalten."

Bei der Erinnerung an meine Großmutter väterlicherseits, die meine Mutter zwang, als eine Art Escort zu arbeiten, läuft mir ein Schauer über den Rücken. „Sie hatte nie einen Moment des Glücks, nicht wahr?"

Xero seufzt. „Erinnerst du dich, dass du mir über unzuverlässige Erzähler geschrieben hast?"

Ich wende meinen Blick vom Krematorium ab und schaue ihm in die Augen. Er hat heute dunkelblondes Haar und eine bronzefarbene Haut, die ihn eher wie Vinzent vom Weinberg aussehen lässt. „Meinst du, sie hat übertrieben?"

„Die Menschen belügen sich ständig selbst, sogar in ihren eigenen Tagebüchern. Ihre Affäre mit Dr. Forster wurde erst erwähnt, als sie mit den Konsequenzen konfrontiert wurde."

„Niemand hat eine solche Strafe verdient."

„Das sehe ich auch so." Er drückt beruhigend meine Schulter. „Bist du bereit?"

Ich nicke und atme tief durch.

Wir treten durch eine Reihe von Doppeltüren und werden von dem Duft von Desinfektionsmittel und Lilien begrüßt. Die Empfangsdame ist eine ältere Frau mit dünnen Augenbrauen und einem strengen, grauen Dutt. Ihre Brille sitzt tief auf ihrer Nase, gehalten von einer zarten Metallkette, die sie um den Hals trägt.

Sie richtet sich auf und ihre Augen weiten sich. „Amy?"

Schluckend studiere ich ihre Gesichtszüge und frage mich, ob sie Mrs. Salentino ist. „Ja?"

„Oh, meine Liebe." Mit Tränen in den Augen kommt sie um den Schreibtisch geeilt. „Du siehst Melonie so ähnlich."

Meine Kehle schnürt sich zu, und ein Schmerz breitet sich in meiner Brust aus. Ich schlucke schwer und lehne mich an Xeros Seite. „Du kanntest sie?"

„Sie hat immer Sachen für die Zwillinge vorbeigebracht ..."

„Danke, Angela", erklingt eine scharfe Stimme.

Die Frau, die aus der Tür hinter dem Empfangstresen tritt, ist groß und hat langes dunkles Haar, das ihr in sanften Wellen über die Schultern fällt. Sie ist um die Mitte dreißig und trägt ein dramatisches Make-up, das ihre strengen Gesichtszüge betont. Ihr Blick schweift über Xero, bevor er sich auf mich richtet.

„Amethyst", sagt sie, und ihre Stimme wird sanfter. „Komm rein und lerne deine Tante kennen."

Ich blicke zu Xero und frage mich, ob dies einer der Salentino-Zwillinge ist. Als hätte er meine stumme Frage gespürt, nickt er. Die Frau verschwindet hinter der Tür.

Schluckend gehe ich mit Xero um den Schreibtisch herum und frage mich, ob es ein Fehler war, ihre Einladung zum Abendessen auszuschlagen. Ich dachte, meine Tanten väterlicherseits an ihrem Arbeitsplatz zu treffen, wäre weitaus weniger einschüchternd, als ihr Herrenhaus in Alderney Hill zu betreten.

Um das Herrenhaus herum ist eine ganze Mafia-Miliz verstreut, die die Familien Montesano und Salentino schützt. Dem Tagebuch zufolge brachten sie mich in ihre Villa, nachdem sie mich aus der Anstalt gerettet hatten.

Außerdem bin ich hauptsächlich hier, um einen Abschluss zu finden. Moms Leiche ruht hier seit dem Tag ihrer Ermordung. Sie und Dolly brauchen eine Beerdigung. Ich möchte dieses Kapitel in meinem Leben abschließen, um dann nach vorne blicken zu können.

Ich betrete ein elegantes Büro mit schwarzen Möbeln und Blick auf die Friedhofsgärten. Die Frau von eben steht an den Fenstern, während eine andere hinter einem Schreibtisch hervortritt. Sie ist fast so groß wie die Erste, hat kurzes Haar, trägt aber einen maßgeschneiderten Anzug.

Mein Blick wandert zurück zu der anderen Schwester, die genau die gleichen Gesichtszüge hat. Ich habe noch nie eineiige Zwillinge gesehen, die sich so ähnlich sehen und doch so unterschiedlich sind.

Die kurzhaarige Zwillingsschwester kommt mit leuchtenden Augen um den Schreibtisch herum und umarmt mich fest. „Es ist so schön, dich endlich persönlich kennenzulernen. Du siehst genauso aus wie Melonie, als sie in deinem Alter war."

„Hallo." Ich entspanne mich in ihrer Umarmung und versuche, nicht zusammenzuzucken, als sie andeutet, dass sie meine viralen Videos gesehen hat.

Sie zieht sich zurück und legt ihre Hände auf meine Schultern. „Geht es dir gut? Wir waren beide sehr besorgt, als Xero uns sagte, du seist entführt worden. Ich bin Aria."

Ich schlucke. „Freut mich, dich kennenzulernen, und es geht mir gut."

Aria wendet ihren Kopf in Richtung der Femme fatale, die am Fenster steht. „Das ist Elania. Wir sind Zwillinge, aber nicht eineiig."

„Oh."

Ich werfe einen Blick auf Elania, die die Augen verdreht und damit bestätigt, dass Aria nur Unsinn erzählt. Die einzigen Unterschiede zwischen den beiden Frauen sind ihre Frisuren, Schuhe und ihr Make-up.

„Wenn dich jemand nicht respektiert, sagst du uns Bescheid", sagt Aria. „Deine Tanten werden sich um die Arschlöcher kümmern und keine Spuren hinterlassen."

„Danke", sage ich mit einem nervösen Lachen.

Elania tritt vor. „Wir möchten uns dafür entschuldigen, dass wir uns zurückgehalten haben. Deine Mutter wollte dich vor unseren Geschäften schützen."

„Jetzt, wo du alt genug bist, um auf dich selbst aufzupassen, bist du herzlich eingeladen, ein Mitglied der Familie zu werden", sagt Aria mit einem ernsten Nicken.

Ich reibe mir den Nacken und versuche, mich bei der Vorstellung, für die Mafia zu arbeiten, nicht zu winden. „Ehrlich gesagt würde ich lieber schreiben."

„Lass das Mädchen in Ruhe." Elania reicht mir eine manikürte Hand und schenkt mir ein warmes Lächeln. „Es ist schön, dich endlich kennenzulernen, obwohl wir gehofft hatten, mehr an deiner Rettung beteiligt zu sein."

Sie wirft Xero einen scharfen Blick zu, was ihn nur grinsen lässt. Aria klopft ihm auf die Schulter. Eine Geste, die den meisten Menschen einen Schlag einbringen würde, aber Xero starrt sie nur mit hochgezogenen Augenbrauen an.

„Elania wird Amy in die Kapelle bringen, damit sie sich verabschieden kann", sagt Aria. „Setz dich. Sag mir, ob es jemanden gibt, den wir töten müssen."

„Ich bleibe bei Amethyst", sagt Xero.

„Ist schon gut", antworte ich. „Ich muss mich dem Ganzen allein stellen."

Er sieht mich mit gerunzelter Stirn an, und ich antworte mit einem beruhigenden Nicken. Er streichelt meine Wange, beugt sich vor und gibt mir einen sanften Kuss auf die Lippen. „Ich bin hier, wenn du mich brauchst."

Ich nicke und folge Elania, die mich durch den kahlen Flur des Krematoriums führt. Das Klacken ihrer Absätze auf dem Marmorboden erinnert mich ein wenig an Dolly. Die Wände, die bis auf ein gelegentliches Kreuz keinerlei Verzierungen aufweisen, lassen ihre Schritte widerhallen.

Als wir um eine Ecke biegen, stellen sich uns zwei große Männer in schusssicheren Westen in den Weg. Elania hebt nur einen Finger, und sie richten sich auf, bevor sie zur Seite treten und uns passieren lassen.

„Mach dir keine Sorgen um Xero", murmelt sie. „Er ist bei meiner Schwester in guten Händen."

Meine Lippen zucken. „Solltest du dir nicht Sorgen um Aria machen?"

„Wir haben nachgeforscht. Im Gegensatz zu dem, was in den Medien steht, ist Xero Greaves kein gestörter Psychopath. Zumindest nicht im Vergleich zu einigen Arschlöchern, die wir kennen."

Ich beiße mir auf die Unterlippe. „Wie mein Vater?"

Sie schnaubt. „Verglichen mit Giorgi ist Xero ein Heiliger."

Als wir vor einer Holztür stehenbleiben, bildet sich ein dicker Kloß in meiner Kehle, wenn ich daran denke, was ich in Mom Tagebuch darüber gelesen habe, wie mein leiblicher Vater sie gefangen hielt. Die Salentino-Zwillinge waren etwa zehn Jahre alt, als sie mit uns weglief, und gerade zwanzig geworden, als sie zurückkam, um um Hilfe zu bitten.

Ein Schauer läuft mir über den Rücken bei dem Gedanken, seine psychopathischen Züge geerbt zu haben.

Elania öffnet die Tür und mir schlägt ein kalter Luftzug entgegen, der den schweren Duft von Lilien verströmt. Das Licht ist gedämpft, die Einrichtung ist mahagonifarben mit gedämpften Grautönen, was wenig dabei hilft den Schmerz zu lindern, der beim Anblick der beiden Särge in meiner Brust pocht.

„Nimm dir so viel Zeit, wie du brauchst." Sie drückt meinen Arm.

„Danke", murmle ich, während ich noch in der Tür stehe.

Es dauert einige Augenblicke, bis ich die Atmosphäre in mich aufnehme und mein Körper sich endlich in Bewegung setzt. Meine Tante steht im Flur und bietet mir stille Unterstützung an.

Nach einer gefühlten Ewigkeit trete ich auf zitternden Beinen vor, nicht wissend, was ich vorfinden werde. Das Letzte, was ich von Mom gesehen habe, war, dass man ihr die Kehle aufschlitzte. Sie war mit vor Schreck geweiteten Augen gestorben. Der gewaltsame Tod von Dolly war nicht viel anders gewesen. Als ich ihr in die Brust stach, waren ihre Gesichtszüge vor Schreck erstarrt.

Aber als ich die Särge erreiche, ist es nicht so, wie ich es befürchtet habe. Mom sieht weicher aus, als ich sie in Erinnerung habe, ohne die ständig verkniffenen Züge. Dolly sieht aus wie eine Wachsfigur, geschminkt, um einem schlafenden Engel zu gleichen.

Ich halte inne und warte auf einen Ausbruch von Trauer oder Wut oder sogar Gefühllosigkeit, aber alles, was ich fühle, ist Erleichterung. Das Gewicht ihrer Feindseligkeit fällt von meinen Schultern ab und lässt mich aufrecht stehen.

Ich atme tief durch und trete einen Schritt zurück, um mich an die beiden zu wenden. „Ich verstehe, warum ihr getan habt, was ihr tatet", sage ich mit schwankender Stimme. „Nicht, dass ich damit einverstanden wäre, dass ihr mich zum Sündenbock gemacht habt, aber ich werde darüber hinwegkommen."

Ich halte inne und gebe ihnen einen Moment Zeit, meine Worte zu verarbeiten. Es ist zwecklos, denn sie sind tot, aber ich kann den ursprünglichen Teil meiner Psyche nicht verleugnen, der an Geister glaubt.

„Ihr zwei habt mir das Leben zur Hölle gemacht, aber ihr habt mich auch zu meinem Seelenverwandten geführt. Ich denke, damit sind wir quitt."

Es gäbe noch so viel mehr zu sagen, aber sie waren wirklich nur Spielfiguren. Die Schlüsselfiguren warten immer noch in Xeros Verhörräumen auf uns. Außerdem will ich nicht noch mehr Zeit mit zwei Leuten verschwenden, die mich wie ein Problem behandelt haben, das beseitigt werden musste.

„Gute Reise auf die andere Seite, und ich hoffe, ihr könnt endlich Frieden finden."

Ich verlasse den Raum, wobei meine Schritte auf dem Marmorboden nachhallen. Elania erhebt sich von einer Bank im Flur und sieht mich überrascht an.

„Schon fertig?", fragt sie.

Ich nicke. „Gibt es einen Ort, an dem ich ihre Asche aufbewahren kann?"

„Natürlich." Sie runzelt die Stirn. „Willst du sie nicht behalten?"

„Ich möchte einen Neuanfang machen. Dazu gehört auch, dass ich das Haus in Alderney Hill zurückgeben will", sage ich.

Sie zieht die Brauen zusammen. „Aber du bist das einzige Kind meines Bruders. Das ist dein Erbe."

Sie führt mich zurück zu Xero und erklärt mir, dass mein leiblicher Vater der einzige mit einem überlebenden Kind sei. Keine der beiden Salentino-Schwestern will heiraten. Wenn ich also das Haus und die Geschäfte nicht übernehme, fällt das Vermögen an ihren Cousin, Cesare Montesano – Myras ehemaliger Chef und der jüngere Bruder von Xeros Zellengenosse im Todestrakt.

Als sie mich dieses Mal zum Abendessen einlädt, lehne ich nicht ab.

Es ist seltsam, Familienmitglieder zu haben, die mich nicht abschieben oder mich tot sehen wollen.

Xero wartet mit Aria an der Rezeption auf mich, die mich zum Abschied noch einmal umarmt. Sie ist die freundlichere der beiden, trotz ihres harten Äußeren.

„Bist du bereit?", fragt er mit einem sanften Lächeln, das mein Herz schneller schlagen lässt.

„Ja", antworte ich und nehme seine Hand.

Als wir das Krematorium verlassen, führt mich Xero zu seinem Auto und öffnet die Beifahrertür. Als mein Handy klingeln, blicken wir einander an.

„Hallo?", frage ich.

„Ich bin es", erklingt Myras Stimme. „Habe ich deine Erlaubnis, die *Rapunzelita*-Trilogie zu veröffentlichen?"

Ich runzle die Stirn. „Ja. Warum?"

„Dein Tod hat eine Menge Besucher zu meinen Videos geführt. Die Verleger sind ganz wild auf deine unvollendeten Manuskripte."

Mein Herz setzt mehrere Schläge aus. „Okay", antworte ich mit atemloser Stimme. „Ich möchte die Fortsetzungen noch überarbeiten, aber das erste Buch ist fertig."

„Was ist mit der erotischen Geistergeschichte?", fragt Myra.

Xero tritt näher, seine Hand ruht auf meinem Rücken, seine Finger streifen den Ansatz meiner Wirbelsäule. Sein Atem streicht warm über mein Ohr und lässt mich erschaudern.

„Gib uns noch ein paar Wochen Zeit, um die pikanten Szenen auszubessern", murmelt er.

Myra quiekt und verspricht, einen saftigen Vorschuss auszuhandeln, bevor sie auflegt. Während ich mein Handy in meine Tasche stecke, wende ich mich Xero zu.

Sein Blick fixiert den meinen, mit einer Intensität, die mir die Knie weich werden lässt. Er zieht mich dicht an sich heran, sodass unsere Oberkörper sich berühren, und sein Mund berührt meinen in einem langsamen, bedächtigen Kuss.

Seine Lippen sind warm und eindringlich und erfüllen mich mit köstlicher Hitze. „Herzlichen Glückwunsch", sagt er. „Ich habe immer an dein Talent geglaubt. Und an *Rapunzelita*."

Er vertieft den Kuss, seine Zunge neckt meine, und ich verliere mich in diesem Gefühl. Jede Berührung, jede Liebkosung entfacht ein Feuer in mir, das direkt in mein Innerstes dringt.

„Lass uns feiern", murmelt er gegen meine Lippen.

„Wie?"

„Die Spring-Brüder haben Dr. Forster gerade in eine Arrestzelle gebracht. Wir können ihm einen schmerzhaften Empfang bereiten, bevor wir uns mit meinem Vater und Charlotte befassen."

Meine Lippen verziehen sich zu einem Lächeln. Wenn ich mit Charlotte fertig bin, wird sie diejenige sein, die tote Menschen sieht. Ich habe vor, Delta seinen wertlosen Schwanz in den Arsch zu stecken und ihn seine eigenen Eier schlucken zu lassen. Dr. Forster wird jeden unnötigen medizinischen Eingriff erleben, dem er mich in der Anstalt ausgesetzt hat. Wenn sein Geist zerbricht und er sich nicht mehr an seinen Namen erinnert, werde ich ihn durch die Katakomben jagen und in einer Pfütze ertränken.

Ich wippe auf den Zehenspitzen nach vorn und gebe Xero einen Kuss auf die Lippen. „Klingt nach einem Plan."

Er zieht mich in eine enge Umarmung und sein Duft steigt mir in die Nase. Zitrusfrüchte, Minze und Zedernholz vermischen sich zu einer berauschenden Mischung, die mich an seiner starken Brust dahinschmelzen lässt.

„Ich liebe dich so sehr", murmle ich.

„Und ich liebe dich auch, kleiner Geist", antwortet er, während seine Finger durch meine Locken streicheln.

Mir entweicht ein glückliches Seufzen. Wenn mir jemand gesagt hätte, dass der Mann hinter dem Fahndungsfoto mein

Glück sein würde, hätte ich ihn ausgelacht. Und wenn jemand gesagt hätte, ich würde mich in den Sensenmann verlieben, der mich über den Friedhof jagt, hätte ich ihn für verrückt gehalten.

Ich lehne mich an Xero und genieße dieses neue Gefühl der Verbundenheit und Zugehörigkeit. Er ist nicht nur ein Liebhaber oder ein Retter, sondern die andere Hälfte meiner Seele.

Zum ersten Mal in meinem Erwachsenenleben sehe ich klar, und ich habe das Gefühl, endlich meinen Platz in der Welt gefunden zu haben.

XERO

Nun, da Amethyst sich von ihrer Mutter verabschiedet hat, ist es an der Zeit, meinen Vater in der letzten Phase seiner Existenz willkommen zu heißen.

Ich parke vor dem Haus und stelle den Motor ab. Um diese Zeit am Nachmittag färbt die Sonne die Gärten in leuchtende Farben, aber nichts ist so bezaubernd wie Amethyst.

Sie streckt sich in ihrem Sitz und gähnt. „Gibt es etwas Neues von Dr. Forster?"

Ich ziehe mein Handy heraus und checke meine Nachrichten. Es gibt einen Statusbericht über den neuen Gefangenen und einen Link zur Live-Kameraübertragung in seinen Verhörraum.

Auf dem Video sehe ich einen bewusstlosen rothaarigen Mann in den Sechzigern, der zusammengesackt auf einem Stuhl sitzt. Er ist nackt, und seine Genitalien werden von seinem hängenden Bauch verdeckt.

„Ist das der Psychiater?" Ich zeige ihr den Bildschirm.

Sie verzieht das Gesicht. „Eine schlaffere Version von ihm, ja. Wann kann ich ihn sehen?"

Ich navigiere zu einem anderen Bildschirm, um seine Daten zu überprüfen. „Er ist immer noch sediert, aber in drei Stunden sollte er wach sein. Delta ist in der Zelle nebenan. Wir könnten ihm einen Besuch abstatten, während wir warten."

„Nein", antwortet sie und ihr Gesicht wird blass. „Gib mir ein paar Wochen. Ich bin noch nicht so weit."

Ich runzle die Stirn. „Geht es dir gut?"

Sie nickt. „Es war nur ein langer Tag. Ich würde lieber das *Rapunzelita*-Manuskript für Myra fertigstellen."

„Möchtest du Gesellschaft?", frage ich.

Sie beugt sich vor und drückt mir einen sanften Kuss auf die Lippen. „Ich komme schon allein zurecht."

Als sie sich zurückzieht, lege ich eine Hand auf ihren Hinterkopf und ziehe sie näher zu mir, um den Kuss zu vertiefen. Mit einem leisen Stöhnen erwidert sie den Kuss und ihr Körper schmiegt sich an meinen. Ich hasse die Momente, in denen wir getrennt sind, aber meine Anwesenheit ist in den ersten Tagen von Vaters Gefangenschaft notwendig.

Bei dem Gedanken an diesen Bastard ziehe ich mich zurück, sodass Amethyst wieder zu Atem kommt. Eine hübsche Röte ziert nun ihre Wangen und ihre Mundwinkel heben sich zu einem Lächeln.

„Grüß Delta von mir", sagt sie und öffnet die Beifahrertür.

Sie steigt aus und wirft mir einen Kuss zu, bevor sie den Kiesweg zu unserem kleinen Häuschen hinuntergeht. Ihre schwingenden Hüften bringen mein Blut in Wallung. Ich sehe ihr fasziniert hinterher, als sie um die Ecke verschwindet. Dann mache ich mich auf den Weg zum Verhörraum.

Vater ist noch keine vierundzwanzig Stunden in Gefangenschaft, aber er ist kaum wiederzuerkennen. Haare und Bart sind verschwunden, und die untere Hälfte seines Gesichts ist immer noch geschwollen, nachdem ihm alle Zähne gezogen wurden.

Obwohl er nackt in einer abgedunkelten Zelle mit Betonwänden sitzt, sitzt er in seinem Verhörstuhl wie auf einem Thron. Drähte verbinden seinen Körper über eine Blutdruckmanschette, Sensoren an den Fingerspitzen, ein Brustband und eine Vielzahl von Elektroden mit einem Lügendetektorgerät.

Isabel sitzt an einem Tisch neben der Tür und beobachtet, wie Nadeln Daten auf einen Papierstreifen kritzeln. Ich trete ein, atme die kühle, feuchte Luft ein, die nach Blut riecht, und blicke zu meiner Schwester.

„Wie geht es ihm?", frage ich.

Ihr Achselzucken sagt mir alles, was ich wissen muss – Vater will weiterhin nicht kooperieren.

Seine Augen bleiben in einer Art tiefer Meditation geschlossen, doch die an seinem Körper angebrachten Monitore verraten den Anstieg seiner Vitalwerte. Sie spielen verrückt und zeigen so viele unregelmäßige Werte an, als würde er kurz vor einer Panikattacke stehen.

Ich schnaube. „Du kannst dich nicht vor uns verstecken, Delta."

Er reißt die Augen auf und blickt mich voller Verachtung an. „Was ist los, alter Mann? Du sahst so entspannt aus, als ich derjenige war, der an den Stuhl gefesselt war."

Vaters Nasenflügel blähen sich, dennoch sagt er kein Wort. Wenn er glaubt, dass er uns mit seinem Schweigen mürbe bekommt, irrt er sich gewaltig. Jeder Mitarbeiter, den wir befreit haben, hegt einen tief verwurzelten Groll, und wir haben mehr Freiwillige, die sich um Vater kümmern wollen, als es Stunden am Tag gibt.

Er wird zerbrechen. Die Frage ist nur, wann.

„Ich habe viel über unsere Vergangenheit nachgedacht. Über deine Lektionen. Darüber, wie du mir beigebracht hast, dass Schmerz den Charakter stärkt."

Ich sehe, wie ein Muskel an seiner Schläfe zuckt.

Ich gehe auf ihn zu und halte ihm eine Tasse Wasser an den Mund. Ein paar Tropfen fallen auf seinen Schoß, sodass er wieder die Augen öffnet.

„Durstig?", frage ich schmunzelnd.

Er starrt mich an, wobei ich Wut in seinen Augen flackern sehen kann.

„Camila wird sich vollständig erholen", sage ich. „Deine kleine Scharade mit Dolly ist gescheitert. Egal, wie viele Drogen du benutzt hast, um meine Wahrnehmung zu verändern, ich werde die Frau, die ich liebe, immer erkennen."

Vater schweigt, sein geschwollener Mund verzieht sich zu einer Grimasse. Seine Augen jedoch glühen vor ohnmächtiger

Boshaftigkeit.

Ich ziehe die Tasse weg. „Du hast mich über Macht und Kontrolle gelehrt, aber Mitgefühl hast du nie begriffen. Oder gar Liebe. Und jetzt ist es an der Zeit, dass du von mir lernst."

Er schüttelt den Kopf und gibt ein trockenes Glucksen von sich. „Offensichtlich habe ich es versäumt, dir die hohe Kunst des Verhörs beizubringen."

Meine Lippenwinkel verziehen sich zu einem Lächeln. „Warum Zeit mit Fragen verschwenden, die du nicht beantworten wirst, wenn ich mich rächen kann?"

Sein Adamsapfel zuckt. „Psychologische Tricks?"

„Verwechsle mich nicht mit einem Mann, der verschleierte Drohungen ausspricht."

Ich gehe zum Tisch, nehme eine Nadel und tauche sie in das Wasser. Sobald sie nass ist, schiebe ich sie in einen Punkt auf seiner Hand und achte auf das leichte Zucken, das mir bestätigt, dass sie an der richtigen Stelle sitzt.

Der Bastard zuckt nicht einmal. Und auch seine Vitalfunktionen zeigen keine Änderung an.

Wut lodert in mir auf, aber ich verstecke sie hinter einer ruhigen Fassade, tauche eine weitere Nadel ein, ziele auf einen Punkt an seiner Wade und drücke sie in den Muskel. Jede Nadel gleitet mit Präzision durch seine Haut, zapft die Akupunkturbahnen von Schmerz und Kontrolle an.

Mit jedem Einstich beginnen seine Vitalwerte zu schwanken, begleitet von einem schwachen Zucken seiner Stirn. Seine stoische Fassade bekommt Risse, und seine Grimasse zuckt. Schweiß glänzt auf seiner Stirn, und er ballt die Hände zu Fäusten, als ich sie in Punkte an der Innenseite seines Beins, seines Unterarms und seines Fußes stecke.

Isabel erscheint an meiner Seite und bringt kleine Krokodilklemmen an jeder Nadel an.

„Elektroakupunktur?", fragt Vater ungläubig.

„Mit einer Wendung." Ich fordere Isabel auf, an den Tisch zurückzukehren und den Strom einzuschalten.

Die Lichter flackern, als ein Stromstoß durch die Drähte schießt. Vaters Körper erstarrt, seine Augen weiten sich, sein Kiefer spannt sich an.

„Glaubst du, dass du mich damit weich bekommst?", fragt er. „Isabel."

Sie dreht den Drehknopf höher, was Vater ein Grunzen entlockt. Sein Atem beschleunigt sich, und die Adern an seinen Schläfen treten hervor. Seine Finger krallen sich in die Armlehnen.

„Spürst du den Schmerz?", frage ich. „Er ist auf dein Nervensystem gerichtet. Die schwachen elektrischen Ströme können dir Qualen bereiten und gleichzeitig deine Schmerzempfindlichkeit aufrechterhalten."

„Zu welchem Zweck?", knurrt er.

„Damit du das Leid, das du anderen zugefügt hast, schmecken kannst", antworte ich.

Ich wende mich wieder Isabel zu und gebe ihr ein Zeichen, den Strom weiter zu verstärken. Ein leises Knurren entweicht der Kehle meines Vaters, während sich seine Muskeln anspannen.

„Du warst schon immer zu emotional, Xero", stößt er durch zusammengebissene Zähne hervor. „Das ist der Unterschied zwischen dir und mir. Sich auf vergessene Vergangenheit zu konzentrieren, anstatt Informationen zu sammeln."

„Deshalb hast du deiner Familie den Rücken zugekehrt, als ich sie abschlachtete", antworte ich. „Weil es keinen Nutzen hatte, ihr Leben zu retten."

„Sentimentalität über das Streben nach Macht zu stellen, wird dein Untergang sein."

„Und doch bist du derjenige, der an diesen Stuhl gefesselt ist und alles zu verlieren droht."

Er holt scharf Luft und knurrt, als Isabel die Intensität weiter erhöht.

„Was willst du?", fragt er.

„Was hast du außer dem Snuff-Filmstudio, *Three Fates* und dem Organhändlerring noch getrieben?", frage ich.

Er antwortet mit einem schmerzhaften Grunzen, sein Körper spannt sich an. Qualen blitzen in seinen kalten Augen auf, sein Trotz kämpft mit der Angst.

Sein Schweigen sollte mich nicht überraschen. Ich habe Jahre des Elends ertragen, bevor ich schließlich zerbrach. Aber so viel Zeit haben wir nicht.

Ich nehme ein Skalpell in die Hand und hocke mich vor ihn. „Tage ohne Essen und Trinken", murmle ich und fahre mit der Klinge die Linien seines Kiefers entlang. „Tage der Demütigung und des Schmerzes. Wie lange wirst du durchhalten?"

Er gibt mir keine Antwort. Ich drücke das Messer fester und hinterlasse einen flachen Schnitt in seinen Unterarm. Eine dünne Blutspur erscheint, und er zuckt leicht, kaum merklich, zusammen. „Sobald die anderen Agenten mit dir fertig sind, wirst du nichts weiter sein, als eine Hülle."

Alarm blitzt in seinen Zügen auf. „Ich dachte, du würdest es in der Familie belassen."

„Nein. Ich habe Arbeiter, Sanitäter, Reinigungskräfte und Wartungspersonal, die darauf warten, sich rächen zu können."

„Ruf sie zurück, sonst werde ich dir nichts verraten."

Ich weiche zurück. „Meine Leute haben mindestens zwanzig deiner Komplizen geschnappt. Wir haben haufenweise Informationsquellen."

Ein gutturales Geräusch entweicht seinen Lippen, halb Lachen, halb Knurren. „Du bluffst doch nur."

„Sie haben meine Erlaubnis, dir jede Art von Erniedrigung und Schmerz zuzufügen, aber dich unversehrt zu lassen. Amethyst ist die Einzige, die Körperteile abtrennen darf."

Vater versteift sich. Endlich dämmert es dem alten Bastard, dass ich auf Rache aus bin. „Dann betrachte uns als Quitt für den Mord an meiner Frau."

Isabel dreht die Elektrizität noch einmal auf.

„Sie war eine Schlampe", schnauzt sie.

Vater stößt ein Zischen aus, sein Atem kommt in rasenden Stößen. „Was ist los, Junge? Kannst du nicht mit einem kleinen Wettbewerb umgehen?"

Ich führe die Klinge zu seinem Ohr und hinterlasse einen weiteren flachen Schnitt. Sein Atem geht schwer und er zittert vor Anstrengung, sich nicht zu bewegen. Ich lehne mich zu ihm und senke meine Stimme zu einem Flüstern. „Weißt du, was Dolly zu mir gesagt hat, bevor du sie weggerufen hast?"

Er blickt mit einem winzigen Flackern der Neugierde in den Augen auf.

„Sie hoffte, ich wäre ein besserer Fick als du."

Er spitzt die Lippen, als wolle er ausspucken. Stattdessen zeigt er mir ein zahlloses Grinsen. „Eure Beziehung wird nicht lange dauern. Untreue liegt ihr im Blut. Amethyst ist immer noch genau wie ihre Mutter. Und ihre Schwester."

Ein lautes Lachen entringt sich seiner Kehle. Ich weiche zurück und richte mich zu meiner vollen Größe auf. „Billige, psychologische Tricks funktionieren nur bei hilflosen Kindern. Wenn ich mich das nächste Mal bei dir melde, werde ich dich bitten, diese Worte vor Amethyst zu wiederholen."

Das Grinsen verschwindet. „Ist das deine Vorstellung von einem Verhör?"

Mit einem Schnauben wende ich mich an Isabel. „Ich überlasse es dir, zu entscheiden, mit wie vielen Agenten er heute fertig werden kann. Sorge dafür, dass er morgen früh für einen ganzen Tag voller Besucher bereit ist. Wir haben für diese Woche über achtzig Leute eingeplant."

Sie nickt und dreht den Regler, um Vaters Elektroschock noch weiter zu verstärken.

„Xero", rasselt er. „Wohin gehst du?"

„Keine Sorge", sage ich und tippe mit der flachen Seite der Klinge auf seine Wange, „wir haben zu einem anderen Zeitpunkt noch genug Zeit."

Mit einem letzten Blick wende ich mich dem Ausgang zu und lasse Vater zurück, der mich dazu auffordert, zurückzukommen. Ein Teil der Wiedergutmachung für seine Vergangenheit besteht darin, den anderen, denen er Unrecht getan hat, die Chance auf Vergeltung zu geben.

Kein noch so großes Maß an Folter könnte jemals den Menschenhandel, die Vergewaltigungen und die Morde wiedergutmachen, und ich werde die nächsten Monate damit verbringen, seine Komplizen zu jagen und seine Opfer zu retten.

Ich trete in den Flur und atme tief ein. Die Luft ist kühler, sauberer, frei von dem Gestank dieses Bastards. Ein Knoten in meinem Bauch löst sich bei der Aussicht, dass Vater endlich die Konsequenzen seines Handelns zu spüren bekommt.

Bald wird Amethyst ihre Vergeltung bekommen, und ich werde endlich einen Abschluss finden.

Als ich an einer Zelle nach der anderen vorbeikomme, in der

Investoren, Ausbilder und alle möglichen Personen sitzen, die etwas mit Vaters Machenschaften zu tun hatten, fällt mir eine Last von den Schultern. Vor mir liegt eine Zukunft, die frei von den Schatten der Vergangenheit ist.

Der Gerechtigkeit wird Genüge getan werden. Ich werde endlich mit allen Schatten meiner Vergangenheit abrechnen können. Und die Frau, die ich liebe, kann endlich anfangen zu heilen.

SECHSUNDNEUNZIG

SECHS WOCHEN SPÄTER
AMETHYST

Dr. Forster ist tot. Ertränkt im selben Eisbad, das er zur Konditionierung meines Verstandes benutzt hat.

Ich ziehe ihn an den Haaren heraus und blicke in seine leblosen, grauen Augen. Augen, die sich bei unzähligen schmerzhaften Experimenten in meine gebohrt haben. Augen, die mich in meinen letzten Albträumen heimsuchten. Seine Haut ist verbrannt von dem brühend heißen Wasser, welches noch immer in der Wanne nebenan dampft. Am Ende war er zu schwach, um seiner eigenen Folter zu widerstehen.

Mom war nur eines seiner vielen Opfer. Die Liste der Beschwerden gegen den Arzt war länger als sein Unterarm. Seine Spezialität war es, verletzliche Frauen zu vergewaltigen und sich in einer neuen Stadt ein neues Leben aufzubauen, wenn die Beschwerden zu laut wurden. Jetzt kann er nirgendwohin fliehen.

Bevor er starb, gab er zu, mich aus Rache gefoltert zu haben. Irgendwie hatte ich in meinem verwirrten Zustand zugegeben, Heath getötet zu haben. Der dumme Bastard glaubte die Worte eines trauernden Kindes, das bis an den Rand des Wahnsinns gefoltert worden war.

Ich werfe einen letzten Blick auf die leblose Gestalt des Arztes, bevor ich mich abwende. Er war Teil einer Vergangenheit, die sich eher wie ein ferner Traum anfühlte.

Ich verlasse den Verhörraum, den Xeros Wartungsleute nach dem Vorbild einer Irrenanstalt eingerichtet haben, und trete in einen dunklen Korridor. Meine Schritte vermischen sich mit dem Geräusch von Haut, die auf Haut trifft.

Mein Körper spannt sich an, als ich mich der Tür am Ende des Flurs nähere, aber ich verdränge eine Welle des Grauens. Es ist jetzt sechs Wochen her, dass Delta und Dolly uns entführt haben, und ich bin bereit für meine Rache.

Ich trete in den Raum und halte am Eingang inne, um tief durchzuatmen.

Xero steht oberkörperfrei über Delta. Das schwache Licht wirft Schatten auf seine Muskeln und hebt jede einzelne Sehne hervor. Sein Gesicht ist eine Maske des sadistischen Vergnügens, die blassen Augen glänzen mit grausamer Absicht. Einen Moment lang kann ich nur die rohe Männlichkeit seiner Gestalt sehen.

Er schiebt Nadeln unter Deltas Fingernägel und lässt ihn zusammenzucken. Der ältere Mann sitzt gefesselt und nackt auf einem Stuhl, sein Brustkorb hebt und senkt sich mit schnellen Atemzügen.

Sechs Wochen ununterbrochenen Hungerns haben Deltas Präsenz von bedrohlich auf sanftmütig reduziert. Seine einst kräftigen Schultern sind jetzt gekrümmt, seine Haut ist kränklich. Seine Augen sind zwar eingefallen und von dunklen Ringen umrahmt, dennoch ist in ihnen noch immer ein trotziges Funkeln zu sehen.

Trotz seines geschwächten Zustands wehrt er sich gegen die Fesseln, die Muskeln in seinem Nacken und seinen Armen spannen sich unter den Lederriemen an.

Deltas Blick wandert zu mir, und ich versteife mich. Für eine Sekunde bin ich wieder in diesem weißen Zelt, während sein Körper über mir aufragt. Mein Herz verkrampft sich in meiner Brust, aber ich weigere mich, ihm meine Angst zu zeigen.

Xero zieht sich zurück und richtet seine Aufmerksamkeit auf mich, sodass sich die Angst in meiner Brust löst. Ich bin nicht länger machtlos. Ich bin hier sicher, mit dem Mann, den ich liebe. Und gleich wird Delta bereuen, dass er seinen Penis dorthin gesteckt hat, wo er nicht hingehört.

„Siehst du, wie sie mich ansieht?", fragt Xero, und seine Worte klingen wie eine Drohung. „Sie gehört mir."

Der Blick in Deltas Augen wird hart. „Vergiss nicht, dass sie zuerst mir gehörte."

Xero fletscht die Zähne. „Wie passend, dass du stolz darauf bist, ein unschuldiges Kind für dich beansprucht zu haben."

Deltas trockenes Lachen lässt mich die Zähne zusammenbeißen. „Jedes Mal, wenn sie dich sieht, wird sie mich sehen."

„Du irrst dich." Ich stürme in die Zelle und nähere mich ihm, wobei jeder einzelne Nerv vor Wut angespannt ist. „Alles, was ein Mann wie du jemals tun kann, ist nehmen. Du taugst zu nichts anderem, als Abscheu zu erregen."

Die Gesichtszüge des älteren Mannes verzerren sich zu einem Fratzenbild der Wut. Er zerrt an seinen Fesseln, sein Gesicht rötet sich vor vergeblicher Anstrengung, aber die Riemen liegen straff über seiner aufgescheuerten Haut.

Xero grinst und entblößt seine Zähne in einem wölfischen Lächeln. „Als du damit beschäftigt warst, meine kleine Amethyst zu brechen, hat sie sich eine Version von mir eingebildet, um sich vor dir zu schützen."

Delta zeigt ein entstelltes Lachen. „Du kannst die Vergangenheit nicht auslöschen, Xero. Ich werde für immer deinen kleinen Geist heimsuchen."

Die Verwendung meines Spitznamens entfacht eine Welle der Wut, die mich quer durch den Raum stürmen lässt. Xero verpasst seinem Vater einen so harten Schlag, dass sein Stuhl mit einem scharfen Knall nach hinten fällt. Der Aufprall lässt Delta zusammenzucken und aufstöhnen.

Mein Puls beschleunigt sich, und ein Kribbeln macht sich in meinem Inneren breit. Ich trete noch näher an Xero heran und sauge den berauschenden Rausch seiner Dominanz in mich auf. Der Raum scheint um uns herum zu schrumpfen, die Luft ist dick vor Spannung und dem Geruch von Angst.

„Ich habe dir beigebracht, dass du nicht um dich schlagen

sollst“, knurrt Delta vom Boden aus, wobei ihm Blut aus der Nase läuft. „Diese Wut ist ein Zeichen von Schwäche.“

Xero lacht, ein tiefer, dunkler Ton, der mir einen Schauer über den Rücken jagt. „Und doch bist du derjenige, der vor uns kriecht.“

„Weil ich immer noch Macht über dich habe“, schimpft Delta.

Die Worte hängen in der Luft, schwer und mit Gefahr geladen. Mein Blick wandert zu Xero. Sechs Wochen sind nicht lang genug, um Jahre des Traumas und des Missbrauchs auszulöschen.

Anstatt sich zu wehren, spottet er und zieht mich in seine Arme. Seine Berührung ist elektrisierend, aufgeladen mit einer dunklen Energie, die mir den Atem raubt.

Ich schaue ihm in die Augen und tausche unausgesprochene Worte aus. Die Stille zwischen uns wird nur durch Deltas raue Atemzüge unterbrochen.

„Willst du diesem fast toten Bastard zeigen, wer die Kontrolle hat?“, fragt Xero.

Ich blicke auf den älteren Mann, der uns anstarrt, sein hageres Gesicht zu einer Maske des Hasses verzogen. „Ich würde nichts lieber tun.“

Xeros Augen verdunkeln sich und er zieht mich in einen rauen, leidenschaftlichen Kuss, wobei seine Hände besitzergreifend über meinen Körper wandern.

„Warte hier“, sagt er, löst Deltas Fesseln und versetzt ihm einen Schlag in die Magengrube.

Mit einem Stöhnen kippt Delta um, und Xero legt ihn auf den Boden. Ein Grinsen umspielt meine Lippen, als Xero die Arme und Beine seines Vaters auseinanderzieht und die Fesseln an jedem Glied an, in den Beton gebohrten Halterungen, befestigt.

Dann zieht Xero mich zu sich, sodass wir neben Delta knien, der zu uns aufschaut und dessen Augen vor Verbitterung brennen. Das ist die größte Emotion, die ich je auf dem Gesicht dieses Bastards gesehen habe.

Vielleicht sieht er seinen Sohn mit seiner Frau. Vielleicht ist es das erste Mal, dass er eine Frau im Rausch der Lust sieht. Wie auch immer, es ist mir scheißegal. Delta wird bald bemerken, dass die Macht, die er einst über uns ausübte, nichts weiter als eine Illusion war.

„Zieh dein Kleid aus", knurrt Xero in den Kuss hinein.

Ein Schauer läuft mir über den Rücken, als ich tue, was er sagt, mir den Stoff über den Kopf ziehe und ihn auf den Boden werfe.

„Die Schnitte, die du in ihre Haut gemacht hast, sind gut verheilt", sagt Xero. „Bald werden alle Spuren, die du auf ihr hinterlassen hast, verschwunden sein."

„Sie wird sich immer an mich erinnern", knurrt Delta.

Ich drehe mich zu ihm und schnaube. „Das erste Mal hat sich kaum eingebrannt, aber jetzt werde ich sicherstellen, dass ich mich an dich erinnere."

Ich ziehe mich von Xero zurück und krieche zur Seite, wobei ich Deltas Schultern mit meinen Knien festhalte. Der alte Mann starrt zu mir hoch, seine Lippen verziehen sich trotzig.

„Was soll das werden?", fragt er.

Xero positioniert sich hinter mir und schiebt mich nach vorn, sodass sich mein Schritt direkt über Deltas Gesicht befindet. Er greift nach unten, schiebt mein Höschen zur Seite und entblößt meine Muschi.

„Sieh sie dir an", befiehlt Xero, sein Atem ist heiß an meinem Hals. Seine Finger kreisen um meine geschwollene Klitoris, was mich zum Stöhnen bringt. „Sieh genau hin. Sieh, wie Amethyst auf meine Berührung reagiert, denn sie gehört mir."

Die Muskeln meiner Muschi verkrampfen sich. Wir hatten das vorher besprochen. Dass Xero mich vor Delta kommen lässt, ist genau das, was ich brauche, um die quälenden Erinnerungen an meinen Vergewaltiger auszulöschen.

Deltas Augen weiten sich, sein Atem beschleunigt sich. „So willst du dich beweisen, Xero? Indem du sie benutzt, um deine Macht zu zeigen?"

Xero lacht. „Bevor du stirbst, solltest du wenigstens einmal das Vergnügen einer Frau erleben."

Der ältere Mann versteift sich, was mich zum Grinsen bringt. Es ist ein Bluff. Wir müssen Delta lange genug am Leben halten, um Informationen über seine anderen Operationen zu erhalten, und er muss auch den Untergang der Moirai miterleben.

Charlotte hat uns mehrere Hinweise auf den Organhandel gegeben, der sich als ein komplexes Netz aus Korruption und Betrug erweist. Deltas Imperium zu entwirren, wird Monate dauern, aber wir planen, diese Zeit zu nutzen, um seine Qualen zu verlängern.

Xero teilt meine feuchten Falten mit seinen Fingern. „Siehst du diese Erregung? Das ist alles für mich.“

Ich stöhne auf, und meine Brustwarzen ziehen sich unter meinem Spitzen-BH zusammen. Ich wiege meine Hüften und drücke mich der Berührung entgegen, begierig nach mehr.

Deltas Zunge schnellt über seine rissigen Lippen. Ich blicke in seine blutunterlaufenen Augen und sehe nicht mehr den Leiter von *Three Fates* oder den Psychopathen, der mich gefangen hielt.

„Xero“, schimpfe ich. „Hör auf, mich zu reizen und gib mir deinen Schwanz.“

Die Augen des älteren Mannes weiten sich, und ich verberge ein Grinsen. Irgendetwas sagt mir, dass er noch nie eine Frau zum Betteln gebracht hat. Um Gnade betteln, vielleicht. Ihn anflehen, aufzuhören, aber niemals um seine Aufmerksamkeit betteln.

Xero fährt fort, meine Klitoris zu necken, und kommt meiner Bitte nicht nach, bis ich triefend nass bin. Die Erregung rinnt an der Innenseite meiner Oberschenkel hinunter und ein Tropfen fällt auf Deltas Oberlippe. Die Augen flackern vor Überraschung und er leckt ihn ab.

„Wie schmecke ich?“, frage ich grinsend.

Seine stoische Maske löst sich lange genug auf, um ein Wirr-warr von Gefühlen zu offenbaren – Wut, Groll, Abscheu. Unter all dem flackert ein Hauch von Erregung auf.

Als Xero seinen Schwanz an meinem Eingang positioniert, zittere ich vor Erwartung und stehe bereits kurz vorm Höhe-punkt. Seine Anwesenheit hinter mir ist berauschend.

Er stößt mit quälender Langsamkeit in meine Muschi und dehnt mich Zentimeter für Zentimeter. Meine Klitoris fühlt sich jetzt doppelt so groß an wie sonst und pocht im rasenden Takt meines Herzens.

Deltas Augen sind ohne zu blinzeln auf das Spektakel fixiert. Er schluckt schwer, die Sehnen in seinem Nacken spannen sich vor unterdrückter Emotion. Die Gesichtszüge des alten Bastards sind eine Maske der Demütigung und des Zorns, über die ich leise lachen muss.

Er schaut gebannt zu, windet sich in seinen Fesseln und atmet röchelnd.

Xero zieht sich zurück, was mir ein Stöhnen entlockt. Er beugt sich vor, sodass sein heißer Atem mein Ohr streift. „Siehst du, wie er seine Augen nicht von dir lassen kann, kleiner Geist? Das liegt daran, dass er nie jemanden berühren könnte, der so einzigartig ist."

„Schwachsinn", knurrt Delta. „Der einzige Grund, warum du sie vor mir fickst, ist der Beweis, dass ich ihr unter die Haut gegangen bin."

„Red nicht so, als hättest du etwas Besonderes getan", schnauze ich.

Delta zuckt zusammen, seine Lippen pressen sich zusammen.

„Er versteht nicht, was wahre Macht ist." Xero dringt mit einem Stoß in mich ein, der mir den Atem raubt. Seine Finger drücken sich um meine Hüfte und lassen mich aufschreien. „Er weiß nicht, wie es ist, auserwählt zu sein. Oder wie es sich anfühlt, begehrt zu werden."

„Oh, Scheiße", stöhne ich.

„Du hast ihm nie gehört", fügt Xero hinzu. „Jeder Blick, jede Berührung gehört zu mir. Gleich wirst du dich an Delta nur noch als entmannte Hülle erinnern."

„Sie ist die eineiige Zwillingsschwester deiner Stiefmutter", schimpft der alte Mann.

„Also was? Ich habe die Letzte getötet."

Ich sollte nicht lachen, aber ich kann meine Reaktion auf Xeros Worte in Kombination mit dem Anblick von Delta, der unter uns liegt und dessen dunkler Bart mit meinen Säften benetzt ist, nicht unterdrücken.

Deltas Lippen beben vor Wut, aber er sagt nichts.

Xero stößt härter in mich, sein Schwanz treibt mich zu neuen Höhen der Lust.

„Mein Vater kann seine Augen nicht von dir lassen", sagt er. „Weil du so schön bist, wenn du nur wenige Zentimeter von seinem Gesicht entfernt bist. Ich liebe es, dich zu entblößen", sagt er.

Mein Inneres zieht sich um ihn herum zusammen. „Mehr, Xero. Bitte, hör nicht auf."

„Vater, du weißt nicht, was du verpasst. Sie ist so heiß, so feucht, so eng", knurrt er, wobei sein Atem heiß an meinem Ohr streift.

Ich drücke mich ihm entgegen, um die Reibung zu erhöhen, meine Nerven singen. Ich schließe die Augen, während er mich weiter befriedigt.

„Sag uns, wie sehr du meinen Schwanz liebst."

„Ich liebe ihn, Xero", stöhne ich. „Er ist der Einzige, der mich befriedigt. Ich brauche ihn. Ich brauche dich."

„Gutes Mädchen", murmelt er und seine Stimme trieft vor Zufriedenheit. „Du machst das so gut. Komm für mich. Zeig meinen Vater, wie ein braves Mädchen seine Freude hat."

Seine Worte bringen mich dem Höhepunkt immer näher. Druck baut sich in meinem Inneren auf, und meine Nervenenden kribbeln. Mein Körper spannt sich an, dann überrollt mich der Höhepunkt. Ich schreie auf, und das Geräusch hallt von den Wänden wider. Die Intensität des Augenblicks wird durch Deltas hilflose Anwesenheit und seinen bitteren, brennenden Blick noch verstärkt und treibt mich in unbekannte Höhen.

Xero verstärkt seinen Griff um meine Hüfte, seine Bewegungen werden schneller, während er meinen Höhepunkt auskostet. „Genauso, kleiner Geist. Lass alles raus."

Mein Atem kommt in heftigen Stoßen, mein Körper zittert unter den Nachbeben der Lust. Unter mir stöhnt und windet sich Delta.

Als ich von meinem Höhepunkt herunterkomme, zieht sich Xero zurück und hilft mir hoch. Ich lehne mich an die Wand, um langsam wieder zu Atem zu kommen.

Xero stellt sich über seinen Vater, seine Lippen verziehen

sich zu einem grausamen Lächeln. Ich lehne mich vor und genieße den Schmerz in Deltas Augen.

Xero stellt sich über Delta und packt ihn an den Haaren. „Sieh mich an, Vater."

Deltas Nasenlöcher blähen sich auf. „Glaube nicht, dass so eine Vorführung jemals meinen Geist brechen könnte."

Ein leises Knurren entweicht Xeros Kehle. Mit der freien Hand streichelt er sein Glied, ohne die Augen von seinem Vater zu lassen. Die Spannung steigt, bevor er mit einem Brüllen kommt und Sperma über Deltas Gesicht spritzt.

Die Gesichtszüge des älteren Mannes verhärten sich vor Wut, seine Lippen pressen sich zu einer harten Linie zusammen.

„Das ist ein Tiefschlag, selbst für dich", spuckt er, seine Stimme zittert vor Wut. „So behandelst du deinen Vater? Ich muss dir mehr geschadet haben, als ich dachte."

Xero lehnt sich mit einem zufriedenen Grinsen zurück. „Du hast ja keine Ahnung. Das ist erst der Anfang."

Als Xero sich erhebt, zuckt Deltas Adamsapfel und verrät einen Hauch von Angst. Ich nehme ein Messer vom Boden auf und kratze das Sperma zu seinen Lippen. „Essenszeit."

Der Hass in seinen Augen gibt mir eine Welle von Macht, die direkt in mein Innerstes schießt. Delta begreift endlich, dass er alles verlieren wird, auch seine Würde.

„Wenn du diese schöne Wichse verschwendest, schneide ich dir deinen linken Hoden ab", knurre ich.

Delta spannt sich an und Schweiß bricht auf seiner Stirn aus. Er blickt auf eine Stelle über meiner Schulter und zieht eine Grimasse. Er irrt sich gewaltig, wenn er glaubt, dass Xero Gnade mit ihm walten lassen wird.

Eine Hand legt sich auf meine Schulter. „Ich zeige dir, wie man ein Testikel-Tourniquet anlegt."

„Xero", rasselt er.

Etwas Fadenartiges landet auf meinem Schoß. Ich greife danach und wickle es um Deltas Hoden, wobei mein Blick seinen nicht verlässt.

Delta wimmert, ein kaum hörbarer Laut, der meine Nerven vor Befriedigung flattern lässt. Er leckt Xeros Erlösung von seinen

Lippen, ein gebrochener Mann, der bereit ist, sich für Gnade zu erniedrigen.

„So. Ich tue es", rasselt er.

„Zu spät." Ich ziehe das Tourniquet fest, nehme das Messer und setze die Klinge an die Basis seines linken Hodens.

Delta atmet schwer, sein Brustkorb hebt und senkt sich wie ein Blasebalg.

„Sag mir, Vater", sagt Xero, „wie fühlt es sich an, endlich eine Niederlage zu erleben?"

Er schreit und das Geräusch hallt in meinen Ohren.

Ich habe jetzt die Macht und ich genieße sie.

SIEBENUNDNEUNZIG

EIN JAHR SPÄTER
XERO

Ich stoße die schwere Eisentür mit einem lauten Knarren auf und lasse die Gerüche von Verwesung und Dreck hinaus. Die Zelle ist feucht, dunkel und trostlos und spiegelt die Zeit wider, die ich unter Vaters Kontrolle verbracht habe.

Er liegt auf dem Rücken, an den Boden gekettet, und zuckt bei jedem Wassertropfen, der aus einem an die Klärgrube angeschlossenen Rohr kommt, zusammen. Jeder Knochen seines Körpers ragt hervor. Er sieht aus, als wäre er in den Achtzigern statt in den späten Fünfzigern. Außerdem wurden ihm im Laufe der Zeit die Brustwarzen, die Hoden und der Penis entfernt.

Ich gehe um die Zelle herum und löse seine Ketten von den Ringen an der Wand. Sie klirren, als Vater sich zum Sitzen hochstemmt.

„Xero?", röchelt er, seine Stimme ist kaum mehr als ein Flüstern. „Was willst du jetzt noch von mir?"

„Dein Leben", sage ich.

Er lacht, obwohl es eher wie ein Husten klingt. „Du würdest mich nicht sterben lassen. Nicht, wenn du mein Elend verlängern kannst."

„Ich habe etwas, das du sehen musst."

Nachdem ich eine Kette an seinem Halsband befestigt habe,

ziehe ich ihn hoch, was ihm ein Stöhnen entlockt. Ich ziehe ihn aus der Zelle in einen schummrigen Flur und lasse ihn auf Händen und Knien hinter mir her kriechen.

Die Katakomben blieben kompromittiert, bis wir die Namen von Vaters engsten Mitarbeitern erhielten. Mit dem richtigen Cocktail aus Wahrheitsseren half er uns, die Ausbilder ausfindig zu machen, die während der Razzia abwesend waren, sowie alle seine Kontakte bei der Polizei und dem FBI.

Unser gesamtes Einsatzteam koordinierte zahlreiche gleichzeitige Angriffe und erwischte sie alle in einer einzigen Nacht. Kurz darauf kehrten wir zum *Parisii*-Friedhof zurück und richteten die Katakomben als unser Hauptquartier ein.

Ich gehe weiter durch den Korridor, wobei Vater hinter mir herhechelt. Die monatelange Folter hat seinen Körper gebrochen, aber sein Geist ist noch intakt. Ein Teil von ihm klammert sich an die Hoffnung, dass ich meine so genannten Vaterprobleme überwinden werde und wir uns vertragen werden.

„Xero", sagt er mit angehaltenem Atem. „Langsam."

Ich beschleunige mein Tempo und mein Herz schlägt höher, während die Wände von seinen kläglichen Schreien widerhallen. Schließlich erreichen wir unser Ziel, eine Kammer, in der Amethyst auf einer Steinbank mit einer Schachtel Popcorn und einem Projektor wartet.

Auf dem Boden steht ein doppelter Hundenapf, der zum einen mit frischem Wasser und zum anderen mit einem dünnen Brei gefüllt ist, der alle Vitamine, Mineralien und Antibiotika enthält, die Vater in seiner Gefangenschaft benötigt.

Er schreckt beim Anblick meines kleinen Geistes zurück, seine Ketten rasseln. „Was macht sie hier? Du hast mir gesagt, ihre Rache sei abgeschlossen."

Meine Lippen zucken. Nachdem Amethyst seinen linken Hoden abgeschnitten hatte, zwang sie ihn in seine Kehle. Im folgenden Monat schnitt sie ihm den rechten ab und steckte ihn in seinen Arsch. Wochenlang hielt sie Vater in Atem, ließ ihn in Paranoia und Angst verharren, wann sie seinen Penis abschneiden würde.

Als sie das Warten des alten Bastards endlich beendete, machte sie daraus ein Spektakel. Seine Schreie erschütterten die

Katakomben, waren aber nichts im Vergleich zu dem Elend, das er Hunderten von unschuldigen Kindern zugefügt hatte.

Ich fahre mit meiner behandschuhten Hand durch sein Haar. „Du bist für sie nicht mehr von Interesse. Bei diesem kleinen Ausflug geht es um etwas anderes."

Amethyst hebt ihr Popcorn auf. „Bei mir bist du sicher. Ich bin zu größeren und besseren Dingen übergegangen."

Der Blick meines Vaters wandert zwischen uns hin und her, sein hageres Gesicht verzieht sich vor Verwirrung. „Warum bin ich dann hier?"

„Es ist Filmabend." Ich setze mich neben Amethyst und gestikuliere auf den Hundenapf. „Wir haben dir sogar einen Snack mitgebracht."

Mit knurrendem Magen krabbelt er zum Napf und nippt am Wasser, dann geht er weiter zum Haferschleim. Während er die blasse Flüssigkeit mit lauten Schlucken verschlingt, setze ich mich neben Amethyst und genieße das Schauspiel.

Der Stolz meines Vaters ist auf ein Minimum geschrumpft. Es ist eine Kombination aus Folter, Halbverhungern und der Konfrontation mit seinen Sünden. Jeder Mitarbeiter unserer Organisation hatte die Möglichkeit, seine Zelle zu besuchen und seine eigene Form der Vergeltung zu üben. Isabel, Camila und Jynxson waren die ersten in der Reihe, da sie am längsten von seinen Manipulationen betroffen waren.

Amethyst legt einen Schalter um, und der Projektor erwacht zum Leben und wirft ein Bild auf eine Leinwand, die den gesamten Raum umspannt. Es sind Aufnahmen aus einem Datenzentrum tief im Moirai-Hauptquartier.

Vater setzt sich auf und blickt auf die Leinwand. „Was ist das?"

„Gestern war der letzte Freitag des Quartals", sage ich.

Wie vorhergesagt, zuckt er zusammen.

„Dein System der Schuldknechtschaft war ein Fehler. Anstatt die Menschen den Moirai Untertan zu machen, schuf es eine ganze Klasse von Angestellten, die alles tun würden, um ihre Freiheit zu erlangen."

Mit bleichem Gesicht huscht sein Blick zwischen uns und der Leinwand hin und her. „Ich verstehe nicht."

„Der letzte Freitag im Quartal ist der einzige Tag, an dem die gesamte Führungsriege der Moirai aus ihrem Versteck hervorkommt und sich an einem einzigen Ort versammelt", sage ich, und Zufriedenheit macht sich in mir breit.

„Abschlusslauf", rattert er.

„Nach der Anzahl der Absolventen, die ich im Laufe der Jahre abgeworben habe, ist die Arena jetzt so stark bewacht, dass das Hauptquartier praktisch leer ist."

Er dreht sich zu mir um, seine Augen weiten sich, und von seinen Lippen kommen Schleimspuren. „Xero, was hast du getan?"

„Wartungspersonal, das auf meiner Gehaltsliste steht, hat Sprengstoff im Treppenhaus, in den Aufzugsschächten und im elften, zwölften und dreizehnten Stockwerk des Gebäudes angebracht", sage ich und genieße seinen Schrecken.

„Das wird nicht ausreichen, um es zu zerstören."

„Deshalb haben wir uns mit der Familie Montesano zusammengetan, um einen Lastwagen voller Knallquecksilber zu den Moirai zu bringen", fahre ich fort.

Panik erfasst seine Gesichtszüge und er schüttelt den Kopf. „Du würdest nicht ..."

„Sieh es dir selbst an." Ich deute auf die Leinwand.

Der Film wechselt zu Drohnenaufnahmen von zwei Lastwagen, die an einem leeren Industriegebiet vorbeifahren und die lange Straße hinunter, die zum Moirai-Hauptquartier führt.

Von außen sieht es aus wie ein verlassener Parkplatz, aber im Inneren befinden sich mehrere Aufzugsschächte, die in ein zehnstöckiges Untergeschoss mit drei weiteren geheimen Etagen führen, in denen sich Wohnräume und Server befinden, die das Managementteam vor seinen Attentätern geheim halten will.

„Blas es ab", krächzt Vater. „Du solltest die Kontrolle über die Moirai übernehmen, nicht sie zerstören. Benutzt Giftgas oder etwas, das die KI-Server nicht beschädigt!"

Verärgerung breitet sich in mir aus und ich balle meine Hände zu Fäusten. „Du verstehst es nicht. Ich war nie so machthungrig wie du. Alles, was ich je wollte, war Freiheit."

Die Lastwagen fahren auf den scheinbar menschenleeren

Parkplatz, und die Moirai lassen die Rollläden an der Einfahrt herunter und schließen die Montesano-Brüder ein.

Vaters Augen weiten sich, als er die Szene beobachtet, seine Knöchel treten weiß hervor, als er seine Knie umklammert. Amethyst spult das Filmmaterial bis zu der Stelle vor, an der eines der Fahrzeuge ausbricht und rückwärts auf die Straße fährt.

Sekunden später wackelt die Kamera, als der Parkplatz implodiert. Er verschwindet in einem Erdloch, das die umliegende Straße und die Gebäude verschluckt. Die Laster fährt rückwärts aus dem Chaos heraus und kann dem sich ausweitenden Abgrund gerade noch ausweichen.

Vater jammert, die Hände an die Seiten seines Gesichts gepresst. „Mein Erbe ... Du hast mich ruiniert. Alles, wofür ich gearbeitet habe, ist weg!"

In meiner Brust breitet sich Zufriedenheit aus. Ich lächle über den unvorstellbar großen Krater, der sich jetzt unter dem einst größten Unternehmen für Auftragskiller in den Vereinigten Staaten bildet. Als Vater es mit einer Gruppe in Ungnade gefallener FBI-Agenten gründete, erwartete er eine Dynastie, ein Imperium, das Generationen überdauern würde. Aber jetzt liegt es in Schutt und Asche.

Die Drohne zoomt heran und zeigt verbogene Metallstücke und Trümmer, die einst das Fundament des Moirai-Hauptquartiers bildeten. Der dreizehnstöckige unterirdische Keller ist nur noch ein riesiger Hohlraum.

„Das tut weh, nicht wahr?", frage ich.

Sein Mund öffnet und schließt sich. „Hunderte Millionen Dollar ... Jahre der Forschung!"

Amethyst schnaubt. „Zu sehen, wie deine Schöpfung zerstört wird, ist nichts im Vergleich zu all den Leben, die du und deine Partner ruiniert haben."

Vater sackt zu Boden und schluchzt, seine Schultern heben sich bei jedem kläglichen Laut. Ich wende mich Amethyst zu, unsere Blicke treffen sich in einem Moment des gemeinsamen Triumphs. Zufriedenheit funkelt in ihren Augen. Ich nehme ihre Hand und führe sie an meine Lippen.

„Ist es Zeit?", frage ich.

Sie nickt mir eifrig zu.

„Informiere alle Mitarbeiter. Sag dem Wartungsteam, sie sollen den Stuhl fertigmachen."

Als sie die Kammer verlässt, nähere ich mich der zitternden Gestalt meines Vaters. Schluchzer lassen seinen Körper erbeben und hallen von den Steinwänden wider. Ich nehme seine Kette und ziehe ihn in Richtung der Leinwand, die sich hebt und eine zweite Kammer freigibt.

In seiner Mitte steht ein elektrischer Stuhl.

Vater schreckt mit einem Schrei zurück. „Tu das nicht, Xero. Es tut mir leid. Es tut mir so leid."

Ich ignoriere ihn, reiße ihn auf den Holzsitz und schließe die Gurte um seine Handgelenke. Er tritt und schlägt um sich, seine Schreie hallen von den Wänden wider.

Das Wartungsteam kommt herein und schiebt einen Wagen mit einem Hochspannungsgenerator. Er erwacht mit einem bedrohlichen Brummen zum Leben, das meine Inneres vor Vorfreude kribbeln lässt. Als ich die Elektrodenkappe auf Vaters Kopf befestige, füllt sich der Raum mit Mitarbeitern, die einen Halbkreis um den Stuhl bilden.

Vater zuckt in seinem Sitz zurück und seine Augen weiten sich. „Ich kann noch nicht sterben. Wir haben noch Dinge zu erläutern."

„Wir haben deine Bankkonten geplündert, deine Investoren und Komplizen umgebracht, deine Mitglieder entlarvt, deine ehemaligen Partner vernichtet, deine Unternehmen liquidiert und dein persönliches Vermögen unter deinen unehelichen Kindern aufgeteilt."

„Nein ...", stöhnt er.

„Wir haben dir deine Zähne, Brustwarzen und Genitalien genommen."

Ein paar Leute in der Menge der Agenten kichern, aber das wird von Vaters Schreien übertönt. „Aber ich habe dir nichts von dem Organhandel erzählt."

„Charlotte hat diese Informationen bereits gegen einen schnellen Tod eingetauscht", sage ich und kräusle meine Lippen.

Der Vater zuckt zusammen, seine Augen blitzen ungläubig. „Sie hat gelogen."

Die Informationen, die sie uns gab, waren unvollständig, aber wir konnten die Anführer von Vaters Organhändlerring in einem Lagerhaus in New Jersey aufspüren, wo wir Zellen mit achtzehn ehemaligen Kinderattentätern fanden. Sie und die anderen befinden sich jetzt in unseren sicheren Häusern und erhalten alle nötige Hilfe, um sich wieder in einem normalen Leben einzufinden.

Ich lege meine Hände auf seine knochigen Schultern und schaue ihm in die tränengefüllten Augen. „Irgendwelche letzten Worte, bevor wir dich in die Hölle schicken?"

„Es tut mir leid", schreit er und seine Gesichtszüge verzerren sich vor Schmerz. „Bitte, gib mir noch eine Chance."

Amethyst bahnt sich einen Weg durch die Menge und bleibt an meiner Seite stehen. Camila gesellt sich zu uns, zusammen mit Isabel, Jynxson und ein paar anderen Jungen, die in der unterirdischen Anlage waren, als ich jung war.

Der Blick meines Vaters fällt auf Isabel. „Du kannst das nicht dulden. Ich habe dir nie etwas getan. Du bist Ärztin."

Isabel spuckt ihm ins Gesicht und entfernt sich.

Camila geht auf Vater zu und schlägt ihm gegen den Kiefer. Sein Kopf wird nach hinten gerissen und seine Metallkappe schlägt mit einem Klirren gegen die Lehne seines Stuhls.

Ich wende mich an die Agenten. „Jeder von euch hat die Chance, sich von Delta zu verabschieden. Keine Kopfverletzungen mehr."

Ich trete zurück und lege einen Arm um Amethysts Schulter. Sie lehnt sich an meine Seite und seufzt.

„Bist du bereit, ihn sterben zu lassen?", fragt sie.

„Sein Ende ist das Zweitwichtigste auf der Welt."

Sie schaut mich mit ihren hübschen, grünen Augen an, und raubt mir damit den Atem. „Was ist das Wichtigste?"

Ich senke meinen Blick auf ihre weichen, rosigen Lippen und sehne mich nach ihrem Geschmack. „Du. Das warst du schon immer."

Ein strahlendes Lächeln breitet sich auf ihren zarten Zügen aus, das mein Herz höher schlagen lässt. Sie hält sich an meiner Schulter fest und stellt sich auf die Zehenspitzen, um mich zu küssen. Die Wärme ihrer Berührung und der sanfte Druck ihrer Lippen auf meinen, übertönt das Chaos der Agenten, die sich mit Vater abwechseln.

Die Welt tritt in den Hintergrund, und alles, was bleibt, bin ich und die Frau, die immer der fehlende Teil meiner Seele war. Amethyst schmeckt wie Freiheit, wie Sieg, wie süße Erlösung. Ich fahre mit den Fingern durch ihre Locken und halte sie fest. Ihr Körper presst sich an meinen und ich wünsche mir, ich könnte sie noch einmal für mich beanspruchen, während der Bastard geröstet wird.

Ein lauter Jubel unterbricht den Moment, sodass wir uns voneinander lösen. Ich drehe mich um und sehe, wie Jynxson Elektroden an seinen Beinen anbringt. Hinter dem Stuhl schließt Tyler die Kabel an den Generator an und zeigt mit dem Daumen nach oben.

Es ist an der Zeit.

Vater zuckt in seinen Fesseln hin und her und murmelt eine unzusammenhängende Reihe von Entschuldigungen.

„Irgendwelche letzten Worte?", frage ich erneut.

Seine Antwort ist eine Urinpfütze, die Beifall hervorruft.

Nachdem ich gewartet habe, dass ein Mitglied des Wartungsteams die Flüssigkeit aufwischt, nehme ich das dicke Kabel in die Hand, das die Elektroden des Stuhls mit dem Generator verbindet. Stille senkt sich über den Raum, ein kollektives Anhalten des Atems, gepaart mit einer so festen Erwartung, dass die Luft zu vibrieren scheint.

„Das ist für meine Mütter."

Ich stecke das Kabel ein, und die Welt wird von seinen Schreien erfüllt. Der Klang ist brutal, roh und übertönt das Brummen des Generators. Vaters Körper verkrampft sich, seine Augen treten hervor. Der Schweiß und Speichel auf seiner Haut verdampft, wird zu Rauch und schließlich zu brennendem Fleisch.

Als sich die Kammer mit seinem Gestank füllt, ziehe ich Amethyst an mich, und mein Herz schwillt vor Dankbarkeit. „Danke, dass du meine Träume wahr werden lässt."

Sie wendet sich mir zu und lächelt, ihre Augen leuchten vor Liebe. „Immer."

Vaters Körper zuckt ein letztes Mal, bevor er wie eine leere Hülle auf dem Stuhl zusammensackt.

Und in diesem Moment weiß ich, dass ich endlich frei bin.

DREI WOCHEN SPÄTER

AMETHYST

Ich beuge mich über das Zwischengeschoss und schaue hinunter in den Buchladen, den Myra von ihrer Tante geerbt hat. Der Laden ist voll mit Kunden, von denen ich einige von der Buchmesse wiedererkenne.

Heute ist der Startschuss für *Rapunzelita*, das Myra unter ihrem neuen Imprint veröffentlicht hat. Mein Bekanntheitsgrad und die unermüdlichen Werbemaßnahmen meiner besten Freundin haben mein Buch an die Spitze der Charts katapultiert.

Myras Laden ist der Einzige, der eine limitierte Auflage mit Exlibris mit meiner Unterschrift verkauft. Sie behauptete, eine große Kiste davon gefunden zu haben, nachdem sie meine Besitztümer geerbt hatte. Jetzt hat sie einen regelrechten Kaufrausch ausgelöst.

Xeros Arme legen sich um meine Taille und ziehen mich an seine harte Brust. Er drückt mir einen Kuss auf den Hals, der mir einen Schauer über den Rücken jagt.

„Wie fühlt es sich an, eine Bestsellerautorin zu sein?", murmelt er gegen meine Haut.

„Bittersüß", antworte ich mit einem Seufzer.

„Warum?", fragt er und seine Lippen streifen mein Ohr.

„Ich sollte da unten sein." Mein Blick fällt auf die Fans, die sich um ein gebundenes Exemplar meines Buches reißen. „Ich will Autogramme geben, nicht posthum geehrt werden."

Sein Griff um meine Taille verstärkt sich und er reibt seine Erektion an meinem Hintern. „Soll ich dich aufmuntern?"

Mir stockt der Atem, und ich drücke gegen seinen härter werdenden Schwanz. „Wie?"

„Schau geradeaus."

Ich gehorche und blicke auf die Menge unter mir. Myra steht auf einem kleinen Podium und hält eine Rede über unsere jahrelange Freundschaft. Xeros Hand gleitet unter meinen Rock, seine Finger wandern meinen Oberschenkel hinauf. Ein Schauer läuft mir über den Rücken, und ich drehe den Kopf.

„Tu es oder ich höre auf", knurrt er.

„In Ordnung." Ich richte meinen Blick wieder nach vorn und beiße mir auf die Unterlippe.

Seine Finger setzen ihre Reise fort und gleiten am Spitzensaum meines Höschens entlang. Das Pulsieren zwischen meinen Schenkeln verstärkt sich. Jede Berührung schickt einen Hitzeschub in mein Inneres und meine Falten werden glitschig.

„Beobachtest du die Menge?", fragt er.

Ich schlucke und zwinge meinen Blick zurück nach unten. „Ja."

„Braves Mädchen."

Er schiebt mein Höschen beiseite und setzt meine Muschi der kühlen Luft aus. Als seine Finger meinen Schlitz hinaufgleiten und meine geschwollene Klitoris finden, würde ich am liebsten schreien.

„Xero", stoße ich mit erstickter Stimme hervor.

„Pssst ... Etwas mehr Respekt für die Buchpräsentation."

Ich unterdrücke ein Stöhnen und entspanne mich in seiner Umarmung. Mein Körper kribbelt vor Erwartung, als seine Finger meine Klitoris mit langsamen Kreisen necken. Das Vergnügen rollt in köstlichen Wellen durch mein Inneres und macht es unmöglich, Reue zu empfinden. Schwer atmend drücke ich ihm meine Hüften entgegen und konzentriere mich auf den Moment.

„Bleib ruhig", flüstert er.

„Scheiße." Ich zwinge meinen Körper, sich zu versteifen.

Er lacht leise. „Du machst das so gut. Sieh weiter zu deinen Fans, während ich dir das Gefühl gebe, eine Königin zu sein."

Seine Finger setzen ihre unerbittlichen Reize fort und treiben mich immer näher an den Rand. Meine Beine zittern, und meine Lippen öffnen sich mit einem Stöhnen.

„Keinen Mucks", murmelt er, sein Atem ist heiß an meinem Ohr. „Du wirst meine Finger nehmen wie ein guter, kleiner Geist."

Seine Worte verstärken das Gefühl, und ich unterdrücke ein Wimmern. Sex in der Öffentlichkeit war schon immer meine Schwäche, und mit der ahnungslosen Menge unter uns ist es sogar noch besser. Xero und ich sollten eigentlich tot sein, und doch sind wir hier, um bei meinem Autorendebüt dabei zu sein.

Seine Finger gleiten zu meiner Öffnung, streicheln meine feuchten Falten, bevor sie in mich eindringen. Ekstase durchströmt mein Innerstes und lässt meine Knie zittern. Xero hält mich aufrecht, sein starker Arm ist ein Anker um meine Taille. Seine Finger bewegen sich in einem Rhythmus, der mich nach Luft schnappen lässt, und die Lust steigt mit jeder Berührung.

„Sieh sie dir an", säuselt er mir ins Ohr. „Sie bewundern dich und deine Worte. Du bist eine eigenständige Künstlerin, genau wie ich es immer in dir gesehen habe."

Das ist wahr. Xero war die erste Person, die sich in mein Manuskript verliebt hat. Er hat sogar um weitere Bücher gebeten. Und selbst während der Flaute, als ich noch dachte, er sei ein Geist, las er sich durch meine Arbeit und gab mir nachts Inspiration.

Der Druck um meine Klitoris nimmt zu, und seine Finger steigern ihr Tempo, streicheln und stoßen, bis ich Sterne sehe. Meine Muschi zieht sich um seine Finger zusammen, die Lust wird fast unerträglich, seine Worte schüren mein Verlangen.

„Erinnere dich daran, wie es sich anfühlt, angebetet zu werden, begehrt zu werden. So wird es von nun an sein."

Seine Finger reiben über eine Stelle, die meine inneren Muskeln zusammenzucken lässt. Dann streicht sein heißer Atem über meine Haut und jagt mir Schauer über den Rücken. „Jetzt komm für mich, kleiner Geist. Lass los."

Auf sein Kommando bringt er mich zum Höhepunkt, indem er den Daumen, der meine Klitoris streichelt, nach unten drückt. Die Wellen meines Orgasmus durchzucken meinen Körper. Elektrizität zischt durch meine Nerven und lässt mich erbeben.

„Das ist mein Mädchen", knurrt er, während sein Daumen sanfte Kreise zieht und die Intensität meiner Lust steigert. „Du fühlst dich so gut an, wenn du um meine Finger kommst."

Die Menge applaudiert höflich, bevor sie sich in geordneten Reihen vor der Kasse aufstellt. Ich lehne mich mit den Unterarmen über das Geländer und keuche durch die Nachbeben.

Bevor ich mich vollständig erholen kann, zieht Xero seine Finger aus meiner Muschi, reißt meinen Slip herunter und beugt mich über das Geländer. Der kühle Luftzug lässt eine Gänsehaut auf den Rückseiten meiner Oberschenkel entstehen.

Er packt meine Hüften und fährt mit der Spitze seines Schwanzes an meiner Nässe entlang, um sie mit meiner Erregung zu benetzen. Sein Piercing stößt gegen meine Klitoris und lässt köstliche Funken sprühen. Als er an meinen Eingang stößt, wird mein Verlangen nach ihm unerträglich.

Wimmernd drücke ich mich ihm entgegen, verzweifelt darauf bedacht, ausgefüllt zu werden.

„Geduld", murmelt er in mein Ohr und zieht sich zurück.

Ich halte mich fest, wobei sich mein Herzschlag erwartungsvoll beschleunigt. „Bitte", flüstere ich. „Ich brauche deinen Schwanz. Ich brauche dich."

„Wie könnte ich das meinem talentierten, kleinen Geist verwehren, wenn sie es so ausdrückt?"

Er dringt mit einem langsamen, bedächtigen Stoß in mich ein und verwöhnt mich mit einer prickelnden Dehnung. Ich klammere mich so fest an das Geländer, dass meine Knöchel weiß hervortreten, als er sich bis zum Anschlag in mir vergräbt. Ein leises Stöhnen entweicht meiner Kehle bei dieser köstlichen Folter.

„Spürst du das?", flüstert er und sein Griff um meine Hüfte wird fester.

Ich nicke. „Xero. Bitte. Beweg dich."

„Du bist so liebenswert, wenn du darum bettelst." Lachen zieht er seine Hüften zurück, bevor er so tief in mich eindringt, dass ich nach Luft schnappe. Der Ausbruch der Lust, den er auslöst, lässt alle Gedanken an ein Erwischt werden in den Wind schießen.

Jeder Zug seines Schwanzes lässt Funken über meine Nervenenden sprühen und meine Zehen kribbeln. Er legt ein langsames, zähneknirschendes Tempo vor und stellt sicher, dass er mit jedem Stoß den süßen Punkt in mir trifft.

„Du fühlst dich so verdammt gut an", murmelt er und unterstreicht jedes Wort mit einem tiefen Stoß.

Seine Hand schlängelt sich um meine Taille und drückt mich gegen seine Brust, während er meine Klitoris streichelt. Die kombinierten Empfindungen sind zu viel und treiben mich einem weiteren Höhepunkt entgegen.

Jede Bewegung ist kraftvoll, besitzergreifend, kontrolliert. Seine Lippen drücken sich auf meinen Nacken und verteilen Küsse auf meiner Haut. Das Gefühl, dass seine Lippen und Zähne über meine Haut streifen, steigert meine Erregung nur noch mehr. Er beißt mir in die Schulter, und der Schmerz lässt mich wimmern und mein Inneres sich um seinen Schaft anspannen.

„Sieh sie dir an", knurrt er. „Sieh dir deine Fans an, während ich dir den Verstand rausficke."

Ich starre auf den Buchladen hinunter, wo die ersten Käufer mit ihren Tüten durch die Menge strömen. Xero beschleunigt sein Tempo, und ich drücke mich ihm entgegen, passe mich seinem Rhythmus an, unsere Körper bewegen sich im perfekten Gleichklang.

„Das gefällt dir, nicht wahr?", fragt er, seine Stimme rau vor Verlangen. „Vor ihren Augen gefickt zu werden, mit der Gefahr, dein kleines, schmutziges Geheimnis zu enthüllen."

„Ja", keuche ich. „Hör nicht auf."

Seine Hände umklammern meine Hüften und er stößt tiefer zu. „Niemals. Denn du gehörst mir. Du gehörst zu mir, Amethyst. Jeder Zentimeter von dir."

Die Hektik des Buchladens tritt in den Hintergrund, übrig bleiben nur Xero, das Geländer und die Art, wie er mit roher

Intensität in mich stößt. Ein Orgasmus baut sich wieder auf und mein Inneres spannt sich an.

Laute Schritte hallen eine Eisentreppe hinauf, die zu dem Zwischengeschoss führt. Ich schaue nach unten und sehe Myra, die in demselben weißen Hemd und Lederrock gekleidet ist, den sie auch auf der Buchmesse trug.

„Xero", hauche ich. „Es kommt jemand."

Der Finger, der meine Klitoris streichelt, stockt einen Herzschlag lang, dann wird er schneller. „Lass sie kommen. Lass sie sehen, wem du gehörst."

Der Schrecken explodiert in meiner Brust und lässt alle Nervenenden pochen. Der Gedanke, kurz davor zu stehen, erwischt zu werden, löst einen explosiven Höhepunkt aus, der die Kontrolle über meine Gliedmaßen ergreift. Mein Innerstes umschließt Xeros Schwanz und lassen seinen Schaft anschwellen.

„Scheiße ... ich komme", stöhnt er und füllt mich mit seiner köstlichen Hitze.

Xeros Griff um meine Hüften verstärkt sich, seine Bewegungen werden unregelmäßiger, während er seine eigene Befreiung auskostet.

Ich lasse mich gegen seine Brust sinken und keuche als mein Höhepunkt langsam abklingt. Als die Schritte lauter werden, zieht sich Xero zurück und lässt meinen Rock wieder an seinen Platz fallen.

Sekunden später steht Myra am oberen Ende der Treppe. Rote Haarsträhnen fallen ihr ins Gesicht und verleihen ihr einen erschöpften Ausdruck. Als sie den Kopf hebt und wir uns in die Augen sehen, hellt sich ihr Blick auf.

„Amethyst! Xero!" Mit einem breiten Lächeln kommt sie auf uns zu. „Die Sonderausgabe verkauft sich wie verrückt. Die erste Charge ist bereits ausverkauft."

„Das ist fantastisch!" Ich ziehe sie in eine Umarmung. Doch als ich mich zurückziehe, legt sich ihre Stirn in Falten. „Was ist los?"

Ihr Lächeln wird schwächer, und ihre Schultern sinken. „Martina hat ihren Anteil am Geschäft verkauft."

„An wen?", frage ich.

„Gavin", flüstert sie.

Mein Blick wandert zu Xero, der finster dreinschaut. Ich drehe mich wieder zu ihr um und frage: „Gavin von der Schule?"

Sie nickt, ihre Gesichtszüge verzerren sich vor Verärgerung. „Er tauchte eines Morgens auf und sagte, ihm gehöre der Laden. Als ich meine Schwester anrief, sagte mir ihre Assistentin, dass sie ihren Anteil online verkauft hatte."

„Moment. Wie kann das überhaupt legal sein?"

„Martina hat einen Experten für Erbrecht beauftragt, die Verträge zu prüfen", antwortet Myra mit einer Grimasse. „Mehr kann ich nicht tun."

Xero tritt vor. „Muss dieser Typ noch fünf Finger verlieren?"

Grübelnd schüttelt sie den Kopf. „Nein, er ist ein Freund, der sich in ein nerviges Arschloch verwandelt hat, das mich nicht in Ruhe lassen will."

Es dauert eine Sekunde, bis ich den Grund dafür erkenne. Der Grund, warum Gavin immer so ein Widerling war. Der Grund, warum er BDSM auf seine Finger tätowiert hat. „Sag mir nicht, dass es *deswegen* ist."

Ihr Gesicht strafft sich.

Ich beuge mich vor. „Ernsthaft?"

Als ihr Blick zu Xero wandert, lege ich einen Arm um ihre Schulter und führe sie auf die andere Seite des Zwischengeschosses. Xero bleibt wo er ist. Ich bin sicher, dass er durch seine zwei Schwestern daran gewöhnt ist, Frauen ihren Freiraum zu lassen.

„Was ist diesmal passiert?", frage ich.

„Lach nicht."

Ich schüttle energisch den Kopf.

„Weißt du noch, wie ich dir erzählt habe, dass ich ihn ins *Wonderland*-Spielzimmer mitgenommen habe, als er deprimiert war, weil er nie eine Sub gefunden hat?"

Ich nicke und halte meinen Gesichtsausdruck neutral.

„Nun, er hat beschlossen, dass ich seine Domina bin."

„Scheiße. Nein!"

„Pssst!" Sie legt einen Finger auf ihre Lippen. „Er ist wie besessen."

Ich lehne mich dicht an sie heran und flüstere: „Willst du,

dass wir mit ihm reden? Wenn du nicht willst, dass Xero es tut, kann ich ihm einen Besuch abstatten ..."

„Nein, nein! Er ist harmlos, nur lästig. Er hat ein Vermögen ausgegeben, um den Laden zu renovieren und den Keller für mehr Lagerraum auszuheben."

„Woher hat er das Geld?", frage ich.

„Computerkram", antwortet sie achselzuckend und kehrt dorthin zurück, wo wir Xero zurückgelassen haben.

Ich folge ihr und ziehe die Stirn in Falten. Gavin ist eher lästig als gefährlich, aber er hat auch Xeros Hinrichtungsvideo bei *X-Cite Media* ausgeliehen. Sein Name taucht nicht in der Mitgliederliste auf, und er hat auch keine Snuff-Filme ausgeliehen. Niemand hat sich die Mühe gemacht, ihn näher zu untersuchen, weil er unbedeutend war.

Xero kommt mit ernster Miene auf uns zu. „Wir werden uns für ein paar Wochen zurückziehen. Wenn dieser Mann dir Ärger macht, sag es jetzt, und er wird vor dem Morgengrauen verschwunden sein."

„Hast du einen Auftrag?", fragt sie, wobei ihr Blick von Xero zu mir wandert.

Aufregung baut sich in meiner Brust auf, und ich grinse. „Xero nimmt mich mit auf eine Reise nach Frankreich. Wir werden auf einem Weingut in der Armagnac-Region bleiben und dann weiter nach Paris fahren, um die Katakomben zu erkunden. Danach fahren wir mit dem Zug nach London zu einer Charles-Dickens-Tour."

Myras Lippen werden von einem wehmütigen Lächeln umspielt. „Ich wünschte, jemand würde mich in einen romantischen Urlaub mitnehmen."

Schritte knarren die Metalltreppe hinauf und lassen unsere Blicke in die Richtung des Geräusches schweifen. Myra stürmt zu einer Feuertür und stößt sie auf. „Ihr solltet lieber gehen. Er wird euch beide sofort erkennen und die Polizei rufen."

Xeros Kiefer spannt sich an. „Ich kümmere mich um ihn."

Ich ziehe ihn am Arm in Richtung Ausgang, aber es ist, als ob man versuchen würde, einen Felsbrocken zu bewegen. „Komm, lass uns gehen."

Die Schritte werden schneller, und ich lasse Xeros Arm los

und gehe hinaus in die Nacht, weil ich weiß, dass er mir folgen wird. Und tatsächlich, er hebt mich von den Füßen, sodass ich aufschreie, und springt wie ein Superheld von der Feuerleiter.

Mein Magen verkrampft sich bei dem Fall und mein Mund öffnet sich zu einem stummen Schrei, selbst als er in einer perfekten Hocke landet. Während er zum Auto rennt, frage ich keuchend: „Kommen wir zu spät zum Flughafen?"

„Privatjets haben keine Boardingzeiten, aber ich habe es eilig, dich in den *Mile-High-Club* einzuführen."

Eine Stunde später erreichen wir den Flughafen, wo Xero meine Hände hält, während wir die Stufen eines Privatjets hinaufsteigen. Mein Herz rast vor Aufregung und ich lehne mich an seine Seite und genieße seine ruhige Stärke.

Wir lassen uns auf den Plüschsitzen nieder, und Xero lehnt das Angebot der Flugbegleiterin, Champagner zu trinken, ab. Ich sehe mich in der luxuriösen Kabine um, betrachte die cremefarbenen Ledersitze, die polierten Holzakzente und die Tür, die zu etwas führt, das wie ein Schlafzimmer aussieht.

Ich freue mich so sehr auf diese Reise, dass ich die Ankündigung des Kapitäns kaum höre. Das Brummen der Flugzeugmotoren ist ein sanftes Hintergrundgeräusch, während wir in den Nachthimmel aufsteigen. Xero verlagert sich in seinem Sitz und greift in seine Jackentasche. „Ich habe etwas für dich."

„Was?", frage ich.

Er reicht mir einen kleinen, roten Umschlag, der etwas Festes enthält. „Sag mir nicht, dass es ein weiteres Körperteil ist."

„Sieh nach", murmelt er.

Ich reiße das Siegel auf. In dem Umschlag befindet sich ein zartes silbernes Medaillon, das ich bisher nur auf Bildern gesehen habe. Mir stockt der Atem, und ich wende mich an Xero. „Ist das …"

„Das Medaillon meiner Mutter, das deine Assistentin abgefangen hat", sagt er lächelnd. „Ich habe auf den richtigen Moment gewartet, um es dir zu geben."

Dankbarkeit erfasst mich und lässt mir die Tränen in die Augen steigen. Ich ziehe es heraus, zusammen mit einer zarten Silberkette. „Oh, Xero", stoße ich hervor. „Das ist perfekt. Danke."

Ich beuge mich vor und drücke meine Lippen auf seine. Dieser Moment ist perfekt. Dieses Medaillon von ihm persönlich zu erhalten, ist tausendmal besser, als es mit der Post zu bekommen.

Als wir uns schließlich voneinander lösen, greift er erneut in seine Jacke und holt einen weiteren Umschlag heraus.

„Es gibt noch mehr", sagt er in einem neckischen Ton.

Ich runzle die Stirn. Was könnte mehr Bedeutung haben als das Medaillon? Ich nehme den Umschlag entgegen und öffne leicht das Siegel. Darin befindet sich eine abgenutzte Seite. Als ich sie herausziehe und auffalte, sehe ich den Sexvertrag, den ich ihm im Gefängnis geschickt hatte.

„Aber ich dachte, er wäre bei dem Feuer zerstört worden", sage ich mit zitternder Stimme.

Sein Lächeln verbreitet sich zu einem Grinsen. „Ich habe alles aufgehoben. Jeden Brief, jedes Erinnerungsstück. Sie sind das Wertvollste, was ich besitze."

Mein Herz schwillt an, ich bin sprachlos, überwältigt von seiner Fürsorglichkeit. Ich lege meine Hände auf seine Wangen und küsse ihn erneut, langsam, tief und voller Versprechen.

Als wir uns lösen, streift er mit seinen Lippen mein Ohr. „Es gibt immer noch ein paar Dinge in diesem Vertrag, die wir noch nicht ausprobiert haben."

Mein Puls beschleunigt sich, und Wärme breitet sich in meinem Inneren aus. „Warum fangen wir nicht mit dem *Mile-High-Club* an?"

„Da musst du mich nicht zweimal fragen", knurrt er.

Jetzt, da Delta und alle anderen Geister unserer Vergangenheit tot sind, können Xero und ich uns endlich auf die Zukunft konzentrieren – eine Zukunft, die mit allem gefüllt ist, was wir verdient haben, und mit all den Dingen, die wir noch zu entdecken haben.

ENDE

Liebe Leserin, lieber Leser,

Vielen Dank, dass Sie mich auf Amethysts und Xeros Reise begleitet haben! Ich hoffe, es hat Ihnen genauso viel Spaß gemacht, ihre Geschichte zu lesen, wie es mir Spaß gemacht hat, sie zu schreiben.

Ich hoffe, dass ich in Zukunft die Geschichten meiner Lieblingscharaktere des Duos ausbauen kann. Während Sie warten, können Sie eine kurze Geschichte über Xeros und Amethysts Reise nach Frankreich lesen.

Alles Liebe,

Gigi

P.S. Lesen Sie die Geschichte unter www.gigistyx.com/frank reich

P.P.S. Xero, Dr. Saint, Officer McMurphy, die Montesano-Brüder, die Salentino-Schwestern, Martina Mancini und sogar Myra tauchen in meiner Serie Moralisch Schwarz auf, die mit Seraphines Zähmung beginnt.

Morally Black-Reihe
Seraphines Zähmung
Emberlys Fesseln
Rosalinds Unterwerfung
Ginevras Schatten

Pen Pal-Duett
Ich werde dich brechen
Ich werde dich heilen

ÜBER DIE AUTORIN

Gigi lebt mit ihrem Mann und zwei Katzen in London. Wenn sie nicht gerade verdrehte, düstere Romane mit kämpferischen Heldinnen und den moralisch grauen Schurken, die sie lieben, schreibt, kuschelt sie sich mit einer Tasse Tee und einem Buch aufs Sofa.

Melden Sie sich unter: www.gigistyx.com/newsletter um immer auf dem Laufenden über Gigis Arbeiten zu sein.